A Fonte de Judá

Coleção Paralelos
Dirigida por J. Guinsburg

Equipe de realização – Tradução: Renata Mautner, J. Guinsburg e Evelina Holander; Revisão: Antônio de Pádua Danesi; Capa: J. Guinsburg e Walter Grieco; Produção: Ricardo W. Neves e Sergio Kon.

A Fonte de Judá

Bin Gorion

PERSPECTIVA

Título do original
Der Born Judas

Copyright © Insel – Verlag Wiesbaden, 1959

CIP-BRASIL. CATALOGAÇÃO-NA-FONTE
SINDICATO NACIONAL DOS EDITORES DE LIVROS, RJ

G681f

Gorion, Bin
 A fonte de Judá / Bin Gorion ; [tradução Renata Mautner, J. Guinsburg e Evelina Holander]. - São Paulo : Perspectiva, 2012.
     (Paralelos ; 8)

 Tradução de: Der Born Judas
 ISBN 978-85-273-0454-2

 1. Lendas judaicas. 2. Judaísmo. I. Título. II. Série.

12-4533.   CDD: 296
                                                      CDU: 26

29.06.12   17.07.12   037028

1ª edição – 1ª reimpressão
[PPD]

Direitos reservados em língua portuguesa à
EDITORA PERSPECTIVA LTDA.

Av. Brigadeiro Luís Antônio, 3025
01401-000 – São Paulo – SP – Brasil
Telefax: (0--11) 3885-8388
www.editoraperspectiva.com.br
2019

Prefácio para a Primeira Edição

    Ao lado dos mitos, sagas e ensinamentos que atravessam a literatura judaica e determinam a vida e as esperanças do povo, pode-se delinear ainda um campo especial, o qual abrange lendas, fábulas e contos. Trabalhar este campo é o objetivo da obra que aqui se inicia. Será feita a tentativa de anexar às conhecidas coleções de fábulas e lendas, tais como o Sábio e o Toío, Mil e uma Noites, Gesta Romanorum, uma nova coleção que possui imagem própria e que poderia completar as outras. Coisas espirituais, que eram o pão e a água do dia, sobrevivem ao dia, e assim nos coube uma rica herança em poesias populares e histórias religiosas dos antigos. Todos nós conduzimos, apesar do abismo dos séculos e da particularidade das tribos, o mesmo diálogo conosco mesmos nas horas e aflição, assim como nas horas de sublimidade da alma. Os mitos e ensinamentos relatam sobre a Criação do Mundo, a Revelação de Deus no Universo e o Dia do Juízo Final; em volta dos heróis agrupam-se a saga e a lenda; as fábulas e narrativas se inspiram na plenitude da vida, mas não raro são ligadas também aos provérbios e advertências dos sábios. Atrás de cada sentença bíblica e talmúdica oculta-se uma história, a experiência de um acontecimento especial. O caminho para a narrativa judaica parte da crônica bíblica; o berço da lenda é o Talmud e o Midrasch. Nossa coletânea, porém, principia com a época pós-talmúdica; ela acompanha a Idade Média e termina com o Hassidismo, com o qual também termina a poesia popular em seu sentido verdadeiro. Do Talmud em si foram tiradas apenas as fábulas, que se soltaram do todo, tornaram-se objeto de revisão e passaram para o campo da narrativa popular. Aqui não serão apresentados documentos literários, mas sim histórias populares, que passaram de geração em geração, que foram narradas em todas as fases de perigo da vida e que contribuíram para a preservação do folclore na mesma medida que o Ensinamento e a Lei, a Sinagoga e o Culto. A literatura judaica popular é em grande parte um produto da Diáspora. As antigas tradições e contrastes, que se originaram no solo pátrio, continuam todavia a influenciar; no entanto, acrescentam-se as mudanças devidas às relações com os povos anfitriões. Apesar de todo o isolamento, ocorreu um constante dar e receber e muita coisa obscura e até esquecida de literaturas de outros povos poderia ser reencontrada sob novo aspecto na fábula hebraica.

"Uma particularidade histórica reconhecida pela história universal é que os judeus são por índole e crença um todo, cujas diretrizes são conduzidas por leis uniformes, profundamente enraizadas na Antiguidade, e cujos produtos espirituais já são atravessados há mais de dois mil anos por uma fibra viva ilacerável. Este é o direito de existência, o motivo da particularidade de uma literatura judaica. Mas ela também está intimamente entrelaçada com a cultura dos antigos, com a origem e desenvolvimento do Cristianismo (e do Islam) e a atividade científica da Idade Média, e, intervindo nas diretrizes espirituais do mundo antigo e contemporâneo, partilhando de lutas e sofrimentos, ela se torna ao mesmo tempo um complemento da literatura em geral, mas com organismo próprio, o qual, reconhecido através de leis gerais, auxilia por sua vez a reconhecer o geral" (Zunz).

A história judaica usa o estilo bíblico-apócrifo; a ação está no primeiro plano, o sentido está dirigido ao heróico. As lendas, por sua vez, são escritas mais na concisa maneira talmúdica; não é uma narrativa por assim dizer, mas apenas uma informação. O milagre está entrelaçado com o acontecimento; o olho interior enxerga ambos ao mesmo tempo. Mas já no Talmud se insinuam, ao lado das histórias sagradas, narrativas de sabedoria, parábolas e fábulas, cujos traços apresentam autêntico orientalismo. Com o estabelecimento do período árabe no judaísmo esta corrente se expande. Uma consciente arte narrativa, que se utiliza de preferência da prosa rimada, se inicia; a moralização é não apenas um meio mas também o principal objetivo da poesia. Nas épocas de opressão, a narrativa popular volta-se novamente aos acontecimentos específicos. Errante e fugitivo é o povo de Israel, mas também Javé aguarda o resgate e o retorno à sua pátria. Desperta o romantismo da Terra Santa; ao redor das sepulturas dos ancestrais tecem-se novas histórias. Pouco a pouco, a mística impregna a narrativa judaica. Retornam os mitos antigos; demônios e espíritos se acasalam com criaturas humanas como nos dias do Gênesis. Os modos de vida e ações dos santos tornam-se o único assunto da apresentação.

O desenrolar da lenda judaica e da fábula nos mostra quase o mesmo quadro que vimos no desenvolvimento da Escritura do Antigo e Novo Testamento. Como na Bíblia da revelação e da profecia um caminho leva para os escritos da sabedoria, um outro nos leva porém através das visões de Ezequiel e da visões de Daniel aos vaticínios apocalípticos, também as lendas devotas hebraicas se expandem em contos e parábolas, onde novamente surge a história dos Santos e dos prodígios, agora dominando sozinha os ânimos. A lenda relata as ações humanas na terra: a pureza moral e a justiça abrem as portas do paraíso, Elias e os anjos são os mensageiros da vida. Mas para a narrativa mística, a terra é apenas um planeta do céu. Lá em cima habitam as almas humanas desde sempre, e, quando são revestidas de corpos e recebem feição e alento, tal só acontece para executar uma determinada tarefa aqui embaixo; depois, elas retornam à patria eterna, a fim de louvar a divindade.

A coleta de fábulas e lendas vem sendo feita desde os tempos primordiais. A maior parte do material, porém, está disperso pelas inúmeras crônicas, obras léxicas, biografias, memórias, livros de moral e nos prefácios de escritos de diversos conteúdos. Muitos temas poéticos estão ocultos em códices, onde nem fazem parte do assunto. O que está oculto em manuscritos somente foi recuperado em parte.

Onde os judeus ainda vivem fechados e cultivam suas antigas tradições existe uma porção de histórias orais, ao lado das escritas. O compilador ouviu em sua juventude muitas lendas e fábulas da voz do povo e presenciou sua influência.

Friedenau, 1916.

M. I. bin Gorion

Prefácio para a Edição Brasileira

Fábulas, lendas e contos folclóricos pertencem à base da existência da literatura universal. Em matéria e argumento as transmissões verbais dos mais diversos povos se tocam e o que de comum neles se exprime prova um parentesco ancestral entre tudo o que traz aparência humana. O conhecimento dessa profunda ligação entre todas as gerações – em espírito e crença, fantasia e sentimento – parece ter-se perdido na humanidade, à medida que se foi diversificando, sendo, no entanto, tão ardentemente desejado pelos melhores de todos os tempos. Nesse sentido, os contos folclóricos, mesmo abstraindo-se seu significado como depoimento e seu valor poético, têm ainda uma tarefa a cumprir e com isso aponta para o futuro.

As diversas formas do conto folclórico eram por vezes enquadradas de maneira definida, religiosa ou nacionalista. Assim, agradecemos principalmente aos hindus a fábula sobre gente e animais. Os chineses, de um lado, e os persas e árabes de outro, trouxeram e cultivaram a fábula realística romanceada. O mito tem para nós traços e marcas gregas. Modelos de lenda são por nós encontrados na esfera judaica e cristã. Os povos românicos (principalmente os da península apenina e ibérica) são os criadores da novela. A fábula folclórica européia culmina na coleção alemã dos irmãos Grimm. A contribuição das tribos da África (e da Austrália), assim como da população primitiva das duas Américas para o conto folclórico, centenária, exclusiva e ignorada propriedade dos mais próximos participantes, e sua transmissão, só em época mais recente é que se puseram ao alcance do mundo exterior e ainda não têm designação.

A contribuição judaica para a literatura do conto folclórico é, como foi dito, principalmente no setor da lenda. São na maior parte narrativas instrutivas, exemplos de devoção, maneiras gratas a Deus e a vitória do bem. A sabedoria também serve à fé e à fantasia, submete-se voluntariamente ao enquadramento que a lei e o ensinamento prescrevem. Por dentro da história da literatura nacional ídiche-hebraica, a qual, como a história do povo judeu vem desde a remota antiguidade e continua ininterrupta até nossos dias, as lendas e os contos folclóricos pertencem (como, aliás, também as lendas cristãs) principalmente à era da Idade Média. Enquanto a Bíblia hebraica, o Velho Testamento, está traduzida para centenas de línguas e dialetos, as fábulas e lendas hebraicas só no presente iniciam sua trilha através das fronteiras lingüísticas e religiosas e, no fundo, ainda hoje, permanecem parte ignorada da literatura popular universal.

O mérito pela redescoberta e pelo tornar conhecido este precioso bem do povo judeu cabe ao editor de *A Fonte de Judá*, Mica Iossef bin Gorion, o qual, justamente nessa obra, a principal em suas atividades editoriais, unificou-a e tornou-a acessível, primeiramente ao leitor oriental. Os detalhes da multiforme obra do autor, reconhecido como um dos clássicos da literatura neo-hebraica e que, como pesquisador, não mediu esforços na descoberta das inúmeras fontes documentárias judaicas de todos os tempos, o leitor irá encontrar em meu epílogo, juntamente com o histórico de *A Fonte de Judá*, o qual está definitivamente ligado ao nome da companheira do autor, Rakhel bin Gorion, a tradutora para o alemão, como edição original autorizada. Para o tema em si, é principalmente indicada a introdução do compilador, colocada no início de nossa edição e que ele incluira na primeira parte da obra publicada em 1916.

Minha própria participação na compilação, só novamente editada após longos anos de intervalo foi, além de nova revisão, apenas de natureza redacional. O fato desta agora definitiva ordenação das histórias de *A Fonte de Judá* encontrar pela primeira vez seu caminho através do país e oceanos até o leitor do Novo Mundo me proporciona grande satisfação. Parafraseando, me seja dado citar uma antiga frase bíblica, evocação da era de Moisés e dos príncipes das tribos:

Fonte, elevate

Holon, Israel, dezembro 1970

Emanuel bin Gorion

Livro Primeiro: Fábulas Bíblicas

1. O Lobo Branco e o Profeta Moisés

O NOSSO MESTRE Moisés, a paz seja com ele, apascentava outrora as ovelhas de seu sogro no deserto. Um dia, apareceu-lhe um anjo na forma de um lobo branco. O lobo disse a Moisés: A paz seja contigo, homem de Deus. Moisés assustou-se diante da aparição. O lobo encarou o profeta e falou: Peço-te, meu senhor, dá-me uma ovelha do teu rebanho, para que eu a coma e sacie a minha fome. Moisés respondeu: Terão os animais o dom da fala? Ao que o lobo disse: Tu, por cujo intermédio serão dadas as Escrituras no deserto do Sinai, tu que ouvirás falar o bezerro de ouro, e que escreverás a história da jumenta de Balaão, tu me falas nesses termos? Dá-me um cordeirinho do teu rebanho, depois seguirei adiante e cumprirei a vontade do meu Criador. Então Moisés respondeu: Vê, os rebanhos não me pertencem, eles são do meu sogro Jetro, e a Lei reza: "Sede puros diante de Deus e de Israel". Eu nada mais sou do que um diarista, assim como o foi o patriarca Jacó, que cuidou fielmente dos bens de Labão, suportando o calor do dia e o frio da noite. Pois disseram os antepassados: Os que são fiéis terão no Éden um abrigo cujo esplendor não poderá ser visto pelos outros. Ao que o lobo falou: Não vim aqui para te ouvir. Vai ao teu sogro e pergunta-lhe se podes me dar uma ovelha de seu rebanho. O profeta respondeu: Se eu te obedecer e me afastar daqui, quem cuidará nesse meio tempo do meu rebanho e o protegerá contra as feras do deserto, os lobos e as panteras? Pois se tu mesmo és um dos da selva, como serão os outros animais ferozes? O lobo retrucou: Se me deixares aqui, eu cuidarei das ovelhas; não molestarei nenhuma delas, e juro pelo céu, não devorarei nenhuma. Se eu devorar uma só, podes chamar-me de um da décima geração, da geração que é pior que aquela do Dilúvio e aquela da construção da Torre.

Então Moisés foi a seu sogro e relatou-lhe o estranho acontecimento. Jetro disse: Dá ao lobo uma peça dentre as melhores do meu rebanho; que a tua mão seja aqui igual à minha. E Moisés voltou para as ovelhas e encontrou o lobo deitado, com a cabeça apoiada nas patas dianteiras. O animal perguntou ao homem: O que foi que teu sogro disse? E o profeta respondeu: Ele mandou-me dizer que escolhesses a melhor das suas ovelhas. E Moisés ergueu os olhos para o lobo, mas seus olhos não o viram mais.

2. *O Profeta e o Embusteiro*

QUANDO MOISÉS se encontrava a caminho do monte Horeb, e trazia o seu cajado na mão, encontrou-se no deserto, num atalho, com um velho. Este saudou-o e disse: A paz seja contigo, mestre! Moisés respondeu à saudação e perguntou: Para onde vais? O viandante respondeu: Ando vagando pelo país. Então o profeta disse: Trazes pão contigo, para comer? Pois no deserto não há nada semeado, e não se encontra vinhedo nem figueira. Que não te aconteça ficares logo fatigado e sedento! O velho retrucou: Tenho dois pães no meu saco. Ao que Moisés disse: Eu trago três pães comigo. Juntaremos os teus e os meus, e eles nos servirão a ambos de alimento para o caminho. E ambos tiraram os seu pães, mostraram-nos um ao outro, depois do que o velho os repôs no seu saco, e o colocou no ombro. Moisés, porém, disse: Toma cuidado com a trouxa, para que não a percas.

Depois que caminharam um bom trecho, um disse ao outro: Comeremos um pão cada um e nos fortaleceremos. Assim, dois pães foram retirados do saco e comidos, com o que ficaram mais três na sacola de viagem do velho. Depois que os viandantes andaram mais um bom pedaço de caminho, sentiram fome e disseram um ao outro: Tornaremos a nos reconfortar com pão. E cada um comeu um pão, e assim restou apenas um. Os dois homens continuaram a caminhar por mais metade do dia, quando Moisés disse a seu companheiro de viagem: Vamos agora comer juntos o último pão. Então o velho contestou e jurou que os dois juntos só haviam reunido quatro pães. E quando continuaram juntos o caminho, viram dois veados correndo; eles eram enviados por Deus. Moisés disse a seu companheiro: Apanha um desses animais. O velho retrucou: Serei eu louco, para correr no encalço de um veado? O que é mais veloz na corrida do que um veado? O profeta disse: Pega o meu cajado e agita-o diante dos animais. O velho fez isso, e os dois veados pararam e não conseguiram mover-se do lugar. E Moisés abateu a caça e assou a carne. Ele disse ao velho: Tem cuidado de deixar os ossos inteiros e não quebrar nenhum. Depois que a carne foi consumida, Moisés arrumou os ossos em dois esqueletos, passou seu cajado por cima deles e orou com unção ao seu Criador. E então, o Senhor fez com que os animais ressuscitassem e pudessem de novo se levantar. Então Moisés disse ao seu companheiro: Eu te conjuro, em nome Daquele que fez reviver os dois veados, que não tinham nem carne nem tendões, para que me digas se não me enganaste a respeito do último pão. E o velho jurou que não o tinha comido nem o tinha desviado.

Depois que andaram por mais algum tempo, os dois homens sentiram sede. Então Moisés bateu com seu cajado numa rocha, e da pedra jorrou água. Os caminhantes beberam e se deleitaram. E Moisés tornou a falar ao seu companheiro: Conjuro-te, em nome Daquele que fez saltar água da pedra, que confesses se não furtaste aquele pão. E o velho, como da primeira vez, jurou que nem sua boca nem sua mão eram culpados do desaparecimento daquele pão. Então Moisés disse: Continuemos a viagem! E eles continuaram a caminhada e chegaram a uma aldeia. Aqui encontraram os habitantes acabrunhados e chorando. O profeta perguntou: Por que estais todos suspirando? Os homens responderam: O nosso chefe faleceu, e ele era um pai para todos nós. Daríamos nossas almas pela dele. Então Moisés teve compaixão dos enlutados. Fez-se levar até o falecido, orou por ele a Deus e colocou seu cajado sobre o cadáver. O morto então estremeceu e ressuscitou. E Moisés falou novamente a seu companheiro de viagem: Conjuro-te, em nome Daquele que despertou o cadáver exânime, a dizer-me onde foi parar o quinto pão. E o pérfido velho fez pela terceira vez um juramento de que nada sabia sobre o paradeiro do pão. Então Moisés disse consigo: Este deve ser um dos da décima geração.

E ELES PROSSEGUIRAM viagem e acharam-se novamente no deserto. Moisés disse a seu companheiro: Vou me afastar à procura de um poço por aqui, para limpar meu corpo. Enquanto isso, fica tu com o meu cajado na tua mão. Assim, porém, que Moisés desapareceu numa volta do caminho, o velho disse consigo mesmo: Este é o cajado com o qual o meu companheiro realizou todos aqueles prodígios; vou apossar-me dele e com ele também eu acordarei os mortos para a vida. E ele, tendo à mão o cajado milagroso, foi-se embora. E algum tempo depois, chegou a uma propriedade, cujos senhores possuíam um tesouro que era constantemente guardado por um menino. E o velho então levou o dinheiro e matou o menino. Em seguida, colocou o cajado do profeta sobre o estrangulado, pensando imitar Moisés; mas, não é em vão que se diz: Não é a todas as criaturas que é dado realizar milagres. Nesse meio tempo, Moisés voltou do poço e viu que seu companheiro se fora com o cajado. Seguiu-o apressadamente, e encontrou-o lidando em vão com o menino morto. Os moradores da aldeia aglomeravam-se em torno do malfeitor e queriam matá-lo, conforme consta nas Escrituras: "A alma do assassino pela alma do assassinado!"

Moisés então orou a Deus, e o menino reviveu. Assim o profeta salvou seu companheiro da vingança dos aldeões. Nossos antepassados diziam: Dois, que só andaram juntos quatro côvados – A esses Deus não julga. E Moisés e o velho retomaram a jornada. Chegaram a um riacho, em cuja margem Moisés ergueu três montinhos de terra. Orou a Deus, e o pó transformou-se em ouro. E ele, então, disse a seu companheiro: Vê o que o Senhor consegue fazer. Este, porém, indagou: A quem pertencerá este ouro? O Profeta respondeu: Aquele que comeu o quinto pão, receberá dois montes de ouro; aquele que não o comeu, receberá um só. Então o homem, atiçado pela cobiça, falou: Fui eu quem comeu aquele pão. Ao que Moisés disse: Então podes tomar para ti os três montículos. E nosso mestre despediu-se de seu companheiro, e este não soube mais para onde ele se dirigiu. Então, o embusteiro começou a lidar para levar o ouro. E viu que se aproximavam homens com camelos. E ele disse-lhes: Ajudai-me a levantar o tesouro, e podereis ficar com um terço dele. Os viajantes responderam: Estamos com fome, traze-nos primeiro pão da cidade, depois carregaremos o ouro sobre os camelos.

O mal-intencionado foi-se embora, pensando em como poderia envenenar o pão que traria aos viajantes. Estes, por seu lado, decidiram entre si matar o dono do ouro, quando voltasse. E quando o malvado apareceu com o pão, os cameleiros deceparam-lhe a cabeça. Depois, comeram o pão envenenado e caíram mortos por sua vez, e assim o ouro ficou abandonado até o dia de hoje.

TU, PORÉM, que leste esta estória, fica sabendo que é uma geração má aquela que é chamada a décima. Os que a ela pertencem, traem o que se lhes dá; são mentirosos, perjuros, pérfidos e todos ímpios.

3. *Junto ao Poço*

NOSSO MESTRE MOISÉS tinha o hábito de procurar lugares solitários, onde mantinha diálogos consigo mesmo e onde o Espírito de Deus descia sobre ele. Certo dia, descansava ele debaixo de uma árvore que ficava não longe de uma fonte, entregue a seus pensamentos. Viu, então, um homem aproximar-se do poço, beber água e continuar seu caminho. Mas o homem deixara cair uma bolsa e não o percebera. Algum tempo depois, chegou outro homem ao poço, bebeu igualmente da sua água e viu a bolsa caída no chão. Ergueu-a alegremente e continuou seu caminho. Depois dele, um terceiro viajante fez uma pausa junto à fonte, permanecendo por mais algum tempo naquele lugar.

Entretanto o primeiro homem, percebendo sua perda, disse consigo: Decerto deixei cair a bolsa junto à fonte, quando me inclinei para beber. Voltou correndo e viu lá um homem sentado. Perguntou-lhe: O que fazes aqui? O interpelado respondeu: Estou fatigado e descanso um pouco; comi e bebi algo neste lugar e agora vou continuar minha viagem. Então o homem que perdera o dinheiro falou: Decerto encontraste a minha bolsa, que eu deixei aqui. Não pode ter sido outro a não ser tu, pois faz bem pouco tempo que a perdi. O acusado respondeu: Amigo, em verdade não tenho a tua bolsa comigo, não me acuses injustamente de roubo. Se faz apenas pouco tempo que deste por falta do teu dinheiro, não pode ter sido aqui. Procura-o portanto em outro lugar. Ou talvez nem perdeste coisa alguma, e então segue adiante para onde queres ir. E os dois homens altercaram e começaram a lutar. Então o profeta levantou-se e quis separá-los; mas, antes que se tivesse aproximado, o homem que perdera o dinheiro já havia abatido o outro e fugira.

MOISÉS ENCHEU-SE de compaixão pelo homem que sofrera a morte sem ter culpa, e tomou-se de espanto por Deus, nosso Senhor, permitir que tais coisas acontecessem. E disse: Senhor, fui testemunha agora de três atos injustos. Em primeiro lugar, permitiste que um homem perdesse seus haveres; em segundo, deixaste que outro, a quem eles não pertenciam, se alegrasse com eles e não fosse perturbado por ninguém na sua posse; e em último lugar, não impediste que um terceiro, que não cometera falta alguma, fosse morto. E como se não bastasse, o homem que sofrera a perda teve de se tornar um assassino. Esclarece-me pois, Deus onipotente, como devo entender esses acontecimentos. E o Senhor respondeu ao seu servo Moisés e falou: Tens a impressão de que a minha ação é errada, e assim muita coisa que faço parece estranha aos homens, pois não sabem que tudo tem sua causa e sua regra. Saberás agora que o que perdeu a bolsa era por si, de fato, honesto, mas seu pai havia roubado aquele dinheiro. O homem então roubado era por sua vez o pai do homem que encontrou a bolsa. Assim, arranjei que o filho do proprietário alcançasse sua herança legal. Sobre aquele que foi estrangulado, saberás que, se bem que não fosse culpado do roubo, certa vez, há muito tempo, matou o irmão do homem que agora assassinou. O assassínio aconteceu sem testemunhas, e o sangue do morto permaneceu sem ser vingado. Por isso permiti que o assassino sofresse a suspeita e fosse morto pelo irmão da sua vítima. E assim deixo acontecer muita coisa no mundo, que os homens jamais conseguem entender. Ninguém pode penetrar nos meus caminhos, e muitas vezes vós não podeis compreender por que muitas vezes o criminoso passa bem, enquanto o justo passa mal.

4. *O Retrato*

QUANDO MOISÉS conduziu Israel para fora da terra do Egito, e a notícia chegou até os demais povos, estes foram tomados de admiração e temor, surpresos com o homem que praticara tais atos de heroísmo. Um rei árabe, porém, desejava ardentemente ver o filho de Amram e enviou um pintor escolhido para o acampamento dos hebreus, com o encargo de lhe pintar o retrato do guia das estirpes de Jacó. O artista foi, retratou a figura de Moisés e levou o quadro a seu príncipe. Então o rei fez vir seus sábios e encarregou-os de extraírem do retrato a substância interior e o caráter do retratado, e de descobrirem através de seus traços o segredo de sua força. Os sábios examinaram o retrato e, unânimes, deram ao soberano a seguinte resposta: A julgar pelo que vemos, devemos confessar ao nosso Senhor que o famoso varão é um homem de má disposição, cheio de arrogância, ambição e impulsos violentos, no qual é de se suspeitar todos os vícios que rebaixam a alma humana. Então o rei irritou-se e disse: Zombais de mim, certamente; pois de toda parte não ouço mais que louvores sobre o magnífico homem. Então os súditos, os fisionomistas e o artista assustaram-se e procuraram justificar-se humildemente. Os sábios puseram a culpa no pintor, e disseram que o desenho estava errado; o pintor, por sua vez, empurrou a culpa para os examinadores, que não teriam sabido interpretar o retrato.

Como porém o rei quisesse saber a verdade, dirigiu-se em pessoa com seus cavaleiros ao acampamento de Israel. Ele chegou e de longe ainda viu o semblante de Moisés, o homem de Deus. Pegou o retrato e comparou-o com a presença viva, e eis que o retrato concordava em tudo com o original. E o soberano admirou-se sobremaneira. Procurou a tenda do profeta, curvou-se, prostrou-se diante dele e contou-lhe o que lhe acontecera com a obra do pintor. E disse: Sê benevolente, homem de Deus! Antes de ter visto o teu semblante, pensei que o trabalho do pintor tivesse malogrado; mas agora que te vejo frente a frente, percebo que os fisionomistas que comem à minha mesa me enganaram, e que o que fazem não passa de charlatanismo.

Então Moisés respondeu ao soberano e falou: Não é assim, meu senhor; tanto o teu retratista como os teus sábios têm razão. Se eu não fosse daquela natureza que te foi descrita pelos pensadores, eu seria semelhante a um pedaço de pau seco, do qual também se pode dizer que é livre de vícios. Sim, meu senhor, eu não me importo de confessar-te que todos os defeitos que os teus fisionomistas leram no meu retrato, e ainda muitos outros, existem dentro de mim, mas, tornando-me senhor deles pela força da minha vontade, talvez seja agora o oposto deles a minha segunda natureza. E esta é a razão pela qual eu granjeei um tal nome, e pela qual sou glorificado no céu, lá em cima, e na terra, aqui embaixo.

5. *Iosua bin Nun*

O PAI DE IOSUA, o filho de Nun, vivia na província de Mizrahim, e sua mulher foi estéril durante muito tempo. Então o devoto homem orou por sua mulher, e Deus o atendeu. Quando, porém, a mulher ficou grávida, o justo jejuou e chorou dia e noite, sem parar. Sua esposa levou isso a mal e disse-lhe: Devias te alegrar por Deus ter ouvido a tua súplica. Seu marido nada lhe respondeu. Como, porém, ela o interpelasse todos os dias, e o afligisse com suas palavras, ele abriu-lhe o seu coração e contou-lhe que das alturas celestiais lhe fora vaticinado que esse filho um dia o mataria. A esposa acreditou nas suas palavras, pois sabia que da sua boca sempre vinha a verdade. Quando a criança nasceu, ela viu que era um menino. Ela pegou uma caixinha, calafetou-a com argila e piche, colocou a criança dentro e atirou a caixinha ao rio. Mas o Senhor enviou um grande peixe, e este engoliu a caixinha com o menino.

Aconteceu, então, que o rei preparou uma grande festa para seus príncipes e cortesãos, e foi apanhado o peixe que engolira Iosua. Levaram o peixe diante do rei, abriram-no e eis que havia um menino dentro dele, e chorava. E o rei e os princípes espantaram-se, e o rei mandou trazer uma mulher para amamentar o menino.

ASSIM IOSUA CRESCEU na casa do rei, e o rei fez dele seu carrasco. E aconteceu que aquele justo, o pai de Iosua, caiu em desgraça perante o rei, e este ordenou ao carrasco que o decapitasse. Pelas leis do país, porém, a mulher, os filhos e os bens do executado ficavam para o carrasco.

Quando então Iosua se aproximou de sua mãe, para nela penetrar, jorrou leite dos seus seios e derramou-se sobre o leito. Iosua ficou sobremodo aterrorizado com isso e tomou sua lança para matar a mulher, pois pensou que fosse uma bruxa. Nesse instante a mulher lembrou-se das palavras de seu marido, o justo, e ela disse ao filho: Não é bruxaria o que estás vendo; este é o leite com o qual deverias ter sido alimentado, pois eu sou tua mãe. E ela contou-lhe tudo o que acontecera. E imediatamente Iosua a deixou. Nesse momento, lembrou-se também de que ouvira que tinha sido achado dentro de um peixe. Que desgraça, não ter sabido que o condenado era seu pai! E ele fez penitência.

Por isso chamaram-no Filho de Nun, porque em aramaico Nun significa peixe. Os emissários, porém, que Moisés enviara chamaram-no de Decapitador, por causa da ação cometida contra seu pai.

6. *As Jarras de Mel*

DURANTE A ÉPOCA de reinado do rei Saul, vivia numa das províncias de Israel um homem idoso que tinha por esposa uma mulher jovem e de boa família. E eis que esse homem expirou e retornou à morada eterna. O governador da região, entretanto, já havia lançado os olhos sobre a adorável mulher e queria levá-la à força para a sua casa. Mas a mulher não queria por nada submeter-se à sua vontade. Como porém temesse o poderoso homem, decidiu fugir do país. Tomou todo o ouro que possuía e colocou-o em jarras de barro, mas não as encheu até a boca, colocou por cima uma camada de mel. Entregou as jarras a um amigo de seu falecido marido, em presença de testemunhas, para guardá-las, e deixou a região.

Algum tempo depois, o governador morreu, e a jovem mulher voltou para a sua pátria. Durante a sua ausência, porém, aconteceu que o homem, com o qual ela deixara a sua fortuna, festejou o noivado de um filho e precisou de mel. Desceu ao porão e descobriu os potes da viúva. Levantou as tampas e encontrou os vasos aparentemente cheios de mel até as bordas. Mas, quando afastou a camada de mel, viu o brilho do ouro no fundo dos vasos, e o mesmo conteúdo encontrou nas outras vasilhas. Então o homem retirou todo o ouro, arranjou mel no dia seguinte e com ele encheu todos os potes da rica mulher.

Quando esta voltou e o procurou para reaver o seu penhor, disse-lhe o guardião pérfido: Vai buscar as testemunhas em cuja presença me deste o mel para guardar e leva os teus potes. A mulher voltou com as testemunhas e o amigo do seu marido entregou-lhe os potes diante dos olhos dos seus acompanhantes. Chegando em casa, a viúva encontrou os potes cheios de mel apenas. Então começou a gritar e a se lamentar. Foi ao juiz supremo e lhe apresentou sua queixa. O juiz perguntou: Tens testemunhas de que deste ouro para o homem guardar? A mulher respondeu: Ninguém sabia disso. Então o homem da lei disse: Filha, como posso fazer justiça? Põe-te a caminho e vai ao rei Saul, talvez ele possa ajudar-te no que te é devido.

ENTÃO A MULHER foi ao rei, que, todavia, a mandou para o supremo tribunal. Mas também o supremo tribunal perguntou à viúva se tinha testemunhas de que potes continham ouro. Ela respondeu: Não falei disso com ninguém, pois não devia ser tornado público. Então os sábios varões disseram: Só podemos julgar depois de ouvir declarações das testemunhas. Coisas que se passaram sem a presença de quem tem conhecimento do fato, nós não podemos julgar.

E foi-se, pois, a mulher, com o coração desalentado. Mas, pelo caminho, encontrou Davi, o futuro rei de Israel, que nessa época ainda era um pastorzinho e brincava com as crianças. Ela não conteve a sua dor, nem mesmo diante da juventude, e disse: O supremo tribunal não deu ouvidos à minha queixa contra o homem que me ludibriou. Deixa que te conte o caso e julga-o em tua bondade. Então disse Davi: Pede ao rei que me permita julgar aqui, e eu esclarecerei o caso. A mulher, então, voltou ao rei Saul e lhe disse: Meu senhor, encontrei-me pelo caminho com um menino, o qual, segundo afirmou, pode deslindar o meu caso. Saul respondeu: Traze o menino perante mim.

A mulher trouxe o pastorzinho e o rei lhe falou: É certo que és capaz de trazer a verdade à luz do dia? Davi retrucou: Se eu tiver tua permissão para isso, poderei com fé em Deus tentá-lo. Saul disse: Tens a minha permissão. Ao que Davi disse à queixosa: Mostre-me os potes que deste ao homem para guardar. A mulher trouxe as vasilhas e deixou que Davi as visse. O jovem juiz perguntou: São esses realmente os potes que naquela época deixaste com o homem? A mulher respondeu: Sim, são esses. Então Davi voltou-se para o homem acusado de perfídia e perguntou-lhe também se reconhecia aqueles potes como os que tinham estado guardados no seu porão, ao que o homem respondeu afirmativamente.

ENTÃO DAVI disse à viúva: Traze outros potes vazios. Ela o fez, e Davi ordenou-lhe que despejasse o conteúdo dos primeiros potes nos novos. Depois Davi ergueu os potes esvaziados e quebrou-os diante dos olhos dos presentes. Então examinou os cacos e encontrou na parede interna de um deles duas peças de ouro, que ali tinham ficado grudadas pelo mel. Em seguida, Davi disse ao homem que aceitara o penhor: Vai e devolve a esta mulher o ouro que ela te confiou!

Saul e toda Israel souberam do caso e encheram-se de admiração. Agora todos sabiam que o Espírito de Deus estava com o filho de Isaías.

7. Os Marimbondos e o Rei Davi

CERTO DIA, estava Davi no seu jardim quando viu um marimbondo devorar uma aranha; um menino imbecil, porém, corria dum lado para outro com uma vara e tentava afugentar os insetos. Então Davi falou diante de Deus: Senhor do Mundo! A quem são úteis esse três seres? Os marimbondos sugam o mel e o seu ferrão causa dor; a aranha tece o tempo todo e o seu tecido não serve nem mesmo para sua própria vestimenta, e o imbecil, finalmente, só causa dano e não sabe nada da tua grandeza e que és único. Então o Senhor respondeu: Davi, estás zombando de minhas criaturas. Chegará um dia em que terás necessidade delas, e então saberás para que existem.

Quando, muitos dias depois, Davi se escondeu numa caverna, fugindo às perseguições de Saul, Deus mandou uma aranha, e ela teceu um véu sobre a entrada da caverna. Saul chegou até lá, viu a rede diante da abertura e disse consigo: Aqui ninguém pode ter se insinuado, pois teria rompido os fios da teia. E sem examinar a furna, seguiu adiante. Davi, porém, saiu do esconderijo, beijou a aranha e disse: Bendita sejas tu e louvado seja o teu Criador! E a Deus ele disse: Quem contigo se compara em tua onipotência, e quem realiza tais coisas?

NÃO DEMOROU MUITO e Davi, na sua fuga, foi ter com Achis, o rei de Gat. Ali o ameaçava a vingança pela matança feita por Golias, por isso fingiu-se de louco diante do rei e dos seus cortesãos. Achis, porém, possuía uma filha que tinha o juízo atrapalhado. Quando lhe apresentaram Davi, ele disse a seus criados: Acaso estais zombando de mim? Porque tenho uma filha louca, trazeis também este imbecil à minha presença? Ou será que me faltam mentes atrapalhadas? E assim Davi foi deixado em paz e pôde fugir, agradecendo a Deus pela idéia que lhe dera.

Ele devia, porém, ainda se lembrar com gratidão de um marimbondo. Chegou ao deserto de Sif, ao lugar onde Saul acampava com seu general Abner. Abner protegia a cabeça de seu rei e estava deitado diante dele, de costas, com as pernas dobradas. Davi rastejou até ele e tentou alcançar, por baixo dos joelhos de Abner, um jarro com água que estava ao lado de Saul. Nesse momento, porém, o comandante esticou as pernas e Davi ficou prensado como entre duas pesadas colunas. E ele implorou misericórdia ao Senhor e exclamou: Meu Deus, meu Deus, por que me abandonaste? Então Deus permitiu-lhe um milagre, e mandou um marimbondo, que picou Abner num dos pés. O comandante, tornou então, a encolher os joelhos e Davi escapou e louvou o Senhor.

NÃO CABE ao homem criticar as obras de Deus.

8. O Versículo do Salmo

QUANDO O GENERAL de Davi, Joab, ouviu seu rei compor o versículo: "Assim como um pai se compadece dos seus filhos"*, admirou-se e disse: Será que a misericórdia de um pai precisa ser apresentada como exemplo? Não é por acaso a mãe que se ocupa mais dos filhos, cuida deles, trata deles e os cria? Como pôde meu Senhor fazer tal versículo? Vou sair e observar entre os filhos dos homens para descobrir se as palavras do rei são acertadas.

E JOAB VAGUEOU pelo país de Israel. Chegou, assim, a um lugar onde encontrou um velho que tinha doze filhos. Esse homem trabalhava durante o dia inteiro no campo; e quando anoitecia, comprava com seu salário um pão e assim alimentava parcamente a si e aos seus. Embora o homem fosse velho e frágil, nenhum de seus filhos precisava trabalhar, pois ele se esforçava por eles e provia-os do alimento. Cortava todas as noites o pão em quatorze pedaços, dava um pedaço a cada um dos filhos e à sua mulher, e ele mesmo comia sua parte. Ao observar o comportamento daquele homem, Joab disse consigo mesmo: Com este apenas posso fazer a minha experiência. E quando o previdente velho começou de manhã o seu trabalho no campo, Joab dirigiu-se a ele e disse: Como é estranho o teu proceder! És um homem velho e trabalhas duramente o dia inteiro para saciar teus filhos. Não seria melhor para ti se eles trabalhassem e tu vivesses do seu trabalho? Se quisesses aceitar a oferta de meu rei, vender-lhe-ias um dos teus filhos, e com o dinheiro que recebesses, poderias viver muito bem, junto com os da tua casa. Quando o velho ouviu esta pretensão, avançou para o general de Davi tão cheio de ira, que este foi embora.

Em seguida, Joab pensou em fazer a mesma proposta à mãe das crianças. Procurou-a e falou-lhe da seguinte maneira: Tu e teu marido sois ambos velhos, e criastes doze filhos. Vós dois trabalhais, e eles vivem de vosso esforço. A velha respondeu: Foi essa desde sempre a lei do mundo, que os pais cuidem de seus filhos. Então Joab disse: Mas por que deve a vossa vida se passar em esforço e labor? Devíeis pensar em manter em vida os vossos filhos sem preocupações e esforços. A mulher perguntou: E como podemos fazer isso? Joab respondeu: Vendei-me um dos vossos filhos, e então podereis viver farta e alegremente com os outros. A mulher respondeu a isso: Apresentarei a proposta a meu marido; talvez ele con-

---

* Salmo 103, 13.

corde em fazer isso. Joab disse: Pois bem, fala com ele. A mulher, porém, atalhou: E se meu esposo recusar? O general respondeu: Pois faze-o por tua própria conta, com tantos filhos ele nada perceberá. A mulher falou: E se ele perceber, e eu não puder devolver-lhe o filho, ele me matará. Joab disse: Entrega-me o menino; eu te darei por ele cem dinares de ouro. Se teu marido se zangar, terá de volta seu filho. Então a mulher tomou o dinheiro da mão do general e trouxe-lhe um dos seus filhos. Joab saiu com o menino para fora do lugar, para ver o que iria acontecer.

QUANDO, À NOITE, o velho se sentou à mesa, pegou o pão e cortou-o como todos os dias em quatorze partes, viu que um pedaço ficara sobrando. Gritou e perguntou pelo filho ausente. A mãe murmurou para tranqüilizá-lo: Ele está em casa de seu amigo. Então o velho disse: Pois vai buscá-lo já. Eu não comerei enquanto ele não voltar. A mulher pediu: Vamos primeiro terminar nossa refeição, depois chamarei o menino. O marido, porém, falou: Não poremos um só bocado na boca enquanto ele não voltar. Então a mulher disse: Por que te esconder isso? Eu o vendi a um homem estrangeiro que veio falar conosco. Aqui tens os cem dinares que recebi. Fiz isso para que tu não precises mais te preocupar com nosso sustento.

Ao saber disso, o pai não quis comer nem beber nada a noite toda. E de manhã ele se pôs a caminho à procura do estrangeiro. Levava os cem dinares e uma arma, e cogitava, caso o comprador se recusasse a devolver a criança, em matá-lo. Joab, porém, estava lá fora na estrada, esperando pelo que viria a acontecer. O velho correu para ele e disse: Aqui tens o teu dinheiro, devolve-me o meu filho. Joab respondeu: Sua mãe vendeu-o a mim. Não tem ela uma parte nele, igual à tua? Vós tendes juntos doze filhos; a cada um de vós pertence pois apenas metade de cada filho. Se tua esposa me vendeu um filho, em troca disso um dos outros filhos deve pertencer-te por inteiro. O irado pai, porém, retrucou: Não quero trocar mais palavras contigo sobre esse assunto. Se não me devolveres meu filho, eu te matarei, ou me deixarei matar por ti. Quando Joab ouviu essas palavras, desatou a rir. Tomou o dinheiro da mão do velho e devolveu-lhe o seu filho.

ENTÃO O GENERAL exclamou: Como foi bem formulado o versículo de Davi: "Assim como o pai tem misericórdia dos seus filhos, tu tens misericórdia de nós, ó Senhor!" Ele não disse: assim como a mãe se compadece dos seus filhos... Agora mesmo uma mulher vendeu seu filho, para não precisar se preocupar com o seu sustento. O pai, porém, que carregava esse fardo, estava pronto a dar a própria vida pelo filho.

9. O Menino Salomão

QUANDO SALOMÃO ainda era menino, Davi saiu para uma guerra. Enquanto isso, o príncipe recebia instrução de um conhecido mestre de ciências, e um dia ele perguntou a seu mestre: Podes-me dizer, na tua grande sabedoria, se meu pai vencerá a guerra e voltará incólume para casa? O sábio respondeu: Isso é duvidoso, pois o inimigo é forte. Desse momento em diante, Salomão fez tudo para obter a posse de forças extraordinária. E então aconteceu que, quando apenas um fio de cabelo separava Davi da morte, a batalha sofreu uma reviravolta e o rei inimigo caiu morto. Ao morrer, porém, ele exclamou: Salomão me matou! É de Salomão que a morte veio sobre mim! O mestre do filho do rei soube disso, e ficou conhecendo a dimensão dos dons que o seu real discípulo possuía. Quando, terminada a guerra, Davi voltou para casa, dedicou a Salomão todo o seu amor paterno.

10. A Prova de Sangue

NA ÉPOCA EM QUE Davi era rei de Israel, vivia numa cidade um homem muito rico, que possuía servos e servas e grandes propriedades. Mas por descendência ele tinha apenas um filho. Certo dia, o ricaço comprou muita mercadoria e entregou-a ao filho para que este começasse um comércio. O moço carregou um navio de mercadoria e, sozinho, lançou-se ao mar em viagem para a África, onde permaneceu por vários anos. Nesse meio tempo, em casa, seu velho pai faleceu e todos os seus haveres passaram para o servo principal que administrava os tesouros. Este servo, porém, começou a oprimir a criadagem e a atormentá-la de tal modo que os criados o abandonaram. Assim o antigo escravo tornou-se o único proprietário da fortuna que seu senhor deixara. E ele não se deixou faltar nada, regalando-se no gozo do dinheiro.

Algum tempo depois, o filho retornou da terra distante. Entrou na casa de seu pai, mas não encontrou mais seu genitor, pois este se fora deste mundo. E quando o herdeiro quis abrir os aposentos internos, o servo apareceu, deu-lhe um empurrão e bradou: O que queres em minha casa, atrevido? Então o jovem levantou o seu cajado, golpeou o servo e disse: Escravo indigno, tu te apossaste do que meu pai e eu adquirimos com esforço e vives alegre em nossa propriedade. Assim começou uma altercação entre ambos, e não havia ninguém presente que pudesse apaziguá-la. Por fim, o filho do falecido correu ao rei Davi, queixou-se diante dele e disse: Que o rei viva eternamente! O escravo tal-e-tal apossou-se de toda a fortuna de meu pai e me disse: Não és tu o proprietário, e sim, eu. Então Davi perguntou: Tens testemunhas de que assim é? O herdeiro retrucou: Não as tenho. Em seguida, o servo foi convocado à presença do soberano e, por sua vez, interpelado se tinha testemunhas, ao que também respondeu que não existia ninguém que pudesse se manifestar sobre o caso. Então o rei disse ao servo: Podes ir, não deves nada a este homem. Quando o filho do extinto ouviu esta sentença, deu livre curso a seu desgosto e queixou-se repetidamente da injustiça do rei, até que Davi se encolerizou e disse: Se continuares a te lamentar, eu te castigarei. Se tivesses testemunhas, eu poderia fazer justiça; sem testemunhas, porém, o que posso fazer?

O JOVEM PRÍNCIPE Salomão viu que o homem repreendido chorava, e disse-lhe: Apresenta-te novamente perante o rei. Se ele se encolerizar de novo, dize-lhe: Meu senhor e rei, se não queres me conceder justiça, encarrega teu filho Salomão de proferir a sentença. O jovem obedeceu e Davi entregou o caso a Salomão para ser decidido. Então Salomão perguntou ao queixoso: Conheces a sepultura de teu pai? O filho respondeu: Não a conheço. Ao que Salomão perguntou ao servo: Poderás encontrar a sepultura do falecido? O servo respondeu: Posso bem fazer isso. E disse Salomão: Vai pois e traze-me um braço do enterrado. O criado foi ao cemitério, decepou um braço do cadáver de seu amo e levou-o a Salomão. Então Salomão disse aos dois litigantes: Cada um de vós tire sangue da sua veia e recolha-o numa vasilha. Quando isto foi feito pelos litigantes, Salomão disse ao servo: Mergulha o braço morto no teu sangue. O servo obedeceu, e o membro decepado conservou o seu aspecto. Depois Salomão ordenou ao filho do falecido que mergulhasse o braço cortado no seu sangue, e eis que o membro decepado mudou de cor e avermelhou-se. Então Salomão mostrou o braço ao povo reunido e disse: Vede, isto é o mesmo sangue e a mesma carne. Assim o servo foi obrigado a devolver ao herdeiro legítimo toda a fortuna de que se apossara ilegalmente. E toda Israel encheu-se de admiração pelo fato de que foi testemunha.

11. O Ovo Emprestado

CERTA VEZ, os escudeiros de Davi estavam tomando a sua refeição em comum e foram-lhes servidos ovos cozidos. Um dos jovens estava mais faminto que os outros e comeu a sua parte antes deles. Quando então os outros começaram a comer, ele envergonhou-se por sua tigela estar vazia e falou ao seu vizinho: Empresta-me um ovo. O camarada respondeu: Fá-lo-ei de bom grado, se me prometeres diante de testemunhas que me devolverás o ovo quando eu o exigir, junto com todo o lucro que ele me teria trazido até aquela época. O jovem comprometeu-se diante de todos os companheiros de mesa a fazê-lo. Muito tempo depois, o amigo lembrou-lhe a dívida. O moço respondeu: O empréstimo consistiu em um ovo apenas. O amigo porém exigia muito mais, e assim ambos foram ao rei Davi. Diante do portão do palácio, viram Salomão, o filho do rei, sentado. Ele tinha o costume de perguntar pelo motivo da visita a todos aqueles que vinham a Davi com alguma causa. Quando os dois rapazes apareceram, ele quis também saber por que tinham vindo. Os moços contaram-lhe seu caso. Então Salomão disse: Levai a contenda a meu pai; quando voltardes, contai-me o que ele decidiu.

Assim os escudeiros fizeram-se ouvir pelo rei Davi, e o queixoso apoiou-se nas declarações das testemunhas, e contou as condições sob as quais o empréstimo tinha sido feito. Segundo elas, aquele que recebera o ovo deveria pagar àquele que o dera todo o lucro que se poderia extrair de um ovo em tão longo tempo. Ao que o rei Davi disse ao acusado: Tens de pagar a tua dívida. E o moço respondeu: Não sei quanto devo pagar. O amigo então apresentou diante do rei uma conta, e concluiu o seguinte: Num ano, um ovo transforma-se num pinto; um ano depois, essa galinha traz dezoito pintos; no terceiro ano, esses dezoito produzem igualmente dezoito cada um, e assim por diante, cada ano. E assim a minúscula dívida transformou-se numa exigência gigante, e o moço saiu da sala de julgamentos do rei tomado de angústia. No portão do palácio, Salomão interpelou-o novamente e perguntou: Como foi o julgamento do Rei? O moço respondeu: Sou obrigado a restituir tudo o que meu amigo diz ter perdido com aquele único ovo, e isto constitui uma soma vultosa. Então Salomão disse: Ouve a minha voz, vou dar-te um bom conselho. O moço respondeu: Que tenhas longa vida! Salomão disse: Vai para o campo e ocupa-te num campo arado por onde os regimentos do rei costumam passar todos os dias. Leva contigo uma medida de favas cozidas, e, quando vires passar os guerreiros, atira um punhado de favas na terra. Se alguém te perguntar o que estás fazendo, diz: Semeio favas cozidas. Se então te perguntarem: Onde já se viu usar favas cozidas para semeadura? – responde: Onde já se viu sair um pinto de um ovo cozido?

O MOÇO NÃO perdeu tempo em seguir este conselho; colocou-se no lugar indicado e jogou a estranha semeadura nos sulcos da terra. Quando os soldados passaram por ali, indagaram ao rapaz; O que fazes aqui? E ele respondeu: Quero fazer brotar favas cozidas. E os guerreiros opinaram: Já se ouviu alguma vez que algo cozido frutifique? O jovem retrucou: Já se viu alguma vez que um ovo fervido se transforme num pinto? E cada destacamento que passava fazia a mesma pergunta e recebia a mesma resposta, até que a estória chegou aos ouvidos do rei. Então Davi mandou chamar o moço novamente à sua presença e perguntou: Quem te sugeriu agir desta maneira? O jovem respondeu: Fui eu mesmo que lembrei esta saída. Davi, porém, disse: Reconheço a mão de Salomão nesta trama. Então o jovem confessou a verdade e disse: Por tua vida, meu rei e senhor, teu filho Salomão inventou esta artimanha do princípio ao fim. Então Davi mandou chamar o príncipe e perguntou-lhe: Qual seria tua sentença neste caso? E Salomão respondeu: Como pode este moço responder por coisas que não podem ser consideradas como existentes? Um ovo, que cozinhou em água fervente, não pode ser considerado como futuro pinto. Ao que Davi disse ao moço: Devolve a teu credor apenas um ovo.

POR ISSO consta: "Senhor, confere teu julgamento ao rei, e tua justiça, ao filho do rei."

12. *A Serpente e o Homem*

NUM DIA DE INVERNO, um velho ia de uma cidade a outra e viu na estrada uma serpente meio enregelada de frio. Então, o ancião lembrou-se do versículo: "Sua compaixão se estende sobre todas as criaturas"*. E ele pegou a serpente, aqueceu-a no peito, até que seu espírito reviveu. Mas, assim que ela voltou a si, enroscou-se no corpo de seu salvador e quis estrangulá-lo. Então, o velho gritou: Malvada criatura, queres, então, me matar! Não fora eu, e terias morrido gelada! Vem, iremos juntos perante o juiz. A serpente respondeu: Irei de bom grado, mas diante de quem apresentaremos a nossa disputa? O ancião respondeu: Diante do primeiro que encontrarmos. Logo um boi atravessou seu caminho. O velho interpelou-o e gritou: Pára aqui! E contou-lhe o acontecido. A serpente o interrompeu e falou: Estou agindo assim com direito, porque reza a Escritura: "Semearei inimizade entre o Homem e a Serpente". Então o boi disse: A serpente está no seu direito. Mesmo que lhe tenhas feito o bem, ela pode

---

* Salmo 145,9.

te pagar com o mal. Essa é a ordem do mundo. O meu senhor também não age comigo de outra maneira. Trabalho para ele, arando a terra dia e noite, e quando chega a hora da comida, ele fica com o melhor e me dá apenas palha; e também dorme numa cama, e me deixa dormindo no pátio ao relento. As palavras do boi aborreceram o velho e ele continuou o caminho com a serpente. Pouco depois, encontraram um asno, e a ele apresentaram a sua contenda. Mas o asno, como o boi, deu razão à serpente. Naquela época, Davi, o filho de Isaías, reinava na Judéia, e o velho resolveu apresentar-se com a serpente perante ele. Mas nem Davi decidiu a favor do ancião. Ele disse: Já desde tempos imemoriais existe a inimizade entre o homem e a serpente, como o declara a Escritura. Que posso eu fazer contra isso? Então o ancião, com os olhos marejados, saiu da presença do rei Davi e viu Salomão, o filho deste, junto do poço no pátio. Nessa época, ele era ainda um menino. O bastão de Davi, seu pai, tinha caído no poço; Salomão ordenou que cavassem a terra em volta do poço, para que a água se alastrasse e o bastão flutuasse. Quando o ancião viu isso, disse consigo: Eis um menino sábio, vou contar-lhe o meu desgosto; talvez ele me dê razão diante da serpente. E contou com que maldade a serpente agira contra ele. Então Salomão disse: Não apresentastes vossa discórdia a meu pai? O velho respondeu: Sim, mas o rei opinou que não havia nada a fazer por mim. Então Salomão disse: Vem comigo novamente à presença de meu pai. E os três foram novamente à presença do rei Davi, e Salomão tinha na mão o bastão que acabava de ser retirado do poço. Salomão disse ao rei: Por que não quiseste julgar entre o homem e a serpente? Davi respondeu: Aconteceu-lhe o merecido, porque esqueceu-se das palavras da Escritura. Então Salomão disse: Amado pai, permite que eu profira a sentença neste caso. Davi respondeu: Amado filho, essa permissão te é concedida.

SALOMÃO VOLTOU-SE para a serpente e perguntou: Por que queres fazer mal a quem te fez bem? A serpente retrucou: Foi assim que Deus ordenou que eu fizesse. Ao que Salomão indagou: Queres obedecer a tudo o que está na Escritura? A serpente respondeu: Certamente. Então Salomão disse: Nesse caso, tens em primeiro lugar que deixar o corpo do homem e colocar-te erecta, pois assim reza a Lei: "Dois, que têm uma pendência entre si, devem ficar de pé diante do juiz"*. A serpente respondeu: Executarei isso. E deslizou do corpo do homem para o chão. Então

---

* Livro de Moisés 29,17.

Salomão voltou-se para o queixoso e disse-lhe: A Escritura reza: "Ele esmagará tua cabeça"*. Faze pois como foi ordenado. Então o ancião ergueu seu cajado e com ele matou a serpente.

13. A Rainha de Sabá

APÓS A MORTE de Davi, Salomão tornou-se rei em seu lugar. A este Deus concedeu o domínio sobre os animais dos campos, sobre as aves do céu e sobre tudo o que respira na terra. Mas também os espíritos, os demônios e os duendes se subordinavam a seu poder. A língua de qualquer criatura lhe era compreensível, e os animais por seu lado entendiam a língua de Salomão. Pois sobre ele diz a Escritura: Ele falava das árvores.

Quando o coração de Salomão se alegrava com o vinho, mandava chamar os reis dos países vizinhos e eles hospedavam-se no seu palácio. Depois ele mandava soar os violinos, címbalos, tambores e harpas que Davi, seu pai, costumava tocar. Certo dia, quando o sumo das videiras o fez ficar alegre, Salomão mandou reunir em torno de si todas as espécies de animais, aves e vermes, assim como os espíritos, para que executassem danças e sua grandeza se tornasse patente diante dos hóspedes convidados. Os escribas reais chamaram os animais pelos seus nomes, e eles se aproximaram do soberano, sem estarem amarrados com cordas, ou presos a correntes, ou conduzidos à força por mãos humanas. O rei examinou o bando de aves, e não encontrou entre elas o galo silvestre. Irritado com isso, ordenou que essa ave fosse presa e punida. Mas a ave logo apareceu voando e disse a Salomão: Meu amo e Senhor do mundo, queira escutar-me e inclinar seu ouvido para a minha fala. Faz hoje três meses que eu tomei uma resolução sobre a qual havia refletido. Não comi pão nem bebi água, pois havia decidido sobrevoar todos os países para ver se existia uma só faixa de terra cujos habitantes não tivessem ouvido falar do meu rei e senhor. E encontrei um reino, cuja capital se chama Kitor, a cidade do Incenso, e que fica no Oriente. O solo desse país é ouro puro, e a prata fica jogada na rua como lixo, sem que ninguém a note. As próprias árvores provêm ainda da era da Criação, e são irrigadas pelas águas do paraíso. Um povo numeroso, que anda de cabeça coroada, habita o país. Essa gen-

---
* Livro de Moisés 3,15.

te não conhece a guerra e não sabe esticar o arco. A soberana desse país, porém, é uma mulher: chama-se Rainha de Sabá. E o galo silvestre prosseguiu e disse a Salomão: Se assim aprouver ao meu senhor, cingirei meus quadris como um herói e voarei para à cidade de Kitor, no país de Sabá. Lá acorrentarei os príncipes, algemarei os poderosos e os trarei à presença do meu senhor. Este conselho do pássaro agradou bastante a Salomão. Os escribas do rei foram chamados e prepararam uma carta, que prenderam a uma asa do galo silvestre. E o pássaro estendeu as asas e elevou-se para o céu. No seu vôo, porém, ele levou consigo também as outras aves, e elas voaram com ele para a cidade de Kitor, no país de Sabá.

ACONTECEU ENTÃO, um dia, pela manhã, que a rainha de Sabá saiu do seu palácio para adorar o sol. E eis que o grande astro estava escurecido por uma revoada de pássaros. Então a rainha rasgou suas vestes e sentiu-se perturbada. E estando ela assim, o galo silvestre baixou junto dela, e ela viu a carta presa à sua plumagem. Ela abriu a mensagem e leu o seguinte: De mim, o Rei Salomão, que oferece a saudação da paz à Rainha de Sabá e aos seus príncipes. Deves ter conhecimento de que Deus me fez soberano sobre os bichos do campo, as aves do céu e sobre os espíritos, e que os reis do Oriente e do Ocidente, das zonas do meio-dia e da meia-noite, vêm a mim e fazem-me a corte. Se vós estiverdes dispostos a me saudar da mesma forma, receber-vos-ei com honras que antes de vós a ninguém concedi. Se, porém, a isso vos recusardes, se vos obstinardes diante do meu desejo e não vierdes para me ver, farei com que vos procurem os meus poderosos, os meus exércitos e os meus cavaleiros. Se perguntardes, porém: Quem são esses poderosos, esses exércitos e cavaleiros do rei Salomão? – então sabei: Os animais selvagens, esses são seus poderosos, as aves são seus cavaleiros, e os demônios são seus exércitos. Os demônios vos estrangularão nos vossos leitos, as feras vos esmagarão nos campos e as aves devorarão a vossa carne.

Quando a rainha leu esta mensagem, agarrou pela segunda vez as suas vestes com as mãos e rasgou-as. Em seguida, mandou chamar os seus anciãos e conselheiros e disse-lhes: Tomai conhecimento do que o rei Salomão me escreve. Os cortesãos responderam em uníssono: Não conhecemos rei de nome Salomão, e seu poder não nos parece ser grande. Porém, a soberana não atentou às palavras de seus homens. Ela reuniu os marinheiros de seu país e ordenou que carregassem navios com madeira de pinho e pérolas preciosas. Depois escolheu seiscentas crianças, meninos e meninas, todos iguais em aspecto e estatura, e tinham a mesma idade, ano, mês dia e hora. Ela os fez trajar em vestes de púrpura e entregou-lhes uma carta para o rei Salomão, na qual constava: Da cidade de

Kitor até o país de Israel é um caminho de sete anos. À tua prece, porém, que eu te peço enviar, será possível trazer-me à tua presença em três anos.

DECORRIDOS OS TRÊS anos, a rainha de Sabá chegou a Jerusalém para a visita ao rei Salomão. E Salomão enviou o seu general Benaia ben Ioiada para receber a soberana. Benaia, porém, era de grande formosura e sua face assemelhava-se à aurora e ao planeta Vênus, que brilha mais que os outros astros; também se podia compará-la a uma rosa. Quando a rainha de Sabá avistou o general de Salomão, desceu do seu carro. Então o filho de Ioiada perguntou: Por que deixas tua carruagem? A rainha redargüiu: Não és, então, o rei Salomão? Ao que o general disse: Não sou o rei Salomão, sou apenas um dos criados que ficam junto dele. Então ela voltou-se e falou em parábola para seus acompanhantes: Ainda não vistes o leão, mas sim aquele em quem ele se apóia.

EM SEGUIDA Benaia conduziu a rainha estrangeira ao rei Salomão. O filho de Davi, porém, quando a rainha devia chegar, deixou o castelo onde permanecia e entrou no seu palácio de vidro, para ali esperar a Soberana de Sabá. A rainha penetrou no aposento e pensou que o rei Salomão estivesse sentado na água. Por isso levantou a fímbria do seu vestido e desnudou as pernas; estas porém eram peludas. Salomão disse: Tua beleza é como a beleza das mulheres, mas a pilosidade cabe mais a um homem que a uma mulher. A rainha de Sabá disse: Meu senhor e rei! Quero propor-te três charadas; se as resolveres, saberei que és sábio, se não, então és como os outros homens. E ela começou, então: De um poço de madeira, um balde de ferro retira pedras, sobre as quais escorre água. Salomão respondeu: É o tubo de adorno, do qual com uma colher de ferro retiram-se as pedrinhas duras da pintura para os olhos; se com elas se esfregam as pálpebras, os olhos lacrimejam. Então a rainha de Sabá continuou: O que é o que é? Provém da terra, come pó, é líquido e olha para dentro da casa. Salomão respondeu: É a resina da terra, com a qual se calafetam as casas em construção. E então a rainha de Sabá perguntou pela terceira vez: Move-se na tempestade e ergue grande e amarga gritaria. Como o junco, deixa pender a cabeça. É uma glória para os ricos, um escárnio para os pobres, um adorno para os mortos, uma dor para os vivos, uma alegria para as aves, um desgosto para os peixes. É o linho, adivinhou Salomão. As espigas no campo curvam a cabeça. Como vela, geme na tempestade sobre o mar. É uma glória para os grandes que usam trajes de bisso, um escárnio para os pobres que andam em farrapos, um adorno para os falecidos, que são envolvidos em mortalhas de linho, uma dor para os vivos, quando pensam na corda da forca, uma alegria para as aves, que comem sua semente, um desgosto para os peixes, que são apanhados em redes de fio de linho.

Então a rainha de Sabá disse: Nem a metade da tua sabedoria me foi relatada. Tens compreensão e granjeaste grande fama; feliz é teu povo e felizes são os teus servidores!

Depois Salomão levou a rainha de Sabá para seu palácio de moradia. Quando a soberana estrangeira viu o esplendor que cercava Salomão, fez ouvir louvor e graças àquele que criara o rei, e falou: Louvado seja o Senhor, teu Deus, que se agradou de ti e te concedeu o trono real para que exercesses direito e justiça! E ela presenteou o rei com ouro e prata. E também o rei deu à soberana tudo o que ela desejou.

14. Na Ilha no Mar

O REI SALOMÃO tinha uma filha que era tão formosa que em toda a terra de Israel não existia outra igual. Salomão gostaria de saber quem era destinado a ser esposo da sua filha e olhou para os planetas. Então viu, pela posição dos luminares celestes, que o prometido da donzela seria um mendigo, o homem mais pobre em todo o povo. O que fez o rei? Construiu uma alta torre no mar, fez cercá-la por todos os lados de muralhas e colocou nela grandes provisões de alimento e bebida. Após o que tomou a sua filha e encerrou-a na torre; setenta camareiros, dentre os anciãos de Israel, ficaram a seu serviço. Na torre não foi feita nenhuma porta, para que homem algum de fora pudesse nela penetrar. Então Salomão disse: Agora quero ver como Deus vai realizar o seu intento.

Aconteceu, porém, que aquele mendigo que estava predestinado à filha do rei estava certa noite vagueando, maltrapilho e descalço, faminto e sedento, sem encontrar lugar para dormir. Então viu uma carcaça de boi jazendo no campo; ele insinuou-se por entre as costelas, para se aquecer, e ali adormeceu. Logo veio voando um abutre, agarrou a carcaça com o homem dentro e levou-a para o telhado daquela torre, justamente em cima do aposento da filha do rei. A ave devorou a carniça do animal e ficou pousada no telhado.

QUANDO ROMPEU a manhã, a filha de Salomão subiu para o telhado, como costumava fazer todos os dias. Então avistou o jovem. Ela perguntou-lhe: Quem és tu e quem te trouxe aqui? O estranho respondeu: Eu sou da Judéia, filho da cidade de Akko, e uma ave trouxe-me aqui. Então a filha do rei levou o jovem para o seu aposento, lavou-o e untou-o e vestiu-o com roupas, de maneira que ele ficou tão formoso como nenhum outro na terra dos judeus.

E a filha de Salomão amou o jovem estrangeiro de todo o seu coração, e sua alma uniu-se à alma dele, pois ele possuía altos dons e conhecia as Escrituras. Certo dia disse a filha do rei ao seu hóspede: É de tua vontade santificar-me? O jovem respondeu: Oh, se eu o pudesse! E ele se levantou, arranhou sua carne e escreveu com o próprio sangue o seu voto matrimonial para a donzela. Então ele a santificou e disse: Deus, o Senhor, seja hoje nossa testemunha, e também os seus anjos, Micael e Gabriel, sejam nossas testemunhas! E o jovem uniu-se à donzela, conforme é costume no mundo, e ela concebeu dele.

Quando, mais tarde os camareiros viram que a filha do seu rei estava grávida, falaram-lhe: Parece que o teu ventre foi abençoado. A filha do rei respondeu-lhes: Assim é, em verdade. Então os camareiros tornaram a perguntar: De quem ficaste grávida? Mas a filha de Salomão respondeu: Para que precisais saber disso? Então a face dos guardiães obscureceu-se, pois temiam o rei Salomão, que ele os acusasse de negligência. E mandaram chamar o rei, para que viesse e falasse com eles. O rei Salomão embarcou num navio e veio à ilha encontrar os anciões. Então eles disseram: Nosso rei e senhor! Tal e tal coisa aconteceu com tua filha; mas que o soberano não ponha a culpa sobre os seus servos. Ao ouvir isso o rei mandou chamar a filha e interpelou-a sobre o que lhe havia acontecido. Ela respondeu-lhe: Deus enviou-me aqui um jovem, que é formoso e de bom coração, estudioso e conhecedor das Escrituras, e ele me santificou. Então o rei mandou chamar o jovem; este veio e mostrou ao rei o voto matrimonial que tinha escrito para sua filha. Então Salomão indagou sobre seu pai e sua mãe, assim como sobre sua linguagem e o lugar de sua origem. Pelo relato do jovem, Salomão percebeu que se tratava daquele sobre o qual tinha lido nos astros. E o rei encheu-se de alegria e falou: Louvado seja o Senhor, que a cada um faz chegar o que é seu!

15. O Saco de Farinha da Viúva

A SIGNIFICATIVA HISTÓRIA que se segue aconteceu nos dias do rei Salomão, a paz esteja com ele.

Em certo lugar, vivia uma devota mulher que sempre se esforçava por fazer o bem. Embora ela própria fosse necessitada, sempre dava do seu aos outros. Todos os dias ela assava três pães e dava dois aos pobres; o terceiro era o seu alimento diário. Um dia, um homem bateu à sua porta e disse: Senhora, eu navegava com as minhas posses num navio, mas a embarcação naufragou e todos os seus ocupantes, assim como o piloto, pereceram; fui atirado à praia pelas ondas e escapei da morte. Mas de que me serve isso, estou perdendo o juízo, pois já faz três dias que não me alimento, pois tive de atravessar regiões inóspitas. A mulher imediatamente trouxe um pão e deu-o ao homem faminto. Depois ela sentou-se e quis comer o segundo pão, quando outro pobre surgiu à sua porta, levantou a voz e suplicou: Boa mulher, tem compaixão de mim e dá-me pão, para que o meu espírito se reanime. Fui aprisionado por inimigos, fugi há três dias e não me alimentei durante a fuga. Então, a piedosa mulher deu-lhe o segundo pão e exclamou: Louvado seja o Senhor, que me permitiu fazer o bem; graças à sua ajuda, minha parte é pura. Então tomou o terceiro pão para comer, quando um terceiro mendigo entrou em sua casa e disse: Bondosa mulher, fui assaltado em caminho por bandidos emboscados e tive que me refugiar na floresta. Assim, há muitos dias tenho vivido só de ervas e quase esqueci o sabor de um pedaço de pão. Reconforta-me, pois, com algo assado, com que um faminto possa se saciar. A bondosa mulher deu-lhe seu último pão, ficando ela mesma sem comida. Então ela disse consigo: Vou ver se ainda tenho farinha no meu saco; farei dela uma massa e assarei um pão. Mas o saco não continha mais nada. Então a mulher disse: Vou colher grãos de trigo, moê-los em farinha e reconfortar minha alma. E ela saiu para o campo, juntou alguns punhados de cereal, levou-os ao moinho e moeu os grãos. Colocou o saquinho na cabeça e empreendeu o caminho de casa. Mas eis que se ergue do mar um vento de tempestade que o arrancou de sua cabeça e o atirou longe. Assim a pobre ficou privada de seu alimento. Pôs-se a chorar amargamente e exclamou: Com que terei pecado perante o Senhor, para que me aconteça tal coisa? E ela foi ao rei Salomão. Nesse dia o conselho supremo estava reunido ao seu redor. Ela disse: Dizei vós, os justos, qual pode ser a razão para eu ficar hoje sem mesmo um pedaço de pão seco. Enquanto ela ainda falava, entraram no salão três mercadores, que haviam atracado com seus navios, e disseram: Nosso rei e senhor, toma a ti estas sete mil moedas de ouro, para que sejam dedicadas aos pobres. Salomão perguntou: O que aconteceu para que sacrifiqueis de boa vontade tanto dinheiro? Então os comerciantes contaram: Estávamos navegando no nosso navio, carregado de carga preciosa, e estávamos não longe da margem, quando apareceu um rombo. Procuramos calafetá-lo, mas não conseguimos, e o navio estava a ponto de ir a pique com tudo o que continha. Então gritamos: Senhor do mundo! Se alcançarmos a margem, a décima parte de tudo o que o navio abriga pertencerá aos pobres, e nós mesmos faremos penitência. E prostramo-nos com o rosto no chão, para que cada um não visse a morte do outro. E tão grande era o nosso pavor, que nosso juízo ficou confuso. Não percebemos que havíamos atingido a costa e já nos achávamos em terra firme. Computamos o valor das nossas mercadorias, e um décimo dele perfazia sete mil moedas de ouro, que nós, em cumprimento de nossa promessa, trouxemos aqui. Então o rei Salomão disse aos mercadores: Sabeis em que lugar se encontrava o rombo e o que foi que o fechou? Os comerciantes responderam: Isso não o sabemos. Salomão disse: Pois então, examinai a vossa embarcação. Os comerciantes foram e verificaram que o buraco havia sido tapado por um saco de farinha. Eles tiraram-no e levaram-no ao rei. Então Salomão disse à piedosa mulher: Reconheces o saco pelas suas marcas e pelo seu selo? A mulher volveu: Conheço-o bem, é o meu saco de farinha. Ao que Salomão falou: Por tua causa o Senhor fez isto; quem trilha os caminhos de Deus, está Deus com ele.

E TODOS OS PRESENTES, assim como o Conselho Supremo, admiraram-se da sabedoria de Salomão.

16. Uma Palavra do Pregador

EIS QUE ACHEI, diz o pregador, unindo um fato a outro, para a respeito deles alcançar conhecimento; conhecimento que procura, e ainda não o encontrou: entre mil achei um homem, mas entre tantas mulheres não achei sequer uma.*

Quando os do Conselho Supremo de Israel ouviram o rei Salomão falar assim, encheram-se de assombro. Ao que o rei disse: Se vos agradar, trarei uma prova para as minhas palavras. O povo e os anciãos disseram: Faze-o, ó Rei! Então Salomão disse: Pois bem, citai-me uma mulher virtuosa em Jerusalém, que tenha por esposo um homem virtuoso. Os anciãos procuraram pela cidade e encontraram um casal assim. Então, Salomão fez vir primeiro o marido e disse-lhe: Penso em honrar-te e nomear-te mordomo do meu palácio. O cidadão respondeu: Sou teu súdito e quero te servir. Salomão disse: Mas terias, ainda esta noite, de matar tua mulher e trazer-me a sua cabeça. Então farei de ti meu genro e general em Israel. O homem obediente respondeu: Obedecerei ao teu desejo.

Quando, porém, o homem se viu fora e refletiu sobre a ordem do rei, começou a chorar e a se lamentar. Sua mulher era formosa e adorável, e era mãe de seus filhos pequenos. Perto da casa, a mulher veio ao seu encontro e perguntou: Meu senhor, o que tens que estás tão entristecido? O

---

* O Pregador 7, 27-28.

perturbado homem respondeu: Deixai-me, trago uma angústia no meu coração. Assim eles entraram em casa. A mulher serviu ao marido comida e bebida, mas ele não quis tocar em nada. Ele seguia os seus pensamentos e meditava: O que posso fazer? Matar minha mulher, que gerou meus filhos? E ele disse à mulher: Vai dormir com os pequenos.

Quando a mulher adormeceu, o homem levantou-se e desnudou sua espada para matá-la. Quando porém se aproximou do leito, viu um dos meninos deitado sobre o seio de sua mãe, o outro encolhido ao lado dela. Nessa hora ele exclamou: Com certeza Satanás insinuou-se no coração de Salomão! Ai de mim! O que farei? Se eu matar minha mulher, estas criancinhas também perecerão. E ele tornou a embainhar a espada e disse: Que Deus te amaldiçoe, Satanás! Pouco depois, porém, ele voltou novamente para junto do leito e disse: Vou matá-la, sim, e amanhã o rei dará a sua filha e grande riqueza. E novamente ele puxou a espada. Então viu o cabelo da mulher cobrindo os rostos das crianças. A compaixão apoderou-se dele e ele disse: Mesmo que o rei me dê seu palácio e todos os seus tesouros, não matarei minha mulher. E guardou a espada na bainha, deitou-se ao lado da mulher e dormiu até a manhã.

NO DIA SEGUINTE, vieram os enviados de Salomão e conduziram o cidadão perante seu rei. Salomão perguntou ao homem: Como se deu tudo contigo? Cumpriste a minha ordem? O virtuoso disse: Quero pedir ao meu Senhor que me dispense desse encargo. Eu tentei uma e outra vez, mas meu coração não o permitiu. Então Salomão disse: Agora encontrei um homem entre mil. E o marido da mulher foi embora.

Depois que se passaram trinta dias, o rei mandou buscar secretamente a mulher desse homem e trazê-la à sua presença. E perguntou-lhe: Tens um bom marido? A mulher respondeu: Sim. Ao que Salomão retrucou: Ouvi falar de tua beleza e do brilho de teu semblante e comecei a te amar. Quero fazer-te minha esposa, elevar-te acima de todas as princesas e rainhas e trajar-te de ouro dos pés à cabeça. E a mulher respondeu: O que tu quiseres, eu farei. Salomão disse: No entanto, há uma circunstância em nosso caminho, que não me permite executar meu propósito; e é o fato de que és casada. Ao que a mulher disse: O que acontecerá, então? Salomão respondeu: Mata teu marido, e depois eu te farei minha esposa. A mulher disse: Eu o farei. Ao que Salomão, em seu coração, disse: Esta mulher pensa seriamente em destruir seu marido; tomaremos medidas para que a experiência não traga desgraça como resultado. E ele deu à mulher uma espada de estanho, mas que brilhava como verdadeira. Salomão disse: Com esta arma deceparás a cabeça de teu marido.

A mulher tomou a espada da mão do rei e retornou à casa. Quando seu marido voltou ao anoitecer, ela beijou-o e abraçou-o e disse: Senta-te, meu senhor, coroa da minha cabeça! O marido alegrou-se com a recepção, e seu coração não abrigou desconfiança alguma. A mulher trouxe a mesa e ambos comeram e beberam juntos. O marido disse: Mulher, como estás animada hoje! Ela respondeu: Quero divertir-me contigo e ver-te uma vez embriagado. Então o marido riu e bebeu muito vinho, até que ficou tonto e adormeceu. Quando a mulher viu isso, levantou-se, encheu-se de coragem e tomou a espada que o rei lhe entregara. Ergueu a espada e deixou-a cair sobre a nuca do marido. O homem então acordou e eis que a sua mulher estava diante dele de espada erguida. Ele perguntou: O que aconteceu? Como chegaste a ter esta arma? Se não me confessares a verdade, eu te cortarei em pedaços. A mulher então confessou tudo e disse: Foi isso, assim, que o rei Salomão me ordenou que fizesse. Seu marido então, disse: Não temas. Quando acordou na manhã seguinte, o homem viu os enviados do rei vindo buscá-lo. Ele deixou-se levar, junto com a mulher, à presença de Salomão. O rei estava sentado, cercado pelo seu Conselho Supremo, e falou, ao ver os dois esposos: Contai-me o que aconteceu entre vós dois. Então o homem começou e disse: Acordei no meio desta noite e vi minha mulher de pé diante de mim, em vias de me matar. Se a espada não fosse de estanho, eu não estaria vivo. Quando o rei me ordenou que a matasse, eu me compadeci dela, ela, porém, não teve compaixão. Ao que Salomão disse: Eu sabia que as mulheres não conhecem a compaixão, por isso dei-lhe uma espada de estanho. Quando os anciãos ouviram tudo isso, disseram: É verdade o que o rei falou: Não se encontra uma mulher entre mil.

17. Diante dos Olhos do Esposo

MAIS UMA HISTÓRIA teria se passado no tempos de Salomão, e esta também deu-lhe motivo para proferir a sentença acima.

Um jovem da cidade de Tibérias veio para a cidade de Bethar, para ali ser instruído nas Escrituras. Era de mui formosa presença. E agradou a uma jovem e ela disse a seu pai: Imploro-te, dá-me este jovem por esposo. O pai apressou-se a ir ter com o jovem e disse-lhe: Se é de tua vontade tomar uma esposa, desejo confiar-te a minha filha. O jovem respondeu: Estou de acordo. E ele santificou a jovem e voltou com ela para a casa de seu pai. E lá permaneceu durante um ano inteiro e estava contente.

Quando o ano passou, a mulher disse a seu marido: Agora peço-te que me leves aos meus pais, para que eu os reveja. Então o jovem marido selou os cavalos, carregou-os com alimentos e bebidas e toda sorte de preciosidades, e pôs-se com sua companheira a caminho de Bethar. Quando, porém, tinham viajado um trecho, surgiu-lhes pela frente um salteador armado, e assim que a mulher o viu tomou-se de amor por ele, e logo passou-se para o patife, contra o próprio marido. O jovem foi manietado com cordas e o bandido aproximou-se da mulher de modo obsceno. Após a posse, sentou-se e comeu e bebeu com a pecadora. E o jovem amarrado à árvore teve de assistir a tudo.

TERMINADA A REFEIÇÃO, o malfeitor deitou-se para dormir com a mulher; mas antes pegou uma jarra de vinho e colocou-a à sua cabeceira. Então, enquanto os dois jaziam obnubilados, uma serpente rastejou até eles, bebeu o vinho e cuspiu seu veneno dentro da jarra. O bandido acordou, agarrou a caneca e tomou um gole. E logo depois estava morto. Então o jovem viu o milagre que lhe acontecera, e disse à mulher: Peço-te, corta as cordas e liberta-me. A mulher respondeu: Temo que tu me mates. Ele, porém, retrucou: Juro que nada te farei. A esposa infiel olhou para o bandido, e eis que ele jazia ali como um pedaço de pau estorricado. Ela, então, levantou-se, cortou a corda e libertou o jovem. Eles continuaram o caminho e chegaram a Bethar, à casa dos pais da mulher.

Os velhos alegraram-se com a chegada da filha e prepararam um refeição para os recém-chegados. O genro então disse: Não provarei nada enquanto não tiver falado sobre o que aconteceu pelo caminho. E ele contou o incidente na floresta. O que fez o pai da mulher? Ele levantou-se e matou a filha ímpia.

AGORA SALOMÃO podia dizer em sua sabedoria: Não encontrei uma mulher honesta em mil!

18. O Ladrão Trai-se a Si Mesmo

NOSSOS MESTRES narram: Três homens viajavam juntos no dia de preparativos para o Shabat e o dia sagrado estava para chegar. Então, um disse ao outro: Paremos para repousar e guardar nosso dinheiro em lugar seguro. E assim fizeram. Quando chegou a meia-noite, um dos homens levantou-se, tirou as três bolsas do esconderijo e enterrou-as em outro lugar. Após o término do Shabat, os viajantes quiseram continuar o caminho e procuraram antes o lugar onde o dinheiro devia encontrar-se. Mas o dinheiro não estava mais lá. Então começaram a se acusar mutuamente de roubo. Um dizia: Foste tu que o roubaste. O outro falava: Tu o tiraste. E foram ao rei Salomão para apresentar-lhe a sua contenda.

QUANDO SALOMÃO ouviu as acusações mútuas, ficou receoso e disse consigo: Se eu não lavrar aqui uma sentença acertada e não fizer aparecer o dinheiro, o povo pensará que a minha sabedoria se foi. E o rei pensou e ponderou o que deveria responder aos homens e como desmascararia o ladrão. Assim, começou dizendo: Ide-vos, viajantes, e voltai amanhã com a vossa petição.

Quando os três homens apareceram no dia seguinte, Salomão disse: Vós sois comerciantes e tendes conhecido terras distantes, portanto não vos deve faltar espírito e perspicácia. O rei de Roma pediu-me conselho sobre um caso que aconteceu no seu país e eu gostaria de relatá-lo aqui, diante de vós. Quiçá um caso semelhante vos tenha acontecido, e podereis me dar informações. Os três homens responderam: Fala, ó rei! Salomão começou a contar: Um jovem e uma jovem viviam numa cidade e se amavam. O rapaz disse à moça: Promete que serás minha; se, porém, eu não puder desposar-te, jura-me que não te tornarás esposa de outro enquanto não obtiverdes a minha permissão. E a moça fez esse juramento. Anos depois, porém, aconteceu que ela se comprometeu com outro pretendente. Quando o noivo quis aproximar-se dela, ela disse: Só posso aceder a teu desejo quando um certo jovem me libertar. Ele me prendeu outrora com um juramento. O que fez seu companheiro? Pôs-se a caminho, com a moça, para encontrar aquele jovem. Levou ouro, prata e roupas preciosas, tencionando resgatar a noiva com os presentes. Quando chegaram ao lugar, a moça dirigiu-se sozinha ao jovem e disse: Eu me lembro do juramento que te dei outrora, e peço-te que aceites estas preciosidades e me libertes, para que eu possa pertencer a meu esposo. O jovem respondeu: Já que mantiveste teu juramento, libertar-te-ei da tua palavra sem dádiva alguma. De agora em diante és livre, e alegra-te com teu quinhão. A moça foi buscar seu noivo e ambos empreenderam o caminho de volta. Mas na estrada foram assaltados por um velho bandido. Este tirou todo o dinheiro do jovem e arrastou a moça consigo. E a moça, atemorizada, disse: Leva também tudo o que é meu, mas não me faças nada. Deixa-me voltar com meu marido. E ela contou ao salteador toda a sua história. Ela disse: Se o meu primeiro noivo, que era um jovem na força da idade, aceitou libertar-me, quanto mais fácil deve ser para ti, que és entrado em anos, deixar-me partir intocada. Quando o bandido ouviu as palavras da jovem, enterneceu-se. E deixou-a partir, e devolveu-lhe tudo o que tomara a seu noivo. Ela ainda encontrou seu companheiro e ambos seguiram em paz. E agora, continuou Salomão o seu relato, o rei de Roma manda perguntar: qual dos três – a moça, seu primeiro noivo ou o bandido – é mais digno de louvor por sua maneira de proceder? Respondei, pois, e dizei-me: qual dos três vos parece mais digno de louvor?

ENTÃO UM DOS litigantes tomou a palavra e disse: Eu louvo a donzela, porque ela manteve fielmente o seu juramento. O segundo homem disse: Eu louvo o rapaz, que dispôs de seus direitos e renunciou à moça. O terceiro dos homens, finalmente, disse: Não é a moça, nem o rapaz, que eu admiro. Minha admiração vai para o bandido, que não só deixou a moça partir intocada como ainda lhe devolveu o dinheiro roubado. Por essa ação, ele me parece o mais digno de louvor. Então o rei Salomão voltou-se para o terceiro que falara e disse: És tu o malfeitor! Se o dinheiro que nunca viste e do qual só ouviste falar te desperta tamanha cobiça, quanto mais procurarás apropriar-te do dinheiro dos teus companheiros, cujo esconderijo te era conhecido. E o rei mandou prender e castigar esse homem. Então o ladrão confessou que desviara o dinheiro e indicou o lugar onde este se encontrava. Assim os legítimos donos receberam cada um a sua parte.

19. Os Três Bons Conselhos

TRÊS IRMÃOS foram certa vez a Jerusalém para ver o rei Salomão e aprender com ele. O rei disse a eles: Ficai aqui e permanecei junto a mim; eu farei do vós homens sábios. E lhes deu altos cargos na sua corte. Assim, os irmãos ficaram na cidade real durante treze anos. Um dia, eles disseram uns aos outros: O que estamos fazendo aqui? Abandonamos as nossas casas e viemos para cá a fim de ganhar sabedoria. Mas ficamos apenas todos esses anos servindo ao rei e não conseguimos nada para nós. Solicitemos licença para voltarmos para a nossa pátria. Apresentaram-se ao rei e disseram: Senhor, já se passaram treze anos desde que nos separamos dos nossos; permite-nos voltar aos nossos lares para revê-los. Então Salomão mandou seu tesoureiro trazer trezentas moedas de ouro e disse aos irmãos: Escolhei uma das duas: cada um de vós recebe de mim cem moedas de ouro, ou aprende comigo três valiosas regras da vida. Os irmãos concordaram em preferir levar o ouro e voltar para casa. Quando estavam distantes quatro milhas de Jerusalém, o mais novo deles disse: O que foi que fizemos? Acaso fomos a Salomão para enriquecer? Se quereis ouvir o meu conselho, devolvamos o dinheiro ao rei e deixemos que ele nos instrua. Os dois irmãos, porém, retrucaram: Se queres trocar as moedas de ouro por três provérbios, vai e faze-o. Nós não trocaremos o nosso lucro por sabedoria.

Assim, o irmão menor empreendeu sozinho o caminho de volta. Apresentou-se diante do rei Salomão e disse-lhe: Senhor, quando cheguei a Jerusalém, treze anos atrás, não foi por causa do ouro, mas pela sabedoria. Por isso, aceita a devolução das cem moedas de ouro e permite que receba de ti os três conselhos.

O REI CONCORDOU e começou a instruir o jovem. E disse-lhe: Meu filho, o primeiro conselho reza: Quando empreenderes uma viagem, esforça-te por começá-la assim que vires nascer o sol; aconselho-te também a não esperares pelo entardecer, mas a repousares enquanto ainda é dia. Em segundo lugar, aconselho-te: Não tentes atravessar um rio na época da enchente, mas espera até que a inundação tenha passado. E como terceiro conselho, finalmente, nota bem, jamais confies um segredo a uma mulher, ainda que seja a tua própria esposa.

Depois de ter ouvido as três regras, o jovem montou o seu cavalo e seguiu atrás de seus irmãos. Alcançou-os e eles perguntaram-lhe: O que ouviste de útil da boca do rei? Ele respondeu: O que aprendi, guardarei para mim. E continuaram a viagem juntos. Passadas algumas horas, chegaram a um lugar que era bom para repousar. Então o mais jovem disse: Aqui podemos descansar bem; aqui encontramos água e árvores e pastagem para os nosso animais. Pernoitemos aqui, e amanhã, assim que amanhecer, continuaremos a jornada, se Deus quiser. Os irmãos responderam a isso: És tolo. Quando foste devolver o ouro ao rei para trocá-lo por sabedoria, percebemos que não tens juízo. Podemos agora vencer ainda várias milhas, e tu nos aconselhas a passar a noite aqui. O jovem disse: Fazei como quiserdes; eu, de minha parte, não seguirei agora.

ASSSIM OS DOIS IRMÃOS mais velhos seguiram adiante, e o mais moço apeou do cavalo. Derrubou algumas árvores, fez uma fogueira e cobriu o lugar onde queria acampar com seu cavalo. Deixou o animal pastando na grama enquanto ainda havia luz. Ao anoitecer, deu-lhe aveia, ingeriu uma refeição e adormeceu satisfeito.

Seus irmão, entretanto, seguiram adiante, mas entardeceu, e eles não conseguiram encontrar pasto para os seus cavalos; também não viram árvores e não tinham lenha para uma fogueira. Durante a noite neve espessa caiu do céu, e os dois homens ficaram enregelados de frio. Ao mais moço, porém, no seu refúgio protegido, nada aconteceu. Quando amanheceu, ele levantou-se e foi cavalgando na direção em que na véspera seus irmãos tinham seguido. E encontrou os dois mortos na estrada. Ele prorrompeu em choro, enterrou os falecidos no campo, apanhou os haveres remanescentes e continuou seu caminho. Logo chegou a um rio, que teria de atravessar. O sol da manhã, porém, havia derretido a neve da véspera, e o ribeirão transbordara das suas margens. O moço apeou do seu cavalo, para esperar que as águas baixassem. Quando estava assim parado, chegaram dois servos do rei, com camelos carregados de ouro, e queriam atravessar a corrente. Perguntaram-lhe: Não queres atravessar conosco? Ele respondeu: a água está alta demais para ousar uma travessia. Os servos não atentaram ao aviso e começaram a vadear a torrente. Quando, porém, chegaram ao meio, foram arrastados pela correnteza e afogaram-se. O jovem esperou que as águas baixassem, vadeou o ribeirão e apanhou o ouro dos servos afogados. Continuou sua viagem e chegou em paz à sua casa.

Quando as mulheres dos dois irmão mais velhos viram o mais moço chegar só, perguntaram por seus maridos. Ele respondeu: Eles ficaram em Jerusalém. E o jovem que retornou comprou campos e vinhedos, construiu um palácio e adquiriu muito gado. Sua esposa perguntou-lhe: Meu senhor, dize-me como chegaste à posse dessa riqueza? Isso enfureceu-o terrivelmente e ele respondeu: Não tens que me perguntar sobre isso. Mas a mulher insistiu tanto, que ele acabou confessando tudo. E quando, um dia, tiveram um desentendimento, e ele a agrediu de fato, ela levantou a voz e gritou: Não basta que tenhas morto teus dois irmãos, ainda queres matar-me a mim também.

QUANDO AS DUAS CUNHADAS ouviram isto, partiram para Jerusalém e denunciaram o irmão de seus maridos perante o rei. Salomão ordenou que o malfeitor fosse decapitado. Quando o jovem estava para ser executado, implorou que o deixassem dizer uma palavra ao rei. Foi levado perante Salomão, prostrou-se diante dele e disse: Meu senhor, eu sou um dos três irmãos que te serviram durante treze anos. Sou o mais novo, o que te devolveu as moedas de ouro na despedida, para compartilhar da tua sabedoria. Os ensinamentos que me ministraste realmente me protegeram. E contou como tudo havia acontecido. Então, o rei reconheceu o jovem, viu que ele falava a verdade e disse: Não temas! Foi tua sabedoria que te fez sobreviver aos teus irmãos. És o legítimo herdeiro deles e dos meus servos descuidados. Vai, e alegra-te com teus bens.

20. *A Linguagem dos Animais*

O REI SALOMÃO tinha um amigo que morava longe dele e vinha todos os anos visitá-lo. E quando o homem partia de volta para a sua pátria, o rei lhe dava presentes para ele e para os seus. Uma vez, porém, o amigo trouxe uma dádiva preciosa para o soberano. Quando, então, estava para despedir-se do rei, este quis por sua vez honrá-lo com um presente, mas o homem recusou-se a receber qualquer objeto. E disse: Meu senhor e rei, não abrigo desejo de riqueza, pois, graças ao Todo-Poderoso e à tua bondade, tenho tudo o que um homem precisa, e nada me falta. Porém, se o meu senhor quiser conceder uma graça especial ao seu servo, ensine-o a compreender a língua dos animais e das aves. O rei respondeu: fica certo, irmão, de que não desejaria recusar o teu pedido, nem hesitaria em atender ao teu desejo. Porém, lembra que esta arte contém perigo, e que ela deve permanecer em segredo profundo. Se traíres uma só palavra daquilo que ouvires, sofrerás morte imediata, e nenhuma penitência poderá desviar a sentença. Então, o curioso respondeu: Se eu alcançar apenas uma parte da tua sabedoria, agirei com ela conforme ordenas. Ao ver como era grande a vontade do amigo, Salomão atendeu ao seu desejo, ensinou-lhe a língua dos animais e ele partiu para casa cheio de alegria.

Então, aconteceu um dia que o homem estava sentado diante da casa com sua mulher, quando seu boi voltava do trabalho no campo. O boi foi amarrado à grade da manjedoura cheia de forragem e ficou ao lado do burro, que naquele dia não fora trabalhar porque se fingira de doente. O burro então perguntou ao boi: Amigo, como passas tu nesta casa? O boi respondeu: Ai, meu irmão, nada conheço a não ser esforço e trabalho pesado de dia e de noite. Então o burro disse: Desejo-te repouso e vou dar-te um bom conselho de como poderás te livrar do teu tormento. O boi respondeu: Irmão, tu te compadeces de mim! Oxalá teu coração ficasse sempre comigo! Seguirei em tudo as tuas palavras. O burro disse: Deus sabe que só falo contigo de coração puro e fiel intenção, o que eu penso é que tu deves passar a noite toda sem ingerir forragem ou palha. Quando o nosso amo vir que não comeste nada, pensará que estás doente e te livrará do peso do trabalho. Descansarás então, como eu, do jugo. O conselho agradou ao boi e ele fez conforme o burro falara.

ANTES DE AMANHECER, o dono da herdade levantou-se e viu o burro devorando a forragem do boi enquanto dormia. Então, lembrou-se do que ouvira dos animais e percebeu a astúcia do burro. Isso o fez prorromper numa sonora risada. Sua mulher ouviu as gargalhadas e perguntou, quando ele reentrou no quarto: Por que riste tão alto há pouco, cruel zombador que és? Ele respondeu: Lembrei-me de um caso engraçado que me aconteceu há tempos, e por isso tive que rir.

De manhã, o homem olhou a manjedoura do animal e disse ao cavalariço: Que o boi não trabalhe hoje; atrela em seu lugar o burro, que deverá trabalhar por si e pelo boi. Quando anoiteceu, o burro voltou para a estrebaria cansado e fraco. O boi perguntou-lhe: Irmão, não ouviste os malvados seres humanos falarem de mim? O burro respondeu: Eu os ouvi dizerem: Se o boi novamente não comer sua forragem, vamos abatê-lo e comer a sua carne. Quando o boi ouviu isso, estremeceu de horror. Atirou-se à manjedoura como um leão à sua presa e não levantou a cabeça enquanto não devorou toda a forragem. O dono ouviu também esta conversa dos animais e as invencionices divertidas do burro, e novamente prorrompeu em gargalhadas incontroláveis. Então sua mulher exclamou: Já ontem tu riste assim zombeteiramente, e eu pensei que fosse por acaso. Mas agora estás de novo às gargalhadas, e não há nenhum estranho conosco que possa ter dado motivo a isso; decerto estás caçoando de mim, pois vês em mim algo impróprio. Juro por Deus que não te aproximarás de mim antes que me digas a causa da tua hilaridade. Então o homem falou, pedindo e suplicando, cheio de amor e respeito: Cala-te, irmã, pois estou proibido de revelar o segredo. A mulher, porém, retrucou: Fiz um juramento a sério, de que não verás a minha face a não ser que me digas a verdade. O homem disse: Eu sei que quando revelar o segredo estarei perdido e morto. A mulher repetiu: Fiz promessa de não comer nem beber enquanto não te persuadir. Então o homem disse: Darei minha alma para te conservar em vida; escolho antes a morte do que um só cabelo da tua cabeça seja tocado, pois o que é a minha vida sem ti? Mas deixa-me agora, quero fazer meus últimos arranjos, e então te revelarei o que desejas saber. E mandou desde logo chamar seus amigos para pô-los a par do seu testamento.

O INFELIZ TINHA UM CÃO, e este corria tristonho pelo quintal, sem tocar seu pão e um gordo pedaço de carne que lhe haviam deixado, pois estava angustiado porque seu amo ia morrer. Chegou então o galo, bicou o pão e a carne, e devorou-os prazerosamente, acompanhado de suas esposas. Então o cão atirou-se furioso sobre o galo, latindo: Miserável, mesquinho, como é grande a tua cobiça e pouca a tua humildade. Teu amo paira como um pecador entre a vida e a morte, e tu te regalas entre as suas quatro paredes e não te importas com ele. Então o galo respondeu: Se o teu amo é simplório e insensato, o que posso eu fazer? Vê, eu tenho dez esposas e governo todas elas; nenhuma faz nada contra os meus desejos. Teu amo, porém, tem uma só companheira e não consegue governá-la, nem repreendê-la ou castigá-la. E o galo abriu seu bico e gritou alto: Ser apanhado na rede da própria esposa: haverá mal maior do que este? Aguça teu ouvido e aprende a ser sensato da boca de um galo. Ao que o cão perguntou: Como deve o nosso amo proceder com a sua mulher? O galo respondeu: Que pegue um grosso porrete e lhe dê uma boa coça; aposto que ela pedirá misericórdia e ele nunca mais terá de lhe dar satisfação.

O homem, que já estava próximo do seu fim, ouviu a fala do galo, seguiu o seu conselho e livrou-se assim da destruição.

21. A Companheira do Mestre

CERTA FEITA, Salomão teria também encontrado uma mulher fiel, e dela conta-se a seguinte história.

Quando o rei Salomão estava para começar a construção do templo, escreveu cartas aos reis e príncipes de todos os países para que enviassem os seus mais hábeis artistas a Jerusalém. Ali fariam seu trabalho contra pagamento. Os príncipes atenderam a esse pedido, pois que em toda a parte dava-se ouvidos ao rei Salomão.

Mas, numa pequena província, vivia um mestre famoso, que se recusava a exercer a sua arte fora de sua cidade, por mais alta a paga que lhe oferecessem. Acontece que tinha uma mulher extremamente linda e graciosa, como igual não existia, e não queria deixá-la sozinha, com medo de que viessem homens pecaminosos e a desviassem da virtude.

Então, quando a carta de Salomão chegou à cidade o príncipe mandou que conduzissem o artista à sua presença. Ele veio, inclinou-se ante o seu soberano e falou: O que ordena meu senhor e rei a seu servo? O príncipe respondeu: É minha vontade que te ponhas a caminho e vás a Jerusalém; lá cooperarás na construção do templo que Salomão está erigindo; porque ele é um rei poderoso e magnífico, e eu não posso deixar sua palavra cair por terra.

Então o artista deixou seu príncipe com o coração oprimido e, preocupado, voltou para casa. Sua mulher perguntou qual a causa da sua preocupação e ele contou-lhe a ordem imposta pelo seu soberano. A mulher respondeu: Se sou eu a causa de tua recusa em partir, expulsa toda a dúvida do teu coração. Dar-te-ei um talismã para levares contigo na viagem, que te servirá de prova da minha inocência enquanto não se modificar. Não deixe que soe em vão a ordem do nosso rei, e percorre tranqüilo o caminho para Jerusalém com os outros artistas. Não te preocupes, e fica com a certeza de que eu continuarei pura. Então, o mestre tranqüilizou o seu espírito, fez que lhe trouxessem comida e bebida e alegrou-se junto com a companheira.

DE MANHÃ, levantou-se e preparou-se para viajar a Jerusalém. Então, a companheira lhe deu uma cápsula de vidro, na qual havia um pedacinho de estopa, e um carvãozinho minúsculo, incandescente. Ela lhe disse: Levarás esta caixinha pendurada ao pescoço; enquanto o pano não se inflamar junto ao carvão, poderás estar certo de que a chama de impulsos pecaminosos não se apossou de mim. O mestre pendurou a cápsula ao pescoço, levantou-se e seguiu para Jerusalém. Chegando à cidade santa, pôsse a trabalhar e ajudou a tornar magnífica a construção.

Diariamente o rei Salomão aparecia no canteiro de obras, examinava o quanto a obra progredira pelo trabalho dos artistas e prometia dobrar o seu salário. Um dia, levantou os olhos e avistou a cápsula de vidro pendente do pescoço de nosso mestre. Admirou-se e perguntou ao artista pelo significado do estranho objeto. Então este contou-lhe por que usava a cápsula.

O QUE ENGENDROU então Salomão? Mandou vir dois jovens, atraentes de corpo e de olhar amável, e deu-lhes o encargo de irem à cidade do mestre, hospedarem-se em sua casa e seduzirem-lhe a mulher. Os jovens agiram segundo a ordem do rei e dirigiram-se à longínqua terra em que morava o artista. Ali chegados, hospedaram-se na casa que pertencia ao mestre. A dona da casa recebeu-os amavelmente e fê-los comer à sua mesa. Mas à noite, depois de lhes ter indicado um leito, trancou a porta do quarto e, por um mês, manteve os rapazes prisioneiros.

E diariamente o rei Salomão verificava a cápsula do artista que trabalhava para ele e, eis que o pedacinho de lã continuava intacto. Então disse para si mesmo: Agora me ponho a caminho, e vou eu mesmo para aquela cidade tentar a mulher. E ele disfarçou-se para não ser reconhecido, levou dois servidores e viajou para a cidade natal do artista. Hospedou-se em casa da casta mulher. Esta preparou-lhe uma recepção honrosa e mandou que lhe preparassem uma refeição digna de um rei. Pois, na sua sabedoria, viu que seu hóspede não poderia ser outro senão o rei Salomão. Como último prato, mandou apresentar uma tigela com ovos cozidos, cada um dos quais tinha sido tingido de outra cor, e disse: Comei, meu senhor e rei. Então Salomão disse: A quem chamas aqui de rei? A mulher respondeu: Em vossos olhos há a dignidade dos reis, e eu sou a vossa serva que vos pede experimenteis de cada um destes ovos, para conhecer o seu sabor. Então Salomão comeu um pouco de cada ovo e disse: Os ovos têm gosto exatamente igual, embora se distingam uns dos outros pela cor. Então a mulher replicou: Assim como estes ovos somos também nós, as mulheres: diferentes na aparência, mas iguais para o prazer. E assim não valeu a pena viajar tantas milhas por um rosto liso. Não sou mais que uma de vossas servas, e podeis fazer comigo o que vos aprouver. Mas sois um dos mais sábios e sabereis que todo desejo terreno é vão e pecaminoso.

OUVINDO AS ENCANTADORAS palavras da mulher, Salomão exclamou: Abençoada sejas tu diante do Senhor, e abençoado o teu nobre espírito! E pediu-lhe que fosse para ele como uma irmã. Depois deu-lhe um presente valioso e voltou a Jerusalém. Aí, relatou ao marido da altiva mulher e o que lhe tinha acontecido com ela, e mandou-o ir em paz. Pagou-lhe um salário dez vezes maior e disse-lhe: Vai para casa, alegra-te com o que chamas teu.

Então o artista voltou para seu país natal. Ali também sua companheira confessou o que lhe tinha acontecido com os jovens, enviados pelo rei, e com o próprio rei. Ele beijou-a na cabeça e daí por diante honrou-a mais ainda que antes. E, desde então, uma amizade eterna ligou o casal ao rei Salomão.

22. *A Briga dos Membros*

HOUVE OUTRORA, no país dos persas, um rei que sofria de tuberculose e estava para morrer. Então, os médicos que tratavam a sua doença disseram: Só uma coisa poderia ajudar o rei. Se ele bebesse leite de leão, curar-se-ia. Então, o rei mandou seu médico pessoal a Salomão, o filho de Davi, para que este o ajudasse a encontrar leite de leão. Quando o médico chegou a Salomão, este mandou chamar o general Benaia ben Iohada e perguntou-lhe: Como se poderia arranjar leite de leão? Benaia respondeu: Deixa-me levar dez cabritinhos e eu tirarei leite de uma leoa. E com alguns servos dirigiu-se aos arredores de Jerusalém, onde sabia existir um covil de leões. Colocou-se um pouco distante e viu a leoa amamentar seus filhotes. Então, atirou-lhe um cabrito e ela o devorou. No segundo dia, Benaia chegou um pouco mais perto do covil e novamente lançou um cabrito à leoa. Assim, cada dia chegava mais perto do covil, até que, no décimo dia, pôde brincar com a leoa. Por um instante, puxou as suas tetas, tirou leite do úbere e foi embora. Então voltou para junto de Salomão, entregou o leite de leão ao médico estrangeiro e mandou-o voltar em paz para o seu senhor.

No meio do caminho, o médico adormeceu e viu em sonhos os membros do corpo disputarem entre si. Os pés diziam: Nenhum membro é mais importante que nós; se não tivéssemos ido até o rei Salomão, o leite não poderia ter sido trazido. Ao que as mãos disseram: Nenhum dos membros é como nós. Se as mãos de Benaia não tivessem tirado o leite da leoa, o leite não estaria aqui. Os olhos disseram: Somos nós os mais importantes; se não tivéssemos mostrado o caminho que leva ao covil, nada teria sido conseguido. Mas o coração disse: Eu é que devo ser mencionado como o membro mais importante. Não tivesse eu imaginado a receita, seria inútil a vossa ajuda. Então a língua imiscuiu-se: Sou eu a parte mais importante. Se não houvesse língua, o que faríeis vós todos juntos? Mas então todos os membros repreenderam a língua, exclamando: Como ousas igualar-te a nós, tu que habitas o escuro e és carne sem ossos. Mas a língua respondeu: Ainda hoje decobrireis que sou vosso senhor.

QUANDO O MÉDICO ACORDOU, conservou o sonho em seu coração e continuou seu caminho. Chegou diante do rei enfermo e sua língua balbuciou as palavras: Aqui está o leite de cadela que encontramos para ti. Bebe. Então o rei enraiveceu-se contra seu médico, e ordenou que o enforcassem. Quando o levavam para a forca, um tremor apossou-se de todos os membros do corpo do condenado. Então a língua disse às outras partes do corpo: Hoje vos provei que todos vós não sois importantes. Se eu vos salvar, confessareis que sou soberana entre vós? Os membros responderam: Reconheceremos. Então a língua dirigiu-se aos carrascos e disse: Levai-me novamente à presença do rei. Assim fizeram os carrascos. Então o médico perguntou ao príncipe: Por que me mandaste matar? O rei respondeu: Porque me trouxeste leite de cadela. O médico disse: O que importa? Contanto que seja um bom remédio. Mas também a uma leoa nós chamamos de cadela. Com isso o rei tomou o leite e sarou. Também, era leite de leoa o que ele tinha tomado. Então ele deixou que o médico fosse em paz. E os membros disseram à língua: Agora vemos que, em verdade, és senhora de todas as partes do corpo. É por isso também que a escritura diz: "A vida e a morte estão em poder da língua".

23. *O Herdeiro com as Duas Cabeças*

A SEGUINTE ESTÓRIA teve lugar na época do rei Salomão. Um dia Asmodeu veio a ele e lhe disse: És tu aquele de quem consta: Ele é mais sábio que todos os homens? Salomão respondeu: Foi o que me asseverou o Senhor. Asmodeu então disse: Se for de tua vontade, eu te mostrarei um ser estranho, a que nunca viste igual. Salomão respondeu: Verei isso com prazer. Logo Asmodeu estendeu seu braço para baixo e de Tewel, o mundo inferior, tirou uma criatura que tinha duas cabeças e quatro olhos. Então Salomão estremeceu e encheu-se de horror. Mas falou: Leva o monstro para os meus aposentos. Depois o rei mandou chamar seu general Benaia e lhe disse: Sabes que também nas regiões que ficam debaixo de nós há criaturas humanas? O general replicou: Não o saberia se não tivesse ouvido de Ahitifel, conselheiro de teu pai. Então Salomão disse: O que dirias se eu te mostrasse uma delas? Benaia falou: Como poderás apresentar-me um ser desses? Poderás trazê-lo das profundezas a que se chega só depois de quinhentos anos de viagem? Então o rei mandou a criatura de duas cabeças sair do seu aposento. Quando Benaia a avistou, prostrou-se e exclamou: Senhor, deixaste-me chegar vivo a esta hora! Depois o rei dirigiu-se ao sinistro ser e perguntou-lhe: De quem descendes? O das duas cabeças respondeu: Somos de origem humana, ramos da raça de Caim. Salomão continuou a perguntar: Onde habitais? O que vinha dos infernos respondeu: Nossa estirpe habita a região de Tewel. O rei perguntou: Brilham lá também o sol e a lua? E o que vinha de debaixo da terra respondeu: Sim, e continuou: Nós também semeamos e colhemos, e criamos carneiros e bois. Salomão perguntou: Lá onde habitais, de que lado levanta-se o sol? O das duas cabeças respondeu: Levanta-se no ocidente e deita-se no oriente. Salomão perguntou ainda ao estranho ser se seu povo conhecia a oração. Ele assentiu e disse: Oramos sempre – Quão grandiosas são as tuas obras, ó Senhor; tu as ordenastes todas sabiamente.

SALOMÃO DISSE ao filho de Caim: É desejo teu voltar à tua terra? O das duas cabeças respondeu: Fazei-o em vossa bondade, levai-me de volta à minha terra. Então Salomão mandou chamar Asmodeus e pediu-lhe que conduzisse o estranho de volta a Tewel. Mas o príncipe dos demônios respondeu: Por toda a eternidade, isso não é mais possível.

Então o das duas cabeças ficou vivendo no país de Israel. Adquiriu terra, arou o campo, recolheu o trigo e ficou muito rico. Casou-se com uma mulher e com ela gerou sete filhos. Destes, seis saíram à mãe, mas o sétimo, como o pai, veio ao mundo com duas cabeças. Depois o estrangeiro morreu e deixou uma grande fortuna aos filhos. Os seis filhos parecidos com a mãe disseram: Somos sete herdeiros. Mas o de duas cabeças disse: Somos oito, e a mim cabem duas partes da herança. E foram ter com o rei Salomão, para que julgasse sua disputa de herança. Os seis disseram: Senhor e rei nosso! Somos sete irmãos, mas este dentre nós que tem duas cabeças afirma que lhe cabem duas partes, e quer repartir a herança paterna em oito partes. Nesse momento esgotou-se a sabedoria de Salomão. Ele mandou apresentar o caso ao Conselho Supremo, mas o colégio inteiro dos juízes também foi incapaz de apaziguar a disputa. Disseram: Dizermos que o estranho é um só ser, quando ele talvez represente mesmo duas pessoas? E abstiveram-se de sentenciar. Então Salomão disse: Amanhã se fará justiça.

Ao chegar a meia-noite, o rei dirigiu-se ao templo, postou-se para a oração e clamou: Senhor do Mundo! Quando me apareceste em Gibeon, disseste ao teu servo: Exige de mim o que quiseres, e o terás! E eu não te pedi nem ouro nem prata, só pedi que me concedesses partilhar da sabedoria, para que pudesse julgar com justiça os homens. Então o Senhor respondeu: De manhã, serás iluminado.

NO DIA SEGUINTE Salomão voltou a reunir o seu tribunal e disse: Trazei-nos o das duas cabeças.

Em seguida o herdeiro foi trazido, e Salomão falou: Vede; farei uma experiência com este homem. E o rei mandou trazerem água quente, vinho velho e um lençol. Feito isso, misturou o vinho com água, mergulhou o pano na mistura e atirou-o à cabeça do litigante. Então as duas cabeças bradaram: Senhor e rei nosso, temos que morrer, este é o nosso fim, somos uma pessoa só, e não duas. Ao que os que estavam reunidos disseram: Não asseverastes que éreis dois? Em seguida os litigantes foram dispensados, e o rei ordenou que se dividisse a herança em sete partes iguais.

E Israel, ouvindo a sentença de Salomão, encheu-se de espanto e temor.

24. O Jogo de Xadrez

UMA DAS DISTRAÇÕES favoritas do rei Salomão era o jogo de xadrez, o qual, como todos sabem, foi ele mesmo quem inventou.

Certa vez, como todos os dias, jogava ele com o seu principal conselheiro Benaia e este encontrava-se em péssima situação. Pois ninguém conseguia vencer o rei, inventor dessa arte. Então, quando Benaia estava sem saber o que fazer, penetra no salão um ruído vindo da rua. Dois homens discutiam e engalfinhavam-se diante do palácio. O rei levantou-se e foi olhar pela janela. Benaia aproveitou-se desse instante para pôr de lado uma das pedras do rei. Salomão tornou a sentar-se à mesa de jogo, mas não percebeu o desaparecimento da pedra. E eis que sua mão enfraqueceu e ele não conseguiu mais fazer o jogo mudar em seu favor. E assim o sempre vencido tornou-se vencedor.

Mas o rei aborreceu-se por sua sabedoria dessa vez falhar, tão certo estava de que ninguém poderia gabar-se de dominar a arte melhor que ele. E decidiu investigar a causa de sua derrota. Tornou a colocar as figuras na ordem em que tinham estado e moveu-as para lá e para cá. Assim descobriu que faltava uma das pedras. Disse de si para si: Certamente Benaia me ludibriou enquanto eu olhava pela janela. Afastou então a pedra e assim ganhou o jogo. Mas eu não lhe lançarei a vergonha em rosto, farei com que ele mesmo diga a verdade e confesse a fraude.

SALOMÃO ENTÃO GUARDOU silêncio e não deixou Benaia perceber que de alguma forma pensava no segredo. Um dia, à noitinha, o rei debruçou-se à janela e viu dois homens com sacos às costas andando sem ruído pela rua, falando baixinho. Pelos gestos, percebeu que tinham saído para uma pilhagem. Então Salomão entrou rapidamente em seus aposentos, tirou as roupas reais, enfiou roupas de um servidor e correu para a rua, para junto dos dois homens. Saudou-os e disse-lhes: Sede abençoados, caros amigos! Os meus dedos também aprenderam o vosso ofício. Vede, tenho na mão a chave dos aposentos do rei, onde sei estarem guardados os seus tesouros. Há muito que imagino meios de executar o meu plano; já pensei em tudo, mas falta-me coragem para empreendê-lo sozinho. Se quiserdes, vinde comigo, faremos causa comum. Os dois então concordaram, pois não reconheceram o rei, e disseram: Indica-nos o que devemos fazer, e conduze-nos ao caminho; quanto ao trabalho propriamente dito, nós o executaremos com os nossos utensílios. Salomão respondeu: Mas ainda está muito claro; esperemos até que venha a noite e Jerusalém durma.

Quando chegou a meia-noite o rei disse aos dois malandros: A caminho, é chegada a hora. E levou-os ao palácio, e guiou-os até um quarto em que se encontravam muitas preciosidades. Os ladrões estenderam as mãos para elas, mas ele lhes disse: Não pegueis nada daqui, encontrareis coisa melhor, com que podereis ficar. Depois foi com eles a outra sala, que também estava cheia de objetos magníficos. Mas também não os deixou estender as mãos para nada, prometendo-lhes outra coisa, que não seria difícil de carregar. Por fim, levou-os a uma câmara em que eram guardadas as suas pedras preciosas. E ali lhes disse: Tomai e levai o quanto quiserdes. Enquanto encheis os vossos bolsos, sairei para garantir o caminho de volta. Os tolos acreditaram nas palavras fáceis do sedutor, sem pressentir que era o próprio rei, e puseram mãos à obra, sem saber que preparavam a sua perda. Mas Salomão afastou-se e trancou a porta do aposento; e assim os ladrões estavam presos, como que numa numa rede. Em seguida, Salomão vestiu suas roupagens reais, chamou seus servidores e disse: Na minha câmara de tesouro penetraram ladrões. Cuidai para que nenhum deles escape, do contrário tereis a morte. Assim os dois indivíduos foram vigiados com todo o cuidado.

De manhã, o rei mandou reunir seu tribunal. O principal conselheiro Benaia também deveria estar presente. Salomão sentou-se à cabeceira e perguntou: Vós, amantes da verdade e conhecedores das leis, dizei como deve ser castigado um ladrão apanhado em flagrante, e ainda por cima um ladrão que roubou o rei? Ao ouvir estas palavras, o coração de Benaia teve um sobressalto e seus membros começaram a tremer, pois pensou consigo: Eis que o meu senhor descobriu o caso da pedra e quer fazer-me condenar pela mais alta corte. Se eu me calo agora, e espere até que seja proferido o veredito serei duplamente condenado, como criminoso. Assim talvez seja melhor eu confessar ao rei a minha falta, justificar-me diante dele e pedir-lhe perdão; talvez ele volte a me ver com bons olhos e me perdoe este passo irrefletido. E Benaia não demorou em agir conforme tinha resolvido; prostrou-se, com o rosto contra o chão, diante do rei, implorou e disse: Sou eu, meu senhor e rei, sou eu o ladrão. No nosso último jogo de xadrez, enquanto os olhos do meu senhor observavam o que se passava na rua, eu ousei tirar uma pedra, com o que então ganhei. E agora, meu senhor e rei, confessei a minha culpa, em voz alta, diante de ti e dos juízes; assim, peço que não a leves em consideração e me livres do duro castigo. Salomão ouviu a confissão do seu general, riu e falou: Acalma-te, amigo Benaia, não foi por tua causa que convoquei o tribunal. Há tempos esqueci esse pequeno incidente, e também te perdoei. Fiz com que se reunissem os juízes porque esta noite capturei dois velhacos que tencionavam limpar os meus tesouros. Então, senhores juízes, pronunciai a vossa sentença. O tribunal examinou o caso e condenou os ladrões à morte na forca.

MAS SALOMÃO ALEGROU-SE muito por ter conseguido, enganando os ladrões, causar um grande susto a Benaia e assim arrancar-lhe a confissão. Sabia agora a causa do jogo perdido não estava numa diminuição da sua habilidade e que o seu espírito não o tinha abandonado.

25. A Queda de Salomão

"QUE NÃO SE considere grande o sábio por sua sabedoria."* Entre esses sábios estava Salomão, filho de Davi. De posse de seu trono, excedeu-se e tornou-se orgulhoso. Dizia de si: Em todo o mundo não há quem se iguale a mim! E ele transgrediu a lei da Escritura que ordena: "Que o rei não tome muitas esposas".

Mas a lei transgredida levantou queixa diante do Senhor e disse: Senhor do Mundo! Haverá alguma sentença supérflua em tua escrita? O Senhor respondeu: Nenhuma sentença é supérflua. Então disse a lei: E vê, o rei Salomão passa por cima de mim e tem setecentes esposas e trezentas concubinas. Ao que o Senhor respondeu: Lutarei por tua causa.

---

* Jeremias 9,22.

E DEUS DIRIGIU-SE logo a Asmodeu, o príncipe dos espíritos, e lhe disse: Desça ao palácio de Salomão, tira do dedo do rei o seu anel de sinete, toma seu aspecto e senta-te sobre seu trono. Assim fez o espírito do mal, e assumiu o lugar do rei. Então, toda Israel tomou Asmodeu por seu soberano. Salomão, no entanto, errava por cidades e aldeias, gritando em todos os lugares: Eu sou Salomão, o filho de Davi! Eu, o pregador, fui rei de Israel em Jerusalém*. E entre o povo, um dizia ao outro: Olha o louco! O rei está em seu trono, e este diz de si ter sido quem escreveu o livro *Qohélet***. Espancaram-no com caniços, e quando lhe davam de comer, era uma tigela de pirão. Por três anos Salomão errou de lugar em lugar, até que o Senhor falou: Está expiada a tua falta contra a minha lei.

Mas o que fez Asmodeu nos três anos? Coabitou com todas as mulheres de Salomão e chegou a uma que se mantinha afastada, por estar nos dias da sua purificação. Quando o viu entrar, ela disse: Salomão, por que ages conosco agora de maneira diferente do que era o teu costume? Calou-se a isto o demônio. Então a mulher disse: Não podes ser Salomão. E até da mãe de Salomão o infame exigiu o que era proibido. Ele lhe disse: Mãe, deves fazer o meu gosto. E a velha rainha retrucou: Queres ter o teu prazer com aquela que te deu à luz? Nunca na vida és o meu filho. E ela foi direto ao general Benaia e assim lhe falou: Benaia, tais e tais pretensões me apresentou o ocupante do trono. Estremeceu então o conselheiro de Salomão; rasgou suas vestes, descabelou-se e disse: É impossível que este seja o filho de Davi; certamente é Asmodeu. Mas o jovem que erra pelo país e clama: Eu sou o pregador – esse deve ser o nosso rei.

E Benaia mandou logo que lhe trouxessem o simplório, e lhe disse: Meu filho, dize, quem és? O jovem respondeu: Eu sou Salomão, o filho de Davi. Benaia perguntou ainda: Como se deu a tua queda? Salomão respondeu: Um dia, eu estava como sempre sentado no meu trono quando fui agarrado como que por uma ventania e lançado para fora do palácio. Desde esse dia a minha mente se conturbou e eu errei sem destino por aí. O filho de Iehoiada falou: Podes dar alguma de que realmente é assim? O antigo rei respondeu: Posso. Na hora em que fui nomeado soberano, Davi, meu pai, pôs uma das minhas mãos na tua e a outra na do profeta Nathan. E a minha mãe estava à frente.

AO OUVIR ESSAS PALAVRAS, Benaia reuniu o Alto Conselho e disse aos anciãos: Que cada um escreva o verdadeiro nome do Senhor sobre

---

* Veja Pregadores 1,12.
** O Livro dos Pregadores.

uma placa e prenda-o junto ao coração. Assim fizeram os anciãos. Mas disseram a Benaia: Tememos o nome do Todo-Poderoso, que Asmodeu leva ao peito. E Benaia respondeu: Setenta temerão a um só? Não sois por acaso os bem-aventurados de Deus! E o general dirigiu-se ele mesmo a Asmodeu, estendeu o braço e vibrou-lhe um golpe; depois arrancou-lhe o anel de sinete e quis estrangulá-lo. Mas então uma voz soou, e gritou: Pára, não o mates! De mim provém tudo isso, porque Salomão menosprezou a lei. Então Benaia entregou o anel de sinete a Salomão, e o destronado voltou à antiga forma e grandeza.

DEPOIS DE TER experimentado essa reviravolta em seu destino, disse Salomão: De que vale meu reino e meu poder? Nos meus três anos de peregrinação não me serviram de nada. O Senhor só eleva aquele que se humilha. Não há virtude tão louvável quanto a modéstia e a humildade.

26. Salomão como Mendigo

O REI SALOMÃO cunhou o dito: "Melhor um prato de repolho com amor do que um boi cevado, com ódio"*. Quando foi que Salomão chegou a esse conhecimento? Um mestre do Talmud assim relatou: Quando o sábio rei foi despojado do seu trono e teve de bater às portas das casas para conseguir seu pão de cada dia, encontrou-se com um homem rico, a quem pediu uma dádiva. Este falou: Senhor, se for da tua vontade, hospeda-te em minha casa por hoje. Salomão deixou-se conduzir e o homem rico levou-o para o andar superior da sua casa, preparou um boi inteiro para seu hóspede e, além disso, ainda lhe ofereceu muitos outros manjares. Mas, em seguida, o anfitrião começou a narrar os magníficos tempos passados de Salomão e não parava de perguntar: Lembras ainda estes e aqueles feitiços teus enquanto eras rei? E quando assim a grandeza do passado foi apresentada aos olhos de destronado, ele começou a chorar e a lamentar. E toda a refeição foi acompanhada dos relatos do anfitrião e das lamentações do hóspede, até que este se foi em lágrimas.

NO DIA SEGUINTE Salomão mendigou a um homem pobre, o qual também lhe disse: Meu senhor, se te agrada, hospeda-te na minha casa por hoje. Então Salomão respondeu: Também tu queres me ofender, como o fez ontem teu companheiro? O amável homem respondeu: Sou um

---
* Sentenças 15,17.

homem pobre, e se me visitares só poderei oferecer-te um prato de repolho. Se te servir, entra em minha casa. Então Salomão concordou e foi com o homem até sua casa. Quando ambos entraram, o anfitrião lavou rosto, mãos e pés de seu hóspede e colocou um prato de repolho na mesa. Mas consolou o outrora poderoso, e assim lhe falou: Meu senhor, O Boníssimo fez a teu pai um verdadeiro juramento e disso não se desviará: "Sentarei na tua cadeira o fruto do teu corpo". Portanto o poder não será tirado à semente de Davi. Mas sempre foram assim os caminhos do Senhor: Ele repreende e castiga e depois concede de novo suas graças. Pois está escrito: "Deus castiga a quem ama e continua a ter complacência, como um pai para com o filho". Portanto também te devolverá teu trono. Ouvindo essas falas, Salomão voltou a se reanimar.

27. O Pássaro Presunçoso

CERTA VEZ O REI Salomão estava sentado na Fortaleza de Sião e ouviu dois pássaros chilreando. Como Salomão entendia a linguagem dos animais, sabia sobre o que os pássaros conversavam. Um disse ao outro: Se quiseres eu destruo a construção sobre a qual se encontram os pés de Salomão. Ouvindo isso, Salomão admirou-se e falou para si: Acaso um pássaro consegue realizar tal coisa? E ordenou que fosse estendida uma rede, a fim de apanhar o canoro. Depois de capturado, foi levado à presença do rei. Então Salomão falou ao palpitante: Como queres tu, frágil criatura, destruir a fortaleza onde me encontro? Ao que o pássaro retrucou: Salomão, é essa a tua sabedoria? Não vês que é próprio do amante contar prodígios e exagerar, quando se trata de obter as boas graças da eleita? Assim, também eu procurei deslumbrar minha amada para suscitar seu agrado.

28. A Formiga e o Estranho Palácio

QUANTA COISA NÃO ACONTECEU com o rei Salomão! Deus lhe conceda grande sabedoria e o fizera soberano sobre todas as criaturas do mundo, tanto os animais como também os homens. E Salomão estava sentado sobre um imenso tapete, de sessenta milhas de comprimento e sessenta milhas de largura, tecido de seda verde e bordado com ouro puro e sobre o qual estavam desenhadas toda sorte de magníficas figuras. O vento carregava o rei nesse tapete pelos ares, e ele tomava a refeição matinal em Damasco e jantava na Média; ora estava no Oriente, ora estava no Ocidente. Quatro príncipes estavam a seu serviço; um era um ser humano e chamava-se Asaf, o filho de Berechias, o outro era um espírito e chamava-se Remirat, o terceiro era o leão, o rei dos animais, e o quarto, a águia marinha.

Um dia Salomão foi acometido por um sentimento de orgulho e ele disse de si: Não há soberano ao qual Deus tenha dado tanta sabedoria, inteligência e conhecimento e feito príncipe sobre tudo o que foi criado por ele, como eu. Nesse instante, o vento opôs resistência à viagem aérea de Salomão, e quarenta mil homens de seu séquito caíram do tapete sobre a terra. Vendo isso acontecer, Salomão ralhou e exclamou: Pára, vento! Mas a tempestade respondeu: Pára tu diante de teu Deus e não te ensoberbeças, assim eu continuarei te carregando. Então Salomão envergonhou-se diante das palavras do vento. Uma outra vez, aconteceu que Salomão passou por um vale habitado por formigas e ouviu uma formiga dizer à outra: Voltai aos vossos buracos para não serdes esmagadas pelos exércitos de Salomão. O filho de Davi encolerizou-se e ele falou ao vento: Desce à terra.

ENTÃO O VENTO dirigiu o tapete voador para baixo. E Salomão mandou chamar as formigas e disse-lhes: Qual de vós aconselhou as outras a procurar as moradas, a fim de que os combatentes de Salomão não as destruíssem? A formiga que falara tais palavras confessou: Fui eu que dei o conselho. Então Salomão perguntou: Por que falaste assim? A formiga retrucou: Temi que minhas irmãs, vendo teus exércitos, deixassem de louvar o Senhor e o Todo-Poderoso se irritasse conosco. Salomão falou: Por que, de todas as formigas, nenhuma proferiu a advertência além de ti? A formiga respondeu: Porque eu sou sua rainha. Salomão perguntou: Qual é o teu nome? A formiga-rainha retrucou: Chamo-me Machschema. Então Salomão disse: Vou te fazer uma pergunta. A formiga respondeu: Não fica bem o interrogador ficar sentado em cima e o interrogado embaixo. Então Salomão suspendeu-a da terra e soltou-a dos dedos num degrau de seu trono. Mas a formiga disse: Não fica bem o interrogado se encontrar abaixo do interrogador; deves erguer-me em tua mão até chegar a ti e então eu te responderei. O rei assim procedeu e a formiga ficou diante dele. Ela falou: Agora apresenta tuas perguntas. Salomão falou: Conheces alguém que seja mais sublime do que eu? A formiga respondeu: Sim. O rei perguntou: Quem poderá ser? A formiga redargüiu: Sou eu. Então Salomão falou: Como podes te considerar maior do que eu? A Formiga respondeu: Se eu não fosse superior a ti, o Senhor não teria te enviado para me erguer. Salomão, então, ficou muito irritado com essas palavras e atirou a formiga ao solo. Disse: Não sabes com quem estás falando, inseto. Eu sou

Salomão, filho do rei Davi. Então a formiga retrucou: Lembra que tu te originaste de semente humana e não tens motivos para presunção. Então Salomão prostrou-se por terra, humilhado com as palavras da formiga.

Em seguida Salomão disse ao vento: Ergue o tapete daqui, e prossigamos. O vento suspendeu o tapete voador do rei e o levou embora. A formiga gritou atrás de Salomão: Parte, mas não esqueças o nome do Onipotente e não cultives a altivez.

O TAPETE DE SALOMÃO voou, levado pelo vento, entre o céu e a terra e ficou pairando no ar durante dez dias e dez noites. No último dia, Salomão viu de cima um maravilhoso palácio na terra todo construído em ouro. Disse aos seus príncipes: Em toda a minha vida não vi um palácio tão magnífico. E ordenou ao vento que pousasse o tapete. O objeto voador foi para baixo e Salomão desceu com Asaf ben Berechia. Ambos deram a volta ao palácio e aspiraram o aroma das gramíneas, que lembrava o aroma do jardim do Éden. Todavia, não conseguiram achar entrada para o maravilhoso edifício e gostariam de penetrar no seu interior. Enquanto conversavam sobre o assunto, apareceu diante do rei o príncipe dos espíritos e perguntou-lhe: Meu senhor, por que estás tão entristecido? Salomão respondeu: Estou aflito por não ver nenhuma entrada para o palácio, e não sei como entrar. Ao que o chefe dos demônios disse: Meu senhor e rei, darei ordem aos meus subordinados que subam ao telhado do palácio e averiguém; talvez lá em cima haja um homem, ou um pássaro, ou uma criatura qualquer. E num berro feroz gritou aos espíritos: Apressai-vos e subi; talvez encontreis lá em cima uma criatura viva. Os diabos saltaram rápido ao telhado. Logo depois desceram e falaram aos seu príncipe: Senhor, não se vê ninguém lá em cima, a não ser uma velha águia, sentada sobre as suas asas. Então Salomão ordenou à sua águia marinha que trouxesse o morador do telhado. O velho pássaro apareceu diante de Salomão; abriu a boca para louvar o Senhor e depois apresentou ao rei uma saudação de paz. Salomão perguntou ao pássaro: Qual é o teu nome? A águia respondeu: Chamo-me Elanad. Salomão continuou a perguntar: Quantos anos tens? O pássaro respondeu: Tenho setecentos anos. O rei falou: Sabes ou ouviste falar se há uma entrada para esta casa? A águia retrucou: Meu senhor por tua cabeça, não sei, mas tenho um irmão que é duzentos anos mais velho do que eu e que está aninhado acima de mim; ele poderá dar-te informações. Então Salomão falou ao príncipe dos pássaros: Acompanha este aqui até o seu ninho e traze o seu irmão mais velho para cá. E logo o pássaro não foi mais visto. Uma hora depois apareceu seu companheiro, uma águia de novecentos anos, de nome Aleoph. Também esse pássaro cantou hinos de louvor ao Senhor e depois saudou o rei. Também ele não soube dar resposta à pergunta sobre a entrada do palácio, e indicou seu irmão ainda mais velho, que se aninhava na altura superior. Em seguida, Salomão ordenou que a águia de novecentos anos fosse levada para sua casa e que fosse trazida a mais velha de todas. Então, um pássaro muito velho, que não podia mais bater suas asas, foi trazido nas asas dos pássaros a serviço de Salomão, e também este louvou o Criador e saudou o rei. Respondeu às perguntas de Salomão dizendo que se chamava Altaamor e que tinha mil e trezentos anos. Perguntado a respeito do portão do palácio, a águia retrucou: Por tua vida, meu senhor, eu próprio encontrei o palácio sem porta; meu pai, porém, me contou que existe uma entrada no lado ocidental, mas que está coberta por poeira e entulho. Se for tua vontade, então ordena ao vento que varra os escombros, e a porta ficará visível. Salomão fez logo o vento soprar em volta do palácio. A terra foi varrida e uma imensa porta de ferro fundido, na qual os muitos séculos estavam como que marcados e onde a ferrugem formara corrosões, apareceu aos olhos de Salomão.

Havia na porta uma fechadura, e sobre ela estavam escritas as seguintes frases: Sabei, ó seres humanos, que este magnífico edifício foi habitado por nós; vivemos nele durante anos, alegres e felizes, até que a fome nos acometeu. Então moemos nossas pérolas ao invés de trigo, mas de nada adiantou. Deixamos então nosso palácio às águias e nos deitamos sobre a terra. Mas aos pássaros dissemos: A quem vos perguntar por este castelo, respondei que já o encontrastes construído. E na fechadura ainda havia a seguinte inscrição: Que nenhum mortal penetre no interior desta casa, a não ser que seja um profeta ou um rei. Que retire a terra do lado direito da porta; lá encontrará um armário de vidro, que o quebre e tire dele as chaves.

SALOMÃO FEZ TUDO ISSO; encontrou as chaves e abriu o portão. Avistou então um segundo portão, que era todo de ouro. Abriu-o e de novo deparou com um portão.

Destrancou-o e viu um quarto portão diante de si. Desaferrolhou-o e um átrio maravilhoso, no qual brilhavam rubis, topázios, esmeraldas e pérolas, recebeu o rei. O átrio levava a uma alcova, a qual também era calçada de pedras preciosas e da qual, seguindo, passava-se por aposentos de pátios luxuosos, cujo chão consistia em mosaicos de ouro e prata. Num dos aposentos, Salomão viu um escorpião de prata no chão. Empurrou-o e encontrou uma porta que levava a um corredor subterrâneo. Salomão desceu e chegou a um aposento onde havia um enorme amontoado de ouro, prata e pérolas. Aqui novamente deparou com uma porta, cuja fechadura tinha a seguinte inscrição: Quem habitou este palácio foi outrora poderoso e grande. Leões e ursos o temiam. Gozava prazeres e sentava no seu trono. Mas, muito antes do tempo, foi-lhe destinado morrer, e ele se foi, e a coroa de soberano caiu de sua cabeça. Peregrino, penetra no átrio e verás milagres! Salomão abriu a porta e encontrou outra. Também esta tinha uma inscrição onde se podia ler que os moradores do castelo passaram seus dias na riqueza e na honra. Tinham restado apenas os tesouros, os homens haviam sido arrebatados. Tinham presenciado épocas cruéis e por fim ido para seus túmulos; deles não sobrara na terra sequer uma pegada. Salomão abriu a fechadura e chegou a um salão, que brilhava de pedras preciosas. Numa das paredes estava escrito: O que não possuí eu, que habitei aqui, de poder, o que não li de escritos, o que não saboreei de alimentos e bebidas, o que de trajes não usei; como fui temido, mas quanto também tive que temer! E, continuando, Salomão chegou a um luxuoso aposento que tinha três saídas. Numa das portas havia as linhas seguintes: Filho do homem, o tempo não se deixará iludir por ti; também tu murcharás, terás que ceder o teu lugar e por fim deitar estendido debaixo da terra. A segunda porta continha os dizeres: Não te precipites, é mínima a tua parte; o mundo passa de um ao outro. Também a terceira porta estava escrita; o provérbio rezava: Leva alimento no caminho; abastece-te de pão enquanto é dia. Tua permanência na terra não é longa, e o dia do teu retorno está oculto.

SALOMÃO ATRAVESSOU UM UMBRAL e viu no novo aposento a estátua de um homem sentado que parecia vivo. Em volta deste havia muitos ídolos. O rei aproximou-se da figura grande, e esta se mexeu e gritou em voz alta: Socorro, filhos de satã! Vede, Salomão veio e quer vos exterminar! E das narinas da estátua saiu fogo e fumaça. Um tumulto irrompeu entre os diabos; eles vociferavam e bramiam. Então Salomão repreendeu-os e disse: Quereis me meter medo? Acaso não sabeis que sou o rei Salomão, a quem todas as criaturas do mundo são subordinadas? Castigar-vos-ei por terdes vos rebelado contra mim. E Salomão proferiu o verdadeiro nome de Deus. Então os espíritos emudeceram duma vez, e nenhum deles conseguiu pronunciar uma só palavra. Os ídolos caíram todos, e os filhos de Satã fugiram e atiraram-se nas ondas do oceano para não cair nas mãos do filho de Davi.

Depois Salomão aproximou-se novamente da estátua fundida, colocou a mão em sua boca e de lá tirou uma plaquinha de prata. Mas nela havia palavras gravadas que Salomão não conseguia ler. Aborreceu-se com isso e falou aos companheiros: Sabeis quantas dificuldades tive que vencer até chegar a esta estátua. E agora não consigo descobrir o sentido da inscrição. Salomão então viu entrar de repente um jovem; este vinha do deserto. Inclinou-se diante do rei e perguntou: Por que estás tão triste, ó filho de Davi? Salomão respondeu: É por causa desta plaquinha, cuja inscrição me é obscura. Ao que o jovem disse: Deixai-me ver a tabuleta, e eu te direi o que está escrito nela. Estava no meu lugar, mas o Senhor viu que estava aborrecido e enviou-me para te esclarecer o oculto. Salomão deu a tabuleta ao rapaz e este a examinou; seu rosto expressou espanto e ele começou a chorar. Falou: Salomão, a inscrição é em língua grega e significa: Eu, Schedad, filho de Ead, fui rei sobre dez mil reinos, montei em dez mil cavalos, e dezenas de milhares de príncipes subordinavam-se a meu poder. Venci dezenas de milhares de heróis, mas quando o anjo da morte chegou a mim, nada pude fazer contra ele. E mais estava escrito na plaquinha: Aquele que ler estas palavras, que não se atormente muito neste mundo, pois o fim do homem é a morte, e nada permanece além da boa reputação. SALOMÃO VIVEU tudo isso.

Livro Segundo: Histórias

1. *Os Sete Anos de Ben Sirach*

ADMIRAI-VOS DA SABEDORIA do filho de Sirach! Precisava apenas olhar uma medida de trigo e já sabia dizer com exatidão o número de grãos. Assim, sua fama tornou-se conhecida no mundo inteiro, e o rei da Babilônia, Nabucodonosor, soube da inteligência do menino. Mas quando os sábios do rei também tomaram conhecimento do talento de Ben Sirach, disseram: Ai de nós, agora Nabucodonosor irá nos destruir. Mas vamos caluniar o hebreu perante o rei e fazer com que ele mande buscar o menino. Depois vamos fazer-lhe uma pergunta difícil e, se não souber responder, nós o matamos. Assim fizeram e transmitiram seu desejo ao rei. Nabucodonosor então perguntou: O que perguntareis ao jovem? Os sábios responderam: Ele deverá nos informar o que significa ai e oh. Mil cavaleiros, aos quais faltava um dedo do pé e que podiam arrancar árvores com raiz, foram, então, mandados a fim de buscar o filho de Sirach.

Assim o esperto rapaz, que na época contava sete anos, veio à presença do rei Nabucodonosor... Os sábios da Babilônia reuniram-se à sua volta e perguntaram-lhe: Dize, o que é ai e o que é oh? Então Jesus ben Sirach deixou a sala e apanhou lá fora três serpentes e três escorpiões. Tinha consigo uma cesta dupla com duas aberturas e fez as cobras entrarem num dos buracos e os escorpiões no outro. Depois fechou as aberturas e retornou aos sábios de Nabucodonosor... Estes perguntaram: O que tens na cesta? Ben Sirach respondeu: Olhai vós mesmos. Então um dos sábios enfiou sua mão na cesta e deparou com as serpentes. Gritou: Ai, o que trazes? Depois enfiou a mão no outro buraco e sentiu os escorpiões. Berrou horrorizado: Ai e Oh! Então Ben Sirach disse: Agora sabeis o que é ai e oh!

QUANDO OS SÁBIOS da Babilônia perceberam o que o menino fizera com eles, ficaram cheios de terror; estremeceram e a prostração caiu sobre seus semblantes. Nabucodonosor, porém, disse-lhes: Combinastes comigo que mataríeis o menino caso este não vos soubesse responder.

Mas uma vez que ele encontrou uma solução, o castigo que lhe destinastes deverá ser usado para vós: Ao que os sábios retrucaram: Que o Senhor faça com seus servos o que for de sua vontade. Nabucodonosor entregou os vencidos ao filho de Sirach e este disse: Trouxestes-mos aqui somente por causa do ai e do oh; pois bem. E mandou atirá-los numa cova de leões, onde pereceram com ai e oh.

2. Tobias, o Danita

NA ÉPOCA DOS PRIMEIROS devotos vivia numa cidade um homem inocente, íntegro e de atitudes retas; era rico e conhecido e chamava-se Tobias, filho de Ahia, o danita. Auxiliava os pobres, e quando era encontrado um morto do qual ninguém cuidava, levava-o à tumba, fazia-lhe a mortalha e cumpria tudo o que os costumes exigiam.

Mas os habitantes da cidade eram homens maus, cheios de desconfiança e astúcia, e estes acusaram os hebreus diante do rei, dizendo: Nosso senhor e rei, os israelitas abrem nossas sepulturas e retiram os ossos dos nossos mortos; queimam os cadáveres e preparam com eles remédios e feitiços. Então, a cólera do rei se inflamou e ele decidiu desforrar-se dos judeus. Falou: Cada hebreu de meu país que morrer deverá ser lançado na grande cova diante da cidade. E aquele que sepultar um morto será enforcado. Mas, certo dia, morreu um estrangeiro na cidade e não havia ninguém que quisesse enterrá-lo. Tobias, o devoto, recolheu o morto, lavou seu corpo, vestiu-o e o enterrou. Vendo isso, os ímpios habitantes da cidade agarraram Tobias, levaram-no à presença do juíz e clamaram: Senhor! Julgai este hebreu, que transgrediu o decreto do rei e sepultou um homem de seu povo. Então, o juiz ordenou que Tobias fosse enforcado; e ele foi conduzido para uma forca, que havia sido erguida para ele longe da cidade. Mas, quando os homens chegaram perto da forca, foram todos, do primeiro ao último, acometidos pela cegueira e não conseguiram encontrar o cadafalso.

Assim o condenado se livrou deles e retornou à sua casa. Reuniu seus amigos e parentes, bem como todos os que partilhavam de sua crença, contou-lhes sobre o que lhe acontecera e do bem que Deus lhe fizera, e disse: Agradecei a Deus, pois Ele é bom e Sua clemência dura eternamente! Não há outro Deus que seja onipresente. Louvado seja Seu nome, o nome daquele que quer a paz de seus servos.

QUANDO O REI chegou à cidade, os homens lhe relataram o que lhes acontecera quando quiseram enforcar Tobias. O rei, então assustou-se sobremaneira e seu coração se acovardou; mandou proclamar por todo o reino: Aquele que causar dano a um israelita, seja física ou comercialmente, é igual a alguém que faz mal ao próprio globo ocular, e quem quer que o prejudique deverá ser enforcado, mesmo se tratando de um nobre ou ilustre. Depois concedeu aos hebreus o direito de sepultarem seus mortos com dignidade, honrou-os e os respeitou por toda a sua vida. Aqueles malvados, porém, nunca mais recuperaram a visão.

Um dia, o devoto dormia em seu leito, acima do qual uma andorinha tinha o seu ninho; quando acordou e olhou para o ninho, excrementos da andorinha caíram sobre os seus olhos, eles se obscureceram e não mais podiam enxergar; uma película branca se formara sobre eles. Tobias estava velho e possuía apenas um único filho. Chamou-o e disse-lhe: Meu filho, enquanto eu ainda negociava, viajei por todos os países e reinos. Então certa vez estive também na Índia, onde negociei e ganhei muito dinheiro. Mas como lá as estradas eram inseguras, dei meu dinheiro a um bom e fiel homem, de nome Peer-Hasman*, para que o guardasse. Agora perdi minha visão em virtude dos meus pecados e transgressões. Assim, ouve, meu filho: Procura um acompanhante, que conheça bem as estradas na Índia, e eu te enviarei com ele ao homem a quem deixei meu ouro e prata; sei que, quando te vir e lhe entregares um documento com sinal meu, ele te devolverá o dinheiro, pois é um homem íntegro.

O RAPAZ ENTÃO foi à praça onde se contratavam guias e lá encontrou um homem que conhecia bem a Índia, suas estradas e atalhos. Levou-o a seu pai e disse-lhe: Ouve, este homem conhece a Índia e seus caminhos tão bem quanto conhece nossa cidade e suas ruas. Então Tobias disse ao desconhecido: Conheces na Índia a cidade de Tubat? O estranho respondeu: Meu senhor, morei lá por dois anos; é uma grande cidade, habitada por muitos sábios. Tobias disse: Como posso te recompensar, se levares meu filho para lá? O homem retrucou: Paga-me cinqüenta moedas de ouro. Tobias disse: Eu às darei com prazer. Em seguida, o filho de Tobias escreveu uma carta ao amigo na Índia e Tobias assinou. Depois atirou-se ao pescoço do filho, abraçou-o e beijou-o e disse: Vai em paz, que o Deus de meus pais me permita ainda estar vivo quando retornares em paz.

Assim o jovem seguiu o estranho até a cidade de Tubat, e o guia levou-o até a casa do fiel homem. Ali o jovem perguntou: És tu o honrado homem que é chamado de Peer-Hasman? O interpelado respondeu: Por que perguntas pelo meu nome? O rapaz disse: Meu pai Tobias, o danita,

---

* O conceituado de sua época.

me enviou; envia-te uma saudação de paz, a ti e aos teus. E entregou-lhe a missiva do pai. Quando Peer-Hasman viu a carta com a assinatura de Tobias, fitou o rapaz e então acreditou que o moço era o filho do seu amigo; abraçou-o e beijou-o, ofereceu-lhe leite e mel e disse: Como vai o meu amigo e caro conhecido, meu enfermeiro e fiel companheiro? O jovem respondeu: Ele está bem. Peer-Hasman alegrou-se com o filho de seu amigo, acolheu-o com carinho e disse-lhe: Meu filho, ficarás comigo por um mês, quero me alegrar com tuas doces falas. Mas o jovem retorquiu: Meu senhor, deixai-me partir para minha terra e meu lugar, esta é a vontade de meu pai e também a minha. Desde o dia em que deixei meu velho pai, meu coração teme por ele, pois ele não possui outro filho além de mim; por isso quero me apressar e com a ajuda do Criador retornar à minha pátria. O íntegro homem satisfez ao desejo do jovem, entregou-lhe a fortuna do pai, ainda acrescentou roupas e presentes, fez dois de seus meninos o acompanharem e o mandou embora com alegria e cantos.

QUANDO O FILHO de Tobias e seus companheiros estavam a caminho, andando pela beira da praia, as ondas lançaram um peixe à margem. O acompanhante então agarrou o peixe, abriu-lhe o ventre e retirou o fígado e a bílis. O menino perguntou: Por tua alma, por que largaste o peixe e só ficaste com o fígado e a bílis? O companheiro respondeu: Porque estas duas partes têm uma propriedade especial e delas se pode preparar um remédio milagroso; casa que for defumada com o fígado nunca receberá um espírito ou demônio, e nenhuma desgraça atinge seu proprietário; e se um cego passar a bílis em seus olhos, eles se abrem e tornam a enxergar. Então o rapaz pediu ao guia que lhe desse o fígado e a bílis; o outro deu-lhe as partes e o moço as amarrou na ponta de seu manto.

O moço então voltou alegremente para casa e encontrou o pai calmo e cheio de confiança. Tobias alegrou-se muito com a volta do seu filho e de vê-lo com o dinheiro. Disse-lhe: Vai ao *cambista*, paga a teu guia cem moedas de ouro e ainda mais e recompensa-o conforme tua vontade. Então, o rapaz saiu com o homem; mas, quando se voltou para ele, não o viu mais. Procurou-o em toda a cidade, mas não o encontrou. Assim foi ter com o pai e disse: Meu companheiro desapareceu e não posso encontrá-lo. Então o pai falou: Meu filho, nosso Deus mandou-nos esse homem, pela nossa vida; era certamente o profeta Elias.

DEPOIS O MOÇO contou ao pai sobre o fígado e a bílis do peixe e para que serviam. Tobias untou de bílis seus olhos, e Deus os abriu, e ele voltou a enxergar. Disse então ao filho: Meu filho, Deus te conduziu pelo caminho verdadeiro; ouviu nossa súplica e te trouxe de volta para casa em paz. E agora ouve meu conselho, faze uma boa ação e toma a filha de meu irmão por esposa; ela vê todas as suas amigas casadas, e ela própria é vítima de má sorte.

Essa moça, realmente, tinha um estranho e terrível destino. Tinha sido casada com três homens, e toda vez acontecia algo estranho, como jamais se ouvira falar antes; cada um que dormia com ela era, de manhã, encontrado morto no leito. Então o moço falou ao pai: Mas como me aproximar da jovem? Receio morrer também, como morreram seus três maridos. O pai replicou: Meu filho, provavelmente foi um mau espírito ou um demônio que matou os homens e lhes tirou a alma. Toma do fígado que teu acompanhante te deu, e com ele defumara a casa dela, como ele te aconselhou; confia em Deus e estarás protegido de todo o mal.

O jovem então retemperou seu coração e não se recusou a cumprir a ordem de seu pai. Tomou a moça por esposa e chegou a amá-la. À noite, defumou a casa toda com o fígado, por dentro e por fora, e também o leito e as vestes. Depois entrou no aposento, uniu-se à sua noiva e ela concebeu.

CONTUDO, SEU VELHO e devoto pai orou e chorou a noite inteira diante de Deus, e seu coração estava cheio de apreensão e inquietude. O rapaz até a manhã seguinte, e quando as pessoas acordaram encontraram-no alegre e bem-humorado, sem dor e sem doença. Assim os recém-casados viveram sem medo e sem temor e atravessaram seus anos com alegria e felicidade.

3. Susana

NA BABILÔNIA VIVIA um judeu de nome Ioiaquim, que tinha uma esposa temente a Deus, de nome Susana. Ele era rico e estimado por todos. Em sua casa costumavam reunir-se seus companheiros de tribo. Um grande jardim também fazia parte da casa, e Susana por ali passeava e se banhava. Naquela época foram eleitos dois decanos para julgar o povo, e ambos exerciam seu cargo na casa de Ioiaquim. Quando viram então a formosura da dona da casa, ficaram inflamados de desejo lascivo por ela. De início, dissimularam seus pensamentos um do outro, mas um dia, depois que o povo deixou o edifício, esgueiraram-se secretamente até o jardim, lá se encontraram e confessaram mutuamente suas intenções. Decidiram então executar em conjunto a indigna ação. Aguardaram a ocasião em que Susana se dirigiu à floresta para tomar banho e enviara suas duas criadas para buscar óleo de unção. As criadas trancaram a porta do jardim, mas os dois anciãos já se haviam escondido entre as árvores. E quando Susana tirou a roupa para entrar na água, os dois infames apareceram, agarraram-na e disseram-lhe: Faze nossa vontade e, se te negares, deporemos que te apanhamos em flagrante com um rapaz. Susana assustou-se muito e tremeu, mas falou para si mesma: Não escaparei desses indignos; portanto, é melhor que eu caia nas mãos de Deus do que na dos homens. E ela ergueu enorme gritaria e chamou: Senhor, salva-me destes malfeitores! Então os dois velhos também começaram a gritar contra ela; todos da casa acorreram, os servos abriram as portas e ouviram os dois anciãos acusando Susana do adultério.

Então todos os seus amigos e parentes e toda sua criadagem se admiraram dessa acusação, pois nunca ninguém tinha articulado nada de mal contra a mulher.

NO DIA SEGUINTE, o povo reuniu-se como sempre na casa de Ioiaquim, e os dois anciãos levantaram-se e acusaram Susana, dizendo: Nós a vimos no jardim, ela mandou embora suas duas criadas e aí apareceu um jovem e dormiu com ela; acorremos para prendê-lo, mas o moço nos escapou. A multidão deu ouvidos a esse testemunho, pois os anciãos eram tidos como íntegros e sem pecado. Trouxeram Susana, os anciãos mandaram despi-la, pois em sua lascividade ainda queriam se deleitar contemplando-a, e condenaram-na à morte. Como ia ser apedrejada, ela ergueu seus olhos para o céu e orou: Ó verdadeiro juiz, que conheces minha inocência, resgata-me do castigo injusto e não me permitas passar por pecadora diante do povo.

Então Deus despertou Daniel, e este chamou: Senhor, absolve-me de culpa na morte desta justa. O povo perguntou: O que fala esse aí? Daniel respondeu: Acaso é costume em Israel proferir uma sentença de morte, sem que o caso seja examinado? Deixai que eu cuide mais uma vez da questão e a examine! Assim, Susana foi novamente levada perante o tribunal. Os dois caluniadores também compareceram e repetiram sua mentira. Daniel então mandou separar os dois velhos e inquiriu cada um por si. Perguntou ao primeiro: Sob que árvore viste a mulher com o rapaz? Ele respondeu: Sob uma terebinto. Daniel então disse: Fostes enganados, pois tal árvore não cresce no jardim. Mandou vir o segundo homem e lhe fez a mesma pergunta. E este respondeu que a árvore era um plátano.

ASSIM, A PERVERSIDADE dos dois velhos ficou patente diante de todo o povo. Fizeram a eles o que eles pretendiam fazer com a inocente Susana.

4. Os Três Pajens de Dario

SERUBABEL, o filho de Sealtiel, mordomo do rei Dario, era um homem valente. Era sábio, inteligente e cheio de espírito, pois Daniel lhe havia transmitido tudo. Encontrou mercê aos olhos do rei; o rei passou a amá-lo, como amara a Daniel, e tornou-o o primeiro entre seus príncipes e capitão de seus dois guarda-costas. Quando certo dia os cortesãos estavam junto ao rei, este falou: Vistes no país inteiro um homem que fosse tão esperto e inteligente e que carregasse em si o espírito de Daniel, como Serubabel? Os outros responderam: O rei falou palavras acertadas. Aconteceu então numa tarde, quando o rei, após uma refeição, dormia e seus três guarda-costas, entre eles Serubabel, estavam como de costume à sua volta, que o tempo custava a passar para os rapazes, pois o sono do rei, que tomara muito vinho, estava durando mais do que o normal. Disseram uns aos outros: Pois bem, decifremos enigmas e inventemos ditos profundos, cada qual de acordo com sua sabedoria; vamos escrevê-los num rolo de escrita que colocaremos sob o travesseiro do rei, para que ele o veja quando acordar e examine a exatidão das frases. Aquele cuja sentença for mais sábia do que a de seus amigos deverá se tornar o segundo depois do rei, tanto no trono como no carro, deverá ter livre acesso a ele, seus talheres serão de ouro e seu cavalo deverá ter uma rédea de ouro; deverá usar em sua cabeça a coroa de vice-rei e receber um saldo tão alto quanto este; todos os seus desejos deverão ser satisfeitos pelo rei e ele deverá ser o confidente do rei. Ao que os outros replicaram: Que assim seja. E eles fizeram um pacto entre si e o confirmaram de acordo com o costume da Pérsia e da Média, de modo que não mais poderia ser revogado. Depois trouxeram pena e rolo de escrita, tiraram a sorte e cada um escreveu seu dito. O que tirou a primeira sorte escreveu: Ninguém é mais forte do que o rei. O segundo escreveu: Nada é mais forte do que o vinho. O terceiro, que era Serubabel, escreveu: Nada se iguala em força à mulher. Depois que terminaram, colocaram o rolo sob a cabeça do rei.

O REI, ENTRETANTO, acordara e ouvira seu sussurro. Passou as duas mãos sobre os olhos, procurou embaixo de sua almofada e achou o rolo com os três ditos dos rapazes. Abriu a folha, leu-a e a segurou até que seus príncipes e potentados, cortesãos e agricultores, se reuniram. Depois mandou chamar também os três moços e disse-lhes: Cada um me faça ouvir sua sentença e me explique o seu sentido. Elevarei e dignificarei altamente aquele cuja tese for a melhor e mais acertada, conforme consta no rolo de escrita.

Então o primeiro se apresentou, leu sua sentença e disse: Que o rei e os príncipes ouçam e tomem conhecimento da sentença que fiz: Nada é mais forte do que o rei. O segundo deu um passo à frente e disse: Nada na terra é mais forte do que o vinho. O terceiro, que era Serubabel, deu um passo à frente e disse: Nada se iguala em força à mulher. Então o rei e os príncipes disseram: Ouvimos vossos ensinamentos, agora fazei-nos ouvir seu significado.

Então o primeiro disse: Sê clemente, ó senhor, e sede clementes, ó senhores e heróis. Já tendes conhecimento da força do rei e do poder de seu domínio, que se estende sobre água e terra, ilhas, povos e línguas. Ele determina a morte e a vida. Se ordena a seus súditos partirem para a guerra, todos eles partem bem armados, não se voltam e enfrentam a morte; se quer derrubar muralhas, as muralhas são derrubadas. E se os homens lavraram, semearam e colheram o trigo, entregam o tributo ao rei ainda antes de eles mesmos terem comido. Pois temem o rei e estremecem de medo diante dele, pois ele é senhor e soberano sobre eles e a ninguém é dado alterar sua palavra e ordem. Portanto, é verdade o que falei, que ninguém se iguala em força ao rei. Todos os que rodeavam o rei surpreenderam-se com essas palavras.

Em seguida o segundo rapaz falou: Sê benigno, meu senhor, e sede clementes, ó sábios homens! É certo que sabeis todos acerca da força do rei e da magnitude de seu poder, com o qual ele reina e domina as nações; o temor e o medo diante dele envolvem todas as criaturas humanas, como acabastes de ouvir. No entanto, o vinho ainda é mais forte do que o rei. É verdade que o rei é poderoso, mas tenha ele tomado vinho, e o vinho terá poder sobre ele, se o rei desviará sua mente para outras coisas; ele cultuará o canto, o jogo e a dança e dirigirá sua atenção a mesquinharias; seu coração se transformará de modo que atrairá a si os que lhe estavam longe, e repudiará os que lhe estavam próximos, matando favoritos e honrando estranhos, não levando ninguém em consideração, seja pai, mão ou parente. Quem não conhece o poder do vinho? Alguém que jamais leu um livro se torna fanfarrão depois que bebeu, o calado se torna loquaz, revela o segredo, desvenda o oculto, o tímido se torna atrevido. O vinho faz com que os preocupados se tornem alegres, que os pobres, oprimidos e condenados à morte jubilem; os acorrentados caem na risada depois que tomaram vinho; na embriaguez, o amigo faz a espada cintilar sobre o amigo. Depois de passada a bebedeira, eles esquecem tudo o que fizeram, não o entendem mais e dizem: Nada fizemos! E agora quem não acredita que o vinho é mais forte do que o rei, já que tem poderes sobre ele? Impede os pés de andar e faz os olhos verem coisas inconvenientes, e a boca falar o que não aprendeu. Portanto, sabei que o vinho é mais forte que o rei. Os ouvintes surpreenderam-se novamente.

ENTÃO, O REI chamou Serubabel, que era o terceiro, e lhe disse: Conta-nos tu também o sentido de tua sentença, como fizeram teus amigos. Serubabel respondeu: Eu o farei. E disse: Ouvi e prestai atenção, ó rei e príncipes, administradores e sátrapas, bem como vós outros. É certo que o rei é grande e forte, e é certo que o vinho pode enfraquecê-lo. Ninguém negará a força do rei e do vinho. Mas a mulher é ainda mais forte do que o rei e o vinho e todos os frutos da vinha, dos quais provém o vinho. Como não seria a mulher mais forte do que o rei? Ela deu à luz o rei, amamentou-o, cuidou dele, criou-o e o alimentou, vestiu-o, lavou-o e o conservou limpo, castigou-o e o manteve em seu poder, como uma mãe mantém seu filho em seu poder, de forma que ele sentia medo e estremecia quando ouvia suas admoestações; ora ela o castigava, ora o repreendia, e se ela erguia a vara, ele fugia para a rua com medo dela. Quando um menino se torna rapaz, não esquece o temor que tinha dela antes e sempre lhe dá ouvidos como o filho àquela que o fez nascer. Quando depois ergue seus olhos e vê uma bela mulher, deseja sua formosura e quer amá-la; sua alma se prende a ela: seu coração se volta para ela, e por nenhum preço quer trocá-la por uma outra. Até a mãe que o fez nascer, o pai que o gerou, ele abandona e esquece por causa da mulher e de sua beleza. Não poucos ficaram loucos e perderam a razão por causa dela; muitos sábios caíram em sua rede e muitos sensatos foram envolvidos por suas artimanhas: ela despertou a intriga entre irmãos, ela separou amantes, fazendo com que rompessem a fidelidade mútua. Quando uma bela mulher passa por um homem que carrega preciosidades consigo, ele prega seus olhares nela, em sua formosura, e se ela o abordar, cai de suas mãos tudo o que estiver segurando. Fica parado de boca aberta e olha para ela, pois ela atraiu o seu coração. E então quem não há de acreditar no poder da mulher?

Dizei, prosseguiu ele, para quem se produz e para quem se labuta? Para quem procurais juntar muitos bens, se não para as mulheres, se não para lhes proporcionar todas as preciosidades, ouro e prata, jóias e belos acessórios, mirra, incenso, especiarias e óleo aromáticos? E se alguém rompe uma brecha na ordem do mundo e procura um lugar para ficar à espreita de outros, seja nos caminhos, seja nos desertos ou montes, seja nas florestas ou no oceano, e luta e mata e rouba e pilha, é violento e derrama sangue, para satisfazer à sua cobiça, a quem cabe então o roubado, a presa e a posse? É oferecido à mulher. Pois eu vi o rei sentado em seu trono e a seu lado sua concubina Apomia, a filha de Abesio, o macedônio; ela estendeu sua mão, tirou a coroa da cabeça do rei e colocou-a sobre a sua, e o rei riu. E quando ela se irritou, o rei não conseguiu acalmá-la. Quem não acredita que a mulher é mais forte do que tudo? A força de Sansão foi quebrada por uma mulher, o rei Davi foi seduzido por uma mulher, Salomão deixou-se fascinar por uma mulher. Quantos não foram escravizados por ela! O número de destruídos por ela é incontável, imenso é o número de sua vítimas. E também isso não pode ser omitido. Um único rei domina um país inteiro; o seu povo é incontável, e no entanto todos tremem ante seu soberano, pois ele os domina. Do mesmo modo existe também um senhor e dono sobre cada mulher; ela o deseja e no entanto ele não consegue chegar a sujeitá-la à sua vontade. E o que aconteceu a Adão, o pai de todos os filhos da terra? Uma mulher o levou a transgredir o mandamento de seu Deus, e por isso foi imposta a morte a ele e a todos os seus descendentes.

E agora que a força da mulher foi exposta, quem não acreditará nela? Pois esta é a ordem do mundo, do princípio até hoje; nada ainda se alterou. Assim, provavelmente falei o certo. Mas quero anunciar ao rei e a todos os ouvintes que o domínio do rei é efêmero, que a força do vinho é nula, que o poder da mulher é ilusório, e que todos os três não são absolutos, e que só a verdade domina tudo o que existe no céu e na terra, no oceano e nas profundezas. A verdade se afirma até diante de Deus e dos homens; onde a verdade reside, nenhuma mentira pode persistir; o céu e a terra foram erigidos sobre a verdade, e verdadeiro é o Senhor, nosso Deus, eternamente Eterno.

ENTÃO TODOS os que estavam em volta do rei disseram: É verdade. E o rei falou a Serubabel: Vem cá. Serubabel foi para diante do rei, e o rei estendeu suas mãos, puxou-o para si, abraçou-o e beijou-o diante dos olhos de todo o povo e lhe falou: Louvado seja o Senhor, o Deus de Serubabel, que lhe concedeu o espírito da verdade, pois Deus é a verdade, seu trono apóia-se na verdade, e todo o resto é ilusório. Então todos os príncipes, governadores e agricultores, bem como o povo inteiro, falaram: Realmente a verdade está acima de tudo, e nada há no mundo que possa enfrentá-la; ela reina no céu e na terra, e tudo se apóia nela. Verdadeiro é o Deus de Serubabel, que lhe concedeu enaltecer e louvar a verdade diante de Deus, do rei e dos homens.

E o rei Dario ordenou que todas as homenagens que estavam determinadas no rolo de escrita fossem conferidas a Serubabel, pois, muito mais do que seus dois amigos, ele merecera benemerência aos seus olhos e aos olhos dos príncipes.

5. O Nascimento de Alexandre

NEKTANEBOS, rei do Egito, o grande feiticeiro e adivinho, fugira diante do rei persa Artaxerxes, depois que descobrira que este queria despedaçar e conquistar o reino dos egípcios. Estabeleceu-se na Macedônia e lá viveu como estrangeiro. Sobre ele, não se sabia quem era e de que povo descendia, contudo era altamente considerado pelos macedônios.

Aconteceu então que Philippos*, o rei macedônio, partiu para a guerra. Logo após Nektanebos dirigiu-se ao palácio do rei, a fim de visitar a rainha Nebiras. Mas, ao erguer seus olhos para a esposa do Philippos, sentiu despertar nele o desejo e passou a amá-la. Inclinou-se diante da rainha, beijou sua mão e falou-lhe: Que o Senhor esteja contigo, ó Senhora da Macedônia. A rainha volveu: Que o Senhor abençoe o famoso sábio; senta-te à minha direita. Nektanebos então sentou-se ao lado da rainha Nebiras. A esposa de Philippos voltou sua face ao hóspede, dizendo: Tua sabedoria demonstra seres um filho do Egito. Nektanebos retrucou: Adivinhaste certo, senhora e rainha, e me honra sobremaneira, que me consideres um egípcio. Os filhos desse povo são eloqüentes; sabem interpretar sonhos e são capazes de descobrir o oculto. Mesmo não sendo um de seu meio, contudo, posso ser considerado como um de seus parentes e nada lhes fico a dever no domínio das ciências ocultas e no conhecimento do porvir. E enquanto Nektanebos falava, não desviava seus olhos da rainha, tanto sua beleza e graça haviam cativado seu olhar. A rainha então falou: Por que te apraz me olhar assim? Nektanebos respondeu: Quando te vejo, recordo-me do que me foi vaticinado pelos deuses: que algum dia chegaria perto de uma alta senhora e a serviria, e quero cultivar a esperança de que sejas tu essa senhora. E Nektanebos tirou do peito uma pedra de Sárdio, incrustada de pérolas e dividida em três círculos; numa das partes da pedra estavam gravados os doze signos do Zodíaco; a segunda trazia as figuras dos sete planetas; na terceira estavam indicadas as diversas posições dos corpos celestes, através dos quais se podia prever o destino dos reinos; os quatro cantos da placa estavam adornados com pedras preciosas e continham interpretações dos fenômenos secretos da natureza. Quando a rainha Nebiras viu essa pedra, espantou-se muito e disse ao feiticeiro: Nektanebos, os deuses te concederam muita sabedoria; se ainda me disseres o dia, a hora e o momento em que o rei Philippos nasceu, minha fé em teu poder mágico será uma fé completa.

---

* A referência histórica é a Filipe da Macedônia, pai de Alexandre o Grande. (N. do T.)

NEKTANEBOS então usou suas artes de oráculo e declarou à rainha o dia, a hora e o minuto em que se dera o nascimento do rei Philippos. E continuou dizendo à rainha: Se além disso desejas saber outras coisas, eu tas revelarei. Ao que a rainha Nebiras disse: Os habitantes do país estão contando uns aos outros que o rei tenciona me repudiar depois de voltar da guerra. Nektanebos respondeu: O que o povo afirma é incorreto e falso; é certo que entre ti e teu marido ocorrerá algo daqui a alguns anos, e ele se separará de ti, mas depois retornará arrependido. Então a rainha pediu ao adivinho que lhe desvendasse ainda mais o porvir e que a auxiliasse na futura desavença com Philippos. Ao que Nektanebos disse à rainha: Saiba que um dos grandes deuses te deseja e exigirá de ti que te entregues a ele; esse deus te ajudará em todas as tuas necessidades. A rainha Nebiras falou: Quem é esse deus, e como se parece de rosto e figura? Nektanebos retrucou: Usa o nome de Amon, o forte; chama-se assim porque dá força e vigor a todo aquele que nele confia e o quer servir. A rainha então disse: Descreva-me a sua aparência para que eu o reconheça quando vier a mim. Nektanebos replicou: Ele aparecerá como homem de meia-idade, não como jovem e nem como ancião; na testa tem chifres como um touro; sua barba parece uma barba de cachorro. Esse deus procura tua afeição e quer se unir a ti. Ao que a rainha Nebiras disse: Se é verdade o que dizes, vou te considerar não só como adivinho, mas como um homem de Deus. Depois desse acontecimento, Nektanebos retirou-se para a solidão da floresta, colheu gramíneas e raízes e com elas pôs em ação suas feitiçarias graças às quais a rainha Nebiras teve durante a noite visões por ele invocadas. No dia seguinte a rainha mandou um emissário em busca de Nektanebos. Quando o sábio chegou, a rainha lhe disse: Tuas palavras se realizaram. Um anjo apareceu-me em sonho e disse: Alguém foi enviado, e esse fará tudo o que mandares. Nektanebos respondeu: Agora sei o que viste. Agora indica-me um lugar em teu castelo onde eu possa passar esta noite e verás a interpretação do teu sonho com teus próprios olhos. O deus Amon, que te apareceu, virá a ti sob forma de uma serpente; depois essa serpente tomará a feição de um homem parecido comigo. Mas, uma vez perto de ti, eu te esclarecerei como deves proceder. A rainha Nebiras respondeu dizendo: Tens o castelo às tuas ordens; escolhe um aposento onde te agrade ficar. Se tuas palavras provarem ser verdadeiras, então serás o mestre do menino que então nascerá. E a rainha ordenou que se preparasse um quarto de dormir para Nektanebos.

Chegada a noite, Nektanebos transformou-se numa serpente, à maneira dos feiticeiros, que podem tomar qualquer feição desejada; apareceu como serpente diante do leito da rainha Nabiras e se uniu a ela. Depois falou-lhe: Desta semente te nascerá um filho que superará todas as criaturas humanas em força e tamanho.

EM SEGUIDA, Nektanebos deixou o palácio da rainha. Passado algum tempo, a rainha Nebiras sentiu uma criança se mexer em seu ventre. Mandou imediatamente chamar Nektanebos, contou-lhe que estava grávida e pediu que ele lhe dissesse, em sua sabedoria, o que devia esperar do marido Philippos quando este soubesse de sua gravidez. Nektanebos respondeu: Não temas; o deus Amon te ajudará e voltará o coração de teu esposo Philippos para ti. E Nektanebos retornou à floresta e colheu cálamos e ervas, por meio dos quais conseguia pôr as estrelas a seu serviço e inspirar sonhos a qualquer pessoa, para que pudessem ser úteis a suas intenções. Assim, Philippos em seu acampamento sonhou que o deus Amon dormira com sua mulher Nebiras; depois de se unir a ela, fechara seu ventre, selando-o com um anel; o sinete representava uma serpente com uma espada desembainhada acima da cabeça. Philippos acordou de seu sono com o espírito perturbado. Mandou vir seus sábios e invocadores e contou-lhes a visão. Os adivinhos então explicaram-lhe que sua esposa, a rainha, em breve teria um filho de um espírito divino; esse filho seria poderoso como uma serpente e um leão, e seu reino se estenderia por todos os países do mundo iluminados pelo sol.

Depois desse sonho Philippos conquistou a cidade que tinha sitiado, e pareceu-lhe durante a batalha que uma serpente combatia sob suas mãos, espalhando horror e morte entre os inimigos. Depois que dominou o país, Philippos retornou a seu reino, a Macedônia. Ao entrar em seu pátio, a rainha Nebiras veio ao seu encontro e ela lhe agradou; abraçou-a e a beijou. Depois falou-lhe: És pura e inocente; tu te sujeitaste à vontade de um deus; nenhum mortal pode te acusar de falta e te menosprezar. Os deuses me revelaram em sonho tudo o que te aconteceu, e não seria justo te considerarem pecadora.

Quando, depois de algum tempo, o rei Philippos estava no salão de festas sentado no trono entre seus cortesãos e príncipes, tendo à sua direita a esposa Nabiras, apareceu subitamente no salão uma serpente, que era o transformado Nektanebos; rastejou na direção da rainha Nebiras, colocou a cabeça em seu colo e a beijou. O rei e sua corte assustaram-se e Philippos falou: Esta é a serpente que vi no dia em que tomamos o país inimigo. Ela abateu os inimigos que lutavam comigo, fazendo-os fugir de minha presença. Não foi pequeno meu espanto vendo isso.

DECORRIDO MAIS algum tempo, Philippos estava novamente sentado no trono; apareceu então um pássaro voando e pousou-se no colo do rei; ali o pássaro botou um ovo, e o ovo rolou do colo do rei, caiu no chão e quebrou-se. Mas da casca saiu uma pequena serpente; esta rastejou para a frente rapidamente; em seguida se voltou, para retornar à sua casca, e parou inerte, sem ter alcançado o envoltório. Tal fato espantou o rei Philippos e ele mandou chamar seus sábios e adivinhos e relatou-lhes acerca do pássaro, do ovo e da serpente. Os sábios responderam ao rei: Saiba que essa aparição contém uma profecia, que os deuses querem te anunciar. O filho que te deverá nascer dominará todos os quatros cantos do mundo e subjugará os reinos em volta; mas, quando estiver de regresso à pátria, a morte o alcançará.

Depois desses casos, a rainha Nebiras adoeceu com os males da gravidez avançada. Mandou chamar Nektanebos, e este reconheceu que ela estava prestes a dar à luz. Passado o prazo e estando a rainha para dar à luz, Nektanebos ordenou às criadas, que estavam em volta da rainha, que a apoiassem e cuidassem para que ela permanecesse em pé até o fim. Enquanto isso, o céu cobriu-se de nuvens, o sol obscureceu e a escuridão caiu sobre o mundo. Então a rainha sentou-se e deu à luz um filho. Nesse momento, a terra estremeceu, os suportes da abóbada celestial começaram a oscilar, trovejava e relampejava, e fez um frio como nunca houve antes na Macedônia. Os pajens foram à presença do rei e anunciaram-lhe o nascimento do filho. Então, o rei foi ter com a esposa e disse-lhe: Até agora pensei que a criança me seria um transtorno, por não ser de minha semente. Mas, uma vez que presenciei os grandes milagres que acompanharam seu nascimento, reconheço que o menino é um filho de deus. Vou criá-lo e o chamarei de Alexandre. E o rei ordenou às criadas de Nebiras que guardassem do menino e cuidassem dele.

E Alexandre, em sua aparência, não se assemelhava nem a seu pai e nem a sua mãe. Seu cabelo era como o de um leão. Tinha olhos grandes, um era azul e outro preto; também seus dentes eram extremamente grandes. Sua voz causava susto; quando falava, parecia o urro de um leão. O menino cresceu e o fizeram freqüentar uma escola; era sagaz e demonstrava queda para as ciências e os ensinamentos da moral. Quando tinha doze anos, podia montar qualquer cavalo e montaria nenhuma podia resistir à sua força. Philippos, vendo o heroísmo e a superioridade de Alexandre, passou a admirá-lo e disse-lhe: Alexandre, tenho que te amar, e minha alma se afeiçoou à tua; contudo, meu coração não consegue conservar a calma quando olho para ti e vejo o quanto teu rosto é diferente do meu.

A RAINHA NEBIRAS, porém, ouviu essas palavras de Philippos a Alexandre e isso a aborreceu; pensou que o interesse de seu marido havia se desviado dela. Assim sendo, consultou Nektanebos e pediu-lhe que lhe revelasse o que se passava no íntimo de Philippos. Nektanebos respondeu à rainha: Não deves pensar de teu marido senão o bem; seu coração te é inteiramente dedicado. Tal resposta de Nektanebos à rainha foi ouvida também por Alexandre e ele perguntou ao feiticeiro: De onde te vem essa arte, e como podes saber o que o coração do rei contém? Nektanebos, que era um dos mestres de Alexandre, deu-lhe a seguinte resposta: Chega-se a esse conhecimento quando se domina a astronomia e se reconhece a força dos corpos celestes. Ao que Alexandre falou: Eu também desejo participar desse conhecimento e, em comparação, todas as artes que me ensinaste até agora parecem-me medíocres e sem valor. Por que deixaste de me ensinar esse conhecimento? Nektanebos retrucou: Para ser iniciado nessa ciência, o homem precisa procurar a solidão das florestas e olhar as estrelas. Alexandre então perguntou ao feiticeiro: Sabes em tua sabedoria como se dará teu fim e tua morte? Nektanebos replicou: Por força de minha arte, sei que o meu fim está perto, e que um nascido dos meus flancos me matará.

Alexandre disse a Nektanebos: Tornaste o conhecimento dessas coisas bastante atraente para mim; como poderia também eu alcançá-lo? Nektanebos respondeu: Como já te disse, poderás conhecer esses segredos se vieres comigo para as florestas.

Numa das noites seguintes, Alexandre encontrou-se com seu mestre Nektanebos e foram juntos para a floresta. Quando chegaram aos fossos que rodeavam as muralhas da cidade, Nektanebos disse: Observa o planeta Saturno e vê como sua luz obscurece, ao passo que os astros Júpiter e Vênus brilham tão claramente. Alexandre respondeu: Mestre, mostra-me com exatidão as luzes celestiais. Então Nektanebos chegou bem perto de Alexandre; mas, quando o feiticeiro ergueu os olhos para as estrelas, para instruir o filho do rei a respeito, Alexandre empurrou-o para um dos fossos, fazendo-o cair. Alexandre disse: Vai para onde a cólera de Deus te alcance: assim se faz com aquele que revela os segredos do rei.

NEKTANEBOS, então, elevou sua voz do fosso e falou a Alexandre: O que eu vi, agora se tornou verdade. Tu és meu filho Alexandre; li nas estrelas que me irias assassinar. Ao que Alexandre respondeu: Por que deveria ser teu filho? Nektanebos retrucou: Tu és e não indagues como. Alexandre então irritou-se ainda mais e atirou em direção a Nektanebos uma pedra que o atingiu e o matou.

Mas depois o coração de Alexandre palpitou com força e ele falou para si: Talvez o que Nektanebos disse seja verdade. E arrependeu-se de ter abatido o sábio. Desceu ao fosso, retirou o cadáver de Nektanebos e levou-o nos ombros até o palácio do rei. Quando a rainha Nebiras viu seu filho chegar, disse: O que há contigo, Alexandre? Alexandre respondeu: Este é o corpo de meu mestre Nektanebos. Então a rainha exclamou: Por que cometeste esse crime? Afinal ele era teu pai ou igual a teu pai e tu lhe pagaste o bem com o mal. Então Alexandre respondeu-lhe: Só a fraqueza de teu coração e teu espírito covarde são os culpados.

A RAINHA Nebiras então fez com que enterrassem com todas as honras em seu palácio o cadáver de Nektanebos.

6. *A Cova de Althemenes*

ALEXANDRE preparou-se para sua primeira campanha. Reuniu seu exército, mandou construir muitos carros de ferro para o combate e colocou-se com uma bandeira na mão à frente de seus combatentes. Chegou com eles a uma espessa floresta e através desta as tropas marcharam durante vinte e nove dias. Na véspera do último dia estavam diante de uma montanha muito elevada sobre a qual se erguia um magnífico palácio. Alexandre falou a seus homens: Quem quer escalar a montanha comigo? Duzentos mercenários apresentaram-se e disseram: Queremos escalar as alturas. Assim Alexandre e seus acompanhantes subiram à montanha e chegaram diante de um enorme portão. Ali estava sentado um velho. Quando este avistou o rei, correu para ele e quis abraçá-lo. Mas os guardas de Alexandre barraram-lhe o caminho e não o deixaram chegar junto ao rei. Então o ancião bradou: Por que impedes que eu saúde Alexandre, meu senhor e rei? Os guerreiros espantaram-se com isso e disseram: Quem te disse que o nosso chefe é o rei Alexandre? O ancião retrucou: Seu nome e seu semblante estão gravados no muro do palácio, que vigio há muitos anos e dias. Os guerreiros perguntaram: No que consiste tua força e teu vigor, para ficares aqui completamente só? Vê, nós, um pequeno número de homens, te prendemos. Então a ira do velho se inflamou e ele disse: Acreditais me ter vencido? Não fosse a veneração que devo ao rei, e eu não faria caso de vós. Mas me foi dado por mandamento não fazer nada que seja contra o rei. Ao que os combatentes de Alexandre disseram: Se encontramos clemência aos teus olhos, deixa-nos ver a tua força. O ancião respondeu: Se o rei permitir, eu vos mostrarei a minha força. Alexandre disse: Tens a permissão para isso.

Ao ouvir essas palavras do rei, o guarda do palácio começou a berrar de tal maneira que os fiéis de Alexandre não mais puderam permanecer em pé e caíram por terra. O próprio Alexandre foi derrubado. Ele gritou ao ancião: Pára e não prossigas, pois nem eu e nem meus homens suportamos tua voz. O estranho homem falou: Pois bem, venham comigo tu e teus heróis: vou mostrar-vos o esplendor do palácio; ele é maravilhoso e sedutor. Ao que Alexandre disse: Se estiveres de acordo, um dos meus acompanhantes descerá e trará um escriba que anote tudo o que verá na montanha. O ancião respondeu: Pode ser. Em seguida, um dos soldados desceu e voltou com o escriba-mor de Alexandre, o judeu Menahem.

Então o rei e seu séquito entraram no palácio. Chegaram primeiro a um aposento alto e vasto, todo em vidro vermelho, contendo noventa e cinco janelas. E no seu interior, diante das janelas, esvoaçavam muitas espécies de pássaro, fazendo seu gorgeio ecoar longe.

NA JANELA SUPERIOR estava sentado um velho negro e este abanou os pássaros com um passo quando o rei entrou. Então todos emudeceram de uma só vez e não emitiram nenhum som. Depois Alexandre e seus acompanhantes deixaram o aposento e chegaram a um outro átrio. Este era de vidro verde, e muitas variedades de animais, puros e impuros, acocoravam-se no chão. Entre os animais havia um que tinha uma aparência estranha. O corpo do animal era todo liso e sem pêlos; suas patas pareciam patas de leão, mas o rosto era de um pássaro, os olhos tinham o tamanho e a largura de dois côvados, os dentes tinha o comprimento de um côvado e meio e a altura do animal era de cinco côvados. Alexandre espantou-se diante dessa visão. Então o velho disse: Não te espantes, eu te farei ver maravilhas ainda maiores. Ele se afastou e logo depois retornou com um cálamo, que enfiou na boca do animal. Logo depois, do colo da horrível criatura, saiu um outro ser, que também era esquisito. Este era todo coberto de pêlos brancos, tinha uma voz humana e seus dentes eram verdes. O velho disse: Um pêlo deste animal é um meio de alcançar vitórias. Quem carregar consigo um desses pêlos, diante dele os inimigos tombarão aos montes. Alexandre então zombou dessas palavras do ancião. Mas o velho irritou-se e disse ao rei: Como te atreves a escarnecer das minhas palavras? Sabe que teu fim será amargo. Como Alexandre viu que o ancião estava ofendido, começou a lhe falar suavemente e procurou aplacar sua cólera. Falou-lhe: Se eu disse algo inconveniente, então me perdoa tendo em vista a minha dignidade real. O velho retrucou: Eu te obedecerei nisso, mas não continues a agir como antes. Alexandre então falou ao ancião: Se queres me fazer um favor, continua a me mostrar as belezas do castelo. O velho guarda disse: Vem comigo. E conduziu o rei a um belo aposento, todo construído de mármore vermelho e que recendia a muitos tipos de especiarias. O cheiro penetrou nas narinas de Alexandre e ele sentiu sua força aumentar. Olhou em volta e avistou um pedestal de mármore, sobre o qual havia um vaso de vidro vermelho. Perguntou a seu guia: O que contém esse vidro? O guarda do palácio respondeu: Aí dentro está o óleo colhido em Jericó, a cidade das palmeiras.

DEPOIS ALEXANDRE percebeu um bloco de mármore verde que parecia um jazigo real. Perguntou ao ancião: Quem está enterrado aqui? Este respondeu: Sob esta pedra repousa o rei Althemenes; seu corpo foi embalsamado com óleo de bálsamo e permanece fresco até hoje. Alexandre perguntou: Sabes por acaso quanto tempo faz que este rei foi sepultado aí? O ancião respondeu: Vou ler a inscrição que está gravada na pedra. E leu as palavras talhadas, e disse: Faz duzentos e oitenta e cinco anos. Alexandre falou: Se queres me prestar um favor, mostra-me também o corpo do rei embalsamado, para que eu veja se tuas palavras são verdadeiras. O ancião disse: Atenderei ao teu desejo, mas esteja prevenido e guarda-te de tocar o cadáver se dormiste com uma mulher esta noite. Alexandre respondeu: Isso não se deu. Mas as palavras do rei não correspondiam à verdade. O vigia falou: Dize também a teus homens que não devem tocar o corpo do morto se não se purificaram depois da cópula. Alexandre clamou: Quem tocar o corpo do soberano está condenado à morte. Em seguida o guarda do castelo empurrou a pedra da sepultura e retirou a coberta que cobria o morto. Então o semblante do falecido ficou visível aos olhos do rei e de seus heróis, e eles se admiraram com o que viram. Alexandre perguntou ao velho: Posso tocar a carne do morto? Este respondeu: Não o faças. Mas Alexandre apalpou o cadáver. Caiu imediatamente de costas, seu rosto cobriu-se de suor e sua aparência modificou-se. Os soldados então promoveram uma grande gritaria. Ajoelharam-se diante do velho guarda, imploraram e disseram-lhe: Senhor, sê clemente, o que aconteceu com o nosso rei? O velho falou: Eu não vos disse para não vos aproximardes do cadáver? Os homens de Alexandre continuaram a chorar e imploraram misericórdia ao ancião. Então este falou: Se eu não tivesse consideração por vós, eu não me importaria com vosso rei. Mas agora, observai o que vou fazer com ele. Os homens falaram: Estamos aqui e faremos tudo o que ordenares. O vigia do castelo falou: Não temais, pois há esperança de salvar o rei. E foi buscar um chifre preto, dentro do qual colocou carvão em brasa e com ele tocou a fronte de Alexandre.

Logo depois o rei se levantou, mas estava mudo e não conseguia proferir nenhuma palavra. Ao verem isso, a alegria dos heróis pelo despertar do rei transformou-se em tristeza. Mas o ancião falou: Não vos preocupeis. Ergueu um talo de capim e colocou-o na orelha esquerda do príncipe. Isso feito, Alexandre abriu a boca e falou com seus soldados. Então eles encheram-se de alegria. O porteiro perguntou ao rei: Como não receaste te aproximar do cadáver de Althemenes? Eu te aconselharia a não fazê-lo. Alexandre retrucou: O que hei de te responder? A insensatez do tolo prejudica a ele mesmo. E falou ao ancião: Meu senhor, peço-te, mede o corpo de Althemenes. O velho obedeceu. Mediu o cadáver e descobriu que tinha noventa côvados de comprimento. O rei e seus soldados se espantaram. Alexandre falou ao ancião: E agora estende a coberta sobre o morto. O ancião cumpriu a ordem.

A HISTÓRIA ainda continua.

7. O Leão como Animal de Montaria

ACONTECEU certa vez que Alexandre fugiu de um lugar onde habitavam selvagens e perdeu o contato com seus exércitos. Errou durante nove meses a fim de reencontrar seus soldados, sendo atormentado de dia pelo calor e de noite pelo frio.

O nono mês nesse errar chegava ao fim quando Alexandre encontrou um leão numa floresta. Voltou-se e pôs-se em fuga diante da fera, mas esta o perseguiu e agarrou uma ponta de sua veste. Depois deitou-se aos pés do rei. Então Alexandre sentou-se às cavaleiras sobre o leão e deixou-se carregar por ele, e o leão o levou, sem que Alexandre o quisesse, para uma caverna. Ali o príncipe dos macedônios viu novamente um ancião sentado e apresentou-lhe a saudação de paz. O velho falou: És tu o meu senhor Alexandre? Então o rei admirou-se e perguntou: Quem te disse que meu nome é Alexandre? O ancião respondeu: Eu te vi entrar em Jerusalém quando querias arruinar a cidade. Alexandre falou ao velho: Quem és? Qual o teu nome? A que tribo pertences? O ancião retrucou: Por que perguntas pelo meu nome? Nada te revelarei. Mas, se me jurares que não farás nenhum mal aos judeus, eu te levarei até teus exércitos. E conduziu o rei Alexandre a um outro aposento, onde se achava um maravilhoso cavalo. Falou a Alexandre: Monta no cavalo, eu seguirei atrás de ti. E assim Alexandre e o ancião peregrinaram juntos e depois de seis meses chegaram ao acampamento dos guerreiros. Quando os soldados avistaram seu comandante, ficaram cheios de grande alegria e tocaram as trombetas com tanta intensidade que a terra estremeceu. E Alexandre contou a seus homens tudo o que lhe acontecera e ordenou ao escriba Menahem que anotasse fielmente o acontecido. Depois o rei falou: Onde está o ancião que me conduziu até vós? A multidão procurou pelo velho, mas este não foi avistado. Então o rei se aborreceu sobremaneira e ordenou que fosse dada uma busca em todas as aldeias, mas o ancião não pôde ser encontrado.

8. Os Ossos de Jeremias

PARA QUE sua recordação ficasse para a posteridade, Alexandre decidiu construir uma cidade e dar-lhe seu nome. Mas, quando os arquitetos iniciaram o trabalho e erigiram os pilares fundamentais da muralha, bandos de pássaros vieram voando e se aninharam em volta dos pilares. Depois desses, vieram outros pássaros, e estes devoraram os já estabelecidos. Esse fenômeno despertou preocupação em Alexandre e ele pensou em desistir da construção. Falou: Talvez isso seja um mau presságio e uma profecia de que a devastação ameaça a cidade e que ela não existirá por muito tempo. Para que empreender a obra? Em seguida os sábios do Egito, os sacerdotes e os versados em calendário se reuniram; foram à presença de Alexandre e falaram: Que o acontecido não te faça vacilar em tua intenção, não desistas da construção da cidade. É antes um sinal de que o lugar será um abrigo para estrangeiros de todos os países; daqui se conhecerão os outros reinos, será procurado por gente de longe e nele muito comércio será realizado. Ouvindo essa interpretação, Alexandre deu ordem para que a obra prosseguisse. Assim foi erigida a cidade de Alexandria.

Depois Alexandre ordenou que os sábios da terra do Egito averiguassem e procurassem o túmulo do profeta Jeremias. Seus ossos deveriam ser escavados e depois distribuídos pelos quatros cantos da cidade recém-construída, para que serpentes, víboras, rãs e animais nocivos a poupassem para sempre. Essa ordem do rei foi cumprida e realmente até os dias de hoje não se vê em Alexandria nenhuma fera e nenhum réptil. Assim se cumpriu o que Alexandre desejou para sua cidade.

9. Nos Ares e no Oceano

CERTA VEZ Alexandre falou para si: O que realizei até agora não me basta. E falou a seus heróis: Trazei-me quatro grandes e poderosas águias. Os fiéis atenderam ao desejo do rei e ele ordenou que deixassem as aves passarem fome durante três dias. No terceiro dia, o rei tomou uma grande placa de madeira e mandou amarrar a ela as patas das águias. Depois foram postas quatro cavilhas nos cantos da placa de madeira e em cima de cada uma delas foi colocado um pedaço de carne. O próprio Alexandre sentou-se sobre a placa. As águias famintas viram a carne pendurada e bateram suas asas para alcançá-la. Mas, como estavam amarradas na placa, elas a ergueram e assim o estranho veículo com o rei elevou-se cada vez mais, até alcançar as nuvens. Lá em cima, porém, Alexandre não pôde suportar o ar. Por isso atirou as cavilhas da placa, virou-as e prendeu-as com a carne para baixo da placa. Então as águias viram os pedaços de carne pendurados embaixo e voaram para baixo para comê-lo. Assim a placa com o rei chegou à terra.

Alexandre disse: Enquanto pairava entre o céu e a terra, vi o Universo em minha volta e a terra parecia uma taça nadando no oceano.

Depois o rei teve novamente uma idéia e falou aos sábios. Preparai-me uma grande bola oca de vidro branco. Não me basta o que vi nas alturas; quero ainda penetrar nas profundezas do oceano e descobrir o que há sob a terra. A ordem do rei foi cumprida: Alexandre sentou-se dentro da bola de vidro, levou consigo uma pedra brilhante e um galo vivo e disse aos seus acompanhantes: Fazei-me descer às profundezas. Esperai por mim um ano inteiro: se no decorrer de um ano eu não sair da água, então retornai às vossas tendas. Os conselheiros do rei afundaram a bola com o seu rei no oceano. O objeto mergulhador de vidro atravessou as águas até o fundo do oceano, e Alexandre viu tudo o que vive no mar, tanto o menor como o maior. Depois de três meses de sua permanência no oceano, o desejo de Alexandre estava satisfeito. Abateu o galo que levava consigo e derramou seu sangue. Mas o grande oceano não pôde receber nenhuma gota de sangue e assim expeliu a bola com o rei e a lançou na praia. Alexandre foi atirado numa praia longínqua e foi parar entre um povo cuja língua lhe era desconhecida. Os habitantes dessa ilha eram homens de aparência singular. Tinham apenas um olho no meio da testa; seus rostos tinham dois côvados de largura; também seus pés eram extraordinariamente grandes. Mas, quando avistaram Alexandre, foram acometidos de terror e inclinaram-se diante dele até o chão.

10. *Diante das Portas do Paraíso*

DEPOIS DESSA aventura, Alexandre disse à sua comitiva: Trazei-me um retrato de minha figura. Cumprida essa ordem, Alexandre jurou por seu retrato que não interromperia sua peregrinação antes de encontrar um lugar do qual nenhum caminho saísse para a direita, esquerda ou para a frente. Depois se pôs a caminho com seu exército e atravessou a torrente. Eis que chegou diante de um portão que tinha trinta côvados de altura. No portão havia uma inscrição gravada e Alexandre chamou o escriba Menahem para que a lesse. Menahem encontrou o seguinte texto: Fazei abrir as portas e os portões para que o rei entre com honrarias!

Em seguida Alexandre continuou com seu exército de combatentes e dessa vez o caminho o conduziu através de uma montanha. A caminhada pela região rochosa durou seis meses e decorrido esse tempo os peregrinos encontraram-se numa planície. Ali viram erguer-se um portão cuja altura não podia ser abrangida com o olhar. Esse portal também tinha uma inscrição em letras grandes e belas. Também esta foi lida por Menahem e as letras analisadas e interpretadas uma por uma. Rezava: Este é o portal de Deus, os justos podem entrar aqui. Então Alexandre falou: Estes são provavelmente os portais do paraíso. E exclamou: Quem será o encarregado aqui? Então uma voz respondeu: Este é o portão do jardim do Éden e um incircunciso não pode entrar aqui.

NAQUELA NOITE Alexandre cortou o prepúcio de sua carne e os médicos do rei cicatrizaram a ferida por meio de ervas. O fato foi mantido oculto ao exército, pois Alexandre ordenara segredo aos médicos. Na manhã seguinte, o rei bradou aos guardas do portão: Dai-me o tributo e eu seguirei o meu caminho. Então, de dentro, apresentaram-lhe uma caixinha na qual havia um olho humano. Alexandre estendeu sua mão para erguer a caixinha, mas esta era muito pesada. O rei então perguntou: O que é isso que me destes? Os guardas responderam: É um olho humano. Alexandre falou: De que me serve esse presente? Recebeu como resposta: É para lembrar-te de que teu olho não se satisfaz com a riqueza e de que tua alma jamais se cansa de peregrinar. Alexandre disse: O que devo fazer para erguer a arca do chão? Os vigias de Éden retrucaram: Coloca em cima um pouco de pó de terra, e poderás carregá-la facilmente. Isto é sinal de que o desejo dos teus olhos somente será saciado quando retornares à terra da qual vieste.

Alexandre seguiu as instruções e eis que a caixinha pôde ser levantada. Colocou-a junto aos seus tesouros e a guardou de lembrança, como tributo do jardim do Éden.

11. O Rei e os Sábios

DURANTE UMA campanha na Índia, Alexandre quis visitar a região de Oxydrako, cujos habitantes eram famosos por sua sabedoria. Sabia-se acerca deles que andavam nus e que moravam em tendas e cavernas. Quando essa tribo soube da intenção de Alexandre, os anciãos enviaram emissários ao rei com cartas do seguinte teor: É inútil para ti nos atacar, pois não encontrarás despojos. Mas, se quiseres conhecer a nossa sabedoria, então vem sem mercenários e sem exércitos de combate e conversa conosco de forma amigável. O teu reino é a guerra, o nosso, porém, é a verdade.

Assim Alexandre foi ter com o singular povo e eis que andavam nus, e mulheres e crianças acampavam como ovelhas nas campinas. O rei iniciou uma conversa com um dos passantes e perguntou: Não tendes sepulturas para os vossos mortos? O interrogado retrucou: Lá, onde moro, também serei enterrado. Em seguida Alexandre parou um outro e perguntou: Qual número é maior, o dos mortos ou o dos vivos? O sábio respondeu: Os mortos e os pobres são sempre em maior número do que os vivos e os ricos. Então Alexandre se dirigiu a um terceiro e perguntou: Quem supera o outro em esperteza e astúcia: o homem ou o animal? O inquirido respondeu: O homem é de todas as criaturas a mais astuta. A um quarto Alexande fez a seguinte pergunta: Quem é mais velho, o dia ou a noite? E recebeu a resposta: A noite é mais velha; a criança no ventre materno se encontra na escuridão. Alexandre perguntou ao seguinte que encontrou: No que consiste a soberania dos príncipes? Foi-lhe respondido: No roubo e na força. A um outro Alexandre perguntou: Quem é aquele que jamais mente? A resposta foi a seguinte: A verdade está unicamente com Deus. E o rei sondou a sabedoria de mais um e perguntou: A que lado deve ser dada preferência: à direita ou à esquerda? O homem do orgulhoso povo explicou a Alexandre: O lado esquerdo é a sede do coração, que é a raiz de toda a vida; por isso é a mais importante. A mulher também dá primeiro de mamar à criança no seio esquerdo, e os príncipes seguram seu cetro na mão esquerda.

DEPOIS que Alexandre desse modo fez muitas perguntas, falou aos sábios cidadãos: Pedi também a mim que vos dê algo. O povo então gritou e chamou: Concede-nos vida eterna! Alexandre respondeu: Isso não está em meu poder. Então os homens perguntaram: Por que então desencadeias guerras, roubas e conquistas países e procuras dominar o mundo, se não sabes a quem caberá tua glória depois de tua morte? Ao que o príncipe replicou: Isso é obra dos poderes celestiais; eles nos ordenam servir àqueles que virão depois de nós, pois para isso nos criaram. Assim como o mar só produz ondas na tormenta, como as árvores só mexem seus galhos no vento, o homem ao agir é acionado por uma força que está acima dele. Seria minha vontade também ter uma vida calma, mas o Senhor de toda a existência, em cuja mão se encontra a alma dos vivos, ordena-me de maneira diferente. E com essas palavras Alexandre deixou o país e prosseguiu em sua campanha de conquista.

12. *O Estranho Caso Legal*

COM O AUXÍLIO de uma pérola mágica, que lhe iluminava o caminho,

Alexandre deixou a região das montanhas escuras e chegou a um outro reino. O príncipe desse reino foi ao encontro do rei da Macedônia, recebeu-o com grandes honrarias e submeteu-se a todos os seus desejos.

Certo dia os dois soberanos estavam juntos, as cabeças enfeitadas com coroas, quando apareceram dois homens que tinham entre si um caso legal. Quiseram apresentar o caso a seu príncipe. Um deles falou: Sê clemente, meu senhor. Adquiri um pedaço de terra do homem que aqui se encontra. Quis construir uma casa sobre ele, mas quando comecei a cavar a terra encontrei um tesouro muito valioso. Então eu disse ao homem: Toma o ouro; comprei de ti um terreno e não preciosidades. O outro homem então falou diante do rei: Meu senhor, não te zangues comigo; quando vendi o terreno a este homem, eu o cedi com tudo o que havia em cima e embaixo, desde as profundezas até o espaço no ar que alcança o céu. Assim como meu vizinho desdenha o que não é seu, também eu não quero me apropriar de bem estranho. Então o chefe do país voltou-se para um dos contendores e perguntou: Tens um filho? O perguntado respondeu: Sim, meu senhor. Então o rei perguntou ao outro: Tens uma filha? E também este respondeu afirmativamente. Então o príncipe falou ao que tinha o filho: Faze teu filho pedir a filha de teu vizinho em casamento, e como dote dá aos dois o tesouro achado. Com isso os dois homens ficaram satisfeitos. Quando Alexandre ouviu tudo isso, caiu na risada. O real juiz perguntou espantado: Acaso não julguei certo e não encontrei uma boa saída? Alexandre respondeu: Proferiste uma sentença justa e apaziguaste a disputa, mas eu, dentro de minha competência, agiria de modo diferente. O príncipe perguntou: Como darias fim à disputa? Alexandre deu como resposta: Se em meu reino fosse apresentado um caso assim ao rei, ele teria simplesmente abatido os querelantes e tomado o tesouro para si. O príncipe ficou admirado com isso e perguntou: O sol brilha em vosso país? Alexandre respondeu: Brilha como em toda a parte. O príncipe continuou a perguntar: Lá cai orvalho? Alexandre retrucou: O céu nos concede orvalho como a vós. O príncipe perguntou: Lá também existem animais domésticos? Alexandre replicou: Temos estes também. Então o príncipe disse: Então provavelmente é por causa dos animais que vos são concedidos vida e alimento, pois vós mesmos não sois dignos dessa mercê.

13. O Último de Sua Geração

UMA VEZ Alexandre chegou a um reino cuja estirpe de soberanos tinha sido extinta. Perguntou aos habitantes se não havia mais nenhum membro vivo da linhagem do rei. Eles responderam: Sim, restou um rebento da casa. Alexandre disse: Deixai-me vê-lo. Os homens retrucaram: Ele costuma permanecer no cemitério. O rei então ordenou que o nobre rebento fosse trazido à sua presença. Este veio e Alexandre lhe perguntou: Por que resides numa sepultura? O estranho indivíduo respondeu: Eu queria separar os ossos dos reis dos ossos dos servos, mas eis que são iguais em tudo. Alexandre tornou a falar: É teu desejo me acompanhar? Eu te elevarei e auxiliarei tua estirpe a obter nova grandeza. O jovem manteve-se calado. Então Alexandre perguntou: Qual seria então teu desejo? O da casa real respondeu: Eu desejo para mim vida sem morte, juventude sem velhice, riqueza sem necessidade, alegria sem preocupação, bem-estar sem doença. O príncipe macedônio então falou: Jamais em minha vida vi homem igual a esse. Mas o filho do rei se separou de Alexandre e nunca mais saiu da sepultura dos mortos.

14. As Árvores Falantes

NUMA CARTA que Alexandre escreveu da Índia a seu mestre Aristóteles participou-lhe o seguinte caso: Quando penetramos no país de Kaphsiakon, era a nona hora do dia e soprava um vento forte que arrastava tudo, de modo que não podíamos nos manter sobre os nossos pés. Deitamo-nos de comprido no chão e esperamos até a tempestade passar. Submeti o país de Kaphsiakon, que é uma província do reino índico. Os habitantes disseram-me: Temos algo a te mostrar, que é maravilhoso e extraordinariamente notável e que merece ser visto por ti. Vem conosco e te faremos ver árvores que, como os seres humanos, têm o poder da palavra. E me conduziram a um jardim, onde avistei duas árvores que carregavam frutas que no Egito são conhecidas pelo nome de Morbithon. No tronco de uma das árvores estava desenhado o sol, e essa era uma árvore masculina; no tronco da segunda árvore estava desenhada a lua, e essa era uma árvore feminina. A árvore masculina chamava-se Schemesch, e a feminina era denominada Iareach. Quando entrei no jardim, as árvores exclamaram: Morte, morte! Um temor se anuncia! Depois soaram palavras em língua indiana da árvore do sol, e os habitantes não me quiseram revelar a fala, pois tinham medo de mim. Mas eu jurei que nenhum mal lhes faria, e então me disseram: A árvore te anuncia, Alexandre, que em breve cairás pela mão de teus homens e amigos. Eis que então a lua ficou visível, ajoelhei-me diante das árvores, orei e perguntei se ainda me era concedido ver minha mãe e meus parentes na Macedônia. Uma voz então veio da árvore feminina, que disse em língua grega: Que te seja revelado que receberás a morte na Babilônia pela mão de um teu amigo e que não tornarás a ver tua mãe nem tua pátria. No dia seguinte, quando o sol se levantou, fui novamente ao mesmo lugar, orei e perguntei se os dias de minha vida estariam logo terminados. A isso ambas as árvores responderam: Teus anos já passaram e teus dias estão completos; sofrerás a morte na Babilônia e após tua morte tua estirpe se extinguirá. Não perguntes mais, porque não receberás resposta.

15. *A Conversão de Aristóteles*

O SÁBIO Aristóteles enviou a seguinte carta a seu real discípulo Alexandre:

Louvado seja o Senhor, que ilumina os cegos e indica o caminho aos errantes. Enaltecimento e louvor lhe são devidos, a ele que me foi clemente e que me livrou da insensatez, na qual estive envolvido toda a minha vida. Pratiquei o ensinamento da essência de todas as coisas e tentei apreender tudo com a razão; são inúmeros livros que escrevi a respeito, mas os que os lêem devem estremecer.

Mas agora, que envelheci, encontrei um sábio, um filho de Judá, e este me conduziu com mão forte e me indicou a Escritura, a herança de seu povo desde o monte Sinai. Cativou meu coração pelas palavras de seu Ensinamento, revelando-me os verdadeiros milagres e sinais que foram realizados no nome sagrado, e que podem ser percebidos com os sentidos. Mas eu, tolo e ignorante, não imaginava até agora que a maioria das coisas se encontra lá onde não são mais alcançadas com a razão. Mas quando me apercebi e reuni minhas forças para pesquisar a lei dos judeus, vi que repousa sobre bases firmes, não como a muito cultuada filosofia.

E AGORA, meu querido pupilo Alexandre, ó grande príncipe, que meus escritos não te desconcertem e também não tornem inseguros os teus amigos, os sábios. Se eu pudesse reunir todos os livros que redigi, e que estão espalhados por todos os cantos do mundo, eu os entregaria às chamas para que nenhum deles fosse parar nas mãos dos poderosos, aumentando ainda mais sua confusão. Pois eu sei que devo aguardar pesados castigos de Deus, porque errei e sou culpado pelo erro de outros.

Portanto, quero levar ao teu conhecimento, Alexandre, e a todos que vierem depois de mim, que o que acreditamos ter compreendido com a razão é ilusório, e só o poder daquele que é mais alto do que os altíssimos, na verdades, existe. Minha infelicidade quis que minhas obras se espalhassem por todo o Ocidente. Mas por este meio anuncio aberta e claramente que é errado lê-las e nelas pesquisar, pois toda a arte do pensamento é algo pecaminoso, e a filosofia é uma presunção vazia. Agora, porém, sinto-me puro diante de Deus, pois errei sem saber. Todavia, ai daqueles que seguem os meus ensinamentos! Com isso pisam no caminho da destruição. Saiba, Alexandre, que não foi somente o judeu mencionado que me indicou os perigos da filosofia; já o rei Salomão fala acerca disso em suas alegorias. Ele disse: "Que não vás parar em mulher alienígena"*; referia-se com isso à pseudo-sapiência. "Não deixes teu coração ceder no seu caminho, pois o que nela penetra não volta a salvo." Ai dos olhos que olharam falsidades! Ai dos ouvidos que ouviram falsidades! Ai de mim, ai de mim! Dediquei minha vida a coisas que só são prejudiciais e não servem para ninguém, que apenas degradam e não elevam.

Tu, Alexandre, dizes que eu deveria me alegrar de que o meu nome seja conhecido entre os povos como autor de muitas obras, e de que serei recordado eternamente. Eu preferiria ter um lugar nos livros dos judeus do que brilhar na literatura dos pagãos. Preferiria a morte a tal fama. Pois quem apreendeu uma pontinha da Torá caminha ao encontro da luz, mas quem se consagra à filosofia segue para a cova. Tenho que suportar o castigo por tudo. Até agora, Alexandre, eu te ocultei tudo, porque temia a tua cólera. Mas agora eu te revelo, pois sei que, antes desta carta chegar a ti, repousarei morto na terra. E assim Alexandre, grande rei, recebe a saudação da paz de teu mestre Aristóteles, que se dirige à pátria eterna.

16. O Lamento da Mãe

DEPOIS QUE Alexandre fechou os olhos na Babilônia, o caixão dourado com seu corpo foi levado para a cidade de Alexandria, no país de Amon, onde se encontrava sua mãe. Quando o caixão foi colocado diante da rainha, ela descobriu o semblante do morto e falou: Admirai a visão! Um homem cuja sabedoria alcançava o céu, cuja soberania se estendia aos lugares mais distantes da terra, ao qual todos os reis da terra por temor estendiam a mão, agora está aprofundado no sono e não há despertar para ele; está calado e não mais falará, e é carregado por mãos de pessoas que não teriam direito de olhá-lo enquanto vivia. Quem agora me ensinará o caminho, para que eu seja ensinada, quem me castigará, para que

---
* Provérbios 2, 16.

eu seja castigada, quem me consolará, para que eu seja consolada, quem me acalmará, para que eu seja acalmada, quem me advertirá, para que eu seja advertida, quem me instruirá, para que eu seja instruída? Mas, se eu não soubesse que logo o seguirei no caminho que tomou, eu choraria e ergueria gritos de lamentação. Assim, que a paz esteja contigo, Alexandre; contigo, que viveste e agora estás morto. Foste dos vivos o melhor e és dos mortos o mais excelso. A essas palavras da rainha, as carpideiras em sua volta choraram. Uma delas falou: Agora Alexandre repousa para sempre e isso nos comove o âmago. Uma segunda carpideira exclamou: O rei emudeceu; eis que nossos lábios se abrem para os lamentos. Uma terceira disse: Enquanto Alexandre vivia, foi um grande mestre; agora, depois de morto, fala mais alto do que nunca. Uma quarta falou: Já basta de desgraça! Ainda ontem teu poder, Alexandre, alcançava o fim do mundo, e hoje tua ordem não mais é ouvida.

17. Judith

QUANDO o rei Seleuco sitiou Jerusalém, os israelitas vestiram sacos e jejuaram. Havia ali naquela época uma formosa donzela de nome Judith, filha de Aquilot, que orava diariamente a Deus, envolvendo seu corpo num saco e espalhando cinza sobre sua cabeça. Então o Senhor fez brotar uma idéia em seu coração, através da qual se realizaria um milagre. Ela foi aos guardas do portão e lhes disse: Abri o portão! É possível que aconteça um milagre por meu intermédio. Os vigias responderam: Como se não tivesses outra coisa em mente! A donzela respondeu: Deus me livre! Então os guardas abriram os portões e ela dirigiu-se com sua criada ao acampamento de Seleuco. Disse aos servidores do rei: Tenho um pedido secreto a fazer ao vosso senhor. E os guarda-costas anunciaram: Uma bela jovem veio de Jerusalém e diz que tem algo secreto a transmitir ao rei. Ao que Seleuco falou: Ela pode entrar.

Então a donzela foi à presença do rei e ajoelhou-se diante dele. O rei falou-lhe: O que te traz aqui? A moça respondeu: Meu senhor e rei! Provenho de uma nobre linhagem de Jerusalém. Meus irmãos e os parentes de meu pai eram princípes e sumos sacerdotes. Ouvi dizer que o fim desta cidade está próximo, e que ela cairá pela tua mão. Por isso me apressei em vir para cá, a fim de suplicar clemência.

QUANDO O REI viu a formosura da moça e ouviu suas palavras, seus olhos se deleitaram com a sua presença e ele se alegrou com a notícia que ela lhe transmitiu. Ordenou a seus servos que preparassem um grande banquete. Enquanto estavam ocupados com isso, ordenou a seus cortesãos que o deixassem. Mas, quando ficou sozinho com a donzela, exigiu dela o proibido. A moça respondeu: Meu senhor e rei, pois se eu própria vim apenas para te fazer a vontade; mas nesta hora me está proibido, pois ainda perdura a minha impureza; esta noite vou me purificar. Por isso, peço ao rei que dê ordem para que ninguém moleste uma mulher com sua criada se a vir indo à fonte. Quando ela voltar, estará então nas mãos do rei e ele que faça com ela o que lhe aprouver.

O DEPRAVADO concedeu-lhe isso. Convidou todos os de sua estirpe para o festim, bem como seus cortesãos e servos, e eles comeram com ele, estavam alegres e se embriagaram com o vinho. Quando os convivas viram que o rei começava a cabecear, disseram: Vamos sair porque ele quer ficar a sós com a hebréia. E eles se levantaram e o rei ficou sozinho com a donzela e sua criada. Então as duas mulheres pegaram uma espada e deceparam a cabeça de Seleuco. Depois deixaram o aposento e levaram a cabeça consigo. Ao saírem, foram notadas pelos guardas. Mas um disse ao outro: Ninguém toque nela, pois o rei assim ordenou.

Assim as mulheres prosseguiram e chegaram às portas de Jerusalém por volta de meia-noite. Judith falou aos vigias: Abri, a salvação já teve lugar. As sentinelas então responderam: Não basta que cometeste pecado, ainda queres entregar o sangue de Israel? Então a moça jurou e confirmou o dito. Mas eles ainda não acreditaram, até que ela lhes mostrou a cabeça de Seleuco. Viram então que falara a verdade e abriram o portão.

NO DIA SEGUINTE os israelitas saíram e se lançaram sobre os exércitos de Saleuco. Mataram e exterminaram muitos inimigos. Os restantes largaram seus cavalos e seus pertences e fugiram, e Israel tudo apresou.

O dia em que Judith matou Seleuco tornou-se feriado.

18. *A Noiva Hasmonita*

QUANDO os gregos, na época de Antíoco Epifânio, viram que eram em vão todos os seus esforços de desviar Israel dos costumes de seus antepassados, promulgaram uma nova lei que era ainda mais pesada e dura do que as anteriores; por ela toda donzela recém-casada devia dormir a primeira noite com o governador do lugar. Ao saberem disso, os filhos de Israel desanimaram, sua força de resistência dissipou-se e os jovens desistiram de noivar com as moças. Assim as filhas de Israel ficaram velhas e murchas, e nelas cumpriu-se o que está escrito: "Lamentam-se as donzelas e Jerusalém se aflige por elas"*. Os gregos, porém, praticavam sua maldade nas filhas de Israel. Esta situação durou meses e anos, até que aconteceu um caso com a filha do sumo sacerdote Matatias, que devia se casar com Eleasar, filho dos Hasmonitas**. Chegando o grande dia, ela foi instalada na liteira nupcial. Todos os nobres de Israel tinham vindo à festa em homenagem às casas de Matatias e dos Hasmonitas, que eram as maiores de seu tempo. Mas, quando se sentaram à mesa, Hanna, a filha de Matatias, levantou-se de seu lugar, bateu palmas e arrancou seu vestido de púrpura do corpo, ficando nua diante de todo o povo, diante de seu pai, seus irmãos e seu sogro. Vendo isso, seus irmãos se envergonharam e baixaram os olhos para o chão; em seguida, levantaram-se contra a irmã e quiseram matá-la. A virgem então falou: Ouvi, meus irmão e vós, meus amigos; vós vos exaltais tanto pelo fato de eu, embora sem outro pecado, me despir diante destes justos; mas que eu seja levada a um incircunciso, para que ele satisfaça sua lascívia em mim, sobre isso não vos exaltais. Deveis aprender com Simão e Levi, os irmãos de Dina, que eram apenas dois, e cuja cólera com a desonra de sua irmã se inflamou tanto que massacraram os habitantes de uma cidade como Siquém. Arriscaram sua vida pelo Deus único, e o Senhor os auxiliou e não os envergonhou. Mas vós sois cinco irmãos, Judá, Iochanan, Jonatan, Simeão e Eleasar, e podeis contar ainda com duzentos jovens sacerdotes; depositai vossa confiança em Deus e eles vos auxiliará, pois ninguém pode impedi-lo de ajudar. Ela rompeu em pranto e clamou: Senhor do Mundo! Se não te apiedas de nós, então apieda-te do teu sagrado nome, que está ligado a nós. Vinga-nos hoje! Nessa hora a ira de seus irmãos inflamou-se e eles disseram: Vamos deliberar sobre o que há a fazer! E logo tomaram uma decisão, e falaram: Levemos nossa irmã à presença do rei e lhe falemos: Nossa irmã é filha do sumo sacerdote; ninguém em todo Israel é maior do que o nosso pai, e por isso não fica bem que um administrador durma com ela, mas deveria ser o próprio rei. Depois o atacaremos e o mataremos; em seguida será a vez de seus servidores e príncipes; o Senhor estará conosc e nos fará vencer.

E REALMENTE Deus enviou a grande salvação; logo foi ouvida uma voz que vinha do Supremo Santuário! Os jovens obtiveram uma vitória na Antioquia.

---

* Lament, 1, 4.
** Ref. aos Asmoneus. (N. dos T.)

19. Miriam e Seus Sete Filhos

MIRIAM, a filha de Tonchum, foi capturada com seus sete filhos e conduzida à presença do imperador romano. O imperador falou ao mais velho dos sete filhos: Adora o meu deus. O jovem respondeu: Eu não renego o Santo, louvado seja, que nos falou: Eu sou o Senhor, Teu Deus! O jovem foi logo levado para fora e morto. Depois foi chamado o segundo e lhe foi dito: Inclina-te diante do ídolo. O rapaz respondeu: Não traio o meu Deus, que disse: Não terás outros deuses além de mim! Também ele foi morto. Depois dele foi chamado o terceiro e lhe foi ordenado o mesmo. O jovem respondeu: Não abandono o meu Deus, que nos ordenou: Não adorarás deuses estranhos! E ele foi massacrado. Em seguida o quarto foi levado ao rei e recebeu a mesma ordem. Ele retrucou: Não serei infiel ao meu Senhor, que nos advertiu: Não te prostrarás diante de um deus estranho! Então também ele foi executado. Depois dele, o quinto filho de Miriam foi apresentado ao rei e também intimado a adorar o ídolo. Ele retorquiu: Devo renegar o meu Senhor, que nos clamou: Escuta, Israel, o Senhor, teu Deus, é o Deus único! E também este foi eliminado. Depois o sexto irmão foi levado ao imperador, e o soberano falou-lhe como aos anteriores. Então o rapaz respondeu: Não me desviarei do Senhor, sobre o qual consta em sua Escritura: Deus é o Senhor, não há outro além dele! Portanto, também este foi morto.

POR FIM foi trazido o filho mais jovem de Miriam, e este devia se ajoelhar diante do ídolo. Então o menino falou: Vou pedir conselho à minha mãe. E retornou à sua mãe e falou-lhe: O que devo fazer? Miriam respondeu: Queres que teus irmãos fiquem sozinhos no círculo que existe ao redor de seu Criador, e que fiques por fora? Não ouças o ímpio e não te separes de teus irmãos. Portanto, o menino voltou para diante do rei, e este perguntou: Então queres me obedecer? O rapaz replicou: Não me afasto do meu Deus, que falou: Hoje escolheste que eu seja teu Deus! Então o imperador falou: Vou atirar ao chão o meu anel, que contém o retrato do nosso ídolo; abaixa-te e levanta-o para que pareça que fizeste a minha vontade. Então o rapaz respondeu: Ai de ti, ó rei! O que cabe à tua majestade certamente caberá à majestade do Santo, louvado seja. Ele foi logo levado para fora e castigado com a morte. Sua mãe falou ao imperador: Deixa-me beijar meu filho. Isso lhe foi permitido. Depois ela se voltou para seus filhos mortos e lhes falou: Dizei a vosso pai, Abraão, que seu coração não se exceda por ter sacrificado um filho ao céu; pois eu tinha sete filhos e os sacrifiquei a todos. Em seguida Miriam se atirou do telhado e morreu. E uma voz celestial ecoou: A mãe dos filhos está alegre.

QUE CADA QUAL em Israel pense em persistir no temor ao Senhor, para que seja considerado digno de permanecer junto os justos no Éden.

20. A Morte de Mariamne

QUANDO HERODES retornou de Roma a Jerusalém, encontrou sua casa num estado de confusão, pois José, marido de sua irmã Sulamith, bem como o tirano Soemus, sob cujos cuidados ele deixara sua esposa Mariamne, tinham-lhe revelado a ordem secreta que dera antes de sua partida. Por ela seria sua obrigação, caso Herodes não voltasse vivo, matar Mariamne, para que depois de sua morte não se tornasse esposa de nenhum outro. Ao saber disso, a rainha caiu imersa em profunda aflição, e mesmo com tudo o que Herodes lhe contou da grandeza e da glória de Roma, ela não se alegrou, não sorriu e não lhe deu atenção; mais ainda, insultou a parentela dele em sua presença. Herodes sofreu grande pesar ao perceber o procedimento inamistoso de sua mulher, pois a amava sobremaneira.

Um dia Mariamne travou uma discussão com Sulamith, a irmã de Herodes; ela lhe disse palavras ofensivas e novamente proferiu insultos a respeito da estirpe de seu marido. Em seguida Sulamith foi ter com o rei e difamou Mariamne diante de Herodes, dizendo: Quando o rei estava em Roma com Augustus, José, meu marido, dormiu com a rainha Mariamne. Herodes não quis acreditar nisso, pois conhecia a castidade de sua mulher desde muitos anos passados. Mas a inimizade que Mariamne lhe manifestava fez com que desse alguma atenção às palavras de sua irmã. Mandou chamar Mariamne e lhe disse: O que significa o ódio que sem motivo nutres contra mim? Por que não me amas mais como antes? Pois se te amo mais do que a todas as mulheres, e como te jurei uma vez, desde o dia em que me uni a ti, nenhum desejo por outra mulher despertou em mim. Mariamne retrucou: Se me amasses como afirmas, não serias meu inimigo. Onde já se ouviu algum dia que se deseje matar alguém a quem se ama? Como pudeste, no dia em que iniciaste tua viagem a Roma, para ver Augustus, ordenar a José que me matasse? Ouvindo isso, o rei sobressaltou-se sobremaneira; largou Mariamne do abraço em que a mantivera e exclamou: Deveras, o que acabo de ouvir é uma prova, pois José jamais teria revelado minha ordem se não tivesse dormido com ela. E o rei deixou o aposento e não dormiu essa noite no leito de Mariamne.

Quando Sulamith viu que Herodes dera crédito à sua história, seduziu um dos copeiros do rei com ouro e prata e disse-lhe: Toma esse veneno, vai com ele ao rei e dize-lhe: Tua mulher Mariamne deu-me ouro e prata e me mandou te entregar esta taça, dizendo: Faze o rei beber dela; é um elixir de amor, que fará meu marido voltar a mim. O camareiro fez tudo o que Sulamith lhe ordenou. Herodes então se assustou e falou: Onde está a bebida? O criado a entregou, e o rei ordenou que fosse dada a um homem que tinha sido condenado à morte. Este bebeu o veneno e logo morreu. Em seguida Herodes deu ordem de prender Mariamne, sua mulher, José, o marido de sua irmã, e o tirano Soemus. Além disso mandou algemar um camareiro de Mariamne, a fim de que confessasse a verdade sobre a bebida. Mas o camareiro não contou nada. Só narrou o ódio da rainha, despeitada pelo fato de José e Soemus lhe revelarem a ordem secreta do rei. Então o rei ordenou que José e Soemus, o tirano, fossem mortos. A rainha, porém, deixou aprisionada até que o tribunal dos setenta anciãos da época se reunisse para que proferissem a sentença sobre ela. Mas então Sulamith e seus comparsas foram à presença do rei, e ela disse: Saiba que, se Mariamne ainda ficar viva por um só dia, o povo se rebelará contra ti. Os partidários da rainha virão de todas as partes e não deixarão que morra sem guerra e revolta. Então Herodes falou: Agi conforme a vossa vontade.

ASSIM MARIAMNE foi arrastada ao patíbulo fora da cidade. Sua mãe Alexandra veio e gritou: Vem para fora, ó indigna, que desobedeceste a teu marido. E praguejou e injuriou entre choros e lamentos. Mas só falou assim por astúcia, para não ser morta por Herodes e mais tarde encontrar uma oportunidade de se vingar dele. Muitas mulheres também uivaram e gritaram contra Mariamne, porque a consideravam culpada. Mas Mariamne não respondeu com nenhuma palavra e foi ao encontro da morte sem temor ou angústia, como se fosse a uma festa. Seu semblante não se tinha modificado, e seu andar em nada se alterara, pois a rainha desprezava a morte como todos os da estirpe dos hasmonitas. Assim ela demonstrou ao povo a grandeza e a nobreza de sua tribo. Ela estendeu sua nuca de encontro à espada e foi morta e uniu-se aos seus antepassados.

Mariamne superava todas as mulheres em beleza, dignidade e pureza; também as precedia no temor a Deus; mas não conhecia a humildade, e amaldiçoou seu marido quando o viu cometer injustiça. Mas sua beleza, ninguém consegue descrevê-la!

E o Senhor não demorou com a vingança por sua morte e atingiu a casa real com uma grave epidemia; muitos dos servos do rei morreram, bem como soldados e príncipes. Também muitas cidades da Judéia foram atacadas pela enfermidade. Então Israel orou e clamou: Senhor do Mundo, por causa de uma alma, não faças perecer tantos do teu povo. Então

Deus curou os doentes e a calamidade foi detida. Herodes, porém, arrependeu-se de ter mandado matar Mariamne e sua cólera se transformou em saudade. Carregava em si um desejo por ela e invocava seu nome como se ela estivesse à sua frente. Aos criados dela foi ordenado preparar a mesa para ela e colocar um trono ao lado do rei, como se ainda estivesse viva. Depois Herodes ficou gravemente doente de amor a Mariamne e desejo por ela, pois não conseguia suportar o fogo em seu íntimo.

QUANDO ALEXANDRA viu que o rei adoecera, pensou em matá-lo. Herodes, porém, tomou conhecimento do atentado e ordenou que a matassem.

21. *Archelaus e Glaphyra*

ARCHELAUS, o filho de Herodes, soube que seu irmão Iowaw, rei da Líbia, morrera e tomou Glaphyra, esposa dele, por esposa. Essa Glaphyra, porém, fora anteriormente esposa de Alexandre, também um filho de Herodes, e quando este foi morto por seu pai ela se tornou mulher de Iowaw. Agora ela foi tomada para esposa por Archelaus, a quem cabia, pois seu irmão Iowaw morrera sem deixar um descendente em Israel. Mas Glaphyra tivera filhos com Alexandre. E Archelaus a levou a Jerusalém para sua casa.

Então a mulher viu em sonho seu primeiro marido, Alexandre, e desejou abraçá-lo. Mas ele a repudiou, dizendo-lhe: Sai de perto de mim e não me toques; deverias te envergonhar em me abraçar, uma vez que depois de mim dormiste com Iowaw, o rei da Líbia; mas não bastasse isso e ainda fornicas com meu irmão Archelaus e me fazes ver minha vergonha em minha própria casa. E continuou a falar, e jurou: Assim como é certo que Deus vive, eu não suportarei mais a vergonha e me vingarei em ti e em meu irmão Archelaus, que dormiu contigo esta noite diante dos meus olhos e cometeu uma monstruosidade que é contra qualquer lei.

A MULHER então acordou e relatou o sonho às suas aias. Glaphyra só viveu mais dois dias depois desse sonho, e morreu, e se reuniu aos falecidos dois dias após ter sonhado.

Mas também Archelaus teve uma visão depois da morte de Glaphyra. Viu nove boas e repletas espigas crescerem de uma haste; mas, quando tornou a olhar, havia um grande touro diante das espigas, que as lambia com a língua e as engoliu todas. Archelaus despertou do sono e relatou o sonho a um adivinho para que o intepretasse. As nove espigas, disse o sábio, são nove anos, esses são os anos de tua soberania que agora terminaram; o touro que devorou as espigas, porém, é o imperador de Roma, que te tomará teu reino neste ano.

Decorridos cinco dias após esse sonho, o exército romano marchou sobre Archelaus, o comandante dos romanos o acorrentou e o enviou a Roma.

Lá Archelaus morreu.

22. Paulina ou o Delito no Templo

QUEREMOS relatar aqui uma das atrocidades que aconteceu nos tempos do imperador Tibério. Naquela época vivia em Roma uma mulher de bela aparência e figura, cheia de graça e encanto. Quem a via, largava seu trabalho e a seguia com o olhar, e muitos desejavam dormir com ela. Mas ninguém o conseguiu, pois ela era casta e esposa.

Paulina costumava ir muitas vezes ao Templo; ali viu certa vez um rapaz, de nome Mundus, que era cavaleiro-chefe de Tibério; ele se inflamou de ardente amor pela bela mulher. Propôs-lhe dormir com ela e ofereceu-lhe em troca vinte mil dracmas de ouro. Mas a mulher recusou dar-lhe ouvidos e contou tudo a seu marido.

Quando Mundus viu que ela não queria ouvi-lo, foi ter com o sacerdote nomeado para o Templo em Roma. Nessa época havia no Templo dois ídolos, Osíris e Anúbis, e este último era o mais considerado pelo povo. O jovem foi então até o sacerdote, levando-lhe dez mil dracmas de ouro para que persuadisse a mulher e a trouxesse ao Templo. O sacerdote foi à mulher e contou-lhe o que dissera Anúbis, o grande deus: Vem a meu Templo e dorme diante do meu altar, acordarei à noite e te revelarei coisas secretas, pois eu te amo e tu serás minha profetisa.

A MULHER então ficou muito contente e relatou o fato a seu marido. Este falou: Quem pode negar um desejo a um deus? Assim, à noite, Paulina foi ao Templo; as criadas lhe prepararam um leito diante do altar e a mulher se deitou; então as criadas se afastaram, pois assim ordenara o sacerdote. Quando a mulher ficou sozinha, o jovem saiu por detrás do altar sob feição do deus Anúbis, meteu-se por baixo das cobertas e se atirou com beijos sofregos sobre a mulher. Paulina então acordou e perguntou: Quem és? Mundus respondeu: Eu sou Anúbis, o deus, e vim a ti porque te amo. Então a mulher falou: Se és um deus, como podes desejar uma mulher? Acaso um deus pode dormir com uma mulher? O jovem respondeu: Um deus pode muito bem se unir a uma mulher; assim, uma bela mulher como tu deu à luz Júpiter, e muitas outras mulheres conceberam de deuses. Paulina acreditou nele e disse: Feliz sou eu entre as filhas, porque um deus me ama. E ela não lhe negou mais o que ele pedira e dormiram juntos a noite inteira.

De manhã a mulher voltou satisfeita para casa e contou ao marido tudo o que se dera no Templo. Seu marido também estava contente com o acontecido e disse: Somos bem-aventurados, pois um deus nos escolheu. Também as outras mulheres julgaram Paulina feliz e disseram: Feliz és tu por poderes te unir a um deus.

Depois aconteceu que Mundus foi ter com Paulina e lhe disse: Tua obrigação foi teres te entregado a Anúbis, o grande deus. Mas eis que, assim como não pudeste negar o pedido do deus, não podes também negar a um homem, e como não recusaste teu íntimo a um deus, não o recuses a um homem. Sabe que o grande deus me deu o que tu te negaste a dar. Eles cujo nome é Anúbis, levou-te ao templo e deixou que eu saciasse meu desejo em ti. Não quiseste fazer a minha vontade e não quiseste aceitar vinte mil dracmas que te levei, e eis que os deuses satisfizeram meu desejo de graça e sem dinheiro. Enquanto meu nome era Mundus, não quiseste me ouvir, mas quando o transformei em Anúbis, me obedeceste. Paulina, tira lição desse fato e sê minha a partir de agora.

PAULINA, então, ficou muito consternada por ter sido desonrada. Foi, e contou ao marido; este, porém, não podia castigá-la, pois ela fora ao templo com a sua aprovação.

Quando o imperador Tibérios tomou conhecimento disso, mandou matar os sacerdotes, destruir o Templo e afundar os ídolos no Tibre. Mas não fez nada a Mundus, pois disse: O amor fê-lo esquecer tudo, e a paixão se apossou dele. E castigou o jovem com o exílio.

23. *A Criada e o Filho do Sacerdote*

O SACERDOTE samaritano Natanael tinha um filho que se chamava Bahaam; tinha também uma criada chamada Sul. A criada então levantou seus olhos para Bahaam, o filho de seu senhor; desejava-o e amava-o muito. E a criada lhe falou: Dorme comigo. Mas Bahaam recusou-se, dizendo: Como poderia cometer tal abominação e pecar contra Deus, quando sou de semente sagrada? O amor da criada era muito grande. Mas o rapaz não se voltou para ela, seu espírito estava dirigido apenas para a oração, para os cânticos de louvor e hinos, e ele estava sempre lendo a Escritura Sagrada. Então a rapariga imaginou uma maldade contra Bahaam. Ela foi a um feiticeiro, chamado Simão, que residia na cidade de Tabalin. Falou-lhe: Meu senhor Natanael me envia a ti; ele te recompensará e deseja de ti que mates seu filho, que é teimoso e desobediente. Quer que seja exterminado secretamente, pois não pode mais olhar para ele por causa de sua maldade. Eis doze dinares de ouro que ele te manda; vai lá, apressa-te e executa-o, mas secretamente, e não às claras. O feiticeiro achou esquisito, pois não acreditou inteiramente nas palavras da criada. Mas a ela respondeu: Acataremos e faremos tudo o que Natanael nos ordena. Em seguida Simão falou ao príncipe dos espíritos dos mortos: Vai ao filho de Natanael e agarra sua alma, mas não deixes seu alento abandoná-lo, antes de termos visto o seu pai. Talvez este se arrependa de ter mandado assassinar seu filho e queira vê-lo vivo de novo; poderemos então restituir-lhe a alma. Também é possível que a própria criada tenha inventado isso e Natanael de nada saiba.

O PRÍNCIPE dos espíritos dos mortos foi ao filho de Natanael, conforme Simão lhe ordenara, e o encontrou justamente comendo as primícias*. Assim, não pôde se aproximar dele. Retornou a Simão, o feiticeiro, e disse: Não posso tocá-lo porque ele é sagrado, eis que o encontrei comendo coisas sagradas. Então Simão disse: Vai lá de novo e fica com ele até que ele termine de comer o alimento sagrado; depois agarra-o. O espírito dos mortos foi novamente ter diante de Bahaam; mas, quando este acabou de comer, começou a rezar. Então o espírito novamente voltou a Simão e disse: Não tenho poder sobre ele, pois quando terminou sua refeição começou a rezar; em seguida foi dormir a repousar na pureza; o que devo fazer agora? Ele permanecerá puro a noite inteira e, quando levantar, tornará, como é seu costume, a proferir orações, a cantar hinos de louvor e a estudar a Escritura. Como hei de chegar perto dele e prejudicá-lo? Simão, o feiticeiro, então falou: Observa-o, talvez ele macule seu leito durante a noite. O príncipe assim procedeu; e realmente aconteceu a Bahaam uma coisa dessas. Então o espírito dos mortos agarrou sua alma e Bahaam ficou desde então deitado como um morto.

O sacerdote Natanael e seus amigos acordaram de manhã, e eis que Bahaam estava morto. Então elevaram grande e amargo vozerio. Quando a comunidade ouviu seu lamento, foram todos ao pátio de Natanael e também choraram. Em seguida, Simão, o feiticeiro, também chegou à casa do sacerdote e o encontrou em grande luto, chorando alto e se lamentando. Aproximou-se dele e lhe falou baixinho: Sê clemente comigo, meu senhor, vejo-te chorar e lamentar por teu filho; por que me mandaste tua

---

* Uma ação consagradora.

criada Sul, para ele ser morto? Estou muito surpreso com isso; mas, se queres ver teu filho vivo, posso consegui-lo. Natanael replicou: Se está em teu poder devolver a vida a meu filho, então apressa-te e faze-o. Simão logo se postou à cabeceira do morto e murmurou algumas palavras. Então Bahaam se soergueu, ficou de pé, sem nada saber do que lhe acontecera.

NO MESMO DIA Natanael levou sua criada para fora e a esmurrou fortemente até que ela confessasse, diante dos olhos da comunidade, o que fizera com o filho de Natanael e Simão, o feiticeiro. Depois o sacerdote ordenou que fosse executada e ela foi morta diante das testemunhas que a ouviram falar.

Mas Simão, o feiticeiro, teve vergonha de Natanael e se mudou para a cidade de Armina.

24. Os Mártires de Lud

CERTA VEZ, em Roma, a filha do rei foi encontrada morta e não se sabia quem era o culpado da morte. Os pagãos falaram: Quem poderia ter feito isso? Certamente ninguém mais senão os israelitas, que são nossos inimigo. E decidiram que todo Israel seria exterminado. Na mesma época, moravam em Lud dois irmãos, e o fervor divino os possuiu e decidiram sacrificar suas vidas pela glória do Santo, louvado seja, deixando-se massacrar. Foram à presença dos pagãos e falaram: Por que impusestes a morte a todo Israel? Somente nós dois cometemos esse crime e matamos a filha do rei. O castigo ao povo foi logo dispensado e os dois irmãos foram presos. O que lhes aconteceu? Foram torturados duramente, e cada dia lhes era cortado um outro membro, para que suas almas morressem devagar.

Mas é pelo fato de terem realizado tal feito e terem dito acerca de si: "É melhor que morram dois e Israel seja salvo" que os nossos sábios ensinavam acerca deles: os Mártires de Lud, nenhuma criatura é digna de permanecer perto deles no Éden.

Livro Terceiro: Do Reino do Ensinamento Oral

1. Os Rezadores

UM HOMEM devoto estava de pé e rezava. Veio, então, uma serpente, rastejou sobre os pés do piedoso e este não interrompeu sua oração. Seus discípulos perguntaram-lhe: Senhor, não percebeste que uma serpente te tocou? O devoto respondeu: Que a desgraça caia sobre mim, se percebi alguma coisa.

UM HOMEM devoto estava praticando devoção diante do Senhor. O rei passou por ele, mas ele continuou a rezar. Quando o devoto terminou a oração, o rei lhe disse: Diz-se de vós que sois humildes; mas devíeis antes ser chamados de altivos. Ao que o devoto homem respondeu: Se eu estivesse em caminho ou estivesse em casa, e não corresse, ao te ver, ao teu encontro para te saudar, poderias me repreender. Mas eis que eu estava fazendo minha oração, e nossa Lei ordena e diz: Quem se pôs a rezar – mesmo que o rei passe por ele e lhe pergunte pelo seu bem-estar, – não pode responder-lhe; mesmo que uma serpente lhe morda o calcanhar, ele não pode interromper a prece.

Ouvindo isso, o rei mostrou-se conciliante e deixou o devoto homem em paz.

2. Da Probidade dos Mestres

NA BÍBLIA está escrito: "Saiba que o Senhor, teu Deus, é um Deus em quem se pode confiar". Os nossos sábios falaram: Se já entre os mortais acontece fidelidade, como não será a fidelidade do Eterno!

O sábio Simeão ben Schatach, irmão da rainha hasmonita Salomé, comprou certa vez um jumento de um ismaelita. Os discípulos do mestre então encontraram uma pedra preciosa no pescoço do animal. Falaram ao mestre:

"Senhor, a bênção de Deus enriquece". Mas Simeão respondeu-lhe: Adquiri um jumento, mas não comprei junto uma pedra preciosa. E se pôs a caminho e levou a pedra ao ismaelita. Então o pagão exclamou: Louvado seja o Senhor, o Deus de Israel, o Deus de Simeão, filho de Schatach!

Como o homem aqui observou probidade, o Senhor de Israel também a observará e retribuirá a seu povo o bem que pratica.

O DEVOTO PINEHAS, filho de Jair, morava numa cidade do Sul. Certo dia vieram estrangeiros à sua região, para procurar pão, e deixaram com ele duas medidas de cevada para guardar. Depois continuaram seu caminho e esqueceram o penhor. Rabi Pinehas, porém, semeou a cevada num campo, colheu-a e recolheu o resultado num celeiro. Assim procedeu durante sete anos consecutivos. Vieram então os indivíduos de antes e exigiram de Pinehas as duas medidas de grãos. O devoto logo os reconheceu, abriu o celeiro e falou: Vinde, apanhai o que vos pertence!

3. O Rapaz Curado

QUEM DIZ a verdade, também não tropeçará. Em épocas remotas vivia um jovem, descendente de gerações nobres e sábias, o qual, esquecendo sua origem, deixou-se levar por um instinto pecaminoso e tornou-se comparsa de ladrões e assaltantes, superando-os nos furtos. Contudo, certo dia, o espírito de Deus se manifestou nele e lembrou-lhe a sublime origem de seu pai e sua mãe, fazendo-o arrepender-se de suas ações de até então. Ele foi ter com o sábio Simeão ben Schatach, chorou diante dele e falou: Meu senhor, meu pai, quero melhorar de conduta. Ao que o sábio retrucou: Meu filho, não chores e não te aflijas; para mim é fácil te auxiliar e curar tua doença; para isso é necessário apenas que te abstenhas para sempre da mentira, e tua alma escapará da destruição. Então o jovem falou: Impuseste-me uma obrigação mínima; seguirei fielmente o que ordenaste. O sábio disse: Jura-me. E o rapaz jurou obediência e voltou à sua tenda.

ACONTECEU ENTÃO, um dia, que a vizinha do moço foi à casa de banhos. O jovem foi logo acometido pelo seu antigo desejo; roubou tudo da casa dela, seus vestidos, seus objetos de ouro e prata, e não deixou sobrar nada. Mas quando estava para sair, falou para si: Quando a mulher voltar e levantar um berreiro por causa de seus pertences, como poderei me justificar? Se eu disser: Estou puro e sem culpa, minha resposta é mentira e fraude, e o que vai acontecer com meu juramento?

E levou imediatamente de volta o que tirara e compreendeu o sábio conselho de Simeão ben Schatach.

4. O Julgamento das Oitenta Bruxas

A UM DEVOTO homem foi dito em sonho: Vai a Simeão, o filho de Schatach, e dize-lhe que um pesado castigo o aguarda, porque não exterminou as bruxas do país. Prometera ele anteriormente aniquilar todas assim que se tornasse chefe da casa de estudos, e agora ele se tornou chefe e nada lhes fez; oitenta delas habitam uma caverna perto de Askalon e de lá espalham a destruição. Então o devoto homem falou: E se Simeão não me der crédito? A visão retrucou: Se ele não te acreditar, faze-lhe então este sinal. Extrai diante dele teu globo ocular e depois o recoloca-o; o olho continuará enxergando.

Então o devoto homem foi ter com mestre Simeão, o filho de Schatach, transmitiu-lhe a ordem e quis executar diante dele o prodígio que lhe foi ensinado. Mas o sábio o impediu e disse: Creio em tudo; bem que nutri em meu coração a idéia de julgar as bruxas, contudo não proferi nenhum voto com meus lábios.

Em seguida o mestre se pôs a caminho num dia chuvoso de tempestade e levou oitenta discípulos consigo. Deu a cada um vestes limpas, que eles deviam pôr em panelas e usar as panelas como chapéu sobre a cabeça, para que as vestes não se molhassem. Simeão ben Schatach falou aos discípulos: Se me ouvirdes assobiar uma vez, envolvei-vos nas vestes; se me ouvirdes assobiar pela segunda vez, penetrai atrás de mim na caverna. Cada um de vós agarre uma bruxa e erga-a do chão; se uma bruxa não pode mais ficar em pé no solo, sua força se foi. E Simeão colocou-se diante da entrada da caverna e chamou: Ó raparigas, abri, eu sou de vossa casta. As bruxas abriram-lhe a porta e o mestre entrou na caverna. Perguntaram-lhe: Vens num dia assim e tuas roupas estão secas e não ensopadas pela chuva. O sábio respondeu: Fiz meu caminho entre as gotas de chuva. As bruxas continuaram a perguntar: E o que pretendes aqui? Simeão replicou: Quero aprender de vós e quero vos ensinar: cada uma de vós mostre o que sabe. Então uma das bruxas proferiu uma sentença e fez aparecer pão; a outra disse uma sentença e surgiu vinho sobre a mesa; a terceira, com seus feitiços, produziu carne; a quarta fez com que aparecessem refeições prontas. Depois elas falaram a Simeão: E tu, o que sabes realizar? Simeão retrucou: Vou assobiar duas vezes e atrairei com meu chamado oitenta rapazes, os quais brincarão convosco e vos proporcionarão prazer.

AS BRUXAS então falaram: Bem que gostaríamos disso. O mestre deu o primeiro assobio e os jovens vestiram os trajes secos; assobiou pela segunda vez e todos juntos apareceram na caverna. Simeão ben Schatach falou: Cada qual escolha a que lhe está destinada. Logo cada um dos rapazes ergueu uma bruxa. Um deles falou à companheira: Arranja-me pão. A bruxa não o conseguiu. Então o jovem levou-a à forca. O segundo falou à sua companheira: Tu, traze vinho. Mas a bruxa não tinha mais o poder de fazer feitiço. Portanto, também ela foi enforcada. E o mesmo aconteceu com todas as oitenta bruxas.

5. Hilel e Seu Mestre

HILEL, o babilônio, o importante sábio de Israel, era pobre e necessitado, e seu rendimento diário consistia de meio *sus*. Empregava a metade em alimentos e a outra dava ao vigia da casa de estudos, na qual ensinavam mestre Schemaia e Awtalion, para que lhe permitisse escutar as palavras de sabedoria e de revelação divina de suas bocas.

Certo dia, na época de inverno, Hilel não tinha nada para dar ao vigia, que assim não lhe permitiu a entrada na casa de estudos. Então Hilel subiu ao telhado e encostou a cabeça na janela da sala para ouvir a prédica dos mestres. Nesse dia caía do céu espessa neve, e o devoto foi inteiramente coberto pelos flocos; mas não se apercebeu disso, tão sequioso estava pelas palavras do Ensinamento. Chegada a noite, não pôde mais se levantar de frio e ficou deitado na janela.

Na manhã seguinte, os mestres Schemaia e Awtalion entraram na casa de estudos e encontraram a sala toda escura. Olharam para a janela, de onde normalmente provinha a luz, e viram que estava tapada. Deram uma busca no lugar e encontraram Hilel deitado como morto. Então tiraram-lhe as vestes, envolveram-no em roupas secas e acenderam uma fogueira em sua volta, para que seu espírito retornasse. A partir daquele dia, deixaram-no freqüentar a casa de estudos sem pagar.

6. A Paciência de Hilel

HILEL alcançou sua perfeição pelo fato de se dedicar ao Ensinamento e, pobre como era, procurar adquirir conhecimento. Era calmo de comportamento e tinha um bom coração; por isso suas virtudes eram elogiadas, e tornou-se provérbio: Que o homem seja calmo como Hilel e não explosivo como Schammai:
Conta-se:
CERTA VEZ dois homens fizeram uma aposta sobre qual deles encolerizaria o sábio Hilel: aquele que o conseguisse receberia quatrocentos *sus* do outro. Assim um deles foi ter com Hilel na sexta-feira, chegou em frente de sua casa e chamou: Onde está Hilel? Onde está Hilel? O sábio estava justamente em vias de lavar a cabeça em homenagem ao Sábado; envolveu-se no manto, saiu e falou ao homem que se encontrava na porta: O que desejas? Aquele falou: Tenho algo a te perguntar. Hilel respondeu: Pois então pergunta, meu filho. O homem falou: Por que as cabeças dos babilônios são chatas? Hilel retrucou: Fizeste-me uma pergunta importante. Suas cabeças são chatas porque nesse país não existem parteiras. Então o homem foi embora e voltou uma hora depois. De novo chamou: Onde está Hilel? Hilel saiu e falou ao homem que voltara: Qual é o teu desejo? Aquele falou: Tenho mais uma pergunta a fazer. Hilel respondeu: Deixa-me ouvi-la, meu filho. Então o atrevido disse: Por que os olhos dos palmiranos* são tortos? Hilel redargüiu: Porque habitam regiões arenosas e o vento lhes sopra areia nos olhos. Atendido, o homem foi embora, esperou de novo uma hora e veio pela terceira vez diante da casa de Hilel. Chamou: Onde se encontra Hilel? Hilel vestiu o manto e saiu. Este perguntou: Por que os pés dos africanos são tão largos? Hilel respondeu: O solo de seu país é pantanoso e eles andam descalços; por isso seus pés se alargam. Assim, as perguntas do importuno não conseguiram tirar a calma de Hilel. Ao ver que não conseguira abalar a serenidade do sábio, o homem que aceitara a aposta disse: És Hilel, o príncipe dos judeus? Hilel respondeu: Sim, sou eu. Então o enraivecido disse: Que não haja muitos de tua espécie em Israel. Ao que Hilel perguntou: Meu filho, por que não devem existir muitos da minha espécie? O homem redargüiu: Porque por tua causa perdi quatrocentos *sus*. Hilel falou: Pois sê daqui por diante sereno; é melhor teres um prejuízo de quatrocentos *sus* do que Hilel ficar colérico. Contam-se inúmeras histórias sobre esse devoto. Era generoso

---

* De Palmira. (N. do T.)

com todos e contente com a parte que lhe coubera. Pois está escrito: "A cólera reside no coração dos tolos" e "Deixa sair a violência de teu coração e tira a maldade de teu corpo".

7. O Devoto Casal

ACERCA DE Rabi Chanina ben Dossa contam os sábios que em sua época era ouvida diariamente uma voz do monte Horeb, que dizia: O mundo todo é alimentado só por causa de meu filho Chanina, e para ele próprio basta uma pequena medida de alfarroba de um Sábado a outro!

A MULHER desse devoto via, a cada dia de preparativo para o Sábado, as outras mulheres cozinharem e assarem em homenagem ao sagrado dia, e se envergonhava de não ter nada para preparar alimentos. Costumava acender o forno e botar panelas com água apenas, a fim de fazer suas vizinhas acreditarem que estava ocupada como elas. Certa vez, quando acendia o forno, veio uma mulher e disse: Acendes um fogo, e eu sei que nada cozinhas e nada assas. E ela espiou dentro do forno, mas o encontrou cheio de pães e a assadeira repleta de massa. Então chamou a esposa de Chanina, dizendo: Tira o pão, está assado, e a massa na gamela cresceu. Então a mulher de Chanina tirou os pães e continuou a assar com a massa fresca. Assim o Senhor realizava milagres para esses justos, em virtude de seus méritos e sua devoção. Uma vez, também na véspera de Sábado, a mulher enganou-se e pôs vinagre no candeeiro ao invés de óleo; quando se apercebeu do fato, ela penitenciou-se muito. Chanina viu-a aborrecida e perguntou: O que tens? Ela lhe contou o desagradável acontecido. Ele, porém, disse: Não te aborreças com isso; aquele que disse ao óleo que acenda, ordenará ao vinagre que ilumine! E realmente o candeeiro ardeu a noite inteira e o dia seguinte, até que nele fosse acesa a luz que ilumina o término do Sábado.

Um dia sentiram particularmente o peso da miséria e a dureza das privações, e a mulher falou a seu marido: Pede ao teu Deus que te conceda aqui alguma coisa do bem que te aguarda no mundo vindouro.

CHANINA ASSIM fez e foi-lhe dada uma perna de ouro de sua mesa no paraíso. Mas na noite seguinte viu em sonho as mesas de ouro de seus companheiros todas completas e intactas, e na dele faltava uma perna. Ao despertar relatou o sonho à sua mulher. Ela falou: Então pede a teu Deus que leve o ouro de volta. Chanina fez isso e a perna da mesa retornou ao seu lugar. Sobre isso os sábios falaram: Este último milagre ainda é maior do que o primeiro, pois vale como regra: Do céu é dado, mas nunca tirado.

Inúmeras são as ações desse devoto. Diz-se que sua prece jamais deixou de ser ouvida pelo Senhor. Assim, os sábios contavam acerca dele: Certa vez caiu chuva depois de longa estiagem, e Chanina estava viajando; a umidade o aborreceu e ele clamou: O mundo inteiro regozija, só Chanina sofre! A chuva logo parou e Chanina alcançou sua casa à noite. Depois ele falou: O mundo inteiro está sofrendo, só Chanina deve se alegrar? Então a chuva caiu novamente.

8. *A Paciência de Chanina*

O DEVOTO Rabi Chanina ben Dossa quis certa vez visitar seu mestre. Mas antes foi à sinagoga e proferiu o provérbio: Recebe a todos com semblante alegre! Então um nobre entrou no átrio de estudos e falou: Quem me carrega nos ombros, me leva para sua casa e cuida de mim? R. Chanina levantou-se e disse: Eu o farei. E ergueu o estranho nos ombros, carregou-o para sua casa e ofereceu-lhe um cântaro de água. Mas o hóspede se atirou ao chão e rolou na poeira. Chanina perguntou-lhe: Senhor, qual o teu desejo? O que posso te oferecer como alimento? O estranho respondeu: Quero mel e nozes. Então o sábio saiu por uma porta e sua mulher pela outra; apanharam o pedido e o ofereceram ao hóspede. Mas o estranho se levantou e derrubou a mesa com a comida. Chanina falou de maneira amável: Senhor, como posso te contentar? O hóspede retrucou: Quem me carrega embora e me leva à minha pátria? Chanina disse: Eu o farei. Mas quando depois o sábio saiu à rua carregando o estranho nos ombros, sentiu de repente a carga se erguer e viu uma chama se elevar para o céu. E da chama ouviu uma voz: Chanina, retorna, foste experimentado e encontrado sem falha; não mais te causaremos desgosto, pois tu és aquele do qual está escrito: "Coloco minha palavra em tua boca e te cubro com a sombra de minhas mãos".

9. *O Devoto e a Rainha dos Espíritos*

O DEVOTO Chanina ben Dossa se encontrava certa vez em caminho para a casa de Chanina ben Teradion, a quem devia curar. Os discípulos de ben Dossa falaram a seu mestre: Na estrada que vais percorrer, existe um lugar que é dominado por maus espíritos. O mestre então falou: Meus filhos, quem de vós quiser retornar que retorne. Uma parte dos discípulos voltou, mas os restantes seguiram Chanina. Quando chegou com eles ao lugar mencionado, a rainha dos espíritos e seu bando se colocou diante deles. Ela disse a Chanina: Quem és? Ele respondeu: Para que queres saber? Ela perguntou: Acaso não és ben Dossa? Ele respondeu: Para que te serve sabê-lo? A demônia disse: Desde o dia em que ben Dossa foi criado, três filas de anjos no céu proferem a bênção. Uma fila brada: Louvado seja o Senhor por toda a eternidade, Amém, Amém! A outra fila brada: Louvado seja o Senhor por toda a eternidade, Aleluia! A terceira fila brada: Louvado seja o Senhor por toda a eternidade, o Deus de Isaac e de Israel! Então Chanina falou: Isso é verdade? A demônia retrucou: Assim é. Ao que Chanina falou: Como quer que seja, eu determino que não mais poderás aparecer neste lugar. Conta-se que a demônia desde aquela época não mais foi vista naquele local e que paira e erra por aí, até encontrar o lugar que deve ocupar.

10. O Pássaro e o Colar

NOS DIAS DE Rabi Iochanan ben Sakkai viviam dois irmãos num país do sul, e ambos eram ricos. Um casou-se, o outro foi para Jerusalém, onde se encontrava o Templo, e lá habitou. Ele disse: A Casa de Deus será destruída, então que eu também pereça; não quero tomar esposa e não quero ter alegria de viver: assim como o Santuário ficará enlutado, também eu ficarei triste. Mas em todos os dias festivos ele costumava visitar seu irmão e apresentar-lhe a saudação de paz. Uma vez chegou à sua pátria e não encontrou o irmão. Nesse dia a mulher do dono da casa estava lavando suas roupas no pátio; para isso tinha tirado seus colares, que valiam dez mil dinares, e os colocara diante de si. Quando viu o hóspede entrar no pátio, ela ficou com vergonha e correu; as jóias, ela as tinha deixado sob uma palmeira. Mas na árvore pousara um pássaro que construía o seu ninho. O devoto entrou no pátio e, não vendo ninguém, foi-se embora. Nesse instante o pássaro desceu voando da árvore, apanhou o colar e o pôs em seu ninho.

Pouco depois o marido voltou para casa e encontrou a mulher chorando e arrancando os cabelos. Perguntou-lhe: Por que choras? Ela respondeu: Eu estava lavando meus vestidos e tinha tirado minhas jóias; agora as procurei e não as achei mais; mas não sei quem as possa ter roubado. Então o marido perguntou: Quem entrou no pátio durante esse tempo? A mulher respondeu: Ninguém esteve aqui além de teu irmão, que chegou hoje e ninguém as tirou, a não ser ele. Ao que o marido disse: Meu irmão desistiu de toda a felicidade do mundo, deixou seus bens e seu dinheiro e de tanto amor a Deus consagrou-se a seu serviço, e agora afirmas que ele furtou tuas jóias? A mulher manteve sua afirmação e falou: Então leva-o diante dos sábios e faze-o prestar juramento. O marido atendeu às palavras de sua mulher, procurou seu irmão e o levou à presença dos juízes. A estes relatou o acontecido. Os juízes falaram: Alguém que repudiou os confortos deste mundo iria furtar uma jóia? Um justo jamais faria isso.

ENTÃO O caso chegou diante de Rabi Iochanan ben Sakkai, e este falou ao suspeito: Queres prestar um juramento por causa dessa discussão? O devoto retrucou: Posso jurar verdade e não temo. O mestre falou: É melhor dares do teu dinheiro a teu irmão e não prestares juramento. O acusado, no entanto, respondeu: Preciso fazê-lo por causa das pessoas, para que não me atribuam um erro. E insistiu no seu desejo*. Iochanan ben Sakkai falou aos queixosos: Parti e retornai amanhã de manhã.

Depois Rabi Iochanan ben Sakkai foi para sua casa, preparou-se para a oração e falou: Senhor do Mundo! Todas as coisas ocultas te são conhecidas e abertas; tu sabes o que aconteceu, portanto livra-me do pecado de tomar um juramento. Então uma voz ecoou do céu, bradando: Iochanan ben Sakkai, vai ao pátio daquele homem; ali existe uma árvore e sobre ela está escondido o objeto, que o homem foi acusado de ter roubado. O rabi foi até lá e encontrou a jóia. Então o mestre se admirou e disse: O justo não roubou, não furtou e foi castigado só porque queria jurar a verdade; como não será alguém que presta um juramento falso e profana o nome do Senhor! Por isso a Escritura também diz: "Não jurai falso em meu nome"**.

11. Elieser ben Hircanos

ELIESER, o filho de Hircanos, um dos famosos mestres do ensinamento oral, teve, quando jovem, que trabalhar no campo junto com os servos de seu pai. Os servos trabalhavam em campo arado. Elieser, porém, tinha que transformar solo pedregoso em terra cultivável. Certa vez sentou-se, chorando. Então seu pai lhe falou: Por que choras? Acaso é porque tens de trabalhar em campo rochoso? Receberás também terra fofa para arar. Mas Elieser, sentado diante da terra revolvida, chorava como antes. Então seu pai lhe perguntou: Por que continuas a chorar? Estás desgostoso por

---

* E por isso foi provavelmente castigado pelo céu.
** Levit, 19, 12.

teres diante de ti um campo revolvido? Elieser retrucou: Não é isso. O pai disse: Por que choras então? O filho respondeu: Sinto desejo de conhecer a Escritura: Hircanos falou: Agora que tens vinte e oito anos, queres te dedicar ao Ensinamento? Casa e gera filhos, a estes poderás depois levar à casa de estudos.

Depois disso Elieser não ingeriu nenhum alimento durante duas semanas, até que lhe apareceu Elias, abençoado seja sua memória, e disse: Ó filho de Hircanos, por que vertes lágrimas? Elieser retrucou: Porque meu coração anseia pelo Ensinamento. Ao que Elias falou: Se queres te tornar versado na Escritura, então põe-te a caminho e vai ter em Jerusalém com Rabi Iochanan ben Sakkai. Logo depois Elieser foi a Jerusalém à procura do mestre Rabi Iochanan. Entrou em sua casa, sentou-se e chorou. O mestre perguntou-lhe: Por que choras diante de mim! Elieser retrucou: Porque estou ansioso pelo Ensinamento. Então o mestre falou: De quem és filho? Elieser não quis responder. Rabi Iochanan prosseguiu: Decoraste o "Escuta, ó Israel", a prece diária e a bênção sobre a refeição? Elieser retrucou: Não sei nada disso. Então o mestre lhe ensinou a dizer a profissão de fé, a ler a prece e a recitar a bênção sobre a refeição. Mas também depois disso Elieser chorou. Então ben Sakkai perguntou-lhe: Por que continuas a te afligir? Elieser respondeu: Porque também quero conhecer a Lei. Assim, Iochanan ensinou-lhe durante uma semana dois trechos da *Mischná** e Elieser os repetiu e tentou juntá-los num só. Durante todos os oito dias não comeu nem bebeu, até que seu hálito começou a cheirar mal e Rabi Iochanan o repeliu. Então Elieser chorou. O mestre perguntou-lhe: Por que choras? Elieser respondeu: Porque me repudiaste como se repudia um tinhoso. Rabi Iochanan retrucou: Meu filho, assim como o cheiro de tua boca chegou até a mim, que o aroma do Ensinamento algum dia chegue até o céu. E perguntou-lhe: De quem descendes? Elieser retrucou: Sou um filho de Hircanos. Então o mestre falou: És, então, filho de gente rica e não me deste a conhecer? Por tua vida, hoje comerás à minha mesa. Elieser retrucou: Já tomei minha refeição. Rabi Iochanan perguntou: Onde estás hospedado? Elieser respondeu: Com Iosua ben Chanina e com Iosse, o sacerdote. Então Rabi Iochanan mandou indagar por ele no albergue e recebeu como resposta: Já faz oito dias que o discípulo não comeu nada.

OUTROS CONTAM que Iosua ben Chanina e Iosse, o sacerdote, foram ter com Rabi Iochanan e lhe disseram que Elieser estava sem alimento havia oito dias. Ouvindo isso, Rabi Iochanan ergueu-se, rasgou suas vestes

---

* O livro fundamental do ensinamento oral.

e disse: Ai de ti, Elieser, não faltou muito e nós te perderíamos. Mas como recompensa de que a imundície de tua boca foi sentida por mim, no futuro o Ensinamento de tua boca será ouvido de uma extremidade do mundo até a outra. Sobre ti clamo: "Um deles se chamava Elieser!"*

Entretanto, em casa, os filhos de Hircanos falavam ao pai: Sobe a Jerusalém e priva teu filho Elieser de sua herança. Hircanos foi a Jerusalém para deserdar seu filho Elieser e chegou à cidade quando uma grande festa estava sendo preparada para mestre Iachanan ben Sakkai, para a qual foram convidados todos os nobres do país, tais como Ben Zizit Hakescheth, Nakdimon, o filho de Gorion, Ben Kalba Sawua. Anunciaram então a Rabi Iochanan: O pai de Elieser está aqui. Rabi Iochanan falou: Indicai-lhe um lugar adequado. Assim Hircanos foi colocado próximo ao mestre. Rabi Iochanan dirigiu-se a Elieser e falou-lhe: Recita-nos alguma coisa do Ensinamento. Rabi Elieser respondeu: Senhor, eu apresentarei uma parábola. Sinto-e como uma cisterna da qual se quer tirar mais água do que nela foi colocada; pois apenas posso dar de mim aquilo que recebi de ti. Então Rabi Iochanan falou: Tu te igualas a uma fonte, da qual sempre jorra água, independente do fato de ter recebido água ou não. Portanto, podes sozinho revelar sabedoria, muito mais do que foi um dia revelada no monte Sinai. E o mestre prosseguiu: Mas, se minha presença te intimida, deixarei a sala. E Rabi Iochanan saiu. Rabi Elieser então começou a pregar a Escritura; seu semblante brilhava como o sol, e raios como chifres saíam de sua fronte, iguais aos de Moisés; ninguém sabia se era dia ou noite. Em seguida Rabi Iochanan se aproximou dele por trás; beijou sua cabeça e falou: Bem-aventurado, ó patriarcas, Abraão, Isaac e Jacó, de que este tenha brotado de vossos flancos!

ENTÃO HIRCANOS falou: A quem é prestada esta homenagem? Responderam-lhe: A teu filho Elieser. A isso Hircanos falou: Então antes deveria ser dito de mim: Bem-aventurado sou eu, de cujos flancos brotou tal homem. Rabi Elieser ali estava pregando, e Hircanos encontrava-se em pé diante dele. Quando Elieser viu seu pai diante de si, ficou perturbado e falou: Pai, senta-te, não posso continuar a falar se ficares em pé diante de mim. Hircanos retrucou: Meu filho, não vim para cá a fim de te escutar, mas para te deserdar. Agora, porém, que vi tua fama, estou disposto a deserdar teus irmãos e a te dar a parte deles. Elieser respondeu: Sou apenas como um de meus irmãos. Se eu desejasse muita terra, o Senhor me teria dado, conforme está escrito: "Ao Senhor pertence a terra e sua plenitude,

---

* Veja Êxodo, 18, 4.

o mundo e o que nele habita". Se eu quisesse ouro e prata, o Senhor me teria dado, conforme está escrito: "Meu é o ouro e a prata, diz o Senhor Zebaoth". Meu anseio, porém, dirigia-se unicamente à Escritura; somente tem valor aos meus olhos a revelação da Lei; "Sou contrário a tudo o que é falso".

12. A Camisa Celestial

QUERO-TE RELATAR aqui algo cujo início é insignificante, mas cujo fim é importante. Os dois grandes mestres Rabi Elieser e Rabi Iosua certa vez se dirigiam em peregrinação ao templo de Jerusalém; era véspera do Dia da Expiação. Quando chegaram ao monte Sião, um anjo lhes foi ao encontro, carregando na mão uma camisa branca, brilhante como o sol e bem alisada; só que na gola faltava a bainha. Então um mestre disse ao outro: Essa camisa provavelmente foi enviada para um de nós. Aproximaram-se do anjo e perguntaram-lhe para qual deles se destinava a camisa. O anjo respondeu: Muitas camisas vos aguardam, e melhores do que esta. Esta camisa destina-se a um homem de Askalon chamado José, o jardineiro. Então os dois mestres prosseguiram seu caminho.

Depois que os dias de serviço diante do Senhor terminaram, Rabi Elieser e Rabi Iosua puseram-se a caminho para a casa do homem de Askalon. Quando os habitantes dessa cidade souberam da chegada dos sábios, foram ao seu encontro e muitos lhes pediram que se alojassem em suas casas. Mas os sábios recusaram, dizendo: Não queremos nos hospedar em nenhum lugar a não ser na casa de José, o jardineiro. Então mandaram alguns homens para os acompanharem à casa de José.

Chegaram ao portão do jardim e viram de longe que o homem recolhia hortaliças; gritaram-lhe palavras de paz e ele respondeu à saudação. Falaram: Gostaríamos muito de nos hospedar em tua casa. Ele respondeu: Meus veneráveis, passastes pelos ricos e nobres e viestes a mim; mas Deus sabe que na minha casa nada mais há do que dois pães. Então os sábios falaram: Para nós basta o que tens; não queremos te dar nenhum trabalho. Então ele lhes ofereceu o pão, e eles comeram, beberam água e proferiram a bênção sobre a refeição. Depois disseram ao jardineiro: Como vês, viemos a ti e nos negamos a nos hospedar com teus vizinhos; portanto, dize-nos, qual é a tua obra? Ele lhes respondeu: Vedes que sou pobre, e na verdade nada mais pretendo do que o trabalho no jardim, conforme me encontrastes. Eles continuaram a falar: Dize-nos, todavia, fizeste este trabalho desde pequeno? Ele respondeu: Já que desejais saber mais de mim, vou dizer-vos. Sabei que meu pai era um dos grandes e ricos desta cidade; mas quando ele morreu eu perdi a fortuna, e os habitantes da cidade me viram e me expulsaram cheios de ódio. Assim parti chorando, construí esta cabana, plantei o jardim e semeei hortaliças; o que o jardim me produz, eu vendo; dou a metade aos pobres e da outra metade sustento a mim e aos meus.

ENTÃO OS sábios falaram: Saiba que Deus, o Senhor, fará tua recompensa ser bem grande; acabamos de ver um anjo levando uma camisa, e ele nos disse que é destinada a ti. A camisa era alvíssima e bem passada, e só a parte que fecha a gola não estava embainhada. Viemos aqui a fim de te anunciar que Deus pretende te fazer o bem. Mas que o teu mérito cresça ainda mais. Então o homem abençoou seus visitantes e os enalteceu e eles seguiram o seu caminho.

Depois que os sábios foram embora, a mulher de José falou ao marido: Ouvi o que os mestres te contaram acerca da camisa, e que a gola da camisa estava sem bainha. Portanto ouve o que te digo e aceita o meu conselho: faze tudo e esforça-te em completar o que falta na camisa. O marido então respondeu: Falas como se fosse uma das ricas; conheces a nossa pobreza e as nossas necessidades e saber que nada tenho para praticar o bem ainda mais. A mulher disse: Obedece-me, meu senhor, meu conselho te será oportuno, e passarás bem. Leva-me ao mercado de escravos, vende-me e distribui o dinheiro entre os pobres, talvez depois tua camisa estará completa. Seu marido falou: Mas temo que o comprador irá te convencer e te forçar a fazer sua vontade; e assim eu perderia totalmente a camisa. Mas a mulher falou: Juro-te pela verdade do céu que jamais incorrerei em falta. José então acatou as palavras de sua mulher, vendeu-a como escrava e deu o produto da venda aos pobres.

E O COMPRADOR que adquirira a mulher viu que ela era formosa e quis dominá-la; mas nada lhe pôde fazer. Fez dela guardiã de suas câmaras e entregou-lhe todas as chaves. A mulher, porém, falou: Meu senhor, não sou digna de ser tua concubina. Ele então ficou muito irritado com ela e a deu a seu pastor de ovelhas; a este ordenou importuná-la. Mas também o pastor não conseguiu convencer a mulher. Espancou-a duramente, mas ela não se sujeitou à sua vontade. Ele lhe amargou a vida através de trabalho árduo e da opressão, e ela sofreu pacientemente, aguardando a misericórdia divina.

Depois de muitos dias, seu marido se dispôs a agir; disfarçou-se e foi ter com ela, apresentando-se diante dela como um estranho. Viu então seu grande sofrimento; ao invés da pompa anterior ele encontrou miséria, ao invés de largo manto um estreito saco. Falou-lhe: É de tua vontade que eu te compre? Farei de ti minha esposa e te livrarei do sofrimento. A mulher retrucou: Meu senhor, isso não ficaria bem, pois eu sou casada com outro homem. José continuou a tentá-la com palavras, mas ela não lhe deu ouvidos.

Vendo-a tão firme, o homem se sentiu certo de que ela mantivera o juramento e não rompera a aliança. Tirou então o disfarce do rosto e ela o reconheceu; eles se beijaram e abraçarm e choraram alto. Seus gritos se elevaram até Deus, e eles ouviram uma voz que bradava: A tua camisa está completa, mas a camisa da tua mulher ainda é mais bela do que a tua. Vai a tal e tal lugar e encontrarás um grande tesouro que teu pai escondeu.

JOSÉ FOI e agiu de acordo com essas palavras; encontrou na cova ouro, prata e um sem-número de pedras preciosos. Tomou tudo isso, resgatou sua mulher e com ela continuou a praticar caridade e misericórdia todos os dias.

13. Dama, o Ascalônio

CERTA VEZ, os discípulos perguntaram a mestre Rabi Elieser: Qual é a medida no cumprimento do quinto mandamento? Ele lhes respondeu: Tomem o exemplo de Dama ben Netina; sua mãe era insensata e o espancava diante de seus amigos. Ele, porém, a isso nada mais dizia que: Mãe, chega.

Um dia, vieram a ele os sábios de Israel para lhe comprar uma pedra preciosa, pois havia sido perdida uma da veste sacerdotal. Ofereceram-lhe o preço de mil peças de ouro. Dama entrou no quarto e viu seu pai deitado, com o pé esticado sobre a caixinha na qual estava a pedra preciosa. Não quis acordar o pai e foi ter com os sábios sem a jóia. Estes então pensaram que ele queria mais dinheiro, e aumentaram o preço para dez mil peças de ouro. Enquanto isso, o pai de Dama acordou. Então o filho entrou novamente no aposento, pegou a pedra preciosa e entregou-a aos sábios. Estes queriam lhe pagar as dez mil peças de ouro, mas Dama disse: Deus me livre, não quero tirar proveito do fato de ter honrado o meu pai; só aceito as mil peças de ouro que combinei convosco inicialmente.

Como foi que o Senhor lhe recompensou essa atitude? Nossos mestres contam: Nesse mesmo ano sua vaca deu cria a um bezerro vermelho, sem falhas, e este ele vendeu aos sacerdotes por mais de dez mil peças de ouro. Vê o que obtém aquele que honra pai e mãe!

14. A Mensagem do Anjo

O PROFETA ELISEU era um justo sem pecado, e não conseguia criar um filho. Na hora em que nasciam, os pequeninos morriam. Então a mulher de Eliseu falou ao marido: Meu senhor, são tantos os justos que têm filhos perfeitos como eles próprios, e para nós nem um único vinga. Ao que Eliseu falou: Filha, aqueles justos praticam a pureza com mais rigor do que nós. Antes de irem para o leito, lavam o corpo e eles, assim como suas mulheres, santificam-se antes. Então a mulher retrucou: Meu senhor, façamos assim também, adotemos esse costume. E assim procederam.

Certo dia a mulher tinha ido à fonte e se lavara, mergulhando algumas vezes; quando estava a caminho de sua casa, viu um porco correr à sua frente. Então voltou e lavou-se de novo. Depois, quando saía, encontrou um camelo. Voltou e lavou-se mais uma vez. E assim lhe apareceram no caminho quarenta impurezas, e ela retornou cada vez e lavou-se de novo. Então o Senhor falou ao anjo Gabriel: Desce, aparece a essa virtuosa e faze com que seja abençoada essa noite; dela deverá brotar um justo, de nome Ismael, e este futuramente será meu sumo sacerdote.

ENTÃO GABRIEL desceu, enfeitou-se como um noivo e colocou-se à entrada da casa de banhos; estando ali assim, pareceu à mulher de Eliseu ser seu marido. Ela apenas o olhou e foi para casa desimpedida. Na noite seguinte conceberia um menino, o futuro sumo sacerdote Ismael.

O anjo Gabriel foi o padrinho do menino. Cada vez que Rabi Ismael queria subir ao céu, invocava o nome sagrado, subia e Gabriel lhe contava tudo o que ele desejava saber. Mas não só isso, pois ainda lhe mostrava as fontes da cura e do consolo que um dia serão concedidas a Israel.

15. O Romance de Akiwa

Primeira Narrativa: O Noivado de Akiwa

ESCUTA o que uma devota mulher, filha de pais ricos, realizou outrora. Vivia na terra de Israel um homem de nome Kalba Sawua. Era assim chamado porque mesmo um cão faminto, se fosse à sua casa, ele o alimentava até saciá-lo*. Akiwa era o pastor de suas ovelhas. Kalba Sawua

---

* *Kalba*, aramaico: cachorro; *sawua*: satisfeito.

tinha uma filha, bela e graciosa, e Akiwa passou a amá-la. Ela lhe falou: Toma-me por esposa. Ele respondeu: Seguirei o teu pedido.

Quando isso foi anunciado a Kalba Sawua, ele ficou mortalmente irritado e jurou diante de Deus não dar nada de sua riqueza à filha por ela gostar de um homem sem instrução. Mas a filha não se importou e casou-se com Akiwa. Ele a consolou e falou: É certo que somos pobres e passamos necessidades, mas sê firme e confia em Deus; quando um dia eu ficar rico, dar-te-ei um diadema de ouro. Enquanto conversavam assim, certa vez, apareceu alguém e pediu: Minha mulher está para dar à luz e não há nada em casa sobre que ela possa se deitar. Não quereis praticar uma caridade comigo e me dar qualquer coisa? Akiwa nada tinha além de palha e deu sua parte ao homem. Falou à sua mulher: Vê que Deus ainda nos faz bem! Mas esse homem parece ter sido Elias.

Depois de muitos dias a mulher de Akiwa falou a seu companheiro: Ouve, meu senhor, segue meu conselho e dedica-te ao Ensinamento. Akiwa então lhe obedeceu, pôs-se a caminho e foi a Rabi Iosua e Rabi Elieser, a fim de com eles participar da sabedoria. Ficou lá durante doze anos e depois retornou à sua cidade; nessa época já estava rodeado por doze mil discípulos. Ouviu então alguém ofender a mulher abandonada e dizer-lhe: Sei o que teu pai fez contigo por teres escolhido um pastor de ovelhas para marido, um ignorante, que não era digno de ti. Depois que se casou contigo, ele partiu e já faz doze anos que não volta; és como uma viúva enquanto ele vive. A mulher de Akiwa então respondeu dizendo: É meu desejo que ele permaneça fora por mais doze anos e não retorne como ignorante. Ouvindo isso, Akiwa retornou novamente à casa de estudos e lá ficou por mais doze anos dedicado ao Ensinamento.

EM SEGUIDA retornou à pátria, e vinte e quatro mil discípulos o acompanhavam. Então os anciãos da cidade se movimentaram para recebê-lo condignamente, e assim ele chegou entre grandes homenagens, e ninguém sabia que se tratava de Akiwa. Ele, porém, mandou avisar sua mulher; ela queria sair-lhe ao encontro e não tinha nada para vestir a não ser suas roupas rasgadas. Uma das vizinhas lhe falou: Toma este meu vestido. Ela respondeu: "O justo conhece a maneira dos pobres". Ela foi ao encontro do marido e prostrou-se diante dele. Os discípulos de Akiwa quiseram repeli-la, mas o mestre falou: Deixai-a, ela sofreu amargas penas; foi ela que conduziu a mim e a vós ao Ensinamento de Deus.

Nesse ínterim, também Kalba Sawua tomou conhecimento de que um sábio chegara à cidade e correu ao seu encontro, a fim de pedir-lhe que o dispensasse de seu juramento. A sorte de sua filha o entristecia, pois ela passava muita miséria. Akiwa perguntou-lhe o que desejava e Kalba Sawua relatou acerca de seu voto. Então Akiwa perguntou: Por que agiste assim? Kalba Sawua respondeu: Porque minha filha tomou por marido um homem que não era seu igual, sem posses e ignorante na Escritura. Então Akiwa falou: E se ele fosse como eu, não terias feito esse juramento? Kalba Sawua respondeu: Deus me livre! Se soubesse ler um único trecho, eu lhe daria a metade da minha fortuna. Então Akiwa falou: Eu sou teu genro, o marido de tua filha! Kalba Sawua logo se levantou, beijou a cabeça de Akiwa e o abraçou. Depois lhe deu a metade de sua fortuna.

ASSIM RABI Akiwa se tornou rico e fez um diadema de ouro para sua mulher, conforme lhe prometera. Deus os libertou da miséria e aumentou suas posses. Vê a que grandes honras este homem chegou através de sua sabedoria. Mas adquirira a sabedoria na maior pobreza.

Segunda Narrativa: Os Anos de Aprendizado de Akiwa

CONTA-SE de Rabi Akiwa que já estava com quarenta anos de idade e ainda nada sabia do Ensinamento. Quando tomou a filha de Kalba Sawua por esposa, ela lhe falou: Vai a Jerusalém e faze-te instruir na Escritura. Akiwa respondeu: Estou com quarenta anos, o que ainda posso conseguir de grandioso?

Depois disso, estava um dia diante de um poço em Lud e viu que a pedra diante do poço tinha uma calha. Perguntou: Como se originou esta cavidade na pedra? Responderam-lhe: Pela corda que nela fricciona quando o balde é puxado. Foi então que Akiwa começou a pensar como se pode atingir o que parece impossível. Ele falou para si: Se o mole consegue furar o duro, quanto as palavras do Ensinamento, que são poderosas como o ferro, conseguirão se gravar no meu coração, que é de carne.

OUTROS CONTAM a história da seguinte maneira: A mulher de Akiwa falou ao marido: Volta-te para o Ensinamento. Ao que ele respondeu: Vão zombar de mim porque já sou tão velho e ainda não sei nada. A mulher falou: Verás logo um milagre. E continuou a falar com Akiwa: Traze um jumento cujo lombo esteja esfolado. Akiwa assim procedeu. Então a mulher cobriu o lombo do animal com terra e espalhou sementes de agrião por cima. Depois de algum tempo as flores brotaram. Então Akiwa conduziu o jumento ao mercado e todos riram ao vê-lo. No dia seguinte, levou-o ao mercado e os homens se divertiram; no terceiro dia, levou o animal novamente, e os homens não mais se ocuparam dele. Então a mulher de Akiwa falou-lhe: Vai e dedica-te ao Ensinamento. No primeiro dia rirão de ti, no segundo rirão ainda; no terceiro dia dirão: Este é o comportamento desse homem.

Então Akiwa foi ter com um mestre que ensinava crianças e falou-lhe: Senhor, ensina-me a ler. O mestre escreveu-lhe o alfabeto na seqüência costumeira e Akiwa o apreendeu; depois escreveu-o em outra ordem, fazendo com que a primeira letra seguisse a última, a segunda e penúltima, e assim por diante, até chegar à metade do alfabeto, e Akiwa o decorou dessa forma também. Depois ele lhe ensinou a bênção sobre a refeição, depois fez com que lesse a legislação dos sacerdotes, até Akiwa conseguir entender toda a Escritura.

EM SEGUIDA, Akiwa foi ter com os mestres Rabi Elieser e Rabi Iosua e lhes falou: Vós sábios, esclarecei-me o sentido do ensinamento da Mischná. Depois que os mestres lhe leram um trecho desse livro, Akiwa o estudou mais uma vez. Sentou-se sozinho e revirou cada palavra do trecho; ele próprio refletiu sobre a feição de cada letra e soube logo interpretá-las. Depois foi à presença de seus mestres e lhes fez novas perguntas, de maneira a eles muitas vezes terem que pensar sobre uma resposta. Assim Akiwa continuou sempre pesquisando o Ensinamento oral e escrito, até que conseguiu decifrar todas as leis e costumes da Escritura, e seus segredos e coisas ocultas lhe ficaram claros.

CONTA-SE QUE durante seu aprendizado Akiwa recolhia diariamente gravetos e deles fazia um feixe; vendia a metade para se alimentar e os restantes levava para sua casa e os acendia um depois do outro para estudar à sua luz. Certo dia seus vizinhos se irritaram com isso e lhe falaram: Akiwa, tu nos matas com essa fumaça, vende-nos os gravetos e com isso compra azeite para iluminar. Ao que Akiwa respondeu: A lenha me é muito útil: à sua luz eu estudo, com seu fogo eu me aqueço, com o dinheiro que me traz eu me alimento.

Akiwa, porém, não deixaria este mundo sem ter colhido aqui uma parte de sua recompensa futura. Conta-se que ele teria possuído sessenta mesas de ouro; trinta estavam prontas para o uso diário, trinta encontravam-se nos tesouros. Conta-se ainda que procurava comprar todas as espécies de jóias para sua mulher; mandou fazer uma coroa de ouro para ela, incrustado de magníficas pérolas e pedras preciosas, na qual brilhavam as imagens do sol e da lua, das estrelas e dos planetas. Os filhos de Akiwa falaram-lhe: Pai, envergonhamo-nos diante das pessoas por adornares nossa mãe com tanto luxo. Elas comentam: Vejam o ancião quanto gasta para sua mulher. Akiwa respondeu a seus filhos: Eu ainda não a recompensei pela metade daquilo que ela faz por mim; pois imenso foi o sofrimento que ela compartilhou comigo.

16. O Morto Peregrino

CERTA VEZ o mestre Rabi Akiwa passava por um cemitério e viu um homem com um feixe de lenha nos ombros correndo como um cavalo. O rosto desse homem era preto como o de um ferreiro. Akiwa ordenou ao apressado que parasse e lhe falou: Meu filho, por que fazes um trabalho tão pesado? Se és um escravo, e teu dono te impõe esse jugo, eu te resgatarei e te restituirei a liberdade; mas se és tão pobre, então vem e eu te tornarei rico. O interpelado respondeu: Meu senhor, deixa-me prosseguir, não posso me deter. Akiwa falou: És um homem ou um espírito? Então o homem disse: Este que fala contigo é um morto; diariamente ele é mandado fora para rachar lenha, com a qual ele mesmo será queimado. Akiwa perguntou: O que fazias na terra? O morto respondeu: Em vida fui coletor de impostos, e fui indulgente com os ricos e oprimia os pobres, e não bastasse isso no Dia da Expiação ainda dormi com uma donzela que era noiva de um rapaz. Ao que Akiwa falou: Meu filho, os anjos castigadores, que te dão as ordens, não te disseram alguma vez se existe uma solução para ti? O morto retrucou: Meu senhor, não fales comigo, senão meus capatazes me castigarão ainda mais, pois esse é o costume desses punidores. Também não há possibilidade de me ajudar; só há uma coisa, ouvi-os dizer uma vez, que poderia me trazer alívio, mas isso é algo inexequível. Os anjos castigadores disseram: Se esse homem tivesse um filho e se este, durante a prece conjunta, entoasse o hino: Louvai o Senhor, o Todo Louvado – e se a comunidade a isso dissesse Amém, o pecador se livraria do seu penar. Contudo, não tenho filho; é verdade que deixei uma mulher, a qual, quando morri, estava grávida, mas não sei se ela teve um menino ou uma menina; e mesmo se é um menino, quem lhe iria ensinar a Escritura? Não tive nenhum amigo neste mundo.

Rabi Akiwa decidiu logo ir à cidade onde o morto vivera, e, se este tivesse um filho, iria ensiná-lo. Akiwa perguntou ao morto: Qual é o teu nome? Este respondeu: Eu me chamo Akiwa. O mestre continuou a perguntar: E qual era o nome de tua mulher? O homem respondeu: Ela se chamava Schisna. Akiwa perguntou: E como se chamava a cidade onde moravas? O morto retrucou: Residia em Laodicéia.

Então, Rabi Akiwa foi para lá e perguntou pelo falecido coletor de impostos. Os habitantes da cidade exclamaram, ao ouvir o seu nome: Que os ossos desse malfeitor sejam triturados! Akiwa falou: Mesmo assim, quero saber tudo sobre ele. Os homens responderam: Depois que morreu lhe nasceu um filho e este está incircunciso. Então Akiwa mandou buscar o menino e circuncidou o prepúcio de sua carne; depois começou a instruí-lo na Escritura e tentou lhe ensinar a bênção sobre a refeição. Mas o menino nada apreendia do Ensinamento. Então Rabi Akiwa jejuou durante quarenta dias por causa do menino. Uma voz veio do alto, clamando: Akiwa, por causa de uma tal criatura te impões um jejum? Akiwa respondeu: Senhor do Mundo! Pois se me responsabilizei perante ti por essa criança.

DEUS ENTÃO abriu o coração do menino e ele aprendeu a recitar o "Escuta, ó Israel" e as dezoito bênçãos. Depois Akiwa o conduziu à sinagoga, e o menino clamou: Louvai o Senhor, o todo Louvado! A comunidade inteira respondeu: Amém! Imediatamente o morto ficou livre do castigo que até então pesava sobre ele. Na noite seguinte ele apareceu em sonho a Rabi Akiwa e disse: Que teu espírito se acalme, pois tu me proporcionaste calma. Então Akiwa começou a entoar: Louvado seja o Eterno, que faz a vontade de seus devotos.

17. Dez Filhos de Uma Mãe

NA ÉPOCA DO mestre Rabi Akiwa, vivia numa cidade uma rica mulher que tinha dez filhos; todos os filhos eram versados na Escritura, e o estudo do Ensinamento era sua ocupação diária.

Um dia acabou o pão da mulher e sua criada havia saído para buscar água. Então ela chamou uma vizinha e disse-lhe: Vem cá e me faz pão, pois meus filhos voltarão famintos da casa de estudos. A vizinha entrou na casa da rica mulher e preparou a massa do pão. Mas antes ela tinha amarrado dois dinares de ouro na ponta de seu xale. Enquanto trabalhava, o nó do pano se soltou e o dinheiro caiu na massa; a mulher, todavia, nada havia percebido. Chegando em casa, procurou o dinheiro mas não o encontrou. Então voltou correndo à mãe dos filhos e bradou: É esta provavelmente a recompensa por eu ter te ajudado; perdi dois dinares de ouro em tua casa. Ao que a rica mulher respondeu: Deus me livre e guarde que tal coisa tenha acontecido em minha casa. E ambas procuraram o dinheiro, mas não puderam achá-lo. A mãe dos filhos falou: Perdeste provavelmente o dinheiro lá fora. A vizinha replicou: Como se eu não soubesse! Perdi-o em tua casa. Então a mãe dos filhos disse: Se o dinheiro se encontra em minha casa, que me venha uma má notícia de meu filho mais velho.

Mal tinha acabado de falar, quando chegou a notícia de que seu filho mais velho morrera. Então a vizinha falou: Agora vês que mentiste e procedeste de maneira desonesta. O Senhor me deu razão, fazendo-te sofrer esse castigo. Mesmo assim a rica mulher falou: Se o que dizes é verdade, que a morte alcance todos os meus filhos. E isso aconteceu mesmo. Nesse dia todos os filhos da mulher morreram.

OS RAPAZES FORAM levados às sepulturas, e o dia foi um dia de lamento e luto para todos os sábios de Israel, pois dez colunas do Ensinamento tinham tombado de uma vez. Depois a mulher foi conduzida para sua casa e foi apresentado o pão, preparado por aquela vizinha, para a refeição de consolo. Rabi Akiwa foi o primeiro a fazer uso da palavra, dizendo: Louvado seja o Juíz que julga com retidão e sentencia com justiça! Depois proferiu a bênção sobre o pão e o partiu. E eis que os dois dinares de ouro caíram do pão. Então o mestre perguntou: O que significa isso? De coração a mãe respondeu: Senhor, esse dinheiro é culpado da morte de meus filhos. E ela relatou tudo o que acontecera. Rabi Akiwa exclamou: Ó dia do juízo, que nos aguarda a todos!

18. Um Homem Estranho

NOS DIAS DE Akiwa, vivia um rico homem que se apresentava como pobre, usava roupas esfarrapadas, andava curvado e costumava tomar lugar na sinagoga entre os mendigos. Certo dia Akiwa foi ao mercado para vender uma pérola. Então apareceu aquele homem querendo comprar a pérola e pediu a Akiwa que fosse com ele à sua casa, onde lhe pagaria a importância da pérola. Akiwa pensou que o homem zombava dele; mesmo assim, acompanhou-o.

Quando ambos se aproximavam do seu destino, os criados do homem vieram ao seu encontro, deram-lhe as boas vindas e o sentaram numa cadeira de ouro. Depois trouxeram água e lavaram-lhe os pés. O homem ordenou que trouxessem o dinheiro e pagassem a Akiwa o valor da pérola; depois, que se triturasse a pérola juntamente com seis outras no almofariz para preparar um remédio. Rabi Akiwa viu tudo isso e estranhou sobremaneira. Depois o homem ordenou que se trouxesse uma mesa e Rabi Akiwa se sentou e comeu com o homem. Também os discípulos de Akiwa foram convidados para a refeição. Depois de terem comido, Akiwa perguntou ao anfitrião: Tendo Deus te abençoado com tantos bens, tu te rebaixas e te sentas e andas com os pobres e os mendigos? O anfitrião retrucou: Senhor, não diz a Escritura: "O homem é uma ilusão vaidosa; sua vida decorre como uma sombra"? A riqueza certamente não é algo permanente; por isso eu me misturo entre os pobres, a fim de que minha alma não se exceda por causa do ouro que Deus me concedeu. E ainda há um motivo pelo qual gosto de ficar entre eles; é para que, quando eu mesmo empobrecer, não precise mudar de lugar. Além disso recordo-me de que todos nós homens somos criaturas iguais, conforme está escrito: "Um só Deus nos criou a todos e um só pai possuímos". Se o homem é orgulhoso, comete com isso o maior pecado e sua herança é o inferno, pois o Senhor detesta os orgulhosos e os soberbos. Quando Akiwa ouviu essas palavras do homem e compreendeu o sentido do seu modo de vida humilde, ele o abençoou e enalteceu, pois o que vira despertara o seu maior agrado.

19. O Homem com a Auréola

CERTA VEZ, vivia entre os judeus um homem muito rico, de nome Nathan, o qual mais tarde foi chamado de Nathan da Auréola; este amava uma mulher que era esposa de outro. Ela se chamava Hanna e era muito formosa de figura e feição. Seu marido, porém, era muito pobre.

E parecia a Nathan que iria adoecer de amor a Hanna. Médicos vieram e falaram: Não tens cura, a não ser que durmas com a mulher. Mas os mestres de legislação judaicos disseram: Antes fique condenado ele à morte do que transgrida um mandamento. Então os médicos falaram: Então que ela ao menos venha cá, para falar com ele. Mas os mestres disseram: Também isso não é permitido. E assim sua doença se prolongava cada vez mais.

O MARIDO de Hanna tinha muitas dívidas, e assim os credores o lançaram na prisão, pois ele não possuía nada que lhes pudesse dar. E Hanna, sua mulher, fiava dia e noite, comprava pão com o dinheiro que obtinha com a fiação e o levava a seu marido na prisão. Mas depois de ficar longo tempo na prisão, ele sentiu-se desalentado e com vontade de morrer. Assim, um dia disse à sua mulher: Aquele que salva uma única alma da morte é considerado como se tivesse salvo muitas; eu estou farto de minha vida aqui na prisão: apieda-te de mim, vai a Nathan e pede-lhe que te empreste o dinheiro, assim me livrarás da morte. Então Hanna respondeu: Bem sabes e deves ter ouvido que o homem está doente por minha causa e próximo da morte; dia após dia seus mensageiros vêm me procurar com muito dinheiro, mas eu nada aceito e digo-lhes: Jamais vosso senhor verá o meu semblante. Devo então ir lá e exigir que ele me dê dinheiro? Se estivesses em teu juízo, não terias falado assim comigo, mas aqui na prisão ficaste perturbado e perdeste toda a percepção. E ela se irritou muito com ele; foi para casa cheia de raiva e não o visitou por três dias.

Mas, chegando o quarto dia, ela ficou com pena e disse: Vou ver como ele está, antes que morra. E ela se dirigiu à prisão e encontrou seu marido prestes a morrer. Quando ele a viu, disse: Que o Senhor cobre de ti a injustiça que cometes comigo e te castigue. Contudo sei que é tua vontade que eu morra aqui, para depois te tornares mulher de Nathan. Hanna retrucou: Então manda-me embora e me dá a carta de divórcio, para que eu não seja mais tua esposa; aí então eu me voltarei para ele. Ao que seu marido falou: Agora vês! É disso que acabei de falar; queres te tornar sua mulher. Hanna começou a gritar, atirou-se ao chão e clamou: Quem já ouviu semelhante coisa, quem já viu tal coisa! Este homem me diz: Vai, comete adultério e te prostituas, só para me libertares da prisão. Seu marido respondeu: Vai embora e me deixa, o Senhor se apiedará de mim.

ENTÃO HANNA voltou para casa e refletiu sobre sua miséria e a de seu marido; e de novo ficou com pena dele. Ela purificou seu coração, orou e disse: Eu te suplico, ó Deus, salva-me e ajuda-me, para que eu não incorra em pecado. E a mulher se pôs a caminho para ir ter com Nathan. Quando os camareiros a avistaram, apressaram-se a anunciá-la a seu senhor e disseram: Hanna está diante dos portões. Nathan então exclamou: É verdade o que dizes? Eu vos dou a liberdade! Enquanto isso Hanna penetrou no pátio e uma criada foi ter com Nathan e falou: Hanna está no pátio. Então ele disse à criada: Liberto também a ti!

E eis que a própria Hanna apareceu diante de Nathan, e ele ergueu seus olhos e falou: O que desejas, senhora, para que eu te dê, o que exiges, para que eu o faça? Hanna falou: Meu pedido e meu desejo são que emprestes dinheiro a meu marido, que definha no cárcere. A ti essa ação será reconhecida como uma obra de justiça. Então Nathan ordenou aos servos que trouxessem o dinheiro e deu a importância toda a Hanna. Em seguida falou-lhe: Vê, fiz o que me pediste; tu, porém, sabes como eu me consumo no amor por ti, então faze também a minha vontade e deixa que eu reviva. Então Hanna respondeu: Estou em tua mão e sob o teu teto, e aqui não devo argumentar; mas quero te dizer uma coisa: Esta é a hora em que poderias obter vida eterna; guarda-te, portanto, de que não arrisques tua recompensa e o bem do mundo por uma ninharia. Se abusares de mim, meu marido nunca mais poderá me receber. Pensa: saciando teu desejo, não perderás muita coisa de valor por isso? E o que te sobrará de tudo é o arrependimento. Pensa no sofrimento que causas ao Senhor e não faze nada pelo que devas suspirar depois. Vê, tens uma hora escassa à tua frente, na qual poderias obter longa vida e grande recompensa aqui e no Além. Vê que só com grande labuta e muito esforço o homem pode conseguir ser do agrado do Criador, mas tu poderias alcançá-lo em uma hora, se seguisses o meu conselho e reprimisses o mau impulso.

QUANDO NATHAN ouviu as palavras de Hanna, repeliu o Satã de si; levantou-se do seu leito, prostrou-se por terra, dirigiu-se ao Senhor e pediu-lhe que dominasse nele o desejo, acabasse com sua paixão, o conduzisse no caminho reto e justo, perdoasse seu pecado e o guiasse na vereda da penitência. E Deus o atendeu e se deixou convencer. Então Nathan falou a Hanna: Consagrada sejas tu ao Senhor e consagradas as tuas palavras, que me impediram de me macular com um pecado. Tu me ajudaste, agora vai em paz para tua casa.

Então Hanna foi, libertou seu marido e o resgatou do cárcere. Contou-lhe tudo o que fizera. Ele porém não acreditou e suspeitou que Nathan tivesse fornicado com ela e ela estivesse ocultando dele o fato.

DEPOIS DE muitos dias, o mestre Rabi Akiwa estava certa vez olhando pela janela e viu um homem montado a cavalo, cuja cabeça estava rodeada por um esplendor que cintilava e iluminava como o sol. Chamou um de seus discípulos e perguntou-lhe: Quem será aquele homem ali montado a cavalo? O discípulo respondeu: É Nathan, que corre atrás das prostitutas. O mestre continuou a perguntar: Estão vendo alguma coisa ao redor de sua cabeça? Os discípulos responderam: Não vemos nada. Então Rabi Akiwa disse: Apressai-vos e trazei esse homem aqui. Assim Nathan foi ter com Rabi Akiwa. E o mestre falou: Meu filho, uma auréola rodeia tua cabeça quando andas, portanto sei que és um dos que participarão do mundo vindouro. Dize-me então o que foi que realizaste? Nathan contou tudo o que acontecera entre ele e Hanna. Rabi Akiwa espantou-se com esse feito de Nathan, de ter ele dominado seu anseio, fazendo penitência de todo o coração, e ele falou: Deveras, realizaste um grande feito e por isso o Senhor fez uma luz brilhar em volta de tua cabeça; se brilha tanto aqui na terra, tanto mais brilhará então no mundo vindouro! Mas agora, meu filho, ouve-me, senta-te diante de mim, eu te ensinarei a Escritura. E Nathan assim fez, sentou-se diante do mestre e Aquele que tudo abre e nada fecha abriu-lhe as portas da sabedoria. E passado um curto período, Nathan alcançou um tão grande grau de sabedoria, que se alinhou com Akiwa.

ENTÃO ACONTECEU certo dia que o marido de Hanna passou pela casa de estudos e viu Nathan sentado à direita de Rabi Akiwa. Perguntou a um dos discípulos: Como foi que Nathan alcançou essa dignidade. O discípulo então lhe contou tudo sobre Nathan. Agora o homem deu crédito às palavras de sua mulher e a fúria que o impedira até então de tomá-la se dissipou. Foi para casa, beijou a fronte de sua mulher e falou: Perdoa-me por ter pensado mal de ti. Hoje vi Nathan sentado ao lado de Rabi Akiwa. Perguntei como ocorrera isso e contaram-me o que acontecera entre ti e ele. Que Deus aumente e multiplique tua recompensa, pois suportei muito desgosto em meu coração, até que o Senhor em sua clemência me ajudasse e me revelasse a verdade.

20. Uma Conversão

QUANDO O mestre Rabi Akiwa estava na prisão, na qual fora atirado por difundir o Ensinamento, era diariamente visitado por um pagão que residia na sua vizinhança, o qual procurava desviá-lo de sua fé. Rabi Akiwa, porém, mantinha-se firme.

Um dia o pagão apareceu de novo e pressionou muito Rabi Akiwa. Mas este não queria saber do outro. Então o pagão foi embora irritado. Quando chegou em casa, sua mulher lhe preparou a comida, mas ele não quis tocar em nada. Ela lhe preparou a cama, mas ele não quis repousar. Então a mulher perguntou: O que te aconteceu para estares tão irritado? O homem respondeu: O culpado é o judeu; eu lhe digo: Converte-te à nossa crença; mas ele é obstinado, e minha vida nada vale se ele não me seguir. Ao que a mulher disse: Come, bebe e rejubila; eu me encarregarei de fazer o hebreu abandonar a sua crença. Então o homem tomou sua refeição e se deitou para dormir.

AO AMANHECER, a mulher se adornou – era uma mulher extremamente formosa –, dirigiu-se a Rabi Akiwa na prisão e sentou-se à sua frente. Mas, quando Akiwa se apercebeu dela, virou-se e começou a cuspir para a esquerda e para a direita. Então ela falou: Homem tolo, por que cospes? Acaso sou sarnenta ou tenho algum outro defeito, para que tenhas nojo de mim? Ele respondeu: Senhora, não tenho repugnância por ti, mas me admiro que tu, que és tão bela por fora, possa ser tão torpe por dentro. E depois eu disse para mim: O que será quando o fogo do inferno devorar essa beleza e o corpo se tornar fumaça lá dentro? O coração da pagã logo se tornou fraco como água, e ela falou: Deixa que eu adote a tua lei e salva-me do inferno. Akiwa respondeu: Senhora, zombas de mim, eu sou um prisioneiro. Mas ela falou: Não há mentira no que digo. Ao que ele retrucou: Como posso realizar teu desejo, se estou algemado; vai à casa de estudos dos sábios e torna-te judia. A mulher foi então à casa de estudos e adotou a fé judaica. Quando ficou fora por muito tempo e seu marido não a viu chegar, foi procurá-la. Disseram-lhe então que ela fora à casa de estudos. Ele foi lá e a encontrou convertida. Então também se fez converter.

21. A Filha de Akiwa

O MESTRE Akiwa, que a paz esteja com ele, tinha uma esposa honrada, a qual oferecia pão a todos os passantes. Depois de muitos dias lhes nasceu uma filha, e quando ela cresceu a mãe lhe ensinou suas maneiras piedosas. Até a idade avançada, costumava dizer-lhe: Filha, faze como eu faço, para que teus dias sejam muitos e Deus te dê felicidade até o teu fim. E a menina a tudo respondia: Eu te obedecerei. Mas eis que a virtuosa faleceu e se retirou para a morada da eternidade. A filha em tudo seguia o exemplo de sua mãe; tirava um pão de cada refeição e dava àqueles que vinham e estavam com fome. Então aconteceu, depois de dias, que Akiwa falou à menina: Filha, fui acometido pelo frio da solidão, preciso me casar. A menina respondeu: Pai, faze conforme tua vontade. Então, Akiwa tomou uma outra mulher, que era muito má, e a ela se aplicava bem o provérbio do rei Salomão: "Mais amarga do que a morte é uma tal mulher". Costumava atormentar a filha de seu marido e estava sempre matutando no que fazer para tirar a moça do mundo, mas esta não fazia caso.

Quando certa vez, no quinto dia da semana, o lavador foi à casa de Akiwa a fim de buscar as roupas do Sábado para lavar, a maliciosa mulher falou-lhe: Se quiser fazer o que eu te mandar, eu te darei uma peça de prata. O lavador retrucou: Eu o farei. Então a mulher falou: Jura-me antes que não me trairás e te direi qual é o meu desejo. Então o homem jurou que jamais revelaria o segredo. Então a mulher falou: Vai lavar a roupa com a filha da casa, leva-a a um lugar distante e mata-a. O lavador respondeu: Assim o farei.

ENTÃO OS dois saíram, o lavador e a filha de Akiwa, e quando estavam longe de casa o homem exigiu da moça que se sujeitasse à sua vontade. Ela retrucou: Prefiro ser rasgada em pedaços do que te dar ouvidos. Ao que o lavador falou: Saiba que vim contigo até este lugar para te matar. A jovem falou: Que isso aconteça. Então o homem ficou com pena e não teve coragem de matá-la; assim, apenas lhe decepou uma mão e um pé e foi embora. A menina gritou alta e amargamente e ali ficou até o amanhecer.

O dia seguinte era a véspera do Sábado. A filha de Akiwa se arrastou penosamente, até que o Senhor lhe indicou um lugar onde pudesse repousar; ela se sentou e chorou pelo dia consagrado. Ao entardecer, apareceu naquele lugar um judeu, ao qual o Sábado tinha alcançado em caminho, de modo que não podia seguir viagem. Ele desceu do jumento, estendeu sua esteira, pôs uma mesa e começou a recitar a oração do Sábado. Depois proferiu a bênção da chegada do Sábado, e ao terminar a última frase uma voz clamou: Amém! O peregrino se assustou, não sabendo quem podia ter dito isso, pois até ali não havia encontrado nenhum hebreu pelo caminho. Procurou em volta e encontrou a filha de Akiwa; Seu rosto brilhava, pois ela era de descendência nobre. Ele perguntou: És filha de homem ou um espiríto? A menina respondeu: Sou uma criatura humana. Ele continuou a perguntar: Como vieste para aqui? Ela respondeu: Não indagues das disposições de Deus. O homem então chorou alto e disse: Levanta-te, irmã, vamo-nos sentar juntos, o Senhor nos protegerá. A menina se levantou, ele a conduziu a seu lugar e ele próprio se sentou no chão. Terminado o Sábado, ele a fez montar em seu jumento e ambos seguiram juntos. Chegando à sua casa, o homem curou as feridas da menina e lhe fez uma mão de ouro e um pé de prata. Depois lhe preparou um leito e lhe pôs criados à disposição para atendê-la. Depois de dias perguntou-lhe: Não queres te tornar minha esposa? A moça respondeu: Tanto não anseia o bezerro por sua mãe. Então o nobre a tomou por esposa e a fez dona de tudo o que era seu.

Passado algum tempo, a jovem mulher engravidou e seu marido se alegrou muito com isso. Um dia ele falou: Vou ter com o mestre Akiwa para me aperfeiçoar no Ensinamento. A mulher replicou: Então vai e que o Senhor te auxilie. Então o dono da casa ordenou à criadagem que prestasse todas as honras à sua esposa, como ele o fazia, e se pôs a caminho. Quando estava sentado aos pés de Akiwa, ele elogiou sua esposa e contou tudo o que acontecera com ela. Akiwa chorou amargamente ao saber do sofrimento de sua filha, mas depois se alegrou por Deus a ter conduzido a um homem digno. Mas também a segunda mulher de Akiwa ouviu as boas novas da boca do estranho; ela chorou porque seu delito fora revelado ao marido e temeu que ele a expulsasse. O que fez a infame? Ergueu-se e escreveu uma carta falsa em nome do jovem homem, na qual dizia: Quando esta carta vos alcançar, solicito-vos retirar a mão e o pé que fiz para minha mulher, colocar o menino que ela teve em suas costas e mandá-la embora, pois descobri que sua estirpe era indigna.

Quando a carta chegou e foi lida, os criados tiraram os membros artificiais de sua senhora, puseram-lhe a criança nas costas e mandaram-na sair de casa.

MAS A FILHA de um sábio também é um pouco sábia. A mulher percebeu pelas palavras da carta que tinham sido escritas por mão ignóbil. Ela bradou a Deus: Senhor do Mundo! Não posso fazer queixa contra ninguém a não ser contra ti. E ela prosseguiu. Chegada a metade do dia, o menino começou a chorar e falou à mãe: Estou com fome e com sede. Ele chorou e a mãe chorou com a criança. Nessa hora apareceu-lhe o profeta Elias e falou à mulher: Filha, não temas, venho para te curar. E criou, pela vontade do Eterno, um grande rio naquele lugar e falou à mulher: Filha, mergulha teu braço na água. Ela mergulhou o braço no rio e ele sarou. Em seguida enfiou a perna na água e esta também ficou inteira. Depois ela se refrescou e deu de beber à criança e proferiu a bênção: Louvado seja Aquele que desperta os mortos para a vida!

EM SEGUIDA, Elias falou à mulher: Filha, anda até chegares à nascente do rio; chegarás a um grande reino. Ali encontrarás dois homens; um deles quer vender uma propriedade, o outro que comprá-la por dez mil peças de prata; tu, porém, procura tomar posse da propriedade. Então a mulher falou: Mas eu sou pobre e nada possuo. Elias respondeu: Eu te farei merecer clemências aos olhos do Senhor por causa da propriedade, e tu receberás as chaves de sua mão. No caminho para lá um tesouro aparecerá diante de ti e tu verás sete recipientes cheios de ouro. Com isso pagarás o preço da propriedade ao dono. Depois constrói uma casa de oração, enfeita-a com bonitas cobertas e todo peregrino se hospedará contigo. Que Deus dobre tua recompensa. E com essas palavras o vidente desapareceu.

Então a mulher caminhou até alcançar a nascente do rio e encontrou tudo conforme Elias dissera. Recebeu as chaves do homem que queria vender a propriedade e se dirigiu para a casa. Em caminho descobriu o tesouro e pagou o preço da propriedade. Ficou morando lá e vivia confortavelmente com o filho. Depois construiu uma casa de Deus, conforme Elias lhe dissera, colocou objetos finos e belos lá dentro e deixou dez velhos homens viverem lá, para que estudassem a Escritura e ensinassem a Lei ao seu rebento.

Depois de uma ausência de seis anos, o marido da mulher expulsa retornou à sua casa. Normalmente sua mulher costumava sair ao seu encontro para saudá-lo. Desta vez, porém, ela não saiu. Ele então perguntou: O que aconteceu com minha mulher? Ela está morta? Os criados então lhe responderam: Lê esta carta. Quando o patrão deles terminou de ler a carta da madrasta, rasgou suas vestes e jurou não mais pôr os pés em sua casa e se alimentar precariamente até ter descoberto o que acontecera com sua mulher. Andou de cidade em cidade, de país em país, de aldeia em aldeia, até chegar ao reino onde morava sua mulher com o filho. Perguntou: Onde existe um albergue aqui? Responderam-lhe: Senhor, não precisas procurar um albergue; aqui em nossa aldeia mora uma mulher benévola, que recebe e alimenta todos os peregrinos. Então ele falou: Mostrai-me a casa. Os homens o guiaram e o levaram primeiro à sala de oração. Ali ele viu dez velhos estudando a Escritura. Quando estes avistaram o recém-chegado, levantaram-se e disseram: Abençoada seja a tua chegada, "tua fonte seja louvada".

DEPOIS OS anciãos mandaram avisar à devota mulher: Chegou um homem muito importante à nossa casa de oração. O menino então correu rapidamente para ver o hóspede. Quando este apareceu, a criança exclamou: Abençoado seja tu, senhor. E o semblante do menino brilhava de inteligência. Contudo, tinha apenas sete anos.

Quando o homem avistou o menino, lágrimas correram de seus olhos. A criança, porém, voltou à casa da mãe chorando alto. Ela perguntou: Meu filho, por que choras? O menino respondeu: Estou com medo do hóspede; seu rosto é como o sol. A mãe falou: Meu filho, temos que receber o estranho; o céu se apiedará de nós. E ela mandou comida e bebida ao recém-chegado, mas este não quis provar nada. Então a mãe falou a seu filho: Vai aos sábios e dize-lhes: Peço-vos, meus mestres, que cada um conte o que lhe aconteceu de difícil na vida. O menino executou o que a mãe lhe ordenara. Os velhos começaram então, um depois do outro, a narrar a história de suas vidas, e também o visitante contou o que lhe acontecera. A devota filha de Akiwa ouviu tudo isso e assim descobriu que o recém-chegado era seu marido. Entrou na casa de oração, caiu aos pés do marido, chorou alto e exclamou diante dos mestres: Sabei, ó veneráveis, este aqui é meu marido. Quando o menino soube que o visitante era seu pai, também chorou alto e se encheu de alegria. Os velhos também choraram de alegria. Depois o homem foi conduzido para dentro da casa; prepararam um grande banquete e todos no país foram alimentados. E os habitantes o instituíram como seu príncipe. Em seguida o genro de Akiwa mandou vir seu pai, sua mãe e toda a sua criadagem, e eles viveram juntos e felizes por muito tempo.

O NOME da devota mulher era Miriam.

22. A Trágica História de Nahum

HAVIA entre os justos um homem chamado Nahum *isch* Gamsu, cujo corpo era doentio. Sua sabedoria e erudição eram imensas e mesmo assim era acometido de graves doenças e achaques. Mas isso ele próprio havia suplicado para si; pedira ao Senhor que o afligisse com todas as espécies de sofrimentos, por causa de um pecado que cometera um dia. Queria descontar neste mundo todos os castigos por seu delito, a fim de que não tivesse mais nenhuma culpa e mácula pendente e entrasse limpo e purificado no Além.

Conta-se acerca desse justo que era cego dos dois olhos. Era manco e suas mãos eram atrofiadas; todo o seu corpo estava coberto de úlceras. Os pés da cama, na qual o adoentado repousava, estavam colocados em vasilhas cheias de água, a fim de que ele em sua dor recebesse um pouco de refrigério.

Quando, certo dia, o devoto estava deitado em sua tenda, as paredes da casinha vergaram e ameaçaram ruir. Então os discípulos quiseram primeiramente retirar o seu mestre, de medo que as paredes desabassem sobre ele. Mas Nahum lhes falou: Primeiro tirai todos os objetos da casa, desde o menos até o maior; não deixai uma única peça; só depois retirai o meu leito daqui. Enquanto eu estiver na tenda ela não desabará e não ficará em ruínas. Os discípulos procederam de acordo com as palavras de seu mestre e começaram a tirar os utensílios domésticos. Depois que nenhum restou na tenda, carregaram o leito com o santo para fora. Logo depois a casa desabou. Então os discípulos se entreolharam admirados.

FALARAM ENTÃO: Senhor, já que tua vida é tão do agrado de Deus, já que és tão cheio de justiça e retidão e alcançaste um degrau tão grande de sabedoria e estudo de lei, como é que doença tão grave e estranha te acometeu? Nahum respondeu: Meus filhos, eu mesmo pedi por essas dores e elas me foram concedidas conforme meu desejo. E prosseguiu: Certa vez me dirigia a uma casa de estudos de sábios, levando três jumentos comigo, que carregavam pão, toda sorte de alimento, frutas e refrescos. Em caminho encontrei um homem que pediu: Meu senhor, dá-me de comer, pois estou com fome. Eu lhe respondi: Espera até que eu retire alguma coisa dos jumentos. E comecei a mexer nos animais. Mas, quando me voltei para o pobre homem, encontrei-o morto no chão. Fiquei muito horrorizado com isso e grande foi minha dor e minha tristeza, meu sofrimento e meu desgosto. Joguei meu corpo sobre o corpo do morto, apertei meus olhos contra os olhos dele, agarrei suas mãos com as minhas, toquei os seus pés com os meus e exclamei: Que os olhos que não se apiedaram de ti se ofusquem; que as mãos que não foram ágeis para te aliviar sejam decepadas; que também os pés fiquem paralisados, já que não souberam se apressar. E por fim falei: Que a sarna roa meu corpo. Quando certa vez Rabi Akiwa me viu assim transformado, ele falou: Ai de mim por ter de ter ver em estado tão lastimável. Eu porém lhe respondi: Bem-aventurado és por poder me ver assim: esta é a minha grande recompensa, pela qual adquiri minha vida futura.

TAMBÉM RABI SCHEMAIA era um grande atormentado. Pediu ao Senhor que o fizesse sofrer dores, e um sem-número de doenças graves atingiram o devoto. Eu poderia continuar por muito tempo se quisesse relatar tudo o que lhe aconteceu e o que ele suportou. Por isso, serei breve: à noite ele orava para que o sofrimento cedesse, e ele cedia; de manhã suplicava para que as dores voltassem, e elas voltavam.

De acordo com um outro livro, isso aconteceu com Eleasar, o filho de Simeão ben Iochai. Cada manhã ele chamava as dores de volta, dizendo: Vinde, meus irmãos, vinde, meus amigos!

23. *O Senhor Está com Seus Mensageiros*

O MOTIVO pelo qual Nahum recebeu o cognome de *isch* Gamsu foi porque a cada flagelo de que era acometido dizia as palavras: "*Gamsu letova*", "também isso leva ao bem"! Sempre se esforçava por interpretar bem o castigo de Deus e não conhecia a cólera e a violência.

Aconteceu uma vez que os judeus queriam entregar um presente ao imperador romano. Falaram: Ninguém é um mensageiro mais adequado do que Nahum *isch* Gamsu; Deus nos fará ver milagres por seu intermédio. E mandaram por ele uma caixa cheia de prata, ouro e pedras preciosas. Em caminho, Nahum parou num albergue de uma aldeia para pernoitar. Comeu, bebeu e foi dormir, usando a caixa como travesseiro. Mas, quando adormeceu, os aldeões se esgueiraram durante a noite para perto dele; pegaram a caixa, esvaziaram-na, encheram-na depois com terra e a colocaram sob a cabeça de Nahum; este nada percebeu. De manhã tomou a caixa, colocou-a sobre o jumento e continuou seu caminho até chegar à presença do imperador. Falou-lhe: Aqui está uma dádiva para meu senhor e rei, enviada pelos seus servos, os israelitas. Então o rei ordenou que a caixa fosse aberta e eis que estava cheia de terra. Os cortesãos falaram ao rei: Vês, os judeus zombam de ti, escarnecem de ti e não te consideram devidamente. Isso irritou o rei e o enfureceu. Ordenou que todos os judeus fossem mortos e foram chamados escribas para que preparassem decretos para que fossem exterminados os judeus que ousaram mandar tal presente a um príncipe.

QUANDO NAHUM foi levado ao patíbulo, ele falou: Também isso leva ao bem! Então veio Elias, louvada seja sua memória, e apareceu ao rei como um de seus cortesãos. Falou-lhe: Meu senhor e rei! Talvez a poeira da caixa seja da poeira que Abrão atirou contra seus inimigos, que se transformou em setas, lanças e dardos, graças aos quais se abriram fortificações e caíram altas muralhas. Nessa época uma cidade estava sendo sitiada pelos romanos havia muito tempo, e eles não conseguiam assaltá-la. Tomaram logo um pouco de terra da caixa, lançaram-na contra os defensores da fortificação e a terra se transformou em setas e outras armas mortíferas; os inimigos foram atingidos e entregaram a cidade. Então o rei ficou satisfeito com o presente que recebera; ordenou que a caixa fosse enchida com ouro, prata e pérolas e entregue a Nahum. Os cortesãos assim procederam; vestiram Nahum em trajes reais, e ele seguiu seu caminho de volta.

Quando alcançou a aldeia na qual passara a noite na ida, os homens viram-no chegar com grandes honras e falaram: Por que o rei te prestou todas essas homenagens? Nahum respondeu: Foi por causa da caixa que levei comigo. E contou-lhes tudo o que acontecera com ele. Os aldeões logo se movimentaram, encheram seus sacos com terra, foram à presença do rei e falaram: Nosso senhor e rei! Eis terra igual à que os judeus te enviaram há pouco tempo. Então o rei ordenou que a areia fosse examinada, mas ela não produziu efeito. Então o rei ordenou que os mensageiros fossem mortos, e isso foi executado. Nahum, porém, retornara em paz a seu lar.

24. *Eleasar e Abba Iudan*

ELEASAR, o hebreu, costumava distribuir muitas esmolas. Sempre que encontrava os angariadores, dava-lhes o que tinha nas mãos. Assim, acontecia que os homens que recolhiam esmolas fugiam dele quando o viam ao longe, a fim de que não lhes desse suas últimas posses.

Certo dia, o devoto foi ao mercado a fim de comprar o necessário para sua filha, que ia casar, quando deparou com os angariadores de esmolas. Aproximou-se deles, antes que eles tivessem se apercebido, e falou-lhes: Suplico-lhes por Deus, o Todo Louvado e Excelso, dizei-me, para quem angariais hoje? Os homens responderam: Juntamos um órfão com uma órfã e queremos prover o enxoval. Então Eleasar lhes deu tudo o que tinha e falou: Um órfão vem antes que minha filha. Sobrou-lhe apenas uma moeda, que estava amarrada na ponta do seu manto. Com esse dinheiro comprou um pouco de farinha, levou-a para casa e colocou-a no lugar em que se costumava guardar farinha. Depois foi de novo para a rua.

Entretanto, em casa, a mãe perguntou à filha: O que teu pai trouxe do mercado? A filha contou o que o homem comprara. Então a mãe foi olhar a farinha, e eis que o Senhor havia abençoado a casa com a abundância e transformado o pequeno punhado em grande quantidade. Que ninguém deixe de dar crédito a esse milagre. A Deus nenhuma coisa é impossível; pois também abençoou a viúva de Zarbat, fazendo com que ela pudesse alimentar a si, a seu filho e a Elias com o punhado de farinha que tinha em casa, até a chuva cair.

AO ANOITECER, a mulher de Eleasar falou ao marido: Vê o que Deus nos fez de bom. Eleasar lhe respondeu: Deves considerar essa farinha como uma dádiva de Deus; assim, toma tua parte dela como sendo um dos pobres de Israel. E comeram a farinha junto com os outros pobres.

ABBA IUDAN era igualmente dos que praticavam a caridade. Quando via os angariadores, corria atrás deles e lhes dava tudo. Assim, de homem rico que era ficou pobre, restando-lhe somente um pedaço de terra e uma vaca, de que se alimentava. Um dia os sábios Rabi Elieser, Rabi Iosua e Rabi Akiwa foram angariar para os pobres. Quando Abba Iudan os viu percorrendo as ruas, foi para casa com o rosto transtornado, chorou e disse à mulher: O que devo fazer? Homens tão ilustres coletam dinheiro para os pobres e eu nada tenho para lhes dar. Ao que sua mulher falou: Vende metade de teu campo e dá-lhes o produto. Abban Iudan assim fez.

Algum tempo depois, Abba Iudan arava o campo com sua vaca quando de repente ela caiu e, diante de uma fossa, quebrou uma pata. Na cova, porém, estava oculto um grande tesouro. Então o devoto falou: O prejuízo quis se transformar para mim em lucro. E ele ficou de novo muito rico.

Vê que grande recompensa o Senhor faz chegar aos justos.

25. *Do Mestre Rabi Tarfon*

UM VINHATEIRO tinha uma vinha, e esta era freqüentemente visitada por ladrões. O proprietário do pomar viu que os frutos diminuíam cada vez mais e compreendeu que os ladrões tinham escolhido o pomar como seu objetivo. O homem se aborreceu com isso durante toda a vindima; colheu os escassos frutos que ainda sobraram e deixou as uvas secar. Mas, quando os frutos estão destinados à secagem, a gente não se interessa muito pelas sobras, pois estas são muito poucas.

Certo dia, Rabi Tarfon foi ao pomar, viu uvas jogadas e comeu algumas. Então apareceu o proprietário, surpreendeu o mestre e falou para si: Provavelmente é este o ladrão que roubou as uvas durante todo o tempo. Não conhecia Rabi Tarfon pessoalmente, mas já ouvira seu nome. Cheio de cólera, agarrou o mestre, colocou-o num saco, jogou-o sobre os ombros e correu ao rio para afogá-lo. Rabi Tarfon não emitiu nenhum som enquanto tudo isso estava acontecendo. Mas, quando o vinhateiro quis jogá-lo no rio, o sábio gritou: Ai de Rabi Tarfon, se este é seu assassino! Quando o proprietário da vinha ouviu o nome de Tarfon, envergonhou-se e o largou.

CONTA-SE: Rabi Tarfon arrependeu-se a vida inteira por ter mencionado seu nome então. Falou: Ai de mim, que abusei da glória da Escritura para salvar meu corpo; quem se utiliza da coroa do Ensinamento será exterminado do mundo. Rabi Tarfon poderia ter-se salvado da morte com dinheiro, pois era rico, mas jamais deveria ter exposto o excelso lume do Ensinamento.

26. *Onkelos, o Sobrinho de Tito*

O ERUDITO ONKELOS, que ficou famoso pela tradução da Escritura para a língua aramaica, era um estrangeiro convertido. Quando o imperador soube de sua conversão ao judaísmo, enviou mensageiros para chamá-lo. Quando Onkelos viu os emissários, começou a interpretar a lei e a relatar acerca da recompensa que aguarda os fiéis diante deles. Então os emissários também se converteram.

Em seguida o imperador mandou outros emissários a Onkelos e recomendou-lhes que não travassem discussão com ele, a fim de que não acontecesse com eles o mesmo que com os primeiros. Onkelos falou aos que se lhe apresentaram: Ouvi o que vos digo. Os mensageiros perguntaram: O que queres nos contar? Onkelos falou: É normal no mundo que durante a escuridão o servo caminhe à frente de seu senhor e carregue a tocha para lhe iluminar o caminho. Não é assim? Os mensageiros responderam: Sim, assim é, na verdade. Onkelos prosseguiu: Mas como é que o

Senhor procede com Israel? Acerca dele está escrito na Bíblia: "De dia caminhava à sua frente numa coluna de nuvem, a fim de guiá-los no caminho certo, e à noite numa coluna de fogo, a fim de iluminá-los." E Onkelos continuou a falar desse modo, até que também esses mensageiros se converteram.

O REI ENTÃO enviou mensageiros pela terceira vez e ordenou que não falassem nenhuma palavra com Onkelos e não escutassem uma palavra de sua boca. Quando os homens chegaram, Onkelos dirigiu seus olhos para o umbral no qual estava colocado o nome sagrado e colocou sua mão em cima. Os emissários falaram: O que significa isso? Onkelos retrucou: É próprio de um rei permanecer nos aposentos mais internos e deixar que criados e servos guardem as portas lá fora. O Santo, louvado seja, é diferente: Deixa seus servos sentados dentro e ele mesmo vigia a entrada da casa, conforme está escrito: "O Senhor guarde tua saída e tua entrada". Ao ouvir isso, os mensageiros do rei converteram-se à fé de Israel. Quando o imperador viu isso acontecer, desistiu de continuar a enviar outros mensageiros a Onkelos. Assombra-te com a grandeza desse devoto, como se demonstra em seus atos! E esse era um estrangeiro, o que tanto amava a sabedoria e o Ensinamento.

27. *O Pagão e a Vaca Devota*

HAVIA CERTA VEZ um homem devoto que tinha uma vaca e com ela costumava cultivar seu campo durante todos os dias da semana. Mas, quando chegava o Sábado, deixava-a descansar. Aconteceu então, após dias e anos, que o devoto empobreceu e nada lhe sobrou de seus bens. Então vendeu a vaca a um pagão. Este fez a vaca puxar o arado durante seis dias. No Sábado também a levou para fora, para com ela cultivar o campo, mas a vaca se deitou e não quis trabalhar nesse dia. O pagão bateu duramente no animal, mas este não quis se mexer do lugar.

Vendo tudo isso, foi ao devoto e falou-lhe: Vem e leva tua vaca; trabalhei com ela durante seis dias, mas, quando lhe pus o jugo no sétimo dia, ela se atirou no chão e não quis arar; eu a chicoteei, mas de nada adiantou. Quando o devoto ouviu isso, compreendeu por que a vaca não queria trabalhar, pois ela estava acostumada a descansar no Sábado. Falou ao pagão: Deixa-me ir contigo, eu a animarei e ela arará o teu campo. Quando o devoto se aproximou da vaca, ele lhe sussurrou ao ouvido: Meu bicho, sabes que quando eras minha podias guardar o Sábado; mas agora aconteceu, devido aos meus pecados, que tive de te vender e não me pertences mais. Peço-te, pois, levanta-te e ara e faz a vontade do teu senhor. Depois que o devoto falou essas palavras, a vaca se levantou e puxou o arado.

Então o pagão disse ao judeu: Confessa, tu enfeitiçaste o animal. Não te largo antes que me digas o que fizeste com a vaca. O justo respondeu: Sussurrei-lhe tais palavras no ouvido e então ela se levantou. Quando o pagão ouviu isso, ele se assustou e falou para si: Se uma vaca que não tem inteligência e razão reconheceu seu Criador, eu, que fui criado à imagem de Deus e a quem foram concedidas inteligência e razão, não hei de reconhecer a Deus?

EM SEGUIDA se ergueu e adotou a fé judaica; foi-lhe dado estudar muita coisa da Escritura e ele recebeu o nome de Chanina ben Toretha, o que quer dizer: filho do boi. Seu lugar no Éden é entre os justos e até hoje são ensinadas leis que levam o seu nome.

28. *Iosse, o Galileu*

RABI IOSSE, o Galileu, costumava após a sua morte vir cada véspera de Sábado para sua casa e ali ler a Escritura. Certa vez dois discípulos passaram diante da casa do mestre numa dessas noites e ouviram que havia um homem com a viúva. Então suspeitaram que a mulher praticava a prostituição. Foram ao tribunal e acusaram-na. O juiz mandou vir a mulher e quis castigá-la com pancadas. Então a mulher do sábio disse que o visitante tinha sido seu falecido marido Rabi Iosse. Os juízes não quiseram acreditar nisso. No Sábado seguinte, Rabi Iosse apareceu como de costume e encontrou sua mulher chorando e pesarosa pelo fato de ter sido acusada de um pecado. Então Rabi Iosse se revelou à comunidade na casa de oração ao amanhecer e castigou muito deles. Mas a partir de então não foi mais à sua casa.

29. *O Castigo do Tirano*

UM MESTRE do Talmud, Rabi Iosse ben Kisma, defendeu certa vez crianças aprisionadas que foram levadas de Jerusalém por um tirano estranho. Foi ao príncipe e falou-lhe: Toma cem moedas e dá-me as crianças. O príncipe retrucou: Isso eu não faço. Então o devoto ergueu seus olhos ao céu. Logo depois o anjo Michael desceu e começou a atormentar o príncipe. Então os amigos que o rodeavam falaram: Ofendeste o devoto homem? O príncipe respondeu: Sim, eu o fiz. Então os amigos disseram: Ele que venha aqui. Então Rabi Iosse foi chamado e quando apareceu as dores do príncipe cederam. Ele falou ao devoto: Dá-me as cem moedas e leva os meninos para casa.

Rabi Iosse, porém, falou: Por tua alma! Toma oitenta moedas. O príncipe se encolerizou com isso e disse: Conduzi-o para fora! Mas logo que o devoto deixou o aposento, o tirano foi novamente acometido por suas dores. Então falou: Chamai o homem novamente para cá. E lhe falou: Paga os oitenta moedas e parte com os meninos. Mas Rabi Iosse disse: Por tua alma! Aceita cinqüenta moedas. O príncipe se zangou e falou: Dá sessenta. E assim foi abaixando o preço, até que por fim disse: Levarás os prisioneiros de graça, sem resgate! Mas então Rabi Iosse falou: Pelo serviço divino! Não me mexo daqui enquanto não pagares o salário pelo serviço de escravos que os meninos prestaram desde o dia em que foram presos. Então foi feita uma conta e esta resultou em o príncipe ter de pagar oitenta moedas. Ele pesou o ouro, deu-o aos jovens e eles puderam partir.

30. Mathia ben Cheresch

ACERCA de Mathia ben Cheresch, o filho do carpinteiro, conta-se que ele era devoto e temente a Deus e que passava os seus dias todos na sinagoga estudando a Escritura. Seu rosto resplandecia como o sol e ele jamais levantara os olhos para uma mulher.

Certo dia, quando estava assim imerso no Ensinamento, passou o Satã, avistou o devoto e ficou com muita inveja dele. Falou para si: Acaso existe um homem na terra que não caia em tentação? E subiu ao céu, foi à presença do Senhor e falou: Senhor do Mundo! Mathia, o filho de Cheresch, o que é ele perante a ti? O Senhor respondeu: É um justo sem mácula. Ao que o Satã falou: Dá-me liberdade para corrompê-lo. O Senhor respondeu: Nada podes contra ele. Mas o Satã falou: No entanto, quero tentar. Então Deus falou: Se é assim, vai.

ASSIM O SATÃ foi a Mathia ben Cheresch e o encontrou novamente sentado diante da Escritura. O que fez ele? Tomou a forma de uma mulher que era tão bela, como não houve igual na terra desde os dias de Naama, a irmã de Tubalcaim, a qual foi seguida até pelas multidões celestiais. E a mulher chegou e se colocou bem à frente de Mathia. Mas, quando este a avistou, voltou o rosto e virou a cabeça para trás, e ela imediatamente lhe apareceu do outro lado; ele virou sua cabeça para a direita e o Satã logo estava no lado direito; virou a cabeça para a esquerda e a mulher estava de novo diante dele. Então Mathia falou: Aí de mim, que o Satã não me vença e não me leve ao pecado. O que fez o santo? Chamou um discípulo, o qual o atendia em tudo, e falou-lhe: Vai e traze-me fogo e pregos. Este lhe trouxe o desejado. Então Mathia apanhou dois pregos, colocou-os no fogo e, quando começaram a ficar em brasa, ele vazou seus dois olhos. Vendo isso, o Satã estremeceu e caiu para trás. Logo depois se levantou, voltou ao céu, pôs-se novamente diante do Senhor e falou: Senhor do Mundo! Assim me aconteceu com Mathia. Então o Senhor falou: Não te disse que nada poderias fazer contra ele?

Nessa hora o Todo-Poderoso chamou o anjo Rafael e disse-lhe: Vai e cura os olhos de Mathia. E o anjo foi logo ter com o cego. Então ben Cheresch perguntou: Quem és que vens aí? O emissário falou: Eu sou Rafael, o anjo, que o Senhor enviou para te devolver a luz dos olhos. Mathia ben Cheresch respondeu: Desiste de mim: o que aconteceu, aconteceu.

ENTÃO RAFAEL retornou, foi à presença do Senhor e relatou: Mathia me respondeu isto e aquilo. Então o Senhor falou: Vai e dize-lhe: Eu me responsabilizo, o Satã jamais terá poder sobre ele. Em seguida Rafael partiu e curou Mathia.

31. *Os Dois Romanos*

NOS DIAS dos três grandes mestres, Rabi Elieser, Rabi Iosua e Rabi Gamliel, o conselho imperial em Roma promulgou o seguinte decreto: De hoje a trinta dias não deverá existir um único judeu no mundo. Todavia, um cônsul do conselho era homem temente a Deus, e este foi à presença de Rabi Gamliel e lhe revelou a decisão. Então o sofrimento dos nossos mestres foi grande. Mas o devoto romano falou: Não vos aflijais, o Deus dos judeus vos ajudará dentro de trinta dias. Depois de vinte e cinco dias, o cônsul também revelou à sua mulher a decisão do conselho. Ao que a mulher falou: Mas já se passaram vinte e cinco dias. O cônsul respondeu: Ainda faltam cinco dias. Sua mulher, porém, ainda era mais virtuosa do que ele, e ela disse: Tu possuis um anel que contém veneno; suga-o e morre, e assim a decisão do conselho ficará anulada; antes de se passarem os trinta dias a lei será revogada. O cônsul seguiu o conselho de sua mulher; bebeu o veneno do anel e morreu.

Os mestres souberam disso e foram ter com a mulher do cônsul a fim de lhe agradecer. Falaram-lhe: Lástima, o navio partiu sem ter pago tributo. Com isso queriam se referir ao fato de aquele justo ter partido incircunciso deste mundo. A mulher respondeu aos mestres: Bem sei o que quereis dizer; mas, por vossas vidas, o navio não partiu sem ter pago o tributo. E ela foi ao aposento interno e trouxe uma caixinha que continha a prova da circuncisão de seu marido. Então os mestres exclamaram sobre ela: "Os devotos dos povos serão reunidos ao Deus de Abrão!"

NOS DIAS de Tinnius Rufus, o ímpio, foi enviado um príncipe para eliminar o mestre Simeão, o filho de Gamliel. Simeão soube disso e se mantinha escondido. O príncipe, porém, procurou-o em seu esconderijo e falou-lhe: Se eu te salvar, tu me prometes a vida eterna? A isso o devoto chorou e replicou: Há muitos que obtêm a vida eterna em uma hora, mas alguns só a adquirem depois de muitos anos. O príncipe perguntou: Mas é de tua vontade que eu participe da vida futura? Rabi Simeão respondeu: Por mim, concordo. O príncipe falou: Então jura-me. E o mestre jurou.

Em seguida o príncipe subiu ao último andar de uma casa, atirou-se de lá e morreu. Mas era regra entre os romanos que, se depois de promulgada uma lei um de seus titulares morresse, a lei decretada tornava-se nula. Logo ecoou uma voz do céu, clamando: Esse príncipe pagão gozará da vida futura!

32. O Nascimento de Juda ben Betera

OS TRÊS MESTRES Rabi Gamliel, Rabi Elieser e Rabi Iosua estavam certa vez em viagem quando ouviram um judeu chamar em sua língua. Foram atrás da voz e entraram na casa do homem. Este os recebeu bem e prestou-lhes muitas homenagens; preparou uma grande refeição para os visitantes, mas passava primeiro por outro quarto a cada prato que lhes oferecia. Os mestres perceberam isso uma vez, uma segunda e na terceira vez falaram ao anfitrião: Acaso estás enfeitiçando a nossa comida? E lhe perguntaram: Por que procedes assim com os alimentos? O anfitrião respondeu: Tenho um velho pai morando comigo e este jurou que não poria os pés na rua enquanto não visse sábios consigo; deixo que ele tome primeiro sua parte dos alimentos. Então os mestres falaram: Que ele venha até nós, pois somos considerados sábios em Israel. O velho apareceu e os três mestres lhe perguntaram: Por que fizeste um voto de tal natureza? O ancião respondeu: Ó sábios, faz agora doze anos que este meu filho casou com uma mulher, tendo na ocasião sido enfeitiçado, de modo que não pôde cumprir com o dever matrimonial; por isso eu me comprometi a não sair, na esperança de que o Senhor algum dia enviasse alguém que se apiedasse do meu filho e rezasse por ele. A isso, Rabi Gamliel falou a Rabi Iosua: O que pretendes fazer agora? Rabi Iosua respondeu: Trazei-me linhaça. Quando a semente foi trazida, o mestre espalhou um pouco numa tábua e os espectadores viram brotar linho. O devoto mexeu nos brotos e eis que surgiu uma mulher e Rabi Iosua a segurou pelos cabelos. O mestre lhe falou: Repara o mal que fizeste. A mulher respondeu: Não posso mais fazê-lo. Então o mestre falou: Se não dissolveres o encanto, revelarei quem és. A mulher retrucou: Nada posso fazer; atirei o feitiço ao mar. Em seguida, Rabi Iosua ordenou ao príncipe do mar que expelisse o que engolira.

ENTÃO O FILHO do velho homem uniu-se à sua mulher e lhes nasceu Rabi Juda ben Betera.

33. Eliseu ben Awaja, o Renegado

CERTA VEZ, um dos sábios de Israel, cujas idéias ficaram confusas, desviou-se do caminho da verdade e começou a duvidar das obras de Deus. O nome desse sábio era Eliseu ben Awaja, e ele havia alcançado anteriormente um elevado grau como sábio e erudito da Escritura.

Um dia Eliseu ouviu um homem falar a seu filho: Meu filho, sobe ao pombal e traze-me algumas das aves novas que desejo comer; mas antes deixa a pomba-mãe voar do ninho, conforme o Senhor nos ordenou por intermédio de Moisés. Então Eliseu falou para si: Àquele que honra seus pais e procede conforme a vontade deles, o Senhor prometeu a grande recompensa de uma vida longa*; também dará longa vida na terra àquele que acha um ninho e deixa voar a ave-mãe**. Esse menino certamente se alegrará com a recompensa de ambos os mandamentos.

E O RAPAZ não demorou na execução da ordem do pai. Subiu ao pombal, tirou os pombinhos e soltou a mãe. Mas quando ia descer a escada se quebrou e o menino caiu morto no chão. Então Eliseu falou: Para onde foi a longa vida dessa criança? O que lhe valeu a sua boa vontade? E o mestre ficou fraco e se sentiu desolado; a partir de então passou a negar a ressurreição após a morte. Falou: Não existe recompensa nem consideração pelo bem, e o homem nada obtém por ações virtuosas. E Eliseu ben Awaja saiu da comunidade de Israel, pois não conseguia descobrir o verdadeiro sentido daquelas promessas; não compreendeu que se referiam ao mundo vindouro, onde existe uma vida sem fim.

---

* Êxodo, 20, 12.
** Deut, 22, 7.

Assim, teve que suportar seu pecado. Todas as prescrições formuladas por Eliseu ben Awaja foram queimadas, e uma voz se fez ouvir: Voltai, filhos impetuosos, pois a penitência de ben Awaja não é do meu agrado! Eliseu foi o mestre de Rabi Meir, e este continuou sendo seu discípulo. Com isso os mestres do Talmud se preocupavam e disseram: Como alguém pode se fazer instruir por um herege? Contudo, logo eles mesmos encontraram resposta à questão, e compararam a ação de Meir com o procedimento de um homem que come a parte interna de uma romã e joga a casca fora.

CERTA VEZ Rabi Meir e Eliseu ben Awaja conversavam sobre o caso de um homem que abusa da mulher do próximo e se ele poderia alcançar ou não a salvação pela penitência. Eliseu falou: Meu filho, um dia, quando eu estava repassando esse trecho do Ensinamento com ben Asai e chegamos ao verso: "O que vai à mulher alheia não permanecerá impune"*, meu companheiro falou: Tal homem tome um órfão para sua casa, crie-o e faça com que seja instruído na Escritura, que observe todos os Mandamentos, e então sua culpa não lhe será computada no Além, caso ele não repita o pecado e se penitencie.

A isso Rabi Meir falou a Eliseu: Mestre, acaso teus ouvidos não ouvem o que dizes? Se o Senhor aceita a penitência de tais pecadores, como não aceitará a tua, que carregas em ti todo o Ensinamento; por que não voltas? Eliseu respondeu: Um dia fui à casa de oração e ouvi quando foi lido a um menino sentado diante de seu mestre o seguinte verso: "Disse Deus ao pecador: Como ousas repetir os meus preceitos e pôr em tua boca a minha Aliança?"** Quando o menino devia repetir a frase, ele se enganou e disse: Disse Deus a Eliseu***: Como ousas repetir os meus preceitos? – Ao ouvir isso, falei para mim mesmo: Eliseu acaba de ser definitivamente sentenciado lá em cima. Rabi Meir, porém, falou a Eliseu: Penitencia-te enquanto ainda estás aqui; no dia do Juízo Final, quando o castigo cair sobre ti, eu te auxiliarei. Mas Eliseu se manteve em sua obstinação.

QUANDO MORREU, vieram discípulos a Rabi Meir e falaram: Vem e olha: um fogo consome a sepultura do teu mestre. Nessa hora Rabi Meir estendeu sua veste sobre o túmulo de Eliseu, conjurou o fogo e disse:

---

* Provérbios 6, 29.
** Salmo 50, 16.
*** A palavra *rasha* (malfeitor) ecoa com o nome Eliseu (hebraico: *Elisha*).

Descansa esta noite. Se amanhã cedo ele te redimir, estará certo. Se não, eu te redimirei, tão certo como Deus existe. Dorme até o amanhecer. Descansa esta noite, neste mundo que é pura escuridão, e chega pela manhã ao Além, que é pura luz. Se Deus te redimir, está bem; se não eu te redimirei, tão certo como Deus existe! Assim que Rabi Meir proferiu o nome sagrado, louvado seja, sobre a sepultura, o fogo se apagou.

POR ISSO os sábios disseram: Bem-aventurado aquele que criou discípulos, pois estes suplicam por misericórdia em seu nome!

34. Beruria, a Heroína

NUM SÁBADO à tarde, o devoto Rabi Meir estava na casa de estudos e enquanto isso morreram seus dois filhos. O que fez sua mãe Beruria? Deitou as crianças na cama e estendeu um lençol sobre elas.

No fim do Sábado Rabi Meir voltou para sua casa e perguntou: Onde estão os meus filhos? Beruria respondeu: Foram à casa de estudos. Rabi Meir falou: Procurei na casa de estudos e não os vi. Então lhe apresentaram um cálice de vinho, para que proferisse a bênção sobre a mudança da semana, e ele falou a bênção. Depois tornou a perguntar: Onde estão meus dois filhos? A mulher respondeu: Saíram e voltarão logo. E ela colocou comida diante do marido e ele comeu e louvou o Criador. Depois de Rabi Meir ter proferido a bênção, Beruria falou: Meu senhor, quero te fazer uma pergunta. Rabi Meir retrucou: Podes perguntar. Ela falou: Meu senhor, há um dia veio um homem e me deu um penhor para guardar, e agora ele volta a fim de buscá-lo. Devemos devolvê-lo ou não? Rabi Meir respondeu: Filha, quem recebeu um penhor deve devolvê-lo ao dono. Beruria disse: Senhor, não fosse essa a tua vontade, eu não devolveria.

O que fez ela em seguida? Tomou o marido pela mão, levou-o ao aposento onde estavam as crianças, conduziu-o até o leito e puxou o lençol para o lado. O devoto então viu seus filhos estendidos mortos. Começou a chorar e a bradar: Meus rebentos, meus mestres! Fostes meus filhos depois do vosso nascimento e fostes meus mestres devido à vossa sabedoria. Nessa hora Beruria falou a Meir: Meu senhor, não acabaste de dizer que a propriedade deve ser devolvida ao dono? O devoto então falou como Jó falara outrora: "O Senhor deu, o Senhor tirou, bendito seja o nome do Senhor!"

35. A Libertação da Donzela

DEPOIS QUE mestre Chanania, o filho de Teradion, foi assassinado, o rei ordenou que a filha desse santo fosse colocada num prostíbulo. A irmã da moça, Beruria, mulher de Rabi Meir, pediu ao marido: Meu senhor, suplica ao teu Deus que conduza minha irmã para fora desse lugar de vergonha.

Então Rabi Meir pegou quatrocentas moedas de ouro e foi à cidade onde a moça estava guardada. Chegando lá, orou e disse: Atende-me, ó Deus! Se a donzela ainda é pura e livre de pecado, faze um milagre a mim e deixa-me salvá-la. Depois disfarçou-se, foi ter com a moça e falou: Toma este ouro e deixa-me dormir contigo. A donzela retrucou: Meu senhor, isso agora não convém; são os dias de minha purificação. Rabi Meir continuou insistindo com ela, mas não conseguiu convencê-la. Então lhe ficou claro que a donzela havia mantido a sua castidade e não se entregara a nenhum homem.

FOI AO encarregado do bordel e falou-lhe: Deixa-me levar essa moça. Eis quatrocentas moedas de ouro; se teu rei exigir a moça de ti, dá-lhe a metade do dinheiro e fica com o resto. Mas, se o rei ordenar te matar e te vires em apuros, então chama: Que o Deus de Rabi Meir me ajude! E nenhum mal te acontecerá. O encarregado falou: Qual é o sinal de que o teu Deus pode me salvar, conforme alegas? Rabi Meir respondeu: Vê, grandes e ferozes cães vigiam o palácio do rei e eles atacam qualquer pessoa; leva-me para perto deles e verás o que vai acontecer.

Então o encarregado levou o devoto ao lugar onde estavam os cães e estes logo se atiraram sobre Rabi Meir como se quisessem devorá-lo. Mas ele clamou: Meu Deus, salva-me! E os cães o deixaram. Vendo isso, o encarregado tomou o ouro e entregou a moça a Rabi Meir. E ambos seguiram viagem.

Tudo isso, porém, foi levado ao conhecimento do rei e este ordenou que o encarregado do lupanar fosse exterminado. Os camareiros vieram para agarrá-lo; então gritou: Tu, Deus de Rabi Meir, salva-me! E os criados não puderam aproximar-se dele. Falaram-lhe: O que aconteceu, que a gente não pode chegar perto de ti? Então ele lhes contou tudo. Os camareiros então falaram: Faze-nos um retrato desse homem, que deverá ser pendurado na porta da cidade. O encarregado assim procedeu.

EM SEGUIDA o rei publicou um decreto pelo qual cada pessoa que visse um homem parecido com o retrato devia agarrá-lo e levá-lo à presença do rei. Aconteceu então certo dia que as sentinelas da porta viram Rabi Meir. Correram atrás dele, contudo ele lhes escapou e chegou ao beco das prostitutas. Então os vigias falaram: Um homem assim não irá entrar num prostíbulo – e não o perseguiram mais. Depois desse acontecimento Rabi Meir tomou sua mulher e a irmã desta e se mudou com elas para a Babilônia.

GUARDA em tua memória a atitude dessa virtuosa donzela. Pelo fato de ela ter resistido ao pecado, Deus a salvou da mão dos malfeitores.

36. Um Feito de Rabi Meir

CERTA VEZ, era a véspera do Sábado, o mestre Rabi Meir pregava num templo. Chegou então uma mulher para ouvir a preleção, e ficou tão encantada com a voz do pregador que permaneceu sentada e não foi embora. Enquanto isso, seu marido retornou da casa de oração e não encontrou sua mulher em casa. As velas do Sábado já estavam apagadas quando a mulher voltou do templo. O marido perguntou-lhe: Onde estiveste tanto tempo? Ela respondeu: Ouvi a voz do orador e ela me agradou tanto que fiquei o tempo todo lá. O homem então jurou que manteria sua mulher expulsa de casa até que ela cuspisse no rosto daquele pregador; Rabi Meir, porém, era um dos mestres mais conceituados, e o marido levou sua mulher de volta à casa do pai.

Este caso foi muito discutido pelo povo, e assim a notícia do fato chegou aos ouvidos de Rabi Meir. O que fez o devoto? Falou a uma mulher: Vai e pergunta pela mulher cujo marido fez aquele juramento. A mulher foi e encontrou a repudiada no Sábado, sentada com outras mulheres, todas se queixando da sorte. A enviada voltou a Rabi Meir e lhe relatou tudo. Então o mestre foi ter com as mulheres, sentou-se diante da porta da casa e falou: Eu sou Meir; acaso há entre vós alguma que sabe benzer um olho? Pois meu olho ficou ruim. Então as mulheres falaram àquela que fora expulsa pelo marido: Benze tu o olho e cospe-lhe no rosto, para te livrares do juramento de teu marido. E elas falaram a Rabi Meir: Senhor, não sabemos benzer olhos, mas esta mulher aqui sabe fazê-lo. E elas foram embora e deixaram a mulher sozinha com Rabi Meir. Também ela quis deixar o aposento, mas Rabi Meir a agarrou pela mão e disse: Benze meu olho, para que seja curado por teu intermédio. A mulher respondeu: Por tua cabeça, senhor, não sei benzê-lo. Então Rabi Meir disse: Então cospe-me sete vezes no rosto e o Senhor curará o meu olho. A mulher repetiu: Não devo fazer isso. Mas o devoto não cessou de insistir até que ela lhe cuspiu sete vezes no rosto. Em seguida, ele tomou a mulher pela mão, levou-a até diante da casa do marido e lhe disse: Dize a teu marido: Juraste que eu devia cuspir uma vez no rosto de Rabi Meir, e eu o fiz sete vezes. E o devoto retornou ao templo. Pouco a pouco o caso se tornou conhecido, e os discípulos de Rabi Meir falaram ao mestre: Senhor, rebaixaste então a esse ponto o Ensinamento e os que dele se ocupam? Rabi Meir respondeu-lhes: Não deveria Meir fazer aquilo que o Senhor não acha impróprio ele mesmo fazer? Se o nome de Deus pode ser apagado quando se trata de promover a paz entre um homem e sua esposa*, quanto mais então pode ser posta de lado a honra de um Meir!

37. Rabi Meir e a Adúltera

ANUALMENTE Rabi Meir costumava peregrinar a Jerusalém na época das Grandes Festas e sempre se hospedava na casa de um homem chamado Judá ha-Tabach. Esse homem possuía uma devota e bela mulher, a qual sempre se esforçava em prestar todas as homenagens a seu hóspede. Mas depois de algum tempo essa mulher partiu para o reino da eternidade, e Rabi Judá se casou com outra mulher. A esta recomendou: se um erudito chamado Rabi Meir vier aqui, demonstra-lhe todo o respeito, serve-o bem e prepara-lhe a cama, pois assim costumava proceder com ele a minha primeira mulher. Ao se aproximar a época da festa, Meir veio a Jerusalém e ficou parado diante das portas de sua hospedaria. A mulher de Rabi Judá então desceu ao seu encontro; ele, porém, não sabia quem era ela; falou-lhe: Não queres me chamar a mulher de meu amigo Rabi Judá? Ela respondeu: Meu senhor, eu sou a esposa de Rabi Judá, sua primeira mulher morreu e ele se casou comigo. Então Rabi Meir começou a chorar e quis retornar. A mulher assim o segurou pela roupa e falou: Entra, meu senhor, pois assim ordenou meu marido; ele me disse: Se Rabi Meir vier para cá, cuida dele, demonstra-lhe a devida consideração, oferece-lhe comida e bebida e prepara-lhe um leito limpo. Assim, quero executar a ordem do meu marido e quero te homenagear ainda mais do que sua primeira mulher. Rabi Meir respondeu: Não é apropriado que eu entre nessa casa antes que seu dono esteja nela e a tenha aberto para mim. E o sábio voltou para a rua.

Então Rabi Judá o encontrou e disse: Meu senhor, minha primeira mulher está morta, e a que viste é minha segunda mulher. Eu lhe ordenei que te demonstrasse consideração. Rabi Meir então entrou na casa de

---

* Alusão à lei em Num. 5, 23.

Rabi Judá e a mulher lhes apresentou comida e bebida e serviu ao hóspede conforme convém. Em seguida Rabi Judá foi ao mercado, como estava acostumado a fazer. Rabi Meir, no entanto, era um homem vistoso, de bela aparência. E a mulher ergueu seus olhos para ele e passou a desejá-lo. Ao anoitecer, deu-lhe tanto vinho para beber que ele não mais podia distinguir a mão direita da esquerda. Quando ela viu que ele estava embriagado, tirou-lhe a roupa, deitou a seu lado e dormiu com ele até o amanhecer, e ele não o percebeu, nem quando ela se deitou e nem quando se levantou.

DE MANHÃ Rabi Meir foi à casa de oração. Quando voltou, a mulher serviu comida e bebida e começou a falar e a gracejar com o devoto de maneira que ele se surpreendeu com a sua ousadia. Baixou seus olhos para o chão, porque não queria olhá-la. Então a mulher falou: Por que não me olhas? O devoto respondeu: Porque és esposa de um homem e eu não quero pecar contra meu amigo Rabi Judá. Então ela falou: No entanto, dormiste comigo esta noite. Ao que Rabi Meir respondeu: Deus me livre! Isso não é possível, não te vi e em toda a minha vida não dormi contigo nem com nenhuma outra. Ela então falou: Dormiste a noite inteira comigo e agora te fazes de casto. Ele exclamou: Por tua vida, é mentira o que dizes. Então a mulher disse: Tu não acreditas, mas eu sei que tens uma marca vermelha no ombro direito. Assim Rabi Meir ficou sabendo que na realidade pecara. Ficou taciturno, gritou, chorou e exclamou: Ai de mim! Perdi o meu mundo! É esta a recompensa por eu ter estudado a Escritura todo o tempo; mas agora, o que hei de fazer? Aconselhou-se consigo mesmo e decidiu ir à casa de estudos na Babilônia e aceitar qualquer castigo que lhe fosse imposto.

INICIOU A viagem de volta vestindo roupas rasgadas e com a cabeça coberta de cinzas. Um pagão de sua vizinhança o encontrou e perguntou: Rabi Meir, o que te aconteceu? Ele retrucou: Peço-te, vai à minha cidade e informa a meus parentes que ladrões me atacaram e levaram tudo o que eu possuía. O vizinho agiu de acordo com as palavras do devoto e transmitiu a mensagem aos seus familiares. Eles então correram ao encontro de Rabi Meir e este contou-lhes tudo o que na realidade lhe acontecera. Os parentes falaram: O que pretendes fazer? Ele respondeu: Irei ter com o superior da casa de estudos na Babilônia, e o que ele me impuser eu suportarei. Os parentes falaram: Não estavas lúcido quando pecaste; Deus perdoará a tua ação. Mas não deixes que teu pecado transpire e não tragas vergonha sobre teus amigos. Ao que Rabi Meir falou: Se eu acatar vossas palavras, Deus não será clemente comigo.

E Rabi Meir se pôs a caminho para Babilônia a fim de ir ter com o superior da casa de estudos. Lá chegando, contou-lhe acerca de seu pecado e disse: Aceitarei com alegria tudo o que me impuseres; foi isso que me conduziu a ti. Então o superior da casa de estudos falou: Vamos examinar o teu caso e amanhã eu te direi o que deverás fazer. No dia seguinte Rabi Meir foi à presença do mestre e este falou: Verifiquei na Escritura; a lei determina que deves ser devorado por um leão. Rabi Meir respondeu: Submeto-me à sentença do céu. Então o mestre ordenou que a sentença fosse executada ao pecador. Mandou buscar dois homens fortes e ordenou-lhes: Conduzi este penitente à floresta onde habitam os leões, amarrai suas mãos e seus pés e o deixai deitado lá. Vós vos escondereis atrás de uma árvore e observareis o que os leões lhe farão; depois que o devorarem, trazei seus ossos para cá e eu farei uma cerimônia fúnebre para ele, por ter aceito de boa vontade o castigo.

EM SEGUIDA, os homens levaram Rabi Meir para a floresta e procederam de acordo com o que o mestre ordenara. À meia-noite apareceu um leão, cheirou o corpo de Rabi Meir, mas o deixou e foi embora sem lhe fazer nada. O fato foi relatado ao mestre na outra manhã, e ele falou: Esta noite também o exporemos ao castigo. À meia-noite novamente apareceu um leão, farejou o corpo de Rabi Meir, virou-o com o rosto para cima e também foi embora. Isso foi anunciado ao mestre e ele falou: Procedamos assim ainda na terceira noite; então, se o leão também não devorar o homem, sabemos que é um justo sem pecado; trazei-o à minha presença, pois nenhum castigo lhe foi destinado pelo céu. Na terceira noite veio um leão resfolegando e urrando e atacou Rabi Meir com os dentes, depois arrancou-lhe uma costela e dela devorou um pedaço do tamanho do fruto de uma oliveira*. No dia seguinte, isso foi contado ao mestre, e este falou: Ide e trazei o devoto; mesmo que o leão só tenha devorado um pedaço dele, isso é considerado como se tivesse sofrido o castigo inteiro. Rabi Meir em seguida foi levado perante o mestre e este ordenou que fossem chamados médicos para curá-lo. Depois lhe pediu perdão e lhe disse: Bem-aventurado és tu, Rabi Meir, pois és de integridade inteiriça. Quando, depois, o devoto voltou para casa, uma voz se fez ouvir do céu: Rabi Meir fará parte do Além!

Extraí então o ensinamento dessa história. Rabi Meir era sábio e justo e cometera pecado sem saber. E, no entanto, não tivesse ele aceito o castigo de boa vontade, perderia a vida eterna; imagino alguém que comete pecado com premeditação. Que o Senhor nos proteja do inimigo em nosso

---

* O tamanho de uma oliva – medida mínima na lei religiosa judaica e no costume.

íntimo. Bem-aventurado aquele que não levanta os olhos para a mulher do próximo.

38. A Sentença de Morte Cancelada

O MESTRE Rabi Meir tinha como hábito só deixar a casa de oração quando o dia já durara quatro horas. Um dia proferiu a oração matutina e saiu mais cedo do que usualmente. Quando já estava fora, admirou-se de si mesmo e falou: O que significará eu hoje ter tanta pressa? Acaso o Senhor quererá fazer um milagre por meu intermédio? Estando assim por algum tempo, viu duas serpentes e ouviu uma dizendo à outra: Para onde queres ir? Aquela respondeu: Deus me enviou a Judá, o anatoleu; devo matá-lo, a seus filhos, a suas filhas e a todos os moradores de sua casa. Então a primeira falou: Por que é que ele deve morrer? A outra respondeu: Porque em toda a sua vida não praticou uma boa ação.

QUANDO Rabi Meir ouviu isso, falou para si: Vou ter com o homem, talvez eu possa salvar a ele e aos seus da morte. E partiu para ir ter com Judá. Chegou até um rio e avistou a serpente que também estava a caminho de Judá. Então ordenou-lhe que ficasse lá e que não atravessasse o rio sem sua ordem. E ele próprio seguiu para encontrar-se com o condenado, encobrindo o rosto a fim de que não fosse reconhecido. Quando Judá e seus filhos o avistaram, pensaram tratar-se de um ladrão que queria roubar-lhes o dinheiro. Percebendo isso, Rabi Meir se escondeu no estábulo dos camelos e somente quando Judá e seus familiares se sentaram à mesa é que ele entrou na casa e sentou-se junto com eles. Então os filhos de Judá começaram a discutir com o mestre e queriam expulsá-lo. Mas ele falou: Daqui não saio antes de ter comido, pois estou com fome. Então lhe deram de comer e beber. Em seguida ele ainda tirou um pão de trigo da mesa e falou ao dono da casa: Toma este pão, coloca-o na minha mão e dize: Isto é para os pobres. Então Judá respondeu: Já não basta que saciaste aqui a tua fome, ainda queres mais? Então Rabi Meir apagou a luz e descobriu o rosto; imediatamente a casa toda se iluminou com a figura dele e os que estavam em volta da mesa descobriram que tinham Rabi Meir à sua frente. Então todos se levantaram e lhe pediram perdão.

Judá logo pegou o pão e deu-o a Rabi Meir, dizendo: Isto é a minha dádiva. Depois Rabi Meir lhe falou: Manda tua mulher embora daqui, coloca os filhos numa outra casa e também faze as filhas irem a outro lugar. Judá fez o que Rabi Meir lhe ordenara, e assim somente os dois ficaram na casa.

PASSADAS DUAS HORAS depois da meia-noite, Rabi Meir libertou a serpente. Ela atravessou o rio e chegou à casa de Judá. Rabi Meir tinha saído por um instante, e assim a serpente quis estrangular Judá. Todavia Rabi Meir já estava de volta, viu a serpente e perguntou: O que queres aqui? Ela volveu: Deus, o Senhor, enviou-me para matar o anatoleu e seus familiares. Rabi Meir perguntou: Por quê? A serpente respondeu: Porque ele jamais praticou o bem. Então Rabi Meir falou: Ainda ontem ele me alimentou com o seu pão e me deu de beber do seu vinho e ainda me deu farnel para a viagem. Vai embora, não tens direito de lhe fazer mal. Então afugentou a serpente à força e fechou a porta atrás dela. Depois falou a Judá: Guarda-te de abrir a porta antes do amanhecer. Passada uma hora, a serpente veio e chamou astuciosamente, imitando a voz da mulher de Judá: Meu Senhor, abre-me a porta, o frio lá fora é grande. Mas Rabi Meir disse a Judá: Não abras, não é tua mulher que está lá fora. Depois de algum tempo a serpente chamou com a voz do filho mais velho de Judá: Pai, abre, tenho medo das feras. Novamente Rabi Meir disse: Não dês atenção: não é teu filho que chama; deita-te calmamente e não abras. A serpente veio pela terceira vez e pediu para entrar falando com a voz dos demais filhos de Judá. Mas também dessa vez Rabi Meir deteve o anatoleu, dizendo: Não atendas à voz da serpente e não abras para ela. Quando a serpente viu que não conseguia matar Judá, foi acometida de terror, rolou no chão e exclamou: Ai, quando os de cima impõem uma sentença os de baixo a anulam! E se lançou para o alto, depois caiu, e estava morta.

Duas horas depois a mulher de Judá bem como seus filhos e filhas retornaram. Então Rabi Meir falou a Judá: Pergunta aos teus se estiveram aqui esta noite e te chamaram. Judá perguntou aos familiares, os quais responderam: Durante a noite não saímos para a porta da casa aonde fomos. Então Rabi Meir falou a Judá: Vem comigo, eu te mostrarei quem te chamou esta noite. Ambos saíram e encontraram a serpente morta diante da soleira da casa. Então ambos começaram a enaltecer a Deus e a lhe render graças, e Judá clamou: Louvado seja Aquele que praticou milagre comigo! Depois agradeceu a Rabi Meir e lhe jurou que a partir de então nenhum pobre sairia de mãos vazias de sua casa.

CONTEI-TE isso para que aprendas a temer a Deus durante todos os dias de tua vida.

39. Kidor

CERTA VEZ peregrinavam em três os mestres do Talmud, Rabi Judá,

Rabi Iosse e Rabi Meir. No dia do preparativo para o Sábado chegaram a uma cidade e hospedaram-se na casa de um homem. Perguntaram-lhe o nome e ele respondeu que se chamava Kidor. Em seguida Rabi Judá e Rabi Iosse entregaram suas bolsas de dinheiro ao hospedeiro para guardá-la. Só Rabi Meir levou seu dinheiro ao cemitério e lá o enterrou.

Os três mestres passaram o Sábado com seu hospedeiro. No primeiro dia da semana despertaram cedo e quiseram prosseguir com a viagem. Rabi Meir buscou seu dinheiro do cemitério, ao passo que os dois outros mestres dirigiram-se a Kidor e lhe disseram: Devolve-nos nossas bolsas de dinheiro. Este então respondeu: Nada me destes para guardar. Os dois mestres suplicaram seus bens ao anfitrião e pediram-lhe que ficasse com uma parte das posses e apenas devolvesse o restante, mas nada conseguiram com seu apelo. Então ficaram desanimados e aflitos e perguntaram a Rabi Meir: O que te impediu de deixar o teu dinheiro com o hospedeiro? Rabi Meir respondeu: Quando nos disse o seu nome, Kidor, recordei-me do verso bíblico: "Pois é uma geração rebelde uma ninhada na qual não confio"*, e eu temi lhe confiar o meu dinheiro. Então Rabi Judá e Rabi Iosse falaram: Por que nada nos disseste sobre isso? Rabi Meir respondeu: O pensamento não me era muito claro para poder expressá-lo em voz alta; foi apenas uma dúvida que me assaltou.

EM SEGUIDA os três mestres foram embora e alugaram outra habitação na mesma cidade. Convidaram Kidor a passar a noite com eles, pois tencionavam ainda convencê-lo a entregar suas bolsas. Assim, Kidor foi passar a noite com eles, mas antes ele tinha comido um prato de lentilhas e não lavara as mãos depois disso. Assim os devotos perceberam vestígios da comida em suas mãos. Então um deles se levantou, foi à casa de Kidor e falou à sua mulher: Teu marido ordenou que me entregues as bolsas de dinheiro que ele te deu na sexta-feira. Como prova de que a minha palavra é verdadeira, informo-te de que hoje à noite comestes lentilhas. A mulher ficou convencida com a prova e entregou o dinheiro ao devoto. Este voltou contente para junto de seus companheiros e os informou do sucesso.

Kidor, porém, não suspeitava de nada; quando foi para casa, de manhã, sua mulher contou-lhe: Esteve um homem aqui que se identificou por tal e tal sinal e portanto lhe entreguei as duas bolsas de dinheiro. Então Kidor se enfureceu com a mulher, apanhou a espada e matou-a.

---

* Deut. 32, 20; o verso começa com as palavras: *Ki dor*.

40. O Demônio e a Filha do Rei

A ÍMPIA autoridade impôs certa vez três grandes proibições aos judeus na época de Simeão, o filho de Iochai. Não podiam mais circuncidar seus filhos, não podiam guardar o Sábado e às suas mulheres foram negados os banhos rituais. Mas na época vivia entre eles um velho, de nome Rúben, filho de Aristobulus, e este tinha o direito de apresentar-se ou retirar-se da presença do rei sem pedir licença. Assim, foi ter com o soberano e o encontrou sozinho. Fez-lhe a seguinte pergunta: Meu senhor e rei, se alguém tem inimigos, deseja que sejam fracos ou fortes? O rei respondeu: Naturalmente a gente quer que os inimigos sejam fracos. Então Rúben falou: Os judeus são um povo fraco enquanto praticam a circuncisão; quando nasce um filho a um deles, depois de oito dias sua carne é ferida e a força do menino se vai. Se agora lhes proíbes a circuncisão, ficam fortes como vós e, mesmo que envies mercenários sobre eles, ainda assim se revoltarão contra ti. Então o rei falou: Falaste bem; que esta lei seja revogada. Rúben então continuou: Se alguém tem inimigos, quer que sejam ricos ou pobres? O rei retrucou: A gente sempre quer que os inimigos sejam pobres. Ao que Rúben disse: Os judeus aqui apenas são pobres porque guardam o Sábado; alguns deles, que trabalham a semana inteira, reservam o dinheiro todo para o Sábado; outros não ganham tanto quanto precisam para os dias da semana e pedem dinheiro emprestado para não deixar de comemorar o Sábado. Mas, se não os deixas guardar o Sábado, torna-os ricos como vós. Então o rei falou: Que também esta lei seja revogada. Rúben continuou falando: Se alguém tem inimigos, quer que sejam muitos ou poucos? O rei respondeu: Os inimigos não devem ser muito numerosos. Ao que o sábio falou: Os judeus não se multiplicam tanto porque as suas mulheres guardam o mandamento da purificação; este lhes proíbe a coabitação durante quatorze dias por mês e, após o nascimento de uma criança, durante quarenta e oito dias. Se não permitires que observem este mandamento, praticam a coabitação sem restrição, multiplicam-se e se tornam tão numerosos que teus mercenários nada poderão contra eles. Então o rei falou: Falaste bem, que a lei seja revogada. Então Rúben disse: Manda-o anotar por escrito e envia os documentos à terra de Israel. O rei logo mandou preparar os documentos.

EM SEGUIDA Rúben, o filho de Aristobulus, deixou o palácio, e os nobres de Roma foram ter com o rei. Ali souberam que as leis anteriores tinham sido declaradas nulas. Disseram: Mão de judeu. E disseram ao rei! Retira tuas últimas palavras. O rei respondeu: Um soberano jamais retira o que disse. Então os nobres falaram: Então determina que seja morto o homem que leva os documentos à Terra de Israel. Assim sendo, o rei deu tal ordem. Rúben o soube e mandou aos de sua tribo na Terra de Israel a seguinte notícia: Tais fatos se passaram aqui. Se há entre vós alguém que tem o poder de conseguir fazer milagres, que venha buscar os documentos. Então todos os sábios da Judéia olharam para Simeão, o filho de Iochai. Este se pôs a caminho com seus companheiros.

Quando se encontravam navegando, Rabi Simeão olhou para o mastro e avistou um espírito feminino sentado lá em cima. Falou-lhe: Como vieste para cá? A diaba respondeu: Vim para te auxiliar num milagre. Então Rabi Simeão exclamou: Senhor do Mundo! Enviaste cinco anjos à egípcia Agar, e a mim envias uma diaba como ajuda. Ao que o espírito feminino falou: O que tem isso? Contanto que o milagre aconteça! O Rabi Simeão falou: O que pretendes fazer? A diaba respondeu: Irei lá e penetrarei no corpo da filha do rei. Ela gemerá e clamará: Mandai vir Simeão, o filho de Iochai. Depois chegarás, e quando lhe sussurrares algo no ouvido eu deixarei o seu corpo. Rabi Simeão falou: Mas como perceberei que não estás mais dentro dela? A demônia respondeu: Nesse momento todos os objetos de vidro do palácio do rei se quebrarão. Então Rabi Simeão falou: Vai, e põe em prática o plano que relataste.

ENTÃO a diaba foi ter com a filha do rei e penetrou em seu corpo; a donzela gemia e clamava: Trazei-me Simeão, o filho de Iochai. Então enviaram emissários à terra de Israel para trazer Simeão, e a estes foi respondido: Ele se encontra num navio e está a caminho daí. Assim Rabi Simeão foi levado à presença do rei. O soberano falou: És Simeão, o filho de Iochai? Simeão retrucou: Sou eu. O rei prosseguiu: Podes curar a minha filha? Simeão respondeu: Provavelmente sou capaz disso. O rei perguntou: O que irá fazer com ela? Simeão retrucou: Eu lhe sussurrarei algo no ouvido e ela ficará boa. E acrescentou: Nesse mesmo instante todos os objetos de vidro da casa do rei ficarão reduzidos a pedaços.

E Simeão disse algumas palavras ao ouvido da filha do Rei e ela sarou. A diaba deixou o seu corpo e partiu todos os vidros do palácio do rei. O rei falou a Simeão: O que queres que eu te dê? Simeão respondeu: Não exijo que me dês coisa alguma, quero apenas que retires tua ordem quanto ao envio das cartas que cancelam as opressivas leis contra Israel.

EM CONSEQÜÊNCIA, o rei voltou atrás com seu último dispositivo e os documentos prenunciando a liberdade foram enviados à terra de Israel.

41. A Cansada de Viver

UMA MULHER, tornando-se carga pesada para si mesma, alcançou uma idade muito avançada. Ela foi à presença do mestre Rabi Iosse, o filho de Chalafta, e disse-lhe: Senhor, já vivo demais e minha existência é insípida; não tenho prazer em nenhum alimento ou bebida e nada mais desejo do que partir deste mundo. O mestre perguntou à mulher: Que virtude praticaste para alcançar uma idade tão avançada? A mulher respondeu: Durante toda a minha vida foi meu costume acordar cedo e correr à casa de oração; eu podia deixar até o ente mais caro por esse dever. Então o mestre falou: Priva-te por três dias de ir à casa de oração. A mulher foi embora e procedeu de acordo com a ordem do sábio. No terceiro dia ela ficou doente e morreu. Por isso está escrito nos Provérbios de Salomão: "Feliz o homem que me obedece, que vela cada dia em minhas portas, esperando, assim, nos meus limiares. Quem me encontra, encontra a vida".

42. O Cego de Nascimento

CERTA VEZ, o imperador romano fez a seguinte pergunta ao mestre Iosua ben Korcha: Diz-se de vosso Deus que todos os seus caminhos são justos. Mas pode-se chamar justiça ao fato de existirem tantos surdos, mudos, cegos e coxos, que já saíram com essa falha do ventre materno quando ainda não se podia saber se sua conduta seria boa ou má? Isto seria a justiça do vosso Deus? Ao que Rabi Iosua respondeu: As atitudes do homem são do conhecimento do Senhor antes mesmo que a idéia de criá-lo surgiu nele, conforme já disse Daniel: "Ele revela o profundo e o oculto; Ele sabe o que está nas trevas". Então o imperador falou: Não cabe ao malfeitor fazer penitência? Ele que se converta e que lhe seja devolvida a luz de seus olhos. O sábio respondeu: Se for de teu agrado, eu te mostrarei, com um exemplo, o que se passa no íntimo de um cego de nascença; dá-me mil dinares e faze com que eu seja acompanhado por duas fiéis testemunhas de teu séquito. O imperador entregou os mil dinares a Iosua e mandou dois homens responsáveis o acompanharem.

Então o sábio foi ter com um homem que era cego de nascença e falou-lhe: O rei decretou a minha morte; portanto, deixarei contigo esses mil dinares. Se eu for morto, paciência; caso contrário, conto com esses mil dinares que ficarão contigo. O cego respondeu: Assim seja. Iosua deixou que decorressem três meses. Passado esse prazo, foi ao cego e disse-lhe: Devolve-me os mil dinares. O cego perguntou: De que estás falando?

Iosua respondeu: Refiro-me aos mil dinares que te dei para guardar. Ao que o cego falou: Jamais aconteceu tal coisa.

ENTÃO IOSUA convidou o infiel a ir perante o imperador e as duas testemunhas declararam que ele tinha recebido o dinheiro; mas o cego afirmou que o fato não acontecera. Mas, enquanto ainda prosseguiam as discussões, apareceu alguém e bradou: Ai deste aqui! Acabo de ver sua mulher gracejando com um outro homem e ouvi-a dizer: Agora o cego será morto e nós dois devoraremos os mil dinares. O cego imediatamente trouxe o dinheiro e o colocou diante do imperador. Então Iosua exclamou: Indigno! Não mandasse eu te anunciar isso, tu furtarias o dinheiro que te foi confiado; justo é aquele que te fez cego desde o ventre materno! E, voltando-se para o imperador, falou: Querias acusar o Senhor de injustiça? Verdade é o que a Escritura diz dele que todos os seus caminhos são justos.

Depois disso, o imperador colocou um colar de pérolas em volta do pescoço de Iosua e falou-lhe: Bem-aventurado é o vosso Deus e bem-aventurado é o seu povo; bem-aventurado aquele que pode acolher a poeira dos vossos pés!

43. Dois Filhos de Príncipes

OS SOBERANOS ROMANOS lançaram certa vez pesado decreto contra os judeus; proibiram-nos de circuncidar seus filhos recém-nascidos. Nessa época nasceu Judá Hanassi, o mais tarde famoso príncipe santo. Seu pai, Rabi Simeão, o filho de Gabriel, falou então: O Senhor nos ordenou a circuncisão dos nossos filhos e esses ímpios querem proibi-lo? Devemos então desrespeitar a palavra do nosso Senhor e obedecer à ordem dos pagãos? E Rabi Simeão, decidido, cincuncidou seu filho. Quando esse acontecimento chegou aos ouvidos do prefeito do lugar, este mandou que Rabi Simeão viesse à sua presença e disse-lhe: Como pudeste contrariar a lei do soberano e circuncidar o teu filho? Simeão respondeu: Assim nos ordenou o nosso Deus. A isso o prefeito falou: Devo-te respeito, pois és o chefe do teu povo, mas o decreto de um rei é superior e assim não posso te libertar. Rabi Simeão perguntou: O que exiges de mim? O prefeito respondeu: Exijo que mandes teu filho ainda hoje ao rei, e o que este desejar fazer com ele, que o faça.

Então Rabi Simeão falou: Que aconteça como ordenas. E mandou imediatamente sua mulher e o filho ao rei.

A mulher de Rabi Simeão andou o dia inteiro com o filho e chegou à noite a uma casa, na qual morava o pai de Antonino, o qual mais tarde se tornou o conhecido imperador romano Marco Aurélio. Ali hospedou-se a mãe do nosso sagrado príncipe. Mas nesse dia nasceu Antonino naquela casa. Quando a mulher de Rabi Simeão apareceu diante da mãe de Antonino, esta perguntou: Para onde queres ir? A mãe de Judá respondeu: Foi-nos proibido circuncidar os nossos filhos, mas eu mandei circuncidar o meu e, por isso, ambos somos levados à presença do rei. Quando a nobre senhora ouviu essa resposta, falou à mulher de Rabi Simeão: Se quiseres, leva o meu filho, que é incircunciso, e deixa o teu filho comigo, para que salves a tua alma e a do teu filho. A mulher de Rabi Simeão assim procedeu e foi com a criança alheia à presença do rei. Quando ela apareceu diante dele, aquele prefeito falou ao príncipe: Meu senhor e rei, esta mulher transgrediu tua proibição e circuncidou o filho, e agora eu a trouxe para cá a fim de que faças com ela o que te aprouver. Então o rei falou: Verificai se o menino é circunciso. Examinaram a criança e eis que era incircuncisa. O rei então se irritou com o prefeito e falou-lhe: Eu proibi a circuncisão e tu me trazes como prova da transgressão de minha ordem uma criança que é incircuncisa. Nessa hora os nobres que rodeavam o imperador falaram-lhe: Nosso Senhor e rei, nós testemunhamos que o filho desta mulher foi circuncidado, mas o Deus desse povo lhe é afeiçoado, e quando eles o invocam Ele os atende, conforme está escrito em seu livro de leis: "Onde existe outro povo tão maravilhoso que os deuses lhe estejam tão próximos quanto o Senhor, nosso Deus, sempre que o invocamos".

EM SEGUIDA o rei mandou que o prefeito fosse morto e revogou a lei. Depois mandou a mãe do príncipe santo voltar para casa com a criança. Quando, no trajeto de volta, a mulher novamente se hospedou na casa de Antonino, a romana lhe falou: Já que Deus te fez acontecer um milagre por intermédio do meu filho, que ambos os meninos sejam amigos por toda a vida. Provavelmente no fato de Antonino ter mamado nos seios da mãe do nosso santo príncipe pode ser encontrada a razão de lhe ter sido concedido participar do Ensinamento e tornar-se amigo de Judá Hanassi. Foi rei de seu povo e adquiriu para si este mundo e o vindouro.

44. *Judá Hanassi e Antonino*

ANTONINO tinha Judá Hanassi em alto conceito e não se desviava do seu conselho nem para a direita e nem para a esquerda. Costumava visitá-lo secretamente; dois camareiros acompanhavam sempre o imperador nessa visita; matava um deles na chegada e o segundo na hora de ir embora, para que não revelassem o seu segredo. Ao próprio Judá ordenava que ninguém estivesse presente quando ele lá chegasse.

Um dia Antonino encontrou o discípulo Chanina ben Chama quando chegou para visitar Judá. Então falou a Judá: Não te disse que não quero encontrar ninguém contigo? O santo príncipe respondeu a isso: Não temas, este não é como os demais. Então o rei falou a Chanina: Vai e traze-me o camareiro que ficou na porta. Chanina foi e encontrou o criado deitado numa poça de sangue. Então falou para si: Devo dizer ao rei que este aqui está morto? Com isso transgredirei o mandamento de não ser portador de más notícias; mas, se eu sigo meu caminho, desrespeito a ordem do rei. O que fez o devoto? Pôs seu coração a serviço do culto e suplicou ao Senhor que ressuscitasse o morto.

Então o Senhor fez o alento da vida penetrar no cadáver e o camareiro se soergueu. Assim, Chanina o conduziu à presença do imperador. Então Antonino falou a Judá: Bem vejo que há entre vós alguns que também conseguem reanimar mortos. Contudo, guarda-te para que daqui por diante eu não veja mais ninguém quando quiser falar contigo.

45. *Judá Hanassi e Jonatan ben Amram*

QUANDO CERTA VEZ irrompeu na Terra Santa uma carestia, Judá Hanassi abriu seu celeiro e falou: Aquele que tiver conhecimento da Lei, que venha e apanhe pão; mas o povo ignorante não pode entrar! Assim, a quem chegava perguntava-se se conhecia o Ensinamento. Caso fosse um versado na Escritura, era alimentado; caso fosse um homem inculto, era mandado embora. Certo dia, apareceu diante dos depósitos de pão o discípulo Jonatan, filho de Amram, e parou diante de Judá Hanassi. Falou: Senhor, sacia a minha fome. O príncipe perguntou: Leste os livros sagrados? Jonatan retrucou: Não o fiz. O príncipe continuou a perguntar: Sabes algo acerca do ensinamento oral? O jovem respondeu: Também este me é desconhecido. Judá Hanassi então disse: Por que então devo te entregar alimento? Jonatan retrucou: Alimenta-me como são alimentados o cão e o corvo, que são animais impuros e no entanto são mantidos vivos pelo Senhor; será o homem ignorante inferior a essas criaturas? O príncipe então deu pão ao suplicante. Mas, depois que esse se foi, Judá Hanassi arrependeu-se e falou: Ai de mim, um ignorante comeu das minhas provisões, e eu me deixei convencer pelas suas palavras. Então os discípulos falaram a Judá Hanassi: Senhor, talvez fosse o teu discípulo Jonatan, filho de Amram, o qual não quis rebaixar o prestígio do Ensinamento e preferiu usar da astúcia. O caso foi examinado e verificou-se que o mendigo não fora outro que Jonatan, o filho de Amram.

46. O Delito de Judá Hanassi

O SANTO PRÍNCIPE Judá Hanassi tinha uma dor de dente que durou seis anos. Somente no sétimo ano, quando se absteve de beber água, ele se curou. Mas o motivo por que a doença o acometera foi o seguinte: Um dia andava pelo mercado e viu um magarefe que estava para abater um bezerro. Mas o animal lhe escapou, correu na direção de Judá Hanassi e ficou pendurado nele, pensando que este o livraria de ser abatido. Mas o príncipe não defendeu o animal, porém o segurou e o devolveu ao açougueiro. Falou: Abate o animal, pois para isso foi criado! Conta-se por isso que Judá foi acometido da dor de dente como castigo por não se ter apiedado do animal.

Depois de atormentado por essas dores durante muitos anos, sua criada estava certa vez varrendo a casa. Eis que uma toupeira saiu de um buraco, e a criada avançou com a vassoura para matá-la. O príncipe, porém, falou à criada: Deixa o bicho viver, pois assim falou Davi, que a paz esteja com ele: "Sua misericórdia abrange todas as criaturas". Assim que Judá sentiu pena do animal, o Senhor também se apiedou dele e o livrou das dores.

47. A Morte de Judá Hanassi

CONTA-SE de Judá Hanassi que antes de sua morte falou o seguinte: Àquele que falou – que haja um mundo – está claro e evidente que trabalhei com os meus dez dedos e que utilizei apenas o esforço de um dedo para o prazer, que não fiz mal a ninguém e que jamais falei de mim: Quero comer e beber e passar bem. Agora me vou daqui. Não procurei ganhar mais do que o necessário para o próprio sustento e dediquei todo o esforço da minha vida à Escritura. Agora deixai-me encontrar repouso na morada eterna. O que lhe foi respondido? "Aqueles que andaram corretamente diante dele chegam à paz e repousam em seus leitos."

48. Ben Chalafta

SIMEON BEN Chalafta foi convidado certa vez para uma festa de circuncisão, e a ele e aos demais convidados foi oferecido vinho velho de sete anos. O anfitrião disse aos convivas: Quero deixar um pouco deste vinho para o dia de regozijo de meu filho. E os convidados comeram e beberam até a meia-noite. Rabi Simeon confiou em suas forças e iniciou seu caminho para casa nessa hora. Encontrou então o anjo da morte, e este estava com uma aparência estranha. O sábio perguntou ao que se aproximava: Quem és? O anjo respondeu: Sou o emissário do Senhor. Ben Chalafta perguntou: Por que teu semblante está tão alterado? O anjo da morte retrucou: Isso é conseqüência das conversas que os homens mantêm: sempre falam sobre o que pretendem fazer no futuro e não pensam no fato de poderem ser chamados a qualquer momento. O homem do qual acabas de ser conviva falou que queria guardar uma parte do vinho para o casamento de seu filho e daqui a trinta dias esse homem deverá morrer. Rabi Simeon então falou: Deixa que eu também saiba o meu tempo de vida. O anjo da morte retrucou: Tu e aqueles que são teus iguais não estais sujeitos ao meu poder. Vossas ações podem ser do agrado de Deus e Ele ainda vos pode acrescentar anos de vida, conforme está escrito: "O Temor a Deus torna a vida longa".

49. O Verdadeiro Filho

CERTA VEZ havia uma mulher que viu sua filha se prostituir e disse-lhe: Filha, quando namoras, faze-o secretamente para que teu marido não saiba. Assim também eu costumava fazer; tive dez filhos e apenas um foi gerado por teu pai. No entanto, o marido dela ouviu esse diálogo e guardou as palavras em seu coração. Quando estava deitado no leito de morte, determinou que apenas um de seus filhos seria seu herdeiro; contudo não lhe citou o nome, pois não sabia qual era seu filho verdadeiro.

Após a morte do homem os dez filhos brigaram entre si. Um falou: A herança é minha. O outro disse: Minha é a herança. Assim sendo, foram a um juiz de nome Rabi Benaa. Este falou: O caso é obscuro e ninguém conseguirá decidi-lo. Ide à sepultura do vosso pai e atirai pedras até que ele vos dê resposta para qual de vós pretendia deixar a herança. Quando os filhos ouviram isso, nove deles se dirigiram ao túmulo do pai e bateram em cima com paus e pedras. Apenas um deles, que era o verdadeiro filho, falou: Deus me livre e guarde de eu bater no meu pai. Prefiro perder a herança a agredir meu pai. Ao ver isso o juiz adjudicou a herança a esse filho.

Vem cá e vê como se confirma o provérbio: "O olho do adúltero olha a noite e diz: Nenhum olhar me enxerga". Mas aquele que se imagina oculto traz as coisas mais secretas à luz do dia. Assim, que teus filhos sejam gerados e concebidos na pureza.

50. A Peregrinação de Elias com Ben Levi

O MESTRE Rabi Iosua, filho de Levi, jejuou muitos dias e orou ao seu criador para que o deixasse ver Elias, abençoada seja sua memória. Elias então foi ao seu encontro e tornou-se visível. Ele falou a Iosua: Desejas algo de mim? Realizarei o teu desejo. Iosua respondeu: Tenho vontade de peregrinar contigo e observar tua atração na terra, para que eu aprenda coisas úteis e obtenha grande sabedoria por teu intermédio. Ao que Elias falou: Não vais poder apreender o que eu faço e me importunarás para que eu sempre te revele as razões do meu proceder. Mas Iosua disse: Meu senhor, eu não te perguntarei nada e não te farei cair em tentação e nem te causarei nenhum aborrecimento; apenas quero ver teus atos e procedimentos e nada mais. Assim, Elias combinou com Iosua que este não mais devem acompanhá-lo, caso o interrogasse sobre razões de suas atitudes durante a jornada.

Após isso, Elias se pôs a caminho na companhia do filho de Levi. Chegaram à casa de um homem pobre e necessitado, que não possuía nada senão uma vaca; esta estava no quintal. O homem estava sentado à porta com sua mulher quando viram chegar os peregrinos. Foram ao encontro deles, apresentaram-lhes a saudação de paz, alegraram-se com sua vinda e lhes indicaram o melhor lugar para se hospedarem. Depois ofereceram o que existia na casa de comida e bebida. Elias e Iosua comeram, beberam e passaram a noite. Quando amanheceu e os dois iam partir, Elias proferiu uma oração, depois da qual a vaca de seus anfitriões caiu morta. Rabi Iosua viu isso e ficou muito espantado; quase perdeu os sentidos e falou para si: Então essa seria a recompensa desse pobre homem pela homenagem que nos prestou: sua vaca, sua única propriedade, lhe ser tomada? E ele falou a Elias: Meu Senhor, por que mataste o animal desse homem, que nos recebeu com respeito? Elias respondeu: Recorda-te do que foi combinado entre mim e ti, e de que te comprometeste a ficar calado, quieto e não fazer objeções, a não ser que me quisesses deixar: Então Iosua deixou de perguntar e nada mais falou.

Continuaram a caminhar o dia inteiro e ao anoitecer chegaram à casa de um homem rico; este não lhes deu atenção e nada fez para recebê-los dignamente. Assim os hóspedes ali ficaram sem comer e sem beber. A casa desse rico homem tinha um muro arruinado e o hospedeiro estava ocupado com o seu conserto. Ao amanhecer, Elias orou e o muro foi reconstruído. Em seguida Elias se pôs a caminho com seu acompanhante. O luto e a consternação cresceram no coração de Iosua pelo que vira Elias fazer. Contudo, reprimiu o desejo de perguntar ao vidente o motivo de suas ações. Assim os dois continuaram na peregrinação. Ao cair da noite, chegaram a uma grande casa de oração. Os seus bancos eram de ouro e prata e cada um dos participantes estava sentado no lugar que lhe cabia de acordo com sua reputação e dignidade. Quando viram os peregrinos entrar, um deles falou: Quem vai alimentar os dois mendigos esta noite? Um outro disse a isso: Para eles basta o pão e a água que são trazidos para cá. Elias e Iosua esperaram, mas ninguém lhes deu atenção. E assim como seria apropriado ficaram sentados na casa de oração até o amanhecer, pernoitando lá mesmo. Quando o outro dia raiou, levantaram-se e quiseram prosseguir viagem. Então Elias falou aos homens: Que o Senhor vos torne a todos decanos! Depois prosseguiu na viagem com o companheiro. Um novo aborrecimento acrescentou-se à aflição de Iosua, mas ele não falou a respeito.

QUANDO O SOL se inclinou para o ocaso, os peregrinos chegaram a uma outra cidade. Aqui todos os cidadãos correram alegremente ao seu encontro apenas os viram chegar; receberam-nos com amabilidade e fizeram com que se hospedassem na casa mais bonita. Assim, os dois companheiros comeram, beberam e passaram a noite dignamente. Na manhã seguinte Elias orou e disse aos homens: Que o Senhor torne chefe apenas um dentre vós.

Ao ouvir essas últimas palavras, Iosua não pode mais se conter, pois não podia presenciar sem objeção tudo o que Elias fazia, e disse: Agora tens de me revelar o segredo. Elias respondeu: Se estás disposto a te separar de mim, eu te explicarei tudo e te exporei os motivos de minhas ações. Então saiba: ao homem cuja vaca eu fiz cair morta devia morrer a esposa nesse dia. Por isso orei para que lhe fosse arrebatada a vaca como sacrifício expiatório ao invés da mulher; por intermédio dessa mulher ainda havia muito bem destinado a esse homem e muito lucraria. Aquele rico, por sua vez, cujo muro eu ergui teria, se ele mesmo o construísse desde o solo, achado embaixo um grande tesouro em ouro e prata; para evitá-lo, eu fiz o trabalho por ele. Mas também o muro ruirá em breve e não mais será reconstruído. Aos homens de coração duro da casa de oração, desejei que tivessem muitos chefes e príncipes acima de si, porque isso é uma desgraça e gera a discórdia quando se trata de conselhos e de tomar decisões; cada lugar que tem muitos chefes é destruído, arruinado e devastado. Aos justos, porém, aos quais desejei apenas um chefe, minha oração resultará em benefício; sua unidade os fortalecerá, pois todas as opiniões se fundirão numa só; o espírito da discórdia não surgirá entre eles, e suas decisões e pretensões não serão alteradas. Assim também está escrito nos provérbios comparativos: Onde existem muitos timoneiros, os navios afundam. Mas por outro lado está escrito: Sob a proteção de um só senhor, uma cidade se povoa.

E POR FIM Elias advertiu Iosua e falou-lhe: Agora eu me separo de ti e vou te ensinar algo que te será de grande proveito. Se vês um ímpio cuja sorte é favorável, não te deixes levar pelo impulso e não te tornes inseguro por isso, pois a sorte apenas lhe traz desgraça. Se por outro lado vês um justo que se atormenta e vive na aflição, que trabalha arduamente, anda faminto, sedento e nu, que sofre grande miséria e é acometido de dores, não te enraiveças com isso; que teu íntimo não se agite e que teu coração não te leve a duvidar das ações do teu Criador, porém considera-o justo se julgas e refletes; pois Deus é justo, seu julgamento é verdadeiro e seus olhos vigiam as ações dos homens. Quem lhe pode dizer o que deve fazer? Em seguida Elias apresentou a saudação de paz a Iosua e prosseguiu seu caminho.

51. Iosua ben Levi e o Mensageiro da Morte

ESTA HISTÓRIA aconteceu com Iosua, o filho de Levi.

Certa vez, estava ele sentado estudando a Escritura. Chegou então o anjo da morte, ficou parado à sua porta e falou: Que a paz esteja contigo, mestre! Rabi Iosua não retribuiu a saudação. Só depois que terminou a leitura falou ao mensageiro: Contigo haja paz! Então o mensageiro perguntou: Por que és tão orgulhoso e não respondes quando a gente te apresenta a saudação de paz? O mestre respondeu: Longe de mim tal coisa; só o fiz porque queria terminar o parágrafo. O mensageiro continuou a falar: Não me conheces? O mestre retrucou: Não me és conhecido. O mensageiro falou: Sou o anjo da morte; o Senhor me enviou para tomar-te a alma. O mestre respondeu: Por minha vida! E mesmo que fiques mil anos aí, eu não te darei a minha alma.

Então o anjo subiu ao céu, foi diante do Senhor e disse: Senhor do Mundo! Iosua não deixou que eu me aproximasse dele. O Senhor então disse: Vai e enfeita-te com todos os sinais da morte. Então o anjo se enfeitou e foi novamente à porta de Iosua. Falou-lhe: O senhor me enviou para que eu te tome a alma. Iosua respondeu: Deus me livre, não darei a minha alma em tua mão; mas, se mesmo assim a queres, conduze-me ao jardim do Éden e mostra-me o lugar onde descansarei um dia. Assim, o anjo subiu novamente ao céu e relatou: Senhor do Mundo! Iosua não me deixou levar sua alma e me falou de tal e tal maneira. O Senhor respondeu: Então vai e leva-o ao jardim do Éden; faze com que Hiram, o rei de Zur, saia do paraíso e conduz Iosua a seu lugar. Então o anjo tomou Iosua sobre suas asas e o levou ao paraíso. Iosua disse: Levanta-me mais uma vez para que eu tenha uma visão total do jardim; depois deixa-me descer para que eu me aperceba do meu lugar. O anjo assim fez, mostrou ao mestre seu lugar e disse: Este é o lugar onde ficarás. Iosua continuou falando ao mensageiro: Mostra-me a espada com a qual matas as almas. O anjo lhe apresentou o cutelo. Rabi Iosua perguntou: Então é esta a espada com a qual exterminas as almas? O mensageiro retrucou: Sim, é esta. Mas, enquanto Iosua examinava a espada por todos os lados, sentou-se em seu lugar. Então o anjo da morte bradou: Recusaste-me a tua alma, então me devolve a espada. Mas Iosua respondeu: Certo como vivo, eu não a devolverei!

ENTÃO O ANJO subiu novamente ao Senhor e disse: Senhor do Mundo! Iosua me tomou a espada e subiu sozinho ao paraíso. Então o Senhor respondeu: Vai a todos os lugares por onde Rabi Iosua caminhou; se ele fez um juramento em meu nome, contesta-o, conduz Iosua para fora do jardim do Éden e toma sua alma; do contrário, busca apenas tua espada e deixa-o ficar onde está.

52. Da Mesa de Ouro

NOS DIAS do Talmud vivia um homem sem filhos, de nome Abba. Este gozava de conceito perante o rei, fazia parte de seus conselheiros e entrava e saía por seus portões. Entre os tesouros desse rei encontrava-se uma mesa de ouro; sobre ela havia uma árvore de ouro e dela pendia uma pedra preciosa que podia iluminar o mundo todo. O rei vangloriava-se dessa peça perante todos os outros soberanos.

Depois que o rei enviuvou, seus fiéis o aconselharam a se casar novamente, mas ele não encontrou nenhuma donzela do seu agrado. Então lhe indicaram uma princesa, descendente de uma estirpe antiga e que era muito formosa. Esta, no entanto, não queria se casar com o rei antes que ele lhe mostrasse todos os seus tesouros; caso ela encontrasse alguma coisa preciosa, que não existisse na casa de seu pai, e se o rei lhe desse essa coisa de presente, ela se tornaria sua mulher. Ao saber disso o rei mandou que a donzela fosse conduzida através dos tesouros. A princesa, então, viu a mesa de ouro e exigiu que o rei a presenteasse com a mesma; depois ela se casaria com ele. O rei pediu um prazo de reflexão por causa da mesa e a princesa concordou.

ENTÃO o rei se aconselhou com seus sábios – na época, Abba não estava entre eles. Os anciãos então aconselharam o rei a obrigar os hebreus de seu país a encontrar uma segunda mesa igual. Se não o fizessem, o rei os exterminaria e aniquilaria, juntamente com Abba. O rei acatou o conselho de seus sábios e ordenou a essa tribo que apresentasse uma mesa tal como a dele dentro de trinta dias, caso contrário seriam todos condenados à morte.

Então houve grande tristeza entre os judeus do país; eles fecharam suas lojas, jejuaram, choraram e se lamentaram. Quando Abba retornou, seus irmãos lhe contaram o que lhes havia sido imposto. Então ele se dirigiu rapidamente ao rei e falou: O que fizeste, ó rei, infligindo um fardo tão pesado ao meu povo e lhe dando um prazo tão curto para sua realização? O rei respondeu: Como é que eu deveria fazê-lo? Então Abba disse ao rei: Meu conselho é que antes de tudo revogues o que impuseste aos meus protegidos, depois eu me comprometerei a conseguir uma segunda mesa. Dá-me cartas para os príncipes das redondezas, para que me mostrem seus tesouros, e concede-me um prazo de mais de um ano. Além disso, deixa-me levar ouro para a viagem e para a compra do objeto.

ENTÃO o rei preparou um documento para Abba e este também assinou. Em seguida Abba se pôs de pé e iniciou a jornada. Mas, quando partiu, uma voz veio do céu, clamando: Um filho te nascerá, o qual fornecerá luz a meio mundo, tal qual uma pedra preciosa!

Abba já estava em caminho há muito tempo, mas em parte alguma encontrara uma mesa com uma pedra preciosa, como seu rei queria. Estava muito desgostoso com isso e pedia conselho aos príncipes com os quais se hospedava. Estes disseram-lhe que no ocidente vivia uma rainha que ocupava o trono sozinha; com ela encontraria tal objeto. Abba seguiu o conselho, dirigiu-se ao longínquo país e a rainha daquele reino o deixou ver seus tesouros. Então ele percebeu entre suas preciosidades uma mesa de ouro com árvore e pedra preciosa, que em aparência e tamanho era igual à mesa do seu rei. E Abba falou à rainha: Não queres me vender essa mesa? Em troca eu te darei o que desejares. A rainha respondeu: Nem por todo o bem desse mundo dou essa mesa.

ESSA RAINHA, porém, era astróloga e sabia interpretar os sinais do céu. Assim lhe foi dado saber que Abba estava destinado a gerar um filho, o qual iluminaria meio mundo. Por isso tentou convencê-lo a dormir com ela e falou-lhe: Se fizeres a minha vontade, eu te darei a mesa com a pedra preciosa. Abba estava assim em grandes apuros, contudo decidiu em seu coração atender à rainha, pois pensou consigo: É melhor cometer pecado por boa causa do que obedecer a um preceito sem nenhuma devoção.

Então se deu um grande tumulto no mundo superior pelo fato de que tal filho nasceria de uma pagã. Nessa noite veio uma coluna de nuvens e transportou Abba para sua própria casa. E essa era justamente a noite em que sua mulher realizara a ablução ritual no banho termal. Abba uniu-se à sua mulher e ela concebeu um filho que mais tarde se chamou Samuel, o versado em calendário. Amanheceu e a coluna de nuvens carregou Abba novamente à casa da rainha, de modo que ninguém percebeu nada. A rainha, porém, sabia que a própria mulher de Abba fora abençoada com esse filho e falou: Não pode ser outra coisa senão que este estranho é um homem de Deus, se conseguiu percorrer tal distância de ida e volta numa noite. E ela desistiu de dormir com ele, mas lhe deu a mesa com a pedra preciosa. Abba enalteceu a rainha e partiu em paz.

ENTRETANTO passaram-se três meses e se tornou notório na cidade de Abba que sua mulher estava grávida. Então os habitantes falaram: Ela se prostituiu, pois faz um ano que seu marido deixou a casa. A mulher foi levada ao tribunal e este a condenou a trinta e nove fortes pancadas. Mas enquanto lhe davam os golpes a criancinha no seu ventre escondia a cabeça, a fim de que não fosse atingida. Chegada a hora do nascimento e aparecendo o anjo a fim de prender o nariz* do menino, para que esquecesse tudo o que sua alma aprendera do Ensinamento de Deus, o rosto ainda continuava escondido e o anjo nada lhe pôde fazer. Assim, Samuel, o filho de Abba, foi o primeiro dentre as criaturas humanas que guardou tudo o que ouvira no ventre materno.

53. Os Penitentes

QUE O HOMEM jamais se recuse a voltar ao Senhor de todo o coração, mesmo que tenha cometido muitos pecados, e jamais desespere da misericórdia do céu, pois pela penitência consegue ser perdoado e indultado.

---

* Conforme a concepção talmúdica, no lábio superior.

Isso nos ensina o exemplo de Eleasar, o filho de Tardai, o qual serviu toda a sua vida a deuses estranhos e que não deixava passar nenhuma prostituta sem se unir a ela; não existe pecado que ele não tivesse cometido, e a obra de seus dias consistia em maldade, delitos e graves transgressões. Mas um dia foi tomado de remorsos; lamentou seu proceder e iniciou o caminho da penitência; colocou sua cabeça entre os joelhos e chorou alto, até que sua alma se elevou de seu corpo. Então ecoou uma voz celestial, clamando: A penitência de Eleasar, filho de Tardai, foi aceita e lhe foi concedida vida eterna!

Por isso está escrito: Alguns adquirem a vida futura em uma hora, alguns a adquirem em setenta anos, mas todos somente a conseguem pela penitência. A penitência do pecador não só é aceita como também lhe é acrescida a honrosa denominação de Rabi.

BEN ASAI falou: Vinde e reconhecei o poder da penitência pelo exemplo de Simeão, o filho de Lakisch. Ele e seus dois amigos roubavam e pilhavam todos os que apanhavam na estrada real. E o que fez por fim? Deixou seus dois amigos, que continuavam a pilhagem nas montanhas, e retornou de todo coração ao Deus de seu pai. Jejuou e orou; desde o início da manhã até tarde da noite ele servia ao Santíssimo, louvado seja, e estudava seu Ensinamento. Fazia o bem aos pobres e não mais se desviou do caminho de seu novo modo de vida. Assim, sua penitência foi aceita com magnanimidade.

Depois que Simeão e seus dois companheiros de outrora morreram, foi-lhe concedida participação na vida eterna, mas seus amigos foram atirados ao inferno. Então os dois companheiros falaram a Deus: Senhor do Mundo! Então és um dos que desconsideram as pessoas; este aqui era assaltante nas montanhas como nós, e agora ele está nos átrios da vida e nós temos que padecer no inferno. Então o Senhor retrucou: Esse homem fez penitência, mas vós não vos arrependestes das vossas más ações. Os assaltantes falaram ao Senhor: Permite-nos e faremos penitência agora. Mas o Senhor retrucou: Só me é válida a penitência daqueles que ainda estão vivos.

UMA PARÁBOLA a respeito: De maneira semelhante procederia alguém que tem uma longa viagem de mar diante de si e que não se tivesse provido de pão – no oceano não o encontrará; ou alguém que fosse ao deserto e não levasse pão e água – no deserto ele não terá pão nem água. Assim um homem tem que fazer penitência enquanto ainda vive; depois da morte a conversão não é mais possível.

54. O Ressuscitado

UM MESTRE do Talmud, de nome Rabi Nachman, filho de Isaac, adquiriu um campo em cujo canto havia um montão de lixo. Então ele contratou trabalhadores para limparem aquele monte de lixo. Mas, quando os homens começaram a remover o lixo com a pá, um homem pulou do lixo e exclamou tremendo de corpo inteiro: Já é chegada a hora da ressurreição? Então os trabalhadores correram a Rabi Nachman e contaram-lhe o que acontecera. O mestre foi ao campo e viu o estranho homem sentado no monte de lixo. Perguntou-lhe: Quem és? O estranho respondeu: Estou morto para o mundo em que vives. Por que me perturbaste e mandaste retirar a terra que estava sobre mim? Rabi Nachman respondeu: Eu não sabia que estavas dormindo embaixo. E continuou: O que querias dizer quando perguntaste se a hora da ressurreição chegou? Acaso essa hora chegou na verdade? O morto respondeu: Até agora a hora não bateu; mas, como me sobressaltaste e me fizeste despertar antes do tempo, eu o disse para que compreendas o que fizeste comigo. Rabi Nachman disse: Meu senhor, disseste que estavas morto; acaso os mortos não se decompõem? O morto respondeu: Não leste o livro dos Provérbios e não sabes o que Salomão falou em sua sabedoria: "Mente calma é a vida do corpo, mas inveja é cárie para os ossos"*. De mim pode ser dito que durante toda a minha vida não teimei com os meus, e que meu coração jamais sentiu inveja de meu próximo. Também não fiz conversa inútil na casa de oração ou na casa de estudos, e deixei meu coração e meus ouvidos escutarem com devoção as palavras do Ensinamento. Assim, em mim se cumpra o que está escrito: "Aquele que me ouvir terá repouso". Então Rabi Nachman falou ao morto: Queres que te mande fazer uma sepultura onde possas continuar teu dormitar? O morto respondeu: Não me leves daqui, pois tenho direito a esta sepultura. Coloca-me novamente em meu lugar e manda-o cobrir novamente de terra; assim repousarei até que o Senhor realize as palavras que falou: "Nisto reconhecereis que sou um Deus, quando eu abrir vossos túmulos e de lá retirar meu povo".

Imediatamente Rabi Nachman fez como o morto ordenava e o acomodou na terra. No entanto o mestre se afligiu com isso o dia inteiro e falou: Ai de mim, eu perturbei o repouso de um justo. Mas na noite seguinte viu o morto deitado num novo caixão; seu semblante brilhava como o céu em sua clareza, e ele recitava o Provérbio: "Feliz aquele que me atende, que vigia diariamente a minha porta e guarda o meu umbral".

---

* Prov. 14, 30.

ENTÃO Rabi Nachman rendeu louvores e graças ao Senhor, que distribui recompensa a seus devotos.

55. Exemplos e Anedotas

RABI IOCHANAN falou: Estudei todo o Ensinamento e só depois fiquei sabendo de duas coisas. Uma anciã me instruiu a respeito da recompensa do mundo futuro; numa donzela vi o que é o temor do pecado. Como foi com a anciã? Certa vez encontrei na casa de oração uma velha mulher que viera de um outro lugar a fim de rezar em nossa cidade. Perguntei-lhe: Filha, porventura não havia casa de oração em tua aldeia? Ela respondeu: Senhor, fiz a caminhada para aumentar a minha recompensa futura, e tu falas comigo dessa maneira? Assim fui instruído pela anciã de como se pode conquistar a recompensa futura.

Como foi com a donzela? Certo dia fui à casa de oração e encontrei uma donzela que estava em pé, rezando. Ela falou: Ó inferno, sou mais forte do que tu. Se eu quisesse, dez homens viriam ter comigo, comeriam e beberiam e fariam obscenidades comigo; então eu iria até as tuas profundezas. Mas eu reprimo o meu desejo e escapo de ti. Por isso sou mais forte do que tu. Assim a donzela me mostrou o que é o medo do pecado.

UM DIA os sábios José e Usiel percorriam seu caminho e viram dois jovens descerem uma montanha carregando lenha na cabeça. José então falou a Usiel: Vejo um jovem carregar lenha e nela está um escorpião que não deve morder o jovem. Chamou o jovem e perguntou-lhe: Fizeste algum bem agora no caminho? O interpelado respondeu: Um menino foi há pouco comigo à casa de estudos; era órfão e não tinha nada para comer; então lhe dei do meu pão e ele comeu comigo. Então os dois mestres disseram: Bem-aventurado és, pois foste salvo da morte. Como Ben Sirach disse acertadamente: "Não detenhas tua mão quando se trata de praticar o bem".

RABI HUNA, o filho de Rabi Iosua, caíra num sono semelhante à morte, e sua alma permaneceu muitos dias e muitas noites nas regiões superiores. Quando voltou à vida, seus discípulos lhe perguntaram: Senhor, como escapaste da morte? O mestre respondeu-lhes: Filhos, feliz aquele que não é colérico, que não se embriaga com o vinho e que não é obstinado. Pelo serviço do Senhor! Vieram bandos de anjos e rogaram misericórdia e indulgência para mim, mas suas palavras não foram atendidas; então veio um e falou: Esse homem jamais teimou em ter razão. Logo fui liberto e me foram acrescidos quinze anos de vida.

RABI SAFRA era um daqueles aos quais se refere o provérbio: "Aquele que diz a verdade de coração"*. Certo dia esse Rabi Safra foi passear fora da cidade com seus discípulos. Então veio um homem devoto pelo caminho e, quando viu o mestre com os discípulos, falou: Por que o Senhor se esforçou por minha causa? Pensava que Rabi Safra viera ao seu encontro para recebê-lo com homenagens. Mas o mestre respondeu: Queríamos apenas passear. Então o devoto homem ficou envergonhado. Depois os discípulos de Rabi Safra falaram ao mestre: Por que deste tal resposta ao homem que encontramos? O mestre respondeu: Acaso deveria ter mentido? Os discípulos falaram: Era melhor que não respondesses. Rabi Safra respondeu: Se eu me tivesse calado, teria transgredido o provérbio: "Aquele que diz a verdade de coração" – além disso, teria obtido injustamente as graças do estranho.

QUANDO Rabi Chanina, o grande de Babilônia, seguiu para a terra de Israel, queria saber se já alcançara a Terra Santa. Pesava na mão as pedras do caminho e enquanto pareciam leves ele falava: Ainda não estou na terra de Israel. Mas depois, quando encontrou pedras que eram pesadas, ele exclamou: São estas as pedras da Terra Santa. E beijou-as e proferiu sobre elas o provérbio: "Teus servos amam as pedras da Terra Santa**".

---
* Salmo 15, 2.
** Salmo 102, 15.

Livro Quarto: Lendas

1. O Livro da Criação ou: O Menino e o Rei

UM DEVOTO homem já estava com setenta anos e não tinha nenhum filho. Esse homem era muito rico e costumava ir à casa de oração diariamente. Quando, ao deixar a Casa de Deus, via meninos saírem da casa de seu mestre, ele os abraçava e beijava e dizia-lhes: Dizei-me, o que aprendestes hoje? As crianças lhe recitavam os trechos da Escritura que nesse dia lhes tinham sido explicados e o homem chorava e dizia: Felizes vós, ó pais, a quem foi dado ter filhos que são dedicados ao Ensinamento! E continuava: Ai de mim, de quem todos os haveres se tornarão herança de um estranho. E o devoto decidiu repartir toda a sua fortuna entre os estudiosos da Lei. Falou: Talvez também eu tenha um lugar junto com eles no Éden. Então o Eterno, louvado seja, ficou com pena e presenteou ao septuagenário um filho. Quando o menino fez cinco anos, o pai o pôs nos ombros e o levou à casa de estudos. Perguntou ao mestre: Com que livro meu filho deve começar? O mestre respondeu: Inicialmente repassamos os ensinamentos dos sacerdotes. Mas o pai disse: Não, meu filho deve primeiro ser iniciado no Livro da Criação, pois este contém um louvor ao Senhor. E assim o menino começou com o primeiro livro de Moisés. Um dia, o filho falou ao pai: Por quanto tempo ainda me carregarás nos ombros para a casa de estudos? Deixa-me ir sozinho, conheço o trajeto e sei ir desacompanhado. Então o pai falou: Vai então sozinho.

Mas, quando o menino estava fora, foi encontrado por um emissário do rei, o qual, vendo que o menino era bonito, ergueu-o e levou-o embora.

Aproximando-se a hora do almoço, e não vendo o pai o filho chegar, foi ao mestre e perguntou: Onde está meu filho que te mandei? O mestre respondeu: Não sei, ele não compareceu hoje à aula. Ouvindo isso, o pai pôs-se a chorar e a gritar; dirigiu-se ao lugar onde as ruas se dividem e perguntou por toda parte: Vistes meu filho? São estes os seus sinais. Mas lhe responderam: Não encontramos um menino assim. Pai e mãe do menino então prantearam e rolaram pelo chão até que seus gritos subiram ao céu.

NESSA HORA o Senhor foi tomado de piedade e enviou uma enfermidade ao rei do país onde aquele menino era mantido preso; de modo que o rei falou a seus servos: Trazei-me o livro da arte de curar. Os servos atenderam. Mas Deus lhes colocou nas mãos o Livro da Criação ao invés do livro da cura. Abriram o livro, mas seu conteúdo lhes era incompreensível. Então falaram ao rei: Parece-nos que é um livro judaico. E procuraram por um judeu, mas não conseguiram encontrar nenhum. Então o mensageiro do rei falou: Certa vez, quando passava por uma aldeia, raptei um menino hebreu; talvez esse seja capaz de ler o livro. O rei disse: Traze-me esse menino. Então o criado conduziu o menino para diante do rei. O príncipe falou ao jovem: Meu filho, és capaz de ler nesse livro? Tornarias com isso feliz a ti e a nós. Quando, porém, o menino avistou o livro, começou a gritar e a chorar e caiu no chão. O rei falou: Parece-me que tens medo de mim. O menino respondeu: Não estou com medo, só que sou o único filho de meu pai e minha mãe, e o Senhor me deu de presente a eles quando meu pai já tinha setenta anos; também foi meu pai que fez com que me ensinassem esse livro. E o menino continuou a falar: Sei lê-lo muito bem. E começou com as primeiras palavras da Escritura e chegou até a parte onde o céu, a terra e todo o seu exército estavam terminados. Então o rei perguntou: És capaz também de interpretar tudo isso? Imediatamente o Santíssimo, louvado seja, concedeu sabedoria, razão e argúcia ao menino, e ele conseguiu explanar com clareza tudo o que lera., Quando o rei teve notícia da onipotência de Deus, ele se levantou do trono e fez o menino sentar nele. E a preleção do menino continuava. Então o rei falou: Foi-me concedida a cura por teu intermédio, exige de mim o que desejares. O menino respondeu: Nada mais quero de ti do que me devolveres a meu pai e minha mãe. O rei ordenou imediatamente que o menino fosse conduzido aos seus tesouros e lhe fossem dados ouro, prata e pedras preciosas e fosse levado à casa paterna.

Quando os pais do menino viram seu filho de volta em casa, fizeram ecoar louvor e graças ao Senhor e ficaram repletos de felicidade. Daí os nossos sábios ensinarem: Se este aqui, que ensinou ao filho apenas o início da Escritura, recebeu tal recompensa, tanto mais abençoado é alguém que ensina ao filho a Escritura inteira e suas interpretações.

SE ESTE menino, que honrou seu pai apenas por uma hora, foi tido em tão alta consideração, tanto mais será alguém que honra pai e mãe dia e noite. A recompensa deste mundo e do além lhe são conferidos.

2. Salik

(Uma Parábola)

DEUS PRESENTEOU o devoto Rabi Kahana com um filho que recebeu o nome de Salik. Quando o menino fez cinco amos, o pai tomou-o pela mão e queria levá-lo para fora de casa, a fim de que fosse iniciado na Escritura. A mãe do menino perguntou ao marido: Para onde vais com meu filho? Rabi Kahana respondeu: Vou entregá-lo a um mestre para que o instrua. A mulher disse: Antes morrer do que separar-me de meu filho; que o nosso filho não deixe a casa, não freqüente nenhuma escola e não pratique nenhum ofício. Então Rabi Kahana disse: Apressa-te e traz tua certidão de casamento para que eu a rasgue e te pague o que te devo. A mulher falou: Qual a falta que notaste em mim para que queiras que eu vá embora? Pois está escrito: "Ele lhe conceda uma carta de divórcio se nela encontrou alguma falta". Rabi Kahana respondeu: Não existe falta maior do que querer privar da água da vida o próprio filho; a água viva é o Ensinamento. Como diz então o profeta: "Todos que estais sedentos, vinde para a água"; e o rei Salomão falou acerca das palavras da Escritura: "Elas são a água para aqueles que a encontram". Ao que a mulher falou: Não sejamos intransigentes um com o outro. Rabi Kahana falou: Qual a tua decisão? A mulher respondeu: Vai ao mercado e escolhe um mestre experiente; contrata-o logo por meses e anos, a fim de que o nosso filho fique em casa; eu cuidarei do mestre em tudo, manterei limpas suas roupas e limparei as paredes de seu quarto.

Rabi Kahana concordou. Foi ao mercado e ali encontrou um homem erudito, cujas franjas rituais estavam enroladas sete vezes. Falou-lhe: Que a paz esteja contigo, meu Senhor. O estranho retrucou: Contigo esteja a paz. Rabi Kahana perguntou: Qual o teu nome? O homem de Deus respondeu: Chamo-me Elieser Seiri. Rabi Kahana continuou a perguntar: Tens mulher e filhos? Elieser respondeu: Sim, eles sempre me acompanham. Então Rabi Kahana compreendeu a resposta e falou: A esposa do meu senhor é o Ensinamento, os filhos do meu senhor são discípulos que ele criou.

A MULHER de Rabi Kahana falou ao mestre: Tu e meu filho não deveis transpor a porta de minha casa. Elieser respondeu: Eu concordo. Rabi Kahana escreveu sobre isso um contrato e o deu a Elieser, e este também emitiu um documento e o deu a Rabi Kahana. Desde então Elieser se tornou mestre de Salik, o filho de Rabi Kahana, e o instruiu durante vinte e cinco anos. Foi assim que Salik, desde o momento em que deixara o ventre materno até o dia em que fez vinte e cinco anos de aprendizado com Eliezer, nunca saiu fora de sua casa. Rabi Kahana, teve que pagar mil moedas de ouro a Eliezer.

Depois que seu mestre se despediu, Salik partiu, bem provido, e foi conhecer os mercados. Contudo, logo ficou com fome e com sede. Então ouviu um aguadeiro apregoar alto: Água fresca e clara, refrigério para os cansados e enfraquecidos, um gole, uma moeda! Esse aguadeiro era um parente de Salik. O filho de Rabi Kahana fez sinal ao mercador; este acorreu e Salik falou: Restaura-me com um gole. O mercador respondeu: Paga uma moeda e eu te darei de beber. Ao que Salik falou: Sou um estudioso da Escritura e tu me negas um gole de água? O mercador retrucou: Se adquiriste conhecimento o fizeste para teu proveito. Salik disse: Ocupei-me com a Escritura durante trinta anos e tu te recusas a matar a minha sede? O mercador respondeu: Se estudaste a Escritura, não te vanglories por isso, pois para isso foste criado. Foste destinado por Deus para que reconheças a lei, a mim Ele encarregou de apanhar água, carregá-la nas costas, vendê-la e assim alimentar os meus. Então Salik se voltou e retornou entristecido para a casa dos pais. Rasgou suas roupas na presença do pai e da mãe e falou: Todo o conhecimento que adquiri não vale uma moeda pela qual se pode comprar um gole de água. Permiti-me seguir outro caminho.

"Um homem paciente é preferível a um herói." Rabi Kahana não repreendeu o filho e não gritou com ele, pois falou para si: "Não procures mudar o teu próximo enquanto ainda perdura a sua cólera". Mas a Salik ele disse: Meu filho, queres escolher outro caminho? O jovem respondeu: Esse é meu desejo. Rabi Kahana disse: Traze minha caixinha de jóias, abre-a e tira o pequeno objeto de prata que ali se acha. Salik assim procedeu. Seu pai abriu o pequeno objeto e o fez ver uma maravilhosa pérola de reflexos avermelhados. Falou-lhe: Meu filho, pega esta jóia e vai com ela ao mercado, onde se vendem as pedras falsas que são fabricadas com chumbo e vidro. Procura saber por quanto é avaliada a tua pérola, mas não a vendas àqueles homens. Depois percorre as filas onde são vendidas pedras verdadeiras; ali entrega tua pérola. Metade do dinheiro se destinará aos meus dias de velhice; a outra metade será tua. Os teus próprios parentes não tiveram consideração por ti nem para te dar um gole de água gratuitamente; portanto, os outros homens terão menos respeito ainda pela tua dignidade. Depois que venderes a pérola, guarda tua parte e terás acesso a todos os lugares, pois: "O dinheiro faz emudecer todas as perguntas".

Então Salik foi primeiro ao lugar em que se negociavam pedras falsas. Ofereceram-lhe uma moeda de prata por sua pérola. Ele então a embrulhou e não a vendeu. Em seguida foi ao outro mercado, onde estavam expostas as pedras verdadeiras. Aqui um negociante lhe ofereceu mil peças de prata, mas Salik também não quis vender a pérola a este. O segundo negociante ofereceu-lhe mais, o terceiro mais ainda, e somente o décimo comprou a pérola; mas pagou por ela o preço de duas mil e quinhentas moedas de ouro. Salik recebeu o dinheiro, foi para casa e chamou o pai: Pois bem, vamos dividir a soma entre nós. Ao que Rabi Kahana respondeu: Meu filho, não te dei a pérola apenas para vender, mas para que o caso te servisse de lição.

3. O Ensinamento Alimenta Seus Fiéis

O MESTRE Rabi Chanina casara-se com uma mulher que trouxera grande fortuna consigo, e assim ele vivia na opulência. Mas, depois que comia e bebia, costumava dizer à sua mulher: Não penses que vivo de teus haveres; é o Senhor que me alimenta como recompensa por eu e meus discípulos estudarmos o seu Ensinamento. Essas palavras aborreciam muito a mulher, mas ela não deixou que Chanina o percebesse.

Os vestidos das mulheres são longos, mas a sua inteligência é curta. Um dia, a mulher de Chanina falou a seu servo e à sua criada: O que fazer com meu marido? Mesmo que eu lhe ofereça a refeição mais deliciosa, isso de nada me adianta, e ele não me agradece, mas diz sempre que o Senhor recompensa seu fervor. Agora quero ver se o Ensinamento irá saciá-lo só uma vez. E ela tirou toda a comida guardada e, com as criadas, levou-a para fora de casa.

ENQUANTO ISSO, Chanina estava na casa de estudos ocupando-se com a Escritura. Na mesma hora um navio navegava no oceano e estava prestes a ir ao fundo. Os viajantes gritaram: Salva-nos, Aquele cujo nome é abençoado, ó Deus no qual Chanina crê; se chegarmos a salvo em terra, daremos a Chanina o dízimo de tudo o que possuímos no navio. Esse clamor chegou aos ouvidos de Chanina; ele foi ao sagrado templo e orou pelos aflitos. Ao deixar o templo, os capitães do navio mercante lhe vieram ao encontro, caíram a seus pés e falaram-lhe: Caro senhor, sobe conosco ao navio e toma o que é teu. Assim Chanina os acompanhou e os homens lhe deram um dízimo de tudo o que havia no navio, do ouro, da prata e das pedras preciosas. Chanina ordenou que tudo fosse levado para sua casa.

Quando o devoto chegou em casa, não encontrou ninguém. Então percebeu que todos tinham ido embora porque ele falara contra sua mulher, considerando que a comida e a bebida vinham de Deus, e não dela. Falou aos discípulos: Ide e contratai servos e criadas para que nos preparem um grande banquete. Os discípulos apressaram-se em fazê-lo e Chanina ordenou que fossem chamados os mais nobres eruditos na Escritura. Eles vieram, comeram e se regozijaram com ele.

QUANDO A MULHER de Chanina soube de tudo isso, voltou para casa, caiu aos pés do marido e lhe pediu perdão por ter ido embora. Depois disse: Feliz o Senhor, que vos escolheu para vos consagrardes ao seu Ensinamento e para que convosco se realize o que está escrito: "Que faz vir de longe o seu pão"*.

4. O Menino no Navio

CERTA VEZ um menino hebreu quis viajar por mar e subiu num navio. No navio havia viajantes de todos os setenta povos e cada um usava no pescoço a imagem do seu ídolo. Eis que uma tempestade se levantou sobre o oceano e cada um tomou seu ídolo na mão, apertou-o contra o corpo, beijou-o e clamou em alta voz: Vem e salva-me deste perigo. O vento, porém, não se acalmou e os homens se arrancavam barba e cabelos, caíam perante seus ídolos e se torciam diante deles. Mas, vendo que nada adiantava, falaram entre si: não há nada de genuíno nesses nossos deuses; consta que neste navio se encontra um menino que é de fé hebraica. Esse menino, porém, quando a tempestade começara a rugir, enfiara-se no interior do navio e ali adormecera. Eis que os navegantes se aproximaram dele e lhe disseram: Estamos em grandes apuros e tu, deitado aí, dormes? Ergue-te e reza a teu Deus, talvez ele queira se lembrar de nós e nos livre da destruição. Nessa hora o menino ergueu-se, orou a Deus e bradou: Senhor do mundo! Deixa que teu poder e a grandeza de teu nome se revelem hoje; recorda os patriarcas Abraão, Isaac e Jacó e o que lhes prognosticaste; que todos os povos reconheçam agora que és o verdadeiro Deus e que és um Deus misericordioso e brando. Imediatamente o Santíssimo, louvado seja, acenou ao oceano e as ondas se acalmaram. O navio seguiu deslizando.

---

* Prov. 31, 14.

Quando alcançaram a margem e os viajantes pisaram em terra, cada um comprou alimentos para si e disseram ao menino: Abastece-te também de comida. O jovem respondeu: O que quereis de um pobre menino como eu? Não possuo dinheiro para comprar coisa alguma. Então os pagãos falaram: Não podes ser considerado pobre, porém rico; pobres são aqueles que invocam os seus deuses e não recebem resposta. Tu, porém, onde quer que estejas, és atendido pelo teu Deus. Ao que o menino falou: Ó simplórios, vossos deuses estão pendurados em vossos pescoços e no entanto estão longe; o meu Deus, porém, parece estar longe, contudo está perto, conforme está escrito: "Perto está o Senhor daqueles que o invocam", e: "Onde existe mais um povo, cujo Deus esteja tão perto, como o nosso Deus está perto daqueles que o invocam". Os pagãos logo abriram suas bocas e falaram: Teus lábios dizem a verdade!

ASSIM TAMBÉM o Senhor advertiu Israel: Meus filhos, amai-me e invocai-me como o único Deus, de manhã, ao meio-dia e de noite, e eu vos protegerei de dia e de noite, conforme está escrito: "Não dorme e não cochila o guardião de Israel".

5. O Comércio dos Sábios

COMERCIANTES viajavam certa vez num navio e junto com eles estava um homem versado na Escritura. Os viajantes perguntaram-lhe: Onde tens tua mercadoria? O sábio respondeu: Está bem guardada numa caixa. Os negociantes rebuscaram por todo o navio e nada encontraram que pertencesse ao homem. Então começaram a zombar dele. Mas, quando o navio chegou ao porto, apareceram fiscais de impostos e levaram embora tudo o que havia no navio, não deixando nada para os homens. O devoto foi à casa de estudos do lugar e lá leu a Escritura. Os habitantes da cidade prestaram-lhe todas as homenagens e convidaram-no para comer e beber. Então vieram os companheiros de viagem do homem e falaram-lhe: Pedimos-te interceder em nosso favor junto aos cidadãos dessa cidade, a fim de que cuidem de nós e não nos deixem morrer de fome. O devoto assim fez e os comerciantes foram recebidos com respeito graças à sua interferência.

Daí provém o ensinamento: "O comércio dos sábios vale mais que o comércio de dinheiro"*.

---

* Prov. 3, 14.

6. A Enlutada

HAVIA CERTA VEZ um homem devoto que sempre procurava um lugar ermo e lá estudava o ensinamento da Chagiga, ou seja, aquele trecho do Talmud que trata dos sacrifícios expiatórios e de graças a serem oferecidos nas festas de peregrinação em Jerusalém. Ele virava as páginas muitas vezes e repetia os preceitos até ter compreendido bem tudo e ter ficado familiarizado com o livro. Não conhecia nenhum outro trecho do Ensinamento oral e somente lia a Chagiga todos os seus dias.

Quando o devoto deixou o mundo, não havia ninguém em sua volta e assim ninguém sabia que ele morrera. Então apareceu uma figura feminina, colocou-se diante do morto e começou a chorar alto e a se lamentar. Ela suspirou e gritou por tanto tempo que o povo se reuniu. A mulher falou-lhes: Chorai este devoto homem e sepultai-o, honrai seu caixão e vida eterna vos será destinada. Este homem me honrou durante todos os dias de sua vida, eu não estive abandonada nem esquecida.

Logo depois todas as mulheres do lugar se reuniram, sentaram-se junto com ela e elevaram um grande e amargo lamento; os homens arranjaram a mortalha e se preocuparam com o enterro. Depois levaram o homem à sepultura com muita solenidade e a mulher estranha não parava de chorar. Então lhe perguntaram: Qual é o teu nome? Ela respondeu: Meu nome é Chagiga.

DEPOIS que o devoto homem foi sepultado, aquela mulher desapareceu e nunca mais foi vista. Então os homens souberam que se tratava de Chagiga, que viera sob a forma de uma mulher a fim de chorar e lamentar o homem depois de sua morte e o acompanhar à sua sepultura, em virtude de ele sempre ter-se ocupado com ela e ter procurado conhecê-la.

7. No Templo Idólatra

UM JUDEU, que era aleijado, ouviu falar de um templo idólatra onde cada paralítico que entrava saía curado. Então ele falou: Vou lá, talvez eu também seja curado.

Por isso foi lá e passou uma noite no lugar junto com outros doentes. Então, à meia-noite, quando todos dormiam, viu sair um diabo da parede; este tinha na mão uma vasilha com óleo e untou com ele todos os enfermos; somente não deu atenção ao judeu. Então este perguntou: Por que não me untas? O filho de Satã respondeu: Não és um judeu? Por que vens aqui? Acaso um judeu vai a um lugar onde é praticada a idolatria? Não sabes que isso não contém nenhum sentido vivo? Somente os deixo ficar curados para que se sintam fortalecidos em seus erros e não participem da vida futura. Tu, porém, por que invocaste o auxílio de deuses estranhos e não foste para diante do Santo, louvado seja, para que te ajude? Pois então saiba, amanhã teu sofrimento teria fim e tu serias curado; mas, uma vez que assim procedeste, jamais encontrarás a cura.

POR ISSO o homem não confia em ninguém além de Deus, o Senhor e Rei, o único que concede a cura sem pedir nada em troca.

8. O Hipócrita

NÃO DEVES usar o nome do teu Deus em vão. Não te finjas de devoto se não és devoto.

Um judeu, que levava consigo uma bolsa cheia de dinheiro, chegou num sexta-feira a uma cidade na qual não conhecia ninguém. Viu um homem sentado na casa de oração – era um pagão convertido – que estava envolto num xale de oração e tinha os filactérios amarrados em torno da cabeça. Este pareceu ser um homem importante ao recém-chegado, pois observava fielmente os mandamentos, e assim lhe deu sua bolsa de dinheiro para guardar. Terminado o Sábado, foi ao que rezara e pediu seu dinheiro de volta. Aquele então respondeu: Não sei do que falas! O judeu ficou muito desgostoso com isso e exclamou: Senhor dos Universos! Tu sabes que eu não confiaria meu dinheiro a este homem se não tivesse visto ele cumprir os teus mandamentos. Na mesma noite, o profeta Elias apareceu em sonho ao logrado e disse: Vai amanhã à esposa do homem e fala-lhe assim: Devolve-me a minha bolsa; se ela te perguntar por um sinal, então dize-lhe que o sinal é que ela e o marido comeram pão fermentado na noite de Pessach e carne de porco na noite do Dia da Expiação.

DE MANHÃ o judeu foi ter com a mulher daquele impostor e transmitiu-lhe esses sinais. Então ela lhe entregou o saco de dinheiro. Quando o ladrão voltou para casa e perguntou à mulher pelo dinheiro, ela lhe respondeu: O dono do dinheiro esteve aqui e o levou, e apresentou isso e aquilo como prova. Então o malfeitor falou: Já que o fato se tornou notório, retornemos abertamente ao nosso antigo mau caminho.

Este é o castigo para todos os que praticam tais coisas!

9. A Pérola

NOSSOS SÁBIOS, abençoadas sejam suas memórias, contavam: Um rico pagão tinha como vizinho um judeu de nome José, o Venerador do Sábado. Era assim chamado porque costumava gastar mais do que podia para homenagem do Sábado e se alimentava parcamente durante a semana só para comemorar o Sábado com dignidade. Não era daqueles que acumulam bens, não possuía nenhum tesouro oculto.

Eis que um dia os sábios e astrólogos falaram ao pagão que era vizinho de José: Saiba que toda a tua riqueza e haveres serão herança deste judeu, e ele se alegrará com eles. O homem se assustou com isso e ficou com muito medo; juntou tudo o que possuía, seu dinheiro e suas preciosidades, e com isso comprou uma única pérola grande, a qual costurou dentro do chapéu que sempre usava na cabeça.

UM DIA, então, aconteceu que o pagão passeava na margem do Eufrates, quando de repente veio uma forte ventania do oceano que arrancou o chapéu da cabeça do homem e atirou-o ao mar. Deus imediatamente enviou um grande peixe, e este engoliu o chapéu com a pérola. Depois de alguns dias um pescador pescou esse peixe e perguntou a seu companheiro: Quem me comprará este peixe? O outro respondeu: Não encontras para isso melhor comprador do que José, o Venerador do Sábado. E o conduziu ao devoto homem. Este comprou o peixe por um preço elevado e, quando cortou sua barriga para prepará-lo em homenagem ao Sábado, encontrou a pérola dentro. Vendeu-a por muito dinheiro e assim se livrou de sua indigência. Sua fortuna cresceu cada dia mais e ele foi um homem rico pelo resto da vida.

10. O Alfaiate e o Governador

CERTA VEZ, havia um devoto homem que comemorava de maneira especial os Sábados e os dias festivos. Uma vez o Dia da Expiação caiu num Sábado, e o devoto foi ao mercado para comprar um peixe em homenagem ao duplo feriado. Mas só havia um grande peixe, e além do hebreu também um criado do governador o queria. Um oferecia mais pelo peixe do que o outro e um procurava ultrapassar o oferecido pelo outro. Vendo isso, o devoto falou ao pescador: Pago-te um dinar por libra. O peixe, porém, era pesado e o hebreu teve que pagar caro por ele. À noite, o governador sentou-se à mesa e falou ao seu chefe de cozinha: Não conseguiste nenhum peixe? O servo respondeu: Havia só um peixe no mercado, e este foi adquirido por um judeu, que pagou um dinar por libra. Então o governador disse: Como deve ser rico esse homem, para comprar um peixe tão caro. E perguntou ao cozinheiro: Conheces o homem? O cozinheiro respondeu: Eu o conheço bem. Então o administrador falou: Manda-o vir aqui. O criado foi buscar o devoto homem, e quando chegou o governador perguntou-lhe: Qual é a tua profissão? O homem respondeu: Sou alfaiate de ofício. Então o governador falou: Acaso um homem da tua posição pode comer um peixe que custa um dinar a libra? Não há explicação, a não ser que sejas rico. O judeu respondeu: Senhor, permite-me que eu fale contigo. O governador disse: Pois fala. Então o devoto homem falou: Existe para nós um dia por ano no qual nos é perdoado tudo o que pecamos durante o ano. Precisamos honrar muito esse dia. Então o administrador falou-lhe: Já que apresentaste uma razão tão justa pela tua atitude, não te acontecerá nenhum mal. E o deixou ir em paz.

MAS O SENHOR recompensou o pobre e o fez encontrar uma pérola no peixe, com a qual pôde se sustentar a vida inteira.

11. Dois Filhos

UM MESTRE do Talmud falou: Alguns deixam seu pai comer faisões e mesmo assim não participarão do mundo vindouro; um outro faz o seu pai mover a mó do moinho e lhe é conferida a vida eterna. Um judeu tinha um filho, e este costumava trazer-lhe diariamente um par de pombos, alimentando-os bem e dando-lhes de beber. Então um dia o pai perguntou ao filho: Meu filho, de onde vem tudo isso? O filho respondeu então: Come, seu cachorro vesgo, o que te dão; para que precisas perguntar de onde vem?

Um outro caso: Certa vez foi decretada uma lei segundo a qual aquele que estivesse ocioso e não trabalhasse teria decepados pés e mãos. Havia um homem que movia a mó do moinho e deixava seu pai repousando na cama. Um dia, vieram os servos do rei para fiscalizar. Então o filho falou ao pai: Pai, move tu a mó agora e eu me deitarei na cama. Os criados vieram e encontraram o filho deitado na cama. Então levaram-no à presença do rei e lhe foram decepados pés e mãos. Mas, por ter salvo seu pai, foi recompensado com a vida eterna.

12. O Erudito da Escritura e Seu Companheiro no Paraíso

ELIAS apareceu em sonho ao mestre Rabi Iosua ben Ellen e disse-lhe: Alegra-te, pois sentarás no paraíso com o açougueiro Nanna, da aldeia de Kitor, e a parte de ambos será igual. Quando Iosua despertou, consultou seu coração sobre o fato e disse: Ai de mim! Desde o dia em que nasci, vivi temendo a Deus e não fiz outra coisa senão estudar a Escritura; não dei um passo maior do que quatro côvados sem franjas rituais e filactérios; oitenta discípulos sentam-se aos meus pés, e agora minhas ações e meu conhecimento não valem mais do que as ações de um açougueiro. Juro que não entrarei na casa de estudos antes de ter visto esse homem que será meu companheiro no Éden.

O devoto então se pôs a caminho com seus discípulos. Andaram de cidade em cidade, de país em país, e perguntaram em toda parte por um açougueiro de nome Nanna, da aldeia de Kitor, até que encontraram o lugar. Chegando lá, Rabi Iosua perguntou: Onde reside por aqui o açougueiro Nanna? Os habitantes responderam: Senhor, por que perguntas por esse homem? Tu és um justo e és uma coroa de Israel e te preocupas com tal medíocre? Mas Iosua continuou a perguntar: Dizei-me, quais são as ações desse homem? As pessoas responderam: Senhor, que te importa esse açougueiro? Fica aqui com teus discípulos; refrescai-vos, pois estais cansados da jornada. O mestre respondeu: Pelo culto! Nem eu nem meus discípulos provaremos qualquer coisa antes de me apresentardes esse açougueiro. Então os homens mandaram chamar Nanna, dizendo-lhe: O mestre Rabi Iosua te chama. O açougueiro respondeu: Quem sou eu e quem são meus antepassados para que Rabi Iosua, um luminar de Israel, pergunte por mim? Os emissários disseram: Levanta-te e vem conosco. Mas o açougueiro pensou que estavam zombando dele e disse: Não irei convosco.

ENTÃO os encarregados foram novamente ter com Rabi Iosua e relataram: Ó luz de nossos olhos, quisemos trazer o homem para cá, mas ele não quis vir. O próprio Rabi Iosua imediatamente se pôs a caminho e foi com seus discípulos ao açougueiro. Quando este avistou o mestre, prostrou-se diante dele e disse: Meu senhor, o que encontraste em mim, e em que este dia é diferente dos demais para que me procures? Rabi Iosua respondeu: Tenho um pedido a te fazer. Nanna disse: Fala, meu senhor. Rabi Iosua perguntou: Que ofício praticas? Nanna respondeu: Senhor, nada mais sou do que um açougueiro e ainda tenho pai e mãe vivos; estes têm idade avançada e não podem mais ficar em pé nem sentar; assim, diariamente os visito, lavo e alimento.

Então Rabi Iosua ergueu-se, beijou a cabeça do açougueiro e falou: És bem-aventurado e maravilhoso é teu destino; bem-aventurado teu pai que te gerou; sorte minha que fui achado digno de ser teu companheiro no além!

PORTANTO, que Israel obedeça sempre ao mandamento de honrar pai e mãe; pois honrar pai e mãe significa honrar a Deus.

13. Os Filhos do Beberrão

OUTRORA vivia um velho que tinha dois filhos. Esse homem gostava muito de vinho e era dedicado à bebida. O que os filhos ganhavam de dia, o pai bebia de noite. Então um irmão falou ao outro: O que fazer com nosso pai? Tudo o que ganhamos ele gasta em vinho, e nós nem podemos comprar sapatos. Se quiseres me ouvir, vamos guardar nosso salário de dois ou três dias e depois daremos tanto vinho ao nosso pai que ele adormecerá de embriaguez. E assim fizeram. Deixaram o pai tomar uma grande quantidade de vinho de uma só vez, até que ele caiu em profundo sono. Depois chamaram seus vizinhos e disseram-lhes: Vinde enterrar nosso pai, ele morreu. Fizeram mortalha para o velho homem e levaram-no ao cemitério. Nessa época era costume escavar buracos nos rochedos e lá colocar os caixões dos mortos. Assim, também o beberrão foi levado a uma tal escavação, e ele não se mexeu ou moveu em seu sono. Seus filhos, então, voltaram para casa.

No dia seguinte, passaram por esse lugar ismaelitas com vinho e pão, com carne assada e várias espécies de comida. Deviam levar tudo para um lugar que estava sendo sitiado por inimigos. Contudo, foram descobertos e perseguidos. Então esconderam sua carga nas escavações das sepulturas e fugiram em seus camelos. No terceiro dia, o velho acordou e se assombrou consigo mesmo; não podia compreender onde se encontrava. Tateou em volta e chamou em voz alta, mas nenhuma voz humana soou como resposta. Então estendeu a mão um pouco mais longe e deparou com os cântaros cheios de vinho, depois com o pão, a carne e o queijo. Falou: Meus filhos me trouxeram para cá, mas louvado seja meu Criador, que me auxiliou! E o beberrão sentou-se, comeu e bebeu até que se embriagou e começou a cantar e a brincar.

MAS DEPOIS que decorreram três dias os filhos do velho também quiseram descobrir se o pai estava morto ou reanimado; chegaram à abertura do rochedo e ouviram seu pai cantar na sepultura. Então falaram: Ele ainda está vivo. Entraram na caverna e perguntaram! O que aconteceu contigo, pai? Ele lhes respondeu: Ó malvados, tivestes más intenções comigo, Deus porém transformou-as em bem e conservou-me a vida. Sumi daqui! O Senhor continuará a me alimentar. Os filhos então se aperceberam do vinho e da abundância das outras dádivas. Falaram ao pai: Pai, volta para a nossa casa; juramos que te alimentaremos enquanto vivermos. E carregaram os alimentos e as bebidas e levaram tudo para casa e a partir de então cuidaram fielmente das necessidades de seu pai.

14. Fratricídio

NÃO MATARÁS, diz a Escritura. Não te tornes culpado de uma morte, e não deixes nenhum sangue humano clamar por ti.

Um sábio falou: Diante da entrada do inferno existem dois átrios; um é chamado de exterior e o outro de interior; no átrio exterior completam suas vidas aqueles que morreram de morte violenta. Por isso o profeta diz: "No fim dos meus dias eu irei à cova e terminarei de viver os meus anos". Mas o Senhor diz: Aquele que mata um homem rouba minha propriedade e me faz parecer cruel.

Todos os pecados são perdoados, com exceção do pecado do derramamento de sangue, conforme está escrito: "Quem derramar sangue de um homem, por outro homem tenha seu sangue derramado"*. Em resposta um sábio falou: Quantos existem que assassinaram e que no entanto acabaram morrendo em seu leito. Responderam-lhe: Quando um dia se iniciar a era futura, também será reclamado o sangue daqueles assassinos.

CONTA-SE que havia outrora dois irmãos; um deles matou o outro. Então a mãe pegou uma taça e encheu-a com o sangue do assassinado; levou o recipiente para uma torre e ia todos os dias ver o sangue. Este não parava de borbulhar.

Mas um dia a mulher subiu à torre e viu o sangue parado na taça. Nessa hora soube que seu filho, o que matara o irmão, também fora morto e que se cumprira nele o que está escrito: Quem derramar o sangue de um homem, por outro homem terá seu sangue derramado.

---

* Gênesis 9, 6.

15. As Testemunhas
ou Doninha e o Poço

UMA MOCINHA estava retornando à casa de seu pai – estava enfeitada com ouro e prata e era de bela aparência. Mas ela se perdeu, errou o caminho e não viu nenhuma localidade habitada à sua frente. Chegada a hora do almoço, ela ficou com sede; então, percebeu um poço em cuja corda pendia um balde, agarrou a corda, desceu e bebeu da água. Depois que se refrescou, quis subir novamente, mas não podia mais sair. Então começou a chorar e a gritar.

Nessa mesma hora passava pelo caminho um jovem, e este ouviu a voz da mocinha; aproximou-se do poço, olhou para dentro, mas não pôde ver nada. Então chamou: Quem és? Descendes de homens ou és um espírito? A mocinha respondeu: Sou uma criatura humana. Ao que o jovem falou: Talvez sejas mesmo um mau espírito e te estás disfarçando para que eu não te reconheça. A voz retrucou: Não, eu sou um ser humano. Então o rapaz falou: Jura-me que o és. A mocinha jurou. Então ele perguntou: Como é que foste parar aí? Ela lhe contou o ocorrido. Então ele falou: Eu te salvarei, mas depois serás minha. A mocinha respondeu: Que seja como dizes.

Assim o jovem a retirou do poço; mas, quando avistou a mocinha, logo quis coabitar com ela. Ela então falou: A que povo pertences? O rapaz respondeu: Sou um filho de Israel, habito tal e tal cidade e sou de descendência sacerdotal. Ao que a donzela disse: Também eu nasci de uma estirpe muito conhecida, cujos membros são homens de renome. Mas já que és de uma tribo tão importante, que Deus escolheu e santificou entre todos os povos, queres proceder comigo como um animal, sem voto de matrimônio e casamento? Vem ter com meu pai e minha mãe, e depois me casarei contigo. Assim, os dois firmaram uma aliança. Mas a mocinha falou: Quem será testemunha entre mim e ti? Havia uma doninha que passara por eles e o rapaz falou: Pelo céu, a doninha e o poço serão testemunhas de que não mentiremos um ao outro. E os dois partiram, cada um no seu caminho.

A DONZELA cumpriu fielmente a sua palavra, rejeitando todo homem que queria casar com ela. Mas, como queriam que ela ficasse noiva a todo custo, comportava-se como uma pessoa acometida de espasmos, rasgava suas vestes e as vestes de todos os que se aproximavam dela, de forma que passaram a evitá-la. Fielmente, assim, ela cumpriu o juramento que fizera àquele peregrino.

Mas assim não fez o homem. Quando a perdeu de vista, deixou-se levar pelo seu impulso e esqueceu a donzela; voltou para sua cidade, dedicou-se ao seu trabalho e tomou outra moça por esposa. Esta concebeu e teve um filho. Mas, quando a criança estava com três meses, foi estrangulada por uma doninha. A mulher concebeu de novo e teve um segundo filho, mas este caiu num poço e se afogou. A mulher falou ao marido: Se teus filhos tivessem morrido como toda a gente, eu diria: Certamente é justo o castigo que nos atinge. Mas, como morreram de forma tão estranha, sem dúvida deve existir alguma razão oculta. Confessa-me o que fizeste? Então o marido lhe revelou o que outrora lhe acontecera. A mulher falou: Volta ao caminho que Deus te indicou.

ASSIM, o homem foi à cidade em que habitava aquela donzela e perguntou por ela. Então as pessoas lhe disseram: Ela é acometida de espasmos e procede de tal e tal maneira com todo aquele que a pede em casamento. Mesmo assim o arrependido foi ter com o pai da donzela e este lhe relatou o que havia com a filha. Mas o recém-chegado falou: Desejo me casar com ela, mesmo que esteja possessa. Então o pai chamou testemunhas de casamento. O noivo quis se aproximar da donzela; ela, então, começou a se fazer de louca diante dele também. Mas ele disse: Doninha e poço são nossas testemunhas. O espírito da donzela imediatamente se acalmou e ela falou: Também eu sempre me recordei da minha aliança contigo. Então se uniram, foram prolíficos e se multiplicaram, geraram filhos e enriqueceram. Deles diz a Escritura: "Meus olhos cuidam dos fiéis da terra, para que habitem comigo".

16. *A Justiça de Deus*

VIVIAM outrora dua irmãs que eram muito parecidas. Então uma delas cometeu adultério e seu marido decidiu levá-la diante do sacerdote em Jerusalém e fazê-la beber da água amarga que castiga a má ação*. O que fez a mulher? Procurou a irmã e falou-lhe: Irmã, meu marido foi acometido pelo ciúme e eu sei que ele pretende me pôr à prova no Templo. Nós duas somos parecidas em tudo; tu és osso do meu osso e carne da minha carne; portanto, age comigo como é próprio de uma irmã amorosa e encobre minha vergonha e minha desonra, pois também tu terias de suportar

---

* Vide Num. 5.

a ignomínia que me atingiria. Prepara-te e vai com meu marido ao sacerdote; bebe tu da água amarga, pois és pura e não há pecado em ti. A irmã respondeu: Assim farei — e as duas mulheres dormiram juntas nessa noite. De manhã, a inocente levantou-se e foi com o marido da irmã ao sumo sacerdote. O sacerdote ofereceu-lhe a bebida misturada com a cinza, mas a água não teve nenhum efeito maléfico sobre ela, pois estava isenta de culpa. Quando voltou do Templo, foi beijada e acariciada pela irmã, pois esta estava repleta de alegria e de amor. E a mulher culpada falou: Agora posso continuar a cometer adultério.

MAS FOI vontade do Senhor que a irmã culpada, ao beijar, absorvesse o veneno da funesta bebida. De repente seu rosto se tornou verde; seu ventre inchou, sua cintura desapareceu e a mulher caiu morta. Assim Deus tornou público o pecado que a mulher cometera secretamente.

17. Conversão

AQUELE QUE se ocupa especificamente com um mandamento não raro é salvo por ele da ruína e lhe é reservada ainda uma recompensa no mundo futuro. Contam os nosso mestres:

Havia outrora um rico jovem que observava os mandamentos, mas sobretudo o mandamento das franjas rituais*. Cuidava sempre que não faltassem as franjas nas bordas de sua veste. Certo dia o jovem foi informado sobre uma meretriz romana que residia numa longínqua cidade do litoral e que exigia quatrocentas moedas de prata de cada visitante. Então ele se pôs a caminho, foi àquela cidade, chegou diante da porta da casa onde morava a mulher e pediu para entrar. Uma criada saiu e o jovem lhe deu as quatrocentas moedas de prata. A criada tomou o dinheiro e o entregou à senhora. Este falou: Dize ao estrangeiro que agora vá embora e retorne mais tarde. A criada deu o recado. O jovem foi embora e esperou pela hora determinada. Depois voltou e se pôs novamente à porta daquela casa. A criada informou a senhora sobre isso e esta ordenou que deixassem o visitante entrar. Assim o jovem entrou na casa e chegou a um aposento; lá havia doze leitos, seis de prata e seis de ouro, todos cobertos com preciosos tapetes, e numa das camas estava sentada a prostituta toda nua.

---

* Vide Num. 15, 37-41.

Quando o jovem quis tirar o manto, as pontas de sua veste juntaram-se e os quatro pingentes de franjas pareceram-lhe quatro testemunhas. Então ele se prostrou, envergonhado e humilhado, e escondeu sua face. Vendo isso, a mulher desceu do leito e insistiu com o jovem: não te deixo sair daqui enquanto não me disseres qual defeito ou mácula viste em meu corpo. O jovem respondeu: Em toda a minha vida jamais vi mulher mais bela do que tu, e não encontrei nenhuma falta em ti. Mas o Todo-Poderoso nos deu o mandamento das franjas rituais, e duas vezes consta em sua Lei: "Eu sou o Senhor, vosso Deus" – como se primeiramente quisesse dizer: Culparei todo aquele que transgredir meu preceito; e depois: Derramarei o bem sobre todo aquele que o guardar. Avistando agora os pingentes na minha veste, eles me pareceram quatro testemunhas que prestariam depoimento sobre mim; temi pela salvação e orei ao Senhor para que me perdoasse. Então a mulher insistiu novamente com o rapaz, dizendo-lhe: Não te largo antes de me dizeres o teu nome e o da cidade de onde vens; também quero saber o nome do mestre que te instrui e o lugar onde se encontra sua casa de estudos. O jovem teve que lhe contar tudo, pois a mulher o impeliu a isso. Depois ele a deixou, alegre e bem-humorado por ter dominado o impulso, aplacado o desejo e escapado do pecado.

Depois desse acontecimento a mulher tomou a decisão de dividir sua fortuna em três partes; deu uma parte ao rei, a segunda distribuiu entre os pobres e guardou a terceira parte para si. Depois foi à casa de estudos e chegou ao mestre de quem aquele jovem era discípulo. Ela externou seu desejo de se converter ao judaísmo e pediu para tomar sob sua orientação o banho de imersão, através do qual se passa a fazer parte da comunidade de Israel. O mestre falou: Some daqui! Provavelmente desejas um de meus discípulos e queres tomá-lo para marido. A mulher então entregou ao mestre uma folha na qual estava relatado tudo o que acontecera entre ela e o jovem. O mestre leu e assim ficou sabendo de todo o acontecido. Então falou ao discípulo: Deus te guardou de coabitar com ela de maneira pecaminosa porque tiveste receio pela tua alma e cumpriste o seu mandamento. Depois o mestre ordenou que a mulher fosse levada ao banho termal.

O jovem casou-se com ela e deles nasceram muitos sábios e eruditos na Escritura.

18. *Noivo e Noiva*

QUE O HOMEM jamais fale de coisas futuras sem na hora se recordar do Senhor. Um jovem falou na véspera do seu casamento: Amanhã estarei com minha noiva sob o dossel celestial e ela se tornará minha mulher. As pessoas então lhe falaram: Dize, se Deus quiser! Mas o jovem respondeu: Se Deus quiser ou não quiser, amanhã nós nos casaremos.

No dia seguinte, foi com a noiva sob o dossel e juntos ficaram o dia inteiro. À noite, os dois foram para a cama, mas antes que o jovem tivesse se aproximado da donzela ambos morreram. Na manhã seguinte os dois juntos foram encontrados mortos.

19. As Três Irmãs

CERTA VEZ havia um homem que tinha três filhas; uma das filhas era ladra, a outra era preguiçosa, a terceira era mexeriqueira. Um amigo do homem que tinha três filhos foi ter com ele e quis pedir as três donzelas em casamento para os filhos. Mas o pai das moças falou-lhe: Minhas filhas não merecem se casar com os teus filhos. Então o outro perguntou: Por quê? O homem respondeu: Porque uma gosta de furtar, a outra não faz nada e a terceira espalha mexericos. Contudo o pai dos filhos falou: Nem que seja assim, eu quero casar tuas filhas com os meus filhos. E tomou as três irmãs, levou-as para sua casa e fez seus filhos se casarem com elas. Mas o que é que o sogro fez com as jovens mulheres? Colocou a ladra como senhora de tudo o que lhe pertencia; fez da preguiçosa inspetora de todos os seus escravos e escravas. Todas as manhãs visitava a mexeriqueira e lhe perguntava como ia passando. Algum tempo depois o pai das três irmãs veio visitar as filhas. A ladra e a preguiçosa o enalteceram e disseram: Pai, que todas as bênçãos repousem em tua cabeça por nos teres trazido a esta casa; encontramos muito conforto aqui. Mas a caluniadora falou: que todas as maldições caiam sobre ti. Toda pessoa dá sua filha a um homem, tu, porém, me casaste com dois – com o pai e com o filho ao mesmo tempo. Se não acreditas, esconde-te embaixo da minha cama e observa o que vai acontecer; assim que meu marido sai para trabalhar, aparece seu pai que me importuna com suas propostas.

O PAI DA jovem mulher, então, escondeu-se sob a cama dela e logo depois apareceu o sogro e saudou a nora da forma costumeira; debruçou-se sobre ela e beijou sua fronte, conforme costumava fazer diariamente.

A mulher então falou: Deixa-me, meu próprio pai está aqui. Então o homem que estava escutando embaixo da cama acreditou que o pai de seu genro tinha realmente idéias pecaminosas; saiu do esconderijo e matou o velho. Quando os filhos do morto souberam disso, indignaram-se e estrangularam o sogro. A caluniadora dirigiu-se à casa das mulheres para prantear seu pai, mas também ela foi morta.

Vê daí que uma má língua pode matar três criaturas humanas, a que fala, a que ouve, bem como a caluniada; mas aquele que acredita na calúnia é atingido pelo castigo ainda antes do que aquele que a espalha.

20. A Propriedade dos Pobres

UM RICO HOMEM possuía um campo que produzia anualmente mil medidas de trigo. Destas entregava cada ano cem medidas como dízimo. Enquanto viveu, observou esse preceito. Quando ficou mortalmente doente, chamou seu filho e lhe falou: Meu filho, saiba que a terra que te deixo produz anualmente mil medidas; cuida sempre de guardar cem medidas para o dízimo, conforme eu costumava fazer.

DEPOIS QUE o devoto morreu, o filho tomou posse da herança. Novamente o resultado da colheita foi de mil medidas e o filho retirou cem medidas para o dízimo. Mas no ano seguinte verificou que o tributo era muito grande e decidiu no futuro não mais pagar o dízimo. A colheita logo diminuiu e o jovem colheu apenas cem medidas. Ficou muito desgostoso com isso. Quando seus parentes souberam disso, foram visitá-lo ostentando roupas brancas festivas e de espírito alegre. O descontente falou: Parece-me que estais satisfeitos com a minha desgraça. Eles responderam: Acaso devemos ficar aborrecidos quando tu mesmo és culpado dessa miséria? Por que não pagaste o dízimo conforme é devido? Medita bem no teu caso; no início, quando o campo se tornou tua propriedade, tu eras o seu dono, mas Deus era o sacerdote a quem cabia o dízimo para ser distribuído entre os pobres. Agora, porém, o próprio Deus se tornou dono do campo e tu és o sacerdote ao qual a terra apenas produz sua parte, isto é, cem medidas.

21. A Vaca Vermelha

ACONTECEU UMA VEZ que os judeus necessitavam de uma vaca vermelha para o culto do Templo e não conseguiam encontrar nenhuma. Depois viram uma tal vaca entre o rebanho de um cananeu. Foram ao pagão e disseram-lhe: Vende-nos essa vaca. O pagão respondeu: Pagai o que ela custa e levai o animal. Os israelitas perguntaram: E qual é seu preço? São três ou quatro moedas de ouro? Pagaremos com prazer. E foram embora buscar o dinheiro. Então o pagão percebeu para que a vaca era necessária. Quando os homens voltaram com o dinheiro, ele lhes falou: Não quero mais vender a vaca. Os israelitas falaram: Queres talvez um preço mais alto por ela? Nós te pagaremos o que desejares. O malvado aumentava o preço da vaca à medida que reparava o quanto os compradores a queriam. Estes falaram: Dar-te-emos cinco moedas de ouro pela vaca. Mas o pagão não queria vendê-la. Os israelitas disseram: Pagaremos dez, vinte moedas de ouro – e estavam dispostos a entregar cem moedas de ouro, mas o pagão continuava se recusando a entregar o animal. Conta-se que só depois que os compradores lhe ofereceram mil moedas de ouro pela vaca ele concordou em vendê-la. Os homens despediram-se e deveriam voltar na manhã seguinte com a importância. O que fez o malvado? Falou a seu vizinho: Vem e observa como vou burlar os judeus. Querem a vaca e pagam qualquer preço por ela, mas por quê? Porque ela jamais foi atrelada ao jugo; pois vou colocar um jugo nela e enganar os judeus, mas ficarei com o dinheiro deles.

E o pagão assim procedeu. Pegou um jugo e fez a vaca usá-lo a noite toda. Mas o sinal de uma vaca que jamais foi tocada por um jugo é este: o pêlo de seu lombo apresenta no lugar onde o jugo se apóia dois pêlos que ficam em pé enquanto o animal nunca foi preso ao aparelho; e, quando o jugo é atrelado ao lombo, os pêlos se dobram. E ainda pode-se reconhecer uma tal vaca pelo fato de que seus olhos, antes de experimentarem o peso do jugo, olham diretamente; mas, sendo-lhe imposto um jugo, os olhos do animal ficam inquietos e vesgos porque sempre olham para o jugo.

QUANDO, ENTÃO, os israelitas vieram buscar a vaca e estenderam a mão cheia de dinheiro ao cananeu, o pagão tirou o jugo da vaca e conduziu-a para fora. Então os compradores examinaram o animal, e eis que os dois pêlos de seu lombo estavam dobrados e os olhos fitavam entristecidos. Então falaram ao pagão: Fica com a vaca, não a queremos mais. Zomba de tua mãe, mas não de nós. Quando o pagão percebeu em que situação se encontrava e que nada lhe caberia de todo aquele dinheiro, a boca, que há pouco ainda falava: Quero zombar deles, começou a falar: Louvado seja Aquele que escolheu tal povo. E foi para dentro de sua casa, pegou uma corda e se enforcou. "Assim pereçam todos os teus inimigos, ó Senhor."

22. *A Bondosa Mulher*

VIVIA OUTRORA um homem que era pobre, mas temente a Deus e

devoto, e tinha por esposa uma digna e virtuosa mulher. Ela fazia caridade e distribuía esmolas, pois seu coração se apiedava dos mais pobres e necessitados. Mas, já que o marido não era rico, ela não podia aliviar o sofrimento dos outros como queria. Seu marido conhecia astronomia e sabia interpretar a posição dos corpos celestes. Um dia avistou no céu a estrela de sua mulher e lhe ficou evidente que no mês tal, numa sexta-feira, ela cairia do telhado de sua casa. Esse devoto amava muito sua mulher e seu coração ficou muito aflito com a visão. Com desespero viu o dia se aproximar. Quando este chegou, a mulher falou ao marido: Hoje é dia de lavar roupa. O espírito do homem ficou angustiado e ele falou: Não me repreendas, mas hoje não tenho dinheiro para os materiais de lavagem. Adia esse trabalho para a próxima semana. E ele se despediu dela e iniciou seu caminho. Deixara um pão e um pedaço de queijo para a mulher. Mas a mulher havia economizado um pouco do dinheiro que recebia por seu trabalho e, quando o marido se foi, tirou as moedas, comprou o necessário para a lavagem e começou a limpeza das roupas. Terminado o trabalho, colocou as peças molhadas numa cesta e subiu ao telhado para estendê-las. Estava justamente num degrau intermediário da escada quando ouviu baterem à porta. Perguntou: Quem é? E recebeu como resposta: Um pobre que pede esmola. A mulher falou para si: Não posso comer sozinha o pão e o queijo que tenho comigo. Portanto desceu, dividiu o pão e o queijo em duas partes e deu a metade de ambos ao pobre. Depois fechou a porta e novamente botou o pé na escada. Então bateram à porta pela segunda vez. A mulher perguntou: Quem quer entrar? Responderam-lhe: Um pobre que não comeu desde ontem e cujo espírito se esvai; talvez alguém se apiede dele e o reanime com alimento. Assim falou o pobre e, quando a mulher ouviu essas palavras, lágrimas correram por suas faces; seu coração sofria com o pedinte e ela falou para si: Não tenho vontade de comer enquanto estiver ocupada com meu trabalho; este faminto, porém, necessita do pão com mais urgência do que eu. E ela desceu e deu o resto do pão e do queijo ao pobre. Depois subiu ao telhado, estendeu as peças de roupa e com a providência de Deus desceu sem lhe acontecer nada. Quando a roupa secou, ela foi buscá-la e começou a dobrá-la. Então o marido voltou e, quando a viu assim ocupada, espantou-se com o poder de Deus e falou à sua mulher: De onde tiraste o dinheiro para a lavagem? Ela respondeu: Vi que estavas aflito por não poderes dar o dinheiro e assim paguei a despesa com o resultado do meu trabalho; que Deus te ajude. Então o homem perguntou: E quem estendeu a roupa para secar? A mulher respondeu: Fui eu. O sábio se espantou ainda mais. Foi ao quarto, examinou o horóscopo e eis que a desgraça que pairava sobre sua mulher tinha sido anulada. Então perguntou à mulher: Dize-me, o que fizeste de bom hoje? Ela lhe contou sobre os dois pobres e de como os tinha ajudado. Agora ele ficou sabendo que fora por causa da boa ação que à sua mulher tinha sido poupada a morte.

23. Mudança do Destino

CERTA VEZ, havia um homem que saía diariamente de casa para trabalhar. Ficava fora desde cedo até a hora do almoço e depois voltava para casa. A mulher desse homem servia-o após o seu retorno, ajudava-o a tirar as roupas e dava-lhe água para lavar as mãos. Depois ela costumava pôr a mesa e diariamente oferecia galinha ao marido, sempre preparada de modo diferente. E o marido comia e depois fazia a sua sesta e passava bem. Um dia voltou como de costume depois do trabalho e sentou-se à mesa. Estava justamente querendo comer a galinha quando ouviu bater à porta. Perguntou: Quem bate à minha porta? Responderam-lhe: Um mendigo que bem merece ser confortado e que espera de tua bondade uma esmola, pois teu servo, ó senhor, tem fome. Não me deixes partir decepcionado. Então o negociante falou: Que Deus tenha misericórdia de ti. O pobre falou: Meu senhor, desde ontem não comi, minha alma está se esvaindo; dá-me um pedaço de pão apenas para confortar meu espírito. Então o dono da casa ficou extremamente encolerizado. Levantou-se da mesa, foi até o pobre e, cheio de raiva, orgulho e presunção, bateu no homem gritou com ele e o expulsou. O pobre homem partiu com o espírito deprimido, enxugando as lágrimas ao caminhar. Mas depois aceitou o agravo que lhe tinha sido feito e falou: Perdoados estão os meus pecados. Se minhas más ações não fossem tão grandes, não me sucederiam tais coisas. Mas também isso leva ao bem! E continuou seu caminho.

PORÉM o homem que repudiara o pobre, depois de aplacada sua cólera, retornou à mesa, comeu o que lhe fora posto à frente e passou o resto do dia como de costume. No dia seguinte, foi ao mercado e cuidou de seus negócios. Mas tudo não se desenrolava como normalmente e Deus lhe destinou bem pouco lucro. No dia seguinte, foi novamente ao mercado, comprou e vendeu mercadorias, mas ao invés de obter lucro teve que pagar um imposto. Voltou desgostoso para casa. E assim as coisas diariamente pioravam, até que começou a vender os objetos de sua casa. Mas um dia não teve mais nada que pudesse vender ou penhorar. Então começou a contrair dívidas e continuou a viver assim por mais quatro meses. Mantinha-se escondido dos seus credores e nada tinha para comer e beber. Então um dia disse à sua mulher: Escolhe um dos dois: ou ficas comigo e ambos morremos de fome, ou me dispensas do contrato de casamento e ficas divorciada de mim. E tanto insistiu que ela o libertou. Ela deixou a casa do marido e foi morar com seu pai. Seu pai, porém, era um homem conceituado. Ela ficou morando com ele durante três meses. Então um homem digno, conhecido por suas virtudes, a pediu em casamento. Ela se casou com ele e ele a levou para sua casa. E sua vida com ele era como com o seu primeiro marido. Ele ia trabalhar e voltava na hora do almoço. A mulher lhe preparava uma galinha e ele a comia depois do trabalho. Assim se passaram anos, até que um dia, na hora do almoço, quando o marido estava se sentando à mesa, bateram à porta. Então o homem perguntou: Quem está à porta? O homem que estava fora respondeu: Um pobre homem pede esmolas. O dono da casa não deixou o pobre repetir a palavra, mas colocou a galinha num pedaço de pão, deu-o à sua mulher e disse-lhe: Levanta-te e entrega ao pobre. A mulher se levantou da cadeira e levou a comida àquele que estava diante da casa. Mas logo ela retornou e lágrimas lhe corriam pelo rosto. Então o marido perguntou: O que te fez chorar? Não desejas que o pobre receba a dádiva? A mulher respondeu: Longe de mim tal coisa! Mas não se diz tudo o que se sabe. O marido então suplicou-lhe que lhe revelasse a causa de seu pranto e ela começou a contar: Meu senhor, antes de ti, estive casada com um homem cuja posição era como a tua. Diariamente eu lhe preparava uma galinha para que almoçasse, e quando um dia se sentou à mesa um mendigo bateu à porta e pediu repetidamente por uma dádiva. Isso irritou meu marido; ele se levantou, bateu no pobre, injuriou-o e o expulsou. E a partir daquele dia ficou cada vez mais pobre, até que ficou sem nada. Então ele me dispensou; voltei para a casa de meu pai e foi meu destino me tornar tua esposa. E hoje, quando ias comer, veio esse mendigo pedir uma esmola. Tu me entregaste tua galinha e teu pão para que eu lhe desse, e quando saí vi que o pobre era o homem com o qual estive casada antes de ti. Pulei de tão horrorizada e lágrimas saltaram de meus olhos. Então o marido lhe falou: Certo como Deus vive, eu sou o mendigo no qual teu marido bateu e a quem expulsou. Desde aquele dia, ele ficou cada vez mais pobre, até que alcancei sua situação. E eis o milagre de Deus, que rebaixa e eleva.

24. *O Pobre e o Rico*

HOUVE UMA VEZ um homem muito rico que falou para si: O que me sobra de todo o meu esforço? De que me adianta toda a riqueza na hora da morte? Então os seus próximos o aconselharam a praticar a caridade, pois as boas ações acompanham o homem por toda parte e lhe servem de alimento celestial no caminho para o céu; mas a riqueza é algo que não permanece e que se perde rápida e facilmente. Então o homem fez um voto de somente ajudar aqueles que tinham desistido de toda esperança neste mundo. Um dia, viu um pobre sentado num monte de estrume, coberto com trapos. Então o rico falou: Este certamente desespera de todo o bem neste mundo e apenas aguarda a morte. E deu-lhe cem moedas de ouro. O pobre se espantou com isso e disse: Por que dás tanto dinheiro somente a mim entre tantos pobres da cidade? O rico respondeu: Jurei só fazer o bem àqueles que perderam toda a esperança na felicidade deste mundo. Então o pobre respondeu: Só os tolos e os descrentes se desesperam com a existência, eu porém confio em Deus e na mercê do meu Criador e espero sua clemência a qualquer instante e a qualquer hora. Certamente leste: "Ele ergue o pobre da poeira e tira o miserável do abismo". E portanto não existe obstáculo para Ele me erguer e me ajudar a sair de minha miséria. Desiste, portanto, da tua tola intenção e deixa disso. Então o rico falou: Então esta é minha recompensa por eu ter me apiedado de ti? Recebo insultos e escárnio de tua parte? O pobre respondeu: Crês que cuidaste de mim? Não é este o caso, pois pretendias antes me matar, pois só os mortos não têm nenhuma esperança. Ao que o rico falou para si mesmo: Já que é assim, vou levar o dinheiro ao cemitério e enterrá-lo junto com os mortos, que são os únicos que não têm mais fé. E assim fez.

DEPOIS SE passaram muitos anos; o homem rico ficou pobre e nada lhe restou daquilo que possuíra anteriormente. Quando então se viu em dificuldades, recordou-se do dinheiro que um dia escondera no cemitério e foi lá a fim de desenterrá-lo. Mas então foi apanhado pelos guardas do cemitério, que o conduziram diante dos anciãos da cidade. No entanto, o ancião era aquele pobre que o rico havia visto um dia sentado em cima do monte de estrume. Era filho de gente ilustre, e quando o ancião anterior morrera os cidadãos o tinham nomeado um dos seus chefes.

EIS QUE os vigias lhe trouxeram o empobrecido e disseram: Senhor, este homem pretendia abrir as sepulturas e roubar as vestes dos mortos. O ancião viu o prisioneiro e o reconheceu, mas se fez de estranho e lhe falou duramente. O acusado falou: Meu senhor, Deus me livre de pretender fazer uma coisa tão infame, mas isso e aquilo me aconteceu. E contou ao chefe da cidade o que lhe acontecera e como guardara seu dinheiro no cemitério. Então o ancião falou: Eu sou aquele pobre que estava deitado na sujeira e do qual pensaste ter perdido as esperanças em todo o bem. E se levantou, abraçou e beijou o injustamente acusado. Depois ordenou que o dinheiro fosse desenterrado e entregue ao arruinado. Além disso lhe mandou daí por diante, diariamente, comida e outras dádivas de sua casa, durante toda a sua vida.

"Louvado e enaltecido seja Aquele que faz ricos e pobres, que rebaixa e eleva!"

25. Em Caminho

UM VENDEDOR viajante estava em caminho com sua mercadoria quando um outro se juntou a ele e falou: Meu senhor e mestre, permite que eu ande contigo. O viajante respondeu: Vem junto em paz. Assim seguiram juntos. Viram então um homem, cego dos dois olhos, sentado no caminho; era perto de uma cidade. O primeiro viajante logo tirou uma moeda e a deu ao cego.

Depois falou a seu acompanhante: Dá-lhe também tu alguma coisa, como eu fiz. O outro, porém, respondeu: Não lhe dou nada, porque não o conheço como tu o conheces; fizeste bem em lhe dar uma esmola, e se quiseres lhe dar mais, fica a teu critério.

DEPOIS deixaram o cego e continuaram pela estrada. Então o anjo da morte lhes veio ao encontro. Perguntou-lhes: Para onde ides? Eles responderam: Negociar – e não sabiam que o estranho era o anjo da morte. Mas ele se fez conhecer e falou: Eu sou o emissário da morte! Então a prostração se abateu sobre seus semblantes. O anjo então falou àquele que dera esmola ao cego: Tu estás resgatado da morte – e proferiu sobre ele o versículo: "Tua justiça caminha à tua frente". Já de antemão deste de teus haveres e viverás mais cinqüenta anos a partir de hoje. Depois disse ao companheiro: Teu fim está na minha mão, o dia de tua morte chegou. Então o ameaçado falou: Eu e meu companheiro andamos juntos; agora ele irá para casa e eu terei que morrer aqui? O anjo da morte respondeu: Assim é. Teu companheiro começou praticando justiça e cedeu uma parte de seus haveres. O acompanhante do devoto então falou: Deixa-me e eu também praticarei ainda uma boa ação. O anjo da morte respondeu: Tolo que és, já viste um homem entrar no mar sem antes ter posto em ordem seu navio em terra seca? Quem não se preveniu em vida não pode mais fazê-lo em face da morte. O que fizeste, está feito; agora não tens nada mais a aguardar, teu fim chegou. Então o condenado falou: Pois então espera ainda até que eu tenha revelado a glória do Senhor, que realizou tal coisa comigo. O anjo então falou: Já que queres enaltecer a grandeza de Deus, também te serão destinados mais cinqüenta anos de vida.

SE ALGUÉM que dá esmola a um cego tem a vida prolongada, quanto mais alguém que pratica justiça todos os dias e todas as horas!

26. No Leito de Morte

UM HOMEM, que em toda a sua vida nada fizera a não ser o mal, estava mortalmente enfermo. Seus familiares perguntaram-lhe: Por que não comeste nada hoje? Ele respondeu: Se me derem um ovo cozido, eu o comerei. Então o alimento lhe foi preparado. Mas, antes de ele ter comido o ovo, apareceu um pobre à sua porta e falou aos moradores da casa: Dai-me uma esmola. O enfermo falou: Dai a esse homem o ovo que era para mim. Assim fizeram os parentes do moribundo. O malvado, porém, em toda a sua vida jamais dera alguma coisa a um pobre, e esse ovo foi o seu único donativo.

TRÊS DIAS depois o doente morreu e seus filhos o enterraram. Decorridos muitos dias, um dos filhos encontrou o falecido pai. Então o filho perguntou: Pai, como procedem contigo no mundo para onde foste? O morto respondeu: Meu filho, acostuma-te a fazer o bem e participarás do mundo futuro. Em toda a minha vida não dei nenhuma esmola, a não ser o ovo que dei ao pobre naquela ocasião. Mas quando deixei o mundo essa única boa ação superou todas as minhas iniquidades e pude entrar no Éden.

Por isso está escrito: Nunca é tarde para fazer o bem.

27. Os Dois Justos

HAVIA UMA VEZ um homem devoto e justo chamado ben Sabbar. Chamava-se assim porque estava sempre estudando a Escritura*. Certa vez ouviu contar a respeito de um jovem órfão que estava noivo de uma moça havia muitos anos e não podia casar com ela. Então o justo pegou objetos de ouro e prata, bem como toda sorte de alimentos e bebidas, carregou cinco jumentos e se dirigiu à cidade em que morava o jovem. Foi ter com ele, mobiliou-lhe a casa, preparou-lhe a cama e arranjou o casamento; depois ainda lhe deu tudo de que necessitava.

---

* Sabbar, de *sawar*: estudar.

EM SEGUIDA o justo iniciou a viagem de volta. Chegou a um grande rio que tinha doze milhas de comprimento; nele habitava um dragão, também com doze milhas de comprimento; este mordia todo aquele que queria atravessar o rio e lhe inoculava seu veneno. Mas, quando o dragão percebeu ben Sabbar, ele se estendeu de comprido e fez de si uma ponte que o justo atravessou sem sofrer dano.

Outros contam: Quando ben Sabbar estava no caminho de regresso, encontrou um homem de aparência extremamente feia. Este saudou ben Sabbar e ele retribuiu a saudação. Então o homem feio falou: Não me conheces? Ben Sabbar respondeu: Não. O estrangeiro falou: Sou o anjo da morte e vim buscar tua alma, pois o documento sobre a tua morte já foi firmado no céu. O justo então ergueu seus olhos para o céu e falou: Senhor do Mundo! Está escrito: "Àquele que observar os mandamentos nada acontece de mal"; eu me pus a caminho para fazer uma boa ação e agora devo morrer em caminho, sem ao menos tomar as últimas providências com respeito à mulher e aos filhos?

Logo ecoou uma voz que dizia: Dá-lhe ainda cinco dias e meio de prazo. Cinco dias para chegar a seu lar e meio para resolver os problemas de sua casa.

ENTÃO O JUSTO seguiu chorando. Novamente um homem se encontrou com ele e o saudou. Ben Sabbar também lhe apresentou a saudação de paz e perguntou: Acaso reside um estudioso da Lei nas proximidades? O amável homem respondeu: Um homem muito sábio, de nome Schephiphon*, filho de Lajisch, reside não longe daqui. Então ben Sabbar falou: Leva-me a ele; com certeza gostará de manter conversas eruditas e nós nos alegraremos um com o outro, pois está escrito: "As leis do Senhor são perfeitas e deleitam a alma".

O ESTRANHO então o conduziu ao sábio. O rosto de ben Sabbar resplandecia como a luz do sol ao entrar na casa de Schephiphon e assim este percebeu que um justo viera procurá-lo. Mas, depois que ben Sabbar estava por algum tempo com ele, sua face começou a se alterar. Então Schephiphon, filho de Lajisch, lhe falou: Quando entraste tua face resplandecia, e agora está anuviada. Acaso desejas comer ou beber? Ben Sabbar respondeu: Não, não é isso. E relatou a Schephiphon o que lhe acontecera no caminho. Então Schephiphon disse: Não temas, eu me responsabilizo de que não morrerás. Ben Sabbar respondeu: Mas a Escritura diz: "Nem

---

* O nome significa dragão, filho de um leão.

mesmo um irmão pode resgatar o irmão". Schephiphon, porém, falou: Contudo, fica comigo.

EM SEGUIDA Schephiphon e seus discípulos começaram a trabalhar e impuseram um jejum de três dias ao povo. O país inteiro imediatamente escureceu. Os discípulos então vieram e falaram a Schephiphon: Mestre e luz dos nossos olhos, o mundo escureceu. Schephiphon respondeu: Saí e olhai. Se na verdade a escuridão avassalou o mundo inteiro, temos que nos conformar com o acontecido. Mas, se só a nossa cidade foi atingida, podemos confiar em que Deus ouvirá a nossa súplica e fará a nossa vontade.

O ANJO DA MORTE, que estivera escondido nessa nuvem até então desceu e se acocorou diante da casa de Schephiphon. Falou: Devolve-me o penhor que deixei contigo. Schephiphon respondeu: Não deixaste nada comigo. O anjo da morte falou: Entrega-me ben Sabbar para que eu o mate. Ao que Schephiphon retrucou: Eu te conjuro em nome de Deus a voltar ao Senhor e lhe dizer: O filho de Lajisch se nega a me entregar ben Sabbar para que eu o mate. E Schephiphon continuou falando: Dize o seguinte ao Senhor: A alma de ben Sabbar não lhe é mais agradável do que a minha, e minha alma não lhe é mais agradável do que a de ben Sabbar.

O ANJO DA MORTE então foi à presença de Deus e falou: Schephiphon, o filho de Lajisch, disse-me: Minha alma não é mais cara ao Senhor do que a alma de ben Sabbar, e sua alma não lhe é mais cara do que a minha. Se ele quiser nos matar, que mate a ambos; se quiser nos deixar viver, que nos deixe viver juntos. Então uma voz veio e clamou: O que fazer com esses dois justos? Tudo o que eu impuser eles revogam por meio de suas orações. Logo depois, novamente uma voz se fez ouvir, que disse: Ainda lhes acrescento duzentos anos! Conta-se que nesse período de duzentos anos em que ben Sabbar e ben Lajisch ainda viveram nenhuma mulher perdeu o fruto do seu ventre antes do tempo, nenhuma espada reinou no mundo, nenhuma fera atemorizou o homem, nenhum filho morreu antes do pai, nenhum homem deixou o mundo antes dos setenta anos e ninguém jamais conheceu a fome. Sobre esses sábios diz a Escritura: "Ele faz a vontade daqueles que o temem".

28. *Mathania*

HAVIA UMA VEZ um homem que gerara muitos filhos, mas todos morreram. Então ele orou a Deus, e disse: Senhor do Mundo! Se me permitires vida até ver um filho meu que saiba ler na Escritura e o qual eu conduza ao matrimônio, convidarei para seu casamento todos os discípulos do

Talmud e os pobres e órfãos da cidade. Então o Santíssssimo, louvado seja, deixou-se comover pela súplica que chegou até Ele. E nasceu um filho ao homem e ele o chamou de Mathania, o que significa dádiva de Deus. Fê-lo instruir no Ensinamento e, chegada a época em que devia casar, o pai convidou todos os discípulos e pobres e órfãos da cidade; os hóspedes eram tão numerosos que encheram seis casas.

Mas Deus enviou o anjo da morte, que apareceu sob a figura de um mendigo e disse ao noivo: Sê clemente comigo e deixa-me sentar entre os discípulos. Então o noivo respondeu: Já convidei aqueles que tinha de convidar. O anjo da morte pediu três vezes seguidas, mas o jovem não o deixou ficar entre os convidados. Então ele se encaminhou para a frente, e postou-se sob o dossel, e o noivo viu que ele usava roupas manchadas. Então lhe falou: Já não basta que entraste à força, e ainda vens com roupas sujas. Então o mendigo se retirou envergonhado.

EM SEGUIDA o noivo foi com a noiva ao aposento e, quando estavam mantendo relações, o anjo arrombou a porta. O noivo então se encolerizou e falou: Por quanto tempo ainda serás atrevido? Já te expulsei do banquete e agora voltas; desaparece daqui! O anjo da morte se retirou e apareceu diante do leito nupcial como uma coluna de fogo que ia do chão até o teto. O jovem perguntou: Quem és? A aparição respondeu: Vim para buscar tua alma. A noiva então falou: Senhor do Mundo! Queres chamar teu Ensinamento de mentira? Disseste: "O recém-casado pertencerá por um ano inteiro à sua casa"*, e ainda não faz um mês que estamos casados, nem uma semana, nem um dia, Senhor do Mundo! Deixa-me conceber do meu amado para que eu não saia como uma prostituta.

ENTÃO DEUS ouviu sua súplica e gritou com o anjo da morte. Assim a mulher livrou seu marido da morte. Mas por que lhe foi concedido isso? Sua mãe costumava apanhar água diariamente para dar de beber aos meninos nas casas de estudos. Quando ficou velha, a filha lhe deu um bastão para que nele se apoiasse e que a auxiliava a carregar a água. Falou-lhe: Mãe, não desistas dessa ação; caso ela se torne muito pesada para ti, eu a farei; mas a obra terá o teu nome. E a moça praticou o mandamento enquanto a mãe viveu. Foi por meio desse costume devoto que ela salvou o marido da morte.

POR ISSO está escrito: "Feliz o homem que encontrou uma mulher valorosa! Ela vale mais que todas as pérolas. Por seu lar ela não teme a ne-

---

* Deut. 24, 5.

ve, porque toda a sua casa tem duplo agasalho". A neve é o anjo da morte, que é metade fogo e metade neve.

29. A Noiva Corajosa

RÚBEN, o escrivão, que consta ter sido de descendência sacerdotal, jamais cometeu pecado em sua vida. Mas, uma vez, chegou de manhã à casa de oração e encontrou um pobre sentado no seu lugar costumeiro. Chamou sua atenção e disse-lhe: "Não deves tomar o lugar dos grandes". Então o homem se levantou, sentou-se à porta da casa de oração e ficou chorando baixinho; e sua lágrima chegou diante do trono de Deus.

O SENHOR enviou imediatamente o anjo da morte para que buscasse a alma do único filho de Rúben; todavia, esse filho só lhe tinha nascido quando ele já estava com oitenta anos. Quando o emissário apareceu, Rúben o reconheceu e falou: Por causa de quem vieste? É chegada a hora e eu tenho que deixar o mundo? O anjo respondeu: Não, não é por tua causa que venho, mas é que o Senhor me ordenou levar a alma de teu filho. Rúben perguntou: Por quê? O enviado respondeu: Porque magoaste aquele pobre na casa de oração. Ao que Rúben falou: Embora assim culpado, concede-me ainda um prazo de trinta dias para que eu junte meu filho com sua noiva e ele tenha alegria com ela; depois podes levar sua alma. Então o anjo lhe concedeu o adiamento de trinta dias. Logo se levantaram contra o anunciador os quatro poderes do terror: a raiva, a ira, a cólera e o ódio sem limites.

O QUE FEZ Rúben? Foi e dividiu sua fortuna em três partes. Deu uma parte aos pobres; a outra destinou ao casamento do filho; e não tocou na terceira. Pensou: Talvez se realizem as palavras da Escritura: "A caridade salva da morte".

Depois que o filho de Rúben se alegrou durante vinte e nove dias, veio Elias, o vidente, e sentou-se à sua porta. O jovem então estremeceu e falou: Meu velho, por que vieste? Elias respondeu: Meu filho, eu sou Elias e vim para te transmitir uma notícia. O jovem se inclinou diante dele e perguntou: Que notícia tens para mim? Elias respondeu: Amanhã, o anjo da morte levará tua alma, meu filho. O jovem respondeu: Meu velho, desde o dia em que Deus criou o mundo até hoje, é a ordem do mundo de que deve morrer todo aquele cuja dia chegou, e assim serei como todos os outros. Elias retrucou: Mas tua morte, meu filho, não será como a de todas as criaturas humanas. O jovem perguntou: Como virá? Elias falou: Quatro poderes do terror levantaram-se contra o mensageiro da morte; e envolto neles é que ele virá a ti. Então o jovem perguntou: Senhor, o que devo fazer para me salvar da morte? Elias falou: Amanhã, quando teu pai estiver orando diante da Arca Santa e tu estiveres à sua esquerda, olha para trás e verás um homem usando roupas esfarrapadas e sujas. Presta-lhe toda honra, pois é o anjo da morte; talvez ele se apiede de ti.

NO DIA SEGUINTE, ao chegar a hora da oração, o jovem olhou para trás e avistou o pobre. Foi até ele, apresentou-lhe a saudação de paz e disse: Meu Senhor, vem, senta-te à cabeceira, onde estão sentados os importantes. O estranho respondeu: Meu filho, ontem teu pai me disse: Desce, teu lugar não é entre os importantes, e tu dizes: Senta-te com eles. O jovem disse a isso: Quero te homenagear. O mensageiro falou: Que tenha piedade de ti aquele que é a origem de todas as honrarias.

Depois o anjo da morte saiu e colocou-se diante do dossel. Então veio o jovem e sentou-se à sua frente. Assim sentados, o estranho começou a perguntar: De onde tiraste a palha necessária quando construíste esta casa? O jovem respondeu: Eu a adquiri do senhor da eira. Então o estranho falou: O homem quer a palha de volta. O jovem respondeu: Então buscaremos palha em outro lugar e lha entregaremos. Mas o estranho falou: Não, ele não aceitará outra palha, só quer de volta a sua. Ao que o jovem falou: Então temos que derrubar a choupana, esmigalhar o barro, retirar a palha e restituí-la ao proprietário. Então o estranho falou: O dono da eira não é outro senão o próprio Senhor; a palha que quer é tua alma, e eu sou o anjo da morte que deve levá-la.

Não acabara de falar, quando o pai saiu da casa de oração; quando este avistou o anjo da morte, colocou as mãos sobre a cabeça e começou a chorar e gritar por seu filho, o rebento de seus flancos. Caiu diante do anjo e falou: Atende-me, leva a minha alma em lugar da alma de meu filho. Imediatamente o anjo da morte envolveu-se nos quatro poderes do terror e armou-se com eles como um herói que parte para a guerra. Tirou sua espada da bainha e colocou seu pé na nuca do homem para matá-lo. Mas eis que os duzentos e quarenta e oito membros do homem estremeceram, ele se soergueu, fugiu do anjo da morte e exclamou: Busca a alma que foste enviado para buscar; eu estremeço diante dos poderes do terror nos quais estás envolvido.

VENDO ISSO, a mãe do jovem caiu diante do anjo com os cabelos revoltos, rolou na poeira e falou: Leva antes a minha alma, mas não leves o fruto do meu ventre. E ela chorou e gritou. Então o anjo da morte se envolveu mais uma vez nos quatro poderes do terror, armou-se, pôs seu pé na nuca da mulher e brandiu o sabre para matá-la. Mas também ela escapou dele, fechou a porta atrás de si e clamou: Busca a alma que foste enviado para buscar; o horror é demasiado para mim.

QUANDO A NOIVA do jovem viu tanto horror acontecer diante de si, desceu do dossel, atirou-se diante do anjo da morte e falou: Suplico-te, leva a minha alma em lugar da alma deste jovem, deixa que complete os seus dias. Ela queria cumprir as palavras da Lei, que dizem: "Vida por vida".

O ANJO DA MORTE imediatamente se envolveu nos quatro poderes do horror, desembainhou sua espada e colocou seu pé na nuca da moça. Ela então gritou. Termina o trabalho do Rei dos Reis, que te mandou. O anjo apertou com mais força pela segunda e pela terceira vez, mas a moça não recuou, como disse: Executa o que o Rei dos Reis te ordenou.

O anjo da morte então ficou emocionado e uma lágrima caiu do seu olho. Então Deus falou: Se este cruel, que mata almas, se apieda da mulher, eu, que sou chamado de Deus misericordioso e clemente, não a defenderei? E acrescentou a cada um dos dois, ao noivo e à noiva, ainda setenta anos de vida. E assim cumpriu-se neles o que está escrito: "Depois as donzelas dançarão alegremente, e com elas os jovens e velhos juntos".

30. Justo e Recebedor

OUTRORA VIVIAM dois homens justos e sábios, que sempre estudavam juntos a Escritura, faziam juntos as suas orações, comiam juntos e nunca se separavam. Eis que um deles morreu e ninguém veio prantear o morto, enterrá-lo e prestar-lhe as honras devidas. O motivo disso era que no mesmo dia tinha morrido o filho do governador, um homem muito poderoso. Os mercadores fecharam sua lojas, os mercados foram suspensos e todos estavam ocupados com o enterro do ímpio, pois seu pai era temido. Assim o leito de morte do devoto ficou abandonado e ninguém se ocupou dele. Vendo isso, o amigo sentiu profundamente; ficou mortalmente contrariado, sua mente se obscureceu e um mau espírito apossou-se dele. Falou para si: Não há recompensa para a ação piedosa! E ali ficou, perturbado e decepcionado com o Ensinamento.

APARECEU-LHE então em sonho uma visão que disse: Não te irrites com a sentença de Deus e não te espantes com a medida que Ele emprega, pois o que Ele faz é correto e justo. Sabe que teu amigo certa vez se tornou culpado de um pequeno delito e por isso Deus o fez sofrer o castigo ainda neste mundo, para que no Além esteja isento de qualquer culpa ou pecado. O filho do governador, por seu lado, praticou outrora uma boa ação e esta o Senhor lhe recompensou neste mundo, fazendo com que fosse conduzido com honras à sepultura; deveria entrar no Além sem qualquer mérito e ficar no inferno por toda a eternidade. Então o devoto perguntou: Senhor, dize-me qual foi o pecado que meu companheiro cometeu e qual o bem que o filho do cruel fez? A voz respondeu: Não foi um pecado, apenas uma pequena falta; ao colocar os filactérios, teu amigo primeiro amarrou o da cabeça e depois o do braço, e devia fazer o contrário. O filho do vosso governador, por sua vez, cumpriu apenas um Mandamento em toda a sua vida, e isso somente aconteceu por vontade do destino. Mas o Senhor não quis deixar de recompensá-lo. Aconteceu certa vez que o falecido preparou um banquete para os nobres do país e estes não compareceram à festa. Então ele disse: Já que os meus convidados faltaram, que os pobres comam os alimentos para que nada se estrague. Assim os pobres da cidade foram convidados e se saciaram nesse banquete. Por isso foi concedida ao ímpio a homenagem que viste. Depois o devoto adormeceu de novo e viu em sonho seu falecido amigo num jardim situado perto de um rio, passeando sob os nardos. Mas do outro lado percebeu o filho do governador, que vagava com os gestos alterados, esvaindo-se de sede, ansiando por água sem poder encontrá-la.

O DEVOTO então acordou e estava de bom humor; o mau espírito recuou, e a tristeza e os *sus*piros o deixaram.

31. *O Devoto de Laodicéia*

Vivia em Laodicéia um homem, que negociava com vermes e várias espécies de répteis, sobre os quais está escrito: "Não comereis de sua carne e não tocareis seus cadáveres"*. E no entanto foi anunciado no céu: Este tem lugar reservado no mundo vindouro! Um erudito da lei, chamado Rabi Judá, tomou conhecimento disso e falou: Há trinta anos que não atravessei o limiar da porta de minha casa e sempre me ocupei com a Escritura, e não me foi feita tal revelação. Irei à terra desse homem e indagarei pelos seus atos. Então o sábio foi a Laodicéia. Quando estava perto da cidade, uma mulher lhe veio ao encontro; estava vestida com uma roupa vermelha. Interceptou Rabi Judá e perguntou: Para onde queres ir? Ele respondeu: Desejo ver o homem que lida com animais impuros. A

---
* Lev. 11, 8.

mulher disse: Não sabes seu nome? Pois se seu nome foi revelado pelo céu. Rabi Judá disse: Ouvi dizer que é chamado de Elieser de Laodicéia. A mulher respondeu: Trata-o de "Rabi", pois ele é muito maior do que tu. O sábio falou: Mostra-me sua casa. Então a mulher lhe indicou o caminho e desapareceu. Em seguida, porém, ela reapareceu, desta vez envolta em vestes brancas. Ela falou a Rabi Judá: O que procuras aqui? Ele respondeu: Procuro a casa do homem que negocia com animais impuros. Ela disse: Segue-me, eu te mostrarei onde é. Rabi Judá foi atrás dela e chegou até a casa. Ali viu um homem sentado num banquinho e em sua volta estavam servos que vendiam os répteis. Rabi Judá inclinou-se diante dele; Elieser de Laodicéia então se levantou e se prosternou diante de Rabi Judá. Em seguida pegou suas roupas e foi com o visitante à casa de banhos. Ali este viu que o devoto lavou seu corpo vinte e duas vezes e mergulhou sete vezes. Ao que Rabi Judá falou: Apenas é exigida uma lavagem e um mergulho. Elieser respondeu: Faço-o por causa dos animais impuros, para que nada fique pegado em mim. Rabi Judá perguntou: Quantas lavagens fazes por semana? Elieser respondeu: De Sábado a Sábado devem ser cerca de sessenta lavagens e cinqüenta mergulhos. Depois os dois foram à casa de Elieser, lavaram as mãos, e a mesa com os alimentos foi trazida para dentro. Mas Rabi Judá disse: Não comerei antes de me contares sobre teus feitos. Elieser respondeu: Grandes são as minhas ações; come, eu te relatarei depois. Mas Rabi Judá disse: Jurei não comer antes de tomar conhecimento delas. Então Elieser disse: O meu feito foi o seguinte: Uma vez um homem foi preso pelo rei por causa de sessenta moedas de ouro, e ele não tinha dinheiro para se resgatar. O rei concedeu-lhe um prazo de três dias; se até lá não arranjasse o dinheiro, sua cabeça seria decepada. Então sua mulher foi a toda parte para pedir o dinheiro emprestado, mas ninguém lho quis dar. Assim ela também veio a mim, e ela era extremamente formosa. Eu lancei o olhar sobre ela e disse: Eu te darei o dinheiro, mas em troca farás a minha vontade. A mulher não quis fazer isso, mas voltou pela segunda e terceira vez. Quando a situação deles piorou, ela veio e disse que me atenderia. Eu lhe entreguei o dinheiro e devia me deitar com ela; já tinha me deitado a seu lado. Então ergui os olhos e avistei a figura de Jacó, nosso patriarca. Estremeci e fiquei abalado; levantei-me e deixei a mulher levar o dinheiro sem ter cometido pecado. Foi isso o que aconteceu comigo. Então Rabi Judá falou: Basta. Bem-aventurados os progenitores, que tal filho lhes tenha brotado dos flancos. Bem-aventurado és tu neste mundo, bem-aventurado serás no Além!

32. O Verdadeiro Noivo

NÃO É O estudo do Ensinamento que vale, mas a ação. Rabi Simeão suplicou a Deus que lhe mostrasse seu lugar no Éden. Então o Senhor lhe indicou um lugar ao lado de um açougueiro. Rabi Simeão se admirou e falou em seu coração: Dia e noite me dediquei à Escritura, e eis que um dia terei um açougueiro por vizinho? Vou lá e vou indagar de suas ações e interrogá-lo.

O sábio dirigiu-se ao açougueiro e eis que era um homem rico. Permaneceu como seu hóspede durante oito dias e o açougueiro lhe prestou todas as homenagens. Então Rabi Simeão o chamou ao campo e lhe falou: Dize-me, por favor, o que fizeste durante toda a tua vida? O homem respondeu: Pecador como sou, não me dediquei muito à Escritura. Sempre fui açougueiro, no começo eu tinha pouco dinheiro, depois fiquei rico; semanalmente distribuo carne entre os pobres da cidade e dos arredores; além disso dou muitas esmolas. Então o sábio falou: Mas dize-me, peço-te, não realizaste algo de mais grandioso além disso?

O AÇOUGUEIRO respondeu: Ainda te contarei uma coisa mais que se passou outrora. Antigamente eu era também coletor desta cidade e podia exigir qualquer coisa que desejasse de cada navio que vinha para cá. Uma vez atracou um navio e eu cobrei meu tributo. Depois de ter recebido a minha parte, o timoneiro veio me procurar e falou-me: Queres adquirir ainda algo extraordinário? Eu te venderei. Eu respondi: Dize-me antes do que se trata. Ele porém falou: Nada revelarei antes de pagares; e, se não comprares o objeto logo, eu não o venderei mais. Então falei: Dize-me o preço, quero sabê-lo. O timoneiro respondeu: Quero dez mil peças de ouro. Ao que eu disse: Mostra-me a coisa, e eu te darei o dinheiro. Mas então ele falou: Eu não te venderei, a não ser que me pagues quarenta mil peças de ouro. Quando vi que ele aumentava o preço, pensei comigo que devia tratar-se de um objeto precioso e concordei com o preço. Então ele disse: Paga a soma antes que eu te mostre o desejado. Então eu cumpri a sua exigência. Em seguida, o homem retirou duzentos prisioneiros judeus do porão do navio e disse-me: Se não os tivesses comprado, eu os teria atirado hoje ao mar. Descarregou as criaturas e eu as levei para minha casa, dei-lhes de comer e beber, acomodei-as e vesti-as. Depois juntei os solteiros com as solteiras e os casei. Entre eles, porém, havia uma mocinha que era muito bonita; fiquei com pena dela e a dei a meu filho para esposa. Ele devia santificá-la e eu convidei todos os habitantes do lugar para a festa. Quando os convidados estavam reunidos, vi entre os libertos um jovem que estava chorando. Perguntei-lhe por que estava triste, mas ele não quis dizer, até que o levei a um aposento separado. Então confessou-me que o dia em que todos foram presos era para ser o dia do seu casamento com a mocinha, noiva de meu filho. Falei-lhe: Não queres desistir dela? Eu te darei cem peças de prata. Ele, porém, respondeu: Meu senhor, ela me é mais cara do que todo o ouro e prata do mundo; mas que posso fazer, é o teu filho que vai desposá-la.

Então fui ter com meu filho e lhe contei tudo. Meu filho então desistiu da donzela e eu a dei ao jovem. Essa talvez seja a ação que foi anotada no céu.

RABI SIMEÃO então falou: Louvado seja o Senhor, que me concedeu ser teu companheiro no Além!

33. Rabi Beroka e Elias

NOSSOS MESTRES, abençoada seja sua memória, contavam:

Um dia Rabi Beroka andava pelo mercado e encontrou Elias. O vidente se deu a conhecer e falou com ele. Então Rabi Beroka perguntou: Existe aqui, entre os que se encontram no mercado, alguém que seria digno do Além? Elias respondeu: Nenhum deles alcançará o Éden. Enquanto ainda conversavam, um homem passou por eles usando sapatos tingidos de preto nos pés, e nas pontas de seu manto não se viam franjas rituais. Elias falou: Este terá sua parte de herança no paraíso! Então Rabi Beroka chamou o homem estranho, mas ele não respondeu e continuou andando. Então Rabi Beroka despediu-se de Elias, correu atrás do homem e o alcançou. Indagou de suas ações e o estranho respondeu: Sou guarda de prisão e cuido para que os homens e a mulheres sejam mantidos separados; à noite preparo o meu leito entre os dois recintos e tomo conta das mulheres para que os homens não abusem delas. Se uma judia vem à prisão, cuido especialmente de protegê-la bem e de guardá-la de perseguições. Uma vez uma hebréia foi atirada no cárcere, e era casada. Percebi que os prisioneiros tinham intenções iníquas contra ela; então peguei uma medida de fermento, dei-a a ela e disse-lhe: Filha, unta com isto o teu corpo e dize que estás impura. A jovem mulher fez o que eu lhe aconselhei; assim escapou dos malfeitores e nenhum dos prisioneiros se aproximou dela.

Então Rabi Beroka falou ao homem: Por que é que usas sapatos pretos e faltam franjas rituais em tua veste? Naquela época era impróprio a um judeu usar sapatos tingidos de preto. O interrogado respondeu: Tenho livre acesso ao rei, e não convém que seja evidente que sou judeu: escuto se não são promulgados novos maus decretos contra o nosso povo. Se isso acontece, vou depressa e o revelo aos sábios para que jejuem e peçam ao Senhor que a lei seja alterada e o mau conselho anulado. Rabi Beroka continuou a perguntar: Por que não me respondeste quando te chamei há pouco? O inspetor respondeu: Eu acabara de ouvir que os príncipes do rei se tinham reunido em seu palácio a fim de impor uma nova e pesada lei aos judeus, e corri para transmiti-la aos sábios para que se pusessem diante do Senhor Zebaoth e lhe suplicassem a salvação para o pequeno número de Israel que ainda restou.

QUANDO, DEPOIS, Rabi Beroka se encontrou de novo com Elias, dois homens passaram por eles e Elias disse: Também estes ocuparão um lugar no Éden! Rabi Beroka então correu aos homens e perguntou-lhes? O que praticais? Os dois responderam: Temos por costume e uso procurar aqueles que foram acometidos de aflição, que têm um aborrecimento e lamentam, que são afligidos por dores e andam perturbados; a esses consolamos; procuramos animá-los e afugentar sua tristeza e suas preocupações, sua angústia e seu temor; queremos fazê-los esquecer o peso que os oprime e a dificuldade que os aperta; ocupamo-nos deles até que se reanimem e seu coração se fortaleça, até que sua alma conquiste de novo a firmeza, para que brotem novas flores e possam jubilar e regozijar.

34. Os Sete Anos de Sorte

HAVIA UMA VEZ um homem devoto que empobreceu e teve de tornar-se diarista. Esse homem tinha uma mulher digna. Quando estava certa vez arando, apareceu-lhe Elias, louvada seja sua memória, sob forma de árabe e lhe disse: Sete anos de sorte te estão destinados; queres que comecem agora ou preferes tê-los no fim de teus dias? O devoto respondeu: Pareces ser um feiticeiro; vai-te daqui, nada tenho para te dar. Mas Elias voltou pela segunda e pela terceira vez. Quando veio pela terceira vez, o homem falou: Vou pedir conselho à minha mulher.

Foi ter com a mulher e contou-lhe: Enquanto trabalhava, apareceu-lhe alguém e me disse: Terás sete anos bons; quando queres que comecem, agora ou ao final de teus dias? E ele repetiu a oferta três vezes. Então a mulher falou: Dize ao homem que faça a boa época vir logo. Assim o devoto foi a Elias e disse: Dá-nos logo os magníficos dias. Elias respondeu: Volta para casa; ainda antes de alcançares os portões de tua casa, perceberás a bênção.

E REALMENTE! Os filhos desse homem haviam escavado a terra e encontrado um tesouro do qual se podia viver sete anos. Relataram o fato à mãe e, antes de o devoto entrar pela porta de sua casa, a mulher foi ao seu encontro e contou-lhe alegremente acerca do achado. Então ele agradeceu a Deus e se alegrou com a inspiração de sua valorosa mulher. No entanto, a mulher falou: Agora temos a segurança da misericórdia do Senhor por sete anos; portanto, pratiquemos caridade para com os pobres durante esse tempo; talvez Deus continue depois a nos iluminar com a sua bondade. E eles passaram daí em diante a viver fiéis a esse preceito. Mas a mulher fazia o seu filho pequeno anotar o que davam aos pobres.

Passados os sete anos, Elias veio e anunciou ao devoto: Chegou a época em que tenho que tirar aquilo que te dei. Então o homem devoto falou: Quando aceitei a tua bênção, eu o fiz com conhecimento de minha mulher; agora que devo devolvê-la, quero também informar à minha mulher. E foi à mulher e disse: Aquele velho homem já está aqui e quer de volta o que lhe pertence. Ao que a mulher respondeu: Vai e responde ao benfeitor: Se encontraste pessoas que foram mais fiéis do que nós, te devolveremos o teu penhor. Deus então ouviu a fala da mulher, observou a caridade que ela e seu marido tinham praticado e continuou a beneficiar os íntegros com a sua benevolência.

35. *O Empréstimo*

UM HOMEM DEVOTO costumava fazer três orações por dia, e sua súplica se elevava cada vez perante o trono da glória de Deus, como se ele oferecesse um sacrifício ao altar. Esse devoto se comprometera a não aceitar nenhuma dádiva de pessoas e remexia o dia inteiro no lixo, procurando trapos para cobrir sua nudez por todos os lados. Era esse o seu modo de viver.

Então Deus atentou para a miséria e a necessidade desse devoto, e falou a Elias: Vai a esse meu servo e dá-lhe quatro *sus*. Elias foi ter com o pobre e o encontrou orando, como era seu costume. Esperou até que a oração terminasse; depois falou: Que a paz esteja contigo, meu senhor! O devoto retribuiu a oração. Então Elias quis lhe dar os quatro *sus*, como Deus lhe ordenara, mas o pobre não quis aceitá-los. Elias, porém, insistiu tanto que conseguiu convencê-lo a ficar com o dinheiro. E ele foi ao mercado e comprou uma peça de roupa. Então apareceu um outro homem, a quem o paletó agradou, e este falou: Vende-me a roupa. O antigo pobre disse: A que preço? O comprador respondeu: Eu te darei vinte e quatro moedas por ela. Então o dono da roupa falou: Por esse preço podes ficar com ela. E com essas vinte e quatro moedas de ouro o pobre ficou rico. Contratou servos e criadas, adquiriu terras e tinha barcos navegando no oceano. Estando rico, deixou de orar e esqueceu seu antigo costume. O Senhor então falou a Elias: Eis o justo ao qual concedi tanta riqueza, bens e honrarias; agora ele me nega suas orações; assim sendo, vai lá e retira o que lhe dei.

ENTÃO ELIAS foi ao homem rico e o encontrou na casa de oração sentado numa cadeira de ouro. Elias falou: Que a paz esteja contigo. O rico retribuiu a saudação. Elias disse: Faze-me o bem e devolve-me o penhor que deixei contigo. O rico perguntou: O que deixaste comigo? Elias respondeu: Os quatro *sus* que te dei certa vez. Então o rico falou: Eu não te conheço. Elias disse: Meu nome é tal e tal e eu te dei o dinheiro um dia, quando estavas rezando. O rico retrucou: Agora me fizeste lembrar aquele acontecimento. E quis devolver o dinheiro a Elias. Mas o vidente falou: Devolve-me apenas as mesmas moedas, não outras. O rico respondeu: Quem poderá achá-las e quem poderá reconhecê-las? Elias disse a isso: Traze-me tua bolsa eu as selecionarei. E Elias imediatamente achou as moedas certas e foi embora. Mas a partir daquele momento a fortuna do homem começou a diminuir. Seus filhos e filhas lhe foram levados pela morte, e também seus criados morreram um depois do outro, e os navios naufragaram todos no oceano. Então o devoto retornou ao seu antigo costume e começou novamente a reemexer o lixo; e também passou a rezar três vezes por dia. Logo o Senhor se apiedou dele e falou a Elias: Este devoto me é especialmente caro e não posso ver a sua miséria; vai lá e empresta-lhe novamente dez *sus*, porém conjura-o em meu nome a jamais cessar de rezar.

Assim Elias foi novamente ter com o devoto e o encontrou orando. Esperou até que tivesse terminado a oração, apresentou-lhe a saudação de paz e falou: Toma o que te dou aqui, mas, por Deus, não deixes de rezar.

36. *Elias como Arquiteto*

CERTA VEZ havia um homem que era muito pobre e tinha mulher e muitos filhos. Um dia a miséria afligiu-o mais do que nunca, pois não possuía nada com que pudesse alimentar e *sus*tentar sua família. Então sua mulher falou-lhe: Mexe-te e vai ao mercado, talvez o Senhor te envie algo para que não morramos de fome. O homem respondeu: Para onde ir? Não tenho nenhum amigo e nenhum parente que me possa tirar dos apuros. Então a mulher silenciou. Os filhos, porém, tinham fome, choravam e gritavam. Então a mulher falou mais uma vez: Vai para a rua! Queres assistir à morte de teus filhos? Seu marido retrucou: Como posso sair, estou despido. Então a mulher tirou seu vestido em frangalhos e o deu ao marido para que se envolvesse nele.

Assim, o pobre foi para a rua e lá ficou, em muda espera, pois não sabia para onde se voltar; chorava e, erguendo os olhos para o céu, clamou: Senhor do Universo! Sabes que não tenho ninguém a quem possa me queixar de minha miséria para que se apiede de mim; não tenho irmão nem amigo, nem ninguém que me seja próximo, e meus filhos pequenos choram de fome. Que tua benevolência venha sobre nós, ó Senhor, apieda-te de nós, ou leva-nos embora em tua misericórdia, para que não soframos mais. Então a prece do homem chegou diante do Senhor.

ELIAS, abençoada seja sua memória, apareceu-lhe e disse-lhe: O que há contigo e por que choras? Então o homem lhe narrou sua miséria e sua desgraça. Elias falou: Eia, vem comigo e não chores mais. E Elias continuou a falar: Não te incomodes, leva-me e vende-me no mercado como escravo; com o dinheiro da venda te alimentarás. O pobre respondeu: Meu senhor, como poderei te vender? Todos aqui sabem que não tenho servo, e dirão que eu sou teu escravo e tu o meu amo. Mas Elias falou: Não temas, age conforme o meu conselho; depois que me tiveres vendido, dá-me um *sus* do preço da venda. Então o pobre fez conforme Elias indicara, levou Elias ao mercado e todos que os viam pensavam que o pobre homem era o servo e Elias o amo, até que perguntaram a Elias e este respondeu: Este é o meu senhor e eu sou o seu servo. Passou então um dos cortesão do rei, viu Elias e este lhe agradou, de modo que quis comprá-lo para o rei. Seu preço foi apregoado em oitenta dinares. Elias falou a seu dono: Vende-me ao criado do rei e não exijas um preço mais alto. O pobre homem assim fez, recebeu os oitenta dinares do comprador e deu um a Elias. Mas este lhe devolveu novamente a moeda de ouro e disse: Toma-a de volta e alimenta a ti e aos teus; que a miséria e a necessidade jamais se aproximem de ti.

Assim, Elias se foi com o criado do rei e o pobre homem voltou para casa; encontrou a mulher e os filhos esvaindo-se de fome e colocou diante deles pão e vinho. Então eles comeram até se saciarem e ainda deixaram sobras. Depois a mulher interrogou o marido sobre tudo e ele lhe contou o que acontecera. Ela falou: Seguiste o meu conselho e tudo te correu bem; se tivesses demorado, teríamos morrido de fome.

A PARTIR DAQUELE dia Deus abençoou a casa do homem, e ele se tornou imensamente rico, de forma que não conheceu mais miséria e necessidade. Elias, porém, foi com o criado do rei perante o soberano. Este tencionava construir um grande palácio fora da cidade. Comprou muitos escravos, que deviam carregar pedras, derrubar árvores e preparar tudo para a construção. Ele perguntou a Elias: O que sabes fazer? Elias respondeu: Sou carpinteiro e entendo de arquitetura. Então o rei ficou muito contente e falou: Desejo que me construas o palácio; deve ter tal e tal aparência e assim deverá ser o seu tamanho. Elias respondeu: Executarei tudo conforme as tuas palavras. O rei continuou a falar: É minha vontade de que termines a construção em seis meses, depois estarás livre e eu te beneficiarei. Então Elias falou: Ordena a teus servos que juntem de maneira certa tudo o que é necessário para a construção. Os servos do rei assim procederam.

Durante a noite Elias se levantou, orou ao Senhor e pediu-lhe que fizesse surgir num instante o palácio, conforme o desejo do rei. Isso aconteceu e o trabalho foi realizado ainda antes do nascer do sol. Em seguida, Elias seguiu seu caminho. Isso foi relatado ao rei e ele veio examinar o palácio. Agradou-lhe imensamente e ele ficou muito satisfeito. Admirou-se muito de ter sido feito numa noite; procurou pelo arquiteto, mas não pôde encontrá-lo, e pensou consigo que o homem devia ter sido um anjo de Deus.

ELIAS, porém, tinha seguido adiante e encontrou o homem que o vendera como escravo. Este perguntou a Elias: Como te livraste do príncipe? Elias respondeu? Executei o que ele exigiu e não agi contra suas palavras; não quis que ele perdesse o dinheiro que pagou por mim, e assim lhe construí um palácio que vale mil vezes mais que o preço pago por mim. Então o devoto enalteceu o vidente e falou: Tu me reanimaste. Mas Elias falou: Louva o Criador, que te concedeu essa graça!

37. *Elias e o Proprietário*

UM HOMEM jamais expresse sua intenção sem lembrar na hora a vontade de Deus. Um homem rico tinha muitos campos, mas lhe faltavam bois para os arar. Colocou dinheiro em sua bolsa, cerca de cem dinares, e foi à cidade vizinha para comprar bois e vacas. No caminho o encontrou Elias, abençoada seja sua memória, e perguntou-lhe: Para onde te encaminhas? O proprietário respondeu: Vou à cidade comprar bois e vacas. Elias falou: Acrescenta: Se Deus quiser. Ao que o rico respondeu: Se agradar a Deus ou não, eu tenho dinheiro na mão e faço o que quero. Elias respondeu: Mas sem sorte.

Depois que o arrogante andou mais um trecho, caiu-lhe a bolsa. Chegou à cidade e escolheu os animais; mas, quando sua mão procurou pela bolsa, não a encontrou mais. Então voltou para casa aborrecido e buscou mais dinheiro. Dessa vez seguiu para um outro lugar, a fim de não encontrar Elias. Mas, depois que andou um pedaço do caminho, o vidente lhe apareceu na figura de um ancião e perguntou-lhe: Para onde queres ir? O proprietário respondeu: Quero comprar bois. Elias falou: Dize, se Deus quiser. O rico respondeu: Se a Deus agradar ou não, tenho comigo dinheiro e nada temo. E prosseguiu o seu caminho.

Ainda não avançara muito quando Elias fez o cansaço cair sobre ele, de modo que se deitou e dormiu. Enquanto isso Elias lhe tirou a bolsa de dinheiro. Quando o proprietário acordou, procurou e não encontrou mais seu dinheiro. Então retornou consternado para casa, buscou novo dinheiro e pela terceira vez se pôs a caminho para comprar bois.

ELIAS de novo o encontrou e perguntou: Para onde vais? O rico respondeu: Quero comprar bois, se Deus quiser. Então Elias falou: Vai em paz e que tenhas sucesso! E enviou-lhe o dinheiro perdido, sem que o homem percebesse. Ele chegou à aldeia e achou duas bonitas vacas vermelhas inteiramente sem falhas. Perguntou aos donos: Quanto custam estas vacas? Os homens responderam: Cada uma custa cem dinares. Então o proprietário falou: Não tenho tanto comigo. Mas colocou a mão na bolsa e encontrou nela trezentos dinares. Então comprou as duas vacas e mais um boi. E logo depois vendeu as vacas ao rei por mil dinares de ouro.

Cada pessoa que pretende fazer alguma coisa precisa sempre lembrar-se: Se Deus quiser, pois não sabe o que lhe pode acontecer de manhã até à noite. Como já disse o filho de Sirach: Entre a manhã e a noite o mundo pode ser destruído.

38. Elias como Aguadeiro

HAVIA OUTRORA um homem devoto que conhecia bem a Escritura. Tinha filhos e filhas e era íntegro em seus atos; sua casa estava sempre aberta, e ele possuía todas as virtudes que os sábios enumeraram. Mas um dia ele se tornou altivo e caiu na ilusão de que toda a abundância de que gozava lhe fora concedida por causa de sua devoção e integridade, e esqueceu-se de que todo bem somente nos é proporcionado pela mercê do Senhor.

O que aconteceu depois, vindo do céu? Quando o devoto um dia deixou sua casa para dar um passeio, viu-se de repente transportado a uma região deserta, jamais pisada pelo homem, e encontrou-se numa vereda jamais sobrevoada por um pássaro. O Senhor fez o sol sair de seu envoltório e espalhar um tal ardor que o homem transportado ao deserto ansiou por água e sua alma estava prestes a perecer. Então Elias, o vidente, apareceu sob forma de aguadeiro árabe com um odre cheio de água na mão. Sacudia-o e gritava: Quem tiver sede, que venha e beba! Então o sequioso falou: Dá-me um pouco de água para que eu me refresque. O profeta falou: O que me dás em troca? O torturado retrucou: Eu te recompensarei com dinheiro. Mas Elias disse: Nem que me desses todo o dinheiro do mundo receberás água de mim; mas, se queres beber, então me transfere a metade da recompensa que te espera pelas tuas boas ações. O devoto concordou e Elias lhe deu de beber. Mas logo o ventre do homem inchou e ele estava prestes a morrer e gritava e se torcia de dor. Elias então lhe apareceu de novo, disfarçado médico, e gritou: Um curandeiro, chegou um curandeiro! O torturado dirigiu-se a ele e pediu: Dá-me um remédio. Elias respondeu: Se me cederes toda a recompensa pelas tuas boas ações, eu te curarei. Então o devoto lhe prometeu a segunda metade de sua recompensa futura e Elias lhe entregou uma erva. O doente comeu, sarou e conseguiu ficar de novo em pé. Mas agora estava desprovido e despojado de sua parte no Além. Depois de retornar para casa chorou e gemeu; seus filhos perguntaram-lhe: O que te aconteceu? Ele respondeu: Todo o bem que fiz desde pequeno, dei-o por um gole de água; não hei de chorar?

UMA VEZ QUE seu sofrimento era tão grande, foi-lhe revelado do céu que tudo lhe sobreviera por causa de sua arrogância. Então ele se compenetrou e reconheceu que fora criado para servir o Altíssimo.

39. Elias em Vestes Pastoris

UMA VEZ, um discípulo desistiu do estudo da Escritura porque não lhe proporcionava honrarias e bens. Então apareceu-lhe Elias como homem velho, prometeu-lhe riquezas e falou: Dedica-te novamente ao Ensinamento; a fama não tardará. Então o jovem começou a se ocupar novamente com a Lei e tornou-se mais sábio do que todos os outros. Mas continuava pensando para si: Deus que me serve tudo isso? Mesmo assim não me dão a devida consideração.

Certo dia os eruditos da Escritura desse lugar deram uma festa, porque tinham terminado a leitura da Torá, e convidaram também o nosso jovem. Todavia, indicaram-lhe o último lugar entre os convidados. Isso contrariou muito o discípulo e ele pensou em se levantar e desistir do Ensinamento para sempre. Então apareceu Elias para o banquete, disfarçado de pastor, dirigiu-se aos sábios participantes e falou: Gostaria de vos fazer uma pergunta. Ontem havia uma ovelha prenhe em meu rebanho e hoje vi correr atrás dela um animalzinho que mais se parecia a um cachorro; agora não sei se é a cria da ovelha ou um animal de outra espécie. Se for um filhote de ovelha, então é um animal puro, porque vem de um animal puro; todavia, é possível que a ovelha tenha dado cria num lugar oculto, seu filhote se perdeu e esse animal se juntou a ela; então, provavelmente, o animal deve ser considerado impuro. O que decide a lei nesse caso? Os sábios responderam: Já que não viste com os próprios olhos se a ovelha pariu esse animal, é de se supor que seja de origem impura e assim não pode ser comido. Depois de receber essa resposta, Elias preparou-se para ir embora. Então o discípulo, que estava sentado ao fim da mesa, chamou-o e disse: Faze a experiência e coloca uma vasilha de água diante do animal; se ele lamber a água com a língua, então é um cachorro, se não é um animal puro. Elias respondeu: Já fiz isso e mesmo assim não sei concluir, pois ora o animal o faz e ora não. Então o discípulo falou: Observa quando o animal fizer as suas necessidades; se levantar uma pata é um cachorro, se se agachar é um cordeiro. O pastor respondeu: Já o observei; ora o animal faz assim, ora de modo diferente. Então o discípulo falou: Pega o animal e atira-o do telhado; se pular sozinho ao chão é um animal puro, se se agarrar no telhado com as patas, então é um cachorro. Elias respondeu: Também isso já tentei, mas também nisso o animal ora age assim, ora de modo diverso. O discípulo então falou: Então abate o animal e coloca um pedaço sobre carvão; se inchar, é carne de cachorro; se diminuir, é carne de um animal puro. Ouvindo isso, Elias curvou-se e falou: Bem-aventurado tu Israel, que tens em teu meio um homem de tal sabedoria! O que me admira é apenas que sentais um homem dessa categoria atrás de todos os convidados e não na cabeceira, quando vossos olhos bem vêem que sua sabedoria é maior do que a vossa. Os eruditos então ficaram envergonhados e não souberam o que responder: A partir de então a sabedoria do jovem lhes fora revelada; tornaram-no seu chefe e deram-lhe grande riqueza.

Passado algum tempo, o discípulo pensou para si: Quão rica é a recompensa da sabedoria; se já é tão grande neste mundo, quanto mais no mundo onde tudo é pura bondade e puro infinito. E falou: Prefiro que me seja reservada a recompensa para a época depois de minha morte do que gastá-la em vida. E renunciou a toda a riqueza, a todas as honrarias e alegrias vãs do mundo e passou a estudar apenas em honra do céu com toda a alma e vontade no coração.

POR ISSO os sábios dizem: O homem que se ocupe com a Escritura e seus mandamentos, mesmo quando não o faz em proveito próprio. Se inicialmente só o faz por interesse, no final o faz por dedicação.

40. Altivez

UM HOMEM DEVOTO seguia o seu caminho e aconteceu que o profeta Elias andou um trecho com ele. Eis que viram uma carcaça de animal no campo, exalando um mau cheiro. O devoto segurou o nariz com a mão. Elias, porém, passou rente à carniça e pareceu não sentir nada. Depois que ambos andaram mais um pedaço, encontraram um homem de modos altivos, o qual se portava de forma arrogante e presunçosa. Quando Elias viu de longe o orgulhoso se aproximar, botou a mão no nariz. Então o devoto perguntou: Por que o meu senhor não tapou o nariz diante da carniça? Elias respondeu: Este cheira pior do que a carniça; se um homem pega num corpo morto, está impuro até a noite; mas quem tocar este aqui é atacado por grave impureza.

41. Pequenas Histórias

ELIAS disse: Aquele que deseja aumentar a glória do céu e não se lembra de sua própria honra consegue que o louvor ao céu e o seu próprio alcancem as alturas. Mas aquele que passa a glória do céu para trás e procura aumentar a sua própria consegue que o louvor do céu continue o mesmo e a sua própria honra caia por terra.

Eis a história de um homem que estava na casa de oração com seu filho. Quando o recitador terminou a oração, todo o povo clamou: Aleluia; só o filho desse homem disse asneiras nesse ínterim. Então os devotos falaram ao pai do rapaz: Não ouves que teu filho fala palavras vãs durante a oração? O admoestado respondeu: O que hei de fazer? Ele ainda é uma criança e portanto se diverte.

O mesmo se deu no dia seguinte. O povo inteiro entoou o Amém e o Aleluia depois que o cantor terminou os hinos e aquele menino interrompeu com bobagens. Os devotos falaram ao pai: Escuta como teu filho interfere com profanações. Mas o homem respondeu como antes: Ele é uma criança e criança gosta de brincar. Durante todos os oito dias da festa o menino falava enquanto os outros rezavam e o pai não lhe dizia uma palavra. Mas não passou um ano, nem dois, nem três, quando o homem, sua mulher, seu filho e o filho de seu filho morreram e quinze almas de sua casa pereceram. Somente um par ficou com vida dessa estirpe; desses um era coxo e cego e o outro idiota e ímpio.

A OUTRA HISTÓRIA, por sua vez, relata acerca de um homem que se arrependeu eternamente por não se ter dedicado ao Ensinamento. Um dia, estava na Casa de Oração quando o recitador, diante da Arca, começou a enaltecer o santo nome; o tal homem elevou sua voz e bradou em tom excessivamente alto: "Santo, santo é o Senhor Zebaoth!" Os outros devotos falaram-lhe: O que viste para fazer tua voz ecoar de tal forma? O fanático respondeu: Não me foi dado ocupar-me com o Ensinamento escrito ou oral; mas, uma vez que me é permitido falar junto, não hei de elevar a minha voz e conceder alívio à minha alma?

Não passou um ano, nem dois, nem três, e este homem pôde voltar da Babilônia para a Terra Santa; tornou-se general do imperador e lhe foi confiada a direção das fortificações de Israel. Foi-lhe dado um pedaço de terra e ele construiu para si uma cidade própria, na qual ficou morando. Foi nomeado barão, e esse título foi mantido por ele e seus filhos enquanto sua estirpe continuou.

HOUVE CERTA VEZ um sacerdote que humildemente praticava o temor a Deus. Esse devoto tinha dez filhos com sua mulher, seis filhos e quatro filhas, e diariamente costumava orar, ajoelhar, implorar e pedir misericórdia ao Senhor, assim como lamber com a língua o pó da terra, para que nenhum de seus filhos caísse nas garras do pecado ou cometesse uma ação vergonhosa. Trancava diariamente seus filhos no aposento dos fundos de sua casa e ele próprio ficava no átrio a fim de vigiá-los e, enquanto isso, implorar da forma costumeira a interferência do Senhor para que nenhum de seus filhos cometesse uma maldade.

Conta-se: Não passou um ano, nem dois, nem três, quando Esdras, o escriba da lei, apareceu e conduziu Israel da Babilônia para a Terra Santa. Esse sacerdote estava entre os que regressaram. Antes de morrer pôde ver sumos sacerdotes e filhos de sacerdotes nascerem de sua estirpe, bem como netos que fizeram cinqüenta anos. Depois seguiu para a morada da eternidade.

Livro Quinto: Contos

1. Os Sete Anos de Servidão

NO PAÍS de Theman vivia um homem que desejava de Deus um filho. Costumava orar diariamente e dizer: Senhor do Mundo! Dá-me um filho, eu o instruirei na Escritura. Deus então atendeu à sua súplica e lhe deu um filho. O homem o chamou de Saul, afirmando: Eu o obtive do Senhor. No país de Zur, por sua vez, vivia um homem que era muito rico e benevolente e que tinha dez filhos. Sua mulher desejava ardentemente ter uma filha e fez um voto, dizendo: Se eu for considerada digna de ter uma filha, eu lhe darei, com o auxílio de Deus, um erudito da Lei para marido, e se ele for pobre eu lhe entregarei tudo o que necessita para que se dedique apenas ao Ensinamento. Então Deus atendeu ao pedido da mulher e ela deu à luz uma filha. Chamou-a de Hanna, pois era bonita e encantadora. Enquanto isso, o menino Saul crescia na casa de seu pai, aprendia com ele a conhecer a Lei e se tornou muito sábio. Quando fez dezoito anos, seu pai ficou muito doente e sentiu que seu fim estava próximo. Chamou seu filho Saul e disse-lhe: Meu filho, pelo que vejo não vou viver até te ver sob o dossel; fica então sabendo que te deixo uma grande fortuna, mas, além dos teus próprios, deixa-te ainda guiar por mais dois olhos, a verdade e a misericórdia, e terás sorte em todas as tuas realizações. Em seguida o velho homem fechou as pálpebras e morreu, e o filho chorou e lamentou a morte do pai durante muitos dias.

Passada a época de luto, a mãe falou do jovem: Meu querido filho, fica sabendo que te cabe continuar os negócios que teu pai deixou, para que não se perca o que ele adquiriu; também é chegada a época em que tens de pedir uma mulher em casamento. Portanto, toma o dinheiro de teu pai, compra mercadoria, e que o Senhor abençoe os teus caminhos. Assim Saul pegou uma bolsa cheia de ouro e foi ao mercado.

Lá ele começou a observar, e viu alguns ambicionarem lucro, outros roubaram bens alheios, terceiros furtarem e jurarem em falso. Então voltou para casa sem ter empreendido nada. A mãe perguntou: Por que não trazes mercadoria contigo? Saul respondeu: Os caminhos do comércio não me agradam; as pessoas falam uma coisa e a intenção é outra; sua boca fala o que o coração não pensa, e a mim meu pai antes de morrer ordenou que tomasse a verdade como diretriz.

MAS QUANDO Saul, no dia seguinte, foi a outro mercado, viu um grande número de pessoas andar pelas ruas e juntar dinheiro para resgatar um homem que morrera na prisão, a fim de que pudesse ser enterrado. Para isso, porém, era necessária uma grande quantia. Então Saul falou em seu coração: Vou cumprir o preceito de meu pai e fazer mercê a esse morto. Tinha pouco dinheiro consigo e assim correu para casa e buscou a importância necessária para o resgate do morto. Sua mãe perguntou-lhe: Por que hoje te apossas do dinheiro com tanta pressa? O filho respondeu que lhe tinha sido oferecida boa mercadoria e que receava que outros se lhe antecipassem. E Saul correu depressa aos coletores, foi com eles ao príncipe, que mandara atirar o devedor no cárcere, e apresentou o dinheiro do resgate. Assim o cadáver pôde ser sepultado honrosamente ainda no mesmo dia. Quando Saul voltou à noite para casa, sua mãe perguntou-lhe: Onde está a mercadoria que compraste? Ele respondeu: Enterrei-a para que não seja roubada, pois muitos olhos estavam dirigidos para ela. No dia seguinte Saul vagueava pelo campo e viu um homem arando a terra com dois bois e lendo um livro ao mesmo tempo. Então o jovem pensou: Com certeza esse é um homem íntegro e reto e provavelmente também um sábio; irei ao seu encontro e me juntarei a ele. O agricultor, porém, era o profeta Elias. Saul correu ao seu encontro e falou: Que a paz esteja contigo, meu senhor! Elias respondeu: Contigo esteja a paz! Saul perguntou: Que espécie de trabalho é esse e que ofício exerces? Elias respondeu: Meu filho, cultivo o campo para que eu e meus familiares tenhamos o que comer; também os pobres e necessitados, os animais do campo e as aves do céu recebem assim o seu alimento. Então Saul falou: Também eu gostaria de fazer esse trabalho, pois ele me agrada, apenas não sei qual é o lugar que me foi destinado pelo Senhor para me estabelecer. Meu pai, que seu nome seja recordado para o bem, me fez participar do Ensinamento e da sabedoria; também me deixou casa e propriedade. Mas uma mulher compreensiva só nos pode ser dada por Deus, e eu sou um que procura uma mulher temente a Deus e amorosa. Então Elias disse: Meu filho, por tua vida, não encontras mulher mais devota e encantadora do que uma moça que se chama Hanna. Ela mora no oriente, no país de Zur, e te está destinada pelo céu. Se desejares, eu te levarei a ela em curto prazo. Saul respondeu: Primeiro quero ir para casa e beijar minha mãe. Elias falou: Podes fazê-lo. Saul então foi ter com sua mãe e lhe falou: Saiba, mãe, que preciso partir por algum tempo para vender a mercadoria que comprei e adquirir outra. Não te preocupes comigo. A mãe falou: Deus te abençoe. Depois ele voltou a Elias. De lá até onde morava a noiva era um longo caminho; mas Elias colocou o jovem em suas asas e o levou em menos de uma hora até lá. Deixou-o fora da cidade e lhe falou: Espera por mim aqui, até que eu vá na frente e tenha falado com a moça.

Contudo, na noite anterior Hanna vira um velho diante de si, e este falou-lhe: Sabe, filha, eu sou teu ancestral, pai de tua mãe, e vim a ti do outro mundo a fim de te anunciar que amanhã um homem cabeludo, com um cinto de couro nos flancos, virá te procurar; esse te indicará o marido que te convém; apenas faze tudo o que ele te mandar. De manhã Hanna, com o coração batendo, contou o sonho à mãe, e tanto esta quanto o marido ficaram muito espantados.

NO MESMO DIA Elias veio à casa e falou a Hanna: Eu trouxe aquele que te está destinado. Queres tornar-te a sua companheira? A moça então respondeu: Se a coisa partiu de Deus, estou de acordo. E assim também falaram seu pai e sua mãe. Em seguida Elias apresentou Saul e ele encontrou aprovação nos olhos da família. Coroaram-no e ele ficou noivo da filha, e logo depois foi festejado também o casamento. Alegraram-se muito ao verem que o rapaz era versado na Escritura e que tinha nobres costumes.

No sétimo dia de festa de casamento, Elias retornou e viu que o noivo se divertia com a noiva. Então chamou Saul para fora e falou-lhe: Como pudeste esquecer a vida eterna durante todos os sete dias? Negligenciaste o Ensinamento de Deus e não praticaste nenhuma caridade. Por esse motivo te foi imposto ser vendido como escravo por sete anos, correspondendo aos sete dias de festa que passaste dessa maneira. E o profeta foi embora e deixou o jovem sozinho.

Então Saul ficou extremamente aflito. A jovem percebeu que o rosto do marido se anuviara e perguntou: Por que tens a aparência tão consternada? Qual é a dor que te aflige! Acaso não estás satisfeito comigo, ou te falta alguma coisa? Terás tudo de acordo com teu desejo. Ou estás preocupado por teus amigos e tens saudades deles? Dize uma palavra e nos mudamos para lá. Saul respondeu a Hanna: Com o que disseste no fim, adivinhaste certo; deixei uma velha mãe em casa e estou muito preocupado com ela.

LOGO FORAM selados jumentos e atrelados carros que conduziriam os pertences dos dois. Também foram levados servos e criadas, e os recém-casados viajaram para o país do marido. Mas durante a noite erraram o caminho e foram parar numa região árida e deserta. Assim viajaram durante três dias sem saber onde se encontravam. No quarto dia acharam uma região fértil, mas também aqui não havia agrupamentos humanos, apenas água e árvores frutíferas. Descansaram ali e Saul falou a Hanna: Estou cansado da viagem e também estou coberto de pó do deserto; vou me banhar neste rio e deleitar minha alma. E ele se distanciou da tenda que tinham armado e foi até a margem do rio. Mas quando se sentou e quis tirar a roupa apareceu Elias, colocou-o sobre suas asas e o carregou para um lugar distante, onde o vendeu como escravo por sete anos.

Enquanto isso, Hanna esperou uma hora e mais outra, e, quando viu que Saul não retornava, enviou os servos à sua procura, mas eles voltaram sem o seu senhor. Então Hanna, em sua sabedoria, percebeu que algo de estranho se ocultava ali e que a mão de Deus o tinha realizado. Com humildade falou: "Deus deu, Deus tirou, louvado seja o nome de Deus".

HANNA ficou por alguns dias naquele lugar, indecisa, pois não sabia o que fazer. Mas depois sacudiu a indecisão e falou aos servos: Pegai o trigo que temos em nossos carros e semeai os campos; abatamos árvores, ergamos casas e construamos aqui uma cidade; sei que em breve sobrevirá fome no país; negociantes virão em navios por este rio a fim de encontrar lugares onde houver trigo à venda. Quando souberem que temos belo trigo, comprarão de nós e ficaremos ricos. Então os servos se puseram a trabalhar, derrubaram árvores e construíram casas; outros semearam o campo, plantaram vinhas e jardins; tiveram sorte em tudo, pois a terra produziu em grande quantidade.

Espalhou-se então que surgira uma nova localidade no país onde se podia conseguir muito trigo, e negociantes subiram o rio em navios a fim de comprar pão e frutas. Depois de quatro anos a penúria teve início e então pessoas acorreram de países ainda mais distantes à procura de trigo. No quinto ano chegou também Saul com seu dono, e ele carregava nas costas o saco de viagem do seu senhor. Assim que os dois chegaram à casa de Hanna e esta ouviu a voz de Saul, ela o reconheceu imediatamente. Também ele reconheceu sua esposa. Chorou em silêncio, e ela também começou a chorar. Contudo, ela se conteve e foi a um outro quarto para que ninguém percebesse. De noite Hanna fez Saul vir à sua presença e então ele lhe contou tudo o que lhe acontecera, desde o princípio, pela mão do vidente. Ambos soluçavam, mas Hanna consolou o marido e falou: Não te aflijas: eu sou tua criada e tu és meu senhor; meu amor por ti não se modificou e jamais te serei infiel. E enalteceram o Senhor pelos milagres que realizava com eles. Hanna deu alimento e bebida ao marido e pediu-lhe que não chorasse, pois o fim de seus sofrimentos chegara. Mas Saul falou: Como podes falar de um fim? Pois se fui vendido por sete anos, e até agora só se passaram cinco anos do meu serviço; ainda tenho de ser servo por dois anos. Hanna volveu: Vou te esconder numa caverna para que teu senhor pense que fugiste. Depois que ele for embora, viveremos alegremente juntos. Saul falou: Não posso fazer isso; seria logro e indigno fugir do meu dono, que me contratou por sete anos; conheces meu coração e sabes que não me posso desviar do caminho da justiça e da verdade. Ao que Hanna respondeu: Nesse caso, eu te resgatarei do teu senhor e lhe pagarei pelos dois anos restantes o quanto ele exigir.

AO AMANHECER Hanna falou ao amo de seu marido: Deixa-me o jovem que está a teu serviço; falta-me justamente um servo; eu te pagarei por ele. O amo de Saul respondeu: Mesmo que me desses toda a tua fortuna, eu não poderia vender esse rapaz; quando terminar o prazo tenho de devolvê-lo àquele que o trouxe. Então Hanna compreendeu que isso tinha sido determinado pelo Santo, louvado seja. Retornou a Saul com lágrimas nas faces e falou: Ó alegria dos meus olhos, vai em paz e passa bem. Esperarei por ti eternamente; aquele que te tirou de mim irá te devolver, chegada a hora. Assim, Saul seguiu com seu amo e Hanna não se lamentou e não chorou, mas ergueu os olhos para o céu e orou a Deus para que lhe devolvesse o marido depois de cumprido o prazo.

Decorridos os dois anos, Elias foi a Saul, colocou-o sobre suas asas e o trouxe para a casa de sua mulher. Abençoou-o e falou-lhe: Vai daqui para o Oriente, para o país de Theman, e toma posse do legado de teu pai. Se praticares justiça e caridade, teus dias e os dias de tua mulher serão prolongados e vivereis felizes.

Não demorou muito e Saul tomou Hanna, sua mulher, seus criados e criadas, e viajou para o país de Theman, chegando à sua cidade natal. Encontrou a velha mãe ainda viva e tomou posse da herança paterna. Praticou caridade e justiça durante todos os seus dias e evitou injustiça e falsidade; somente a verdade e a misericórdia eram a luz em cujo clarão caminhava. A ele refere-se o dito: "Quem encontra um homem que fosse tão correto", e a Hanna: "Uma mulher que teme a Deus deve ser louvada".

2. *A Reunião dos Separados*

HAVIA UMA VEZ um homem devoto que se mantinha firme no princípio de jamais fazer um juramento, mesmo que se tratasse da verdade. Quando estava para morrer, chamou o filho e falou-lhe: Meu filho, evita fazer um juramento; toda a fortuna que te deixo, eu a consegui pelo fato de ter preservado minha boca de jurar; nem sobre a verdade eu quis jurar, por isso o Senhor fez com que todas os meus empreendimentos e toda a obra das minhas mãos tivessem sucesso. Ao que o filho lhe respondeu, dizendo: Cumprirei tua ordem e evitarei sempre o juramento.

Depois que o devoto morreu, pessoas desonestas vieram ter com o filho órfão e exigiram muito dinheiro dele, alegando que o pai lhes ficara devendo. Mas, se ele fizesse um juramento, eles o deixariam em paz. Então o moço falou em seu coração: Se eu jurar, profano o nome de Deus e transgrido o preceito de meu pai; portanto, provavelmente é melhor que eu lhes pague tudo o que querem de mim e não faça um juramento. E deu aos embusteiros toda a fortuna que seu pai lhe deixara, ficando ele próprio um homem pobre, sem nada de seu.

Mas não demorou muito e eis que novamente veio um impostor e lhe falou: Deves-me ainda um dinar. O devoto respondeu: Deixa-me, peço-te, não tenho mais nada. Deus sabe que, se ainda tivesse alguma coisa, eu te daria. O astuto falou: Então jura que nada mais possuis. E levou-o diante do juiz. Este falou ao filho do devoto: Paga o dinar ou jura que nada mais possuis. O atribulado respondeu: Não faço juramento. Então o juiz falou ao reclamante: Ou ele paga o dinar, ou o atiras no cárcere. Então o pobre chorou e bradou: Senhor do Mundo! Sabes que nada mais possuo, estou completamente desprovido do ouro e da prata que possuía em abundância; estou passando necessidade e sede; contudo, se não tivessem exigido nada de mim, eu não me queixaria, pois: "Nu saí do ventre de minha mãe e nu irei para a sepultura: o nome do Senhor seja louvado por toda a eternidade".

Assim, o justo foi atirado ao cárcere. O que fez sua valorosa mulher? Envergonhava-se de depender da caridade alheia e começou a lavar os vestidos de linho de estranhos para com o dinheiro resgatar o marido da mão dos falsos e prover o sustento de seus filhos. Um dia estava ela com os filhos na margem do rio e viu um navio se aproximar. Esperou até que ele chegasse bem perto. O capitão avistou a mulher e viu que ela era formosa; logo passou a desejá-la. Ele pensou consigo: Ela deve ser de origem real. Portanto aproximou-se dela e falou: Como é que precisas lavar roupa para os outros? Então ela lhe contou tudo o que acontecera a ela e ao marido. A isso o capitão falou: Eu te darei um dinar de ouro, lava a minha roupa também. Ela pegou a roupa e a moeda de ouro da mão do marujo e deu o dinheiro ao filho mais velho para guardar. Com ele queria resgatar o esposo da mão dos opressores.

ENQUANTO ISSO o capitão terminou seus negócios nessa localidade e consertou o mastro do navio. Quando depois a mulher chegou e lhe trouxe a roupa lavada, ele a agarrou e foi embora com ela no navio, que se pôs em marcha. Os filhos viram a mãe desaparecer e choraram, lamentaram-se e gritaram: Ai, nossa mãe se foi, o que faremos? Foram procurar o pai, deram-lhe o dinar e lhe relataram como a mãe tinha sido levada embora. Então o infeliz rasgou suas roupas e pranteou sua mulher. Pagou o dinar e deixou o cárcere. Falou para si: O que devo fazer agora? Se voltar para casa, morrerei de fome, e poderão vir novamente embusteiros e fazer comigo como procederam os anteriores. Talvez seja melhor eu ir para um outro lugar. E chorou alto e falou: Ó Senhor, olha para baixo e muda a nossa sorte. Estou desamparado com meus filhos e sem qualquer auxílio. E choraram todos juntos, até ficarem completamente esgotados.

Depois se puseram a caminho e prosseguiram, pedindo esmolas por toda parte. Assim chegaram a um grande rio que desembocava no mar. Mas não havia nenhuma balsa que os levasse para a outra margem. Então o devoto tirou suas roupas, pegou primeiro o filho mais jovem nas costas e entrou com ele na água. Mas, quando chegou ao meio do rio, as vagas se levantaram contra ele e lhe arrancaram o filho; mas Deus fez o menino encontrar uma tábua e esta o devolveu para terra. O pai, porém, continuou nadando até que chegou nu à um outro reino. Assim as crianças tinham ficado do lado de cá e choravam; a água as tinha separado do pai. Veio, então, um navio e aprisionou os dois meninos.

QUANDO OS habitantes da longínqua ilha viram o homem nu, perguntaram-lhe de onde vinha. Ele respondeu: Sou um homem pobre, judeu. Eles falaram: Qual é o teu ofício? Ele respondeu: Sei ensinar os outros a ler e escrever. Os homens falaram: Não precisamos disso, mas, se quiseres apascentar o nosso gado, podes ficar conosco e nós te pagaremos um bom salário. Então ele disse: Serei vosso pastor. Então confiaram-lhe os seus rebanhos, e ele os guardou fiel e honestamente. Os homens lhe falaram: Toma cuidado para não chegar perto da água, porque é muito funda; se um dos nossos animais cair na água, não sairás mais daqui. Ele respondeu: Tomarei cuidado.

Um dia, o refugiado estava sentado na margem do rio e pensava em sua passada riqueza e nos haveres que o pai lhe deixara. Chorou e pensou para si: De que me serve a vida? Minha mulher me foi raptada e meus filhos se dispersaram; fiquei eu sozinho. Prefiro a morte a uma vida assim. E se atirou nas águas. No lugar onde saltou havia serpentes e escorpiões. Então ele se assustou, mas logo ouviu uma voz chamá-lo pelo nome, dizendo: Fica aqui. Quando se voltou, viu a figura de um anjo; este falou: Vem, há muito tempo foi guardado aqui um tesouro para ti, desenterra-o agora e prosperarás finalmente por teres cumprido o mandamento do teu pai de não prestares juramento. Depois o anjo lhes mostrou o tesouro e falou: Vai e compra este rio e a terra em volta do soberano do reino e depois constrói aqui uma grande cidade.

O devoto obedeceu. Foi ao príncipe e falou-lhe: Senhor, se for de tua vontade, vende-me este rio, que corre de uma localidade a outra. Então o príncipe disse a isso: Tolo! o que farás com ele? O judeu, porém, falou: Mesmo assim, vende-o a mim. Então o proprietário lhe cedeu o rio por muito dinheiro. Firmou um documento e fez confirmar por testemunhas que a partir daquela data a corrente seria propriedade eterna do judeu.

LOGO DEPOIS o novo proprietário da região contratou trabalhadores e construiu uma grande cidade com muitos palácios na margem do rio. Tornou-se rei dessa cidade e sua fama se espalhou longe. De todos os países vieram negociantes e ele praticava o bem a todo passante e a quem regressava. Então, um dia, atracou também o navio que aprisionara seus filhos. Quando o devoto avistou seus filhos, fez com que os trouxessem a seu palácio; não se deu a conhecer, mas lhes concedeu mais benevolências do que aos seus servos. A partir de então tornou-se seu costume, quando um navio atracava, convidar os passageiros para uma refeição.

Mas um dia atracou também o navio no qual era mantida a sua mulher, que tinha sido raptada. O rei convidou os tripulantes a comerem com ele. Ao que o capitão do navio falou: Meu senhor e rei, não posso deixar o navio, pois minha mulher está lá. Então o rei falou: Eu te mandarei dois jovens fiéis que a guardarão. Os rapazes foram lá e o capitão veio para a refeição. Os jovens falaram um ao outro: Ai de nós, este navio se parece com aquele em que nossa mãe foi presa. E choraram a noite inteira. Então a mulher perguntou: Por que chorais. Eles responderam: Recordamo-nos de que nossa mãe nos foi arrancada num navio semelhante. Imediatamente a mulher reconheceu os filhos e também chorou a noite inteira, mas não lhes disse nada.

AO AMANHECER, o capitão voltou e encontrou a mulher muito desgostosa. Perguntou-lhe: O que tens? Ela respondeu: Não podias enviar para minha proteção outros senão esses insolentes? Praticaram maldade comigo. O marujo foi logo ao rei e falou: Senhor, nosso rei! Como pudeste enviar rapazes tão depravados? Cortejaram a mulher durante a noite inteira. Então o rei chamou os rapazes e falou: É verdade que abusastes da mulher do capitão? Os jovens responderam: Deus nos livre de fazermos tal coisa; que a mulher venha ela mesma aqui e testemunhe contra nós; se for verdade, então mata-nos. Então a mulher foi levada à presença do rei e ele lhe falou: Filha, não negues e não temas me contar tudo. Então a mulher prostrou-se por terra e falou: Meu senhor e rei, permite-me dizer-te uma palavra. O rei falou: Pois então fala. A mulher disse:

Peço-te, meu senhor, pergunta aos rapazes de onde eles vêm. Imediatamente os rapazes contaram tudo o que haviam sofrido. Então a mulher se levantou, abraçou os jovens e disse: Por tua vida, meu senhor e rei, eles são os meus filhos. E ela chorou, gritou e contou sua história. Ouvindo essas palavras, o rei teve a certeza de que aquela que estava diante dele era sua esposa.

Então o rei falou ao capitão do navio: Dize-me a verdade, como é que esta mulher foi parar em tuas mãos? Se não confessares tudo, eu te deceparei a cabeça. O marujo respondeu: Eu a aprisionei na margem de um rio, enquanto estava lavando roupa; mas, certo como vives, meu senhor e rei, eu não a toquei e não me uni a ela. E agora faze comigo o que te aprouver. Então o rei lhe falou: Volta em paz para tua terra. Depois o rei exclamou: Louvado seja Aquele que dá recompensa justa aos que o temem e devolve o perdido a seu dono.

E a partir daí viveu feliz com sua mulher e seus filhos em grande riqueza.

OS NOSSOS SÁBIOS falaram: Se este aqui, que cumpriu apenas um mandamento, foi recompensado, quanto mais alguém que cumpre todos os mandamentos. Por isso está escrito: "Ele faz clemência a milhares que cumprem os seus mandamentos", e também: "Não usarás o nome de Deus em vão".

3. Aquele que Escapou da Morte na Forca

HOUVE CERTA VEZ um homem que era renomado por sua devoção, e cuja fama se propagara por todos os países. Procuravam-no para que orasse pelos enfermos e abençoasse os estéreis. Recebia também, em sonho resposta a todas as perguntas, que dirigia ao céu, e de suas palavras nenhuma caía por terra. Esse homem devoto não tinha filhos. Quando um dia voltou da casa de oração, sua mulher caiu-lhe aos pés, começou a chorar e suplicou-lhe piedade. Ele lhe falou: Irmã, por que choras? Diga-me e teu pedido será satisfeito. Então a mulher respondeu, dizendo: Meu coração está cheio de amargura pelo fato de estarmos velhos e de idade avançada e até agora termos ficado sem a bênção de filhos. Sei que rezas pelos outros quando estão em apuros e que és atendido. Mas, se está em teu poder auxiliar os outros, por que não oras por nós, para que sejamos abençoados com um filho? Ao que o devoto respondeu: Filha, se é da vontade do Senhor nos conceder um filho, ninguém poderá impedi-lo. Ele conhece os nossos corações; que faça o que lhe aprouver. Mas a mulher não parou de implorar e pedir, e importunou-o tanto até que ele aquiesceu e prometeu cumprir o seu desejo. Perguntou-lhe: Quando deves tomar desta vez o banho ritual? Ela respondeu: Em tal dia. Então o devoto se impôs um jejum, tomou um banho ritual e dirigiu ao céu o pedido de ter uma resposta através de um sonho. Então recebeu a seguinte resposta: Queres um filho? Pois saiba então que lhe está destinado morrer na forca com idade de treze anos. Mas, como o Senhor vos ama, não permitirá que assistais a esse sofrimento em vossos dias de velhice. Ao amanhecer o devoto relatou o sonho à companheira. Mas ela disse: Quero participar da graça de ter um filho nem que seja por esse preço. Talvez o Senhor desvie a fatalidade, se cumprirmos os seus mandamentos e praticarmos o bem. Na noite seguinte, o devoto repetiu seu pedido e então lhe apareceu o anjo, que é encarregado dos sonhos. O devoto falou-lhe: Queremos ter um filho e depois pediremos clemência ao senhor. O anjo respondeu: Esta noite tua mulher conceberá e dará à luz um filho. E assim foi.

PASSADO O TEMPO, a mulher teve um menino e então o quarto se encheu de luz. Trouxeram uma ama hebréia para amamentar o menino. A mãe, porém, estendeu sua mão aos pobres e aos necessitados, e praticou mais bem do que jamais, e com muita alegria.

E o menino cresceu e foi desmamado, e seu pai o fez instruir por um mestre. Era inteligente e perspicaz e compreendia tudo em pouco tempo. Logo passou a conhecer a Escritura e o ensinamento oral, e também suas maneiras eram agradáveis e dignas. Seus pais o faziam dormir entre eles; o pai dormia à sua direita, a mãe, à sua esquerda, e dia e noite seus olhos o vigiavam. Contudo o devoto nunca estava inteiramente feliz e tornava-se cada vez mais tristonho ao ver o filho crescer, pois pensava no fim que o aguardava.

Chegou, então, a época em que o menino fez doze anos. Uma noite o sono fugiu dos olhos de ambos os pais, mas eles pensavam que o filho dormia. Então o pai gemeu e suspirou alto. Sua mulher perguntou: O que tens, marido, o que te falta que tanto gemes? Ele respondeu: Como posso deixar de gemer, quando sei que meu filho, tão bem-sucedido em tudo, logo deverá morrer na forca? Então a mãe também começou a chorar e verteu torrentes de lágrimas. Mas depois eles se consolaram, se animaram e confiaram em Deus.

O MENINO, porém, ouviu tudo o que eles conversaram; ergueu-se da cama e falou: Ouvi vossa conversa e fiquei sabendo que estais entristecidos por minha causa. E insistiu por tanto tempo com suas súplicas que eles se viram forçados a lhe confessar tudo. Depois lhe falaram: Agora te revelamos tudo. Tu, porém, és um jovem de mente clara; utiliza-te dela e pensa no que se pode fazer. Então o menino falou: Vou mudar de lugar, pois mudança de lugar é mudança de sorte. Isso agradou bastante ao pai e ele falou: Então poderás viajar para a cidade em que mora o teu tio; eu te darei farnel para a jornada, pois tens de descansar três vezes. Além disso, dou-te três maçãs, que eventualmente terás de repartir com aquele que estiver contigo no albergue. Se verificares que teu companheiro te dá a parte boa da fruta e ele próprio come a parte dos caroços, então afasta-te logo dele. Mas, se encontrares alguém que fica com a parte boa para si e te deixa o miolo da maçã, então faze amizade com ele e torna-o teu companheiro até alcançares a cidade de teu tio. O rapaz respondeu dizendo: Farei tudo conforme me ordenaste. E ele beijou as mãos de seus pais, e eles o abraçaram, e beijaram, e falaram: Que o Senhor nosso esteja contigo e abençoe a tua partida e a tua chegada. Então o jovem se levantou e iniciou a caminhada. No primeiro albergue em que descansou, encontrou um estrangeiro. A este deu a primeira maçã e ele a descascou e ofereceu a fruta partida ao jovem enquanto ele próprio comia a casca e o miolo. O rapaz logo se despediu dele e continuou sozinho. À noite hospedou-se novamente num albergue e lá encontrou um homem que lhe inspirou confiança. O rapaz lhe deu a segunda maçã, e o estrangeiro procedeu com a fruta da mesma maneira que o primeiro. Então o rapaz foi embora depressa e continuou a caminhar sozinho. Ao pôr-do-sol entrou pela terceira vez num albergue e também ali encontrou um homem, de quem gostou imediatamente. Deu-lhe a terceira maçã que trazia consigo e eis que o homem comeu a parte interna da maçã e deu ao rapaz a casca e os caroços. Então o jovem se alegrou muito por isso e lhe falou: Se pareço generoso a teus olhos, vem comigo e acompanha-me até a cidade tal, onde reside meu tio; pois a minha alma está próxima à tua. Então o estrangeiro respondeu: Também eu senti amizade por ti e ficarei contigo até te levar ao objetivo de tua viagem. Mas anota uma coisa: Não deves transgredir nenhuma de minhas ordens. Quando o rapaz ouviu essas palavras, que pareciam vir do coração, revelou-lhe seu segredo: Então o homem respondeu dizendo: Não temas e não te assustes; Deus te ajudará e desviará todo o mal de ti. Eu, porém, não te abandonarei.

Então os dois seguiram juntos e chegaram à cidade. O acompanhante do jovem foi na frente para a casa do tio e anunciou a chegada do sobrinho. O tio foi ao encontro do jovem, abraçou-o e beijou-o e preparou um grande banquete em sua homenagem. Depois lhe indicou uma casinha separada em seu jardim e não deixou que nada lhe faltasse.

ACONTECEU, ENTÃO, na noite em que o rapaz completara o décimo terceiro ano de vida, que, estando deitado na cama, ergueu seus olhos e

eis que uma corda pendia do teto e se alongava cada vez mais. O jovem foi acometido de medo e terror e começou a gritar. Mas a corda descia cada vez mais, enrolou-se no pescoço do rapaz e o ergueu. O rapaz gritou e clamou por socorro, mas nenhuma voz soou em resposta. Mas, de repente, ele avistou diante de si o estranho que o conduzira à cidade e este falou: Não temas e não te angusties. E estendeu sua mão e cortou a corda ao meio; depois, então, amparou o rapaz nas duas mãos e o deitou novamente na cama. O tão milagrosamente salvo tinha desmaiado e estava como morto. Então o homem o acordou e o reanimou e lhe disse: Saiba que a morte te foi evitada por causa do Ensinamento. O castigo foi imposto sobre ti ainda antes de teres saído do ventre materno. O Ensinamento, porém, com o qual te ocupaste colocou-se diante do trono da glória de Deus, envolto em negro, e pediu clemência para ti. Conseguiu que a sentença imposta ali fosse revogada e eu fui enviado para te salvar, pois sou o profeta Elias. E quero te informar ainda que a filha de teu tio é a noiva destinada para ti e que te casarás com ela.
E assim aconteceu.

4. *A Jovem Sábia com Cara de Animal*

VIVIA OUTRORA numa cidade um poderoso juiz que tinha um único filho, e este era sábio e se tornou uma jóia entre os jovens. Um dia o filho teve uma inspiração e disse ao pai que estava com vontade de partir para terras distantes a fim de aperfeiçoar seu saber e conhecer outros costumes. Insistiu tanto com o pai até que este consentiu e o deixou ir a uma grande cidade onde viviam muitos sábios e eruditos. Deu-lhe farnel para a jornada e falou-lhe: Vai em paz! Depois abraçou o filho, abençoou-o e o jovem embarcou, pois seu caminho era por mar.

Assim chegou à grande cidade e logo perguntou pela casa do mestre. Foi para lá e encontrou o mestre rodeado por seus discípulos e ouvintes, instruindo-os. O jovem saudou-os um a um de acordo com sua dignidade e sentou-se a fim de com eles acompanhar a preleção. Os outro perceberam logo que a sabedoria de Deus residia no recém-chegado e que ele já era versado em muita coisa. Aconteceu então que os discípulos estancaram num trecho difícil da Escritura e não conseguiam apreender-lhe sentido. No entretanto, chegara a hora do almoço e os estudiosos se dispersaram, indo cada qual para o seu albergue. Só o nosso jovem ficou na casa de estudos e continuou a pesquisar o livro a fim de decifrar o incompreensível. Enquanto repetia o parágrafo e retomava o assunto a fim de descobrir o seu sentido, caiu-lhe um bilhete de cima; olhou para ele, e eis que continha a verdadeira interpretação do enigma. O rapaz então ficou muito contente, pois imaginou que a solução lhe fora enviada por Deus. Quando seus companheiros retornaram, ele lhes falou: Agradecei ao Eterno, pois ele é bondoso. Aconteceu-me algo especial. Uma folha caiu das alturas e me esclareceu acerca do parágrafo. Ao ouvirem isso, seus amigos riram, pois sabiam muito bem o que havia com o bilhete e de onde viera. O jovem, que acreditava ter recebido uma resposta do céu, ficou sentido por não quererem acreditar nele; os companheiros, porém, riam sem parar. Então ele lhes falou: Por vossa vida, revelai-me o segredo e dizei-me porque não confiais nas minhas palavras. Insistiu tanto que lhe deram a resposta: Sabe que na mansarda que se situa sobre a casa de estudo encontra-se uma filha de nosso mestre; ela é muito sábia e dona de bastante conhecimento; é seu costume, sempre que topamos com dificuldades no Ensinamento, atirar um bilhete e esclarecer nossos olhos.

Ouvindo isso, o jovem espantou-se com a notícia e falou para si: Poderá existir uma mulher à qual os caminhos da Escritura estejam tão abertos? E os pensamentos o levaram a querer cortejar a moça. Pediu logo a seus colegas que falassem com o mestre e lhe pedissem que lhe desse a filha em casamento. Os discípulos responderam-lhe: Não fales mais nesse assunto, pois essa é uma das coisas que são proibidas. Mas, desde o instante em que o jovem tomou conhecimento da sabedoria da moça, insinuou-se em seu coração o amor por ela e começou a pedir e a suplicar aos discípulos que apresentassem seu desejo ao mestre. Os seus amigos responderam a isso: Não discutas conosco sobre isso, ela não te convém. Que o Senhor te destine uma melhor sorte. Então o jovem continuou falando: No entanto, dizei-me, a moça tem porventura algum defeito? Eles retrucaram: Não te revelaremos isso; não queremos falar mal da filha de nosso mestre. Ele falou: E mesmo que seja assim, estou disposto e pretendo casar-me com ela, pois meu coração a deseja por causa de sua sabedoria. E ele importunou seus companheiros de tal forma com suas palavras, que eles se viram forçados a apresentar o caso ao pai da moça. Contaram-lhe a história desde o princípio e disseram-lhe que a alma do jovem se apegara à sua filha; e, embora lhe tivesse dado a entender que ela não podia ser cortejada, mesmo assim ele queria de todo o coração tomá-la por mulher. E o pai? Por mais que lhe doesse dar sua filha a um homem – pois agora seu defeito se tornaria notório –, quando soube do grande amor do jovem deixou sua preocupação a cargo do Senhor e concordou com as palavras dos discípulos, embora forçado e não de livre vontade. O jovem, porém, alegrou-se quando soube que a moça se tornaria sua esposa.

Então, a filha do mestre ficou sabendo de tudo o que estava acontecendo. Ela se preocupou em silêncio e santificou-se por meio de banhos rituais. Chegada a hora, o casamento se realizou, mas com a presença de apenas poucas pessoas, sem júbilo e cânticos de alegria, pois o coração do pai e da mãe estavam cheios de tristeza e suspiros. A noiva apareceu e seu rosto estava envolto num espesso véu, que também ocultava metade de seu corpo. O noivo, porém, pensou ser esse um costume do país e colocou o anel no dedo da moça, conforme a lei de Moisés e de Israel; depois a certidão de casamento foi assinada e lida.

À NOITE, antes de o noivo entrar no seu aposento, a donzela orou com muitas lágrimas ao Deus Todo-Poderoso para que ele olhasse a sua miséria e a fizesse encontrar clemência e generosidade aos olhos de seu noivo, o amado para que ele cumprisse nela o seu dever de marido e não se desviasse quando visse o seu rosto. – Quando, depois, o discípulo entrou no quartinho, retirou o véu que encobria a noiva, e eis que a face da jovem se assemelhava à de um animal! O jovem ficou horrorizado e se jogou para trás, como uma flecha que pulou fora do arco. Mas a moça lhe falou: Suplico-te, não tomes sobre ti um crime de morte! O Senhor assim o determinou e o Senhor te enviou a mim. Tudo isso também aconteceu por tua vontade e tu te comprometeste a casar comigo da maneira que meu Criador, que reside lá em cima, me fez. Por isso, peço-te que tenhas piedade de mim e cumpras teu dever; se depois quiseres me abandonar e partir, eu não te impedirei e poderás fazer como desejares. Mas esta única vez domina-te e fica comigo. – E ela chorou e implorou tanto que o jovem ficou com pena da moça, aproximou-se e uniu-se a ela.

Mas quando estava para deixar a mulher ela o agarrou e disse: Ainda tenho um pedido, e tens que satisfazê-lo. Já que agora me queres deixar, dá-me um sinal e uma lembrança de tua mão para que, caso eu engravide, sirva de prova de que concebi de ti. O jovem perguntou: O que hei de te dar? A moça respondeu: Dá-me teu anel de sinete, teu manto de oração e teu livro de prece. Então o marido lhe deu essas três coisas, pôs-se a caminho e retornou à sua pátria, pois não lhe agradava permanecer mais naquele país. Voltou para seu pai e sua mãe; todavia, não lhes contou nada do que lhe acontecera.

PASSADOS TRÊS MESES depois da separação entre o discípulo e a sábia filha do mestre, a mulher percebeu que o Senhor se lembrara dela e a fizera engravidar. Decorrido o tempo, ela deu à luz um filho e viu que ele era belo, de boa aparência e agradável. Ela abraçou-o e beijou-o e o envolveu em seu vestido; depois desceu, foi até a porta da casa de seus pais e lá depositou a criança. Mas ao fazer isso tinha o espírito muito amargurado; era chamada de repudiada; estava sempre sozinha em seu quartinho e ninguém vinha visitá-la, nem mesmo seu pai ou sua mãe, que não tinham coragem de suportar sua aparência; era também alimentada por uma mulher estranha. – Quando, agora, os velhos ouviram o choro e os gritos da criança, acorreram depressa e a ergueram. Olharam o seu rosto e eis que brilhava; então se encheram de alegria e falaram: Poderoso é o Senhor, e que seja louvado e enaltecido por não ter deixado de nos conceder a benevolência de não ficarmos sem descendentes. Este será o consolo de nossa velhice. E contrataram uma ama para alimentá-lo.

O Senhor estava com o menino e o abençoava e assim ele cresceu; contrataram-lhe um mestre, para que o instruísse, e o menino era inteligente, perspicaz e aprendia depressa. Quando fez treze anos, foi considerado digno de participar do estudo juntamente com os discípulos do mestre. E logo se sobressaiu por sua perspicácia. Um dia entrou em briga com outro menino, que o invejava, e este exclamou: Ó filho sem pai e sem mãe, não fales e não te levantes contra mim! Quando o menino ouviu essas palavras, calou-se e não respondeu ao insulto, mas a ira tomou conta dele e ele correu até os velhos, que até lá lhe eram como pai e mãe. Falou-lhes: Grande é a minha vergonha; hoje me foi dito que não tenho pai nem mãe, e até agora cresci na crença de que vós sois meus pais; agora quero que me reveleis a verdade. Os velhos responderam-lhe: Não atentes para as palavras de um menino que fala com infantil insensatez e por inveja se torna atrevido. Nós somos aqueles a quem deves chamar de pai e mãe; não te consideres órfão. Mas o menino não lhes deu mais crédito, pois compreendeu que aquele rapaz não teria feito tal acusação sem fundamento. E assim continuou diariamente a falar com os velhos sobre o assunto, até que tiveram de lhe dizer tudo e revelar que sua mãe vivia naquela casa. O menino não perdeu tempo e correu depressa ao quarto da mãe.

Já que a solitária não suspeitava de sua vinda, não tinha colocado o véu, e o filho a encontrou com o rosto descoberto. Ela sentiu-se muito magoada por ele ver sua feiúra e se apressou em cobrir a face. O menino, porém, falou: Mãe, por que te envergonhas diante de mim e ficas tão tímida? O que te aflige e por que sofres? Eu sou teu filho, o filho de teu ventre; quero olhar teu rosto, seja ele como for; gosto de ti e devo-te respeito. E aproximou-se, tirou-lhe o véu do rosto e a abraçou e beijou. Torrentes de lágrimas corriam de seus olhos; ela abraçou o filho e o acariciou. Depois ela rendeu graças ao Senhor por lhe ser concedido ver o filho, pois não o vira desde o seu nascimento. Assim a mulher se deleitou com o fruto de seu ventre.

Depois o menino olhou em volta do quartinho e viu uma mesa cheia de livros e manuscritos. Perguntou à mãe: Quem é que vem aqui para estudar nesses livros? Ela respondeu: Meu filho, ninguém me visita aqui, eu vivo às escondidas; nenhuma alma me vê e eu não vejo o mundo; desde o dia em que meu espírito amadureceu e eu tive consciência do meu defeito congênito, consagrei todo o meu espírito ao Ensinamento de Deus. E esse foi o consolo que o Senhor, por sua sabedoria, me concedeu. Essa é agora minha ocupação de dia e de noite; isso me permitiu suportar minha desgraça durante todos esses anos. Então o menino se alegrou imensamente e falou à mãe: Se é assim, quero continuar a estudar contigo. E assim foi. A partir de então mãe e filho estudaram o Ensinamento e o menino viu que sua mãe conhecia bem todas as escrituras, que era inteligente e cheia de conhecimentos. Ele falou: Essa é a parte que me foi destinada pelo Todo-Poderoso; não preciso procurar nenhum mestre mais, pois minha mãe supera os maiores em sabedoria. Contudo, o coração do rapaz não estava calmo, queria estar esclarecido sobre sua origem e descobrir quem tinha sido seu pai. Passados alguns meses, falou à sua mãe: Quero te fazer uma pergunta; dá-me uma resposta clara sobre o assunto; deixa que eu saiba quem é meu pai e qual é o lugar onde ele se encontra. Já estou há tanto tempo contigo e ainda não me foi dado ver o seu rosto. A mãe então respondeu, dizendo: Meu filho, não me perguntes, pois assim que me lembro do fato meus olhos se obscurecem de desgosto. Mas o menino falou: Mesmo assim eu te suplico que sejas benevolente comigo e satisfaças ao meu desejo. E pediu com tanta insistência e ao mesmo tempo estava tão encantador que a mulher teve de lhe fazer a vontade e lhe contou a história de seu pai do começo ao fim; mostrou-lhe também a certidão de casamento.

O MENINO ENTÃO ficou satisfeito por ter recebido informações sobre sua origem e falou à mãe: Quando teu marido se separou de ti, não deixou nada em tuas mãos? Ela respondeu: Fiz com que ele me desse seu anel de sinete, seu manto de oração e seu livro de prece. O rapaz falou: Agiste sabiamente e agora cabe a mim procurar o meu pai e trazê-lo para ti. Então a mãe retrucou: Não profiras tais coisas, que me é impossível ouvir; ele está longe, muito longe daqui; quem poderá encontrá-lo? Além disso, nem vai querer atender a teu pedido. O menino, porém, falou: Mesmo que seja assim, tenho de ir lá para conhecer meu pai. E, decidido, foi aos pais de sua mãe e pediu-lhes provisões, pois queria se pôr a caminho para procurar seu pai. Então os velhos falaram: Para onde queres ir com tua pouca idade? Queres ir para o exterior e deixar a nós, velhos, sozinhos? Acaso te falta alguma coisa? Não te substituímos o pai? Mas o menino não deu atenção a essas falas e disse que precisava ver o pai e depois voltaria a eles. Assim, os velhos tiveram que ceder e o abasteceram de tudo. O rapaz levou consigo o anel, o manto e o livro de seu pai e iniciou a longa caminhada.

E o Senhor fez a sua viagem ser bem-sucedida e o conduziu no caminho certo para o destino escolhido. O menino alcançou o país e a cidade onde seu pai morava e lá chegou pela manhã, na hora da prece matutina. Perguntou pela casa do chefe da comunidade e foi primeiro para lá, a fim de fazer sua oração. Enrolou-se no manto de oração de seu pai, abriu o livro e começou a orar. Mas aconteceu de ficar em frente ao devoto homem da lei. Este então ergueu seus olhos e viu um jovem desconhecido rezando com muita devoção. Olhou para seu manto de oração e eis que o nome do seu próprio filho estava inscrito nas quatro pontas da veste. Ficou admirado e seus pensamentos se perturbaram quando, mentalmente, quis decifrar o caso. Mas estava curioso e cheio de desejo de saber como a roupa de seu filho chegara ao menino estranho. Terminada a prece, chamou o jovem e, demonstrando-lhe todo o respeito, falou: De onde vens, meu filho? Este respondeu: Sou da grande cidade tal, afamada por seus sábios. O devoto homem da lei continuou a falar: Por tua vida, dize-me, qual é o teu nome? O jovem respondeu: Este teu criado chama-se Salomão. O homem da lei falou: Mas o nome que está no teu livro e no teu manto de oração é outro. Então o menino respondeu: Este é o nome do senhor meu pai. O devoto perguntou: Onde está o teu pai? O jovem respondeu: Isso nem eu sei e é para tal que vim até aqui; quero pedir-te conselho de como poderia achá-lo. O homem da lei ficou ainda mais espantado. Ainda estava falando com o jovem quando reparou no anel em sua mão direita. Então perguntou: E este anel, o que significa? O menino respondeu: Também este é do meu pai; ele o deixou a minha mãe como lembrança. Então o devoto falou suavemente: Meu filho, fica aqui por mais algum tempo; vou mandar procurar o teu pai, pois quer-me parecer que existe em nossa cidade um homem com esse nome. Eu o trarei aqui para que o vejas e reconheças se é ou não teu pai. Mas dá-me teu anel, o livro e o manto. O menino deu os três objetos ao velho; depois o devoto o conduziu a outro aposento e o deixou sozinho. Enquanto isso o filho do juiz voltou e o pai perguntou-lhe: Meu filho, onde foi parar o teu anel de sinete? O filho respondeu: Pai, perguntas por um acontecimento que ocorreu há tantos anos; e eu já te contei uma vez que perdi o anel na viagem de volta. O pai então perguntou: E onde está o manto de oração e o livro de prece que trazias contigo? O filho respondeu: Provavelmente tiveste hoje um sonho, para de repente me importunares com essas coisas; peço-te, deixa-me. Então o pai falou: Por que me escondes a verdade? E se eu te apresentar todas as coisas, o que dirias então? E com essas palavras o velho homem tirou do seio as três provas e falou: Eis teu manto de oração, teu livro e teu anel. O filho não encontrou resposta a isso e perguntou: Como é que tudo isso chegou às tuas mãos? O pai respondeu: Teu filho está aqui à tua procura e trouxe as coisas. Nesse momento o rosto do jovem ficou preto como o fundo de uma panela usada e ele falou ao pai: Perdoa-me em tua bondade. O pai respondeu: Eu te perdoarei. Depois mandou buscar o menino e falou-lhe: Este é teu pai, aquele que te gerou, e eu sou o pai de teu pai. Quando o menino avistou o rosto de seu pai, atirou-se ao seu pescoço, abraçou-o, beijou-o e chorou alto. Também ao homem as lágrimas corriam como água quando viu seu filho, tão belo de rosto e de aparência, diante de si. Deleitava-se sua alma ao reconhecer que seu rebento se parecia com ele. Também o pai e a mãe do homem se alegraram com o descendente, especialmente quando perceberam sua inteligência e perspicácia e viram pelas suas maneiras finas que era bastante digno de continuar cultivando a herança de seus antepassados.

PASSADOS ALGUNS DIAS, o jovem falou ao pai de maneira doce e suplicante: Pai, preciso voltar e tenho de te reconduzir à senhora minha mãe para que a partir de agora fiquem juntos, pois minha alma sofre ao ver um homem separado da mulher de sua juventude. Seu pai respondeu, dizendo: Não posso fazer isso, meu querido filho; assim a minha dor se tornaria ainda maior. É melhor que fiques aqui e serás o meu consolo. Mas o filho falou: Perdoa-me, pai, não posso suportar vos ver separados um do outro, pois deveis ficar juntos. Mas o pai não quis realizar o desejo do filho, apesar de muita insistência e por mais que seus pais o advertissem nesse sentido. Então o menino se pôs a caminho de regresso para casa, confiando no Senhor em que seu desígnio ainda se realizaria.

Mas quando estava no meio do caminho seus pensamentos se anuviaram ao pensar na dificuldade do seu propósito, uma vez que a aparência de sua mãe era tão estranha. Assim pensando, sua consternação se tornou ainda maior e ele caiu em pranto. Orou a Deus para que lhe enviasse auxílio e o conduzisse no caminho certo. Mas de tanto chorar ele caiu exausto e foi vencido pelo sono. Na mesma hora a mãe, em casa, também pensou no filho, que partira para longe a fim de procurar seu pai e trazê-lo para ela. E ela própria sabia que o mal era grande demais e que não havia remédio. Por isso suspirou profundamente e dirigiu sua súplica ao Altíssimo, pedindo-lhe mais uma vez benevolência, com as faces molhadas de lágrimas. Então o clamor de ambos, da mãe e do filho, chegou ao mesmo tempo diante do Senhor e a fonte da indulgência se abriu. Deus enviou o profeta Elias, louvada seja sua memória, e este apareceu ao menino em sonho. Perguntou-lhe: O que tens, meu filho, para andares tão tristonho e solitário? O rapaz respondeu, dizendo: Choro por meu pai e minha mãe, que estão distantes um do outro, e eu não sei o que fazer para reuni-los. O Senhor concedeu um rosto muito esquisito à minha mãe e essa foi a causa por que meu pai a deixou. Eu, porém, me aflijo ao ver como a alma de minha mãe está cheia de dor. Então Elias respondeu ao menino: Vosso clamor subiu ao céu; toma este vidrinho, que está cheio de água pura; quando chegares à tua mãe, lava o rosto dela com isto e ela ficará curada e bonita de rosto. Mas além de ti ninguém deverá olhá-la antes de o marido a ter visto. O menino acordou de seu sono e eis que um vidrinho cheio de água estava em sua mão, e era verdade, não mais sonho. Então ficou cheio de alegria e exclamou: Agradecei a Deus, pois ele é bondoso e sua clemência dura eternamente!

QUANDO SALOMÃO chegou à sua cidade, foi logo ao quartinho de sua mãe, atirou-se ao seu pescoço, abraçou-a e beijou-a. Também a mãe quase desfaleceu de alegria, pois estava cheia de saudade do filho amado. Ele falou: Mãe, não chores e não te aflijas; o Senhor viu a tua tristeza e eu confio nele em que ainda serás feliz com teu marido. Eu o procurei e o encontrei e agora vamos ter com ele. Então a mulher falou: Como posso enfrentá-lo, se ele me detesta e está longe daqui? O menino, porém, disse: Obedece-me e Deus nos ajudará. E logo pegou a água milagrosa e a mulher se lavou com ela da cabeça até a cintura. Depois ele falou: Agora deita-te e descansa um pouco; o Senhor irá te curar. Então a mulher foi e se deitou para dormir. Quando despertou, eis que estava como que renascida e tão bela de rosto como a lua cheia. Mas ela ainda não percebera sua transformação; o sofrimento a oprimira por tempo demais. E seu filho lhe falou: Mãe, pega um espelho e olha. Ela retrucou: Meu filho, sangue de meu coração, jamais quis me olhar no espelho, a fim de não aumentar ainda mais o meu sofrimento. Ele, porém, falou: Imploro-te, faze minha vontade esta única vez. E trouxe um espelho e o colocou diante dela. Ela então viu um rosto adorável, branco e rosado. Ela falou ao filho: O que fizeste comigo, meu filho? Ele respondeu: Silêncio, mãe, o Senhor em sua justiça atentou para a tua dor aqui embaixo e ouviu as nossas súplicas. Nessa hora a mulher abriu sua boca e enalteceu Deus pelos milagres que fizera com ela. Em seguida, o menino Salomão se pôs em atividade e começou a insistir com a mãe e com os avós para que viajassem para a cidade de seu pai. Depois de muito esforço, ele também conseguiu isso; seguiram para lá com todos os seus haveres e chegaram em bom estado àquela cidade. Foi difícil ao pai de Salomão se aproximar de sua mulher, mas o filho o levou a ela. O marido ergueu seus olhos e eis que uma criatura totalmente diferente estava diante dele, uma mulher de bela aparência. Então ele se admirou e disse: É esta a mulher que repudiei? Seu filho respondeu: Esta é tua mulher; ela é minha mãe, tu és meu pai e aqui está a certidão de vosso casamento. E Salomão contou toda a história a seu pai; contou como o sofrimento da mãe fora visto pelo Senhor e como Deus atendera à sua prece e lhe enviara o profeta Elias para que a curasse. Então o pai de Salomão se encheu de alegria, atirou-se ao pescoço de sua mulher, abraçou-a e beijou-a; seu coração se transformou todo e o amor por ela se acendeu em seu peito.

Depois vieram os pais do jovem homem, a fim de conhecer sua nora, e também eles ficaram satisfeitos quando viram uma mulher que era sábia, agradável e cheia de virtudes. Quando ainda ouviram todos os milagres que o Senhor realizara com a mulher, fizeram alegremente ecoar seu louvor diante daquele que sozinho faz grandes milagres e que em sua clemência não abandona Israel.

LOGO foi de novo festejado o casamento, com júbilo e cânticos, e os recém-casados ficaram morando com os pais da jovem mulher na cidade do jovem marido; lá viveram em calma e em paz. Assim o Senhor também nos faça ver seus sinais e leve os dispersos para Jerusalém.

5. Dihon e a Filha de Asmodeu

HAVIA UMA VEZ um negociante chamado Salmon; este tinha um único filho, de nome Dihon, e o fez instruir na Escritura Santa e nos livros do Talmud. Deu-lhe também uma esposa, e Dihon gerou filhos enquanto seu pai ainda vivia. Mas, quando chegou o dia da morte do velho negociante, ele chamou os anciãos de sua cidade e falou: Sabeis que possuo grandes propriedades; conforme o contrato de casamento, devo quatrocentos dinares de prata à minha mulher; o resto será do meu filho se ele cumprir o mandamento que eu lhe revelarei na vossa presença. Mas, se ele não obedecer às minhas palavras, eu consagro todos os meus haveres ao céu, e meu herdeiro não receberá nada. Depois o pai chamou o filho e lhe deu suas ordens diante dos olhos dos anciãos. Falou-lhe: Meu filho, tu sabes que adquiri toda a minha fortuna em viagens marítimas; muitos perigos e incidentes infelizes freqüentemente me ameaçaram durante elas; por isso, peço-te que não te entregues à inclemência do mar por causa de negócios, pois eu te deixo uma grande fortuna, com a qual, mesmo se não ganhares mais nada, terás o bastante para viver com teus filhos durante a vida inteira. Então Dihon jurou obedecer ao pai. Depois de algum tempo o negociante morreu e foi para a morada eterna. O filho ficou na casa e observou a vontade do seu pai.

Mas, passado um ano, um navio atracou no porto daquela cidade carregado de ouro, prata e pérolas. Quando os marujos pisaram em terra, perguntaram pelo rico negociante e se ainda vivia. Os habitantes da cidade responderam: Ele já está morto, mas deixou um filho que também é muito rico e erudito. Então os marujos falaram: Trazei-o aqui ou dizei-nos onde mora. Os habitantes mostraram aos estrangeiros a casa de Dihon. Chegando à casa do jovem, os marujos apresentaram-lhe a saudação de paz e perguntaram: És tu o filho daquele grande negociante, que costumava viajar pelo oceano e cujas mercadorias chegavam até o fim do mundo? Dihon respondeu: Sim, sou eu. Então os homens falaram: Se é assim, dizenos o que teu pai, que possuía tesouros e propriedades do outro lado do mar, determinou a esse respeito antes de sua morte. Dihon retrucou: Nada mencionou em suas últimas determinações sobre essa fortuna e apenas me fez jurar jamais andar de navio. Ao que os marinheiros falaram: Se é verdade que teu pai nada te revelou daquilo que lhe pertence longe daqui, então ele não estava lúcido, pois fica sabendo que o navio todo no qual viemos está cheio de ouro e prata e pérolas e é propriedade de teu pai, que ele nos confiou. Embora teu pai esteja morto, não queremos defraudar a sua propriedade, mesmo não tendo ele determinado nada a respeito, pois somos pessoas honestas e tememos a Deus. Vem, então, com teus criados e toma tudo o que está no navio, pois é teu. Ouvindo isso, Dihon se alegrou, foi com os marinheiros em busca da fortuna e recebeu os marujos em sua casa; estes passaram com ele vários dias de prazer e alegria.

UM DIA os marinheiros falaram a Dihon: Conhecíamos teu pai como um homem sábio e inteligente; por isso, parece-nos que ele não estava mais em seu inteiro juízo quando te fez jurar aquilo. Ouve então o nosso conselho: pede autorização aos anciãos de tua cidade e viaja conosco; compraremos mercadorias aqui, que são necessárias em nossa terra, e tu ganharás muito dinheiro nisso. Dihon respondeu: Jurei a meu pai jamais entrar num navio e não quero quebrar o juramento. Ao que os marinheiros falaram: Acaso ele te amou mais do que ao próprio corpo, o qual expôs tantas vezes aos perigos? O que dizes não pode estar correto; com certeza ele já não estava lúcido na ocasião; e por isso sua proibição é nula, e fazes bem em te desobrigares desse juramento baseado nessa objeção.

Em suma, os marinheiros instigaram tanto o filho de Salmon com suas palavras que o fizeram mudar de opinião e ele concordou em viajar com eles. Subiu ao navio com os estrangeiros e eles partiram. Quando, porém, estavam em mar aberto, o Senhor, pelo fato de Dihon ter transgredido o mandamento de seu pai, fez irromper violenta tempestade, o navio foi destroçado e os passageiros morreram afogados.

Mas o príncipe dos mares, o espírito que domina a água, por ordem de Deus atirou Dihon nu numa ilha distante, num lugar onde não havia moradia humana, para que em vida expiasse o castigo de seus pecados. Quando Dihon se viu nu em terra firme, compreendeu que o Senhor estava rancoroso com ele e que chegara o dia de sua desgraça. Ergueu seus olhos para o céu e aceitou a sentença, consciente de sua culpa. Depois caminhou ao longo da praia, na esperança de encontrar um lugar habitado, ou alimento e roupas. Depois de caminhar assim um dia inteiro, viu uma árvore cujos galhos pendiam sobre a praia. Pensou para si: Esta árvore pode ter sido plantada por seres humanos. E quis encontrar suas raízes. Mas estava ficando escuro e ele nada pôde ver. Como não tivesse encontrado nada para comer, cobriu-se com as folhas da árvore para ficar protegido do frio da noite. Ao chegar a meia-noite, Dihon ouviu um leão urrar e viu que ele se aproximava para devorá-lo. Então sentiu grande temor por sua vida e começou a rezar a Deus para que o salvasse, fosse benevolente com ele e não o deixasse morrer de forma tão cruel. E agarrou os galhos da árvore e subiu por suas hastes. O leão veio, não encontrou o homem e então foi-se embora. Dihon, porém, enviou seu agradecimento ao Senhor por tê-lo salvo da fera.

DEPOIS PROCUROU em cima da árvore para ver se encontrava algo para comer, pois estava com muita fome. Então percebeu de repente um grande mocho; quando este avistou o homem, abriu o bico para devorá-lo. No primeiro instante, Dihon quis fugir, mas o Senhor lhe deu uma sábia inspiração; ele pulou para as costas do pássaro e ficou sentado às cavaleiras em cima dele. Então o temor do cavaleiro passou para o pássaro e ele não se mexeu do lugar durante a noite inteira. Dihon, igualmente, estava cheio de medo e se segurava nas penas da ave. Quando a estrela matutina se ergueu, o mocho voltou o olhar para seu cavaleiro e seu receio aumentou ainda mais. Cheio de raiva, levantou vôo com ele, atravessou o mar e o levou a um país quase nos limites do mundo. Ao anoitecer, o pássaro pairou sobre uma região próxima à superfície da terra e Dihon de repente ouviu vozes de meninos lendo o trecho da Escritura: "Quando comprares um servo hebreu"*. Então ele pensou: Certamente moram judeus neste reino; vou me atirar aqui; se eles não se apiedarem de mim, eu me apresentarei como servo hebreu. E ele pulou, e caiu diante dos portões da casa

---

* Êxodo 21, 2.

de oração daquela cidade. A princípio não pôde se levantar, pois estava como que atordoado da queda e fraco de fome; depois se ergueu, chegou até a porta da casa, mas encontrou-a fechada. Então chamou em alta voz: "Abri-me os portões da justiça!" Então saiu um menino e falou: Quem és? Dihon respondeu: Sou um hebreu e temo o verdadeiro Deus. O menino contou o fato a seu mestre, e este ordenou que o estrangeiro entrasse. Então Dihon se mostrou ao mestre nu como estava e contou-lhe o que lhe acontecera, do começo ao fim, bem como todo o sofrimento por que passara. Então o mestre respondeu: O que sofreste não é nada em comparação com o que ainda irás sofrer aqui. Dihon falou: Por que o senhor fala assim comigo? O mestre respondeu: Porque esta cidade não é habitada por criaturas humanas, mas tem diabos e diabas por cidadãos. Ouvindo isso, Dihon se assustou sobremaneira, caiu aos pés do mestre, chorou e pediu que lhe desse um conselho para que os maus espíritos não o matassem. O mestre foi vencido pela piedade, levou o homem, deu-lhe de comer e beber e o deixou dormir em sua casa; assim os demônios não chegaram perto dele nessa noite.

AO AMANHECER, o mestre falou a seu hóspede: Vem comigo à casa de oração e fica sob minha proteção; não fales antes que eu tenha tomado a palavra em teu favor. E eles partiram. Dihon percebeu trovões e relâmpagos, bem como um forte tremor, e os espíritos apareceram como fachos de fogo; ele estancou, tremendo, e de tanto medo e pavor quase perdeu os sentidos. Depois os demônios começaram a proferir a prece matutina. E um espírito, que estava ao lado do mestre, sussurrou a seu vizinho: Sinto cheiro humano. Logo se soube por toda a casa de oração: Um homem está ao lado do mestre. Os diabos, todavia, respeitavam seu chefe e não chegaram perto do estrangeiro porque era seu protegido. Quando o mestre viu que os espíritos tinham percebido a presença do homem, esperou até que o primeiro hino terminasse e falou ao recitador: Espera até que eu tenha falado. Os demônios responderam: Fala a teus servos, queremos ouvir. Então o mestre disse: Exijo de vós que não causeis nenhum mal a este homem, pois ele se colocou sob minha proteção. Os espíritos falaram: Mas o que faz um nascido de uma mulher entre nós? Quem o trouxe? Então o mestre lhes contou tudo o que havia acontecido com o recém-chegado. Os diabos então falaram: Mas como poderá continuar a viver alguém que transgrediu o mandamento de seu pai e menosprezou um juramento? Não há saída, ele está condenado à morte! O mestre respondeu: Este já expiou o seu crime através das muitas desgraças, que sofreu. Além disso, ele é bem versado na Escritura e, portanto, é justo que seja poupado por causa disso. Se ele merecesse a morte, o Senhor não o teria salvo da água, do leão e da ave de rapina. E o mestre continuou falando: Não é apropriado que o mateis senão através de um julgamento. Portanto, ouvi o meu conselho: que o recitador proclame que ninguém faça mal a esse homem antes do término da oração; depois o levaremos à presença do rei Asmodeu, e que o rei decida se o estrangeiro deve viver ou morrer. Então os espíritos retrucaram: Falaste bem. E anunciaram a decisão ao recitador.

Terminada a oração, conduziram Dihon perante Asmodeu, o rei dos demônios, a quem falaram: Nosso senhor e rei, este homem veio parar em nosso meio e assim e assim é sua história. Não queremos matá-lo antes que o tenhas julgado. Então Asmodeu perguntou ao humano se era versado na obra de Moisés. Examinou bem Dihon e o achou muito instruído. Então o rei falou: Vejo que és sábio, e também encontraste mercê a meus olhos; promete-me que ensinarás a meu filho aquilo que sabes, e eu te libertarei. Dihon prometeu fazê-lo. Então Asmodeu lhe ensinou como deveria se defender, e quando Dihon apresentou essa defesa aos juízes eles o libertaram. Em seguida, Asmodeu o levou para sua casa e apresentou-lhe o filho para que o ensinasse. Passados três anos, Dihon tinha ensinado tudo o que sabia ao filho de Asmodeu.

ENTÃO ACONTECEU que um reino se rebelou contra Asmodeu e ele teve que reunir seus exércitos para subjugar aquele país. Assim sendo, colocou Dihon como chefe de sua casa, deu-lhe todas as chaves de seus tesouros e exortou os seus a não fazerem nada que não lhes fosse ordenado pelo homem. Depois Asmodeu mostrou a Dihon todos os seus tesouros e assim chegaram também diante da porta de uma casa para a qual não havia chave. Asmodeu falou: Tens entrada em todos os lugares, menos aqui. E partiu contra os revoltosos.

Um dia Dihon passou pela porta daquela casa e falou para si: O que será que esses aposentos ocultam para serem os únicos nos quais não posso entrar? E ele se aproximou, prestou atenção e logo uma porta se abriu e ele viu a filha de Asmodeu sentada numa cadeira de ouro; muitas donzelas dançavam e tocavam diante dela. Era extremamente bela de rosto e corpo. Quando a princesa viu o homem, falou-lhe: Entra. Dihon entrou e parou diante do trono. Então a filha do rei falou: Tolo, como menosprezas a proibição do rei Asmodeu? Fica sabendo que hoje estás condenado à morte. Meu pai já sabe que penetraste aqui e ele vem com a espada desembainhada para te matar. Ouvindo isso, Dihon caiu aos pés da donzela e pediu-lhe que o salvasse, pois não tivera nenhuma má intenção. Então ela falou: Tua humildade te salvará; se o rei vier e te perguntar por que entraste neste aposento, responde-lhe: Meu senhor, apenas me atrevi a fazê-lo porque amo tua filha e quero te pedir que ma dês em casamento. E eu sei que ele atenderá ao teu pedido, pois desde o dia em que vieste para cá ele dirigiu seus olhos para ti e quer me casar contigo, porque és versado na Escritura; contudo, não fica bem a um rei ser o primeiro a propor a alguém.

Quando Dihon ouviu isso, alegrou-se em seu íntimo. Queria justamente deixar a casa, quando apareceu Asmodeu com a espada desembainhada, clamando: Por que contrariaste minha proibição? Agora chegou o dia da vingança. Então Dihon falou: Meu senhor e rei, somente fiz isso pelo imenso amor que sinto pela tua filha; peço-te, concede-ma por esposa, pois ela agrada a meus olhos. Asmodeu falou: Eu a darei com prazer, mas espera até que eu tenha terminado a guerra. E retornou, conquistou o país e o destruiu. Depois falou a seu exército: Vinde comigo ao casamento de minha filha, estou entregando-a a um homem inteligente e erudito. Os guerreiros juntaram todo o gado e aves que havia no campo e os trouxeram para a festa. Asmodeu deu uma imensa quantidade de ouro ao companheiro de sua filha; a certidão de casamento foi elaborada, o noivo a selou com seu sinete e os grandes do país também assinaram. Depois Asmodeu preparou um banquete digno de um rei.

Quando chegou a noite, o rei entregou sua filha ao marido, como é costume em todo o mundo, e ambos entraram no aposento. Então a filha de Asmodeu falou ao homem Dihon: Não penses que eu sou apenas espírito, pois sou em tudo formada como uma mulher. Mas guarda-te de coabitar comigo, se eu não for do teu agrado. Dihon respondeu: Amo-te como as pupilas de meus próprios olhos e nunca te deixarei. Então a filha do rei falou: Jura-me. Dihon então prestou o juramento à mulher-espírito. Depois uniu-se a ela e ela teve um filho. Dihon o circuncidou depois de oito dias, conforme ordena a lei, e o chamou de Salomão, em homenagem ao rei Salomão.

Assim se passaram dois anos. Um dia Dihon estava brincando com seu filho, e sua mulher, a filha de Asmodeu, estava presente. Então Dihon de repente soltou um suspiro. Então a mulher lhe perguntou: Por que suspiras? Ele respondeu: Penso nos meus filhos, que deixei, e na mãe deles, que ficou em casa. A filha do rei falou: Acaso não sirvo para ti ou falta-te alguma coisa? Dihon respondeu: Nada me falta, só que quando vejo meu filho Salomão lembro-me de meus outros filhos. A mulher-espírito falou: Acaso não te disse na noite de núpcias que, se teu amor por mim não preenche teu coração, não te deverias casar comigo? E agora anseias por tua mulher anterior. Não fales mais dessa maneira. Ele retorquiu: Evitarei fazê-lo. Mas alguns dias depois Dihon começou a suspirar. Então a filha do rei disse: Por quanto tempo mais vais te preocupar com tua mulher e filhos? Mas, já que te sentes assim, eu te deixarei ir ter com eles. Dize apenas quando queres fazê-lo e quando pretendes retornar. Então ele retrucou: Indica tu mesma a data. A demônia então falou: Eu te dou um ano de prazo; vai lá e volta. Dihon concordou e jurou retornar.

Depois a filha de Asmodeu convidou seus criados e preparou-lhes um grande banquete. Depois que comeram e beberam, ela lhes falou: Meus fiéis! Meu marido deseja rever sua primeira mulher e seus filhos, que residem em tal e tal lugar. Qual de vós sente força em si para levá-lo lá? Então um respondeu: Posso fazê-lo em vinte anos. Um outro disse: Eu o faço em dez anos. Um terceiro falou: Eu, em um ano. Na ponta extrema da mesa estava sentado um criado que era cego de um olho e tinha uma corcova; e este falou: Eu o levarei para sua pátria em um só dia. Então a filha do rei disse: Eu te escolho, mas guarda-te de fazer algum mal a meu marido e carrega-o com cuidado. O criado respondeu: Agirei conforme tuas palavras. Ao marido, porém, a demônia sussurrou dissimuladamente: Acautela-te e não ofendas teu acompanhante, pois ele é raivoso. Dihon prometeu-lhe não encolerizar o criado. Então a mulher falou: Vai em paz, mas lembra-te de teu juramento.

ENTÃO O caolho colocou Dihon nas costas, levou-o no mesmo dia até diante de sua cidade e o largou ileso junto a uma ponte. Quando a manhã começou a despontar, o demônio tomou forma humana e ambos se dirigiram à cidade. Encontraram então um pagão, que era conhecido de Dihon, e ele falou: Não és o homem que fez uma longa viagem e cujo navio naufragou? Dihon respondeu: Sou eu. Então aquele homem falou: Vou correr na frente e transmitir a notícia à tua mulher; há muito já que ela se considera viúva. E ele correu na frente e anunciou a feliz mensagem na cidade. Então os parentes e amigos de Dihon correram ao seu encontro com grande alegria, indagando de tudo o que lhe acontecera desde a sua partida. Ele respondeu fielmente. Logo chegou com seu acompanhante à sua casa e beijou diante dele a mulher e os filhos. Logo depois Dihon deu uma festa a todos de quem gostava e lhe eram chegados. Depois que os convidados comeram e beberam, Dihon perguntou ao espírito que viera junto com ele: Por que és cego de um olho? O servo retrucou: Por que fazes o rosto do teu próximo empalidecer na presença de outros? Dihon, porém, continuou a irritá-lo e perguntou: Por que és corcunda? O demônio respondeu: "Como o cão volta a seu excremento, assim o imbecil torna à sua tolice". Então Dihon falou a seus familiares: Dai de beber a este homem. O espírito, porém, retrucou: Não tomo nada daquilo que é teu. Ordena que seja proferida a bênção sobre a refeição e eu retornarei para nossa casa.

TERMINADA A REZA, o demônio falou a Dihon: O que ordenas que eu diga à tua esposa? Dihon respondeu: Dize-lhe que jamais retornarei a ela; ela não é minha mulher e eu não sou seu marido. Então o espírito disse: Não fales assim e não peques contra o juramento que prestaste. Dihon respondeu: Não me importo com esse juramento. E chamou sua primeira mulher, abraçou-a e beijou-a novamente na presença do demônio e falou: Esta aqui é minha mulher, pois ela é uma criatura humana, e eu, seu marido, também sou um ente humano. Tua senhora, porém, é um espírito. Vendo isso, o demônio foi embora e retornou cheio de raiva à filha de Asmodeu. Quando esta o avistou, perguntou: O que diz o meu senhor e marido? O mensageiro respondeu: Perguntas por alguém que não te ama e que te repudia. Ele declarou que não voltará nunca. E o espírito contou à princesa tudo o que vira e ouvira na cidade dos homens. Contudo, a filha do rei decidiu aguardar o prazo da liberdade que concedera a Dihon. Passado o ano, chamou o mesmo criado e lhe falou: Vai e traze-me meu senhor e marido. O criado respondeu: Já te disse que ele não quer voltar jamais. A princesa, porém, falou: Quando meu senhor proferiu aquelas palavras, ainda não havia decorrido o prazo em que podia ficar longe; mas agora vai e dize-lhe que retorne. Então o espírito foi se desincumbir do encargo e logo apareceu diante de Dihon. Falou-lhe: A filha de Asmodeu te envia a saudação de paz e pede que voltes. Dihon respondeu ao mensageiro: Dize à tua senhora que repudio a sua saudação e que não voltarei para ela. Ouvindo isso, o caolho retornou à sua senhora e lhe transmitiu as palavras de Dihon. Então a filha do rei enviou outros mensageiros, mais respeitáveis que o primeiro, pois, pensava ela, o primeiro teria sido medíocre demais para Dihon. Os mensageiros chegaram à presença de Dihon e o advertiram contra suas obstinação. Ele, porém, lhes deu a seguinte resposta: Não faleis inutilmente; jamais retornarei à filha de vosso rei. Assim, esses mensageiros também deram meia-volta e falaram à sua senhora que não devia enviar mais ninguém, pois Dihon, seu marido, não a amava mais e estava farto dela.

Quando a filha do rei ouviu isso, foi ter com o seu pai Asmodeu, contou-lhe tudo o que lhe acontecera com Dihon e pediu seu conselho. Asmodeu respondeu à sua filha: Reunirei meus exércitos e marcharei contra esse homem; se ele vier comigo, muito bem, do contrário abaterei a ele e a todos os habitantes de sua cidade. Então a filha falou: Longe de ti, meu senhor, a idéia de marchar contra teu genro. É melhor escolheres alguns criados de tua confiança e deixares que venham comigo. Vou procurar meu marido; talvez ele reconsidere e volte comigo para casa.

Então Asmodeu entregou seus combatentes à filha e estes a acompanharam ao país em que vivia Dihon, o humano. Levaram também o menino Salomão. Quando a tropa chegou diante das portas da cidade, era noite. Os guerreiros queriam penetrar logo na localidade para matar seus habitantes. Mas a filha do rei os impediu e lhes disse: Agora é noite e os homens estão todos dormindo. Bem sabeis que antes de irem dormir recomendam suas almas ao Senhor, e assim não lhes podemos fazer nenhum mal, pois estão nas mãos de Deus. Esperemos até o amanhecer; de manhã cedo entraremos na cidade. Se encontrarmos os habitantes transigentes, está bem; caso contrário, sabemos o que fazer. Então os espíritos responderam: Senhora, faze o que achares certo.

Em seguida a filha de Asmodeu falou a seu filho: Meu filho, vai a teu pai e dize-lhe que por sua causa viajei para cá; que ele não rompa o seu juramento e volte a mim. O menino foi e encontrou o pai dormindo na cama. Acordou-o e Dihon despertou trêmulo e falou: Quem és tu, que me arrancas do sono? O menino respondeu: Sou teu filho Salomão, que te nasceu da filha do rei Asmodeu. Ouvindo isso, Dihon se soergueu, abraçou e beijou seu filho e falou: Por que vieste para cá? O menino respondeu: Minha mãe, tua esposa, chegou aqui para que retornes com ela para nós; ela me mandou na frente para te avisar. Ao que Dihon falou ao menino: Não retornarei com tua mãe; ela não é minha mulher, e eu não sou seu marido, pois eu sou um homem e ela é um espírito, e seres de duas espécies diferentes não combinam. Salomão respondeu: Não é de meu agrado causar prejuízo à tua honra, mas não falas como devias, pois todo o tempo em que estiveste conosco nenhum mal te foi feito; minha mãe te respeitou e seu pai, o rei, colocou-te acima de todos os espíritos e ordenou-lhes que te obedecessem. Como podes então repudiar tua esposa? Dihon disse: Não fales mais sobre isso, não te dou atenção; todos os juramentos que prestei, apenas os fiz por medo de ser morto; foram prestados por necessidade e, portanto, são nulos. O menino então falou: Não falarei mais a respeito, porque assim ordenas; sabe, porém, que assim tu mesmo te atiras na ruína.

E SALOMÃO voltou à sua mãe e transmitiu-lhe a resposta do pai. Então sua cólera se inflamou. No entanto, falou: Vou me conter ainda. Vou falar com ele diante dos olhos de sua comunidade e ouvir como a multidão julga o caso. E ela esperou até o amanhecer. Quando se assegurou de que os habitantes estavam reunidos na casa de oração, dirigiu-se para lá com toda a sua comitiva. Deixou seus fiéis de fora e entrou sozinha. Depois que os primeiros cânticos soaram, a princesa-espírito falou ao recitador: Espera e não continues a rezar até que eu vos apresente o meu caso. O recitador respondeu: Fala-nos. Então ela começou da seguinte maneira: Ouvi-me, vós todos aqui presentes, e dai-me razão contra o homem Dihon, o filho de Salmon, a quem acuso de traição. Esse homem foi parar em nosso reino por causa de seus pecados, e meu pai, o rei Asmodeu, concedeu-lhe mercê e salvou-o da mão daqueles que o pressionavam. Esse vosso concidadão tomou-me por esposa de acordo com a lei de Moisés e de Israel, fez um contrato de casamento comigo e prometeu não me deixar em toda a sua vida. E agora ele quer pagar o bem com o mal, e recusa-se a voltar a mim. Assim, eu vos intimo a perguntar-lhe por que ele age assim comigo e a proferir uma sentença justa. Então os chefes da comunidade perguntaram a Dihon: Por que não voltas à mulher? Dihon respondeu: O que prometi a ela só foi por medo. Não quero ficar com ela porque não é próprio um ser humano ter uma demônia por esposa e gerar demônios. Ela que retorne e tome um espírito, seu igual, por marido; eu, porém, quero ficar com a mulher de minha juventude. Então a filha do Asmodeu falou aos anciãos da comunidade: Certamente reconheceis que, quando um homem quer que sua mulher vá embora, ele deve dar-lhe uma carta de divórcio e restituir-lhe o que consta no contrato de casamento. Os anciãos responderam: Isso é verdade e está de acordo com o direito e a lei. Em seguida a filha do rei falou: Vejo que me dais razão e considerais o filho de Salmon culpado. Agora não mais desejo que ele volte por obrigação, mas quero vos pedir apenas mais uma coisa: dizei-lhe que me beije uma última vez, e depois irei embora. Os anciãos falaram a Dihon: Faze a vontade da mulher. Dihon aproximou-se então da filha de Asmodeu e beijou-a. Mas a demônia então estrangulou o filho do homem, e Dihon caiu morto*. Ela falou: Esta é a recompensa por teres cometido perjúrio e por teres zombado de mim; querias me tornar viúva enquanto ainda vivias; que tua mulher fique agora viúva e abandonada. Depois se dirigiu à comunidade e falou: Se não desejais também ser mortos, tomai meu filho Salomão, dai-lhe a filha de vosso mais nobre homem por esposa e tornai-o príncipe e senhor sobre vós, pois ele é de vossa estirpe e deve ficar convosco. Depois que matei o pai não quero ficar com o filho, para que não me recorde do passado e não aumente meu sofrimento.

A comunidade obedeceu. Instituíram o menino Salomão como soberano e a filha de Asmodeu retornou ao reino de seu pai.

---

* Numa variante, o motivo do beijo da morte é derivado de tal forma que a diaba chupa com os lábios a alma do corpo do mortal.

6. Acerca de um Estranho e Sua Companheira

OUTRORA vivia um homem rico; ele era muito sábio e sua mulher era caridosa; ambos auxiliavam qualquer um na necessidade. Cada faminto que vinha à sua casa saía saciado; eles vestiam os nus e proviam os órfãos. Mas não tinham filhos próprios.

Eis que um dia chegou à sua casa uma pobre e modesta viúva, que trazia consigo uma filhinha. Ela caiu aos pés da dona da casa e pediu que se apiedasse dela e de sua filha. Ela a serviria e faria qualquer espécie de trabalho sem outra recompensa a não ser poder ficar em sua casa, pois era de boa origem e não podia mais seguir errante e fugitiva.

A dona da casa acolheu a pobre mulher e falou: Vem e sê abençoada, filha; fica com tua criança em minha casa; comereis e bebereis aqui e tu também terás o teu salário. A viúva então respondeu, dizendo: Então encontrei mercê a teus olhos, e tu me amparaste; quero apenas ser como uma de tuas criadas.

A viúva fazia todos os trabalhos e, com a filha, era considerada como se fizesse parte da família. Mas não se tinham passado muitos dias quando a mãe morreu e a pequena órfã ficou sozinha com o casal. Eles a amavam e a tratavam como a menina dos olhos; vestiam-na como se fosse sua própria filha e lhe ensinaram todas as virtudes que são exigidas de uma mulher. Assim a mocinha chegou aos treze anos.

UM DIA, apareceu na casa um jovem respeitável e de bela aparência, inclinou-se diante do dono da casa, beijou-lhe as mãos e pediu: Suplico-te, meu senhor, aceita-me como criado em tua casa; nada mais quero do que pão para comer e uma roupa para vestir; sou órfão, não tenho pai nem mãe e não quero servir a ninguém senão a ti. Então o homem rico falou: Vem, ó abençoado de Deus; se é verdade que serás fiel e farás teu trabalho com cuidado, então também terás teu salário. O jovem respondeu: Não te preocupes; eu obedecerei às tuas ordens.

Assim também o rapaz ficou na casa e serviu seu benfeitor com tanta devoção que logo lhe substituiu mil servos. Seu amo mal expressava um desejo e este já era realizado. E, mesmo que a incumbência fosse árdua e se tratasse de apanhar algo que se encontrava em lugar distante, o jovem o trazia num instante e também se desincumbia de todas as outras tarefas com presteza e responsabilidade. O abastado tinha muita alegria com o trabalho do jovem e passou a gostar muito dele.

PASSADOS DOIS ANOS, laços de amor ligaram o jovem e a órfã. Ele lhe falou: Eu te amo; dize-me a verdade, se também gostas de mim e se é tua vontade me aceitar por marido. Então a moça respondeu: Deveras, eu também gosto de ti, mas ainda nada posso te dizer, enquanto não tiver permissão dos meus pais adotivos, que me são como pai e mãe; se eles concordarem, eu também concordo. O jovem falou: É bom me teres revelado teu pensamento e eu saber que queres ser minha. Então, resta apenas consultar nossos protetores; mas eu sei que eles não me negarão, pois gostam de mim e agora ainda ouvirão também de tua boca que desejas te casar comigo. No dia seguinte, o jovem foi ter com seu amo e disse: Meu senhor, quero te fazer um pedido e que tu o satisfaças. O nobre respondeu: Dize-me, meu filho, em que consiste o teu pedido; se me for possível eu to concederei, pois certamente não quero te privar de nada. O jovem falou: Se encontrei mercê a teus olhos, dá-me a mocinha que cresceu em tua casa por esposa. O dono da casa respondeu: Meu filho, de minha parte não existe impedimento, é minha vontade corresponder a teu desejo, contanto que a menina se agrade de ti; ela é órfã, está na idade de casar e tem de decidir por si. E continuou falando: Vamos então chamá-la e perguntar-lhe pessoalmente.

Chamou-se a moça e o pai adotivo lhe perguntou: Queres casar com este rapaz? A moça respondeu: Meu senhor, só se ele for de vosso agrado! Então o dono da casa disse: Então, que assim seja. Que seja vontade do Senhor o vosso casamento ser feliz; eu tratarei de vossas necessidades e cuidarei de tudo o que precisais. E assim foi. O rico homem logo mandou chamar alfaiates e contramestres para sua casa, a fim de fazerem o enxoval da noiva; além disso, deu-lhe um dote, como convinha à sua posição. Para o noivo também foi preparado o necessário. Trinta dias depois tudo estava pronto e o protetor dos dois os casou em meio a grande alegria, como se fossem seus próprios filhos; depois lhes indicou um dormitório próprio. Durante o dia o rapaz fazia seu trabalho e também a jovem mulher continuava cuidando de seus afazeres, e à noite iam dormir juntos.

MAS AGORA é preciso ser dito que esse rapaz era filho do rei dos espíritos. Quando seu pai morreu, não quiseram colocar o filho como rei no lugar do pai e escolheram outro. O jovem se enfureceu com isso, trancou todos os tesouros, subiu à superfície e tomou forma humana. Assim foi parar na casa mencionada como criado.

Mas então aconteceu que também o sucessor de seu pai no trono veio a falecer. Os espíritos se reuniram em conselho para ver quem iriam nomear rei e concordaram então em escolher agora o rapaz, que já era de descendência real e tinha o direito de tomar posse do trono de seus antepassados. Procuraram-no por toda parte, mas não o encontraram. Então lhes foi anunciado que ele subira à terra dos homens e se encontrava em tal e tal casa. Imediatamente quatro demônios ilustres foram enviados para informá-lo de que queriam dar-lhe o trono de seu pai. Estes apareceram diante do filho do rei e lhe disseram o seguinte: Volta conosco e governarás sobre nós como te aprouver. O rapaz respondeu: Não posso voltar convosco agora, porque me casei com uma mulher dos seres humanos e primeiro preciso conversar com ela. Se ela quiser vir comigo, estará bem; caso contrário, terei de dar-lhe uma carta de divórcio, conforme a lei de Israel e de Moisés, pois não é correto que eu me vá assim e a abandone. Os enviados retrucaram: Falaste bem. Vamos te dar tempo para esclareceres o caso com tua mulher; depois retornaremos.

Então o rapaz foi ter com seu amo, contou-lhe tudo a seu respeito e disse: Meu senhor, tenho de te confessar a verdade; não sou criatura da terra, mas sim um espírito do submundo, um filho do rei Asmodeu. Depois que meu pai faleceu, não me consideraram digno de governar em seu lugar e escolheram um estranho para rei; fiquei aborrecido e me afastei dos meus, subi até vós e decidi ficar à tua sombra e morar em tua casa. Agora, porém, que o segundo rei também está morto, os meus antigos adversários decidiram em conselho me entregar a coroa; enviaram mensageiros para me informar disso e para me chamar. Mas eu não quis ir antes de pedir tua permissão e ambos termos falado com minha mulher e contado tudo a ela. Se ela quiser vir comigo, será rainha, terá todas as honras e nada lhe faltará; caso não queira vir, eu lhe darei uma carta de divórcio, conforme o direito e a lei, e lhe pagarei tudo o que lhe cabe de acordo com o contrato de casamento.

ENTÃO o dono da casa chamou a jovem mulher, contou-lhe tudo o que seu companheiro lhe revelara e lhe falou: Queres ir com teu marido para junto dos espíritos e te tornar rainha e soberana, ou desejas que ele se divorcie de ti por meio de uma carta? A mulher respondeu: Quero acompanhar meu marido; no entanto, imponho uma condição: não aceitarei nada daquilo que vem do submundo, mas o alimento me deve ser trazido da terra; só comeremos aquilo que eu tiver preparado com as minhas próprias mãos. A isso o espírito falou: Se esse é o teu único desejo, será satisfeito. A mulher falou: Então eu te acompanho. E ambos beijaram as mãos do dono da casa e de sua mulher. Depois o filho de Asmodeu tirou sua mulher do reino dos seres humanos e desceram ao submundo.

7. Acerca do Sapo que Era um Filho de Adão

HAVIA UMA VEZ um devoto homem, muito idoso e muito rico. Este tinha um único filho, de nome Iochanan, que era casado com uma bela e virtuosa mulher. Depois de muito tempo aconteceu que o velho ficou gravemente doente; chamou o filho, advertiu-o de que devia seguir os mandamentos do Criador e fazer o bem e deu-lhe tudo o que possuía. Depois disse-lhe: Meu filho, quando os dias de luto tiverem passado, vai ao mercado e fica lá até que os vendedores se reúnam. Do primeiro negociante, porém, que vires, compra o que ele te oferecer. E leva para casa e cuida bem daquilo que assim adquiriste.

Depois o ancião morreu e foi levado à morada eterna. O filho o pranteou durante trinta dias e, passada a época de luto, lembrou-se do que o pai ordenara. Foi ao mercado, postou-se lá e reparou num homem que levava uma caixinha muito bonita nas mãos. Iochanan lhe falou: Queres me vender essa caixinha? O homem respondeu: Eu a trouxe para vender. A que preço?, perguntou Iochanan. O homem respondeu: Eu a dou por cem moedas de ouro. Mas Iochanan falou: Deixa por sessenta. O homem não quis e foi embora. Então Iochanan pensou para si: O que vai ser da ordem de meu pai se eu não comprar a coisa? E chamou o homem e falou: Aqui tens os cem dinares. O homem, porém, respondeu: Se quiseres me dar duzentos, podes levar a caixinha; caso contrário, deixa-me seguir meu caminho. E o mercador seguiu adiante. Todavia, Iochanan falou mais uma vez para si: Tenho de adquirir o objeto, mesmo que me sacrifique muito por ele; pois meu pai assim me ordenou. Portanto, chamou o homem e falou: Toma os duzentos dinares que querias. Mas o homem retrucou: Se quiseres me dar mil moedas de ouro, eu te venderei a caixinha; do contrário, deixa-me ir. Iochanan, vendo que se hesitasse mais teria que pagar ainda mais caro, cedeu. Conduziu o homem até sua casa e pagou-lhe o elevado preço. Guardou bem a caixinha: tentou abri-la algumas e vezes, porém não o conseguiu.

Aproximou-se então a festa de Pessach. Quando Iochanan e sua mulher se sentaram à mesa, ele lhe falou: Traze a caixinha que comprei outro dia por ordem de meu pai; vou pô-la sobre a mesa em homenagem ao dia festivo. A virtuosa mulher se levantou e foi buscar o solicitado. Então Iochanan tentou novamente abrir a pequena caixa e desta vez conseguiu. E eis que na caixinha havia uma outra caixinha. Iochanan abriu esta também e nela encontrou um minúsculo sapo. Então ambos ficaram muito surpresos. Iochanan pegou o animal e o alimentou; o sapo comeu, depois abraçou Iochanan e o beijou. Depois que o bichinho se saciou, entrou de novo na caixinha. Iochanan fechou-a, colocou-a na outra e trancou-a. Depois disse à sua mulher: Por certo não foi à toa que meu pai me ordenou fazer isso; vamos criar o animal e veremos o que acontece.

E alimentaram o sapo e ele cresceu até que não coube mais na caixinha menor e foi para a maior. Mas também essa logo se tornou muito apertada e Iochanan teve de lhe construir uma cabana. Mas pouco a pouco os devotos empobreciam, pois o animal devorava tudo o que possuíam.

ELE FICOU tão grande que não cabia na casa e foi preciso mantê-lo no pátio. Ali cresceu até que ficou parecendo uma grande montanha. E Iochanan não tinha mais nada para lhe dar de comer; chorou por isso e disse à sua mulher: O que podemos dar de comer ao sapo? Ele devorou tudo o que havia. Então a virtuosa falou: Vende hoje teu casaco e compra-lhe comida com o dinheiro; amanhã eu venderei meu xale e lhe arranjarei comida. E assim continuaram a alimentar o animal até que se foram todos os seus haveres. Então Iochanan se prostrou diante do sapo e chorou. Orou a Deus e falou: Senhor do mundo! Sabes e é notório que dei tudo para cumprir a ordem de meu pai. Nada mais me restou e eu não sei o que fazer; eu, minha mulher e meus filhos estamos desnudos, famintos e sedentos; alimenta-nos, ó Senhor, pois és clemente e bondoso para com todas as tuas criaturas. Ao mesmo tempo revela-me, Senhor, para meu auxílio, o que há com este animal, que criei e deixei ficar poderoso. Qual será o seu fim? Então o sapo abriu sua boca e falou: Deus ouviu tua prece e me deu o poder para falar contigo. Sei que fizeste tudo ao teu alcance e não me recusaste nada. Portanto, pede-me o que quiseres e eu te darei. A isso Iochanan respondeu: Ensina-me todas as línguas do mundo. O sapo assim fez e além disso ainda lhe ensinou a linguagem dos animais, das aves e das feras. Depois o miraculoso animal falou: Também tua virtuosa mulher, que sempre cuidou de mim e teve a maior dedicação, pode pedir a mim qualquer coisa que eu a atenderei.

A mulher então veio e falou ao sapo: Senhor, dá-me riqueza para que eu possa alimentar dignamente meu marido e meus familiares. O sapo falou: Vinde comigo e trazei carros, cavalos e jumentos, bem como todo o gado que puderdes reunir; eu carregarei tudo com ouro e prata, pedras preciosas e pérolas. As pessoas assim fizeram e seguiram o sapo. Ele os conduziu até uma imensa e espessa mata que se chamava a floresta "Debbe Illai". Penetraram na espessura do bosque e o sapo começou a sibilar. Então apareceram várias espécies de animais, serpentes, rãs e outros répteis, e cada um trouxe um presente: prata e ouro, pérolas e pedras preciosas. Colocaram tudo diante do sapo, como se depositam dádivas diante de um rei. Este, então, falou a Iochanan e à sua mulher: Tomai, enchei vossos sacos, carros e tudo o que trouxestes convosco.

Depois Iochanan falou ao animal que alimentara: Não te irrites, meu senhor, se eu te perguntar algo: Quem és, e de onde vens? Então o sapo respondeu: Eu sou um filho de Adão, o primeiro homem. Adão, antes de Eva ter sido criada, unira-se a todos os animais e pássaros; quando se uniu à minha mãe, gerou a mim. É minha maneira encolher depois de mil anos de crescimento, até ficar bem minúsculo; mas depois começo novamente a crescer até completar o milênio seguinte.

Assim o devoto voltou para casa e a partir daí foi um homem rico.

8. *A Médica*

UM HOMEM de Jerusalém partiu certa vez para fazer negócios e deixou sua mulher sob a proteção de seu irmão. Falou a este: Irmão, cuida de minha mulher, atende-a e guarda-a bem até eu ter retornado em paz. O irmão respondeu: Cumprirei o que ordenaste. Então o negociante iniciou a longa jornada e a mulher ficou sozinha sob a guarda de seu cunhado.

Mas este vinha ter com a mulher dia após dia e lhe dizia: Ouve-me, e deixa-me dormir contigo e terás tudo o que desejares. Mas a mulher respondia: Deus me livre de fazer tal coisa! A mulher que trai o marido trai seu Criador, e sua alma incorre em danação eterna; além do mais meu marido é teu irmão e me confiou a ti para que me protegesses, e agora queres arruinar a minha e a tua alma e pôr tua mão num bem que pertence a teu irmão? Pois ele me entregou a ti como um bem a guardar, confiando em que não penetrarias no círculo que não é teu. Lembra-te de que sou a mulher de teu irmão e que te sou proibida enquanto ele viver; quem deseja a mulher do próximo perde seus haveres e no fim é acometido de sarna, vai para o inferno e de lá não sai mais.

O que fez o infiel? Um dia entrou na casa da mulher e disse ao servo que pegasse um balde e apanhasse água. Quando este saiu, ele pulou em cima da mulher e quis violentá-la. A mulher gritou alto e com amargura, mas não havia ninguém que pudesse socorrê-la. Então ele a largou. Depois foi ao mercado, contratou falsas testemunhas e disse-lhes: Vinde e testemunhai que estivestes presentes quando surpreendi a mulher de meu irmão com o servo. E os ímpios conduziram a mulher perante o supremo tribunal e depuseram o seguinte testemunho a seu respeito: Vimos como essa mulher forniçou com seu servo. Então o supremo conselho determinou que a mulher fosse apedrejada.

AGARRARAM-NA imediatamente, colocaram-lhe em volta do pescoço a corda de delinqüente e levaram-na ao patíbulo fora de Jerusalém. Ali foi apedrejada até que um monte de pedras se acumulou sobre ela, de acordo com as palavras da lei.

No terceiro dia após esse acontecimento, um peregrino passou pelo patíbulo; trazia seu filho consigo, o qual devia ficar em Jerusalém e ser instruído no Ensinamento de Deus; contudo, o dia já estava findando e já era muito tarde para alcançar a cidade santa. Assim, quiseram passar a noite diante do monte de pedras; deitaram-se e apoiaram a cabeça na beira da elevação. Ouviram então uma voz humana gemer e lamentar: Ai de mim, que fui apedrejada por causa da calúnia das más línguas. Ouvindo isso, o peregrino começou a retirar as pedras para um lado e encontrou a mulher por baixo. Perguntou-lhe: Quem és, filha? Ela respondeu: Eu fui a mulher de um cidadão de Jerusalém. O homem continuou a perguntar: Como vieste parar aqui? Então a mulher contou: Aconteceu isto e aquilo, e fui apedrejada sem culpa e pecado. Depois ela continuou falando: Meu senhor, para onde te leva a tua caminhada? O peregrino respondeu: Vou a Jerusalém; lá meu filho será instruído na Escritura. Então a mulher falou: Se quiseres me levar para teu país, eu ensinarei teu filho e o iniciarei nos livros da Escritura. O homem perguntou: Sabes ensinar? Ela respondeu: Sim, eu sei. Então o peregrino levou a mulher para sua casa e ela ensinou a Escritura Sagrada a seu filho.

UM DIA, o servo da casa ergueu seus olhos para a mulher estrangeira e falou-lhe: Obedece-me, faze a minha vontade e eu te darei tudo o que quiseres. A mulher recusou-se a dormir com ele. Então o servo apanhou uma faca e quis apunhalá-la, mas atingiu o menino, matou-o e fugiu. Quando o pai da criança soube que seu filho tinha sido morto, falou à mulher: Já que aconteceu tal coisa, é meu desejo que saias de minha casa e sigas teu caminho; enquanto te tenho diante dos olhos, meu coração sofre por causa de meu filho. O que a mulher pôde fazer? Ela se levantou e foi embora.

Caminhando, chegou à praia, onde um navio pirata acabara justamente de atracar. Os tripulantes aprisionaram a mulher. O Senhor então ergueu uma tempestade sobre o mar, e irrompeu um furacão tal que se pensou que o navio seria destroçado. Os marinheiros se assustaram, e um bradou ao outro: Vamos tirar a sorte e ver por causa de quem essa desgraça caiu sobre nós. Então a sorte caiu na mulher que tinham aprisionado, e os marinheiros perguntaram-lhe: Dize-nos, qual é o teu ofício? A mulher respondeu: Sou judia e temo o Deus do céu, que criou o oceano e a terra seca. Ela contou aos marujos o que lhe havia acontecido. Então os corsários ficaram cheios de pena da mulher e Deus realizou um milagre;

eles não a tocaram e a levaram à terra firme; ali lhe prepararam uma cabana. Logo depois o oceano se acalmou e o navio seguiu adiante.

ASSIM A mulher ficou morando naquela região. Deus a fez encontrar ervas e reconhecer seu poder medicinal, e ela se tornou uma boa curandeira. Ajudava os sarnentos, aqueles que sofriam de fluxo sanguíneo e todos os demais enfermos. Ela se tornou muito honrada e respeitada e adquiriu grande fortuna; sua fama se propagou por todo o país.

Depois de muitos dias, quando o marido retornou a Jerusalém de sua viagem, soube que sua mulher tinha sido apedrejada. Mas Deus enviou uma grave sarna sobre os homens que na época haviam testemunhado em falso perante o conselho. Também o irmão do negociante foi acometido de sarna. Souberam então que uma nobre mulher em país longínquo curava sarnentos, e falaram uns aos outros: Vamos procurar a médica. O irmão infiel falou ao recém-chegado: Vem tu também. E os quatro se puseram a caminho e iniciaram a viagem.

Chegaram ao lugar onde morava a curandeira e logo estavam diante de sua casa. Foram reconhecidos pela mulher; os homens, porém, não a reconheceram. Postaram-se diante da médica e falaram: Senhora, viemos de longe te procurar, pois ouvimos a tua fama. Dizem que és uma curandeira excepcional; então cura-nos de nossa sarna e em troca recebe ouro e prata em profusão. A mulher respondeu: Não posso curar ninguém antes que me confesse seus pecados. Então os hierosolimitas falaram: Fizemos tais e tais coisas. Mas ela falou: Noto em vós que sois grandes pecadores; ainda não confessastes completamente o vosso delito; enquanto não o revelardes, nenhum remédio vos poderá ajudar. Então os sarnentos confessaram diante do marido o que tinham feito outrora. Em seguida a médica falou: Fizeste uma maldade, a vossa boca o confessa. Na verdade, não vos posso curar e nenhum remédio vos pode ajudar. "Deus não é um homem que minta"*; o que ele falou através de Moisés, seu servo eleito, e através dos profetas, é válido eternamente. Está escrito: "Não semearás difamação entre teu povo e não prestarás falso testemunho contra o sangue do teu próximo"**. Malfeitores! Eu, a mulher que está diante de vós, sou aquela a quem fizestes todo o mal, e a quem conduzistes ao apedrejamento por causa de vossa má língua; mas o Senhor me salvou com sua misericórdia e grande mercê, e é meu marido este que vós trouxestes a mim. Deus conhece todos os segredos e traz todo o oculto à tona.

---

* Num. 23, 19.
** Lev. 19, 16.

Então tudo ficou claro ao marido e ele reconheceu na médica a sua esposa. Eles se alegraram um com o outro e louvaram o Criador por todos os milagres. Os três homens, porém, continuaram sarnentos e morreram disso.

9. A Mulher Devota e o Feiticeiro

HOUVE CERTA VEZ uma mulher devota, exatamente do tipo mencionado na sentença: "Aquele que encontrou uma mulher virtuosa"*. Um dia seu marido foi ao mercado e viu um belíssimo tecido exposto. Então falou: Um vestido desse pano ficará bem para a minha mulher. Comprou o tecido e levou-o ao costureiro para que fizesse um vestido.

Passou então um pagão pelo costureiro, viu o tecido e falou: Que bela deve ser a mulher que vai usar esse vestido. E logo passou a desejar a desconhecida. Subornou o costureiro para que costurasse no vestido um feitiço, por meio do qual a mulher, quando pusesse o vestido, ficaria forçada a procurá-lo. O costureiro atendeu à vontade do pagão. Na véspera do Dia da Expiação, à noite, depois de tomada a última refeição antes do grande jejum, a mulher pôs o vestido novo. Assim que se envolveu nele, porém, um espírito impuro penetrou nela e ela sentiu o desejo de pecar. O marido lhe falou: Vem, vamos à casa de Deus. A mulher retrucou: Vai sozinho, irei logo depois e então rezaremos.

Assim que o marido saiu, a mulher dirigiu-se à casa daquele malfeitor, como se tivesse aparecido alguém e a levado para lá. Quando entrou na casa, o pagão a beijou e a abraçou e lhe preparou uma refeição de alimentos deliciosos. Depois que ambos comeram e beberam, dirigiram-se ao leito. A mulher tirou o vestido e o feiticeiro foi para a cama. Mas, quando a mulher tirou a roupa enfeitiçada, seu espírito devoto retornou e ela viu o que cometera. Ela se esgueirou para o quintal; o pagão, porém, confiou que ela voltaria, pois a porta do quintal estava trancada.

Assim a mulher estava ali em amargos apuros, chorando e rezando. Clamou: Senhor do Mundo! Lembra-te de que até agora estive diante de ti com o coração puro, de que sempre pratiquei o bem e sempre me esforcei em ser justa, e não me deixes esta noite nas mãos desse pecador. Nesta noite é feita a vontade de Israel e nesta noite há o perdão de todos os pecados.

---

* Prov. 31, 10.

Deus então atendeu ao clamor da mulher; uma tempestade irrompeu e carregou a mulher, levando-a para sua própria casa; ela deitou-se na cama, pois estava embriagada. Depois o marido retornou e perguntou: Estiveste na casa de oração? A mulher respondeu: Não fui, porque fiquei doente. Mas ela não contou nada a respeito do que lhe acontecera.

MUITOS DIAS DEPOIS o pagão pegou no vestido daquela mulher e o levou ao mercado para vendê-lo. Deus quis que o fato se tornasse notório e que o malfeitor perecesse por ele. O marido da mulher viu o vestido e ficou muito admirado. Falou ao vendedor: Deixa que mostre esse vestido à minha mulher. E o levou consigo.

Chegando em casa, perguntou à sua mulher: Onde está o vestido que te dei? Hoje o vi nas mãos de um incircunciso. Então a mulher falou: Agora tenho de te confessar a verdade. Mas, graças ao Senhor, eu não pequei. Logo depois o marido mandou chamar os sábios da cidade para sua casa e rasgou o vestido diante deles. Todos viram então que as palavras da mulher eram verdadeiras e ela pôde ficar com seu marido. Depois o caso foi contado ao magistrado da cidade. Ele mandou torturar e castigar o costureiro; o feiticeiro, por sua vez, foi enforcado.

10. A Bruxa Hipócrita

OUTRORA vivia uma bruxa de nome Ioana, filha de Retiwi. Quando uma mulher estava prestes a dar à luz, ela lhe fechava o ventre por meio de feitiçaria e só depois que a parturiente sofria muitas dores ia ter com ela e falava: Pedirei piedade para ti, talvez minha prece seja ouvida. Depois inutilizava a mistura que ela mesma preparara e a criança deixava o ventre materno.

UMA VEZ ELA tinha um diarista morando consigo e este ouviu, tendo a viúva saído para ver uma parturiente, vapores fervendo num caldeirão; o ruído era como o de uma criança se debatendo no ventre da mãe. O jovem levantou a tampa e o diabólico feitiço escapou. Então a criança nasceu e todos ficaram sabendo que a viúva era uma bruxa.

11. O Judeu e o Pagão

CERTA VEZ aconteceu que um judeu e um pagão seguiam pelo mesmo caminho. O pagão então falou: Minha crença é melhor do que a tua. O judeu respondeu: Não, ao contrário, a minha crença está acima da tua; afinal, está escrito: "Onde existe outro grande povo que tenha leis e mandamentos tão justos quanto esse Ensinamento que vos foi dado hoje?" O pagão disse a isso: Consultemos outras pessoas a respeito. Se disserem de minha crença que é melhor do que a tua, então quero teu dinheiro; mas, se considerarem a tua crença mais acertada, então terás o meu dinheiro. O judeu retrucou: Pois bem, façamos assim.

Então os dois continuaram andando e o Satã lhes veio ao encontro sob a forma de um velho. Perguntaram-lhe qual confissão era a verdadeira e ele respondeu: A crença do pagão é a única verdadeira. Andaram mais um pedaço e novamente o Satã lhes veio ao encontro, dessa vez disfarçado em rapaz. Fizeram-lhe a mesma pergunta e de novo ele respondeu: A verdade está com o pagão. Então prosseguiram e pela terceira vez o Satã lhes impediu o caminho, novamente sob a forma de ancião. Perguntaram-lhe qual a crença que devia ser preferida, e ele respondeu: O pagão retém a verdade. Assim, coube ao pagão todo o dinheiro de seu companheiro; o judeu partiu com o coração amargurado e foi dormir numa ruína.

Passada a terça parte da noite, ele ouviu espíritos conversarem e contarem casos. Dois diabos perguntaram a um terceiro: Onde passaste o dia de hoje? Este respondeu: Encontrei um judeu e um arameu discutindo sobre suas crenças; então fiz uma brincadeira e me pus do lado do pagão. Então os dois diabos perguntaram a um outro: Onde estiveste hoje? Ele respondeu: Dificultei o parto da filha do rei e ela terá dores e gritará durante sete dias; mas, se as pessoas pegassem as folhas da árvore que cresce atrás do palácio e espremessem o sumo sobre o nariz da parturiente, ela logo daria à luz. Depois um outro diabo foi interrogado: De onde vens? Este respondeu: Tapei a única fonte de um país; mas, se as pessoas tivessem a idéia de abater um touro negro diante do poço, a água voltaria a jorrar imediatamente.

O JUDEU GUARDOU essas palavras dos espíritos; levantou-se de manhã e dirigiu-se ao reino daquele rei acerca do qual o diabo falara. Lá encontrou a filha do rei em horríveis dores de parto. Então falou: Tomai das folhas da árvore que cresce atrás de sua casa e espremei o sumo sobre seu nariz. Os cortesãos seguiram o conselho e em seguida a filha do rei deu à luz. Então o rei deu muito dinheiro ao homem, pois era sua única filha.

Depois o judeu foi ao país onde o poço tinha sido entupido e falou aos habitantes: Abatei um touro negro diante do poço e a água voltará a jorrar. As pessoas obedeceram ao estrangeiro e fizeram conforme ele dissera, e eis que a água jorrou como antes. Então os habitantes desse país também lhe deram muito dinheiro.

No dia seguinte, o judeu encontrou o pagão que lhe tinha tomado o dinheiro e este se surpreendeu muito com o antigo companheiro. Falou: ainda há pouco tempo teu dinheiro tornou-se minha propriedade; como é que alcançaste essa fortuna? Então o judeu lhe contou tudo o que acontecera. Ao que o pagão falou: Então também eu irei àquela ruína para obter conselho. E procurou a ruína e lá se deitou para dormir. Mas aí vieram os diabos, avistaram o homem e o mataram.

Por isso está escrito: "O justo é salvo da necessidade, mas o ímpio é levado à desgraça em seu lugar".

12. O Homem com os Três Tesouros

HAVIA UMA VEZ um homem devoto que fazia muita caridade e distribuía dádivas aos eruditos da Escritura, bem como ao povo simples. Sua mulher, porém, era mesquinha. O homem tinha três espécies de tesouros em sua casa: um consistia em peças de ouro, o segundo em peças de prata, o terceiro em pequenas moedas. Quando seus discípulos vinham procurá-lo, ele lhes dava do tesouro de ouro; às viúvas e órfãos, dava do tesouro de prata; e às crianças pobres que não estudavam ele as presenteava com moedas de cobre. E como distribuía ele as dádivas? Se alguém tinha cinco almas em sua casa, ele lhe dava cinco dinares de ouro, de modo que cada membro era contemplado. Assim eram seus atos, dia após dia.

Um dia o benfeitor havia saído e vieram viúvas e órfãos, como também estudiosos, em busca de dádivas, e não o encontraram. Então a mulher foi à câmara onde se encontrava o ouro, a fim de dar alguns aos sábios, e ao invés de ouro encontrou apenas escorpiões. Depois ela abriu a câmara da prata, e ao invés de prata encontrou formigas. Por fim entrou no aposento onde se encontravam as moedas, e eis que elas se haviam transformado em pulgas. Vendo isso, ela ficou envergonhada de voltar aos pedintes, e estes ali ficaram esperando. Nesse meio tempo o devoto voltou e encontrou as pessoas paradas à porta. Perguntou: Amigos, por que estais aí, por que não entrastes? Eles responderam: Acaso é uso e costume permanecer numa casa quando o dono não está?

Assim, o devoto entrou em casa e encontrou sua mulher chorando. Ela falou: Por que me deixaste sem dinheiro? Ele respondeu: Pois se todos os meus tesouros ficaram em tua mão. A mulher disse: Não deixaste nada além de câmaras cheias de escorpiões, formigas e pulgas. Então o benfeitor entrou na câmara do ouro, encheu as mãos e o distribuiu entre os estudiosos; depois apanhou prata e a deu aos órfãos e às viúvas; por fim distribuiu as moedas de cobre. Por isso está escrito: "Não comas pão na casa de um malvado". E Deus falou: Aquele que é bom é abençoado, pois dá aos pobres do seu pão.

13. Os Tomates

HOUVE OUTRORA um homem devoto que figurava entre os mais ricos de sua estirpe e tinha dois filhos. Depois que ele morreu, seus filhos tomaram posse da herança. Destes, um era indulgente e caridoso, tinha idéias avançadas e mão aberta; o outro, por sua vez, era invejoso. O bom não cessava de distribuir dádivas e presentear os pobres; também estava sempre presente quando se tratava de resgatar prisioneiros e prestar outros auxílios. Assim, toda a sua fortuna em dinheiro se esvaiu. Então ele se voltou para seus bens imóveis, vendeu-os e distribuiu também esse dinheiro até que nada mais lhe restou. Seu irmão, porém, foi comprando tudo o que ele tinha vendido, de maneira que aos poucos todos os haveres de um passaram para as mãos do outro.

Aconteceu então um dia – era a Festa de Ramos, que representa o término da Festa de Sucot – que a mulher do empobrecido lhe colocou na mão dez moedas de cobre, dizendo-lhe: Vai e compra algo de comer para teus filhos. Quando o pobre estava fora, encontrou coletores de esmolas ambulantes; estes pretendiam coletar dinheiro para o casamento de dois órfãos. Falaram uns aos outros: Vede, lá vem o benfeitor. O devoto logo deu as suas moedas e falou aos homens: Nada mais possuo além disso. Contudo, depois sentiu vergonha de voltar para casa sem nada e assim foi à casa de oração. Ali as crianças estavam brincando com os ramos de palmeira e tomates que os assistentes haviam deixado após o término do culto. O desnorteado então encheu um saco com os frutos, deixou a cidade e embarcou num navio. Assim, foi parar num país distante. O rei dessa nação sofria então de fortes dores de estômago e não havia remédio que ele não tivesse tomado, mas lhe foi dito em sonho: Somente um tomate da Festa de Ramos dos judeus te pode curar. Procurou-se por toda a parte um tal fruto, mas não foi possível encontrá-lo. Um dia, os servos do rei viram aquele devoto dormindo em cima de seu saco. Perguntaram-lhe: O que levas para vender? O recém-chegado respondeu: Sou um homem pobre e não tenho mais que tomates que provêm da Festa de Ramos. Então os criados falaram: Pois é justamente isso o que procuramos. E pegaram o saco e conduziram o estranho à presença do rei. Assim que o príncipe provou um tomate, sarou imediatamente. Então falou aos criados: Esvaziai o saco desse homem e o enchei de dinares de ouro. Os criados assim fizeram. Depois o rei falou ao judeu: Pede-me o que ainda desejas além disso. O devoto respondeu: Nada mais peço além de me levares de volta à minha terra e ordenares que lá todos saiam para me saudar, seja homem ou mulher, jovem ou velho. O rei lhe concedeu isso, e quando o desaparecido retornou à sua cidade todo o povo foi ao seu encontro. Também o irmão foi com seus filhos à sua recepção e se utilizou de uma balsa. Mas o rio então subiu e o malvado se afogou com seus filhos. Assim o homem devoto ficou rico e ainda herdou a fortuna de seu irmão. O Senhor lhe concedeu abundância e assim nele se realizou o que está escrito: "O homem é recompensado conforme suas ações".

14. O Pai dos Amantes

OUTRORA viviam dois irmãos; um era rico, o outro pobre; o pobre tinha muitos filhos e filhas, o rico apenas uma única filha. O rico era mesquinho para com seu irmão e não lhe queria fazer nenhum bem. Um dos filhos do pobre chamava-se Isaac, e este era um rapaz meigo, de bela aparência e aplicado nos estudos. O irmão rico do homem amava esse Isaac e o preferia aos demais irmãos.

Um dia, na véspera da festa de Pessach, o pobre não tinha dinheiro para comprar trigo a fim de preparar o pão ázimo para si e para os seus. Foi procurar o irmão rico e falou-lhe: Meu senhor, pelo amor de Deus, nosso Senhor, faze-me em tua bondade a mercê de emprestar-me uma medida de trigo para que eu possa alimentar a minha família nessa festa. O rico retrucou: Se me deres um penhor, eu te emprestarei o trigo. O pobre falou: Que penhor te posso dar, se nada possuo? O rico respondeu: Traze-me teu filho Isaac, a quem amas mais do que aos outros filhos, e que ele fique sob a minha proteção até me teres devolvido o que te emprestei. O irmão pobre foi então e trouxe o filho ao irmão rico, e este lhe deu uma medida de trigo.

Isaac costumava ir diariamente à casa de estudos e lá, junto com seu mestre, ocupava-se com a Escritura noite adentro. A filha do tio rico o aguardava todas as noites, ansiando por sua chegada. Um dia o mestre de Isaac o chamou de lado e lhe falou: Meu filho, ouve-me, atenta ao que te vou aconselhar e Deus estará contigo. Quando voltares hoje à casa de teu tio e tua prima te aguardar, aproxima-te dela. Isaac temia cometer um pecado, mas o mestre repetiu as palavras.

QUANDO O jovem voltou para casa, encontrou a filha do tio esperando-o. Ela lhe abriu a porta e ambos se sentaram junto ao fogo. A moça lhe serviu o jantar como de costume. Mas Isaac falou: Não quero comer nem beber. E ficou ali chorando. Então ela falou: Queridíssimo amigo, o que tens? Precisas de alguma coisa? Qual é teu desejo e teu anseio? E por que choras? O jovem nada quis responder, porque sentia vergonha dela. Mas, quando ela insistiu, ele lhe contou tudo o que o mestre lhe tinha ordenado. Então a moça falou: Ó amado, homem do meu coração, não chores por isso. E ela se levantou, o abraçou e o beijou muitas vezes na boca e falou: Não te envergonhes, meu amigo, pois eu te amo muito, tu és meu irmão e és de minha carne, e também meu pai te ama como a pupila de seus próprios olhos. Ela o acalmou com suas palavras e insistiu para que comesse e bebesse. Depois o rapaz se levantou e se deitou na cama dela, mas colocou uma espada entre os dois e assim ambos dormiram até o amanhecer.

O tio se levantara nessa noite e fora ao pátio, através do quarto dos dois. Viu-os dormirem juntos, separados por uma espada. Então pegou um de seus mantos e estendeu-o sobre eles. Falou: Que seja vontade do Deus de Israel que vosso leito permaneça inteiriço e que não gereis criaturas indignas!

15. Os Três Irmãos

UM HOMEM DEVOTO sentiu a morte se aproximar; chamou seus três filhos e ordenou-lhes que não brigassem entre si, a fim de que não fossem forçados a jurar; ele próprio jamais pronunciara um juramento em toda a sua vida.

Quando o velho morreu, deixou um jardim de especiarias, o qual deveria ser guardado dos ladrões pelos filhos. Na primeira noite o filho mais velho dormiu no jardim. Veio então Elias, o vidente, e perguntou: O que te agrada, meu filho? Queres te tornar versado na Escritura, queres ter muito dinheiro ou queres te casar com uma mulher bonita? O filho respondeu: Quero ter fortuna. Então Elias lhe deu uma moeda e através disso o jovem ficou muito rico.

NA SEGUNDA NOITE o segundo filho dormiu no jardim e então Elias também lhe fez as três perguntas. O rapaz respondeu: Quero estudar o Ensinamento. Então Elias lhe deu um livro e através dele ele aprendeu a conhecer toda a Escritura.

Na terceira noite o filho mais moço dormiu no jardim e Elias lhe perguntou o que seu coração almejava. Ele respondeu: Quero possuir uma bela mulher. Então Elias falou: Se é assim, tens de viajar comigo. E ambos se puseram a caminho. À noite, hospedaram-se com um taberneiro que era malvado. Ali Elias ouviu as galinhas conversarem com os gansos: O que terá o rapaz cometido para receber a filha de nosso taberneiro por esposa? Ouvindo isso, Elias compreendeu o sentido das palavras e seguiu adiante com o moço. Na noite seguinte hospedaram-se numa outra casa e de novo Elias ouviu as galinhas conversarem com os gansos. Qual será o pecado do rapaz para ter de tomar a filha de nosso taberneiro? Afinal, todos são ímpios. Então Elias e o rapaz acordaram cedo e partiram.

Na terceira noite foram à uma casa cujo taberneiro tinha uma filha linda. Também aqui Elias ouviu as galinhas e os gansos cacarejarem. Mas falavam: Provavelmetne o rapaz mereceu que lhe seja destinada uma esposa tão bela e temente a Deus. Ao amanhecer, Elias se levantou, juntou os dois e festejou o casamento. Depois o casal retornou para casa em paz.

Tudo isso Deus concedeu ao rapaz por ele ter cumprido o mandamento de seu pai.

Livro Sexto: Sabedoria e Tolice

1. Acerca dos Três Amigos

UM HOMEM muito conceituado tinha três amigos. Protegia fielmente um deles e lhe era apegado de todo o coração; seus pensamentos sempre estavam nele e seria capaz de dar sua alma por ele. Todo o seu esforço e trabalho eram para ele; era sua alegria e seu supremo deleite, por ele estava pronto a atravessar desertos e oceanos, pois o amor que lhe dedicava era imenso. O segundo amigo estava para ele abaixo do primeiro; no entanto, também o amava, tinha pena dele e lhe era afeiçoado; servia-o e se preocupava com ele e não lhe deixava faltar a devida consideração. Ao terceiro amigo o homem muitas vezes deixava de dar atenção, e também normalmente não se preocupava muito com ele, pois achava que não lhe era de muita utilidade.

Mas eis que os tempos mudaram para o nosso homem e o acaso fez com que perdesse sua fortuna e diminuísse o seu conceito. Foi declarado culpado perante seu rei e não lhe restava nenhum poder para escapar do castigo iminente ou atenuá-lo. Assim, viu-se forçado a procurar seus amigos, expor diante deles sua dor e sua atribulação e implorar-lhes conselho e ajuda na desgraça. Começou com o mais querido e falou: Meu fiel companheiro e bom amigo! Sabes que me eras mais caro do que minha própria cabeça; conheces meu amor por ti e a afeição de minha alma. Agora é chegado o dia em que necessito da tua compaixão e do teu apoio. Feliz de mim em ter encontrado um amigo como tu, que é cheio de piedade e que paga o bem com o bem. Dizem os sábios: Dos utensílios, o melhor é o que te protege na necessidade; dos irmãos, o melhor é o que obedece à tua voz; dos amigos, o melhor é aquele que antecipa teu auxílio. E os sábios dizem ainda: Um tesouro verdadeiro não pode ser devorado pelo fogo. O amigo então respondeu ao homem, dizendo: Sabe que teu amor agora não me alegra mais e que tua companhia não me dá prazer. Tenho além de ti ainda muitos adeptos, e eles me parecem mais valiosos do que tu; por isso não te darei nenhum conselho e não te ajudarei com o que tenho para que mais tarde eu mesmo não precise de auxílio dos outros. Na verdade, também nada possuo com que pudesse te ajudar, além dessas duas roupas com as quais poderás cobrir tua nudez. Toma-as, vai e segue teu caminho. Então o homem foi ao segundo amigo e falou-lhe: Ó deleite dos meus olhos, ó amigo que prestas auxílio na necessidade. Sabes quanto amor puro e fidelidade dediquei a ti; eu te servi com alma abnegada e fui teu de todo o coração. Agora necessito que te mostres reconhecido e retribuas o que fiz por ti. Eis que tal e tal me aconteceu com o rei. Já os sábios enaltecem a fidelidade dos irmãos; eles são testemunhas do nosso bem-estar, são como escudos em nossa atribulação. Então o amigo respondeu, dizendo: Já tenho muito que suportar com os meus próprios sofrimentos, portanto desiste de me importunar em tuas penas. Levanta-te, retorna; teus caminhos não são os meus caminhos. Não posso ser generoso para contigo, senão ainda pode acontecer que eu venha a depender da generosidade dos outros. Diz o sábio: Não sei o que é melhor: a morte do rico ou a vida do pobre. Contudo, se quiseres, irei contigo e te acompanharei até a porta do palácio do rei; depois voltarei e cuidarei das minhas obrigações.

Então o atribulado homem dirigiu-se ao terceiro amigo. Falou-lhe: Meu senhor, venho à tua presença cheio de vergonha; ao invés de levantar minha cabeça, eu a inclino até o chão. Só a necessidade e a hora amarga me trazem a ti; que em tua bondade me ergas e me auxilies. Dizem os sábios: Magnânimo não é aquele que paga o bem com o bem, mas aquele que oferece ajuda aos náufragos. E seu provérbio ainda diz: Dádivas bondosas são penhores, e o caridoso pode comer em duas mesas ao mesmo tempo, pois seu louvor ecoa alto já neste mundo, e grande recompensa o aguarda no Além. Então o terceiro amigo respondeu ao homem: Meu irmão, sabe que tens um crédito comigo, e que todo o meu empenho consiste em te ajudar tanto quanto minha mão e minhas forças o conseguirem. Não é à toa que os sábios dizem: Cada lugar tem seu idioma, cada época tem seus homens, cada geração tem seus limites, cada ação tem sua recompensa. Eu te amo e não te trairei. Que teu coração não se desconcerte por não teres te ocupado muito comigo; guardei bem esse pouco e o recebi com tanto amor que de pouco se tornou muito. Espero que te seja concedida paz e salvação e que caias no agrado do teu senhor.

ENTÃO O homem ficou cheio de alegria e falou: Não sei do que devo me arrepender mais: de ter descuidado de um amigo tão fiel ou de ter cortejado tanto dois infiéis? E tu, príncipe, que ouviste a fábula, sabe que o primeiro amigo deve ser entendido como a riqueza e os bens materiais. Eles nos dão para a caminhada apenas a mortalha e o pano da cabeça. O segundo amigo são os familiares, os parentes e vizinhos, que suspiram após a morte de um homem e o acompanham até a sepultura. O terceiro amigo são as boas ações, que conduzem da atribulação para a liberdade aquele que se ocupa com elas, que transformam luto em alegria e sofrimento em paz.

2. Rei por um Ano

OUVI CERTA VEZ contar a respeito de um país habitado por um povo de idéias estreitas. Se vinha ao país um estranho que não possuía muitos méritos, ele era nomeado rei por um ano inteiro pelos habitantes. E o subitamente coroado, em sua tolice, acreditava que seu poder duraria eternamente e vivia alegre. No entanto, passado um ano, ele era precipitadamente expulso da cidade, espoliado de suas roupas e sapatos e muito maltratado. Não lhe deixavam comida nem por uma hora. Só então é que o pobre percebia a miséria em que fora parar e na qual deixara de pensar em tempo útil. Chorava e se lamentava com o coração amargurado sobre o esplendor que lhe fora concedido por tão pouco tempo, que viera de uma noite para a outra e da mesma maneira se desvanecera.

EIS QUE UMA VEZ aconteceu que os habitantes do país deram com um estrangeiro inteligente, a quem apenas temporária miséria perturbara. Tivera má sorte e sofrera muita desgraça. Por isso estava desnorteado e vagueava suspirando. Quando os anciãos do país o viram caminhar tão desanimado pela estrada, consideraram-no um pobre palerma e nada suspeitaram da sabedoria e do espírito superior inerentes ao homem. Pareceu-lhes bem adequado para lhes servir de príncipe durante um ano, e assim logo o transformaram em seu soberano e clamaram diante dele: Que viva o rei!

Assim que o estranho se recuperou da repentina transformação, insinuou-se nele a preocupação com o seu futuro destino, pois não confiava muito naqueles que agora se diziam seus súditos. Mas entre aqueles que o cercavam havia um homem que ao rei pareceu digno de ser por ele distinguido. Tornou-o seu amigo e confidente, obsequiou-o com muitos presentes e pouco a pouco conquistou seu coração, de maneira que ele inopinadamente lhe revelou os costumes do Estado. Então este falou: Irmão, aquele que não sabe guardar um segredo é desprezado pelos sábios; eles enaltecem aqueles que ocultam mistérios; acerca desses criam fábulas e provérbios. E agora, caro companheiro, se me prestares um fiel juramento de que não trairás meu segredo e que retribuirás igual com igual, eu te darei grande riqueza e te concederei altas honrarias. O conselheiro concordou e jurou fidelidade e sigilo a seu senhor. Então o rei falou: Bem sei, querido amigo, que os tesouros deste país são meus no momento. Mas de que nos serve uma riqueza que não dura muito? De que nos servem honrarias que logo são tomadas e uma glória que só permanece por curto prazo? A pompa que me cerca não me dá nenhuma alegria. Por isso quero buscar conselho, antes que escarneçam de mim aqueles que logo irão querer me derrubar da minha altura e me expor ao desprezo. Com isso eu te revelei o que minha razão me ensinou. Mas é modo do inteligente proceder, mesmo naquilo que já decidiu, consultar seus fiéis. Assim, dirijo-me a ti para que me ensines o que deve ser feito. Pois os sábios dizem: Aquilo que te serve, teu irmão também sabe em parte, por isso pede-lhe conselho. Aquele que muito pergunta jamais esquece duas coisas: Louvar o destino nos dias de bem-estar e procurar salvação nos dias de amargura. Então o companheiro respondeu, dizendo: Meu senhor e rei, o que dizes está certo; estou às tuas ordens, envia-me aonde quiseres.

Em seguida os dois se dirigiram aos tesouros onde se encontrava o ouro, a prata e as pedras preciosas e levaram o que puderam carregar. Guardaram tudo em lugar seguro. Chegada a época em que o rei foi despedido, puderam ele e seu amigo usufruir da riqueza. E isso aconteceu porque eles haviam-se prevenido no devido tempo.

3. O Dervixe e o Rato Transformado

HAVIA OUTRORA um dervixe que servia a Deus e era um homem devoto e íntegro; sua prece era sempre atendida; mesmo que tivesse pedido que o mundo retornasse a seu estado original, isso lhe seria concedido. Um dia o dervixe estava sentado na margem do rio e viu no alto, acima de si, um pássaro voando e segurando um rato nas garras. Quando o pássaro desceu nas proximidades do dervixe, deixou o rato cair e ele ficou deitado diante dos pés do homem. Então ele se apiedou da criatura e a cobriu com seu manto. Queria levar o rato para sua casa, mas temia que seus familiares o repudiassem e enxotassem. Então orou a Deus para que transformasse o rato numa menina.

E o senhor atendeu à prece do devoto homem e o rato se tornou uma formosa menina. Assim o dervixe a levou para casa e ela ficou com ele. Sua mulher, porém, não suspeitava que a menina anteriormente fora um rato e pensou que se tratava de uma escrava que seu marido comprara.

Quando a mocinha completou doze anos, o dervixe falou para si: A donzela alcançou a idade em que deve levar uma vida de mulher; ela não pode mais ficar sem homem e precisa ter alguém que a sustente. Eu, porém, desejo voltar ao serviço que executei até agora. E falou à menina: Escolhe alguém que desejarias ter como marido. A donzela respondeu: Desejo ter como um marido um herói de grande força, que disponha de um poder como nenhum homem possui. A isso o dervixe falou: Não sei designar ninguém, além do sol, que seja tão poderoso; assim sendo, vou orar a ele a fim de que te dê em casamento aquele que o comanda. E o dervixe se purificou e suplicou ao sol, dizendo: ó Sol puro e brilhante, que concedes luz às criaturas graças à bondade do Deus misericordioso, suplico-te com esta prece que dês minha filha por esposa àquele que determina teu movimento, pois ela deseja por marido o mais forte dos fortes e o mais poderoso dos poderosos. Então o sol respondeu: Ouvi tuas palavras e não quero te deixar de mãos vazias, em virtude do conceito que Deus te concedeu perante todas as outras criaturas. Por isso preciso te remeter àquele que é mais forte do que eu. O dervixe perguntou: E quem é esse? O sol respondeu: É aquele que governa as nuvens e que tem o poder de me encobrir e obscurecer minha luz.

Então o dervixe foi ao local onde as nuvens se erguem do oceano. Invocou o seu soberano e lhe disse o que o sol tinha dito. O príncipe das nuvens respondeu: Apreendi bem as tuas palavras; realmente possuo um poder como só foi dado aos anjos. No entanto, tenho de mandar-te a alguém que ainda é mais poderoso do que eu. O dervixe perguntou: E quem é esse? O príncipe das nuvens respondeu: É o vento, o qual me persegue de um extremo do céu ao outro; a ele não posso opor-me. Então o dervixe foi ter com o príncipe do vento e falou com ele como antes falara com o soberano das nuvens. O príncipe do vento respondeu-lhe: Sou realmente forte e poderoso, contudo tens de te dirigir a alguém que se me opõe, a quem não posso dobrar. O dervixe perguntou-lhe quem era esse e então o governador dos ventos respondeu-lhe: É a montanha que está próxima de ti. Então o dervixe dirigiu-se à montanha e falou: Quero dar-te minha filha por esposa, ó poderoso gigante. A montanha respondeu: É certo o que te foi dito; sou forte e inabalável. Entretanto vou mostrar-te alguém diante do qual eu próprio sou impotente. O dervixe perguntou: Quem é esse, afinal? A montanha retrucou: É o rato, que pode minar-me. O dervixe então foi ter com o rato e falou-lhe como falara à montanha. O rato respondeu: Sou realmente aquele que pode minar a montanha. Mas como posso pedir em casamento uma criatura, que é de origem humana, uma vez que sou um rato e moro num buraco da terra?

O DERVIXE voltou e perguntou à mocinha: Queres um rato por marido? Ninguém é tão poderoso quanto ele: interpelei heróis poderosos, mas todos me enviaram a ele. Queres que eu invoque Deus mais uma vez e que ele te faça novamente rato, para que te tornes companheira de rato? A moça respondeu: Faze comigo aquilo que te aprouver.

Então o dervixe clamou a Deus, e a mocinha novamente se transformou em rato. O dervixe conduziu-a ao buraco e ali ela se casou com o ser que lhe era igual.

4. A Mulher Virtuosa e o Rei Convertido

UMA VEZ havia um rei que gostava muito de mulheres e sempre as perseguia. Flanava diariamente pela sua cidade real e espiava pelas janelas das casas; quando via uma mulher bonita, procurava enredá-la. Como era dono do país, tinha direito sobre tudo, e nenhuma mulher podia escapar dele. O povo todo e todas as pessoas do país sabiam disso, mas ninguém podia abrir a boca e dizer algo em contrário.

Eis que na cidade vivia um homem devoto e este tinha uma mulher muito bonita; três conceituados cidadãos da cidade eram seus irmãos. Esse devoto costumava vigiar cuidadosamente sua mulher, já que conhecia os hábitos livres do rei, a fim de que ela não caísse em sua rede. A mulher também era casta e evitava aparecer diante dos olhos do rei; bem sabia que, se ele a avistasse, ela não lhe escaparia. Um dia, porém, ela olhou sem querer pela janela e o acaso quis que o rei justamente passasse e erguesse os olhos em direção às janelas dessa casa. Ao perceber a mulher, seu coração se aqueceu e acendeu-se nele o desejo de dormir com ela. A mulher percebeu que fora vista pelo rei, e sua aflição foi grande. Ela se escondeu e trancou a porta por dentro. O rei chegou, quis entrar e encontrou a porta trancada. Mas, embora fosse soberano e ninguém lhe pudesse dizer qualquer coisa, aparentemente jamais empregava a força; decidiu agir com cautela. Desde então, ia diariamente ao pátio daquela casa, pois imaginava que numa hora qualquer encontraria a porta aberta.

A MULHER, em sua franqueza, contou ao marido tudo o que acontecera, e então ambos passaram a cuidar para que a porta ficasse sempre fechada. Mas uma manhã o devoto dirigiu-se à casa de estudos e esqueceu de trancar a entrada. A mulher, que conhecia o cuidado do marido, não pensou nisso e continuou seu trabalho como estava acostumada. O rei então apareceu diante da casa e eis que a porta não estava trancada. Assim, ele entrou. Quando a mulher viu o príncipe tão repentinamente, foi acometida de tremor e quase perdeu os sentidos. Mas, como era o rei, ela nada podia dizer e também não podia gritar por socorro. Esforçou-se por recebê-lo amavelmente, conduziu-o à sala de visitas e demonstrou-lhe todo o respeito. Em seguida foi buscar uma pequena Bíblia dourada, deu-a ao intruso e falou: Meu senhor e rei, vê, tua criada está em tuas mãos, faze com ela o que te aprouver. Mas só uma coisa eu te suplico, meu senhor: concede-me algum tempo para que eu vá a outro aposento, lave-me e enfeite-me e apareça na tua presença como convém. Enquanto isso o senhor tome esta Escritura e leia até eu voltar. O rei respondeu: Pois bem, filha, vai e prepara-te. E tomou o livro de sua mão.

A mulher então se retirou e se refugiou no pátio de uma vizinha, que ficava em frente. Lá ela ficou esperando e olhando para sua casa, até que o rei tivesse saído. Enquanto isso o rei começou a ler o livro. Deparou então com os mandamentos: "Não cometerás adultério!" "Não cobiçarás a mulher de teu irmão". Continuou folheando e encontrou as palavras: "Quem comete adultério deve morrer", e outras semelhantes. Continuou lendo cada vez mais, até que ficou pensativo e reconheceu o tamanho de suas faltas; viu que se tinha desviado do caminho reto com a maneira pecaminosa de perseguir tudo quanto seus olhos viam, viu que estava arruinando seu corpo e sua alma e que colheria a vergonha. E ficou ali, compenetrado no novo Ensinamento, até que de repente percebeu que se haviam passado horas.

Despertou como de um sono e falou para si: Certamente a mulher assim procedeu por sua sabedoria; agora ela se foi; se eu ainda me demorar aqui, o marido aparece e me encontra, e eu me vejo envergonhado e desonrado. E o rei se levantou rapidamente para se retirar. Mas antes colocou um saco cheio de moedas de ouro sob o assento da cadeira, a fim de compensar o sofrimento que causara à mulher. Com a pressa deixou no aposento o bastão de pérolas que havia trazido, levou o livro e deixou a casa.

Enquanto isso a mulher aguardava com o coração oprimido que o rei saísse para poder voltar à casa antes do marido. Quando viu o rei deixar sua residência, ela se alegrou imensamente e agradeceu ao Senhor pelo milagre que lhe fizera, salvando-a da ruína. Correu a casa para preparar a refeição do marido. Na pressa, esqueceu de olhar o aposento em que o rei permanecera.

Chegada a hora do almoço, o marido retornou da casa de estudos e foi ao quarto a fim de tirar a roupa. Viu então o bastão de pérolas do rei sobre a cadeira; o assento estava fora de lugar, e quando quis endireitá-lo encontrou um saco cheio de moedas de ouro. O homem ficou muito desgostoso e triste e falou para si: Estes são os sinais infalíveis de que a obra de Satã teve sucesso; esqueci de trancar a porta e eis que o rei esteve aqui e saciou seu desejo em minha mulher contra a sua vontade. Ele ocultou o fato em seu coração e não falou nem bem nem mal com sua mulher. Contudo, manteve-se afastado dela e passou a evitá-la.

A MULHER sentia-se ofendida com o comportamento do marido e seu desgosto era grande. Mas, como ele jamais falava com ela sobre o assunto, não se atrevia a contar-lhe o que Deus lhe havia inspirado fazer na ocasião e como tinha escapado do pecado e permanecido pura, pois pensava que ele não iria acreditar. Assim ela carregava o sofrimento em seu coração, até que adoeceu e caiu de cama. Sua beleza se desvaneceu, seu rosto ficou pálido e ela emagreceu tanto que se tornou irreconhecível. Seus irmãos vinham visitá-la diariamente e traziam médicos, mas nenhum conseguia descobrir a doença da mulher. Os irmãos estavam preocupadíssimos, pois a amavam muito. Pediram-lhe que contasse o que a havia afetado tanto. Sendo importunada dia após dia, a mulher acabou contando-lhes tudo o que acontecera entre ela e o rei, e como seu marido desde então passara a evitá-la; não se aproximava mais dela, não mais lhe demonstrava amor e amizade, e parecia que o ódio e a inimizade habitavam seu coração. Então os irmãos da mulher foram à presença do rei, inclinaram-se diante dele e falaram: Que o nosso senhor e rei viva eternamente! Suplicamos-te que nos auxilie num problema que temos com o marido de nossa irmã. Como eram pessoas conceituadas da cidade, o rei lhes deu ouvidos e disse: Eu o farei. Mandou vir os nobres do reino e os juízes e ordenou que aquele devoto homem fosse chamado. Em seguida falou aos irmãos: Agora apresentai vossa queixa. Estes então começaram a falar; mas, em sua sabedoria, revestiram sua fala numa parábola a fim de não envergonhar o rei. Falaram: Que o nosso rei e senhor viva eternamente! É do conhecimento de nosso senhor que o nosso pai foi muito rico; possuía ouro e prata, casas e terrenos, campos e vinhas. Mas além disso tinha ainda um jardim, muito valioso, belo e magnífico; esse jardim e suas flores eram o seu prazer, e todo o seu cuidado era dedicado a ele. Quando estava para morrer, chamou a nós três e dividiu sua fortuna em três partes; a um deu o ouro e a prata, ao segundo as casas e os prados, ao terceiro os campos e as vinhas. Sua partilha foi bem medida e bem pesada, e cada um de nós aceitou sua parte com alegria. Ficou apenas com o jardim para si, porque o amava sobremaneira. Então apareceu este homem aqui e pediu e convenceu nosso pai que lhe desse o jardim. E nosso pai concordou e lhe cedeu o jardim, que não podia ser pago com nenhum ouro do mundo, sem lhe pedir nenhuma retribuição e sem exigir pagamento, apenas pela promessa de que tomaria conta dele e o cultivaria cuidadosamente, para que a terra não se estragasse e não secasse, e se conservasse sempre sua beleza e seu esplendor. E esse homem devoto e íntegro sempre cumpriu sua promessa e seu dever, e o jardim ficou ainda mais exuberante do que era anteriormente. Mas há alguns meses o homem desviou seu rosto do jardim; não lhe dá atenção, não o cultiva e não executa nenhum trabalho nele. Em conseqüência, o jardim está devastado; ao invés de produzir cachos de uvas, ele produz plantas agrestes; e está tão recoberto de ervas daninhas que todos os que conheciam seu encanto anterior, e deliciavam seus olhos nele, agora se espantam e perguntam: "Acaso essa é Noemi?"* Essa coroa de tanta formosura, como murchou e se extinguiu! E agora exigimos do homem reparação pelo prejuízo que causou ao jardim e pelo fato de não ter agido de acordo com a palavra dada, quando nosso pai lhe confiou o jardim. Ele que recupere o jardim, dê-lhe a aparência anterior e o devolva a nós, pois agora somos seus proprietários por força do nosso direito hereditário. O presente lhe foi dado sob condições especiais; uma vez que as menosprezou, deve perder a dádiva.

Então o marido respondeu, dizendo: Meu senhor e rei! O que esses homens dizem é pura verdade, e nada há de errado em sua fala. Mas é do conhecimento do senhor, nosso rei, que está longe de mim praticar uma injustiça ou maldade e esquecer propositadamente o meu dever. Os próprios acusadores declararam aqui como eu agi no jardim desde o dia em que passou a ser meu, e que todo o meu esforço estava voltado para seu cuidado e cultivo, com amor e abnegação. E assim o rei tome conhecimento de que uma vez esqueci de fechar a porta do meu jardim, conforme eu normalmente estava acostumado a fazer, e quando voltei a encontrei aberta. Entrei no jardim e vi ali pegadas de um leão, que provavelmente deixara sua cova. Pensei comigo: O leão certamente comeu dos frutos do jardim e se saciou. Mas, já que provou deles uma vez, receio retornar ao jardim, pois ele pode penetrar novamente e me matar. Este é o motivo pelo qual passei a evitar o jardim; desde aquela hora, não mais o cultivei e não plantei. Ao ouvir essas palavras, o rei compreendeu que se referiam a ele, e que apenas por respeito, para que os outros não pudessem entender e ele não ficasse diminuído a seus olhos, é que a queixa havia sido apresentada em forma figurada. Então falou ao marido: Tuas palavras são verdadeiras; realmente, certa vez um leão se esgueirou para fora de sua jaula e penetrou no teu jardim. Viu ali um fruto que pendia muito alto; seu cheiro era como o cheiro do campo que o Senhor abençoou, e ele se esforçou muito por alcançar o fruto e apanhá-lo, mas não o conseguiu.

---

* Alusão a Rute 1, 19.

Assim levou um outro fruto, apenas como lembrança, e voltou ao seu lugar. Depois dessas palavras o rei mandou buscar o livro sagrado que mudara seu espírito e o mostrou ao homem. Depois continuou a falar: Juro-te pela vida do rei que o leão nada tocou e nada quebrou no teu jardim com exceção deste fruto. Mas no mesmo dia mandei construir um forte muro em volta de sua jaula e ele não pode mais fugir, nem para o teu jardim e nem para o de outro qualquer. Portanto, teu coração pode ficar descansado quanto ao jardim; retorna a ele, continua a cuidar dele e a cultivá-lo e devolve-lhe o esplendor e a beleza que possuía anteriormente sob a tua proteção.

Quando o marido ouviu do rei tais palavras e seu juramento, ficou calmo em seu íntimo e se alegrou muito, pois agora sabia que sua virtuosa mulher conservara sua pureza e que nenhum estranho a tocara. Inclinou-se diante do rei e disse: Farei como disseste. Também os irmãos se prostraram diante do rei e falaram: Devolveste-nos a vida. Em seguida foram embora todos juntos, satisfeitos e reanimados, e beijaram-se uns aos outros, os irmãos e o marido da irmã.

E O MARIDO VOLTOU para casa, beijou sua mulher e falou: Abençoada sejas tu, minha filha: agora sei que és uma mulher virtuosa. Tua inteligência te auxiliou nos apuros e o Senhor te ajudou. Então se voltaram novamente um ao outro com amor e amizade. A mulher teve seu consolo e recuperou-se completamente.

5. *Os Hipócritas*

HAVIA UMA VEZ um homem rico que tinha um único filho, bonito e inteligente. Chegada a hora em que o pai ia morrer, chamou o jovem, deu-lhe as últimas instruções e falou: Meu filho, vê que te deixo uma grande fortuna e muitos tesouros, de forma que passarás bem a vida inteira; somente uma coisa eu te ordeno: Toma cuidado com os hipócritas, com gente que exagera na prática da devoção; para fora apresentam-se como justos, e sete abominações habitam em seus corações; guarda-te portanto dos excessivamente devotos e então tudo correrá bem para ti e tua descendência. Depois disso o velho morreu.

Então o filho tomou uma pobre órfã por esposa; ela era muito formosa e lhe pareceu leal. Ele se satisfez com ela depois do casamento, e ela era casta e devota a seus olhos. Depois de estarem casados por alguns anos, o jovem homem falou à sua companheira: Vem, vamos juntos passear pelas ruas e mercados para examinar as maravilhas do país. A mulher respondeu: Não tenho vontade de sair; poderia acontecer facilmente de eu levantar meus olhos para outros homens, ou que outros homens erguessem o olhar para mim e eu os levasse a tropeçar. Então o marido pensou em seu coração: Ela me parece virtuosa demais. Recordou-se das últimas palavras de seu pai, mas calou-se e foi sozinho ao mercado.

Meio ano depois, mandou fazer duas chaves para cada quarto de sua casa, ficou com uma e deu a cópia de cada à mulher; contudo não lhe disse que também possuía as chaves. Em seguida, informou-a de que precisava viajar para longe a fim de comprar mercadorias e que ela lhe desse provisões para a jornada. A esposa assim fez, pois pensou que seu marido ia viajar para longe. Todavia, isso era apenas uma astúcia do jovem marido; depois de ter-se distanciado meia milha da cidade, ordenou ao cocheiro que retornasse. No entanto não foi para sua casa, mas hospedou-se num albergue. Quando anoiteceu e escureceu, dirigiu-se à sua casa e a abriu; andou de um quarto a outro até chegar ao quarto de dormir de sua mulher; ali encontrou um pagão dormindo com sua esposa. Quando a mulher avistou o marido, ordenou ao amante que apanhasse uma espada e o apunhalasse. Então o traído fugiu de sua casa. Terrivelmente desgostoso, vagueou pelas ruas até que se deitou no mercado e adormeceu.

NESSA MESMA NOITE foi roubado um tesouro do príncipe dessa cidade. Houve um grande tumulto no palácio e o príncipe ordenou que o ladrão fosse procurado em todas as ruas e todas as casas. Então os servos encontraram o jovem homem dormindo no mercado e pensaram que se tratava do ladrão. Agarraram-no e o aprisionaram; depois de ter sido muito torturado, deveria ser enforcado.

Quando conduziam o inocente à forca, um sacerdote o acompanhou conforme o costume. Este insistia em convencer o condenado a mudar de crença. No trajeto, passavam por um monte de estrume sobre o qual rastejavam vermes. Então o sacerdote falou aos verdugos que não passassem por cima, mas em volta do monte, a fim de não pisar em nenhum verme, pois diz a Escritura que a clemência de Deus reina sobre todas as criaturas. Então o jovem recordou novamente as palavras de seu pai e falou para si: Este sacerdote também é um dos hipócritas. Voltou-se para os servos e clamou: Eu e esse sacerdote, ambos praticamos o furto. Assim o padre também foi feito prisioneiro, e o príncipe ordenou que sua casa fosse revistada. E lá encontraram todo o tesouro.

Depois o príncipe perguntou ao hebreu como chegara à idéia de que o sacerdote era culpado. Então o jovem começou a contar sobre o legado de seu pai; contou o que lhe acontecera com a esposa hipócrita e como reconhecera no sacerdote o ladrão, graças à sua beatice. O príncipe ordenou logo que a adúltera e seu namorado fossem decapitados e que o sacerdote fosse enforcado, e mandou que conduzissem com honrarias o íntegro jovem para casa.

6. Acerca do Leviatã

HAVIA CERTA VEZ um homem que instruía seu filho na disciplina e procurava inculcar-lhe diariamente o preceito que ordena: "Lança teu pão à água; depois de dias poderás encontrá-lo"*.

Aconteceu então que o velho morreu. O filho não se esquecera do que seu pai lhe ensinara. Partia seu pão e atirava diariamente um pedaço na torrente. Mas nesse lugar da água vinha sempre um peixe, e este comia o pão; por isso ficou tão grande que pressionava os peixes que estavam próximos dele. Então todos se reuniram, foram perante Leviatã e falaram: Senhor, aqui na água vive um peixe que cresceu muito e não podemos subsistir ao lado dele; sua força faz com que engula diariamente vinte ou mais de nós.

O Leviatã enviou logo um mensageiro para trazer o culpado. Mas o peixe devorou o mensageiro. O Leviatã mandou outro peixe, mas este também foi devorado pelo poderoso. Então o próprio Leviatã foi até ele e falou: Vê, vivem tantos peixes na água e nenhum é tão grande como tu. O interpelado respondeu: Sim, aqui na terra firme há um homem, e esse diariamente me traz um pão que eu devoro; por isso fiquei tão forte! Como também vinte peixes cada manhã e trinta cada noite. Então o Leviatã perguntou: Mas por que devoras os teus iguais? O peixe respondeu: Porque se aproximam de mim. Ao que o Leviatã disse: Vai e traz o homem que te alimenta. O peixe respondeu: Amanhã eu o apresentarei a ti.

E nadou diretamente até o lugar da praia onde o jovem costumava aparecer, e ali cavou um buraco. No dia seguinte o jovem apareceu; mas, quando quis postar-se no lugar de costume, caiu na água e o peixe, que mantinha sua goela aberta bem perto da cova, o engoliu, nadou para o mar e foi para diante do Leviatã. O Leviatã falou ao peixe: Cospe o homem. O peixe assim fez e o jovem caiu de sua goela e foi para a goela do Leviatã. Este então perguntou: Meu filho, por que atiraste teu pão na água? O jovem respondeu: Assim meu pai me ordenou que fizesse desde pequeno.

---

*Ecles. 11, 1.

ENTÃO O Leviatã cuspiu o jovem e o beijou; ensinou-lhe as setenta línguas do mundo e o iniciou na Escritura. Depois devolveu-o a terra firme a uma distância de trezentas milhas do mar, e o jovem caiu num lugar ainda não pisado por nenhum ser humano. Enquanto jazia cansado, viu dois corvos voarem acima dele e ouviu o mais novo falar ao mais velho: Pai, olha esse homem aí, será que está vivo ou morto? O corvo velho respondeu: Isso eu não sei, meu filho. Então o corvo jovem falou: Vou descer e arrancar seus olhos, pois sinto vontade de comer olhos humanos. Contudo o corvo pai falou: Meu filho, não desças; talvez o homem esteja vivo. Mas o corvo jovem exclamou: Descerei e comerei seus olhos. E desceu. O jovem, porém, entendia tudo o que os corvos conversavam. Quando o corvo, então, pousou sobre sua testa, ele o agarrou pelas patas e o segurou. Então o jovem corvo gritou ao velho: Pai, saiba que caí na mão do homem e não consigo levantar vôo. Ao ouvir esse grito, o corvo pai começou a gritar e a chorar. Clamou: Ai de meu filho! E, voltado para o homem, exclamou: Filho do homem, deixa meu filho partir. Que possas entender minha língua! Levanta-te e cava no lugar onde estás deitado; encontrarás o tesouro de Salomão, o rei de Israel. Então o jovem soltou o pássaro, cavou no lugar onde estivera deitado e encontrou o tesouro de Salomão, que consistia em pérolas e pedras preciosas. Assim ficou rico e deixou também uma grande fortuna a seus filhos.

O filho de Sirach refere-se a esse jovem quando diz: Reparte teu pão com o faminto e deixa que todos participem de tua refeição.

7. *Os Dois Corvos e o Leão*

UM HOMEM se encontrava em viagem para a terra de Israel; ergueu seus olhos e viu dois corvos, um velho e um moço, que discutiam. O corvo pai falou ao seu filho: Por que não me obedeceste quando te proibi de arrancar os olhos do homem que estava deitado no campo? Eu te disse: Não desças e não comas os seus olhos, pois ele pode estar vivo e apenas fingir que está morto – o homem é sempre uma criatura astuta. Tu, porém, afirmaste que estava morto e não me obedeceste; voaste até ele e ele te agarrou. Gritaste alto para mim e então tive pena de ti ao te ver em tão grandes apuros. Indiquei um tesouro ao homem para que ele te soltasse. Mas, de modo geral, também em outras coisas não me obedeces. Assim falava o velho corvo com o moço, mas o moço não dava atenção às palavras do pai.

Então o pássaro ficou irritado; levantou-se contra o filho e o matou.

No entanto, depois que sua raiva se aplacou, arrependeu-se do que fizera. Levantou vôo rapidamente, mas logo retornou com uma graminha no bico; colocou-a sobre o jovem corvo e com isso o reanimou. Depois os dois pássaros continuaram a voar.

Tudo isso foi presenciado pelo peregrino, que estava em pé lá embaixo. Apanhou a graminha que tinha caído, guardou-a e prosseguiu viagem. Depois que andou mais um trecho, olhou para cima e novamente viu dois pássaros brigando, até que um assaltou o outro e o matou. Depois o assassino voou e o homem embaixo ficou parado, para ver o que ia acontecer. esperou cerca de duas horas e viu também esse pássaro surgir com uma graminha no bico e com ela reanimar o amigo morto. Em seguida os dois pássaros voaram juntos pacificamente.

Vendo isso o peregrino falou: Vou lá e apanharei a graminha, pois quero certificar-me se é da mesma espécie daquela que o corvo utilizou. Foi até o lugar onde estava a graminha, ergueu-a e eis que se assemelhava à primeira. Então o homem falou: O que vejo aí? Esta erva já demonstrou por duas vezes ser milagrosa; assim, eu a levarei comigo e ressuscitarei os mortos da terra de Israel. E continuou seu caminho. Então, logo viu um leão deitado no caminho. O homem falou para si: Vou colocar algo da planta sobre o leão e verei se ele se reanima ou não. E experimentou na fera o poder do arbusto. Mas esta ergueu-se e devorou o homem até saciar-se.

OS DOIS CORVOS, que estavam justamente sobrevoando o local, ergueram lamentos pelo peregrino e clamaram: Ai de ti, ai de ti, que levantaste a gramínea para a tua desgraça!

Por isso o filho de Sirach falou: Não deixes nada de bom acontecer ao malvado; ele ainda te levará à queda.

8. *Três Lições*

CERTA VEZ, um passarinheiro apanhou um pássaro; mas esse era um animal que conhecia todos os setenta idiomas. Falou ao homem: Se me libertares, eu te ensinarei três lições úteis. O caçador respondeu: Dize-me as regras; depois eu te soltarei. Mas o pássaro disse: Jura-me, antes, que realmente me libertarás. Então o homem jurou. O pássaro começou a falar: A primeira lição é a seguinte: Se uma coisa aconteceu, jamais se arrependa dela. Minha segunda diretriz é: Se te contam algo impossível, então não acredites. A terceira lição consiste em não tentares alcançar aquilo que é inacessível. Depois dessas palavras o pássaro pediu ao homem novamente por sua liberdade, e este abriu sua mão.

O pássaro então voou até uma árvore que era mais alta do que as outras e dirigiu-se, zombeteiro, ao homem que se encontrava embaixo: Deixaste-me voar e não sabes que em meu corpo há uma pérola preciosa que me concede sabedoria. Então o caçador se arrependeu de ter soltado o pássaro e correu até a árvore onde se encontrava o zombeteiro. Tentou galgá-la, mas só chegou até a metade e despencou. Então ficou caído com as pernas quebradas e os membros despedaçados. O pássaro, porém, riu e exclamou: Ó tolo, nem por uma hora guardaste as lições que te dei. Eu te disse que jamais devias te arrepender daquilo que já aconteceu e tu logo te arrependeste de me teres soltado. Eu te ensinei que não devias acreditar em coisas impossíveis e tu deste crédito ao fato de que porto uma pérola milagrosa; mas nada mais sou do que um pássaro selvagem que tem de procurar de hora em hora seu alimento. Finalmente eu te adverti para não almejar inutilmente o inacessível e tu te dispuseste a apanhar um pássaro com as mãos. Assim estas aí, agora, abatido e vencido. A ti se refere o provérbio: "No sensato tem mais efeito a admoestação do que no tolo os açoites". Mas muitos seres humanos são insensatos como tu.

E o pássaro saiu voando à procura de alimento.

9. O Hóspede Temeroso

UM VELHO HOMEM, que chegara a um lugar estranho, hospedou-se na casa de um cidadão correto e lá foi respeitosamente recebido. Por volta da hora do almoço a mulher do anfitrião perguntou ao marido: Meu senhor, o que comeremos hoje à noite em homenagem ao nosso hóspede? O marido respondeu: Hoje comeremos o Adão. O hóspede, ao ouvir essa resposta, estremeceu e falou: Parece que neste lugar um devora o outro; assim como querem comer alguém em minha homenagem, vão oferecer minha carne como alimento em homenagem àquele que vier depois de mim. E o estranho deixou a casa e procurou um outro albergue. Na hora da refeição, o primeiro hospedeiro perguntou ao vizinho pelo velho homem, que se havia hospedado em sua casa. Um homem respondeu-lhe: Vi-o entrar em tal e tal casa. O justo foi até lá e encontrou seu hóspede sentado à mesa. Falou-lhe: Meu senhor, por que fizeste isso comigo e deixaste a minha casa? Levanta-te e volta comigo. O velho respondeu: Não saio daqui. O homem pediu segunda vez e pela terceira vez, mas o estranho não quis voltar. Então o homem hospitaleiro foi embora. Depois dele sair, o segundo anfitrião perguntou ao hóspede: Por que ages assim e envergonhas um devoto? Sabe que aquele que te chamou é um homem de Deus. Então o estranho respondeu: Ouvi tal e tal coisa naquela casa e então meu coração estremeceu; de tanto medo, fugi e vim para cá. O hospedeiro então riu e disse: Em nossa aldeia cresce uma planta que nasce da terra como todas as ervas e tem raízes na terra e aparência humana. Em primeiro lugar brota a cabeça da terra e aos poucos vem crescendo o corpo. Chamamos essa planta de Adão.

10. *A Avidez Castigada*

UM HOMEM da terra de Israel, atravessando o oceano, seguira para uma terra estranha; todavia, deixara na pátria um filho que era versado na Escritura. Eis então que esse homem contraiu a doença que o levaria à morte. Chamou o escriba e falou-lhe: Documenta que tudo o que o Senhor me deu passará a ser do meu servo; no entanto, dou permissão a meu filho de escolher, entre o que deixo, o objeto que mais lhe agradar. O escriba anotou tudo conforme o moribundo lhe ordenara, depois do que este entregou seu espírito. Em seguida o servo do falecido juntou todos os haveres, pegou o documento e rumou para a Terra de Israel. Ali perguntou pelo filho de seu finado amo e relatou-lhe: Sabe que teu pai está morto. Então o jovem perguntou: Onde estão os seus haveres? O servo respondeu-lhe: Não tens direito à fortuna; teu pai me deixou tudo e apenas te concedeu permissão de escolheres o objeto que te agradar.

Ao ouvir isso, o filho foi ter com seu mestre e falou-lhe: Vê o que meu pai me fez; fiquei aqui e me ocupei com o Ensinamento na esperança de que um dia ele me legaria suas posses; agora ele deixou tudo a seu servo e me concedeu apenas a escolha de um único objeto de sua herança. A isso o mestre respondeu ao jovem: Teu pai agiu com sabedoria; o que ele dispôs foi para evitar que sua fortuna se tornasse propriedade do servo. Agora ambos ireis diante do juiz e este te dirá: Escolhe aquilo que desejas. Então coloca tua mão sobre o servo e dize: Quero ele para mim!

O jovem agiu de acordo com as palavras de seu mestre, e assim o servo e todos os seus haveres passaram a ser dele; pois tudo o que pertencia ao servo o jovem obteve ao recebê-lo.

11. O Olho de Deus Enxerga Melhor do que o Olho do Homem

NUMA CIDADE vivia um homem devoto que era correto em todas as suas ações. Sua casa situava-se na rua que levava ao cemitério, de modo que de sua porta podia ver todos os cortejos fúnebres. Quando alguém era levado à sepultura, o homem se levantava, acompanhava o cortejo até o cemitério e ajudava no sepultamento do morto. Mas aconteceu que, com o avançar da idade, o devoto ficou doente dos pés; os músculos de suas coxas se tornaram flácidos e não mais queriam carregar o corpo. Um dia morreu na aldeia um homem justo e pacífico. Quando estava para ser enterrado, o devoto não pôde levantar-se para acompanhá-lo à sepultura. Então esqueceu suas dores e sofrimentos e clamou a noite inteira ao Senhor. Falou: Senhor do Céu! Tu, que fazes os cegos enxergarem e os aleijados andarem, tu, que tornaste rígidas as minhas pernas, atende ao pedido que te envio do meu leito de dor e concede-me só uma coisa: cada vez que um justo é conduzido ao descanso eterno, deixa-me ficar forte por essa hora e dá às minhas pernas força para me levantarem. E um anjo de Deus apareceu ao devoto e falou: Teu pedido foi atendido.

E assim foi a partir daí. Cada vez que morria um justo e o caixão era carregado diante da casa do doente, ele podia levantar-se do seu leito e rezava pela alma do falecido. Aconteceu então que na aldeia morreu um homem que era chamado de glória dos velhos e coroa dos jovens, um de quem se dizia a Deus o que era dele e aos homens o que era deles. O caixão foi carregado diante da casa do paralítico, mas este não pôde erguer-se do seu leito. No dia seguinte morreu na aldeia um açougueiro, um homem rebelde e violento, um malfeitor, que era culpado de muitos delitos; e, quando o cortejo com o cadáver passou diante da porta do doente, este de repente se levantou e proferiu uma prece. Então os presentes falaram: Talvez o açougueiro não fosse malvado. E os cidadãos se admiraram do caso e falaram uns aos outros: Por que o doente levantou-se ontem, quando o açougueiro morreu, e ficou deitado no enterro do justo?

Mas dois homens de idade se exaltaram com o acontecido e um falou ao outro: Não descansaremos até descobrir o que significa o fato. Primeiro foram ter com a mulher do açougueiro e interrogaram-na sobre o marido. Então ela lhes gritou: Não pensem no malvado e no que foi um malfeitor desde o ventre materno. Batia-me o dia inteiro; piscava os olhos e rangia os dentes; maltratava seus filhos e provocava sempre brigas e tumulto; em resumo, era um homem que repudiava completamente a lei de Moisés. Só uma boa qualidade se lhe podia atribuir. Tinha um pai, que tinha cem anos, e desse ele cuidava e o sustentava; beijava-lhe as mãos, alimentava-o e dava-lhe de beber, despia-o e vestia-o. Tirava o tutano dos ossos dos bois e carneiros e preparava uma refeição deliciosa para o ancião. Assim procedia diariamente. Então os dois homens compreenderam que o respeito pelo pai redimira a falta do malfeitor, e que ele podia seguir livre de pecados.

Depois os homens foram ter com a mulher do justo e interrogaram-na sobre seu proceder. Ela respondeu, com o coração amargurado: Meu marido, que descanse em paz, desde que se casou comigo jamais me insultou e jamais me envergonhou. Tornou-me dona de tudo o que era seu e jamais levantou sua mão contra mim ou contra seus servos. Seu coração não era orgulhoso, e seus olhos não olhavam com altivez. Três vezes por dia dirigia sua prece ao Senhor, o Poderoso e Temível. E, à meia-noite, levantava-se de sua cama e ia ao seu gabinete, onde louvava o Criador. Então os homens falaram: Onde é o quarto em que teu marido costumava rezar? A mulher mostrou-lhes a porta do aposento, mas eis que o quarto estava trancado. Então ela falou: Como é certo que eu vivo, é certo que honro meu marido: há vinte anos que não entro nesse quarto; e também nenhuma das crianças e nenhuma pessoa podia entrar; meu marido usava no peito a chave desse quarto. Os dois homens abriram a porta e nada viram no quarto além de uma caixinha que se encontrava na janela que dava para o norte. Abriram a caixa e encontraram dentro dela a figura de um ser humano fundida em ouro. Então souberam que se tratava de um ateu e negador da verdadeira aliança, que pertencia ao grupo dos hipócritas que balançam a cabeça e exibem a franja do manto de oração.

Com esses o Senhor não tem piedade; seu proceder é como o proceder de Simri, mas querem ser recompensados como Pinhas*.

12. O Juiz Perspicaz

CERTA VEZ um homem caiu aos pés de um juiz, chorou, gritou e suplicou: Dá-me um conselho e ajuda, a má sorte me persegue. O homem da lei perguntou: O que te falta, para estares vertendo lágrimas? O homem falou: Meu senhor, tenho uma única filha apenas, e essa eu a prometi a um jovem que é de meu povo e de minha tribo. Ontem convidei-o com

---

* Alusão à narrativa em Lev., cap 25.

seu pai e ainda reuni meus amigos e vizinhos, e mostrei aos convidados as magníficas jóias da noiva, os vestidos e mantos, os braceletes e diademas, os colares e argolas. Foi determinado o dia no qual seria realizado o casamento e festejado o dia de felicidade. E hoje nos levantamos cedo, eu e minha mulher, a fim de limpar a casa e enfeitá-la, e eis que nada das roupas e jóias estava mais lá, só restava a camisa e os sapatos da noiva. Por minha alma, meu senhor, estavam empregados ali todos os meus bens e toda a minha fortuna e o trabalho de minhas mãos, e agora não sei o que fazer para encobrir a nudez de minha filha. Então o sagaz juiz falou: Leva-me à tua casa para que eu a veja. Talvez o perdido possa ser encontrado. O prejudicado levou o juiz à sua casa, e este examinou tudo atentamente. Os muros eram todos altos e ninguém podia escalá-los nem descer por eles. Somente num lugar do muro havia um buraco, e em frente a ele crescia uma árvore, chamada laranjeira, que tinha galhos espinhosos. O juiz perguntou ao homem roubado: Quem é teu vizinho? Ele respondeu: Meu senhor, é um recitador de orações, um homem reto e íntegro, que é justo em seus atos e palavras. Então o juiz examinou mais uma vez o quarto com atenção e falou ao homem: Vem amanhã a esta hora e eu te auxiliarei no que for de teu direito.

De manhã o juiz mandou chamar à sua presença o recitador de orações. Olhou-o em rosto e observou vestígios de delito. Conduziu-o a um aposento separado, e o juiz começou a tirar a roupa. Falou ao recitador ladrão: Tira tu também a roupa; esta noite nos vi a ambos em sonho lutando despidos; agora quero sondar a visão. O homem, que de nada suspeitava, começou a despir-se e então o juiz viu que seu corpo estava cheio de ferimentos, arranhões e bolhas. Então viu que sua suspeita correspondia à verdade. O ladrão penetrara pelo buraco no muro; mas antes havia tirado a roupa, para não rasgá-la. Então o juiz falou ao desmascarado: Restitui os bens que roubaste e devolve as jóias à filha de teu vizinho. Se não o fizeres, por minha alma, eu te fustigarei com açoites ardentes como a um ladrão e assaltante. O homem então estremeceu e prostrou-se por terra; não conseguia proferir palavra, pois estava consternado. E devolveu ao juiz tudo o que roubara do vizinho. Quando então o roubado apareceu diante do homem da lei, este lhe mostrou as jóias de noivado de sua filha. Então o feliz caiu por terra e beijou as mãos e os pés de seu benfeitor. Exclamou: Louvado sejas tu diante do Altíssimo, tu que és proteção dos pobres e apoio dos miseráveis. E com alegria tomou seus haveres e foi para casa reanimado. E conduziu sua filha sob o dossel, como era vontade e desejo da moça.

13. A Camponesa Inteligente

HAVIA OUTRORA um rei que era sábio e poderoso e tinha muitas mulheres e concubinas. Esse rei sonhou uma noite que um macaco da terra de Thenan saltava por cima das nucas de suas mulheres e amantes. De manhã o rei acordou desanimado e aborrecido e falou para si: Só pode significar que o rei de Thenan vai conquistar meu reino e transformar minhas mulheres em suas concubinas. Logo depois apareceu diante do rei seu camareiro, que costumava visitá-lo todas as manhãs, e o encontrou suspirando. Falou: O que tens, meu senhor, para estares tão triste? Revela teu segredo a teu servo, o filho de tua criada; talvez eu possa mitigar o teu sofrimento. A isso o soberano respondeu: Esta noite tive um sonho que continha o amargo antegosto da morte. Não conheces em nossa região um homem sábio, que saiba interpretar sonhos? O camareiro falou: Ouvi dizer que a uma distância de três dias de viagem daqui mora um homem de grande sabedoria, capaz de decifrar o sonho mais enigmático. Conta-me tua visão e eu irei procurar o interpretador de sonhos. O rei assim fez e falou ao criado: Vai em paz!

O camareiro iniciou sua viagem. Montou em sua mula e partiu com a intenção de encontrar o admirável homem. Na manhã seguinte encontrou um frisita montado num jumento. Saudou-o e falou: Paz contigo, que cultivas a terra, que és terra e te alimentas de terra. O frisita riu dessas palavras. O camareiro perguntou: Para onde segues viagem? O frisita respondeu: Vou para casa. O camareiro respondeu: Queres carregar-me ou queres que te carregue? Ao que o camponês respondeu: Como posso te carregar, se tu estás sentado sobre o teu animal e eu estou sentado sobre o meu? E seguiram uma parte do caminho juntos. Logo avistaram um campo coberto de espigas de trigo. O frisita disse: Vê como é belo esse campo e como as espigas dele estão cheias. O camareiro respondeu: Oxalá o trigo ainda não tenha sido devorado. Continuaram cavalgando e avistaram uma torre alta, construída sobre um rochedo. O frisita falou: Vê como é soberba e firme essa construção. O camareiro retrucou: Oxalá não esteja destruída por dentro. E continuou falando: Sobre as montanhas há neve. Então o camponês riu, pois era pleno verão e não se via neve em nenhuma parte. Logo os dois chegaram a um caminho que passava através de um trigal. Então o camareiro falou: Por esta estrada passou um cavalo; ele era cego de um olho e metade de sua carga consistia em vinagre e metade em azeite.

Os cavaleiros aproximaram-se de uma cidade e viram uma padiola com um morto em cima. Então o camareiro perguntou: Este da maca está vivo ou morto? O camponês então pensou para si: Este homem julga-se inteligente, mas parece ser um dos mais tolos.

O dia estava terminado e o camareiro perguntou: Existe um albergue aqui por perto? O frisita respondeu: Diante de nós há uma aldeia, e nessa aldeia situa-se a minha casa e o meu domicílio; honra-me e hospeda-te comigo, tenho palha e forragem em abundância. O camareiro respondeu: Satisfarei com prazer ao teu desejo e me hospedarei em tua casa. E seguiu com o frisita até chegarem diante da casa deste. O camponês levou o hóspede para dentro, deu-lhe de comer e beber, alimentou seu jumento e indicou-lhe um lugar para deitar. Depois foi dormir com sua mulher e suas duas filhas, que dormiam no mesmo quarto.

DURANTE A NOITE o anfitrião acordou e falou à mulher e às filhas: Como é tolo o homem que veio comigo. E reproduziu as estranhas palavras que o camareiro proferira durante sua caminhada em conjunto. A isso a filha mais moça do frisita, que tinha quinze anos, disse: O homem que trouxeste para nossa casa não é nada bobo, antes pode ser chamado de sábio e inteligente; o que ele disse está cheio de um sentido profundo e de significado oculto. Sua frase de que aquele que cultivou a terra também come terra refere-se à origem de todos os alimentos, os quais provêm da terra. Também disse: Tu és terra – e com isso refere-se à frase: Do pó vieste e ao pó retornarás. Com a pergunta qual de vós iria carregar o outro, ele quis ao mesmo tempo expressar quem iria entreter o outro, pois quem conta alguma coisa ao companheiro de viagem alivia-lhe o trajeto e desvia seus pensamentos do esforço da caminhada, de modo que ele se sente como que carregado nos braços. Também podia estar certo quanto ao que disse a respeito do trigo no campo, pois talvez o proprietário seja um homem pobre e tenha vendido ou empenhado o trigo antes de este ter sido cortado. Não considerou a torre firme antes de saber se nela havia provisões de comida e bebida; pois uma fortificação sem alimentos já de antemão pode ser considerada destruída. Com a sentença da neve que haveria sobre as montanhas, ele referiu-se à tua barba grisalha. Deverias ter respondido: Isso foi ocasionado pelo tempo. Sobre o cavalo, sabia que era cego de um olho, e isso provavelmente porque só um lado do campo havia sido comido. Que a carga consistia em vinagre e azeite, ele o reconheceu nos vestígios do solo, pois o pó absorve o vinagre, mas não o azeite. Acerca do homem morto ele perguntou se estava vivo ou morto; pois, caso ele tivesse deixado filhos, não era para ser considerado morto.

O camponês pensou que seu hóspede estava dormindo, mas este estava acordado e ouviu a conversa. De manhã a moça falou a seu pai: Oferece ao hóspede, antes que ele nos deixe, aquilo que eu te der. Ela deu-lhe trinta ovos, uma vasilha cheia de leite e um pão inteiro e falou: Pergunta ao estrangeiro quantos dias faltam no mês, se a lua está cheia e o sol inteiro. O frisita comeu, daquilo que sua filha lhe dera, dois ovos e um pedaço de pão e tomou um pouco de leite. Apresentou o restante ao camareiro e lhe fez a pergunta que sua filha lhe propusera. O servo do rei retrucou: Dize à tua filha que nem o sol e nem a lua estão em sua plenitude e que faltam dois dias para completar o mês. O camponês transmitiu a resposta à sua filha e falou: Não te disse que o homem é tolo? Estamos na metade do mês e ele afirma que apenas faltam dois dias para o fim. Ao que a filha falou: Pai, não provaste dos alimentos que te dei? O frisita respondeu: Comi dois ovos, um pedaço de pão e tomei um pouco de leite. Então a mocinha falou: Agora sei que o estranho é um homem sábio e sensato. Quando o camareiro soube da perspicácia da mocinha, ficou muito admirado. Não demorou em falar com o pai e disse-lhe: Deixa-me falar com tua filha. E a mocinha foi apresentada ao hóspede. Ele ainda lhe fez outras perguntas, e ela soube responder a todas. Então ele lhe revelou o motivo de sua viagem e contou-lhe acerca do sonho do rei. Ao ouvi-lo a mocinha falou: Bem sei o que significa a visão, mas não a revelarei senão ao rei. Então o camareiro pediu aos pais da mocinha que a deixassem seguir com ele e confessou-lhes quem era. Os pais aquiesceram ao pedido de seu hóspede.

Assim, este levou a filha do frisita à presença do rei e ela mereceu atenção aos olhos do soberano. Ele a conduziu a um aposento separado e narrou-lhe o sonho. Então a mocinha disse: Que o senhor não se aborreça com a visão, pois não contém nenhuma profecia maligna. Mas não revelarei a interpretação do sonho, a fim de não revelar a vergonha do rei. Ao que o rei falou: Por que temes me explicar o sonho, se ninguém está presente? A mocinha disse: Examina tuas mulheres, as criadas e as concubinas; entre elas encontrarás um homem que usa roupa de mulher, e ele dorme com elas; esse é o macaco que viste em sonho.

O rei ordenou então que o caso fosse examinado e o referido jovem foi encontrado no aposento das mulheres. O príncipe mandou matá-lo diante de suas mulheres e salpicar os rostos delas com seu sangue. Em seguida também mandou matar as amantes. Depois que tudo passou, tomou a sábia moça como esposa e colocou-lhe a coroa real sobre a cabeça. Prometeu daí por diante jamais dormir com outra mulher, e essa ficou sendo sua única companheira.

14. A Viúva Infiel

NA ANTIGA ROMA, era costume deixar um enforcado pendurado dez dias na forca após a execução e só depois enterrá-lo. Mas, para que amigos e parentes do condenado não roubassem o cadáver, um nobre era encarregado de vigiá-lo durante a noite; mas, se acontecia de o morto ser retirado, aquele que o vigiava era enforcado em seu lugar.

Aconteceu uma vez que o imperador romano mandou enforcar um cavaleiro que praticara um delito contra ele. Logo depois foi enviado um capitão a fim de vigiar o cadáver, como era costume. Ao chegar a meia-noite, o vigilante ouviu gritaria alta, amarga e penetrante, com gemidos e lamentos. Assustou-se sobremaneira, esporeou seu cavalo e falou: Vou correr até lá a fim de ver de onde provêm os gritos. Cavalgou na direção da voz e chegou às sepulturas populares. Ali encontrou uma mulher que, na escuridão da noite, desabafava o coração magoado chorando amargamente. Falou-lhe: O que tens, tola mulher, para gritares, lamentares e clamares no meio da noite? A enlutada respondeu: Meu senhor, sou uma mulher cujo coração está cheio de dor; por isso choro alto. Deus infligiu à minha alma um amargo sofrimento; a morte arrancou a coroa de minha cabeça; ela me separou de meu marido e fiz um voto de lamento: o luto não deixará o meu coração antes que eu mesma me transforme em pó. A isso o cavaleiro falou: Levanta-te e volta para casa; lá podes lamentar o teu marido e chorar à vontade. E ele a conduziu até os portões da cidade, retornando depois ao posto.

NA NOITE SEGUINTE, à mesma hora, o cavaleiro em serviço ouviu novamente a mulher chorar e gritar; correu até lá e falou-lhe com muita bondade e indulgência; conversou gentilmente e a consolou. Quando a mulher ouviu a sinceridade e a doçura de suas palavras, passou a amá-lo com toda a sua alma; esqueceu o luto pelo marido e falou àquele que estava à sua frente: Meu senhor, não posso esconder meu desejo por ti; minha alma se apega à tua alma; estou presa pelas algemas do amor.

E assim ela seguiu o cavaleiro e foi com ele até diante da forca; mas eis que o cadáver não estava mais lá. Então o romano falou à mulher que o acompanhava: Procura chegar em paz à tua casa; eu, porém, vou fugir; talvez ainda possa me salvar; meu coração treme de medo do rei; se ele me encontrar serei pendurado nesta forca. Mas a viúva falou: Meu senhor, não temas, vem comigo; vamos tirar meu marido da cova e o penduraremos na forca em lugar do condenado. Então o cavaleiro falou: Prefiro a morte e os horrores da morte a arrancar um homem de sua sepultura. Ao que a mulher falou: Eu mesma a escavarei e o tirarei da terra; tu não deverás ser acusado de nenhuma falta ou pecado; diz um sábio: É permitido retirar um morto da cova, se com isso se pode auxiliar um vivo.

Assim ambos voltaram ao cemitério, e a mulher escavou seu marido da sepultura. Mas, quando o cavaleiro avistou o morto, exclamou: Oh, como isso me aborrece! De nada me adianta que tenhas devastado a cova. O enforcado que foi raptado era calvo; este, porém, tem cabelo ondulado; a fraude não permanecerá oculta. Então a mulher falou: Então eu lhe arrancarei rapidamente os cabelos, até não sobrar mais nenhum em sua cabeça. E arrancou os cabelos do marido até que ele ficou calvo. Em seguida levou-o, com o cavaleiro, até o cadafalso, e ambos o penduraram.

Passaram-se apenas poucos dias. A prostituta insistiu tanto com o cavaleiro que ele a tomou para esposa.

15. O Penitente e sua Companheira

EM ASDOT vivia um israelita, um homem estranho, puro de costume e justo, fiel a Deus e aos santos, e que já era de idade avançada. Tinha uma esposa nobre e virtuosa, linda como a lua e resplandecente como o sol. Contudo, de tão inocente, o homem era tímido e envergonhado e mantinha seus olhos afastados dos encantos da mulher. A mulher, porém, agradou-se de um jovem da mesma idade, o qual era delicado e fino; o desejo acendeu-se em seu coração e seu amor por ele se tornou muito forte. Chegou a época da colheita do trigo; a mulher, em pensamento, perseguia seus desejos e eles a conduziram para bem longe do caminho da virtude. Assim aproximou-se o dia de uma festa, no qual todos jubilavam e estavam alegres. O marido deu um cabritinho de presente à mulher e ao anoitecer dirigiu-se bem disposto à casa de oração.

Logo depois a mulher postou-se à porta de sua casa e ficou olhando a frívola juventude que passava. E então apareceu cantando o jovem, foi ao seu encontro e entrou na casa com ela. A mulher trancou a porta atrás dele, segurou-o pela roupa e deliciou-se com sua aparência e formosura. Em seguida falou: Há muito tenho de oferecer um sacrifício expiatório; já estava inquieta por causa do cumprimento do voto e tinha medo de deixar de fazê-lo. Não é à toa que nossos mestres advertiram: Quem faz um voto e retarda a sua realização até depois das três grandes festas logo se torna culpado de uma transgressão. Coisas como voto e juramento devem ser levadas a sério. Pois ao marido que não se recorda de seu juramento a mulher é levada pela morte. Agora que tenho esperanças de que serás meu, vou cumprir fielmente o meu voto. Vem comigo ao aposento, comeremos juntos e tu poderás te alegrar comigo. Então o jovem falou: Não percebeste que também eu desejo a tua amizade e quero beber com a boca a seiva do teu amor? Só que até agora não encontrei nenhum momento propício e temia o dono desta casa, cujo ciúme me parece igual a espinhos e abrolhos. Então a mulher respondeu: Compreendo bem os teus pensamentos; também eu estou cansada de suportar o amor. Senta-te a meu lado e fiquemos alegres; mais ainda do que o bezerro quer mamar, a vaca deseja amamentar. Assim ela pressionou o jovem com palavras e lisonjas. Ela falou: Bem sabes que meu marido, Deus o guarde e proteja, é um penitente; sua alma é cheia de seriedade e seus atos são puros. Ele não olha minha beleza e não cumpre o dever de marido. Ele é um homem altamente erudito; é o primeiro a chegar à casa de oração e o último a deixá-la; já de manhã cedo ele apresenta suas preces. E, terminada a hora de oração, ainda mantém diálogo com seu Criador. Agora entra no aposento e não temas.

Então o jovem deixou-se conduzir. Ambos comeram e beberam, alegraram-se mutuamente e ofereceram o sacrifício. A mulher falou: Aproveita tua juventude e não te aborreças; vem a mim todas as manhãs e não fiques desejando outra beleza; meu marido nunca está em casa a essa hora, pois ele fica no Templo e se dedica à oração. Mas agora vai embora, querido, e não fiques aqui; contudo, deves voltar. Então o jovem preparou-se para partir e foi para a casa de seu pai. E a mulher ficou sozinha, cativa pelo amor.

Contudo logo se levantou, preparou a refeição festiva e a temperou. Em seguida estendeu os tapetes nos quartos – eram tecidos finos do país do Egito –, acendeu as velas, preparou o vinho e a carne e pôs a mesa. Enquanto isso o marido terminou a oração e voltou para seu confortável lar. Ali encontrou sua poltrona bem preparada, a mesa posta e a lâmpada acesa. Falou à esposa: Que te enalteçam todos os povos e idiomas. O que preparaste hoje é mais do que tudo feito anteriormente. E recostou-se confortavelmente em sua cadeira, comeu, bebeu e ficou bem-humorado. Terminada a refeição, a carinhosa mulher disse: Já que gozamos bastante das delícias do mundo, recita-me agora da Escritura. O homem começou e falou: Escuta, filha minha, inclina teus ouvidos às palavras de teu Criador; eu te ensinarei grandes coisas e te darei conhecimento daquilo que os sábios ordenaram acerca dos deveres da mulher. Uma mulher deve ser boa e devota, casta e virtuosa; precisa servir o marido com agilidade e rapidez e encontrar sua satisfação na alegria dele. Deve constantemente acatar suas palavras e fazer sempre a sua vontade. Jamais ele deverá ter de chamá-la duas vezes e ela deve adorá-lo como o céu. Sua ira e sua alegria, seu amor e seu ódio lhe devem igualmente ser sagrados. Ela deve observar a hora de seu sono e de seu despertar. Que ela não odeie a quem ele ama e não ame a quem ele odeia. Que ela não espie seus segredos, não ofenda seus parentes. Ela deve desistir de seus direitos e sua lei. Sua união com ele deve ser sua felicidade única. Que ela não o importune com pedidos, e se ele a obsequiar com algo ela não deve cogitar se é muito ou pouco. Ela deve comer com prazer de seus pratos favoritos. Ela deve ser meiga e não explosiva. Que ame seu lar e não a rua; ela deve manter um olho vigilante sobre sua casa e com a língua ensinar a caridade. Que seus enfeites sejam decentes; ela não deve ter nenhuma falha e nenhuma mácula. Que não mostre um rosto irritado ao marido e não o deixe perceber seu mau humor. Que não se vanglorie de sua origem. Que o marido cada vez se eleve mais aos seus olhos, que ela reze por ele e ele lhe seja caro como a pupila dos próprios olhos. Ela deve louvá-lo o dia inteiro. A mulher que assim procede deve ser enaltecida. Acerca dela Salomão diz que é mais nobre do que as pérolas mais preciosas. E agora, minha querida esposa, bem que posso agradecer ao meu Deus, pois das virtudes que mencionei e dos costumes devotos que enumerei tu mesma possuis todos em abundância.

Ouvindo essas palavras, a mulher ergueu-se e se inclinou profundamente. Ela falou: Caso estejas certo com o teu louvor, caso eu tenha merecido a tua benevolência, então provavelmente sou digna de que me reconheças. Então o homem terminou sua oração à mesa. Levantaram-se e foram ao dormitório; repousaram juntos e tiveram prazer conforme o desejo de seus corações.

Mas, quando chegou a primeira hora da manhã, o homem acordou de seu sono e se dissiparam as fantasias. Chamou: Levanta-te, minha irmã, traze minha roupa, pois os meus pensamentos já estão purificados e está em tempo de eu me dedicar ao Senhor. Arruma a casa e faze a comida. Prepara a farinha, gordura, mel e especiarias; em seguida vai também à casa de oração, a fim de render graças ao Senhor por todo o bem. Ao que a mulher respondeu humildemente: Meu senhor, não me interpretes mal e não consideres isso pecado ou lentidão; não quero sair de casa, a fim de que minha virtude não seja prejudicada e para que eu não perca a minha parte. Reza tu pela minha salvação e multiplica sozinho os nossos bens. Pois eu não posso julgar íntegras as filhas desta cidade. Elas só pensam em seus desejos; difamam com as palavras a honra de seus maridos; praticam costumes ousados e agem vergonhosamente. Não procuram a casa de Deus por causa das orações e dos hinos, mas para ficar olhando os jovens. Quando percebi seu proceder, achei que era meu dever afastar-me de seus atos. Assim, meu senhor, jurei pela tua cabeça não deixar a soleira de minha casa e preferi ficar sentada num canto do quarto. Além do mais, posso ficar aqui, uma vez que as mulheres são livres do dever de proferir a oração quando estão na comunidade. A isso o ismaelita falou: Louvado seja o Senhor, que te inspirou tal coisa. Deves ser considerada a mulher certa de um homem. Permanece, filha, em casa; que isso seja a tua glória. Eu orarei por ti. E ele foi ao Templo para servir ao seu Rei.

Mal o devoto saiu, apareceu o amante e bateu à porta da casa com a vara. A mulher abriu-lhe a porta e exclamou: Entra, ó abençoado de Deus, por que estás aí fora? Meu marido se foi e não está aqui. O jovem então entrou e comportou-se à maneira da juventude. Os dois brincaram e rolaram juntos no chão. Também comeram e beberam de todas as coisas boas e gozaram o prazer como loucos. Quando se saciaram de todos os prazeres, o jovem voltou-se para partir. E a mulher logo se dispôs a preparar a refeição festiva. Em seguida, cobriu-se com o véu e sentou-se virtuosamente na cadeira. Então o marido voltou da casa de oração em roupas de festa. Ela levantou-se pressurosa e abaixou as pálpebras, inclinou-se respeitosamente diante dele por sete vezes e depois conduziu-o ao seu lugar de honra. Depois vieram os amigos e parentes do marido a fim de saudar o casal e perguntar pelo seu bem-estar. Assim os anfitriões e os convidados juntos se alegravam com o feriado; a mulher brilhava como uma estrela ao lado de seu marido.

Assim passavam para a dona da casa os dias em pecado e vício, e seu marido nada sabia do que ela fazia secretamente. Pois ela sabia enganá-lo e iludi-lo. Decorrido um ano, o jovem ficou com vontade de jogar dados. Mantinha-se afastado da casa de seu pai e passava seu tempo na casa de jogo. Jogava sem parar e perdeu todo o seu dinheiro. Assim, foi forçado a deixar a cidade. Alugou um jumento e preparou-se para a viagem. Acordou de manhã, correu à amada e anunciou-lhe sua intenção.

NA NOITE ANTERIOR, o ismaelita acordara e fora à casa de oração a fim de proferir suas preces. O jovem falou à mulher: Vê, eu parto daqui e jamais reverei o meu povo. Ao que a mulher disse: Não negues o meu pedido, deixa-me acompanhar-te. Toma da casa de meu marido tudo o que quiseres, ouro e prata, roupas e jóias. Então o jovem juntou todos os bens, pegou fivelas e correntes, pérolas e pedras preciosas, diademas e colares, braceletes e anéis. Era uma quantidade considerável. Alugaram mais um jumento e carregaram o roubo sobre o animal. Apenas deixaram o que não podiam levar, e puseram-se a caminho; seu objetivo era alcançar a terra do Egito. Percorreram todas as cidades dos amorreus e chegaram a um lugar onde se estabeleceram.

Enquanto isso, em Asdod, o homem terminara sua prece e voltava para casa sem desconfiar de nada. Então encontrou a porta escancarada e a casa vazia e desprovida de todos os objetos. Olhou nos quartos, e eis que ali também não havia nada. Então falou: Só pode ser que a minha mulher tenha presenteado nossos pertences a uma noiva pobre, a fim de que esta sinta felicidade no seu grande dia. O pobre não sabia que recebera cornos. E esperou em vão pelo regresso de sua mulher. Mas ela demorava a chegar. Então seu coração se afligiu e ele falou: Vou sair e descobrir quem me causou este sofrimento. E se pôs a caminho e perguntou aos vizinhos pelo paradeiro de sua mulher. Mas ninguém pôde informá-lo. Assim ele foi perguntando até chegar diante dos portões da cidade. Abordava quem encontrava. Então viu vir do oriente um homem, que o conhecia de antes. Este falou com o aflito, dizendo: Tu és aquele que fez penitência e andou nos caminhos dos devotos. Consideravas tua mulher a mais casta de todas. Mas ela era a maior das cortesãs. Hoje a vi com tal e tal jovem. Seus jumentos carregavam carga dupla e eles cavalgavam rapidamente em direção ao Egito.

QUANDO O ISMAELITA ouviu essa notícia, a vergonha cobriu o seu rosto. Ergueu sua voz e exclamou: Fui desonrado devido à minha integridade. Ai de mim, eu pereço! O motivo do meu sofrimento é apenas a penitência. Se eu tivesse ficado mais em casa, menos me teriam escapado as suas ações. A astuta me ludibriou e eu a deixei agir. Esvaziei o cálice amargo e passei meus anos com coisas fúteis. A podridão roerá meus ossos. Ó homens que fazeis penitência, afastai-vos desse caminho e pisai o caminho do atrevimento e da selvageria. Caso contrário, poderá acontecer convosco o que ocorreu comigo. Vossa dignidade será coberta pelo luto; tornar-vos-eis motivo de zombaria da multidão.

Depois que terminou o seu lamento, o ismaelita retornou angustiado para casa. A dor o consumiu durante muito tempo e ele foi escarnecido por todos.

16. A Bênção da Tolice

NA CIDADE de Zoan, na terra do Egito, vivia um homem que era esperto e inteligente, devoto e modesto. Contudo, era muito pobre e tinha filhos malcriados. Não conseguia ganhar aquilo que necessitava para o seu sustento. No entanto, a fome e a necessidade não o afastavam do estudo; lia alto nos livros, enquanto seus filhos batiam em portas alheias e mendigavam pão. Os vizinhos do homem eram pessoas ruins e exultavam com sua desgraça. Falavam: Para que um homem assim se ocupa com o Ensinamento? O que tem ele a fazer com a sabedoria?

E então veio um verão quente no país e a aridez invadiu os campos. Não caía chuva nem granizo do céu e tudo estava ressecado e chamuscado. O calor então penetrou no cérebro do homem e sua razão o abandonou; ele perdeu a memória e se comportava como atoleimado; rasgou suas roupas decentes em doze pedaços e, conseqüentemente, podia ser comparado a um animal. E o povo vagabundo o rodeava e não o largava; meninos zombavam dele e imitavam os seus gestos. Comportando-se assim parvamente, ele apareceu uma vez diante do palácio do rei. O rei e sua concubina estavam em cima, no terraço de verão, e o príncipe se divertiu com os modos do simplório. Deu-lhe uma camisa e um manto seus, alimentou-o em sua mesa e conservou-o perto de si. Também a mulher e os filhos do idiota receberam do rei comida e bebida, pois ele se divertia muito com o que o parvo falava e fazia. Assim a desventura do homem converteu-se em vantagem, e ele estava saciado e vestido graças aos favores do rei.

Depois de dois anos de má colheita e seca, o Senhor se apiedou da terra e a abençou com chuvas abundantes. Os caules brotaram e os botões se abriram; os prados e os jardins ostentavam flores, o ar estava repleto de delicioso perfume. E a ânsia de amor enchia os corações. Dissipadas estavam a tristeza e a preocupação; alegria e felicidade voltaram ao mundo. A insensatez do tolo diminuiu e desapareceu, a pele do leproso ficou curada e limpa.

Assim, aconteceu certa noite que o rei provocou seu bobo para suas tolices e não recebeu resposta dele. Os cortesãos provocaram o homem para que expressasse suas falas profundas, mas ele se manteve calado e não lhes deu atenção. Como o pressionassem e atormentassem muito, ele de repente elevou sua voz e bradou: "Na verdade loucos são os príncipes de Zoan, e estúpidos os conselheiros do faraó que se julgam sábios"*.

Um mal-estar acometeu o rei e sua corte, e eles falaram: Este homem veio aqui apenas para nos ludibriar; queria olhar a nossa fraqueza, e seu comportamento tolo nada era senão disfarce. Seu castigo deve ser pancadas. E o rei ordenou que lhe tirassem as belas roupas e que ele fosse envolto em trapos. Mandou espancá-lo e o expulsou vergonhosamente de

---

* Isaías 19, 11.

sua casa. Assim o repudiado alcançou os seus e contou-lhes o que lhe acontecera. Sua idiotice desaparecera e em troca ele recebera pancadas e humilhações. Ele falou: Agora sei o que significa o provérbio do sábio: "Um pouco de tolice, às vezes, opera mais que saber e renome"*.

17. O Ativo e o Preguiçoso

VIVIA OUTRORA um grande e poderoso rei, o qual mantinha com nobreza e dignidade o seu cetro de soberano e administrava com justeza. O direito do estrangeiro, do órfão e da viúva não era desrespeitado. Esse rei tinha dois amigos que tinham livre acesso a seu palácio e se sentavam à cabeceira de sua mesa. Eis que o príncipe quis provar a fidelidade deles e ver se cumpririam o seu dever. Deu a ambos roupas bordadas a ouro, obsequiou-os com cavalos de sua estrebaria e concedeu-lhes as suas boas graças. Em seguida falou: Ao norte daqui existe uma bela casa que é admirada por todos, pois é agradável e bem construída. Só que por dentro ela está cheia de imundície e sujeira. Agora eu gostaria de limpá-la e restaurá-la e prepará-la de acordo com meu desejo. Mas só quero entregar as chaves a alguém que seja de confinça. Portanto, coloco-as em vossas mãos. Não temais, entrai na casa e limpai-a bem, a fim de que sua beleza se torne apreciável. Todavia, é preciso que vós próprios executeis o trabalho; nenhum braço estranho deve fazer arrumação nos quartos. Então os companheiros falaram: Teus servos te obedecerão em tudo. E o rei determinou-lhes um prazo dentro do qual teriam de executar a tarefa. Os amigos dirigiram-se então diretamente à casa. Encontraram-na muito suja e descuidada. Ervas daninhas e espinhos cresciam nos caminhos, as paredes estavam salpicadas de barro, o chão coberto de lama. Assim, os dois homens se puseram a trabalhar. Um deles era ajuizado e diligente, o outro preguiçoso e pouco inclinado a qualquer esforço. Eles dividiram o trabalho entre si e colocaram a carga nos ombros de ambos.

O ativo esperou até escurecer. Depois tirou sua roupa preciosa, vestiu simples trajes de trabalho e limpou a parte da casa da qual se encarregara. Trabalhava em silêncio; ninguém via o que ele fazia. Ao amanhecer lavava-se, envolvia-se em sua veste bordada a ouro e durante o dia fazia coisas completamente diferentes. E assim retornava ao trabalho todas as noites.

---

* Preg. 10, 1.

O PREGUIÇOSO, por sua vez, dormia dia adentro e trabalhava bem-vestido como estava. Assim sua roupa ficou empoeirada e manchada, e sua dignidade sumiu. A todos os que passavam relatava acerca da tarefa que o rei lhe confiara. Terminado o prazo que estipulara, o rei veio verificar se o trabalho fora executado corretamente. Entrou na casa e achou a parte que estivera a cargo do diligente limpa e clara, a outra escura e sombria. Então o rei foi embora e mandou chamar os dois companheiros. O ativo apareceu com seus trajes preciosos. Os mensageiros do rei correram ao seu encontro, receberam-no alegremente e exclamaram: Abençoada seja a tua vinda. O rei ordenou que te fosse preparado um assento. Então o diligente inclinou-se e prostrou-se diante do rei. E o rei o fez montar em seu carro e colocou-lhe uma coroa sobre a cabeça.

Depois apareceu o preguiçoso, com muito medo, pois suas roupas estavam sujas e esfarrapadas. Os servos do rei espantaram-se com o seu aspecto. Exclamaram: Como está imunda a bela veste! Então o homem respondeu: O senhor me ordenou que limpasse a sua casa e afastasse a sujeira com minhas próprias mãos. Os servos disseram: Não possuías trapos suficientes para proteger as tuas roupas e poupá-las? Como te atreves a aparecer aqui nesse estado? Então o preguiçoso não soube responder, pois se sentiu culpado. O rei, porém, estava encolerizado e falou: Este tem de ser julgado. E ordenou que fossem tiradas as vestes do homem e que ele fosse acorrentado e atirado numa cova. Isso foi feito; ele lá permaneceu até o fim de seus dias e era uma abominação para toda carne.

18. *O Lavrador e o Escriba*

NO PAÍS DOS TURCOS vivia outrora um homem, um aldeão, que cultivava a terra e se alimentava honradamente com o trabalho de suas mãos. A uma distância de três dias de viagem da aldeia, existia uma grande e famosa cidade mercantil. Aconteceu então, certa vez, que as árvores nas quais o bicho-da-seda tece seus fios se desenvolveram. Os vermes se multiplicaram sobremaneira e a produção de seda foi muito grande. Depois de ter recolhido o produto, o homem partiu com sua mercadoria em direção à vizinha cidade mercantil. Pôs sua seda num saco e pendurou este num dos lados do jumento; mas, para que o equilíbrio fosse mantido, ele pendurou um saco de pedras no outro lado. Levou farnel para o caminho e iniciou viagem.

No começo andou sozinho pela estrada do país; depois juntou-se a ele um homem de aspecto pobre. Nosso lavrador ficou com medo, pois estava desarmado. Ele disse ao pobre: Tens intenções pacíficas? O interpelado respondeu: Não temas. Por Deus, não tenho nenhuma má intenção. O lavrador perguntou: Para onde queres ir? Talvez andemos juntos. O pobre respondeu: Dirijo-me à cidade mercantil, ao lugar onde se pesa a seda. O lavrador então ficou contente com essa resposta e falou: Ando seguro em tua companhia e me sinto bem ao teu lado; dize-me agora qual é o teu ofício, já que encontrei receptividade aos teus olhos. O peregrino respondeu: Desde a minha juventude moro em tal e tal capital, que abriga muitos homens sábios em seus muros, e de profissão sou um ágil escriba. Tenho um irmão e muitos bons amigos morando na Turquia, os quais pretendo agora procurar e rever com alegria.

ENQUANTO os dois assim conversavam, o jumento tropeçou ao caminhar e estava quase indo ao chão sob a carga. Isso penalizou o lavrador, que começou a lamentar. Então o companheiro falou: Por que estás com medo? Vai e tira a mercadoria do lombo do jumento, a fim de aliviá-lo um pouco. Então o lavrador se pôs a libertar o jumento e o escriba o auxiliou. Quando notou o saco de pedras, perguntou ao proprietário do animal: O que significa esta carga? O lavrador respondeu: De um lado pende um saco cheio de seda, de outro um com pedras, a fim de que o peso esteja distribuído por igual. O escriba então falou: Vou te ensinar como se consegue obter um equilíbrio. E aconselhou jogar fora as pedras do saco e distribuir a seda em partes iguais nos dois sacos. O lavrador assim procedeu e o jumento prosseguiu a viagem aliviado.

Assim os dois continuaram a caminhar vigorosamente, e o jumento corria à sua frente. O escriba entretinha o lavrador com charadas e sutis provérbios e assim dissipou o tédio e a preocupação. O camponês admirava a sabedoria de seu acompanhante e perguntou-lhe: Uma vez que tens tanto conhecimento das coisas, como é que és um homem pobre? O escriba respondeu: Nossos devotos conseguiram, através de jejum e boas ações, que escribas e mestres de crianças jamais devam enriquecer. Assim está escrito e assim está selado, e acerca de nós é dito: A pobreza fica bem a Israel, tal como uma sela vermelha num cavalo branco. Ouvindo essas palavras, o camponês falou: Já que a pobreza é a tua sorte, então, pelo culto, não seguirei o teu conselho e também não manterei amizade contigo. Afasta-te de mim e não fales mais comigo. Segue o teu caminho tão rápido quanto quiseres, eu seguirei atrás, devagar. Portanto, o escriba teve de deixar o camponês. O dono do jumento, porém, deu meia-volta e recolheu as pedras que atirara fora. Novamente colocou toda a seda num só saco e encheu o outro com as pedras recolhidas. Depois prosseguiu viagem. Atravessou florestas e montanhas com seu jumento e depois de três dias chegou à cidade mercantil, cansado e esgotado. Ali passou a noite num albergue e deu palha e forragem a seu jumento.

AO AMANHECER um comerciante veio ter com o lavrador, comprou-lhe a seda e lhe deu o valor correspondente em prata. Depois perguntou: Não tens mais alguma coisa para vender? Eu te pagarei o valor. O lavrador respondeu: Nada tenho a não ser as pedras, que coloquei sobre o jumento para manter o equilíbrio. Então o comerciante quis examinar as pedras e achou que elas tinham uma aparência estranha. Percebeu logo que essas pedras podiam ser bem utilizadas para afiar espadas. E nessa época o rei do país tinha ordenado aos cidadãos afiar bem suas espadas e lanças. Quem não o fizesse era severamente castigado. O comerciante disse ao lavrador: Dize-me o preço que queres pelas pedras; eu pagarei com prazer. O camponês achou isso ridículo e falou: Eu as vendo mesmo por um par de sapatos. Mas, se quiseres, paga-me o dobro do que deste pela seda. O comerciante falou: Eu te pagarei o que exiges, a fim de que a ordem do rei não ecoe em vão. E tomou as pedras, e deu roupas e sapatos ao camponês, além de muita prata.

O camponês se alegrou com a ingenuidade do homem e pelo fato de não ter dado ouvidos ao esperto escriba. Falou: Assim se colhe o bem quando não se dá ouvidos aos conselhos dos outros. E seguiu para casa bem-humorado, comprou ovelhas e bois e ficou rico e feliz.

19. O Beato

NA CIDÔNIA vivia um ancião que era considerado um homem de bons costumes, modesto e humilde, pois orava ao Criador sete vezes por dia. Contudo, seu íntimo era oco e pervertido. Aconteceu então, um dia, que um comerciante veio à cidade, a fim de ali negociar honestamente, trazendo um grande saco de dinheiro. Hospedou-se num albergue, mas teve receio por seu dinheiro, pois viu-se entre pessoas estranhas e desconhecidas. Portanto, falou para si: Irei procurar um homem honesto e com ele deixarei a bolsa, até que eu tenha comprado minha mercadoria. Assim, percorrendo a cidade, ouviu uma voz soar da casa de oração. Entrou na sala e avistou o ancião, o qual apresentava sua prece com fervor e devoção. O estranho admirou-se dessa devoção e apresentou sua saudação de paz ao que rezava. O velho perguntou: De onde vens? O recém-chegado respondeu: Sou um comerciante da cidade tal e tal e estou à procura de um homem fiel a quem poderia confiar o meu dinheiro. Agora acabo de te ouvir orar alto ao Senhor e assim estou diposto a depositá-lo contigo. O ancião disse a isso: Espera apenas até que eu tenha terminado minha confissão e derramado meu coração diante de Deus. E começou novamente a orar e a confessar com humildade os seus pecados. Terminado o desabafo, tomou o penhor da mão do comerciante e este se afastou alegre e bem-disposto. Decorridos sete dias, o estrangeiro terminou seus negócios e foi ter com o ancião a fim de buscar a bolsa. Então este falou: Sobre que penhor me perguntas agora? Dizes coisas inúteis. O comerciante retrucou: Refiro-me ao saco de dinheiro que te dei quando te encontrei rezando. O velho respondeu: Tais coisas jamais aconteceram. E enxotou vergonhosamente o estranho de sua casa. Então este voltou cheio de desgosto ao albergue e deu vazão à sua amargura. No dia seguinte foi novamente procurar o velho e tentou mais uma vez obter o seu dinheiro. Disse: Meu Senhor, minha rocha e meu apoio, ordena que meu dinheiro seja devolvido. Mas o velho retrucou: Fora, sanguinário e desprezível, cuja língua fala falsidades. Como te atreves a exigir de mim um penhor, sujeito agressivo e briguento. E o honesto foi enxotado mais uma vez. Em sua aflição, ficou parado na rua. Viu então vir vindo um homem que era um digno comerciante da cidade de Társis. Este também o reconheceu e logo lhe perguntou pela causa de seu aborrecimento. O roubado respondeu: Um ancião deste lugar me ludibriou vergonhosamente. E relatou-lhe tudo o que lhe acontecera. Então o compadecido disse: Não te aborreças e não atentes contra a tua carne. Eu te obterei justiça e te salvarei da mão do beato. Amanhã acontecerá um milagre.

NO OUTRO DIA o homem de Társis pegou uma grande bolsa cheia de ouro e prata e falou ao roubado: Vou agora à casa do embusteiro, a fim de recuperar o que te foi roubado; vou usar com ele de um ardil; eu o adularei e elogiarei e ele certamente devolverá o teu penhor. Tu vens depois e exiges o que é teu. O ludibriado respondeu: Farei tudo o que ordenares.

E o esperto homem foi diretamente ao beato e o encontrou envolto no xale de oração, sentado confortavelmente à porta de sua casa. Perguntou ao recém-chegado pelo seu desejo, pois queria prendê-lo logo em sua rede. Então o comerciante inclinou-se até o chão, agradeceu ao velho as amáveis palavras e disse: Minha pátria é Társis e sou negociante desde a minha juventude. Tenho uma filha morando no país de Patros e agora vou ver como ela está. Todavia, trago comigo muitos tesouros e disseram-me que a estrada está cheia de ladrões. Uma vez que o mundo inteiro te louva, tua fidelidade é grandemente enaltecida e te chamam pai misericordioso, deixarei todos os meus bens contigo; somente tu guardarás as minhas riquezas! Então o ancião falou: Vou-me esforçar e realizar em tudo e fielmente o teu desejo; confia-me teus haveres; no dia do teu regresso eu os devolverei. O negociante falou: Peço-te ainda marcar o saco e escrever o meu nome e o nome de meu pai, pois existem embusteiros demais na terra. O ancião disse: Escreverei, como dizes, o teu nome, o de teu pai e o nome de tua cidade natal no saco, e além do mais desenharei outros sinais para que nenhum estranho nos engane. Enquanto os dois estavam assim combinando os sinais secretos, apareceu o primeiro negociante, dirigiu-se ao dono da casa e falou: Por tua bondade, respeitável ancião, ordena que meu penhor me seja devolvido, pois já adquiri a minha mercadoria. Então o beato falou: Aproxima-te, meu filho, para que eu te toque e veja se realmente és o homem que deixou seu dinheiro comigo. O roubado chegou perto do embusteiro e deixou-se apalpar. Agora o velho não mais podia negar, pois temia que o outro não deixasse o seu dinheiro com ele. Então disse: Realmente, és tu quem me confiou sua bolsa com dinheiro. Há pouco esteve aqui um ladrão que se parecia contigo e afirmava ser o dono do dinheiro. Eu o repudiei com palavras ásperas. Tu, porém, meu filho, recebe teus haveres. E ele levantou-se e devolveu o dinheiro ao dono, sendo que não faltava nenhuma moeda.

Quando o segundo negociante viu o amigo tomar a bolsa, ele também ergueu seu saco e quis partir. Então o embusteiro falou: deixe aqui o teu penhor para que eu o guarde. Mas o homem de Társis falou: Não, meu senhor, pois este não é o saco certo; aquele que eu queria deixar aqui é bem maior do que este. Vou buscá-lo rapidamente e então to entregarei. Então o ancião falou: Mas apressa-te e não demores muito; pois, caso não voltes logo, não poderei falar contigo, pois preciso orar ao meu Criador. Então o esperto negociante falou: Reza à vontade! Não receberás a minha bolsa, por Deus, pois és um malfeitor e um indigno, e acerca dos da tua espécie está escrito: "Nenhum hipócrita chegará perante o Senhor"*. Sabendo disso, procurei arrancar de ti, com astúcia, aquilo que meu desgostoso companheiro te confiara. Louvo por isso a meu Senhor, que sabe salvar o pobre da mão daquele que é mais forte do que ele.

Vendo o beato que o plano que imaginara não dera certo, gritou, vociferou e chorou e colocou uma corda no próprio pescoço.

---

* Job 13, 16.

20. Daniel e Efraim

EM ROMA vivia um homem cujo nome era Moisés; era querido por todos e indulgente para com os outros. Só que tinha uma mulher que lhe causava muito aborrecimento e um filho, Daniel, que era depravado. Este cultivou más companhias e contraiu dívidas. Assim sendo, o homem gozava de pouca alegria em sua própria casa e antes sentia medo, tristeza e aflição. Marido e mulher, pai e filho brigavam e discutiam constantemente. Então, um dia, o homem falou para si: Estou cansado de morar com eles; aqui só terei má sorte. Para mim o melhor é deixar os desgraçados e partir daqui para longe no estrangeiro; talvez o Senhor faça com que encontre um lugar sossegado. E juntou seus bens e haveres e partiu para longe. Foi parar na Grécia, numa cidade que se chamava Siwema, e ali encontrou gente de sua própria crença e origem.

Estabeleceu-se no lugar, que era agradável e bom, e esqueceu o sofrimento que o afligia até então. Ele falou: Esta é a terra que me agrada, aqui encontro o meu sossego, aqui morarei para sempre! Os habitantes do local também passaram a gostar dele por seu espírito justo e seu comportamento agradável. Falavam acerca dele: Que fique conosco, ele nos consolará. E o homem ficou rico em ouro, prata e gado, pois Deus fez todas as suas obras terem sucesso. Depois de residir vinte anos nesse país, foi acometido da doença da qual morreria. Quando viu seu fim se aproximar, chamou alguns cidadãos que lhe eram simpáticos e falou-lhes: Escutai-me, queridos amigos: Vou ser reunido a meu povo e não deixo aqui nenhum parente. Entretanto, possuo um filho em Roma. Peço-vos, pois, respeitáveis homens, guardai minha fortuna em vossas mãos e informai meu rebento sobre a minha morte. Se ele vier, então, com um documento autenticado, entregai-lhe a herança. Mas, se ele não trouxer tal documento, considerai-o um ladrão e assaltante. Então os amigos responderam: Senhor, ó coroa de nossa cabeça! Acontecerá conforme ordenaste a teus servos. E, como o doente tinha parado de falar, juntou seus pés sobre a cama, definhou, morreu e retornou a seus antepassados. Então os habitantes da cidade vieram chorá-lo e pranteá-lo. Enterraram-no na melhor sepultura e prestaram grandes homenagens ao morto.

E os amigos lembraram-se da instrução do falecido e escreveram uma carta para Roma, na qual informavam do falecimento do justo e relatavam acerca da fortuna deixada, que aguardava o herdeiro com o documento autêntico. Mas nessa época vivia em Roma um judeu de nome Efraim, que era um sujeito malvado e rude, um glutão e dissoluto, mentiroso e embusteiro, e além do mais muito bem-falante, mestre no disfarce e no cinismo. Quando soube da morte do bravo Moisés, tomou uma decisão pecaminosa. Imaginou apresentar-se como sendo o filho do falecido e arrebatar a fortuna para si. E a partir daquele dia apresentou uma diferente maneira de ser; vestiu roupas pretas e assumiu um olhar melancólico; todos deviam ver nele o enlutado. E depois de alguns dias se pôs a caminho, atravessou desertos e oceanos, até que chegou a seu destino, o lugar onde o justo vivera e atuara.

Quando se hospedou no albergue, chamou um menino e falou-lhe: Chama-me dez homens dos mais respeitados da cidade, dos que conhecem as leis de Deus e seus regulamentos e informa-lhes o seguinte: Daniel, o magoado, chegou e seu íntimo está agitado; pois ele quer cumprir o dever de filho para com seu pai e vos pede que lhe mostreis a colina onde o querido falecido foi enterrado. O menino logo executou a ordem e reuniu cerca de vinte homens, todos anciãos dignos e de nobres princípios.

Quando eles se aproximavam do albergue, ouviram uma voz lamentosa e chorosa e ao entrar viram um homem derramando lágrimas. Ele chorava, e bradou: Pai, querido pai, para onde foste? Ao avistar os anciãos, levantou-se com respeito e humildade e fingiu mal suportar o peso da tristeza. Falou: Suplico-vos, ó mestres da lei, fazei-me o bem e conduzi-me ao lugar onde repousa meu pai, o justo. Então os anciãos falaram: Com prazer satisfaremos ao teu desejo. E foram com ele e mostraram-lhe a sepultura. Quando Efraim viu a sepultura, ergueu alto e amargo berreiro e falou: Pai, querido pai! Quem diria que virias a falecer em país estranho? Abandonaste a mulher de teu coração, e ela te chora de dia e de noite; sua face jamais seca. Quem te impôs tal resolução? Por que me foi aplicado tal golpe? Apiedai-vos de mim, ó amigos, pois a mão de Deus me atingiu. E ele soluçava e delirava de dor. A cobiça pelo dinheiro lhe concedia forças! Quando os anciãos quiseram impedi-lo de chorar, ele batia no próprio rosto e no peito e se arrancava os cabelos. Os amigos do falecido procuraram consolá-lo, mas ele recusou aceitar o conforto e falou: Não, eu e minha mãe iremos ter com meu pai na cova. E agarrava suas roupas para rasgá-las. Os anciãos quiseram impedi-lo, mas ele falou: Pela alma de meu pai! Se não permitis que eu rasgue a minha veste, então eu parto meu coração. E gritou até ficar rouco, e jurou que iria se suicidar. E no dia seguinte caiu sobre o túmulo, lambeu o pó da terra e ficou ali estendido. Vendo essa inconsolável aflição, os habitantes do lugar ficaram sobremaneira surpresos e falaram uns aos outros: Este é certamente um homem de Deus. E após alguns dias, durante os quais não se cansou de lamentar, o trapaceiro falou aos anciãos: Peço-vos mandar proferir pelo juiz de direito a oração sobre o túmulo de meu pai; talvez assim minha mágoa diminua um pouco. Os anciãos não demoraram a satisfazer esse desejo, pois não suspeitavam que o aparente desgraçado era um hipócrita que fazia da morte do honrado um motivo para tramóia. Quando o recitador falou as palavras: Aquele que guarda os tesouros do jardim do Éden, e mencionou o nome do falecido, o falso candidato emitiu um tremendo suspiro. Saiu do cemitério para o albergue com a cabeça encoberta, mas seu coração tramava maldade. Os anciãos e o povo o acompanharam até lá, e cada um procurou atenuar a dor do estrangeiro. Depois se separaram e cada um foi para sua casa.

ENTÃO O malvado falou em seu coração: Hoje serei generoso e em compensação amanhã terei o meu prazer; vou fazer uma coisa completamente nova, e isso trará os seus frutos. E mandou abater bois e ovelhas e preparar uma refeição para os pobres da cidade. Fez com que cada um recebesse sua parte e disse que o fazia pela alma de seu pai. Além disso doou trinta moedas de prata que deviam ser distribuídas entre as viúvas e os órfãos!

Depois decidiu erguer um marco sobre o túmulo, tudo apenas para alcançar seu objetivo com mais segurança. Falou para si: Nem que hoje eu esbanje o meu dinheiro, amanhã recolherei o lucro; a prata se tornará ouro, o cobre se tornará prata, as pedras se tornarão ferro. E mandou vir artistas e operários, deu-lhes dinheiro em quantidade e falou-lhes: Quero colocar em recordação ao meu pai uma pedra sobre a qual deverá ser cinzelado o nome do justo, o nome de seu genitor e o lugar de seu nascimento. Os encarregados disseram: Por tua vida, não vamos verificar e nem cismar sobre tuas palavras; o que ordenas será executado por teus servos. E começaram a trabalhar, e erigiram um grande e magnífico marco, de acordo com as instruções do homem. E o falso filho mandou gravar a seguinte inscrição: Aqui jaz a coroa de todos os devotos, a jóia de todos os nobres, Moisés, o filho de tal e tal homem, nascido na cidade de Roma; este monumento a ele foi erigido pelo seu filho Daniel, abalado pela dor e curvado pela aflição, que o amou de todo o coração, com toda a alma e com toda a força e que não pôde se conformar por não estar presente na ocasião do seu passamento para chorá-lo e prantea-lo em tempo. Meu pai, meu coração, tudo meu se foi!

E o hipócrita ainda permaneceu um mês no lugar e fez a cidade testemunha de sua tristeza. Aparecia diariamente na casa de oração e só se deixava ver em manto de oração e filactérios. A respeito da herança não pronunciava uma só palavra. Vendo que ele não se cansava de suspirar e lamentar, e que nem se importava com a fortuna do falecido e dava todo o seu dinheiro aos pobres, os anciãos não imaginaram que seu coração nutria maus pensamentos e falaram uns para os outros: Por que nos mantemos em silêncio? É evidente que o homem é de descendência venerável. Um homem assim não necessita de atestados ou cartas. Sua melhor testemunha é a pedra no túmulo. Louvado seja Deus, que não deixou o falecido sem descendentes, a fim de que o seu nome seja recordado. Entregaremos a herança ao enlutado. E chamaram o suposto filho do morto e disseram-lhe: Senhor, ó exemplo de todas as virtudes, teus pai antes de morrer nos instruiu o seguinte: O dinheiro que deixei convosco para guardar, dai-o a meu filho Daniel como herança, contudo apenas sob a condição de que ele traga um atestado autenticado de sua terra natal; não vos deixeis ludibriar por nenhum estrangeiro. Mas eis que vimos o teu maravilhoso comportamento; tuas ações, teus suspiros e lágrimas valem mais do que cem atestados; e, pelo túmulo que erigiste a teu pai, provaste, sem dúvida, ser seu rebento.

Então o falso Daniel inclinou-se diante dos chefes da comunidade – seus olhos estavam chorosos e o coração jubilava – e falou-lhes: Que o Senhor vos recompense o bem que fazeis a vosso servo. Mas antes enviai mensageiros e mandai-os indagar de grandes e pequenos se meu pai não ficou devendo alguma coisa a alguém aqui, seja no comércio, seja na compra. Informai-me também quem cuidou dele durante sua doença e o enterrou depois de sua morte; que ele receba o seu pagamento e a recompensa por seu esforço. Então os anciãos responderam: Tua parte é de Deus, ó augusto jovem, tu nos demonstraste respeito e jamais roubaste alguma coisa; não sofremos injustiça de ti ou da parte de teu pai. Recebemos o que nos cabia. Louvado seja aquele que te trouxe; vai em paz!

Assim o estrangeiro tomou posse da fortuna e falou em seu coração: Oh, como fiquei rico; eu te ganhei, ouro! O Senhor atendeu a meu lamento. Não é à toa que me chamo Efraim, o exuberante; minha tristeza se transformou em dança. Mas depois ele logo falou: O melhor para mim é subir num navio, tão rápido quanto possível, e ir embora. O herdeiro legítimo pode aparecer inesperadamente e me arrancar os despojos dos dentes. E selou rapidamente um jumento, despediu-se dos anciãos e partiu rápido como uma águia.

DECORRIDOS DOIS ANOS, ocorreu a Daniel, o filho do falecido, fazer uma viagem por mar e buscar o dinheiro que seu pai deixara. Não sabia que Efraim o precedera e já recebera a bênção. Daniel pediu aos anciãos da comunidade romana uma certidão de que era realmente filho do homem que entregara a alma a Deus no estrangeiro. O documento foi selado e firmado pelos chefes de Roma. E o herdeiro tomou um navio e desembarcou na costa grega, na cidade em que seu pai estava enterrado. Lá chegando, não indagou muito do seu finado genitor e não se informou se seu cadáver fora sepultado dignamente ou permanecera insepulto; não chorou nem lamentou; não arrancou os cabelos e não rasgou as vestes, mas logo perguntou diretamente em que mãos seu pai depositara a fortuna para ele, pois era, disse, o primogênito e a ele cabia de direito a herança. Mas, ai, que vergonha coube ao pobre! Que decepção ele teve que sofrer! Os cidadãos de Siwema disseram-lhe: O que queres tu, tolo, nos fazer crer? Queres malhar grãos de palha? És um maroto e impostor e desejas uma herança que o verdadeiro rebento já recebeu. Desiste de nós, tolo simplório, e não fales mais dessa maneira. Quando Daniel ouviu essa resposta, ficou consternado; todavia, tirou logo do peito sua certidão e disse: Isto testemunhará por mim que sou Daniel, o filho do homem que morreu em vossa cidade. Não venho a vós fraudulentamente, mas apoiado no meu devido direito. Os homens leram a carta e eis que realmente se tratava do homem que vivera com eles e morrera, e ainda trazia um selo da suprema autoridade de Roma. Eles ficaram extremamente espantados com isso. Parte deles falou: O homem que obteve a herança roubou-a de nós de maneira desonesta. Outros, por sua vez, pensavam mal de Daniel. Os primeiros falaram uns aos outros: Como fomos cegos, como agimos levianamente ao entregarmos a fortuna a alguém que não se identificou! Estavam divididas assim as opiniões sobre o recém-chegado.

Então Daniel falou: Vejo-vos sussurrar; acaso já entregastes a minha herança? Os cidadãos responderam: Um estrangeiro itinerante a recebeu. Então Daniel estremeceu, gritou e exclamou: Quem foi que causou a minha desgraça e roubou a minha bênção? Os anciãos responderam: Um homem valoroso esteve aqui antes de ti, e realizou grandes coisas. Ele pranteou e verteu torrentes de lágrimas, rasgou suas vestes e vestiu um pano de saco em volta de seus quadris. Ele distribuiu muito dinheiro entre os pobres, a fim de expiar a alma do falecido, e realizou semanalmente cultos de lamentação pelo morto. Mandou erigir uma lápide sobre a cova e fez o que jamais um filho fez pelo pai! Durante todo o tempo não fez uma só pergunta quanto ao dinheiro e estava mudo de dor como uma pedra. Nunca se deixava ver sem o manto de orações e as franjas rituais. Assim, ele mereceu a fortuna de teu pai pelos donativos que deu e pelas lágrimas que verteu. Mas se realmente és o verdadeiro filho do morto, conforme atesta teu certificado, por que não se nota nenhuma aflição em ti? Por que estão secos os teus olhos e inteiras as tuas vestes? Como é que não ergues nenhuma lamentação por teu pai e não soltas nenhum suspiro?

E por que demoraste tanto a aparecer? Agora alguém te precedeu e levou tua recompensa. Então Daniel falou: Devo desesperar! Nada pode atenuar a minha dor. Será que não sobrou nada para mim? Os chefes da comunidade responderam: Não choras a morte de teu pai, apenas estás interessado na herança. Onde existe um filho que não pensaria no pai? No fim és apenas o filho de sua mulher, e tua mãe cometeu adultério. Só assim se explica que a morte de teu pai não te toque. Ai de ti, se continuares a cobrar. Ao que Daniel disse: Ó chefes de Siwema, que minha ira caia sobre vós, por que fostes tão apressados e destes minha herança a um homem estranho? Os anciãos responderam: Já te contamos a razão; vimos sua tristeza e sua dor e pensamos que ele jamais iria se refazer do sofrimento. Por isso lhe entregamos os bens e mais a nossa bênção. Daniel disse: Maldito seja aquele que pranteou meu pai e me privou dos meus bens, fazendo com que eu tenha de voltar para casa pobre e humilhado.

E partiu, e iniciou a viagem de volta. Chegou a Roma de mãos vazias. Sua mãe perguntou-lhe onde estava a fortuna, e ele respondeu: Não tenho nada de bom para relatar. Um rapaz malvado me precedeu; ele atuou como se não suportasse o sofrimento, e com isso enganou os chefes da comunidade, fazendo com que o considerassem o legítimo herdeiro e lhe dessem a fortuna. Fui lá apenas para ser ultrajado; tive que ouvir acusações falsas e receber insultos; também acerca de ti falaram como de uma mulher leviana. Já que me aconteceu isso, não verterei uma única lágrima por meu pai e não me comportarei como que louco de dor. Fui lá e apresentei a certidão autenticada; estendi minha rede, mas nada apanhei. Se perdi, então perdi. Ouvindo isso, a mãe também tirou suas roupas de viúva e disse que por sua parte também não choraria o morto, uma vez que não poderia usufruir de sua herança.

21. Timóteo

O FAMOSO MÉDICO Timóteo, o macedônio, decidiu um dia fazer uma peregrinação pelo mundo. Falou: Aquele que concede conhecimento aos homens iluminou meu espírito e revelou-me os segredos da arte de curar. Existem poucas pessoas neste país que se igualem a mim em sabedoria. Da mesma forma é possível que existam pessoas, em países longínquos, que saibam mais do que eu, e se eu me juntar a elas poderei aprender ainda mais; afinal, a sabedoria pesa mais do que o ouro, e especialmente grande é o valor da arte de curar, que pode prolongar a vida do homem.

E Timóteo se pôs a caminho e peregrinou de país em país; levava consigo apenas o jumento que montava e uma pequena bolsa cheia de remédios. Aonde quer que chegasse, perguntava pelos doentes da classe pobre e procurava levar-lhes a cura.

Aconteceu então que, vagueando por Canaã e estando não longe da cidade de Bethar, foi acometido pelo sono. Desceu do jumento, colocou a bolsa de medicamentos sob a cabeça, estendeu-se ao lado da estrada e adormeceu. O jumento, enquanto isso, pastava num prado próximo. Logo apareceu um vagabundo pelo caminho, avistou o médico aprofundado no sono e falou para si: A sorte me sorri. E o rapaz se desfez de seus trapos sujos e os atirou ao solo, tirou a magnífica roupa do adormecido e a vestiu. Em seguida, montou o jumento e foi embora.

O SÁBIO DESPERTOU de seu sono e viu-se nu e descalço. Diante dele havia uma roupa rasgada e o seu jumento não estava mais lá. Percebeu que isso fora causado por algum tipo dissoluto e, contra a sua vontade, vestiu os trapos que lá estavam. Falou: É verdade o que diz o sábio: O sono empobrece. E, pegando sua bolsa, rumou para a cidade.

Quando estava caminhando pelas ruas de Bethar, ouviu uma voz feminina lamentar alto e amargamente. Ele falou para si: Vou entrar e verificar o que significa esse lamento. E entrou na casa e viu um jovem deitado na cama; ele parecia estar perdido para o mundo, e apenas sentia-se nele um fraco alento. Os três médicos que estavam em volta da cama tinham perdido a esperança de que o doente pudesse se restabelecer. Os pais do menino, porém, choravam e gritavam pelo filho. Timóteo olhou o garoto, logo soube no que consistia seu mal e que não seria difícil curá-lo. Sentiu ímpetos de oferecer seu auxílio, pois foi tomado de pena do jovem, que iria morrer na flor da idade, e assim falou aos presentes no quarto: Escutai, irmãos, confiai-me o doente e eu o curarei, graças à força que Deus me concedeu, com os medicamentos que tenho na bolsa, assim o Senhor me auxilie. Os médicos olharam para o recém-chegado, começaram a rir e zombaram dele. O dono da casa, no entanto, pai do garoto, que viu os médicos rirem, ficou muito irritado com o estranho e disse: Estamos em grande tristeza e tu vens escarnecer de nós! Fora, sai de minha casa. E, excitado, aproximou-se de Timóteo, agarrou-o pelos cabelos, atirou-o para fora da casa e trancou a porta atrás dele. O macedônio estava tão consternado e humilhado que não pôde abrir a boca e assim prosseguiu, vexado e transtornado.

Quando, depois, os médicos também deixaram a casa, a mãe do menino doente falou ao marido: Por que foste tão violento e enxotaste aquele pobre, sem dar atenção às suas palavras? Se alguém se atreve a falar assim diante de médicos, então suas palavras certamente têm significado; talvez esse homem teve algum dia contato com médicos e deles aprendeu alguma coisa. Afinal, vimos com nossos próprios olhos a bolsa que ele disse conter os remédios. Foste precipitado em enxotar o estranho. O dono da casa ficou ainda mais irritado com essas palavras e falou: Cala-te, mulher simplória! Não é à toa que acerca de vós está escrito: A opinião da mulher balança para cá e para lá. Adicionas nova dor ao meu coração falando dessa forma. Como é possível que tal vagabundo seja médico? Ou por acaso achas que ele é o macedônio Timóteo? Sua roupa prova que suas palavras são mentira. A bolsa, todavia, da qual falas – podes confiar, bem sei o que contém tal bolsa: pão bolorento, um odre estragado e uma trouxa de trapos. E tu estás pronta a dar crédito a um sujeito tão lamentável! É melhor que te cales, mulher tola; o silêncio te fica melhor do que a fala.

À NOITE, porém, o menino doente faleceu e deixou seus pais em profunda tristeza. Choravam-no dia e noite, pois ele era seu único filho.

Na manhã seguinte Timóteo falou para si: Agora é tempo de me fazer reconhecer pelos homens. Se eu continuar a me fazer de estranho, pode-me acontecer novamente como ontem. E apregoou alto pelas ruas: Escutai-me, cidadãos! Eu sou o médico Timóteo. Cada qual que tiver um doente em casa, traga-o a mim e eu o curarei com a ajuda de Deus. Os passantes olhavam para o homem e o consideravam louco; zombaram e escarneceram dele. Ao ver que ninguém lhe dava crédito, Timóteo sentou-se no chão e tirou de sua bolsa garrafinhas com gotas e latas com ungüentos. Abriu os recipientes e ofereceu-os aos que estavam próximos. Então o cheiro dos remédios se propagou e atraiu as pessoas; logo rodearam o estranho, a fim de respirar o aroma das essências, e cada vez mais e mais gente se aproximava. Perguntaram-lhe: como pode ser verdade que és o médico Timóteo, se usas tais andrajos? Se fosses o famoso macedônio, deverias andar vestido de bisso e púrpura. Timóteo respondeu: Já que me perguntais, contar-vos-ei o que me aconteceu a caminho de vossa cidade. E narrou o que lhe acontecera.

Então os homens começaram a acreditar e lhe trouxeram doentes que tinham sido desenganados por outros médicos. Ele curou seus males com facilidade e realizou verdadeiros milagres. Então todos os cidadãos de Bethar se espantaram, e se lhes tornou evidente que esse homem não era outro senão Timóteo, o macedônio. Assim a notícia chegou também à casa do homem cujo filho morrera. Então a mulher gritou amargamente e se lamentou diante do marido: Ai de ti, homem impulsivo! Ai de mim, que me tornei parte de ti! Por causa de tua cólera arruinaste a alma de teu filho e destruíste sua vida. Ai, porque não me quiseste dar ouvidos! Seu marido não teve o que responder a isso. Também ele estava chocado, e seu coração se esvaía. De tanta dor, ambos desfaleceram.

22. *Chowaw e Raquel*

CERTA VEZ deu-se um caso que se desenrolou da seguinte maneira: Na terra de Uz vivia um homem de nome Absalão; era um homem amante da paz e um intercessor de seu povo; era chefe de todos os sábios e eruditos, avançado em idade e de aparência respeitável; para muitos era um pai, o que vale mais do que todo o conhecimento e toda a fama. Não existia pessoa em Israel que fosse tão respeitada e elogiada quanto Absalão. Absalão tinha um filho que se chamava Chowaw, o amável. Este era um rapaz de boa índole; não encontrarias ninguém mais bondoso entre todo o povo. Quem ouvia falar dele escutava apenas elogios; quem apenas o via, tinha de testemunhar sua virtude. Mas ele era uma pessoa a quem só o amor podia guiar; uma mulher podia mantê-lo em pé, uma mulher podia destruí-lo; a recompensa do amor era sua salvação; acontecia com ele o mesmo que comigo, o cantor. Aproximou-se então a época em que Absalão devia morrer, e assim ele chamou seu filho e falou-lhe: Se mereço consideração aos teus olhos, então inclina teu ouvido para as minhas palavras e ouve a bênção que vou te dar. Meu filho, eu te gerei, indiquei-te o caminho da sabedoria e guiei-te nas veredas da integridade; eu te criei, eu estive ao teu lado e te apoiei, e assim estás hoje aqui. Mas não é bom que permaneças sozinho e que nenhuma outra criatura esteja ao teu lado. Assim, deixa que este meu mandamento fique gravado em teu coração: Vai ter com os nobres da estirpe e procura entre eles uma esposa para ti. Cabe-te o direito de pedir alguém em casamento e a herança será tua. Caminharás com passo mais firme quando tiveres ao teu lado a companheira de tua juventude, uma mulher que não te contestará e que estará de acordo com tudo o que disseres. Quando fores dormir, estarás sem medo; pois é melhor dois do que um; e, se ainda nascer uma criança, sereis como um fio triplo, que não se rompe facilmente, e como um cordão de prata, que não cede. Já Abraão, o pai de todos os povos, desprezou todos os seus bens quando não tinha descendentes e falou acerca de si mesmo: Sou igual a um exilado, uma vez que não possuo um rebento que se recorde do meu nome. Também seu filho, com quem Deus firmou uma aliança, pediu um fruto para o ventre de sua mulher. Raquel e Hanna elevaram suas preces por causa disso. Também farei menção da sunamita. Se os exemplos ainda forem poucos, eu te enumerarei mais deles. Já os nossos ancestrais falavam: "A herança do Senhor são as crianças". Portanto, não repudies o meu ensinamento, meu filho, pois por que deveria a parte de Deus perecer? Ouve minha voz e meu conselho, e o Eterno estará contigo; procura entre os crentes uma mulher devota, cujo pé não tropece; uma mulher cuja virtude dure eternamente; que seja fecunda como a videira e bela como um bezerro novo; que seus olhos administrem a casa com alegria, seu semblante brilhe como a lua, seu corpo seja perfumado com mirra e incenso; toma por mulher uma virgem formosa e inocente, que nenhum homem conheceu antes de ti. Pois qual é a felicidade dos seres humanos sem a paz que a mulher dá? Mas guarda-te de não agir contra o Senhor e não cometer nenhuma infidelidade contra a tua mulher.

Chowaw respondeu: Pai, tu me deste exemplo edificante com tua clemência e me ergueste pela tua sabedoria e excelentes ensinamentos; deixa-me encontrar favor aos teus olhos, meu Senhor; tu me consolaste, eu não me desviarei dos teus preceitos nem para a direita nem para a esquerda e farei conforme tuas palavras. Meu coração também aprendeu e soube muito daquilo que acabo de ouvir. E Chowaw proferiu sua sentença e exclamou: Como uma espada afiada corta o amor, irmãos e amigos. Sinto desejo de descansar nos braços de uma moça. Meus olhos estão cheios de água, como se a amada lá tivesse esvaziado o seu cântaro. E se ela me matar não tenho medo; minha recordação fica como mirra e especiaria. Ai dos tolos que não experimentam o amor! Morrem e partem sem alegria.
– Então o pai de Chowaw viu que a inteligência do filho aumentara e seu coração se purificara, porque o hálito do amor o tocara, e isso lhe agradou. Ele terminou sua fala ao filho, definhou e morreu e foi reunido a seu povo. E Chowaw recordou-se dos preceitos de seu pai e de suas fiéis palavras; contudo, não conseguiu encontrar logo a mulher que lhe convinha. Então finalmente escolheu uma amiga. Esta, uma moça sem defeitos, bela como a lua, brilhante como o sol, filha única de sua mãe, era em tudo como Absalão imaginara. As filhas a viram e ficaram cheias de louvores, rainhas e concubinas a enalteceram. Seu nome era Raquel. Seu pai chamava-se Siquém e sua mãe Kesita. Seu semblante ofuscava como uma espada resplandecente; ninguém podia vê-la sem passar a desejá-la. Assim também Chowaw não demorou a cortejá-la, pois um oceano de amor se elevara dentro dele, agitando e bramindo sem cessar. E, à maneira dos jovens, ele aumentava as súplicas e os pedidos diante do pai dela. Então Siquém respondeu-lhe: Gosto de ti e não de um rico; assim, prefiro dá-la a ti e não a outro homem; fica comigo, participa da minha honraria e procura proteção sob o meu teto; tua súplica chegou diante de mim, deixa-me cuidar de todas as tuas necessidades. Chowaw falou: Então ouviste a mi-

nha voz; nenhuma outra é como tua filha; que ela me seja concedida, só ela me serve, ela é a mulher que Deus me destinou. E Chowaw concordou prazeroso em ficar com Siquém, e este lhe deu sua filha por esposa.

Mas, quando os parentes de Raquel viram que a moça tinha sido concedida, ficaram muito irritados e falaram: Foi-se a nossa grandeza e o nosso esplendor. E os miseráveis falaram: De que nos serve esse inútil e medíocre homem, que não conhecíamos ontem nem anteontem? Vamos vencê-lo pela astúcia, pois ele é uma vergonha para nós. E que vá para o deserto, vamos enxotá-lo da casa e do pátio, para que encontre muita desventura; depois o levaremos para descanso, atirando-o numa cova. Vamos arrancá-lo de seu povo e exterminá-lo.

Raquel, porém, soube do que estava acontecendo, e levantou sua voz, e chorou por seu marido. Ela falou a Chowaw: Vamos agir de modo diferente do que até agora, não vamos desejar riqueza nem bens, o dinheiro só nos trará desgraça; se ficarmos aqui até amanhã, o infortúnio nos alcançará e ambos estaremos perdidos. Portanto, é melhor deixar a cidade e o palácio e mudar para a solidão do deserto. Mas, como a mocinha era esperta e hábil, procedeu sem que ninguém ficasse sabendo de sua intenção. Ambos partiram durante a noite, a fim de fugir do terror; largaram sua fortuna, que era a única culpada de tudo, e salvaram suas almas.

Então seu destino os levou a Dinhaba, a cidade do ouro; esta encontrava-se na encruzilhada e lá reinava um rei, Baal-Chanan, o clemente. Mas quem governava a cidade era um malfeitor que se chamava Mered; ele ocasionava incêndios e depois os apagava; dele dependia se alguém ficava ou partia. O homem pratica maldade por um pedaço de pão, e assim todos obedeciam. Ele era um homem cheio de maus impulsos, grande em poder e leproso. Quando os servos de Mered avistaram Raquel, falaram: Que bela corça! Será uma dádiva para o nosso amo; ele não lhe deixará faltar alimento, roupa e dever matrimonial. E eles espancaram Chowaw, açularam-no e enxotaram-no para longe; tomaram sua mulher à força e a levaram diante do seu senhor. E Raquel ali estava, como uma ovelha diante de seu tosquiador*. Os servos falaram: Eis o esplendor e a beleza de uma criatura; ela pode curar um doente de lepra.

E a moça agradou muito a Mered e encontrou favor aos seus olhos. Ele falou em seu coração: Quero elegê-la como amiga, com ela quero repousar sempre, com ele quero morar, pois ela é como desejo. Então Ra-

---
* A palavra Raquel significa *ovelha*.

quel percebeu que estava em grandes apuros e decidiu agir com astúcia. Ela falou: Sê clemente comigo, meu senhor; se encontrei favor aos teus olhos, permite que tua criada fale uma palavra aos teus ouvidos e deixa meu pedido chegar a ti. Sabe que o homem que me acompanha para cá raptou-me da casa de meu pai e de minha pátria; fui roubada da terra dos hebreus, onde vivia bem protegida nos aposentos. Faze clemência comigo e deixa-me ir à presença do rei, a fim de que eu lhe apresente a minha queixa. Talvez ele pratique vingança em meu nome, recompense-me pelo que sofri e mande enforcar o sedutor. Então Mered falou em seu coração: Se o rei avistar esta moça, logo a guardará para si ou a destinará ao filho. Adquiri a preciosidade para mim, mas a perderei; assim que o príncipe vê o belo, ergue-o, como o sacerdote ergue a mão do almofariz. Por isso falou a Raquel: Não temas, falarei ao rei a teu repeito e lhe apresentarei o teu desejo e o teu pedido. Raquel retrucou: Então não acrescentes nada às minhas palavras e também não retires nada; que seja conforme falaste.

Assim Mered foi ter com o rei, e falou: Um sujeito leviano caiu nas minhas mãos, tendo cometido um delito; raptou uma moça que não se sujeitou a ele e arruinou seu caminho na terra. A ele cabe a morte, conforme a sentença de qualquer juiz. O rei respondeu: Chamemos o homem e ouçamos o que ele tem a dizer. Então Chowaw foi conduzido à presença do soberano; ele se curvou como um culpado e falou: Que o rei viva eternamente! O rei replicou: Não venhas com histórias, poupa a tua verbosidade; tuas palavras polidas são inúteis; estás condenado à morte, não tens escapatória, pois raptaste uma donzela, e eu te imporei o que mereces. Então Chowaw se viu em grandes apuros, pois aparentemente a intenção do rei era deixá-lo morrer. Por isso apresentou seus provérbios e falou: É verdade que um rei eleva seu país através da justiça. Mas, quando o tolo age contra o íntegro, cabe ao rei examinar o caso, pois é honra dos reis verificar uma causa. E ele continuou: Meu senhor e rei! Que tua justiça e tua mercê sejam a minha proteção; não quero perguntar nem examinar; mas aceitarei as palavras da moça com se fossem afirmações de duas testemunhas; que elas me predigam a morte ou a vida. O rei respondeu: Pois bem, que seja essa a tua sentença, que tu próprio escolheste. Vamos chamar a moça e perguntar-lhe.

Então Raquel foi apresentada ao rei, e ela conquistou o seu agrado. Ela disse: Que nos ajude o rei, que apóia e fortalece todo o pobre, seja ele cidadão ou peregrino; este homem é meu marido; ele partiu a fim de encontrar um lugar onde pudesse morar, e eu o segui para procurar o nosso sustento. Sumira o pão de nosso cesto, apenas sobraram nossos corpos. Veio então Mered e me levou à força; levou-me para sua casa e me deixou sentada no escuro; trataram meu marido como um indigno; a fim de me possuir, foi desencadeada a tormenta.

ENTÃO O rei ficou muito irritado, e sua cólera explodiu: Falou a Mered: Teus pecados então te levaram tão longe que lançaste teus olhos sobre esta aqui; a iniqüidade de teu coração te levou à falsidade; estás condenado à morte por causa da mulher, pois ela é esposa de um homem. Vai, fora de minha vista, nunca mais olharás meu semblante. E o rei deu presentes à mulher, pois ela os merecera por sua astúcia, e ordenou a seus servos que a acompanhassem com o marido para fora da cidade. Os fiéis obedeceram conforme lhes foi ordenado. Só depois é que a fúria do rei se aplacou.

Chowaw e Raquel mal tinham se afastado da cidade, quando a mulher foi acometida pelas dores de parto. E ela se viu feliz porque deu à luz um filho. Mas, depois de os cônjuges terem percorrido o árido país durante três dias, começaram a desanimar; Raquel carregava seu filho nos braços e mal podia ainda segurá-lo; seu destino agia sobre ele, e ele devia morrer. Eles andavam devagar e queriam ainda alcançar um abrigo. Então Raquel falou: O que fazer agora? O Senhor recordou-se de nossos pecados e quer cobrá-los da criança e matá-la. Realmente a cidade já não está longe; no entanto, levar o querido menino para lá não é mais possível. Talvez isso seja apenas uma tentação, então temos que aceitá-la de bom grado. Se o menino morre, para onde vou com a minha vergonha? Cavemos uma cova, e quando ele tiver expirado será enterrado com tristeza. Chowaw atendeu a Raquel e eles começaram a cavar um buraco. Mas mal tinham cavado três pés quando se abriram portas diante deles e chegaram a uma caverna cheia de puro ouro, prata e pedras preciosas. Então a mulher falou: Se quiseres adquirir riqueza, então apressa-te, corre à cidade e compra por dinheiro dez bons camelos.

Chowaw mexeu as pernas, foi à cidade, comprou dez camelos por cem moedas de prata e os levou ao lugar onde sua mulher ficara com o filho. Ele encontrou o menino são e salvo e se alegrou como um mendigo que descobre um objeto valioso num monte de lixo. Ambos carregaram todo o ouro e prata sobre os camelos e retornaram à cidade natal. E desde então sua fortuna não parou de crescer, e seu prestígio se tornou cada vez maior. Os habitantes da cidade se admiravam a seu respeito e falavam: Estes são os mesmos que daqui fugiram e foram para uma terra que não era a sua; lá encheram seus sacos com ouro e prata. Os inimigos de Chowaw tornaram-se seus amigos; faziam com boa vontade o que ele mandava e em nada agiam contra ele.

ASSIM O senhor recompensou ao homem sua justiça e fidelidade, através da mão de uma companheira que parecia uma filha de rei. Deus abençoou a vida de Chowaw, porque o amava. Assim, o final do caso foi melhor do que o seu começo.

23. Ioscher e Tehilla

A UM HOMEM que se chamava Emeth, o sincero, nasceu um filho; chamou-lhe Ioscher, o íntegro, e falou a um homem do povo de nome Hamon: Se concordares, então a tua filha Tehilla, a mercê, seja destinada ao meu filho como noiva. Hamom anuiu, e os dois firmaram uma aliança. Na mesma época Taawa, a lasciva, criada de Emeth, também deu à luz um filho e ficou morando com ele na casa de Emeth. Mas eis que um exército estranho invadiu o país; os inimigos pilharam a cidade e levaram embora os dois meninos. Quando Emeth viu que seu filho fora feito prisioneiro, foi ter diante das portas da cidade com Mishpat, o juiz, e escreveu as seguintes palavras num livro: Meu filho e meu servo foram raptados por bandidos. Para que meu filho, no decorrer dos anos, não seja confundido com o filho de minha criada, anoto aqui os seus sinais distintivos. E ele enumerou os sinais de seu filho e colocou seu sinete sob o documento. Depois Emeth morreu.

Passaram-se dias e o filho da criada Taawa chegou à casa de um homem de nome Dimion, o imaginoso. Lá ele foi criado, e chamaram-lhe Rahat, o arrogante. Um dia, Mirma, o falso, falou a Rahat: Vou sair e dizer a Hamon: Eis que o filho de Emeth reside na casa de Dimion – e ele se deixará convencer e te dará Tehilla, a noiva de teu amo, por esposa. E Mirma foi e falou a Hamon: Meu senhor, toma conhecimento da notícia: o filho de Emeth foi encontrado, e vê, ele mora na casa de Dimion. Hamon logo foi, tirou Rahat da casa de Dimion e lhe falou: Essa é minha filha Tehilla, a que prometi a teu pai dar-te por esposa. Leva-a, pois, e que ela se torne tua esposa. Nessa época, Ioscher, o filho de Emeth, apareceu entre o povo, mas ninguém o reconheceu. O rapaz cresceu e engordou; Tehilla o viu e começou a amá-lo. Mas a palavra de Hamon, seu pai, que se obrigara a concedê-la a Rahat, era decisiva para ela. Enquanto isso, aproximara-se a data do casamento e Rahat disse a Hamon: Dá-me minha mulher, pois é chegado o tempo. Então Hamon convidou todos os habitantes da cidade e preparou uma festa. Mas, quando os convidados estavam comendo e bebendo, irrompeu uma violenta tempestade; uma poderosa tormenta envolveu a casa pelos quatro lados, as paredes ameaçavam ruir, os pilares começaram a estremecer; as pessoas se amedrontaram e um olhava para o outro muito assustado. Um dos anciãos então se levanou e falou: Ouvi-me, irmãos e patrícios, esse tremor veio sobre nós do Senhor. Recordo-me agora de que Deus se encolerizou com nossa cidade e enviou sobre ela um exército devastador, que a pilhou. Na época o nosso irmão Emeth tinha um filho, e além deste vivia ainda na casa o filho de uma sua criada; os meninos foram exilados e não mais puderam ser claramente distinguidos. Emeth então anotou os sinais do filho diante dos juízes, a fim de que esse documento lhe servisse de eterno certificado. Assim sendo, procuremos no livro de registro do tribunal e vejamos se o filho de Emeth não é um outro; se for assim, Rahat não deve receber Tehilla como noiva, mas ela deve ser conduzida ao legítimo filho de Emeth.

Então o caso foi pesquisado e bem examinado, e não foram encontrados em Rahat os sinais anotados na certidão. Soube-se assim que ele não era o filho de Emeth, e ele foi mandado embora. Sechel, o sensato, soube disso, e ele apareceu, inclinou-se diante dos presentes e falou: Louvado seja o Senhor, o verdadeiro Deus; eu vos mostrarei o verdadeiro filho de Emeth, e a esse Tehilla deverá pertencer como esposa. E foi buscar Ioscher, e o apresentou a Mischpat; este encontrou no jovem os sinais que tinham sido anotados por seu pai. Assim, reconheceu-o como filho de Emeth e falou a Hamon: A este prometeste tua filha. Então Ioscher tomou Tehilla por esposa; a cidade voltou a ter paz, e o povo todo se alegrou muito e louvou o Senhor.

24. *A Embriaguez*

UM REI DEVOTO reuniu certa vez sábios em sua casa e manteve diálogos com eles a respeito do bom e do mau procedimento. Ele perguntou: Dizei, qual é o maior pecado que se deve evitar cometer? O primeiro sábio então respondeu: Não há pecado pior que o homicídio. Quem derrama sangue humano destrói um edifício e aniquila um mundo, pois cada pessoa é como um mundo em si. O sangue do assassinado não cessa de gritar, e o assassino tem de ser morto. O segundo hóspede falou: O pior pecado me parece ser o adultério. Aquele que dorme com a mulher de seu próximo comete uma má ação que é igual ao assassinato. Mulheres que conceberam na promiscuidade não raro matam o fruto de seu ventre, portanto a impudicía também leva ao derramamento de sangue. O terceiro dos oradores disse: Eu considero o roubo o pior de todos os pecados. O ladrão que durante a noite faz um buraco na casa de seu próximo torna-se assassino quando o dono, que estava dormindo, acorda e lhe impede a intenção. O roubo também sempre tem o perjúrio como conseqüência. O outro homem, chegada a sua vez, falou: Pior que os pecados que enumerastes é a idolatria. O idólatra adora a obra de suas mãos, prostra-se diante das imagens de madeira e pedra, que não vêem e não sentem, e esquece seu Deus, que o criou desde o princípio e o trouxe ao mundo, que o alimenta e o mantém vivo.

Encontrava-se também entre os sábios um velho, e este permanecera calado por todo o tempo. Então o rei lhe perguntou: Existe ainda um pecado maior do que aqueles que teus companheiros mencionaram? O ancião respondeu: Sim, meu senhor, escuta. Os homens então se espantaram e todos olharam para a boca do que falava. Este começou a falar: Existe um pecado que origina todos os pecados relacionados por vós. Os presentes perguntaram: Que pecado será esse? O ancião respondeu: É a embriaguez. E narrou um caso que se passara em sua juventude. Três homens, que eram amigos, reuniram-se numa casa a fim de ali se divertirem um dia inteiro com comida e bebida. Ao anoitecer, tendo o vinho sido bebido, um mau espírito veio sobre eles, e eles fizeram um buraco na parede do vizinho e roubaram dos quartos o que encontraram. Com o dinheiro roubado foram depois à única taberneira da cidade. Esta, porém, tinha uma filha bonita. A mulher acendeu a luz e abriu-lhes a porta. Depois deu a vela à filha e desceu à adega para buscar vinho. Então os camaradas lhe arrancaram o odre da mão e a estrangularam. Depois agarraram a moça e a levaram para dentro da casa. Mas um deles despertou o ciúme de seus companheiros por querer ser o primeiro a dormir com a donzela e foi apunhalado por eles com uma faca. E os restantes passaram a noite inteira saciando seus instintos na moça. Quando, depois, despertaram de sua embriaguez e se lembraram do acontecido, temeram que a maltratada fosse contar tudo; mataram-na e fugiram. Assim, aquela única transgressão causou tantas outras.

25. O Administrador Enxotado

UM REI conversava com um de seus administradores sobre um importante negócio de Estado quando viu pela janela seu filho mais moço deixar o aposento das mulheres. O rapaz temia o castigo do pai e não ousava aproximar-se dele. Então o rei sentiu pena de seu filho; chamou o jovem e, quando este veio, beijou-o, colocou-o em seu colo e o acariciou. Depois o rei voltou-se para o dignitário e quis continuar a conversa iniciada. Mas percebeu que ao funcionário não agradara seu proceder para com o menino. Então perguntou-lhe: Tens filhos? O administrador respondeu: Teu servo tem esposas e concubinas, e delas teve trinta filhos. O rei continuou a perguntar: Procedes com teus filhos da mesma maneira que eu? Então o administrador retrucou, vangloriando-se: Por tua vida, meu senhor, jamais beijei um deles e jamais os segurei no colo. Então o rei chamou em voz alta na direção do pátio: Quem está lá fora? E mandou vir todos os seus funcionários e cortesãos. Quando estes apareceram, ele lhes contou acerca do caso e da troca de palavras que tivera com o administrador. Mas o homem duro teve que confessar que realmente agia assim. Então o rei falou cheio de cólera: Por nosso pai no céu, que introduziu em todas as suas criaturas o sentimento de amor por sua ninhada, tu não podes mais ficar a meu serviço. Não tens piedade para com os teus filhos, portanto não te apiedas também dos filhos dos outros.

26. A Magnanimidade de um Rei

HOUVE OUTRORA um rei que era muito generoso e alimentava diariamente milhares à sua mesa. Ordenara a seus criados que não rejeitassem ninguém que viesse, mesmo que fosse o seu pior inimigo. Um dia apareceu diante da porta do palácio um homem de estranha aparência, negro na face, calvo e coxo. Os servos vociferaram contra ele e disseram: Vamos trazer tua comida para fora, leva-a para tua casa e sacia-te, mas não chegues à mesa do rei, pois tememos por nossa vida se os convidados te virem. Então o repudiado chorou alto por causa do insulto sofrido. E ficou parado diante da porta do palácio, até que o rei saiu. A este ele queixou-se. O príncipe, então, perguntou: O que te falta? O coxo respondeu: Aconteceu-me uma coisa horrível. O rei falou: Conta-me. O pobre retrucou: Não posso falar antes de ter comido e minha alma ter retornado a mim; cheguei cansado e faminto a fim de comer à tua mesa, mas teus criados não me deixaram entrar e me humilharam. Então o rei ficou furioso e castigou os seus servos. Conduziu o humilhado à sua mesa e mandou-lhe servir comida. E o faminto comeu como um leão que há muito não comia. O rei espantou-se com a quantidade de alimentos consumidos. E falou: E agora conta o que te aconteceu. O negro falou: Tenho três esposas más e linguarudas, e de cada uma seis filhos, sendo que cada uma delas come mais do que eu. Quanto a seu aspecto, comparado a elas posso ser considerado um homem bonito. Então todos os presentes riram, com exceção do rei. Ele ordenou que dessem ouro, prata e roupas ao estranho, para ele e suas mulheres. Depois registrou seu nome no livro dos convidados que comiam diariamente à sua mesa e mandou proclamar por todo país que quem se casasse com uma filha desse homem seria contado entre os amigos do rei e receberia uma grande fortuna. Então o coxo prostrou-se diante do rei, cheio de gratidão.

27. A Casta Donzela

NUMA CIDADE vivia uma donzela que era casta e devota e não encontrava prazer nas futilidades do mundo. Então o governador da cidade a viu e se apaixonou por ela. Enviou-lhe diversas vezes mensageiros e tentou convencê-la, mas não conseguiu que ela se submetesse à sua vontade. Então decidiu empregar a força, penetrou em seu aposento com forte acompanhamento e levou a moça para sua casa. Vendo que seus gritos e chamados por socorro de nada adiantavam, ela se dirigiu ao príncipe pedindo que lhe dissesse o que tanto lhe agradara nela, fazendo com que a preferisse às outras mulheres e donzelas. Este respondeu: Teus olhos de pomba me cativaram. A isso a moça disse: Agora que vejo quão grande é teu amor por mim, farei a tua vontade; apenas permite-me ir por uma hora a um quarto fechado e lá me preparar. O príncipe mandou indicar-lhe um aposento separado e a moça trancou a porta atrás de si. Ali ela pegou uma faca e arrancou os olhos. Em seguida abriu a porta do quarto e falou ao príncipe: Já que tinhas tanto amor pelos meus olhos, aqui os tens. Faze com eles o que quiseres. Assombrado e consternado, o príncipe estacou; deixou a donzela ir para casa e ela permaneceu por toda a vida pura e casta.

28. Nobre Modo de Pensar

ACERCA DE um príncipe e homem de alta categoria conta-se que certa vez lhe foi oferecido como presente um maravilhoso serviço de mesa de cerâmica e vidro. Os objetos eram artisticamente trabalhados e de aspecto encantador. O príncipe gostou muito da louça, agradeceu àqueles que o obsequiaram e estendeu-lhes em troca um presente valioso. Mas depois pegou peça por peça nas mãos e quebrou-as todas. Então as pessoas presentes perguntaram-lhe por que assim o fizera. O príncipe respondeu: Eu me conheço e sei que possuo uma índole violenta; falei para mim: Um dia teus criados acabarão quebrando os valiosos objetos, e tu em tua fúria os matarás. Portanto, é talvez melhor que os objetos sejam destruídos do que acontecer uma desgraça por tua culpa.

29. O Humilde

CERTA VEZ perguntaram a um idólatra devoto: Que dia de tua vida consideras como o mais alegre e feliz? Ele respondeu: Um dia desci ao porão de um navio que atravessava o oceano. Recebi um lugar insignificante, pois minha roupa era pobre. Então deitei-me no chão, com o rosto voltado para o teto. Mas no navio viajavam muitos negociantes ricos e nobres. Um deles quis fazer as suas necessidades; então ergueu-se de seu lugar e foi até onde eu estava deitado. Ali, na minha presença, o infame velhaco descobriu sua nudez e evacuou. Espantei-me com essa falta de vergonha; todavia, não me enfureci e não me exaltei por causa da falta de consideração que ele me demonstrara. Ao contrário, alegrei-me por minha alma ter alcançado esse grau de humildade, a ponto de poder suportar tal humilhação.

Realmente, quem consegue agüentar isso deve ser considerado um grande homem e um herói, em virtude de ter dominado sua indignação. Homens que conseguem tal coisa são mais preciosos do que pérolas.

30. Na Sepultura

CERTA VEZ, contaram a um rei as atrocidades de um homem que era conhecido como perverso e malfeitor. Um dos narradores disse: Meu senhor e rei, sabe que o malfeitor há pouco se tornou culpado de um ato que excede tudo o que praticou até agora. Eu te asseguro que ele se levanta à meia-noite e despoja os cadáveres de sua mortalha.

Então o rei mandou dois de seus fiéis examinarem o caso. Os homens seguiram o pecador e viram-no descer a uma sepultura. Ali ele apanhou uma corrente de ferro, amarrou-a em volta do pescoço, puxou-a com força e exclamou: Ai de ti, torturado corpo, pobre e abandonada alma, ó razão insuficiente, atormentado ser humano, criatura do pó! Qual é a tua esperança? E o que dirás quando um dia estiveres deitado aqui? Tu, que apenas amaste a ti mesmo, que acumulaste riqueza. Por que esbravejaste e reclamaste? Por que não pensaste no estado a que chegarás por fim? Em quem confiaste? Onde estão aqueles que deveriam te ajudar? Onde estão os teus amigos e fiéis? Eles que apareçam na hora dos apuros. Praticaste o mal e agora o suportarás; semeaste e agora colherás. Desprezaste e agora serás desprezado. Humilha-te, ó alma insensata, que te mutilas por teus maus atos e que pisoteias no pó a tua honra. Procura esquadrinhar a tua origem e reconhece o teu Criador. Vermes te roerão, e os bichos devorarão tua carne; chamas de fogo te consumirão. O que farás quando chegares a este lugar, quando tiveres de habitar a casa da escuridão e do horror? Aqui o céu jamais é claro, o sol é um novelo sombrio, a lua é sangrenta e as estrelas te negam a luz. Para onde queres fugir? Para onde queres escapar? Este é o teu lar, esta é a tua moradia! De que te servem os grandes palácios e os vastos átrios, que consideravas tua propriedade e tua herança? Da mesma forma que viste teus vizinhos saírem de suas casas, tu sairás da tua. Olha tua estreita sepultura, onde não brilha a luz. Aqui ficarás deitado, como se não tivesses existido; aqui estarás morto, como se nunca tivesses existido; aqui permanecerás morto como se jamais tivesse vivido. Portanto, desiste do mal que praticaste e retorna a teu Deus. Pensa naquilo que te espera. Se pudesses escapar disto, terias o direito de fazer tua vontade em tudo. De tudo o que fizestes até agora na terra, nada trará frutos, com exceção da penitência.

Quando o rei soube do proceder do estranho, ficou muito admirado. E então ele e seus cortesãos também desistiram de todas as maldades.

31. Duas Artes

DOIS GRUPOS de pintores competiam diante de um rei e cada um gabava-se de sua maneira de criar. Então o rei decidiu deixar os artistas de ambos os grupos trabalharem num átrio. Este foi dividido em duas partes por uma cortina e cada grupo foi encarregado de pintar as paredes de um lado. Terminado o trabalho, a cortina seria retirada novamente e depois se decidiria qual grupo seria considerado vencedor e qual o vencido. E tudo aconteceu conforme o rei tinha ordenado.

O primeiro grupo, antes de iniciar o trabalho, reuniu as mais belas tintas. O outro não trouxe uma única lata de tinta e apenas se concentrou em alisar e polir por todos os meios as paredes que lhe foram destinadas para enfeitar. Quando os misturadores de tinta terminaram seu trabalho, os outros também declararam seu trabalho terminado. Então lhes foi objetado: Como podeis afirmar que realizastes alguma coisa, se não empregastes nenhuma tinta e não pintastes nenhuma figura na parede? Eles, porém, responderam: Abri a cortina e vede depois quem fez melhor. Então, o pano que separava os dois aposentos foi retirado e eis que a parte que havia sido preparada pelos desprezadores da tinta brilhava com o mesmo colorido e apresentava as mesmas figuras que as pintadas pelos artistas. Com muito trabalho e esmero as paredes tinham sido preparadas para que brilhassem como um espelho que refletia fielmente tudo o que tivesse à frente.

Da mesma forma, a alma humana pode participar de duas formas da sabedoria divina. Ou o homem procura enfeitá-la com belas qualidades, ou se esforça por torná-la tão pura e límpida que ela própria reflete a beleza.

32. *O Campo Cultivado e o Campo Inculto*

DOIS IRMÃOS haviam herdado de seu pai um pedaço de terra descansada, que ainda precisava ser cultivada. Dividiram-na em duas partes, mas não possuíam outra propriedade além dessa. Dos irmãos, um era inteligente e sensato e o outro era o contrário em tudo. O esperto logo reconheceu que o campo apenas não poderia sustentá-lo, e assim aceitou trabalhar como assalariado para outros e viveu do próprio esforço. Quando à tarde chegava em casa, dedicava-se ao seu próprio campo, e, se lhe sobrava o suficiente do salário para passar um dia, ele consagrava também esse dia à sua herdade. Assim procedeu ele durante bastante tempo, até que seu campo se encontrou cultivado. Quando chegou a época da colheita, ele pôde armazenar no celeiro tanto que lhe deu para viver um ano inteiro. Então ele passou a ocupar-se exclusivamente do campo e conseguiu chegar ao ponto de apenas este o sustentar.

O irmão insensato, da mesma forma, percebeu que o campo não lhe daria sustento e também foi trabalhar para outros, mas deixou seu campo completamente abandonado e não se preocupou com ele. Recebia diariamente seu salário e com ele comprava o que necessitava. E se uma vez ganhava mais do que o necessário para o dia, no dia seguinte não fazia nada e ficava na ociosidade, sem pensar que poderia aproveitar o tempo para o campo. Assim a terra tornou-se cada vez mais agreste e cheia de ervas daninhas, como já o descreveu o rei Salomão. "Passei pelo campo do preguiçoso e pela vinha do fraco. Vê: estava cheio de urtigas, espinheiros cobriram sua superfície e o muro tinha caído"*.

Quem é sábio logo aprenderá a lição dessa parábola.

---

* Prov. 24, 30-31.

33. A Criança na Cova

UMA CRIANÇA nasceu numa cova onde se encontravam os que estavam em dívida com o rei. Mas o rei se apiedou do menino e cuidou de seu sustento até que ele ficou grande e inteligente. No entanto, como a criança crescera num buraco, ela não conhecia nada do mundo lá fora. Um criado do rei vinha diariamente e lhe trazia tudo o que fazia parte das suas necessidades, comida e bebida, velas e roupas. Informou ao garoto que era um emissário do príncipe e que a cova, com tudo o que existia dentro, bem como o que o garoto desfrutava, pertencia a esse soberano. Então o protegido devia em troca louvá-lo e agradecer-lhe a bondade. Então o nascido no cárcere falou: Louvo o senhor desta cova, que me considera sua propriedade, que me concede todas as boas coisas e que dirige seu olhar para mim. Ao que o mensageiro do rei falou: Não fales dessa maneira para que não incorras em pecado, pois o nosso rei não é dono somente desta cova, porém seu reino se estende por todos os lados e é imensurável; da mesma forma tu não és seu único criado – seus criados são incontáveis; também o bem que te faz não é nada em comparação com o que faz a outros. O menino retrucou: Não sei nada do que dizes; só entendo o poder do rei na medida em que o sinto em mim. O criado do rei disse: Fala assim: Enalteço o excelso rei, cujo reino não tem fronteiras e cuja clemência e bondade são infinitas. Nada sou em comparação com o exército de seus combatentes, e o que recebo de bom não é nada em vista do que ele pode realizar.

Então o garoto começou a entender a grandeza do rei, e o temor a ele insinuou-se em seu coração.

34. O Regresso

NO ALTO de uma montanha de uma ilha, existia uma magnífica colônia. Ali soprava ar fresco, e a água, límpida e doce, sulcava a terra. Árvores com deliciosos frutos, de bela aparência e agradável sabor, cresciam para todos, e uma pacífica tribo, cujos membros eram irmãos e amigos entre si, habitava a região. Ali não se conhecia a inveja e nem o ódio, e cada um se esforçava por ajudar o próximo. Era por essa razão que o país era chamado de refúgio dos devotos.

Aconteceu um dia, então, que alguns dos habitantes tiveram que visitar um lugar distante e para isso embarcaram num navio. Mas durante a viagem irrompeu uma tormenta e os passageiros foram lançados numa selva. Nesta não cresciam árvores frutíferas, mas apenas arbustos espinhosos, e os que habitavam o país eram criaturas de aspecto semelhante a macacos. Um poderoso pássaro sobrevoava o ar de tempos em tempos, apanhava com o bico um dos macacos e o devorava. E de resto a floresta também abundava em animais nocivos e vermes. Os que foram ali lançados procuraram alimentar-se das plantas e passavam os dias nas cavernas e esconderijos. Pouco a pouco eles se reuniram aos macacos, como se fossem um deles e muito se lhes assemelhavam. Esqueceram seus hábitos e costumes anteriores, começaram a plantar e a construir, e assim aconteceu por si mesmo que eles acharam prazer nos bens desse mundo. O que antes desprezavam, agora suscitava seu prazer, e o ódio e a inveja penetraram em seus espíritos.

Depois de algum tempo, um deles sonhou que regressara ao país de onde viera e que seus patrícios correram ao seu encontro quando souberam de sua chegada. Mas, quando perceberam a mudança que se dera nele, não quiseram deixá-lo entrar na colônia. Primeiro teve que lavar-se no poço diante do portão, depois cortar os cabelos e trocar a roupa. Só então ele pôde entrar na antiga pátria. E o homem estava cheio de alegria por ter escapado aos macacos e se encontrar novamente entre seus semelhantes. Mas, quando acordou, viu que fora um sonho e que continuava a viver entre os macacos. Então relatou a visão a alguns de seus companheiros, e eles se lembraram da bela vida que tinham em seu país, e decidiram construir um navio com as árvores que cresciam na mata e voltar para lá. Mas então a ave de rapina circulou sobre suas cabeças e apanhou um deles. No entanto, ao ver que a criatura que carregava no bico tinha aparência diferente da dos macacos, deixou-a cair e o acaso fez com que o apanhado fosse lançado em sua antiga pátria. Jubilou quando se viu novamente rodeado de irmãos e amigos; e desejou que acontecesse o mesmo aos seus companheiros que haviam ficado na terra estranha. Estes, porém, choraram e lamentaram sua perda, pois não sabiam onde ele se encontrava. Mas, se tivessem suspeitado que o raptado pelo pássaro retornara à sua verdadeira pátria, que do lugar do temor e da aflição fora para o reino da paz e da liberdade, eles teriam desejado a mesma sorte.

Nesta história temos uma alegoria sobre a vida terrena e a vida eterna.

35. *O Poder da Arte Poética*

NUM PAÍS governava um príncipe que possuía todas as virtudes de um soberano. Era um valente comandante de exército e os inimigos o temiam.

Os criminosos não gozavam de sossego sob suas ordens; seu regime era severo, mas justo. Era sábio e liberal, e a fama e a glória o rodeavam.

Então nasceu um filho ao rei, mas este não saiu ao pai. Não herdou nenhuma das qualidades que tanto distinguiram seu genitor e não parecia apto para exercer futuramente o cargo de príncipe. O rei estava muito desgostoso em não ver no filho um sucessor. Se um país tem um soberano sábio, é feliz e seus cidadãos prosperam; mas, sob um príncipe simplório, o povo sofre.

Mesmo assim, o rei mandou vir homens sábios a fim de que ensinassem ao filho os princípios da arte de governar e os costumes daqueles que seguram o cetro. Os mestres procuraram instruir o rapaz, mas este só seguia as inspirações de seu coração e andava na companhia de garotos desregrados. O rei se afligia muito com a incorrigibilidade de seu filho e perdia completamente as esperanças em relação a ele.

Aconteceu então, depois de muitos dias, que um cantor de um país longínquo veio à cidade do rei. Relataram-lhe acerca do sofrimento que o rei tinha por causa do filho e ele foi à presença do rei e falou: Que o rei viva, e que o Criador lhe seja benevolente em tudo. O soberano perguntou ao estranho: De onde vens? De que povo és? Qual é o teu ofício? O recém-chegado respondeu: Sou árabe, exerço a arte poética e venho de uma ilha que se chama a ilha dos cantores. Contaram-me da preocupação que tens com o teu filho. Se concordares que ele fique alguns dias comigo, eu o educarei para a profissão de soberano. Ilumino seu coração só em fazendo com que participe da minha arte. Mas, assim que ele a tiver compreendido, o espírito da sabedoria virá sobre ele, e ele se tornará valente e heróico. O rei respondeu: Toma conta do jovem e dirige teu olhar sobre ele; talvez seu espírito mude. Tua recompensa, porém, será muito grande.

E O CANTOR iniciou o rapaz na arte da poesia. Ensinou-lhe a compor os sons e a escrever frases bonitas. Aconteceu que um bando de cantores os encontrou. O jovem logo se juntou a eles e começou a cantar e a fazer poesias como eles. O povo admirou-se disso e falou: O que houve com o filho do rei? Está também ele entre os profetas*? E, realmente, algo como um espírito sublime havia recaído sobre o rapaz; e ele se tornou sábio e falava em parábolas. Viu um homem que castigava um tolo, e logo fez um verso a respeito. Depois um dos seus companheiros começou a brigar com o outro; então o filho do rei o repreendeu com um poema mordaz. E sua inteligência aumentou, e seu nome se tornou conhecido por toda parte.

---

* Alusão a I Samuel 10, 11.

Então o rei mandou buscar o seu filho, e este veio junto com o mestre. Quando o rei viu o rosto do jovem, exclamou: Que espírito novo envolveu o rapaz! E deu ao mestre tudo o que este merecia.

36. O Filósofo Repreendido

OUTRORA vivia um homem pensativo que gostava de procurar a solidão e meditar acerca de problemas como a criação do mundo e qual o objetivo de sua existência. Tais pensamentos ocupavam-no continuamente.

Um dia, caminhava como de costume à margem do rio e pensava sobre a finalidade de toda a existência, e se o mundo existia desde sempre, se fora criado por ordem superior, o que havia antes e o que seria depois dele. De repente, viu um homem perto de si; este havia cavado um pequeno buraco na margem, tirava água do rio com um balde e a despejava lá dentro. O filósofo, admirado, perguntou ao estranho: O que pretendes com isso? O interpelado respondeu: Quero desviar a água do rio para essa cova. O pensador falou: Isso é pura loucura, uma coisa impossível. Ao que o estranho retrucou: Mais maluco e impossível é aquilo que procuras descobrir. E desapareceu de sua vista e nunca mais foi visto. Então o ermitão compreendeu que fora alvo de uma elucidação divina, a fim de que desistisse de sua loucura e se tornasse humilde em seus pensamentos. Também nunca mais tocou em tais assuntos.

37. As Sete Ervas

UM REI enfureceu-se contra seu médico e ordenou que o atirassem numa cova. O médico foi acorrentado e sua nuca introduzida num jugo. Tiraram-lhe a roupa e ele teve de usar uma camisa de lã rústica. Como alimento deveria receber diariamente um pão de cevada, uma colher de sal e uma jarra de água. Aos vigias foi ordenado que o sondassem e que relatassem ao rei tudo o que falasse.

Mas o prisioneiro ficava sentado na cova e não dizia uma única palavra. O rei mandou que amigos e parentes o visitassem, na esperança de que falasse com eles. Estes desceram ao buraco onde estava o médico e lhe disseram: Senhor, vemos o sofrimento que passas aqui. Vemos as correntes em teus pés, o jugo em tua nuca, e sabemos que passas fome e sede. Mas, apesar desse sofrimento, teu rosto não se alterou, teu corpo não feneceu e tuas forças não diminuíram.

Ao que o médico respondeu: Misturei sete ervas e com elas preparei para mim uma bebida; dela tomo cada dia um gole, e isso mantém a minha força vital. Os amigos falaram: Conta-nos de que ervas consiste tua bebida. Se a um de nós alcançar o mesmo destino, poderá também se servir desse medicamento. O mártir respondeu: O primeiro remédio é a fé em Deus e a certeza de que ele pode ajudar-me em qualquer atribulação e, portanto, me salvará desta também. O segundo remédio é esperança e confiança; estes dois ninguém acometido por sofrimento deve perder, se não quer ser vencido por ele. O terceiro remédio é a consciência de minha culpa. Sei que fui aprisionado por minha própria transgressão, portanto não tenho que lamentar e resmungar. A quarta erva é a inutilidade da resistência. Que mais posso fazer do que esperar com paciência? Acaso tenho ao meu dispor algum meio para desviar a sentença do rei? O quinto remédio é a crença de que, quando o Senhor me castiga, é para o meu bem; devo purificar-me dos meus pecados neste mundo, para que me tome digno do Além. O sexto medicamento é me satisfazer com a minha sorte; eu podia ser atingido por um destino ainda pior. Como seria se eu ainda fosse sentenciado a chicotadas, se ao invés de pão de cevada eu não recebesse pão nenhum, se me deixassem morrer de sede. Uso agora uma camisa áspera. Podiam me deixar inteiramente nu. Existem sofrimentos que aumentam e ficam cada vez maiores; os meus, hoje, não são piores do que no primeiro dia. O sétimo remédio é a crença de que o auxílio de Deus pode ocorrer rapidamente, pois ele é clemente e magnânimo, cheio de misericórdia e fidelidade, e lastima o mal. Ele me libertará e reclamará de meus inimigos a injustiça que me fazem.

CERTA VEZ, um devoto foi procurar um médico que era um homem de disciplina e também sabia curar as almas dos homens, e lhe falou: Meu senhor, dá-me o nome de um remédio contra o pecado e, se encontrei favor aos teus olhos, prepara-me uma bebida que fortaleça a alma e a purifique da imundície, pois sinto-a enfraquecida. Então o médico tomou medidas para ajudar o solicitante. Este, mudo, aguardava a resposta ansiosamente. Finalmente o sábio falou: Ó doente, que procuras a cura dos pecados que alquebram o espírito e o afligem. Toma raízes de humildade, acrescenta-lhes folhas da esperança, ramos do Ensinamento e flores da sabedoria e mistura tudo no almofariz da penitência. Bate-os bem e com amor e adiciona gotas do temor a Deus. Depois despeja-os numa panela, acende embaixo um fogo de profunda gratidão e, quando estiverem cozidos, coloca-os num pano da razão, passa-os pela peneira da verdade e da fidelidade e bebe-os no cálice da vontade. Logo depois deixarás todo pecado, culpa e sarcasmo e ficarás curado de todos os males.

38. Os Três Filhos do Rei

CERTA VEZ existia um rei que tinha por princípio, na escolha de seus conselheiros e funcionários, proceder de modo diferente dos demais príncipes. Não só os ricos e nobres deveriam exercer cargos elevados, mas somente aqueles que antes tivessem se distinguido por alguma grande ação. Este rei tinha três filhos, aos quais amava sobremaneira.

Quando os príncipes cresceram e já tinham poder para compreender que podiam ser enviados para longe, o rei lhes falou: Meus filhos e amigos: meu desejo seria manter-vos sempre perto de mim e jamais separar-me de vós. Mas, como determinei que não deve caber a ninguém ocupar um cargo elevado só por causa de sua origem, então não posso fazer uma exceção convosco que sois meus filhos. Portanto, fareis bem em partir pelo mundo afora e lá vos esforçar em realizar algo especial. Enviarei então meus mensageiros a vós e vos mandarei buscar. Depois que tiver visto o que realizastes, podeis ficar certos, eu vos recompensarei conforme o vosso mérito.

OS RAPAZES obedeceram ao mandado de seu pai; puseram-se a caminho, embarcaram num navio e dirigiram-se à Etiópia. Quando, porém, estavam em alto-mar, viram uma ilha na qual havia um grande e maravilhoso jardim. Decidiram ficar ali e desembarcaram do navio. A porta do jardim estava aberta e diante dela havia três vigias. Um era muito velho, e seu porte era curvado. Quando viu os três rapazes se aproximarem, falou-lhes: Vinde, rapazes, ao jardim, e passeai nele. Mas sabei que não podereis permanecer eternamente, porém tereis que deixá-lo mais cedo ou mais tarde. O segundo vigia era um leproso, um homem acometido de muitos achaques e que falou aos príncipes: Entrai no jardim e regalai-vos com os seus frutos, no entanto sabei que ao deixar a plantação nada podereis levar. O terceiro vigia era um homem de meia-idade, de bela aparência, e falou aos jovens: Filhos, obedecei-me e passareis bem; segui meu conselho e escolhei apenas os frutos que estão completamente maduros, mas não comais nenhum que esteja verde, demasiado maduro ou estragado a fim de que vossa alma não sofra dano.

Os príncipes ouviram as advertências e entraram no jardim. As árvores estavam repletas dos mais deliciosos frutos, corriam ribeiros com água corrente que era mais doce do que mel e sumo de pétalas fluíam por ali; também havia ouro, pérolas e pedras preciosas em profusão espalhados por toda parte. E os jovens comeram e beberam e entregaram-se completamente ao prazer e esqueceram seu navio, que ficara na água. No entanto, depois de algum tempo de reunião fraternal separaram-se e cada qual tomou um caminho diferente no jardim; este era tão grande que cada um pôde escolher uma direção própria sem encontrar o outro.

Um dos irmãos não pensou em nada além do prazer e entregou-se tão-somente à comida e à bebida. O segundo irmão não encontrou prazer nas frutas do jardim, mas em compensação as preciosidades despertaram sua cobiça e ele pretendeu juntar delas o quanto fosse possível. Primeiramente encheu os bolsos de sua roupa com ouro, prata, pérolas e pedras preciosas e também colocou tanto quanto conseguiu em seu peito. No dia seguinte tirou seu manto exterior e dele fez uma espécie de saco no qual enfiou as preciosidades. Mas, quanto mais juntava as maravilhas, maior se tornava o seu desejo e cobiça; pouco a pouco tirou todas as suas roupas, delas fez sacos para as pedras preciosas e ele mesmo ficou nu. Colocou os sacos nos ombros e, como um jumento, teve que carregar um pesado fardo. Não se permitiu tempo para comer e beber, a fim de não perder um só instante no acumular de riquezas. Mas, em virtude do peso da carga e da desatenção às necessidades físicas, logo ficou extenuado e sem forças.

O terceiro irmão era diferente dos dois primeiros e não desejava nenhuma das coisas que os outros perseguiam. Ele procurava antes conhecer as diversas espécies de árvores e examinar as propriedades das plantas e dos minerais. Meditava sobre o fato de como um jardim tão magnífico pudera surgir numa ilha no meio do oceano e se perguntava também quem o teria plantado. Viu que os ribeiros embebiam as árvores e as plantas na época certa, como se fossem impelidos para isso por uma mão. Viu como tudo era ordenado de acordo com um plano bem imaginado e falou para si: Quão maravilhosa é a organização do todo; isso jamais se tornou assim por si. Olhou em volta para ver se encontrava alguém que lhe decifrasse o enigma. Dos frutos das árvores, comia apenas o suficiente para saciar sua fome e para manter suas forças.

DEPOIS DE ALGUM TEMPO os irmãos tornaram a se reunir. Um dia, levantaram os olhos e viram um etíope, que seu pai enviara a eles. O escravo trazia na mão uma carta do rei, cujo teor era o seguinte: Ponde-nos a caminho, meus filhos, e voltai novamente a mim, pois o prazo está esgotado. Portanto, não demoreis em retornar. E os irmãos imediatamente iniciaram a viagem de volta. Mas, quando o primeiro irmão, cujo corpo estava enfraquecido pelo excesso de prazeres, encontrou-se fora do jardim, não suportou o clima diferente. Suas forças diminuíram, e tudo o que havia gozado reverteu em seu prejuízo. Assim, ele adoeceu e morreu durante o trajeto. Também o segundo irmão, que durante o tempo inteiro se esforçara por acumular o máximo de riqueza, passou mal. Pois quando quis sair pela porta do jardim, vieram os três vigias, tomaram-lhe tudo o que ele acumulara com tanto esforço, espancaram-no e o humilharam. Somente o terceiro irmão pôde sair do jardim sem ser molestado.

Assim os dois irmãos caminharam juntos até alcançarem a capital e se aproximarem do palácio de seu pai. O despeito pela perda dos tesouros e os maus tratos sofridos haviam transformado o semblante daquele filho de tal forma que os criados não quiseram deixá-lo entrar. De nada lhe serviu chorar alto e afirmar ser o filho do rei, que muitos anos antes tinha sido enviado por seu pai para longe. Também não lhe serviu mencionar a carta de seu pai, que o chamava de volta; as sentinelas o empurraram e o enxotaram. Quanto ao outro jovem, perceberam que era um príncipe e o conduziram com grandes honrarias ao palácio do rei.

Ali o filho do rei contou a seu pai o que experimentara e falou: Senhor meu pai, a ilha para a qual nos mandaste é uma ilha maravilhosa, e lá se encontram coisas que não existem em nenhum outro lugar. Todo o tempo que permaneci lá, esforcei-me apenas por descobrir qual a mente que formou o tão maravilhosamente belo pedaço de terra. Não segui nenhuma outra inclinação. Quando o rei ouviu essas palavras, abraçou e beijou seu filho com muito amor. Agradou-lhe muito que seu rebento não tivesse perseguido prazeres fúteis. Em seguida, confidencialmente, deu-lhe as respostas às questões que preocuparam o rapaz e concedeu-lhe a alta dignidade que merecera por sua conduta.

Assim também existem três espécies de pessoas no mundo. Uma só pensa em conceder tudo ao corpo, a outra só tem em mente a riqueza, e só a terceira procura reconhecer o Criador. Os que se entregam aos seus desejos – sua vida não dura muito; os que acumulam riquezas, partem nus e sem nada; e só os que consagram suas vidas ao discernimento alcançam o prêmio.

39. O Rei Enfermo

CERTA VEZ havia um grande rei a quem a consciência de sua dignidade tornava orgulhoso e soberbo. Mas, quando ficou doente e enfraquecido, mandou consultar um sábio sobre o que devia fazer. Este aconselhou-o a diminuir o exército e os armamentos. O príncipe assim procedeu, mas isso de nada adiantou. Então perguntou novamente ao sábio por um remédio, e este lhe sugeriu que despisse os trajes reais. O rei obedeceu também a esta indicação, mas ela não deu resultado. Então o soberano pediu que o sábio viesse pessoalmente, e este apareceu diante dele. O príncipe e o sábio passearam juntos pelos jardins e relvados; ouviam o canto dos pássaros e compraziam-se com o aroma das flores e o rumorejar dos ribeiros. As palmeiras estavam eretas, o odor de mel vinha das florestas, a videira brotava, as romãzeiras floresciam.

Dali o rei e o sábio continuaram e chegaram à parte da cidade onde corriam os esgotos e o lixo era jogado nas ruas. O sábio ficou parado mudo e espantado e o rei perguntou-lhe, mal-humorado: O que significa tua meditação neste lugar? O sábio respondeu: Meu senhor e rei, uma vez fiz uma pergunta às plantas e recebi uma excelente resposta. Perguntei: Ó maravilhosas plantas, como é que vós, que cheirais tão bem, vos tornais lixo depois que fostes aproveitadas? As plantas então falaram: És tu que transformas o nosso aroma em mau cheiro através dos sucos de teu corpo.
– A essa resposta o rei bateu as mãos uma na outra. Imaginou que provavelmente ele mesmo era culpado pelo seu sofrimento. Extraiu o ensinamento da história e sarou de sua enfermidade.

40. *O Príncipe e o Torso*

EM ÉPOCAS PASSADAS, vivia um poderoso rei e este tinha um filho que conhecia todas as artes; era belo de estatura, íntegro e modesto. Mas o jovem tinha um defeito: desde pequeno era comilão. Sua refeição consistia numa ovelha de um ano, assada ou cozida, e sessenta pães, sem contar os peixes e as aves engordadas, e duas vezes por dia ele comia essa quantidade. O rei se afligia com a glutonaria de seu filho e pensava em assassiná-lo por causa disso. Mas a piedade não lhe permitia que o fizesse, tanto mais que o jovem era querido por grandes e pequenos do povo. Então ele enganou seus súditos, dizendo que ia mandar o filho à casa de seu irmão na cidade de Farsa, na Índia, para que pedisse a filha do tio em casamento. E ele o fez seguir, com cavalos e cavaleiros armados como soldados, bem como músicos com instrumentos de percussão, a fim de que divertissem seu filho com música enquanto ele tomasse suas refeições.

O jovem, porém, recebeu uma carta bem selada que devia entregar ao tio. A carta dizia o seguinte: Tu, que estás perto de meu coração, mas longe dos meus olhos, poderoso irmão, rei Arnai. Envio-te com a presente a pupila de meus olhos, meu filho, um rapaz louvável, que pelas qualidades de espírito e pelos conhecimentos excede os seus contemporâneos, mas que numa coisa é diferente das demais pessoas. Diariamente precisa receber duas vezes uma ovelha inteira e sessenta pães. Uma ovelha ele come de manhã, e outra na hora do crepúsculo. E então, meu querido irmão, satisfaz ao meu pedido, mata este meu filho; não te deixes comover pela sua sabedoria. Eu, porém, devo ficar como alguém que foi espoliado de seus filhos. Teu muito deprimido irmão. Este era o teor da carta.

NO SÉTIMO DIA, depois de o príncipe ter-se separado de seu pai, ele passava com seu séquito por uma região montanhosa. Sentou-se para descansar na margem de um rio, sob um choupo. Viu então um crânio boiando na água e logo avistou um cadáver; o crânio continuou flutuando e foi levado pela correnteza; o corpo, porém, foi lançado para a margem e sua parte superior tocou os pés do jovem. Então este examinou a área do corte no pescoço e os dispositivos de fala do cadáver. Enquanto o tubo que serve para cantar e falar havia permanecido intacto, o esôfago estava enrugado e destruído. Vendo isso, o rapaz percebeu que o comer não era uma coisa nobre. E falou para si: Ai, quanta vergonha e desonra me aguarda quando meu tio me receber em sua casa e ver a minha glutonaria! E chorou amargamente e decidiu conter-se dali por diante. Quando voltou aos seus acompanhantes, pediu ao seu cozinheiro que, quando agora preparasse uma ovelha, não a trouxesse inteira para a mesa. E o mesmo devia fazer com os outros alimentos. No dia seguinte mandou vir menos ainda, e assim procedeu diariamente, até que se desacostumou de comer excessivamente e não comeu mais do que as outras pessoas. No terceiro mês, depois de o príncipe e seus acompanhantes terem iniciado a viagem, chegaram aos arredores da cidade de Farsa e ali acamparam junto ao rio Tissa. Então o rei Arnai veio ao encontro do sobrinho com um grande séquito. Quando o tio se aproximou, o príncipe prostrou-se e reverenciou-o. E o rei Arnai curvou-se e levantou-o com as mãos. Mas, quando viu o brilhante rosto do rapaz, louvou e enalteceu seu Deus. Depois o príncipe tirou a carta que guardava no peito e entregou-a ao parente real. Mas, quando o rei Arnai leu a carta, seu rosto se transformou e sua alma ficou angustiada, pois fora possuído por uma profunda afeição pelo rapaz.

Depois, no palácio, na hora da refeição, o rei ordenou que cada hóspede recebesse a sua parte; o príncipe, porém, devia receber o múltiplo de tudo. O rei Arnai e sua esposa tomaram assento de ambos os lados do rapaz. E eis que o jovem apanhava com dois dedos apenas a comida apresentada e também não comeu mais do que os outros; deixou até muita coisa sem tocar. Então o rei e a rainha pensaram que ele se continha por vergonha. No dia seguinte a mesa foi posta apenas para o rapaz e apresentaram-lhe grandes quantidades de comida. O rei e sua esposa observaram de um aposento vizinho. Depois que o príncipe comeu e bebeu só um pouco, chamou um dos criados e pediu que tirasse a mesa. Então o casal real se espantou sobremaneira, sem saber o que aquilo significava.

NA NOITE SEGUINTE, o rei e a esposa falaram com o jovem e perguntaram-lhe: Responde-nos, queremos escutar, fala conosco, queremos saber. A carta que trouxeste não contém nada de bom a teu respeito. Parece que és insaciável no comer. Como aprendeste a dominar essa tua paixão? O príncipe respondeu: Meu senhor e rei, minha senhora e rainha, sabei que vi um torso boiando na margem de um rio e essa visão me ensinou sabedoria. E contou o que acontecera. Então o rei e a rainha se admiraram com a inteligência do jovem e deram-lhe a filha para noiva.

41. O Rei Emplumado

HAVIA OUTRORA um príncipe que, quando se tornou rei, não era devidamente respeitado por seus conselheiros e cortesãos. Todavia, um açor fora criado junto com o príncipe; a ave comia de sua mão e dormia em seu colo. No terceiro ano de seu reinado, o rei deu uma festa para todos os seus nobres e criados, soldados e cavaleiros, e mantinha o açor perto de si a fim de gabar-se dele. De repente, o açor avistou uma águia que raptava um pequeno pássaro; então ele a perseguiu e abateu-a com suas garras. Depois retornou à mão do rei e pensou que a sua ação havia agradado. Mas o rei pôs a mão na nuca do pássaro e o estrangulou. Os cortesãos então se espantaram com isso e o feito os desgostou muito. O príncipe, porém, falou: Que não vos desagrade e desperte vossa ira o que eu faço. Isto é regra e lei: Aquele que atenta contra um dos seus supremos está condenado à morte. A águia é o rei dos emplumados; quem se revolta contra ela perde sua cabeça. E o mesmo acontecerá com qualquer um que insultar seu rei. Os cortesãos admiraram a esperteza do rei e sua astúcia, e passaram a temê-lo.

42. Palavras e Exemplos dos Sábios

CERTA VEZ havia um homem que apreciava provérbios moralistas acima de tudo e que gostava de ocupar-se com eles. Um dia, reuniram-se em sua casa muitos sábios afamados e ele falou-lhes assim: Que cada um de vós relate um fato ou cite um provérbio que instrua os tolos, amadureça os menores de idade, sirva de diretriz para os íntegros, mas que advirta os pecadores.

Então o mais velho começou a narrar: Um homem devoto passou diante das sepulturas dos mortos e falou: Que a paz esteja convosco, cidadãos do reino das sombras. Vós, que permaneceis no pátio do Além, dizei-me o que encontrastes e como suportastes o peso do julgamento. Consumistes os frutos do trabalho e colhestes o que semeastes de maldade. Vós partistes na frente, nós vos seguiremos. Que o Senhor perdoe a nós e a vós e seja benevolente a nós e a vós.

O segundo visitante falou: Um devoto homem era louvado por seus amigos, e suas ações eram altamente consideradas. Então ergueu seus olhos para o céu e clamou: Senhor do Universo! Conheces meu íntimo melhor do que eu; por outro lado eu sei de mim o que esses aí não sabem. Ó Senhor, deixa que me torne aquilo que eles acham que sou e não me castigues por aquilo que eles enaltecem falsamente em mim.

O orador seguinte disse: Um homem devoto caminhava com seu amigo, e eles viram um pecador pendurado na forca. Então ele falou ao companheiro: Aquele que abandona o caminho da retidão tem sua falta expiada pela corda.

O seguinte contou: Um rei havia imposto correção corporal a um devedor. O condenado era um homem alto, mas aquele que o castigava era de pequena estatura. Então o carrasco falou ao devedor: Abaixa-te para que eu possa te bater. Então o sentenciado disse: Ó filho-da-p..., chamas-me para tomar uma refeição? Gostaria de ser tão alto como o gigante Og, e tu pequeno como o anão Gog. Então o rei teve que rir e dispensou o homem do castigo.

Um outro falou: Perguntaram a um homem esperto como estava. Ele respondeu: Minha barriga e meus maus instinto me fazem ficar doente. Se estou faminto, então emagreço; se estou satisfeito, então fico cansado. Meu instinto, porém, dorme quando estou desperto e acorda quando quero descansar.

Mais um da reunião falou: Um sábio homem estava gravemente enfermo. Orou a Deus pedindo perdão pelos pecados, enquanto seus amigos o rodeavam enaltecendo suas virtudes e choravam por ele. Então ele falou: Parai com o louvor e ajudai-me a rezar.

O narrador seguinte disse: Um cantor louvava seu rei enquanto este viveu, mas, quando morreu, o poeta apenas cantou um breve cântico fúnebre. Perguntaram-lhe: Por que teus hinos de louvor eram tão compridos e tua lamentação tão curta? O cantor respondeu: Meu louvor era dever, minha lamentação, porém, foi uma dádiva voluntária.

A história seguinte tinha o seguinte teor: Uma mulher árabe costumava orar da seguinte forma: Senhor do Universo! Se me tornei culpada de uma transgressão, não terás nenhum prejuízo com isso; mas, se me perdoares, também não sofrerás nenhuma perda. Portanto, sê clemente para comigo, ó senhor!

O vizinho daquele que falara por último contou o seguinte: Um pobre homem costumava, quando lhe acontecia uma desgraça, clamar durante a reza assim: Que o mal que agora sofro seja levado em conta como uma advertência e uma lição, mas não como um castigo e um flagelo.

O narrador seguinte contou: Uma mulher árabe perdera o filho e então ela clamou no seu enterro: Meu filho, tu eras o empréstimo de um credor, a dádiva de um doador, o penhor de um crédulo; agora o credor quer o empréstimo de volta, o doador exige que seu presente seja restituído e aquele que me confiou o bem o exige de volta.

O último narrador contou uma história semelhante: Uma árabe perdera o filho e logo em seguida se consolou. Suas vizinhas perguntaram-lhe: Como pudeste te conformar tão depressa com a perda? Ela retrucou: Aquele que se contém na desgraça goza de sossego neste mundo e de recompensa no mundo vindouro; mas aquele que desanima em sua aflição carrega aqui com dificuldade o peso da sua dor e no mundo vindouro tem que se penitenciar da sua insubordinação.

UM SÁBIO visitou um de seus amigos e o encontrou triste e suspirando. Falou-lhe: Se estás preocupado com tua vida futura, então fica sabendo que teu compromisso deu certo; mas, se te preocupas com tua vida aqui, então estás perdido.

Olhemos mais de perto as alegrias deste mundo. Consistem em comer e beber, no amor, no prazer das roupas bonitas, nos aromas agradáveis e nos sons harmoniosos e na satisfação da curiosidade. Dos alimentos o mais doce é o mel, e este é uma secreção da abelha, um animal pequeno e insignificante. As bebidas – a composição básica de todas é a água, matéria que existe em toda parte. O amor pelas mulheres não é a ânsia por aquilo que é belo na mulher, mas por aquilo que é feio nela. Dos vestidos, os mais belos são os de seda, e a seda é a teia de um miserável inseto. E o que é o almíscar, o mais agradável dos aromas? Apenas o sumo da glândula de um bode. Os sons que ouvimos nada mais são do que vibrações do ar. Finalmente, o que desperta a nossa curiosidade são imagens alternadas sem duração ou existência.

Um sábio disse: Eu me admiro daqueles que vêem as secreções humanas e ainda conseguem manter o orgulho. Pois a visão dessas coisas e o pensar nelas deve humilhar o homem.

Perguntaram a um sábio: Como é que te tornaste soberano de tua geração? Ele respondeu: Porque não encontrei ninguém que não tivesse privilégios ante mim. Se alguém era mais sábio do que eu, então eu falava para mim: Ele provavelmente me excede também em temor a Deus. Se alguém era menos sábio do que eu, então eu falava para mim: Deste será exigido menos no Dia do Juízo; pois quando eu peco o faço conscientemente, mas ele peca sem saber. Se encontrava alguém mais velho do que eu, então eu dizia: Seus méritos são maiores do que os teus. Se alguém era mais moço, eu dizia: Seus pecados são em menor número do que os teus. Se era da mesma idade, eu dizia: Seu coração provavelmente é melhor do que o teu. Se alguém era mais rico, eu dizia: Ele pode fazer muito bem. Se era mais pobre, eu dizia: Ele é o verdadeiro humilde.

Um homem que amava a sabedoria foi ter com um ermitão e pediu que ele o acolhesse e também dele fizesse um santo. Então o ermitão falou: Abençoado sejas, meu filho, pois tua intenção é louvável; apenas dize-me: és também suficientemente sereno? O suplicante falou: Senhor, explica-me as tuas palavras. Então o ermitão falou: Se estás diante de duas pessoas, das quais uma te enaltece e a outra te injuria, ambas têm o mesmo valor para ti? O discípulo falou: Por tua alma, meu senhor, sinto alegria com o elogio e dor com o insulto; mas não guardo rancor ao insultante. Ao que o ermitão falou: Parte então em paz, meu filho. Pois, enquanto sentes um insulto como tal, não estás maduro para as coisas mais elevadas e não podes viver na solidão. Retorna aos homens e curva teu espírito até conseguires enfrentar tudo o que te acontece com a mesma brandura; depois poderás escolher a solidão.

Um homem sábio encontrava-se num país estranho quando seus habitantes estavam justamente passando por grandes atribulações. Ele, porém, cuidava das suas coisas e parecia não se incomodar com os sofrimentos dos cidadãos. Então as pessoas lhe falaram: A nossa atribulação não te entristece? Ele respondeu: Eu mantenho a calma. As pessoas perguntaram: Como podes ficar indiferente? O estrangeiro respondeu: O que vi em sonho não me aflige quando estou desperto. Por isso o que acontece aqui não me choca, pois à luz da razão todas as coisas deste mundo nada mais são do que ilusões.

Um homem misericordioso foi chamado pelo rei, e este lhe perguntou: Dize-me no que consistem os teus méritos? Ao que o cidadão respondeu: Que outros cantem meu louvor. O rei falou: Ordeno-te que me respondas. Então o homem disse: Jamais aconteceu que, quando alguém estivesse sentado comigo, eu tivesse estendido a perna. O rei perguntou: Por que isso? O homem respondeu: Para que não pense que eu seja de alguma forma superior a ele.

Outrora houve um rei que tinha um gênio irascível e que mandava decepar o quadril de todo aquele que pisasse em sua corte sem permissão. Um dia apareceu no palácio um homem que não tinha direito a isso. Então o rei ordenou que amputassem o quadril do intruso. Mas então o estranho se exaltou e exclamou: Ó malvado que mutilas inocentes, consideras-te mais elevado do que os outros e queres ser chamado de rei? Acaso não foste gerado e não nasceste da forma pouco bonita como nós todos? Como é que te atreves a aleijar os outros? Tal fala corajosa teve como conseqüência a quebra da altivez do rei e ele deixar seu mau hábito.

Certa vez um ambulante viu uma princesa sair do banho. Ele suspirou e disse: Gostaria que ela fosse minha igual, para saciar meu desejo com ela. Ao que a princesa respondeu: Isso acontecerá no cemitério, não aqui. Ao ouvir isso o homem se alegrou, pois pensou que bastava apenas ir ao cemitério e seu desejo seria saciado. Mas a princesa queria dizer outra coisa. Com suas palavras quis dizer que no cemitério o medíocre e o opulento, o menino e o ancião, o desprezado e o ilustre são todos iguais.

Um sábio foi à presença de um rei justamente quando este estava tomado de extrema irritação. Ele falou ao príncipe: Vejo que o espírito de meu senhor está agitado e assim direi apenas uma palavra. O rei disse: Fala. Então o sábio falou: Agora sei por que Deus criou o mundo em seis dias quando podia tê-lo criado num só instante. Com isso quis inculcar no coração de cada soberano que, mesmo podendo satisfazer imediatamente a todos os seus impulsos, melhor será, no entanto, esperar.

Tais palavras mereceram o agrado do rei e ele dispensou o sábio em paz.

Certa vez, estrangeiros chegaram a uma cidade em que morava um rei, e este os convidou a comer com ele. Mas, quando estavam sentados à mesa, o rei notou que no pão que um dos visitantes estava comendo havia um cabelo. Ele falou-lhe: Ó estrangeiro, joga fora o pão, há um cabelo nele. Então o abordado irritou-se com o príncipe e falou-lhe: Então examinas tão detidamente os alimentos que notas um cabelo dessa distância. Invejoso! Que a bênção de Deus não esteja com teus convidados! E deixou a sala mal-humorado; o rei ficou consternado e envergonhado.

Um homem visitou um outro que estava doente, deitado na cama. Deixou que o enfermo lhe descrevesse seu mal e então disse: Meu pai morreu dessa doença. Tais palavras magoaram o acamado. Mas logo em seguida o visitante disse: Vou orar a Deus para que Ele te cure. Ao que o doente respondeu: Acrescenta à tua reza o pedido de que eu não chegue a ver mais nenhum homem desapiedado na minha frente.

43. Parábolas

A VIDA DO homem neste mundo iguala-se à estadia de um comerciante num país estrangeiro, o qual viajou para comprar mercadorias mas precisa apressar-se, pois seu navio pode partir a qualquer dia. Se ele é preguiçoso, então não compra nada e diz pachorrentamente: O que não foi feito hoje pode ser feito amanhã. Mas, se o navio partir de repente, ele é obrigado a embarcar contra a vontade, mesmo que ainda não tenha adquirido o necessário. Mas com que cara fica quando retorna com os outros comerciantes e não leva nada consigo? Não há dúvida de que seu aspecto é sombrio. E os companheiros lhe falam: Ai, seria melhor se nem tivesses viajado! O que compraste, e o que trazes contigo? E ele é incapaz de responder-lhes. Assim também o homem neste mundo...

Eis a história de um rei que falou a seus criados, referindo-se a um pedaço de terra: Estais vendo este campo? Sede ativos e o cultivai e fazei crescer nele plantas úteis. E os criados penetraram no campo e cada um se esforçou no trabalho e plantou o que considerava útil. À noite veio o rei a fim de lhes pagar o salário e perguntou ao primeiro trabalhador: O que plantaste? O homem respondeu: Plantei uma macieira. Então o rei disse: Está bem, receberás um dinar como salário. Então o rei perguntou a outro criado: E tu, o que plantaste? O homem retrucou: Plantei pimenta. Então o rei disse: Terás cinco dinares a receber. Em seguida perguntou a um terceiro o que plantara e o homem deu por resposta: Semeei uma malva e além disso plantei salsa e nabos. Então o rei disse: Teu salário consiste em trinta peças de prata, não mais. Perguntou a um quarto: E tu, o que plantaste? O homem respondeu: Plantei uma tamareira. Então o rei disse: Receberás meio dinar. A um que plantara uma amendoeira, o rei disse: Também tu receberás a mesma quantia. Um trabalhador plantara rabanetes, e a este o rei falou: Ganhaste cinco moedas de prata. Então os trabalhadores que tinham plantado as espécies menores disseram: Ó rei, havias determinado com antecedência o nosso salário; nós, porém, não conhecíamos o seu montante quando começamos a trabalhar. Se soubéssemos que as diversas espécies de plantas seriam pagas de forma diferente, nós também teríamos plantado coisas grandes e alcançaríamos um salário mais elevado, ao invés de desperdiçar nosso dia por pouco dinheiro. Ao que o rei disse: Se eu vos tivesse informado do salário que fora prescrito para o plantio de cada árvore, não teríeis dado atenção às espécies para as quais o salário é baixo e teríeis plantado apenas aquilo pelo que se recebe muito dinheiro. O meu jardim, então, ficaria incompleto. Por isso preferi não mencionar o salário, a fim de que meu jardim possa conter todas as plantas úteis.

UM BANDO DE homens doentes da vista foi acolhido num asilo onde havia todo o necessário para o seu bem-estar. No lugar havia também um médico, e este organizava tudo o que os doentes precisavam fazer para a cura de seus olhos. Mas os cegos não usavam os remédios e não obedeciam às prescrições do médico; ao contrário, o que faziam ainda contribuía para piorar os seus males. Assim, andavam pela casa e tropeçavam nos objetos ali colocados para sua cura; um caiu e se feriu, o outro quebrou um de seus membros. Em sua ignorância, encolerizavam-se contra o senhorio e fundador da casa e acreditavam que ele nutria más intenções. O olhar fixo não lhes permitia ver sua misericórdia e bondade.

NA COSTA DA Mesopotâmia vive um pássaro que é chamado de Coré e que bota muitos ovos. Esse pássaro muitas vezes é acometido de temor pela sua ninhada e coloca seus ovos nos ninhos de outras aves, um ovo em cada ninho. Os ovos são chocados, juntamente com os outros, pelos donos dos ninhos. Chegada a época em que os pintainhos rompem a casca, o pássaro que dispersou seus ovos voa à noite para cada ninho onde possui seu filhote e grita com sua voz. Os pintainhos, porém, que são dele reconhecem a voz como sendo de sua espécie, voam para fora do ninho e reúnem-se em volta da mãe. Os outros pintainhos, porém, que não são da ninhada desse pássaro não escutam o chamado e não são acordados por ele.

Assim também os profetas, que a paz esteja com eles. Eles chamam os homens e insistem com eles. Mas só percebem a voz aqueles que têm afinidade de espírito e que compreendem a sua linguagem. Os que não são de sua espécie, porém, lhes voltam as costas.

Livro Sétimo: Nos Países da Dispersão

1. Os Levitas

QUANDO ISRAEL foi exilado para a Babilônia e chegou ao rio Eufrates, onde fez soar seus cânticos de lamentação, os idólatras falaram aos levitas: Levantai-vos e cantai diante de nossos deuses as melodias que costumáveis cantar no vosso Templo. Ao que os levitas retrucaram: Ó tolos! Ai, se tivéssemos enaltecido o Senhor por cada milagre que ele nos fez, não teríamos sido expulsos de nossa pátria e teríamos alcançado a grandeza e a glória. Agora devemos cantar louvores a deuses alheios? Por causa dessa resposta os idólatras massacraram multidões inteiras de israelitas. Mas, embora tantos judeus tivessem sido levados à morte, eles estavam contentes por não terem adorado nenhum deus alheio. Os demais levitas, porém, deceparam os dedos para não mais poder tocar a cítara. Se eram intimados a tocar, mostravam as mãos mutiladas e diziam: "Como cantar o cântico de Deus em terra de estrangeiro?*"

Quando o dia estava terminado, Deus fez uma nuvem descer sobre os exilados e esta os ocultou de seus perseguidores. E com uma nuvem de fogo iluminou-lhes o caminho e os conduziu noite adentro para mais longe do lugar até que, ao alvorecer, chegaram à costa marítima. Com a luz da manhã, a nuvem que os envolvera dissipou-se, e também a coluna de fogo desapareceu. E o Senhor cercou-os por meio de um rio, que é chamado de Sambation, o qual tem o comprimento de três meses de viagem e a largura de três meses de viagem. A profundidade do rio é de duzentos côvados: ele é cheio de areia e pedras, as quais são lançadas às margens com muito estrondo. O rugido do rio pode ser ouvido a uma distância de meio-dia de viagem; o barulho só diminui no Sábado. Nesse dia eleva-se um fogo que arremessa seu clarão para longe e protege os cercados da intrusão de estranhos. O fogo queima toda grama que cresce na praia.

---

* Salmo 137, 4.

Mas os levitas que para lá foram arrastados são os descendentes de Moisés. Nenhum animal impuro e nenhum verme habita essa terra; apenas ovelhas e bois medram lá. Além do grande rio, ainda existem seis fontes, que desembocam numa só e irrigam a terra. As águas abundam de peixes, e acima delas voam pássaros puros. Também frutas de todas as espécies crescem na terra. Cada semente produz frutos cêntuplos. Os habitantes são fiéis à fé, são adeptos do Ensinamento escrito e oral. São sábios, devotos e íntegros, e guardam-se de juramentos falsos. Suas vidas têm cento e vinte anos de duração e eles vêem descendentes até a terceira e a quarta geração; jamais acontece que o filho morra antes do pai. Eles mesmos fazem todos os seus trabalhos, não possuem servos nem criados e não trancam suas casas à noite. Um menino pequeno tange um animal por longas distâncias e não teme ladrões, feras ou maus espíritos. Pois todos eles são santos e guardam até hoje os sagrados regulamentos.

POR ISSO Deus os escolheu e lhes concedeu essa magnificência. Eles não vêem outros povos e também não são vistos por ninguém, com exceção das tribos de Dan e Naftali, Gad e Asser, que vivem além da torrente, na Etiópia.

2. *Esdras e os Iemenitas*

DE ACORDO com uma velha tradição, os antepassados dos judeus do Iêmen emigraram para esse país quarenta e dois anos antes da destruição do primeiro Templo, quando se tornou pública a profecia de Jeremias: "Quem deixar esta cidade viverá"*. Reuniram-se cinco mil homens dos melhores do povo, juntaram todos os seus bens e haveres, fizeram acompanhar-se pelos levitas, sacerdotes e seus servos e partiram a fim de procurar uma terra que lhes oferecesse tranqüilidade. Atravessaram o Jordão, seguiram pelo sul através do deserto e depois de onze dias de jornada chegaram ao país de Edom; de lá chegaram a Seir e finalmente ao Iêmen. Viram que a terra era fértil e semelhante a um jardim de Deus; em tudo lembrava a terra de Israel. Encontraram também todas as plantas e frutas que fazem parte da Festa dos Tabernáculos. Portanto, tomaram posse da terra e lá se estabeleceram. Elegeram um rei em seu meio e retornaram ao Senhor. Construíram uma fortificação sobre o monte Na-

---

* Jeremias 21, 9; 38, 2.

rum e tornaram-se um reino poderoso, que conseguiu grandeza e prestígio.

Quando Esdras voltou da Babilônia a Jerusalém, mandou circulares a todos os judeus que estavam no estrangeiro aconselhando-os a retornarem à terra de Israel. Mandou chamar também os judeus do Iêmen, mas estes não quiseram deixar seu país. Então o próprio Esdras foi até lá, mas eles se recusaram a acompanhá-lo e disseram que o que ele trazia não era a salvação definitiva; os que agora retornavam iriam mais uma vez ao exílio. Por que então deveriam pôr-se precipitadamente a caminho, antes de ter chegado o dia determinado por Deus? Esdras ficou enraivecido com isso e os excomungou. Mas eles também o amaldiçoaram e impuseram sobre ele a maldição de que seus ossos não repousariam na Terra Santa. E ambas as maldições se realizaram. A felicidade dos iemenitas tornou-se instável; nenhum deles conservou sua fortuna; ela se dissipava assim que era adquirida. Jamais conseguiram deixar algo de seus bens aos filhos e também não eram longevos. Mas em Esdras a maldição também se cumpriu: sua sepultura não se encontra na Terra Santa, pois ele foi enterrado no deserto de Bosra. Até hoje os iemenitas odeiam Esdras; nenhuma criança recebe seu nome, ao passo que esse nome é dado a muitos meninos na Babilônia.

3. Alexandre com as Tribos Desaparecidas

NUMA DE SUAS campanhas, Alexandre da Macedônia chegou também à Etiópia. O caminho levava por mares e rios e só era possível chegar lá em jangadas. Assim, Alexandre mandou construir trezentas embarcações e com elas alcançou o país. Mas este se situava perto das colônias das dez tribos, que o rei também queria conhecer. O rio Sambation, porém, que ficava na fronteira, lançava nos dias úteis uma saraivada de pedras sobre a terra. Alexandre esperou até a noite do sexto dia da semana, quando o rio parou e não mais cuspiu pedras. Então ele se movimentou com seus homens, e atravessaram o rio. Penetraram no país e estabeleceram-se na margem, onde o rei quis esperar, para ver como a coisa iria se desenrolar. Enviou mensageiros aos habitantes, os quais deviam descobrir de que origem eram. Os interrogados responderam: Somos dos filhos do povo de Deus, que deixaram seu país na época do rei assírio Senaqueribe. Os mensageiros então levaram a resposta ao rei.

Alexandre então mandou perguntar aos judeus, através do escriba

Menahem*, se podia atravessar o país com seu exército. Mas, quando Menahem apareceu diante deles e começou a falar na língua sagrada, eles falaram: És um judeu? Ele respondeu: Sim. Então disseram irados: Como não temeste o Deus de teus pais e profanaste o Sábado, atravessando o rio nesse dia? Menahem replicou a isso: Que vossa ira se aplaque. O temor do soberano me sirva de desculpa. Tive que atravessar o rio no Sábado, pois do contrário me tornaria pasto dos animais selvagens. Eles responderam: Mentes! Não existem feras em nosso país; nossos filhos apascentam o rebanho lá fora dia e noite e nada lhes acontece de mal. Desaparece daqui, senão estás condenado à morte!

Assim Menahem voltou consternado e contou ao rei o que lhe acontecera. Alexandre tentou enviar outros mensageiros ao país; mas os filhos das dez tribos também não quiseram falar com eles antes que se deixassem circuncidar. Eles transmitiram a resposta ao rei e Alexandre concordou.

Depois ele próprio se pôs a caminho para ir ter com os judeus. Entrou numa tenda e ali encontrou um ancião que segurava um livro nas mãos. O rei apresentou-lhe a saudação de paz, mas o velho não lhe respondeu. Então Alexandre disse: Como tu, faço parte do pacto de Abraão e sou rei e filho de rei. Quando o ancião ouviu isso, prestou todas as honras ao visitante. Alexandre perguntou-lhe: Como é que não reunis vosso exército contra mim e não temeis o meu poder? O ancião respondeu: Não tememos, pois acerca de nós é válida a frase: "Cinco de vós afujentarão cem, e cem de vós derrubarão dez mil".

4. Bostanai

OUTRORA governava a Pérsia um soberano tolo, que decidiu exterminar a descendência de Davi. Mandou procurar em todo o reino por descendentes da antiga casa real judaica e matou a todos que pôde agarrar. Aprisionou seus parentes e amigos no cárcere e os torturou bastante; seus recém-nascidos foram despedaçados e as mulheres grávidas tiveram seus ventres rasgados. Somente graças à misericórdia do nosso Deus é que uma jovem mulher, casada com um jovem de família real e grávida dele, permaneceu viva.

---

* Vide p. 79.

Aconteceu então que o rei sonhou o seguinte: Viu-se passeando num belo jardim, no qual cresciam árvores formosas. Mas o jardim não lhe pertencia e, de inveja, ele arrancou frutos e galhos e danificou as árvores. Depois que destruiu quase tudo, ainda procurou pelo jardim para ver se não sobrara nenhum rebento ou galhinho que pudesse carregar frutos. E eis que num lugar avistou uma pequena árvore na qual lateralmente brotava um renovo. Ele ergueu o machado a fim de abatê-la, quando de repente viu um ancião diante de si. Este berrou com ele, arrancou-lhe o machado da mão e com ele bateu na fronte do rei, fazendo com que o sangue corresse pelo seu rosto e barba. Ele caiu por terra, chorou bastimosamente diante do velho e clamou: Sê clemente, meu senhor, e não me aniquiles; que mal te fiz? Então o ancião respondeu, dizendo: Acaso te parece pouco ter devastado meu jardim? Se desejavas as belas frutas, podias comê-las ou levá-las; se gostaste de uma árvore, podias plantá-la em tua terra. Mas não te bastou estragar galhos, folhas, flores e frutos, ainda querias atingir esta frágil arvorezinha em sua raiz. Plantei, irriguei e cuidei deste jardim durante muitos anos. Agora apenas me sobrou esta única arvorezinha, e eu pretendia criá-la e dela esperava substituição para as plantas perdidas. Tu, porém, querias também me tomar esta a fim de que nada me restasse, e em tua arrogância ainda te consideravas com a razão. Se tivesses cometido só uma parcela das tuas maldades, merecerias ser eliminado. O rei continuou a chorar em sonho e a pedir clemência. Falou: Na verdade agi tolamente. Mas, já que estou arrependido, deixa minha alma valer alguma coisa diante de ti e não me mates. Eu me comprometo a cuidar da plantinha e a irrigá-la até que fique forte como um cedro; em seguida continuarei plantando os galhos, até que teu jardim fique novamente como era antes. Perdoa-me, pois errei.

Nesse instante o rei despertou de seu sono e sentiu que sua testa sangrava. Então seu coração ficou amargurado. Com o espírito abalado, aguardou o romper do dia. Ao amanhecer, mandou chamar seus sábios e adivinhos e contou-lhes acerca da visão. Mas eles permaneceram calados, e não souberam o que dizer. Então um dos criados do príncipe apresentou-se e falou: Meu senhor e rei! Bem sabes que os sábios judeus e descendentes de sua casa real, após seu exílio, serviram de conselheiros ao rei dos persas e que recebiam um soldo de honra dos teus antecessores e sempre eram consultados quando se tratava de decifrar enigmas e explicar visões noturnas. Num instante de cólera ordenaste que todos fossem exterminados e atirados ao cárcere, onde muitos sofrem torturas ainda hoje. Se concordares em deixar que um deles venha à tua presença para lhe contares o teu sonho, eu irei procurá-lo e o trarei. Essa idéia agradou ao rei e ele ordenou que um dos prisioneiros fosse trazido à sua presença.

O CRIADO FOI à prisão onde estavam trancados os perseguidos e transmitiu-lhes o desejo do rei. Então um sábio ofereceu-se para ir. Este era o sogro do último rebento da casa de Davi, acima mencionado, cuja jovem esposa permanecera viva por milagre. Este falou: Irei diante do rei e lhe direi por que seu coração está inquieto. Os companheiros do cativo falaram: Não te apresentes, pois não sabes o que o rei te irá pedir. Então o sábio falou: O rei teve um sonho e eu também tive a mesma visão e sei interpretá-la. Então os outros disseram: Que Deus, o Senhor, esteja contigo! Então o criado do rei falou ao sábio: Lava-te e unge-te; eis as roupas que deves vestir; assim o rei ordenou. Contudo, o ancião recusou-se a trocar de roupa. Deixou-se conduzir perante o rei no triste estado em que se encontrava. Cada olho que o avistava se umedecia.

Quando apareceu diante do rei, este falou-lhe: Tive um sonho e não sei interpretá-lo. Podes decifrá-lo? O sábio retrucou: As interpretações são do Senhor. Conta-me tua visão, meu senhor e rei, ou queres que eu a descreva? Então o rei disse: Pois bem, faze-o. Então o sábio começou a relatar o sonho, e mencionou muita coisa que escapara ao próprio soberano. O rei espantou-se sobremaneira e falou: O que dizes é verdade em tudo. E agora interpreta-me a visão! O sábio chorou e falou: Meu senhor e rei! O jardim no qual passeaste é a casa de Davi; as árvores grandes e pequenas que viste são os rebentos dessa casa, seus homens, rapazes e crianças; os frutos que cresciam nas árvores são os sábios dessa estirpe, nos quais reside a sabedoria. Devastaste esse jardim: em tua ira, exterminaste todos os membros da casa de Davi. A última arvorezinha, finalmente, cujo extermínio te foi impedido, é uma jovem mulher dessa estirpe que escapou da destruição e logo dará à luz. O ancião, porém, que arrancou o machado de tuas mãos era o próprio rei Davi, e tua promessa de irrigar e cultivar a arvorezinha salva significa o dever de proteger e criar a criança ainda não nascida.

ENTÃO O REI falou: Sei que a verdade está contigo. Encontra, pois, a mulher da tribo de Davi; quero compensar no seu filho o meu pecado. Quando o velho ouviu essas palavras, não conseguiu dominar sua emoção. Ele falou: Esvaziei o cálice de veneno e ainda tive que engolir a borra amarga. A mulher é minha filha. Eu a dei a um excelente rapaz da casa de Davi, e quando foram festejados os dias de alegria teus servos estavam em via de exterminar a casa. Meu genro foi morto; eu e meus parentes fomos atirados ao cárcere, e minha filha ficou aí, uma mulher enviuvada e abandonada.

Então o rei falou: Corre à tua casa e dize à tua filha que hoje eu libertei a ti e a teus companheiros da prisão; não sereis mais torturados, daqui em diante eu cuidarei de vós. E o rei tirou o anel de seu dedo e o deu ao velho como confirmação de suas palavras. Todos os prisioneiros puderam deixar o cárcere.

O sábio foi depressa para casa e encontrou sua filha ainda em boas condições e aguardando o parto. Ele foi tomado de grande alegria e deu a informação ao rei. Então o rei ordenou que fosse dado um aposento especial em sua corte para a jovem mulher e lhe fosse concedido tudo o que precisasse. Mandou que ela viesse à sua presença com o pai e os recebeu com grandes honrarias.

O dia em que a mulher devia dar à luz chegou e ela teve um filho. Chamou-o de Bostanai, pelo jardim no qual o rei tivera o sonho, pois jardim em persa significa bostan. Então houve júbilo em Israel e por toda parte espalhou-se a notícia de que o Senhor em sua benevolência poupara a vida a um resto da tribo de Davi. Na estirpe de Bostanai o nome de Davi seria preservado até o dia da salvação.

O menino Bostanai tornou-se grande e inteligente e acumulou sabedoria e conhecimento. Era versado em Ensinamento oral e escrito e também conhecia as coisas mundanas. Deus concedera ao rapaz todo o encanto e atrativo de seu ancestral Davi. O rei exigiu vê-lo, e quando apareceu diante dele o soberano e seus cortesãos surpreenderam-se com o rapaz abençoado por Deus.

BOSTANAI permanecia de manhã à noite diante do soberano em posição ereta; não baixava a cabeça e não mexia o pé. Apareceu uma mosca e picou-lhe a testa, ocasionando um calombo do tamanho de uma tâmara. O rapaz, porém, não fez um movimento para enxotar o inseto. Correu sangue da ferida, de modo que o rei o percebeu. Perguntou ao rapaz: O que tens? E este respondeu: O que vês, meu senhor e rei. Então o rei olhou e notou a mosca sentada na testa do jovem, chupando o seu sangue. O rei falou: Por que não enxotas o inseto? Bostanai respondeu: De nossos antepassados nos foi transmitido o ensinamento de não falar, não rir e não mexer nenhum membro quando estamos diante de um príncipe. Essas palavras agradaram muito ao rei; viu que tinha diante de si um rapaz extremamente inteligente. Presenteou-o ricamente e ordenou que o deixassem no cargo do vice-rei e que proclamassem sobre ele: Assim é honrado o príncipe do exílio! Tornou-se chefe de Israel e também devia dirigir os negócios de Estado; tinha de nomear os juízes e supervisionar as escolas superiores de Nebardan e Pumbedita.

Desde os tempos de Bostanai o sinete do príncipe do exílio isto é, o exilarca, exibe uma mosca em recordação ao acontecimento narrado.

5. *Mar Sutra*

O PRÍNCIPE do exílio Rabi Huna tinha por esposa a filha de Rabi Chanina, o chefe da casa de estudos. Rabi Chanina, por sua vez, era um homem de grandes méritos. Um dia, um novo juiz foi enviado para o lugar onde se encontrava a casa de estudos. Este foi mandado para lá pelo príncipe do exílio; Rabi Chanina, todavia, impediu-o de exercer seu cargo. Então o príncipe do exílio mandou chamar Rabi Chanina à sua presença. Quando o devoto apareceu, o príncipe o maltratou e lhe arrancou os fios da barba. Então o humilhado foi embora muito entristecido. Chegou à sinagoga e chorou tanto até encher uma vasilha de lágrimas; depois a bebeu. Logo depois irrompeu a peste na casa do príncipe do exílio, e numa noite morreram todos os moradores, com exceção da filha de Chanina, que estava grávida e carregava sob o coração o mais tarde ilustre Rabi Sutra.

Naquela época vivia na Babilônia um homem de nome Pachra. Quando este viu que a casa de Davi se extinguira, tentou obter as boas graças do rei através de presentes e pediu-lhe que o nomeasse príncipe do exílio. Mas, quando Mar Sutra fez quinze anos, foi junto com o chefe da casa de estudos e conseguiu que Pachra fosse destituído de seu cargo de príncipe do exílio. O fim desse homem foi que uma mosca penetrou em seu nariz, causando-lhe a morte. Por isso os descendentes de Davi usam uma mosca em seu sinete.

Rabi Sutra tornou-se príncipe do exílio e exerceu esse cargo durante vinte anos. Os sábios Rabi Chanina, Rabi Chama e Rabi Isaac eram então chefes das casas de estudos. Rabi Isaac, porém, sofreu uma morte de mártir.

Quando Rabi Sutra saía, uma coluna de nuvem andava à sua frente. A ele se juntavam quatrocentos homens, e com estes bateu os persas. Ele consolidou seu governo e aumentou os impostos. Isso durou sete anos. Mas, decorridos os sete anos, o povo começou a pecar, bebeu vinho proibido e se conduziu de maneira rebelde. Então a coluna de nuvem desapareceu diante de Rabi Sutra. Os persas o agarraram e o enforcaram na ponte de Mechosa. No dia de sua excução nasceu-lhe um filho, o qual foi chamado igualmente de Sutra, como o pai.

6. O Irmão de Israel

O MESTRE JACÓ, filho de Elieser, atravessou o país dos cosares e viu que seus habitantes eram da tribo de Simeão. Então exclamou: Ai de nós, conosco cumpriu-se o que está escrito: "Eu vos dispersarei entre os povos". Mas quando soube, depois, que os cosares tinham adotado a fé judaica, alegrou-se e falou: "Mesmo que já estejam na terra do inimigo, eu igualmente não os rejeitei, de forma a não mais valer minha aliança com eles".

Duas virtudes do povo dos cosares permitiram que lhes fosse concedido tornar-se um irmão para Israel: sua caridade e sua hospitalidade. Jacó ben Elieser falou: Andei por todos os países e em lugar nenhum encontrei um povo que fosse mais caridoso e hospitaleiro do que esse que vive além do rio. A tenda de qualquer um iguala-se à tenda de Abraão, e cada casa está completamente aberta como a de Job, que possuía portas para leste e oeste, norte e sul. Job é ainda mais enaltecido do que Abraão. Deus falou a Abraão: Agora sei que temes a Deus. Mas acerca de Job falou: Ele é sem culpa e íntegro, teme a Deus e evita o mal. Por que é chamado de sem culpa e justo? Porque já nasceu circuncidado. Por que é chamado de temente a Deus? Porque tinha em alta consideração os eruditos da Escritura. De onde se depreende que ele evitava o mal? Porque descendia de um outro povo e depois se tornou hebreu. E da mesma maneira o rei dos cosares se transformara de pagão em servo de Javé.

Quando Jacó ben Elieser chegou à terra dos cosares, o rei desse povo perguntou-lhe: O que desejas de mim? Rabi Jacó respondeu: Apenas quero que me expliques a tua origem. O rei respondeu: Os cosares são uma tribo muito antiga. Seus antepassados são mencionados já na Escritura. Os filhos de Jafé foram: Gomer, Magog, Madai, Javan, Tubal, Mesech e Tiras. Gomer é o pai de Asbena, Rifat e Togarma*.

Togarma, porém, é o ancestral dos turcos, e estes são irmãos dos cosares. Quando os filhos de Gomer praticaram idolatria, seu irmão Cosar levantou-se e lhes falou à consciência. Então o Senhor falou a Cosar: Por tua vida, eu te compensarei por isso. E Cosar separou-se de seus irmãos e fundou um reino, que é chamado reino dos cosares. E o Senhor fez com que também os filhos de Simeão fossem para essa terra. Os descendentes

---

* Gên. 10, 2-3.

de Cosar aparentaram-se com os filhos de Jacó e converteram-se ao Ensinamento de Moisés.

7. *A Disputa*

CONTA-SE que, quando o rei dos cosares estava para adotar uma nova fé, o rei de Edom e o de Ismael enviaram-lhe emissários com valiosos presentes; o cortejo era acompanhado por sábios, e estes deviam convertê-lo à sua fé. Mas o rei dos cosares era muito sábio e assim mandou chamar um erudito da Escritura judaica, que devia discutir com os emissários dos dois reis. Mas um apenas contradizia as palavras do outro, e eles não chegavam a nenhum resultado. Vendo isso, o rei ordenou que fossem para casa e voltassem dentro de três dias.

No dia seguinte, porém, mandou chamar o sacerdote edomita sozinho e falou-lhe: Sei que teu rei é um grande soberano e que sua fé é uma fé maravilhosa; estou também inclinado a aceitá-la. Mas quero antes pedir-te que me respondas a uma pergunta. Sê sincero e eu te prestarei favores. Dize-me qual das duas outras leis é a melhor. É a de Ismael ou a de Israel? Ao que o sacerdote respondeu: Que o rei viva eternamente. Não há lei mais elevada do que a de Israel. Deus elegeu esse povo entre todos os demais e o nomeou filho primogênito. Realizou grandes milagres com ele, conduziu-o para fora do Egito, separou o mar diante dele e afogou seus perseguidores. Alimentou-o com maná e fez com que lhe jorrasse água da rocha; falou com ele do meio do fogo e lhe deu o seu Ensinamento. Trouxe-o o Canaã e lhe construiu um Templo. É certo que o povo errou e pecou e enredou a lei; por isso Ele zangou-se, expulsou-o do país e o dispersou por todos os cantos. Não tivesse acontecido isso, sua lei seria sem igual. O que, em comparação, é Ismael e sua fé? Esse povo não conhece Sábado nem dia festivo, nem mandamentos, nem estatutos; tudo o que é impuro lhe serve de alimento. Come a carne dos camelos, dos cavalos, dos cachorros, bem como tudo o que rasteja e voa. Então o rei falou ao edomita: Já que me forneceste um relatório verdadeiro, eu te concederei benevolência.

NO OUTRO DIA, o rei mandou chamar o cádi e falou-lhe: Quero perguntar-te uma coisa. Dize-me abertamente e sem simulação qual a lei que te agrada mais, a dos judeus ou a dos cristãos. O ismaelita respondeu: A lei dos judeus é a verdadeira lei, a eles também foram conferidos estatutos e mandamentos. É certo que Deus os puniu quando pecaram e os entregou aos seus inimigos, mas as salvação e a libertação lhes pertence. Os cristãos, ao contrário, não possuem realmente verdadeira lei. Não proíbem o uso da carne de porco, bem como a dos demais animais impuros. Ao que o rei disse: Falaste certo, saberás de minha gratidão.

No terceiro dia, o rei dos cosares mandou os três sábios se reunirem novamente e falou-lhes: Entendei-vos entre vós e dizei-me qual é a melhor fé. Os três homens discutiram, mas não chegaram a um acordo. Então o rei dirigiu-se ao edomita e perguntou-lhe: Qual a fé mais elevada? A judaica ou a ismaelita? O edomita respondeu: A judaica deve ser mais considerada. Depois o rei perguntou ao ismaelita: Qual a fé que preferes, a dos judeus ou a dos cristão? O ismaelita respondeu: A fé dos judeus deve ter preferência. Ao que o rei falou: Assim ambos confessastes que a lei dos judeus é a lei mais venerável. É a lei de Abraão, e foi essa que escolhi. Quanto às dádivas que vossos soberanos querem me conceder, meu Deus me concederá iguais, se estiver comigo. Vós, porém, retornai em paz.

E o Todo-Poderoso estava com o rei; ele fortaleceu sua coragem e deu-lhe forças. O soberano circuncidou o prepúcio de sua carne; o mesmo fizeram seus criados e todo o povo. Fez com que muitos sábios judeus viessem para seu país, e estes divulgaram o Ensinamento de Moisés e introduziram os usos desse Ensinamento. Até hoje tais costumes são seguidos por esse povo. E, a partir do dia em que os cosares adotaram a fé de Israel, ninguém lhes pôde resistir; até Edom e Ismael se tornaram seus tributários.

8. *Eldad, o Danita*

ELDAD, o danita, subiu num barco com um judeu da tribo de Asser a fim de ir ao encontro dos navios que alcançavam o porto e fazer comércio de troca com seus viajantes. Mas então se desencadeou uma tempestade e o barco se partiu. Só uma balsa flutuava no mar, e Eldad agarrou-se a ela. Também seu companheiro salvou-se sobre a tábua, e assim os dois ficaram balançando na água para cima e para baixo, até que foram lançados a uma costa estranha. Essa longínqua região era habitada por um povo antropófago que era alto, de cor negra e andava nu. Os dois estrangeiros foram imediatamente agarrados. O companheiro de Eldad era um homem gordo, e assim os brutos o mataram e devoraram. Quando o infeliz foi amarrado, ele gritou: Ai de mim! Mãe, por que me pariste? A carne de Eldad, porém, era magra, e assim os selvagens o trancaram numa jaula para que ele aumentasse de peso e engordasse. Traziam-lhe comida proibida aos judeus, e por isso ele não a tocava.

Desfazia-se dela às escondida e quando lhe perguntavam se havia comido ele dizia que sim. Assim ficou ele algum tempo na mão dos antropófagos, até que Deus realizou um milagre com ele e fez com que um exército inimigo atacasse os negros. Eles foram batidos, pilhados e aprisionados.

Eldad, o danita, também foi levado preso e passou quatro anos sob as ordens de seus novos donos. Estes eram adoradores do fogo. Todas as manhãs faziam subir chamas ao céu e inclinavam-se respeitosamente. Num determinado dia do ano reuniam-se num barranco profundo, onde crescia um carvalho muito antigo. Uma formosa donzela subia ao cume da árvore e batia com as mãos nos joelhos. Sua voz fazia o povo estremecer, e ele caía em reverência por terra. Depois todos se erguiam e corriam ao Templo situado numa colina. Ali fechavam as portas e apagavam as luzes, e os homens coabitavam com as mulheres. Cada homem possuía uma mulher, e podia acontecer que um pai partilhasse o leito com sua filha, um filho com sua mãe ou um irmão com sua irmã. E então a primeira criança que nascesse depois, fosse menino ou menina, era queimada e as cinzas guardadas para o preparo da água benta.

UM DIA, Eldad foi levado à terra de Aziz. Ali foi comprado por um judeu da tribo de Isaschar, o qual o levou para seu país. Os filhos de Isaschar habitavam numa serra que tinha profundas gargantas e se situava no reino perso-meda. Viviam de acordo com a frase: "O livro do Ensinamento não se afaste de tua boca". Para eles só valia o jugo da lei e nenhum poder terreno. Contavam também com generais em seu meio; no entanto, só lutavam com a palavra e não com a espada. Gozavam de paz e sossego e não conheciam nenhuma arma mortífera. Roubo e furto não aconteciam lá; mesmo se alguém via dinheiro ou roupa jogados na rua, não os levantava.

Os filhos de Sebulon viviam em sua vizinhança, nas montanhas de Pharan. Construíam suas tendas com peles de animais que vinham de Armênia. Seu comércio abrangia os países até o Eufrates. Do outro lado das montanhas de Pharan viviam os filhos de Rúben. Estes utilizavam-se tanto da língua sagrada quanto da língua persa. Aos Sábados liam na Escritura e interpretavam os trechos na língua persa. Conheciam também o Ensinamento Oral.

A tribo de Efraim e metade da tribo de Manassés viviam numa serra não longe de Meca. Eram homens de coração duro e espírito indomável, cavaleiros selvagens e salteadores que não tinham piedade de seus inimigos e viviam só de despojos.

A TRIBO DE SIMEÃO e a segunda metade da tribo de Manassés habitavam a uma distância de seis meses de viagem, no país dos caldeus. Seu número era maior do que o das demais tribos, e vinte e cinco reinos lhe eram tributários.

9. Olho por Olho

NA ÉPOCA de Gaon Scherira vivia um homem rico, considerado pelo seu povo, que tinha em seu poder a Torá escrita pelas próprias mãos de Esdras. O homem rico morreu e deixou dois filhos. Entre estes originou-se logo uma disputa pela posse do rolo; cada qual queria tê-lo para si, deixando ao outro todo o ouro e prata. Como não pudessem chegar a um acordo, apresentaram o caso a Scherira. O sábio Gaon decidiu a disputa fazendo com que tirassem a sorte. Assim a um ficou cabendo a Torá e ao outro toda a fortuna. O primeiro considerou-se feliz, mas o outro sofreu muito, pois todo o ouro e prata nada lhe significavam diante do rolo sagrado. Na mesma cidade, porém, vivia um ateu. Este se agastou pelo fato de o herdeiro ter dado toda a fortuna por um rolo da Escritura e tramou uma maldade. Esgueirou-se disfarçado para dentro da sinagoga onde se encontrava o rolo e esperou até que todos tivessem saído. Em seguida, o ateu retirou o rolo da arca e abriu-o no lugar onde está escrito: "Servireis ao Senhor, vosso Deus"*. Ali apagou a letra Aiin e escreveu um Alef, com o que o verso tornou-se uma profanação. Agora dizia: Arruinareis o Senhor, vosso Deus.

O ultraje permaneceu oculto por algum tempo, mas por fim acabou vindo à tona. Quando o proprietário da Escritura soube do caso, adoeceu de desgosto; disse para si que, mesmo se o estrago fosse reparado, o rolo nunca mais poderia ser considerado como tendo sido escrito por Esdras. À noite, porém, apareceu-lhe seu falecido pai e disse que, se olhasse sob a mesa da casa de oração, ali se encontraria o olho do ímpio. Pois logo que apagara a letra Aiin seu olho direito caíra da órbita. Portanto, com ele cumpriu-se a frase: "Olho por olho"**. O falecido ordenou ainda que o erro não fosse reparado, pois o tribunal divino decidira que o próprio Esdras deveria fazê-lo.

---

* Êxodo 23, 25.
** Êxodo 21, 24. A palavra *Aiin* significa olho.

10. A Sepultura de Ezequiel e Baruch

CERTA VEZ, um sultão falou a um judeu de nome Salomão (este era o pai do então príncipe do exílio Daniel): Vem comigo; é meu desejo abrir a sepultura da profeta Ezequiel, pois ouvi dizer que ele realiza milagres. O judeu Salomão respondeu a isso: Que o céu o impeça! Mas não longe de sua sepultura encontra-se o túmulo de seu discípulo Baruch, o filho de Nerin, o qual também foi um profeta. Se conseguires fitá-lo, poderás também fitar Ezequiel. Então o rei disse: Falaste bem. E mandou vir seus administradores e conselheiros, a fim de que presenciassem a abertura do túmulo onde jazia Baruch. Mas aconteceu que todo aquele que tocava o túmulo caía morto imediatamente.

Entre os presentes havia também um velho ismaelita, e este falou: Aquele que está enterrado aqui era um judeu; são os judeus que guardam o seu Ensinamento, portanto convém que um judeu abra a cova. O rei então ordenou aos judeus que o fizessem. Eles pediram um prazo de três dias, e depois que isso lhes foi concedido fizeram penitência, jejuaram e oraram. No quarto dia alguns deles desceram ao subterrâneo e abriram a sepultura, sem que nenhum deles sofresse dano. Num esquife de mármore estava diante deles um cadáver que parecia ter morrido alguns dias antes. O rei falou: Não fica bem que dois soberanos se utilizem de uma só corda; não fica bem que este grande repouse ao lado de outro grande. Vou transladar o esquife de Baruch para outro lugar. E o esquife de mármore foi erguido e devia ser conduzido para outro local. Mas, quando os homens haviam-se afastado uma milha de sepultura de Ezequiel, estacaram como que enfeitiçados; também os cavalos e mulas pararam de puxar o esquife. Então Rabi Salomão falou: Talvez o justo tenha escolhido ainda em vida este lugar para sepultura. Então o rei mandou erguer um sepulcro nesse lugar e lá colocar o esquife.

O REI ficou muito admirado ao ver que o cadáver de Baruch não estivesse decomposto e a roupa também não estivesse estragada. Diferente foi o que observou em Meca, no túmulo de Maomé. Então ele se converteu ao judaísmo. Falou: O Ensinamento de Moisés é o único verdadeiro!

11. Schephatia e Basílio

NA MESMA ÉPOCA havia um príncipe em Edom* que era um homem

---

* Refere-se a Bizâncio.

duro e cruel; ansiava pelo sangue da descendência de Davi. Oitocentos anos após a destruição do Templo, depois que o exílio de Israel começou, surgiu esse inimigo, um sucessor de Haman; o nome do infame era Basílio. Em sua fúria, pretendia aniquilar o povo de Deus e extinguir nome e vestígio de Israel. Mandou proclamar por mensageiros e cavaleiros que Israel devia renunciar à sua fé e adotar uma outra.

O rei Basílio tinha uma filha a quem amava sobremaneira. Ela estava possuída de um demônio e não havia quem pudesse curá-la. Então o príncipe escreveu uma carta a Schephatia e pediu-lhe que o visitasse secretamente. Falou-lhe e pediu-lhe com insistência: Ajuda-me, ó Schephatia, e cura minha filha. Então o sábio falou: Eu o farei com o auxílio do Todo-Poderoso. E disse ao rei: Indique um lugar onde não haja nada impuro, o qual, portanto, seja apropriado para as minhas intenções. O rei falou: Possuo um jardim em Boccaleone, o qual me parece ser conveniente. A tradução do nome desse lugar é: na boca do leão. Isso agradou bastante ao sábio e assim ele levou a donzela para lá. Conjurou o diabo em nome daquele que reside no céu e permanece nas alturas, que fundou a terra com sabedoria, que fez surgir as montanhas e o oceano. Então o demônio gritou em voz alta: Para quem desperdiças teu esforço? Para a filha de um rei malvado e ímpio, que pretende exterminar o povo da salvação. Ela me coube para que eu a aniquile; deixa-me, não saio do lugar. Schephatia, porém, falou: Não te dou resposta. Em nome do Senhor, abandona o corpo; que todos reconheçam que Israel possui um Deus. Então o demônio teve que fugir rapidamente; Schephatia, no entanto, enfeitiçou-o num recipiente de chumbo, fechou-o bem e colocou um sinete; o sinete trazia o nome do Senhor. Depois afundou-o nas profundezas das águas. Assim a donzela se curou, para alegria de seus pais.

E Schephatia preparou-se para o regresso. Então o rei mandou chamá-lo. Falou-lhe: Pede de mim o que desejares; eu te concederei riquezas e reinos. O sábio respondeu cheio de humildade e tristeza: Se o meu Senhor quer bem a Schephatia, ele que desista de oprimir os piedosos; que não os obrigue a renunciar à sua fé e não os deixe à mercê da aniquilação. Se não o fazes por eles, faze-o por mim. Basílio então falou, cheio de irritação e raiva: Se eu não tivesse jurado e confirmado com meu selo que te concederia graça, eu te trataria duramente e com desprezo. Mas agora está feito e não quero voltar atrás. E deu um anel de sinete de ouro a Schephatia, que serviria para revogar o ímpio decreto.

12. A Filha de Schephatia

MESTRE SCHEPHATIA tinha uma filha bonita, adorável e cheia de encanto; seu nome era Kessia. O pai amava-a carinhosamente e gostaria muito de casá-la, mas nenhum noivo era bom para a mãe. A quem se dispunha a cortejar a moça, ela dizia não e expunha o seguinte: Minha filha é uma mulher valiosa; seu pai é um homem importante; se não aparecer alguém que se iguale a ele, não deixarei minha filha partir. Seu noivo deve ser inteiramente como seu pai em conhecimento e saber, em sabedoria e sensatez; tem de ser versado na Escritura e nas leis, no Ensinamento e nas suas interpretações, dominar tanto banalidades como as coisas importantes; tem de lhe ser igual em fortuna e grandeza, em força e dignidade, em temor a Deus e humildade, no cumprimento dos mandamentos e dos ensinamentos, e tem de possuir todas as nobres virtudes.

Aconteceu, certa noite, que Schephatia levantou-se do leito, conforme estava habituado, a fim de orar ao Senhor, enaltecer sua grandeza, recitar cantos de louvor e melodias, fazer ecoar hinos sagrados e sons, entregar-se a doces versos diante daquele que domina em Arawoth, o mais alto dos sete céus, proferir orações diante do Eterno, repousar à sombra do Todo-Poderoso, ficar diante de seu assento em devoção, procurar confiança e apoio junto ao Altíssimo e enaltecer grandemente o Criador do Mundo, que reside nas nuvens, cuja beleza se ostenta nas abóbadas, cuja voz ressoa sobre as águas, cuja majestade resplandece do céu.

A filha de Schephatia também se levantou da cama e, ficando diante dele apenas de camisola, ajudou-o a lavar as mãos. Então o pai a olhou, e eis que as romãs de seus seios estavam completamente maduras, e chegara o tempo de ela gozar do amor nos braços de um homem. Ele ficou em pé e terminou rapidamente sua oração; em seguida foi ter com a mulher, repreendeu-a a valer e falou duramente com ela. Disse: Possuo uma pomba, devota e inocente, e é chegada para ela a hora do casamento; ela deverá ser uma coroa para o marido; meu irmão a quis para seu filho Chassadia e eu, tolamente, dei atenção às tuas palavras; agora não tenho sossego, pois ultrajei as instruções da Escritura e agi contra as palavras dos nossos grandes.

DE MANHÃ, quando Schephatia deixou sua casa e foi à casa de oração para proferir sua prece, entrou na casa de seu irmão Chananel e exclamou diante dele: Minha vontade, meu desejo, minha intenção é apenas casar minha filha com teu filho Chassadia; realmente é melhor que eu a dê a ele. O irmão inclinou-se humildemente diante de Schephatia até ajoelhar-se. Terminada a prece, Schephatia convidou a congregação, levou-a para sua casa e casou sua filha com o sobrinho.

E o irmão da moça, que se chamava Amitai, compôs um hino nupcial em homenagem à donzela. Nele enaltecia as ações do Eterno, o qual logo no início revela o fim, e coroou a beleza e o encanto da noiva.

13. O Menino Julgado Morto

CERTA VEZ, aconteceu por volta da meia-noite que Schephatia seguia pelas ruas de uma cidade. De uma casa ouviu sair um doloroso lamento; o dono da casa pertencia à mesma tribo que ele; era seu amigo e mais querido companheiro. Mas diante da casa estavam duas mulheres, e ele ouviu uma dizer à outra: Irmã, agarra o menino, ambas o devoraremos. Assim que o sábio ouviu essas palavras, correu diretamente em socorro do menino e arrancou a criança das mãos das perversas. As duas mulheres não eram criaturas humanas, mas espíritos noturnos e demônios maus.

Schephatia seguiu adiante com o menino e o levou para sua própria casa. Mostrou-o à esposa, que logo o reconheceu, e ambos o esconderam no quarto em que dormiam. Mas enquanto isso seus genitores se afligiam, pois tinham um cadáver em casa. Choravam amargamente pelo filho; em seguida levaram-no entristecidos à sepultura. O sábio Schephatia levantou-se para consolá-los, conforme manda o costume. No meio da prédica perguntou: Que doença tinha o menino e qual foi a causa de sua morte prematura? Os curvados de aflição responderam: Comeu normalmente e à noite tomou a refeição conosco. Fomos dormir, e quando acordamos o encontramos morto. Choramos a noite toda e o pranteamos, mas de manhã cavamos a cova e o enterramos onde repousam nossos antepassados.

Schephatia então falou, com alegre olhar: Não creio em vós completamente; mostrai-me primeiro a sepultura. Vosso filho não está lá dentro, ele vive como antes; eu o trarei, bem e intacto. Eles foram ao cemitério e abriram a cova, e eis que havia uma vassoura dentro. Em seguida Schephatia conduziu os aflitos à sua casa e fez com que revissem em meio a alegria o filho; contou-lhes tudo o que acontecera. Então todos juntos enalteceram o Senhor, que atende misericordiosamente às súplicas de Israel.

14. A Morte de Schephatia

ERA COSTUME do devoto Rabi Schephatia soprar o Schofar (chifre de carneiro) durante o serviço do dia do Ano Novo. Adoeceu, então, certa vez, antes da festa e não pôde executar o ato. Mas o povo suplicou-lhe, dizendo: Só queremos ouvir o som se tu soprares o Schofar; ninguém toca tão bonito como tu. Assim insistiram muito e ele se deixou convencer. Em seguida foi carregado para sua casa e deitado na cama. Toda a comunidade acompanhou-o até sua casa e rodeou seu leito. Ele dirigiu-se aos presentes e falou-lhes: Sigo para onde reside a paz, cheguei ao fim dos tempos, retorno aos meus ancestrais. Mas quero informar-vos, queridos rebentos, descendentes de Abraão, Isaac e Jacó, que o nosso perseguidor e opressor, o rei Basílio, não está mais vivo. Vejo-o no inferno languescendo em correntes de fogo e torturado por anjos brunidores. Agora o Senhor Zebaoth também me chama, para que eu enfrente Basílio e dispute com ele sobre o mal que fez ao seu povo.

OS PRESENTE anotaram o dia e a hora em que o justo o falou tais coisas. E, realmente, logo chegou a notícia de que Basílio tinha morrido. Sua morte, porém, ocorrera exatamente no instante em que Schephatia anunciara seu fim.

15. O Filho do Além

O SÁBIO Rabi Aarão veio a Benevento e ali realizou coisas milagrosas. Quando alcançou a cidade, todo o povo foi ao seu encontro e no Sábado o culto divino foi mais festivo do que nunca. E um rapaz encantador ergueu-se para rezar, e com voz doce cantou orações e hinos. Quando chegou ao trecho: Enaltecei o Senhor – ele estendeu muito a melodia, no entanto não proferiu o nome do Senhor. Então Rabi Aarão percebeu e sabiamente reconheceu que o cantor era um dos finados e não pertencia mais ao número dos vivos, pois um morto jamais pode louvar o Senhor*. E interrompeu em voz alta: Pára, rapaz, não continues a cantar! Não te cabe o direito de analtecer o Criador; orar diante dele não te é permitido. E começou a falar com ele, insistindo gentilmente para que desistisse. Falou: Não temas e não te preocupes; confessa espontaneamente de onde vens; não escondas nada diante daquele que te pergunta, e confessa a verdade diante de todo o povo. Homenageia o Senhor, e então obterás vida eterna e herdarás a parte que cabe aos justos. O morto logo respondeu ao sábio: Eu errei e pequei; pratiquei o mal e blasfemei contra meu Deus.

---

* Conforme Salmo 115, 47.

Quereis tolerar a mim, pecador, em vosso meio? E a congregação o aceitou de boa vontade.

Então o falecido começou a narrar e a relatar o que lhe acontecera. Falou: Ouve-me, Povo de Deus! Escutai, veneráveis sábios! Ouvi, anciãos e velhos! Atentai, conselheiros e príncipes! Sabereis tudo o que ocorreu. Um judeu de nome Achimaaz costumava peregrinar a Jerusalém três vezes ao ano. Levava cada vez cem moedas de ouro e as distribuía entre aqueles que consagram sua vida à Escritura e choram a glória perdida. Quando, certa vez, estava se preparando para a viagem, pediu à minha mãe que me deixasse seguir com ele. Falou: Eu o levo e o trago de volta; pede-o de volta a mim, senão responderei diante de Deus com os meus. Assim, partimos alegres e sem tristeza. Quando depois estávamos alegremente sentados à mesa com os chefes da casa de estudos e seus discípulos jubilavam e cantavam, o chefe da congregação levantou-se e falou: Que o rapaz que acaba de chegar, e que é protegido de Rabi Achinaaz, alegrenos com a fluência de suas palavras e deixe sua fonte jorrar diante de nós. Assim comecei a recitar e a cantar e enalteci o Eterno que está envolto em luz.

Ali sentado estava um ancião de cabelo branco, o qual escutou meu hino, foi acometido de tristeza e de repente começou a chorar e a soluçar. Mestre Achinaaz notou a aflição; levantou-se de sua cadeira e correu ao ancião; pediu e implorou-lhe que dissesse por que chorava e vertia lágrimas. Então o ancião lhe respondeu que era decisão e sentença do Senhor, levar logo o menino que ali falava e fazê-lo entrar na eternidade. Então os olhos de Achinaaz se encheram de lágrimas, ele rasgou suas vestes, arrancou os cabelos, e bradou em voz alta: Lá se vai a minha vida, pois jurei à sua mãe trazê-lo de volta e prestei um juramento de que ele retornaria intacto. Como é que vou voltar para casa sem o menino estar comigo? Quando viram o quanto ele se afligia e reconheceram o tamanho de seu sofrimento, escreveram um nome sagrado; arranharam minha carne no braço direito e dentro enfiaram a plaquinha. Assim permaneci vivo e me levaram para casa. Enquanto mestre Achinaaz ainda vivia, fugi dele de ilha em ilha. E assim vivo, desde então, somente graças a esta plaquinha; ninguém além de mim conhece o lugar no braço. No entanto, vou mostrá-la a vós e a vós me entregar; fazei comigo o que vos aprouver. Arregaçou sua roupa e foi encontrado o lugar do objeto. Então Rabi Aarão arrancou a plaquinha e o rapaz caiu morto, sem alento.

16. O Irmão de Chananel

QUERO DEIXAR meu espírito voar alto e vos relatar aqui um milagre que foi realizado por Rabi Chananel, o sábio. Ele tinha um irmão, de nome Papuleon, e este foi arrebatado quando jovem pela morte. Mas, no dia em que ficou à mercê do anjo exterminador, seus parentes estavam num outro lugar. Portanto, Chananel demorou a enterrar o cadáver e esperou até que os amigos voltassem e pranteassem o morto junto com ele. Mas, para que o corpo não se decompusesse e não espalhasse mau cheiro, ele escreveu o nome de seu Criador numa pele e enfiou a plaquinha sob a língua do morto. Então o cadáver despertou e ficou novamente vivo.

Enquanto isso, algo estranho aconteceu a seus parentes. Na noite antes de voltarem à terra natal, tiveram um sonho enigmático: um anjo de Deus apareceu diante deles e falou-lhes as estranhas palavras: Por que molestais o Senhor, vosso Deus, e fazeis coisas que não devem ser feitas? O Senhor faz morrer e vós reanimais; desisti disso, não tenteis vosso Deus. Eles, porém, não sabiam a que o anjo estava se referindo.

Quando alcançaram sua cidade natal, o sábio Chananel lhes foi ao encontro, e juntos correram ao irmão doente. Encontraram-no sentado na cama, mas não sabiam o que havia acontecido e que apenas a placa o mantinha vivo. Mas, quando o sábio lhes contou o fato, romperam em pranto. A Chananel, porém, falaram alto: Tiveste a força de ainda lhe dar vida, agora deixa-o partir. Então Chananel se aproximou do rapaz vivo-morto e, suspirando e chorando, falou-lhe: Dá-me tua boca para que eu te beije. Quando, depois, o morto lhe ofereceu os lábios, ele enfiou rapidamente os dedos entre eles e retirou a placa com o nome. Imediatamente o morto caiu para trás no leito; foi, então, levado à sepultura pelos irmãos. O corpo tornou-se pó e caiu em decomposição, mas a alma retornou a seu Deus.

17. Teófilo

UM HOMEM, de nome Teófilo, foi punido por uma ação indigna e condenado à morte pela forca. Quando foi levado ao cadafalso, muita gente correu atrás dele com gritaria. Mas o comandante da cidade dispersou a multidão, dirigiu-se ao condenado e falou: Se quiseres abandonar a tua fé e te declarares pronto a adotar a nossa, eu te salvarei da horrível morte. Então Teófilo inclinou sua cabeça concordando, pois tinha pena de deixar de viver. Foi logo levado ao palácio do comandante da cidade e começou-se a conversar com ele sobre coisas da fé. Ficou evidente, porém, que Teófilo se mantinha fiel ao credo judaico. Então o comandante da cidade lhe falou: Poupei tua vida e quis te libertar da morte, e tu zombaste de mim. Vou-te atormentar através de dores e te preparar torturas cruéis e extraordinárias. E golpeou-o com seu bastão, depois decepou-lhe as mãos e os pés e atirou-o ao cárcere.

No cárcere, contudo, havia ainda um outro judeu, um homem devotado a Deus, e este tratou bem de Teófilo, alimentando-o e dando-lhe de beber do que era seu. Assim decorreu um ano. Em casa, Teófilo tinha uma filha que era virgem e ainda solteira. Então, um dia, ele falou – era antes do dia da expiação – a seu companheiro: Traze testemunhas, eu te casarei com minha filha. O companheiro respondeu: Tu és um homem eminente; eu, porém, sou um homem simples. Se tua parentela souber o que pretendes fazer, eles me despedaçarão como a um peixe. Mas Teófilo respondeu: Ninguém além de mim pode determinar sobre minha filha.

Então o homem foi, trouxe três testemunhas e a filha do torturado e casou-se com ela na prisão. Depois Teófilo falou a seu genro: Vai em paz; tu não me verás mais. O fiel afastou-se, contudo retornou após o dia do jejum. Mas não encontrou seu sogro nem morto nem vivo, pois o Senhor o havia arrebatado.

18. Nas Marés

DA REGIÃO de Córdoba partiu um herói de guerra, um capitão de vários navios, de nome Ibn Rumahis; o califa Abderahman An-Nazzar, que governava a Espanha, enviara-o. Ibn Rumahis devia, com seus homens, aprisionar navios inimigos e conquistar cidades costeiras. Dobraram o Mediterrâneo, rodearam as ilhas e chegaram até as praias do país de Israel.

Durante seu cruzeiro encontraram um navio no qual se achavam quatro importantes mestres da lei, que viajavam de Bari em direção à ilha Saphsatin; pretendiam arrecadar nas comunidades dinheiro para noivas pobres. Ibn Rumahis capturou o navio e algemou os sábios. Destes um era Rabi Chuschiel, o segundo Rabi Moisés, o terceiro Rabi Schemaria; o nome do quarto não é conhecido. Rabi Moisés levava consigo sua mulher e seu filho, o mais tarde famoso Rabi Henoch; na época, entretanto, ele ainda era um menino.

Então o almirante quis violentar a mulher de Rabi Moisés, pois ela era muito bonita. Ela então bradou no idioma santo a seu marido, Rabi

Moisés, dizendo: Existe também para os naufragos uma ressurreição após a morte? Rabi Moisés retrucou: O senhor falou: "Farei com que regressem de Busan, buscá-los-ei do fundo do mar" . Quando a mulher ouviu essa resposta, atirou-se ao mar e morreu afogada.

19. Samuel Nagid

SAMUEL HALEVI, o filho de José, que era chamado de Nagid, morava em Córdoba. Era um dos grandes eruditos e conhecia o idioma e a escrita dos ismaelitas, conhecimento que lhe possibilitava o trato com os reis. Exercia um pequeno comércio e sustentava-se parcamente disso. Veio então a época da guerra civil na Espanha, o soberano Abiemed foi deposto e os bárbaros conquistaram a vitória. A comunidade de Córdoba empobreceu e os habitantes tiveram que fugir. Muitos salvaram-se indo a Saragoça, onde ainda hoje vivem seus descendentes, muitos correram a Toledo, onde ainda também permanecem seus descendentes. Samuel Halevi fugiu para Málaga, onde abriu uma pequena mercearia. A loja situava-se nas proximidades do palácio de Alarif, o vizir do rei Habus de Granada. Na maior parte do tempo o vizir estava ausente, e sua criada tinha que mandar relatórios a seu patrão. Estes ela pedia a Samuel Halevi que os escrevesse. O vizir admirou-se da habilidade com que eram escritas as cartas. Depois de algum tempo Alarif foi solicitado por seu rei Habus a retornar a Málaga. Chegando à cidade, perguntou aos moradores da casa quem havia escrito os relatórios. Responderam-lhe: Eles foram redigidos por um judeu que provém de Córdoba e que reside aqui na tua vizinhança. O vizir logo ordenou que o judeu fosse trazido à sua presença. Quando Samuel chegou, Alarif falou-lhe: Não convém que passes teus dias numa loja; não te afastarás do meu lado. Assim, Samuel tornou-se escriba e conselheiro do vizir; este, por sua vez, era conselheiro do rei Habus. Seus conselhos eram sempre cheios de divina sabedoria e traziam sorte ao rei.

Aconteceu, então, que Alarif adoeceu. O rei Habus o visitou e perguntou: Com quem devo me aconselhar a partir de agora, quando estiver pressionado por inimigos? Então o vizir respondeu: Jamais te aconselhei de espírito próprio. Todos os meus conselhos provinham do judeu Samuel. A ele dirige tua atenção, ele te será pai e guia. Faze o que ele te aconselhar e que o Senhor te acompanhe.

Quando, então, Alarif morreu, o rei Habus levou Rabi Samuel para seu palácio e ele se tornou seu escriba e conselheiro.

20. O Costume Pecaminoso

NOS DIAS DO sábio Rabi Abraão ibn Esra, vivia numa pequena e pouco populosa cidade um pobre homem necessitado que sofria miséria. Um dia, a pobreza o oprimiu demais e ele decidiu-se a deixar a cidade. Vagueou chorando pelas montanhas e alcançou as profundezas da espessa floresta; cansado e esgotado, sentou-se num outeiro e lamentou-se, suspirou e chorou, pois suas forças o haviam abandonado.

Enquanto assim se lamentava, apareceu de repente diante dele um ancião num longo manto ondulante e perguntou ao aflito: O que tens? Por que teu rosto está triste e pálido, e por que elevas tua voz para chorar? O pobre respondeu dizendo: Ó meu senhor, choro por causa da amarga miséria de minha alma, pois as setas da fome penetraram em minha cabana e a aflição e a pobreza pesam sobre mim; meus filhos choram por pão, e não há ninguém que lhos traga, e minha frágil mulher, que antes jamais tentou colocar a sola de seus pés no chão, olha-me de revés. Ai de mim no meu sofrimento, pois o Senhor me flagelou e o Todo-Poderoso me torturou; diante de quem posso ainda me queixar? Então o o velho falou: Tenho pena de ti, pobre homem, e vou te socorrer em tua miséria. Ouve minhas palavras e acata o meu conselho, que te erguerá. Vai para tua casa e traze-me de lá o teu único filho, a quem amas; oferece-o a mim em sacrifício e eu te abençoarei com ouro e prata, carneiros e bois e tudo o que teu coração desejar. Ao que o pobre respondeu: Sim, meu senhor, será feito de acordo com tuas palavras. Amanhã cumprirei o que desejas. E o tolo foi para casa mais calmo e consolado. Não contou a ninguém sobre aquilo que ocorrera, apenas com a mulher falou da seguinte maneira: Nosso filho cresceu e ainda não sabe nada sobre o Ensinamento; eu o tomarei nos braços e o levarei a uma casa de estudos, onde será instruído na Escritura Sagrada e nos livros das Leis, a fim de que nos traga honra e nos dê alegria. A mulher replicou: Faze o que a teus olhos é justo. E o homem tomou o menino e o levou ao lugar onde encontrara o ancião. Mas, quando chegaram, o homem empilhou lenha, acendeu uma fogueira, amarrou seu filho, tomou um cutelo na mão e imolou-o. Sacrificou-o aos bodes que saltavam em redor. De repente, o ancião estava novamente diante dele e disse: Agora sei que temes a Deus, pois não poupaste teu único filho; em troca farei uma aliança contigo. Quando agora pisares na soleira de tua casa, encontrarás uma grande fortuna; volta para casa, e tudo correrá bem, e terás sucesso em tudo o que realizares.

Assim, o homem ficou rico e abastado de uma hora para outra. Os maus vizinhos ficaram com inveja e as vizinhas falaram à mulher do enriquecido: De onde arranjastes tanto dinheiro e como o adquiristes e juntastes? Abençoado seja o vosso benfeitor, dize-nos apenas quem é. A mulher redargüiu: Não conheço o homem e nada sei de suas ações; meu marido é o único que me concede tudo e eu me alimento de suas posses. Então as mulheres falaram: Não é nada fácil adquirir tal fortuna em poucos dias; isso não pode ser obtido apenas com a inteligência humana; deve haver alguma coisa atrás disso. Procura sabê-lo de teu marido, pois com certeza ele está escondendo algo de ti. A mulher passou então a mostrar-se perturbada. Falou a seu marido: Não vou comer nem apreciar nada antes que me reveles de onde te vem a grande fortuna. De início, o homem nada respondeu, e então a mulher chorou e não quis comer. Seu marido perguntou: Por que choras? Então a mulher falou subitamente: Então dize à mãe do menino: Onde está o nosso filho, que conduziste à casa de estudos? Acaso o levaste ao monte Tabor e o deixaste lá? O homem ficou como mudo a essa interpelação. Mas, quando ela continuou a pressioná-lo e não desistiu de indagar, sua alma desfaleceu e ele reconheceu que não podia continuar a guardar segredo. Portanto, contou-lhe tudo o que acontecera entre ele e o velho e o que ele lhe havia imposto. Depois falou: Acaso fortuna e vida não te são mais queridos do que dez filhos? Então a mulher também cedeu e se conformou com o acontecido. Mas, em seguida, informou as amigas e vizinhas do que ficara sabendo pelo marido. E estas logo também conseguiram com suas falas suaves convencer seus maridos a fazerem o mesmo para obter fortuna. Elas falaram: Sacrifiquemos também nós os nossos filhos no cume do monte, para que também fiquemos por cima. E conseguiram fazer os maridos concordarem. Os pais, em sua tolice, ofereciam os filhos ao diabo, pois o abominável se apossara deles. E também eles ficaram ricos e obtiveram muitos bens; tornaram-se orgulhosos e felizes com sua fortuna e grandeza. Logo tornou-se lei no país sacrificar os filhos ao demônio, e a ação iníqua foi praticada durante muito tempo. Anualmente davam uma festa, comiam, bebiam e se divertiam juntos, e Satã vinha para o seu meio, e ali se sentava como um rei entre o bando de patuscos e jubilosos. Ele os seduziu e os desviou, e eles o seguiram como embriagados e finalmente o elegeram seu ídolo.

ACONTECEU ENTÃO, um dia, que o sábio Abraão ibn Esra chegou a essa região, hospedou-se na casa de um cidadão e lá pernoitou. Ao amanhecer quis continuar viagem e o dono da casa então lhe falou: Se encontrei mercê aos teus olhos, meu senhor e mestre, não deixes o teu criado hoje. Comemoramos hoje a nossa festa de sacrifício, com o que cumprimos o nosso voto. Entregamo-nos aos prazeres do amor e nos divertimos com as mulheres; embriagamo-nos com vinho forte, não faltará boa comida e doces petiscos. Damos a festa em homenagem ao ancião, a ele que nos sustenta e mantém vivos em todos os dias e a todas as horas. Por causa dele não nos negues participar dos festejos, o próprio ancião também estará presente. – Assim o homem insistiu com o sábio Abraão ibn Esra, e este finalmente concordou.

De manhã foram abatidos carneiros e preparou-se o que devia ser servido: substanciosas iguarias e vinho em profusão, como é costume dos reis. À hora do almoço sentaram-se à mesa e Abraão ibn Esra estava no meio dos comensais. Logo depois os homens começaram a gritar e a rugir como leões. Bradaram: Vem, ancião, não tardes; pois estamos reunidos aqui para te festejar. Ao erguerem a voz, o ancião apareceu com o semblante de um rei, de cabelos brancos e vestes nobres. O sábio Abraão ibn Esra viu-o de longe, e através do seu santo espírito reconheceu imediatamente que se tratava de um demônio. Mas permaneceu mudo e não deixou transparecer nada; esperou até que o torpe se aproximasse da mesa. Quando este avistou o mestre entre os convidados, começou a gritar e bradou: Afastai o homem estrangeiro daqui; que ele não perturbe nossa festa. Então o santo se levantou e disse: Ó Satã e espírito malvado, em nome do Todo-Poderoso eu te desterro para as profundezas do inferno, para o reino das trevas e da escuridão, onde reside Lilit. Lá seja a tua moradia; jamais deverás permanecer aqui na terra. Pois és um diabo e deves ficar entre os diabos e não entre os humanos; por que mostras tanta altivez? E Abraão ibn Esra amaldiçoou o demônio; proferiu o nome sagrado sobre ele, e o iníquo fugiu e seguiu para as profundezas. Jamais pôde retornar à terra.

Mas aos habitantes do lugar o sábio falou: Por terdes praticado tal iniqüidade e repudiado a palavra do Senhor, sereis amaldiçoados diante de Deus; amaldiçoado o vosso impulso, que é tão fote; amaldiçoado o vosso espírito, que é tão obstinado. Comereis vosso pão com o suor dos vossos rostos; colhereis espinhos e abrolhos. Vosso delito é demasiado e vosso pecado imensurável; agistes mal, muito mal! Então todos começaram a chorar e falaram: Ajuda-nos, ajuda-nos, homem divino, erramos e pecamos; derramamos sangue inocente e imolamos frágeis criancinhas como carneiros. Mostra-nos o caminho da penitência, talvez o pai do céu se apiede de nós.

Então o mestre lhes abriu a porta da penitência e eles se desviaram do mau caminho; jejuaram, prantearam e se cobriram de sacos. A fortuna obtida de más ações dispersou-se como a riqueza de Corê; em suas mãos não ficou nem o buraco de uma agulha. Ficaram novamente pobres como eram antes e também não tinham mais os seus filhos. Portanto, podiam ser chamados de duplamente pobres*.

Isso para despertar os corações de Israel, para que jamais almejem a riqueza.

21. Ibn Esra

JUDÁ HALEVI, o famoso autor do livro *Kusari*, era muito rico e possuía uma única filha, que era muito bonita. Quando esta cresceu, a mulher de Halevi insistiu com o marido para que ele casasse a moça enquanto ainda vivo. Judá irritou-se com isso e jurou casar a filha com o primeiro homem que entrasse em sua casa.

Aconteceu então, na manhã seguinte, que Ibn Esra chegou à casa de Halevi como peregrino pobre em roupas gastas. Quando a mulher avistou o estrangeiro, recordou-se do juramento do marido e sua face empalideceu. Mesmo assim, começou a interrogar o visitante, como se chamava e se era versado no Ensinamento. Ibn Esra, porém, apresentou-se de forma diversa do que era e escondeu a verdade a seu respeito. Então a mulher foi procurar o marido na casa de estudos e chorou diante dele. Halevi lhe falou: Não te aflijas, eu instruirei na Escritura o homem a nós enviado e tornarei grande o seu nome. Depois foi ter com o peregrino e iniciou uma conversa. Ibn Esra também o enganou a seu respeito e não lhe revelou o seu nome. Após muitas súplicas por parte de Halevi, Ibn Esra concordou aparentemente em se tornar seu discípulo e fingiu que estudava com afinco e fazia progressos. Uma noite, entretanto, aconteceu que Halevi se demorou na casa de estudos mais do que de costume; estava ocupado com a redação do poema Ó Senhor, Tua Misericórdia, e esforçava-se em vão por encontrar uma rima apropriada para a letra Resch. Sua mulher mandou chamá-lo diversas vezes para comer, mas ele não quis vir. Então ela mesma foi lá e pediu com tanta insistência que ele veio para a refeição. Ibn Esra perguntou a Halevi qual o trecho do Ensinamento que o prendera por tanto tempo. Então Halevi deu uma resposta irônica. Ibn Esra repetiu a pergunta tantas vezes que a mulher de Halevi, que também era erudita, foi à casa de estudos do marido, buscou seu caderno e o mostrou a Ibn Esra. Este tomou logo de uma pena de escrever e começou a corri-

---

* O nome próprio *Korah* (*Korach*) significa calvo.

gir o poema. E, quando chegou à rima faltante, rapidamente a compôs. Vendo isso, Judá Halevi ficou feliz e abraçou-o e beijou-o. Falou: Não poder ser outro senão Ibn Esra, e eu te quero para genro. Então Ibn Esra retirou a máscara e confessou seu nome. Depois Judá Halevi lhe deu sua filha por esposa e lhe deu toda a sua fortuna.

22. Gabirol e Judá Halevi

SALOMÃO BEN GABIROL viveu em Saragoça, mas morreu na cidade de Valência. Era um grande estudioso da Escritura, poeta e conhecedor tanto do idioma sagrado como também do idioma grego.

Acerca de sua morte existe a seguinte tradição: Sua sabedoria foi a causa de um turco sentir forte inveja dele e o matar. Enterrou o cadáver em seu jardim sob uma figueira, e eis que a árvore deu frutos antes do tempo e estava cheia de grandes e bonitos figos. O povo admirou-se sobremaneira com isso e também o rei ficou espantado quando soube. Mandou chamar o turco e lhe perguntou: Como é que esta árvore produz frutos maduros com tanta antecedência? O assassino de Gabirol permaneceu calado e não deu resposta. O rei insistiu muito, mas ele não quis confessar nada. Então o rei ordenou que fosse torturado e então o malfeitor confessou o que se encontrava sob a árvore, e por fim confessou também que fora ele o assassino do sepultado, e que a partir do dia em que o cadáver se encontrou naquele lugar a árvore se desenvolvera tão maravilhosamente. Imediatamente o rei mandou enforcar o ímpio naquela árvore. A morte de Gabirol ocorreu no ano 4830.

Conta a lenda que, quando o poeta Judá Halevi alcançou as portas de Jerusalém, rasgou suas vestes e continuou a mover-se de joelhos, como se quisesse cumprir o verso: "Teus servos amam suas pedras e se condoem por suas ruínas"*. E ele proferiu a lamentação que compusera: E se me perguntas, Sião, como estão os teus prisioneiros... Mas um ismaelita ficou enraivecido com essa devoção e atropelou-o com seu cavalo, o qual o esmagou com os cascos e o matou.

Judá Halevi contava cinqüenta anos quando chegou à Terra Santa.

---

* Salmo 102, 15.

23. O Amém Omitido

Antes das perseguições do ano 4856, existiam muitas comunidades judaicas na Espanha. Havia entre elas uma cidade muito conhecida na qual viviam particularmente muitos judeus e que era a residência do príncipe. Este pretendeu muitas vezes expulsar os judeus de sua região, mas o chefe da comunidade, um humilde e devoto homem que gozava de sua proteção, sempre conseguia demovê-lo desse intento.

Mas um dia a ira do príncipe estava mais forte do que nunca e ele ordenou que os judeus fossem expulsos do país. Então os consternados voltaram-se para o mencionado devoto e pediram-lhe que mais uma vez suplicasse clemência ao príncipe. No entanto, Satã fez com que fossem procurá-lo na hora da prece vespertina. O devoto disse que iria com eles ter com o príncipe, mas que antes queria terminar a oração. Então os homens falaram: Salvar Israel do infortúnio também é um mandamento. Agora a hora é favorável para a intercessão; portanto, corre à corte do príncipe, depois proferirás a tua prece. Então o devoto foi ter com o príncipe.

Quando este o viu chegando, sua simpatia despertou de novo e ele correu ao seu encontro, abraçou-o e beijou-o. Então o devoto pensou em seu coração que o soberano certamente iria revogar o horrível decreto, e no início conversou com ele sobre outras coisas. Enquanto isso, um sacerdote de uma outra cidade veio visitar o príncipe e o saudou com um longo discurso feito numa língua estrangeira. O judeu, no entanto, temeu perder a hora da prece, assim foi de mansinho para um canto e orou silenciosamente. Nesse ínterim, o sacerdote terminara seu discurso e todos os presentes tiveram que dizer amém para que os votos de felicitações se realizassem. Apenas o judeu não juntou sua voz aos brados de amém, pois não entendera o sentido das palavras e não queria interromper suas preces. O sacerdote percebeu isso e começou a arrancar os cabelos e a lamentar, pois sua bênção ficaria sem valor. O príncipe também ficou irritado e rapidamente se transformou de amigo em inimigo. Ordenou a seus criados que matassem o devoto e esquartejassem seu corpo. Os servos cumpriram a ordem, enrolaram as partes do corpo num pano e as levaram para a casa dele. Em seguida, o rei mandou expulsar todos os judeus do seu reino.

Entre os expulsos havia ainda um outro devoto, e este se espantou com o fato de seu amigo ter tido uma morte de mártir, quando era um justo. Implorou que lhe fosse dado do céu uma resposta. Um dia estava sentado sozinho num quarto e meditava sobre o caso, quando o falecido lhe apareceu em pleno dia e o esclareceu. Falou: Em toda a minha vida não cometi um único pecado, mas o Senhor é muito rigoroso com os devotos e assim ele considerou um pecado meu que a muitos deixa passar sem punição. Pois aconteceu uma vez que, quando meu filho proferia a bênção sobre o pão, eu não o acompanhei com o amém. O Senhor foi longânimo comigo até o momento em que, estando eu diante de um príncipe terreno, também não disse amém. Nesse instante tive que fazer penitência pelo fato de não ter reforçado a prece de meu filho com um amém... Depois que o morto falou isso, desapareceu.

24. O Mestre Rabi Salomão e Godofredo de Bouillon

NA ÉPOCA do grande mestre Rabi Salomão ben Isaac, vivia na França o famoso Godofredo de Bouillon. Este era um valente herói de guerra, mas também um homem vândalo e cruel. A fama da sabedoria de Rabi Salomão era muito grande e também chegara ao conhecimento de Godofredo. Quis mandá-lo vir à sua presença, mas o mestre ficou em casa. Então Godofredo cavalgou com seus fiéis até a cidade onde Rabi Salomão residia. Chegou diante de sua casa de estudos e ali encontrou todas as portas escancaradas e todos os livros abertos, mas ninguém sentado diante dos escritos. Então o herói gritou em voz alta: Salomão, Salomão! O invisível mestre respondeu: O que o senhor deseja de mim? Godofredo perguntou: Onde estás? Rabi Salomão respondeu: Estou aqui. Godofredo contudo não conseguia avistá-lo. Isso se repetiu por algumas vezes. Então Godofredo prometeu não fazer mal ao mestre e Rabi Salomão logo apareceu diante dele. O guerreiro disse: Agora eu mesmo me convenci de tua sabedoria. Portanto, vou comunicar-te o que pretendo realizar de grandioso. Meu desejo é conquistar Jerusalém. Cem mil cavaleiros e duzentos grandes navios estão à minha disposição. Também na cidade de Ekron sete mil cavaleiros me são devotados e eu confio em Deus que com essas forças vencerei os ismaelitas lá estabelecidos, uma vez que eles não conhecem a arte da guerra. Dize-me então o que pensas dessa minha intenção e nada temas. Rabi Salomão respondeu dizendo: Tomarás Jerusalém e governarás a cidade por três dias. No quarto dia os ismaelitas te expulsarão e tu fugirás e chegarás aqui apenas com três cavalos. Então inflamou-se a ira de Godofredo e ele disse: Mas se eu retornar com quatro cavalos farei com que tua carne seja devorada por cães e matarei todos os judeus do meu país.

E aconteceu com o guerreiro tudo o que Rabi Salomão havia previsto, só que ele escapou com quatro cavalos. Quis então vingar-se do mestre, mas Deus dispôs de outra forma. Quando alcançou a cidade de Rabi Salomão, uma pedra caiu da soleira superior da porta da cidade e matou o quarto cavaleiro e seu cavalo. Então Godofredo de Bouillon assustou-se; viu que Rabi Salomão estivera completamente certo com seu vaticínio. Procurou sua casa a fim de demonstrar-lhe o seu respeito. Mas Rabi Salomão morrera enquanto isso. Godofredo então o pranteou muito.

25. Sobre a Vida de Rabi Salomão

ACERCA DE Rabi Isaac, o pai do depois famoso Rabi Salomão, também chamado de Raschi, conta-se que era possuidor de uma pérola valiosa. As pessoas de sua cidade desejavam muito comprá-la a fim de colocá-la como olho numa imagem de santo. Ofereceram-lhe uma grande soma por ela, mas Rabi Isaac recusou-se a vendê-la para essa finalidade. Então os sacerdotes usaram de astúcia e o atraíram para um navio que logo zarpou. Quando estavam em alto-mar, tentaram obrigá-lo a entregar a pérola. Nesse apuro Rabi Isaac pegou a jóia e atirou-a ao mar. E Deus o salvou da mão daqueles que o ameaçavam.

No mesmo ano, em sua casa de oração, uma voz bradou: De ti nascerá um filho que será uma luz em Israel. E a mulher do devoto deu à luz um menino, e Rabi Isaac chamou-o de Salomão, o nome de seu pai. O menino era extremamente sábio e não havia igual a ele em toda a França.

Rabi Salomão, o filho de Isaac, passou muitos anos no exílio, mas jamais se deu a conhecer no estrangeiro e era tido como simples homem do povo, pois andava de cidade em cidade como um mendigo. Os anciãos daquela geração contavam que, quando Rabi Salomão ben Isaac foi para o exílio, ele atravessou também o Egito e visitou Moisés, o filho de Maimon. Este prestou-lhe grandes honrarias e obsequiou-o com uma medida de óleo de bálsamo, que tem o valor de ouro. Salomão ben Isaac era da estirpe do mestre do Talmud, Iochanan, o sapateiro. Parece que antes de começar a comentar a Escritura ele jejuou durante 613 dias, número que corresponde aos mandamentos de Moisés.

RABI SALOMÃO, o filho de Isaac, apareceu em sonho após sua morte ao filho de sua irmã, Rabi Samuel, e acordou-o do sono. Rabi Samuel perguntou: Quem és? Salomão respondeu: Sou teu tio Salomão. Levanta-te e lava tuas mão para a pureza; eu te ensinarei a proferir o Verdadeiro

Nome; já te instruí em tudo, faltou apenas isso. Rabi Samuel então se levantou e se sentou aos pés do mestre; mas não podia vê-lo. Rabi Salomão ensinou-o a proferir o Nome sagrado e disse: Aprende rapidamente, pois não posso ficar por muito tempo.

26. O Papa Elchanan

NA CIDADE de Mogúncia, que fica às margens do Reno, vivia o grande mestre Rabi Simeão. Pendiam da parede de sua casa três espelhos, nos quais ele podia ver o que acontecera no mundo até o momento e o que iria ocorrer futuramente. Após a sua morte, uma fonte jorrou da cabeceira de sua sepultura.

Rabi Simeão tinha um filho, de nome Elchanan, que ainda era pequeno. Um dia, em um Sábado, quando o mestre e sua companheira se encontravam na sinagoga e o menino ficara aos cuidados de uma jovem criada, chegou, como o fazia semanalmente, a serva de outra crença e acendeu o fogão. Depois tirou a criança do berço, pegou-a no colo e saiu. A criada não desconfiou, pois pensou que a outra apenas queria brincar com a criança e logo voltaria. Mas a infiel não retornou e levou a criança a um lugar distante, onde a entregou à Igreja.

Quando Rabi Simeão e sua esposa voltaram, não encontraram a criança e nem a criada em casa, pois essa saíra correndo a fim de procurar o menino. Mas não conseguiu encontrá-lo; voltou chorando e relatou o que acontecera a seus patrões. Então os pais elevaram sua voz ao céu, choraram e gritaram em sua extrema dor. Rabi Simeão jejuou e mortificou o corpo dia e noite; orou a Deus para que devolvesse o filho, mas as preces não foram atendidas e o Senhor recusou-se a revelar o lugar onde o menino se encontrava.

ENQUANTO ISSO, Elchanan cresceu entre os prelados e aumentou sua sabedoria e erudição, pois tinha uma mente aberta para tudo, como seu pai Rabi Simeão. Passou de uma universidade para outra, até que sua sabedoria tornou-se imensa e por fim ele chegou a Roma. Ali aprendeu ainda mais idiomas e adquiriu grande fama. Logo foi elevado a cardeal; sua fama estendeu-se ainda mais e todo mundo o venerava por sua beleza e erudição. Aconteceu, todavia, que nessa época o chefe da Igreja romana faleceu e ninguém foi considerado mais digno de ser seu sucessor do que o novo cardeal. Assim, o filho de Rabi Simeão tornou-se papa de Roma.

O novo papa tinha conhecimento de sua origem; sabia também que seu pai era o grande Rabi Simeão de Mogúncia. Mas o prestígio de que gozava e o alto cargo que exercia reprimiam a saudade de retornar a seu povo e a seu Deus. Mas, ao galgar o supremo degrau, sentiu vontade de ver seu pai face a face e decidiu trazê-lo a Roma por meio de uma artimanha. Logo escreveu ao bispo de Mogúncia ordenando-lhe proibir os judeus de seguirem na prática de seus costumes: não deviam comemorar o Sábado, não deviam circuncidar seus filhos recém-nascidos, e suas mulheres não deviam cumprir as prescrições de purificação. O novo papa pensou em seu coração: Quando os judeus souberem do rigoroso decreto, enviarão logo homens ilustres a mim para me suplicar a revogação das determinações e é certo que meu pai estará à frente dos enviados. E realmente tudo assim aconteceu. Os judeus de Mogúncia assustaram-se quando o bispo lhes leu a carta do papa. Imploraram que desviasse deles o mal, mas ele disse que não possuía poderes para tanto e aconselhou-os a se dirigirem ao próprio papa. Então os judeus de Mogúncia fizeram penitência e oraram ao Senhor. Em seguida elegeram dois mestres, que deveriam acompanhar Rabi Simeão em sua jornada a Roma.

Os três enviados chegaram a Roma e contaram aos hebreus da cidade o que os trazia. Inicialmente estes não quiseram acreditar, uma vez que o papa era conhecido como amigo dos judeus. Mas, quando lhes mostraram o decreto do chefe da Igreja ao bispo de Mogúncia, os judeus romanos falaram: Provavelmente não é outra coisa senão o Senhor estar irado conosco. E proclamaram um dia de jejum e oraram pelos seus irmãos de Mogúncia. Em seguida foram ter com o cardeal, que via o papa diariamente, e lhe contaram o caso. O cardeal aconselhou os moguncianos a relatarem suas dificuldades numa carta que ele prometeu recomendar e entregar ao papa. Os emissários assim fizeram. Quando o requerimento chegou às mãos do papa e ele leu as assinaturas, ordenou que Rabi Simeão fosse trazido à sua presença. Assim, Rabi Simeão logo se viu diante daquele que era o chefe da Igreja romana. Prostrou-se diante dele, mas o papa lhe ordenou que se levantasse e tomasse assento numa cadeira. Fez com que apresentasse seu pedido e o mestre contou entre lágrimas o que tinha sido imposto à sua comunidade. O papa não respondeu logo, mas iniciou uma disputa erudita com Rabi Simeão, e este admirou-se com a perspicácia e a erudição do chefe da Igreja. Contudo, o papa não conseguiu dominar sua excitação por muito tempo; mandou sair todos os que estavam diante dele e logo se deu a conhecer como filho do homem de Mogúncia. Explicou-lhe que o decreto fora apenas uma artimanha para reencontrar a ele – seu pai – face a face. Entregou uma carta a Rabi Simeão que revogava ao decreto e o deixou partir em paz.

DEPOIS DE ALGUM TEMPO, o papa desapareceu de Roma e chegou secretamente a Mogúncia; ali converteu-se ao Deus de seus antepassados. Esse papa teria escrito um libelo contra a nova crença e o depositara em seus aposentos para guardar. O escrito seria lido por todos os seus sucessores.

O meste Rabi Simeão compôs um hino sobre esse fato, que é recitado no segundo dia do Ano Novo. Que ninguém duvide do relatado; na verdade tudo assim aconteceu.

27. Rabi Amnon

NA CIDADE de Mogúncia vivia um mestre de nome Rabi Amnon, que era de origem nobre e homem muito bonito, rico e muito considerado entre os seus contemporâneos. O príncipe de Mogúncia procurou convencer esse Rabi Amnon a desistir da fé de seus antepassados. Rabi Amnon não dava ouvidos a essas palavras; todavia, continuaram a fazer-lhe diariamente essa proposta. Quando, certo dia, estava sendo particularmente pressionado, Rabi Amnon respondeu que pensaria no assunto e comunicaria sua decisão dentro de três dias. Mas, assim que deixou a casa do governador, arrependeu-se de ter dito tais palavras e ficou terrivelmente angustiado. Depois de três dias, o príncipe mandou chamar Rabi Amnon, mas este recusou-se a ir. Então foi levado contra sua vontade e o príncipe falou rudemente com ele. Rabi Amnon disse: Desejo proferir a minha própria sentença: quero que me seja cortada a língua, que falou uma mentira. Disse isso porque queria santificar o nome do Senhor. O príncipe, no entanto, falou: Não é a língua que tem culpa, pois ela falou a verdade, mas sim os pés, que não quiseram vir aqui. Vou amputá-los e castigarei o corpo. E ordenou que os dedos das mãos e os dedos dos pés fossem cortados um a um. Mas a cada membro que ia sendo cortado perguntavam a Rabi Amnon se ele não queria mudar de idéia, e ele respondia: Não o farei. Terminado o trabalho, o príncipe ordenou que Rabi Amnon fosse deitado numa maca e levado para casa. Os membros decepados foram colocados junto ao corpo. Não era em vão que o mártir chamava-se Amnon, pois ele manifestava a fé no Deus vivo*.

---

* Amnon vem de *omen*, crença.

Pouco tempo depois foi comemorado o Ano Novo e Rabi Amnon fez-se transportar para a sinagoga. Quando ia ser proferida a prece da santificação divina, o mártir disse ao recitador da oração: Deixa que eu santifique o nome do Senhor. E em alta voz bradou: Que nossa santificação suba a ti, pois tu és o nosso Deus, ó Rei. Depois cantou o hino de sua autoria: Deixa que falemos do poder do dia, que é terrível e cheio de horror! Mas, assim que terminou o hino, faleceu e desapareceu dos olhares, pois Deus a arrebatara. Depois de três dias, o Santo apareceu em sonho durante a noite ao filho de Meschulan, Kalonynos, ensinou-lhe o hino e ordenou-lhe que o difundisse onde quer que residissem dispersos os filhos de Israel.

Desde aquela época, é costume recitar esse hino nas sinagogas no dia de Ano Novo.

28. *O Esquife de Rabi Amram*

O MESTRE Rabi Amram de Mogúncia deixou sua cidade natal e foi a Colônia, onde fundou uma escola superior para o estudo do Talmud. Quando ficou velho e não pôde mais retornar a Mogúncia, ordenou a seus discípulos que, quando morresse, o levassem a Mogúncia e o enterrassem junto aos seus ancestrais. Os discípulos acharam então que tal ação traria grandes perigos. Mas o mestre respondeu: Lavai meu corpo depois da morte e colocai-o num esquife; colocai-o depois num barco que navega rio acima e ele o levará sozinho ao lugar de destino.

Após a morte do mestre, os discípulos cumpriram a promessa feita e o barco seguiu a correnteza e chegou até Mogúncia. Quando os barqueiros na margem do rio avistaram o barco com o esquife, presumiram que o esquife abrigava um santo que desejava ser enterrado em Mogúncia. Estenderam os braços para agarrar o barco, mas este lhes escapou e derivou para trás. Então espantaram-se e relataram o caso ao chefe da cidade. A essa notícia, muitos da cidade se dirigiram à margem, e entre eles também alguns judeus. Os barqueiros tentaram novamente agarrar o barco, mas este virou e foi embora. No entanto, logo se aproximou do lugar onde se encontrava o grupo de judeus. Falou-se a estes: Entrai no barco e verificai o que há com ele. Os judeus assim o fizeram e abriram o esquife. Encontraram o cadáver e a seu lado o escrito de Amram, que continha o seguinte: Meus irmãos e amigos, membros da sagrada comunidade de Mogúncia; venho a vós de Colônia, onde morri, e peço-vos enterrar-me na sepultura de meus antepassados.

Então os judeus começaram a prantear; retiraram o esquife do barco e colocarm-no na margem. Os habitantes de Mogúncia, todavia, não queriam deixar o esquife com os judeus e os expulsaram; no entanto, eles próprios não conseguiram mover o caixão do lugar. Então colocaram sentinelas para guardá-lo e erigiram uma capela no lugar. Os judeus esforçaram-se, com pedidos e súplicas, por reaver o esquife do devoto, mas não o conseguiram. E Rabi Amram aparecia cada noite em sonho aos jovens de Mogúncia e dizia-lhes: Enterrai-me na sepultura de meus antepassados. Então os discípulos reuniram-se para deliberar o que podia ser feito. Uma noite apanharam um pecador, que estava enforcado numa árvore fora da cidade, vestiram-lhe mortalha e o colocaram no esquife em lugar de Rabi Amram. Ao mestre, porém, puseram na cova, onde desejara repousar.

29. Davi Alrui

FAZ DEZ ANOS, assim conta Benjamim de Tudela em suas descrições de viagem, um homem fez falar de si. Seu nome era Davi Alrui e ele era da cidade de Amadia. Era discípulo do mestre Ali, o qual estivera em Bagdá, sob o príncipe do exílio Chasdai, foi reitor da casa de estudos Gaon Jacó. Conhecia a Legislação e o Ensinamento oral, e também dominava as outras ciências, o idioma e a escrita dos ismaelitas, assim como os escritos dos adivinhos e astrólogos. Esse homem deixou-se então tomar pela idéia de libertar do jugo dos persas os judeus dos Montes Caftânicos, fazer guerra com os povos e reconquistar Jerusalém. Apresentou milagres e sinais ao povo e disse que Deus o tinha enviado para libertar o povo da servidão; e houve quem desse crédito às suas palavras e o chamasse de Messias. Quando o rei dos persas soube do rebelde, mandou convocá-lo. E Davi Alrui apareceu sem temor diante do soberano. Este perguntou-lhe: És tu aquele a quem chamam rei dos judeus? Alrui respondeu: Sou eu mesmo. Então o soberano mandou prendê-lo e atirá-lo ao cárcere onde se encontravam os que eram tidos como culpados perante o rei. Essa prisão situava-se na cidade de Dabestan, às margens do grande rio Gosan.

Três dias depois, o rei e seus cortesãos e administradores estavam julgando os judeus que haviam ousado rebelar-se contra ele. E eis que Davi Alrui apareceu subitamente diante dele. Libertara-se ele mesmo das algemas e fugira da prisão sem qualquer auxílio. Então o rei perguntou surpreso: Quem te trouxe para cá? Alrui respondeu: Minha sabedoria e esperteza me libertaram. Não temo a ti nem a teus beleguins. Então o rei gritou: Agarrai-o! Mas os cortesãos responderam: Não vemos ninguém aqui e apenas ouvimos uma voz. O rei então se espantou mais ainda. Alrui, porém, disse: Sigo o meu caminho. E ele partiu, e o rei o acompanhou, e os conselheiros e os cortesãos seguiram o rei. Chegaram a um grande rio; ali Alrui estendeu um pano sobre a água e atravessou-a como se fosse uma ponte. Só então é que os perseguidores o avistaram e tentaram segui-lo em pequenos barcos, mas não puderam alcançá-lo. Então disseram que jamais existira um mágico assim. Davi Alrui, no entanto, naquele dia percorreu um caminho de vinte dias e chegou a Amadia. Isso ele conseguiu graças ao Verdadeiro Nome Divino, do qual sabia servir-se. Contou a conterrâneos o que realizara, e estes se surpreenderam com sua sabedoria.

ENQUANTO ISSO, o rei dos persas notificou o caso ao califa de Bagdá, Emirel-Mumenia, e pediu-lhe que conseguisse com o príncipe do exílio e os chefes das casas de estudos pôr termo às ações de Davi Alrui. Caso isso não acontecesse, ameaçou aniquilar todos os judeus de seu reino. Iniciou-se uma época difícil para as comunidades judaicas na Pérsia. Também elas enviaram cartas ao príncipe no exílio e aos anciãos de Bagdá, cujo teor era o seguinte: Devemos perecer diante de vossos olhos? Procurai influenciar o homem a fim de que não seja derramado sangue inocente.

Então os destinatários das cartas mandaram dizer o seguinte a Davi Alrui: Com a presente seja anunciado e levado ao teu conhecimento que a hora da salvação ainda não chegou e os sinais para tal ainda não são visíveis; o espírito em si ainda não traz a vitória. E assim ordenamos-te desistir de teus atos, caso contrário serás desterrado de Israel. Nesse mesmo sentido também lhe escreveram o príncipe Sakkai de Monsul e o profeta José Barhan al-Falach. Mas Alrui não desistiu. Surgiu então um príncipe estrangeiro de nome Sain Eddin e que era tributário do rei da Pérsia. Este mandou chamar o sogro de Davi Alrui e o subornou com dez mil moedas de ouro para que eliminasse o rebelde. E o sogro deixou-se levar e matou o genro enquanto este dormia profundamente em seu leito.

30. A Infância de Maimônides

OUVI ESSA história de um ancião, que a encontrou num livro antigo. Relata que o pai de Maimônides, durante muito tempo, não quis se casar. Já era de meia-idade quando um homem lhe apareceu em sonho e ordenou que se casasse com a filha de um açougueiro de uma cidade perto de Córdoba. O sábio riu do sonho, mas este se repetiu várias vezes. Então ele se pôs a caminho e foi à cidade mencionada e lá também, à noite, repetiu-se o sonho. Então se casou com a mulher indicada. Ela concebeu e deu à luz o mais tarde famoso Maimônides. Contudo, o parto foi difícil e ela morreu. Então Rabi Maimon tomou uma outra mulher e gerou muitos filhos com ela. Moisés, porém, o filho da primeira mulher, era lento no entender e mostrava pouco amor pelas coisas do saber. Seu pai dava-lhe pancadas e chamava-o de filho de açougueiro; por fim expulsou-o de casa. Moisés foi a uma sinagoga e lá adormeceu. Quando despertou, tornara-se um outro homem.

Deixou a cidade natal e chegou ao lugar onde Rabi José, o filho de Ibn Mega, lecionava. Este veio a ser seu mestre e Moisés desenvolveu-se rapidamente e ficou rico em sabedoria e conhecimento. Depois de anos retornou a Córdoba. Não procurou a casa paterna, mas esperou até o Sábado e fez uma prédica na sinagoga, dizendo coisas consternadoras. Depois da preleção, o pai e os irmãos foram ter com ele, beijaram-no e lhe deram as boas-vindas.

31. A Bebida Venenosa

Mestre Maimônides exercia um alto cargo na corte do rei da Espanha e era preferido aos outros cortesãos. O rei apreciava a sabedoria do erudito, principalmente os seus conhecimentos de medicina. Porém a predileção do soberano suscitava a inveja daqueles que o cercavam, e eles difamaram Maimônides perante o monarca, obrigando-o a fugir para o Egito. Maimônides dominava perfeitamente o idioma árabe; apenas não tinha conhecimento do caldeu e do meda.

No Egito, o mestre fundou uma escola superior para a qual acorreram discípulos de Alexandria e Damasco. Sua fama propagou-se muito; mas sua sabedoria só era conhecida pelos judeus e devia permanecer oculta aos outros povos, uma vez que lhe faltavam os conhecimentos lingüísticos para isso. Assim, Maimônides começou a aprender o caldeu e o turco, e em sete anos conseguiu dominar ambos os idiomas perfeitamente. Então seu nome tornou-se ainda mais famoso, e o sultão do Egito o nomeou seu médico particular.

NESSA ÉPOCA era costume no Egito o soberano sentar-se no trono em determinados dias, e em sua volta os sábios e conselheiros ficavam em sete fileiras. O sultão, porém, não sabia em que fileira devia indicar um lugar para Maimônides, pois achava que ele superava todos os sábios em inteligência e conhecimento. Mas o devoto, em sua grande modéstia, não quis tomar assento em nenhuma das cadeiras.

As homenagens que Maimônides recebia, assim como o amor que lhe dedicava o sultão, aborreciam os demais conselheiros e eles o difamaram perante o soberano. Provocaram uma disputa com ele em questões de medicina e sugeriram levar a discussão a cabo da seguinte forma: Maimônides devia preparar uma bebida venenosa, que eles se comprometiam a beber; eles, por uma vez, também comprariam um veneno, que ele teria de beber. Quem permanecesse vivo seria o vencedor. Mas Maimônides deveria ser o primeiro a ingerir o veneno. O mestre concordou com a prova.

No dia em que devia realizar-se a disputa, Maimônides comunicou a seus discípulos o que estava por acontecer. Os jovens ficaram muito tristes; Maimônides, porém, zombou deles e ordenou-lhes que preparassem os medicamentos que ele empregaria antes e depois de tomar a bebida. Os discípulos assim fizeram; mas também proclamaram um jejum e oraram a Deus por seu mestre. Enquanto isso, ele foi confiantemente ter com o rei. Ali recebeu o cálice com o veneno que seus adversários lhe entregaram e sorveu-o até o fim. Depois se fez conduzir para sua casa, onde bebeu o antídoto preparado pelos discípulos; Deus estava com ele e ele sarou.

Três dias depois, Maimônides foi novamente à presença do sultão e levou o veneno preparado por ele. Seus inimigos espantaram-se bastante com o fato de o hebreu continuar vivo. Tiveram, embora contra a vontade, de beber a mistura. Logo depois, dez deles caíram mortos diante dos olhos do soberano.

32. A Sangria

ACONTECEU, certa vez, que o sultão adoeceu e Maimônides preparou-lhe remédios. Seus inimigos então encontraram uma oportunidade de pôr veneno num dos remédios. Depois foram ter com o soberano e confiaram-lhe como segredo que o judeu atentava contra a sua vida.

Quando, depois, Maimônides apareceu junto ao sultão a fim de lhe dar o medicamento, o sultão ordenou que um cachorro tomasse antes o líquido. O cachorro bebeu e logo caiu morto. O príncipe sentiu-se abalado. Na verdade pensava de si para consigo que os médicos inimigos de Maimônides podiam ter envenenado o remédio, mas não conseguia contrapor nada ao fato. Maimônides, por sua vez, estava ali, parado qual um corpo sem alma. O rei falou: Vês que mereceste a morte. Contudo, em virtude de teu longo tempo de serviço, quero conceder-te o direito de escolher teu próprio modo de morrer. Maimônides pediu um prazo de três dias. Confabulou com seus discípulos e informou-os de que escolheria a morte pela abertura das veias. Eles, porém, deveriam ficar preparados com os meios pelos quais poderiam depois reanimá-lo, pois os médicos, em sua ignorância, certamente deixariam de abrir um vaso sanguíneo que sai do coração e o qual só ele conhecia. Isso realmente aconteceu; os discípulos levaram Maimônides para sua casa e o medicaram apropriadamente, de forma que ele superou a perda de sangue e ficou bom.

Depois Maimônides refugiou-se numa caverna, na qual permaneceu durante doze anos, e ali ele compôs o famoso código de leis Mischne-Thora.

33. A Corrida

QUANDO NOSSO mestre Maimônides se encontrava na Argélia, região que se situa no reino berbere da África, gozava de grande prestígio, como em todos os demais lugares onde atuava. Dispunha também de poder sobre os juízes do país. Entre eles, porém, havia um que odiava Rabi Moisés e era seu inimigo por causa de sua sapiência. Um dia, então, os judeus da capital pediram o conselho de Maimônides numa questão legal: um pagão tocara um barril de vinho que estava aberto. Maimônides disse: Seria de temer que o pagão tivesse em pensamento consagrado o vinho a seus ídolos, como sacrifício de ablução, e portanto proibiu seu uso. Logo depois lhe foi pedida uma outra decisão: um verme caíra dentro de uma vasilha cheia de azeite. O mestre, todavia, autorizou a utilização do azeite. Estas duas sentenças foram apresentadas ao juiz hostil. Ele ficou encolerizado e falou: Assim nós, eu e meu povo, somos piores do que um verme. E pensou em vingar-se de Maimônides.

Entretanto, a intenção chegou ao conhecimento do mestre. Pôs-se em fuga, reuniu todos os seus tesouros e foi procurar um barqueiro. Falou-lhe: Meu coração está pesado, leva-me para passear no oceano, a fim de que a preocupação me deixe. Eu te recompensarei por isso. O barqueiro satisfez ao desejo do sábio e logo ambos balançavam-se sobre a água. Mas o marinheiro adormeceu, e então Rabi Moisés apanhou uma folha, sobre a qual escreveu o Nome Sagrado. Colocou-a no chão do barco. Isso fez com que a embarcação chegasse em poucos instantes à costa do Egito. O barco parou, e nesse momento o marinheiro despertou. Mas, vendo-se numa terra estranha e ouvindo falar um idioma que não entendia, assustou-se e pensou que o passageiro fosse um mágico. Mas Maimônides o acalmou e disse: Não te preocupes; dentro de um quarto de hora estarás novamente em tua pátria. Mas, quando lá chegares, atira esta folha ao mar; não deves falar com ninguém sobre isso, senão estás condenado à morte. O barqueiro jurou que se calaria. E logo estava de novo na Argélia.

Conta-se também sobre o mestre Nachmanides, que por intermédio de uma folha milagrosa fugiu com um timoneiro estrangeiro da costa espanhola para um porto distante. Quando seu acompanhante iniciou a viagem de regresso, Nachmanides também o advertiu que destruísse a folha assim que se aproximasse da praia natal. Mas o marinheiro adormeceu durante a viagem, o barco chegou ao porto e continuou se movendo terra adentro. Os habitantes da cidade ficaram espantados com o estranho veículo. O barqueiro acordou com a gritaria e a primeira coisa que fez foi rasgar a folha. Então o barco parou no meio dos arredores de Barcelona. Os cidadãos ergueram uma torre nesse lugar, para lembrança desse acontecimento.

34. A Morte de Maimônides

NOSSO MESTRE Moisés, o filho de Maimon, trabalhou durante dez anos em sua obra Mischne-Thora e não deixou seu quarto até terminá-la. Na noite após o término do livro, viu em sonho seu pai Maimon atravessar a soleira; junto com ele havia ainda outro homem. Rabi Maimon indicou o estranho e falou: Este é nosso mestre Moisés, o filho de Amron. Então Maimônides assustou-se. Moisés, porém, disse: Vim para ver o que realizaste. Quando viu a obra, falou: Que tua força aumente!

Havia na época de mestre Maimônides um homem que se recusava na véspera do Dia da Expiação a proferir a confissão prescrita. Afirmava que estava isento de quaisquer transgressões e o que então tinha a confessar? Então Maimônides mandou chamá-lo e disse-lhe: Pessoa alguma é livre de pecados; mesmo que não tenha praticado um ato pecaminoso, cometeu pecado em pensamento.

Moisés, o filho de Maimon, abençoada seja sua memória, faleceu no Egito no ano 4965. Os judeus e os egípcios prantearam-no durante três dias. Depois o esquife com o morto devia ser levado para a Terra de Israel.

Mas em caminho o séquito foi assaltado por ladrões, e os homens fugiram, abandonando o esquife. Então os ladrões tentaram lançar o esquife ao mar, mas não conseguiram erguê-lo, embora fossem mais de trinta homens. Falaram: Certamente o morto foi um homem de Deus. E chamaram de volta os fugitivos e prometeram acompanhá-los até o fim da jornada. Assim, o esquife foi levado a Tiberíades. Outros afirmam, contudo, que o túmulo de Maimônides se encontra em Hebron, onde repousam os patriarcas.

Quando o cadáver de Maimônides estava para ser enterrado, notou-se que num pé havia um dedo quebrado. Depois de algum tempo o morto apareceu em sonho a um sábio e disse-lhe onde se encontrava o dedo. Assim o dedo foi apanhado e colocado junto ao cadáver no esquife.

35. O Messias do Iêmen

NA ÉPOCA de Maimônides, apareceu um homem na terra do Iêmen dizendo que era o emissário do Messias e que viera a fim de lhe abrir caminho. O próprio Messias se revelaria no Iêmen. E a multidão – tanto judeus como árabes – reuniu-se em torno do homem, que vagueava pelas montanhas e clamava: Vinde comigo ao encontro do Messias!

Então os judeus do país do Iêmen enviaram uma carta ao mestre Maimônides relatando sobre os feitos do anunciador, enumerando seus milagres e reproduzindo as novas preces que ele havia introduzido. Maimônides logo percebeu que o homem, mesmo temente a Deus, era um tolo e que lhe faltava qualquer conhecimento. Os prodígios que se contavam dele deviam basear-se em ilusões. O mestre ficou preocupado com a sorte dos judeus no Iêmen e compôs três missivas sobre o assunto; expôs qual seria a aparência do verdadeiro Messias, como devia ser calculada a época de sua aparição e quais os acontecimentos que precederiam sua chegada. Ao mesmo tempo, advertiu os iemenitas a exigirem que o homem desistisse de seus atos a fim de que não levasse a si e a comunidade à destruição.

Passado um ano, o falso Messias foi aprisionado e aqueles que o acompanhavam fugiram. O príncipe árabe que o mandou prender falou-lhe: O que fizeste? O algemado retrucou: Meu senhor e rei, o que fiz foi sempre em nome de Deus. Então o rei perguntou. Que milagres, que provam seres o Redentor, podes realizar? O Messias respondeu: Manda decepar minha cabeça e verás que depois continuarei vivo. Então o príncipe falou: Esse é o maior dos milagres; se o realizares, eu e meu povo acreditaremos em ti. Reconheceremos, então, que tua fé é verdadeira e que o que os nossos antepassados nos transmitiram é pura fraude. E o rei ordenou logo que decepassem a cabeça do simplório. Assim o falso Messias encontrou a morte. Que seu fim expie Israel!

UM PESADO TRIBUTO foi imposto às comunidades que seguiram o anunciador. Muito tempo depois de sua morte, ainda havia gente acreditando que ele fosse ressuscitar.

36. De Rabi Judá, o Devoto

RABI JUDÁ, o devoto, já estava com mais de dezoito anos e ainda não conhecia nada do Ensinamento. Não sabia recitar o culto matutino e nem o vespertino e entendia de armar o arco e atirar flechas. Um dia, enquanto seu pai, Rabi Samuel, explanava a Lei dos discípulos na casa de estudos, seu filho atacou o lugar com flechas e por fim correu ele mesmo para dentro. Os discípulos ficaram indignados com isso e falaram ao mestre: Tu, teu pai e os pais de teu pai foram todos homens famosos. Teu filho, porém, age como um selvagem, cujo ofício é o roubo. Rabi Samuel então respondeu: Estais com a razão.

Depois que os discípulos se retiraram, Rabi Samuel falou a Judá: Meu filho, deves tornar-te um erudito da lei, mas antes quero fazer uma experiência contigo, para ver se és digno disso. Desiste da selvageria; isso é uma vergonha para ti e para mim. E conduziu-o ao lugar onde ensinava e onde já se encontrava Abraão, o irmão de Judá. Rabi Samuel proferiu um nome sagrado e todo o aposento se encheu de luz. Rabi Abraão baixou os olhos, Judá, porém, não se mexeu e não moveu um membro sequer. Quando Rabi Samuel viu que seu filho ficara imóvel, invocou um nome que era ainda mais prodigioso do que o primeiro. Abraão então não pôde suportar o brilho e envolveu-se no manto de seu pai; Judá, porém, abaixou os olhos. Então Rabi Samuel falou a Abraão: Meu filho, a hora é propícia a teu irmão. Tu serás chefe de uma casa de estudos, mas teu irmão Judá saberá o que ocultam as alturas e as profundidades, seu espírito verá tudo e suas ações lhe trarão fama. Quando, depois, Rabi Samuel expôs o Ensinamento no círculo de seus discípulos, seu filho Judá começou a fazer perguntas que eram mais perspicazes do que as dos outros alunos. Todos então ficaram admirados com o fato desse jovem, que não conhecia a Escritura e nem os preceitos orais, ter penetrado tão fundo em seu sentido. Depois que o mestre percorreu o trecho, ele disse a Judá: Meu filho! Traze teu arco e tuas flechas. Judá apanhou as armas e Rabi Samuel quebrou-as sob os olhos dos discípulos. Falou: A partir de agora teu ofício não será o de arqueiro, mas a pesquisa do Ensinamento será tua obrigação.

E, realmente, desde aquele dia não foi mais visto nenhum arco e nenhuma flecha na mão de Rabi Judá. Escutava as palavras de sabedoria da boca de seu pai e usou-as até que ele próprio se tornou um grande mestre, famoso pela erudição e pelas obras.

CERTA VEZ, o mestre Rabi Samuel estava a caminho com dois homens e, erguendo os olhos, viu o céu aberto. Falou a seus companheiros: Pedi ao Senhor o que desejais, pois o firmamento lá em cima está aberto; mas cada um só pode pedir uma coisa, e o Santo, louvado seja, a realizará. Então um pediu filhos, o outro riqueza; Rabi Samuel, porém, orou por descendência que se parecesse com ele. Quando chegou em casa, sua mulher havia tomado o banho da purificação. Ela concebeu e deu à luz a Rabi Abraão e depois a Rabi Judá, o devoto.

RABI JUDÁ, o devoto, costumava converter para a verdadeira crença todo homem que o magoasse, graças à grandeza de sua santidade, a qual adoçava a acrimônia das leis. Era a coroa de sua geração, e isso lhe proporcionava vida e existência. Durante toda a sua vida mortificou o corpo, mesmo no Sábado não se alimentava, pois a comida lhe era uma tortura, o jejum, por sua vez, uma delícia.

QUANDO RABI JUDÁ, o devoto, estava gravemente doente, os nobres e os eruditos da cidade vieram visitá-lo. Então o mestre ordenou que o quarto fosse varrido e a poeira acumulada frente à cama. Em seguida, dirigiu-se àqueles que estavam diante dele: Enxergais algo especial neste quarto? Eles responderam: Apenas vemos que no pó diante de teu leito está escrita a palavra "o devoto". Então Rabi Judá disse: Dai-me tinta, uma pena e papel: escreverei as últimas coisas e as revelarei a vós. Mas, quando trouxeram o pedido, o devoto morreu.

37. *Não Cortarás Tua Barba*

NA CIDADE de Rabi Judá, o devoto, havia um homem rico que, contrariando a lei, aparava sua barba. O devoto o repreendeu pela desatenção ao mandamento, mas o homem não deu ouvidos à advertência e disse: Sou um homem limpo e não suporto longos fios de barba. Rabi Judá falou-lhe: Saiba que terás um fim amargo; diabos sob forma de bois te aparecerão e te pisarão o queixo porque ousaste destruir o sagrado distintivo de Israel.

Quando o homem rico morreu, os notáveis da cidade estavam presentes e também Rabi Judá ali estava. Ele escreveu um Nome Sagrado numa folha e colocou-a sobre o morto. Imediatamente o falecido se levantou. Os visitantes então fugiram aterrorizados e ficaram com tanto medo quanto uma parturiente.

O morto, porém, agarrou a cabeça e arrancou os cabelos. O sábio falou-lhe: O que tens? Ele respondeu: Ai de mim, que não dei ouvidos às palavras de meu mestre e não tomei a peito as advertências dele! Rabi Judá perguntou: Dize-me, o que aconteceu à tua alma lá em cima? O pecador retrucou: Quando estive morto, surgiu um demônio que se parecia com um boi, o qual, raivoso, pisou minha face com os cascos; depois trouxe um recipiente cheio de enxofre, piche e sal ardente. Ele colocou minha alma nessa vasilha, depois veio um mensageiro do supremo tribunal e levou a vasilha. Fui levado perante o trono daquele que criou o Universo. Uma voz soou e fez a pergunta: Leste a Escritura e estudaste o Ensinamento? Respondi: Conheço bem a lei. Então foi trazido o livro com os preceitos de Moisés e me foi ordenado ler. Abri o livro e deparei com o verso: "Não cortarás os lados de tua barba"*.

Então emudeci de vergonha. Novamente a voz soou, clamando: Atirai a este no mais profundo abismo do inferno. Os verdugos já queriam agarrar-me e lançar-me na profundeza, quando a voz soou pela terceira vez e disse: Largai-o; meu filho Judá, o devoto, deve primeiro certificar-se sobre qual castigo aguarda o ímpio. Concedei-lhe um prazo, e que sua alma não siga para o inferno antes que o desejo do devoto seja realizado.

38. O Estranho Advertido

MESTRE RABI JUDÁ, o devoto, tinha por costume ficar sentado todas as vésperas de Sábado na casa de estudos, a face envolta num xale de orações, e abençoar com as mãos cada um que inclinasse sua cabeça diante dele. Uma vez um estranho veio à cidade montado num cavalo e hospe-

---
* Num. 19, 27.

dou-se num albergue. Ao aproximar-se o dia do preparativo para o Sábado, o hospedeiro foi rezar na casa de estudos de Rabi Judá e levou seu hóspede. Ali o estranho notou como, depois da oração, todos se inclinavam diante do mestre e como este os abençoava sem olhá-los. Então também ele se inclinou diante dele e deitou sua cabeça no colo do devoto. Rabi Judá, porém, afastou o xale de oração de sua face e disse: Espera até o primeiro dia da semana, então eu te abençoarei, se Deus quiser.

Todavia, o hóspede não quis demorar-se mais na cidade e partiu logo após o término do dia de descanso; selou o cavalo e seguiu o seu caminho. Mas não demorou muito e ele perdeu a direção e logo não soube mais onde se encontrava. Então ficou cavalgando sem destino até a meia-noite, quando de súbito avistou ao longe uma luz. Imediatamente dirigiu o cavalo para lá e logo alcançou uma casa. Desmontou, amarrou o animal numa árvore e entrou na cabána. Ali viu criaturas estranhamente vestidas movimentarem-se de um lado para o outro. O recém-chegado foi tomado pelo medo. E eis que um dos esquisitos seres aproximou-se dele, começou a afiar sua faca numa pedra e disse: Estás condenado à morte! O estranho se aterrorizou e começou a chorar, mas logo surgiu um ancião e interrompeu: Esperai, primeiro ele deve ser julgado. Buscai uma balança e pesai seus atos. Os demônios obedeceram ao ancião e o aparelho foi trazido: num dos pratos da balança foram colocadas as transgressões do homem, no outro seus méritos; mas as maldades excediam as boas ações. Então, de repente, aproximou-se um homem desconhecido e colocou um manto no prato do mérito, de maneira que a balança se inclinou para o lado bom. E o ancião falou ao homem: Estás livre.

O pobre não sabia o que lhe acontecera. Viu-se novamente errando sozinho pelo campo; não havia nenhuma casa, nenhuma luz e nenhum ser vivo nas proximidades. Os cabelos de sua cabeça arrepiaram-se. Mas eis que o desconhecido que atirara o manto sobre o prato da balança apareceu diante dele. O peregrino perguntou-lhe: Quem és? Onde estou? O salvador respondeu: Sou alguém que já está morto há muito tempo. Certa vez andavas num carro numa fria noite de inverno e eu corria ao lado a pé e sentia frio. Em tua bondade me deixaste subir e me cobriste com o manto; depois também me obsequiaste com ele. Hoje fui chamado da cova e ordenaram-me correr em teu auxílio. Estavas nas mãos dos filhos de Satã; louva o Criador por escapares deles.

NO DIA SEGUINTE, o homem retornou à cidade de Rabi Judá e contou ao mestre o que lhe acontecera. Então o devoto respondeu que vira tudo isso ainda na véspera do Sábado, e este fora o motivo por que desejara retê-lo até o primeiro dia da semana.

39. Rabi Samuel e os Três Sacerdotes

TRÊS SACERDOTES PAGÃOS, que sabiam utilizar-se da ajuda dos demônios, vieram ter certa vez, de uma terra longínqua, com o devoto Rabi Samuel. Falaram ao mestre: Ouvimos falar de tua sabedoria, cuja fama atravessa o mundo inteiro. Assim, pedimos-te que nos mostres um de teus prodígios, e também nós te faremos ver coisas jamais existentes.

Já de há muito Rabi Samuel ansiava ver um escrito raro que se encontrava nas mãos de Rabi Jacó, um famoso mestre dessa época. Assim, falou aos sacerdotes: Se podeis trazer-me o escrito que Rabi Jacó vigia, seja pela evocação de um espírito, seja por uma diminuição milagrosa do caminho, acreditarei em vosso poder. Os sacerdotes retrucaram: Realizaremos algo ainda maior. Vem conosco ao campo para um lugar ermo, que não seja freqüentado pelos homens. Ali um de nós fará um círculo mágico, o outro evocará o nosso terceiro companheiro para que sua alma abandone o corpo e faça o vôo que ordenas; ela levará tua mensagem, mesmo que tenha que atravessar oceanos. O corpo, porém, ficará imóvel no lugar até que a alma retorne depois de três dias.

Rabi Samuel deixou os sacerdotes agirem, e eles fizeram tudo como haviam dito. No terceiro dia falaram ao devoto: Hoje por volta do meio-dia iremos ao lugar onde deixamos o nosso companheiro e verás a alma retornar ao corpo. Rabi Samuel seguiu os sacerdotes e eles chegaram ao lugar onde ficara o corpo do terceiro. Mas, quando a alma quis reunir-se ao corpo, Rabi Samuel a impediu. Ela voava em círculos ao redor do corpo e suspirava, e os sacerdotes também lamentavam e estavam desesperados. Então Rabi Samuel falou: Reconhecei que meu poder é maior que o vosso; então permitirei à alma que reanime o corpo. Eles responderam: Deveras, tu és o mais poderoso. Rabi Samuel então desfez o encanto, e a alma reuniu-se ao corpo. O ressuscitado levantou-se e entregou a Rabi Samuel o livro de Rabi Jacó.

40. O Sorriso do Morto

O MESTRE RABI IECHIEL nasceu no ano 4977 após a criação do mundo. Quando estava com dezesseis anos, ganhou um fiel amigo e companheiro de estudos que foi Rabi Salomão, o sacerdote. Então os dois companheiros firmaram um pacto no sentido de que cada qual participaria na recompensa pelas boas ações e méritos do outro.

Aconteceu então, na noite do Dia da Expiação do ano 5022, que o círio de Rabi Iechiel na sinagoga, que deveria arder a noite inteira e o dia seguinte, apagou-se subitamente. O mestre teve um mau pressentimento. Na Festa dos Tabernáculos que se seguiu, sua alma o deixou. De acordo com o costume da época, o esquife com o morto foi colocado sobre uma pedra diante do cemitério e aberto pouco antes do enterro, a fim de se verificar se a posição do cadáver não havia mudado em virtude das sacudidelas. Rabi Salomão aproximou-se do esquife, chorou em alta voz e bradou, de maneira a ser ouvido pela comunidade inteira: Lembro aqui a meu amigo e mestre Rabi Iechiel que ele se recorde do pacto que firmamos. O rosto do morto então abriu-se num sorriso e todo o povo a isso presenciou. Passaram-se dias após o falecimento de Rabi Iechiel e Rabi Salomão estava na casa de estudos diante da Escritura, quando pressentiu a seu lado o falecido amigo, o qual parecia também estar se ocupando com a lei. Rabi Salomão indagou de seu bem-estar e o amigo contou que estava no jardim do Éden e tinha um assento entre os justos. Então Rabi Salomão falou: E te é permitido mostrar-te aos seres humanos? Rabi Iechiel retrucou: Também me é dado o direito de ir para minha casa, como quando vivo, mas não o faço para que não se diga: Vede como este se coloca acima dos demais justos.

Seis meses depois de sua morte, à meia-noite, Rabi Iechiel apareceu diante de sua esposa, que estava acordada, e falou-lhe: Eia, toma teus filhos e abandona a cidade com eles, pois amanhã todos os judeus daqui serão exterminados. Esse castigo já tinha sido imposto para toda a região, mas nós rezamos por eles e assim o país foi indultado, com exceção de nossa cidade. Então a mulher agiu de acordo com essas palavras e escapou do aniquilamento.

41. *Rabi Meir de Rothenburgo*

O MESTRE RABI MEIR de Rothenburgo, que era filho de Rabi Baruch e mestre de Rabi Asser, terminou seus dias no cárcere. É que fora difamado perante o rei e o soberano exigiu então dele uma grande importância em dinheiro. O sábio, porém, era muito pobre e o rei não queria que nenhuma outra pessoa prestasse fiança por ele a não ser seu discípulo, Rabi Asser. Este prontificou-se a prestá-la em respeito ao mestre. Então o destino do mestre na prisão foi atenuado. Mas Rabi Meir logo faleceu e o fiador fugiu.

Da boca de um ancião, que o soube de outros, tomei conhecimento de como mestre Rabi Meir foi enterrado. Um homem rico empregou toda a sua coragem a fim de conseguir do rei a liberação do cadáver para o enterro, e conseguiu. Na noite após o sepultamento, o morto apareceu em sonho ao corajoso homem e perguntou-lhe o que preferia: uma vida cheia de riqueza e honrarias para si e seus descendentes ou uma morte próxima, mas em compensação uma parte no Além. O homem escolheu a vida eterna. Logo depois adoeceu, pôs em ordem sua casa e morreu.

42. Nachmânides

NACHMÂNIDES, que era um erudito médico e filósofo, esteve a princípio afastado da doutrina mística. Um dia visitou-o um ancião, bem-versado nessa ciência, e, ao ver quão sábio e ávido de saber Nachmânides era, tentou iniciá-lo na Cabala. Nachmânides, porém, não dava atenção às palavras do velho.

Então o ancião usou de astúcia e dirigiu-se ao beco das prostitutas. Ali foi preso e condenado a ser queimado no Sábado seguinte. Quando Nachmânides soube do caso, não quis interceder em favor do prisioneiro. No dia determinado, o ancião devia ser conduzido à fogueira, mas graças ao seu conhecimento de mística fez com que um jumento fosse levado e queimado em seu lugar. Ele próprio após a reza vespertina foi à casa de ben Nachman e encontrou-o proferindo a bênção sobre o vinho. Então exclamou: Amém! Nachmânides surpreendeu-se com a aparição do homem por ele considerado morto. Mas o ancião disse: Agora vês o poder da Cabala com os teus próprios olhos. Então Nachmânides ficou entusiasmado com a nova doutrina e aplicou-se dia e noite em aprendê-la. Tornou-se mesmo um de seus grandes conhecedores.

NUM LIVRO ANTIGO está escrito que Nachmânides residia numa cidade nas proximidades de Colônia. Mas na idade avançada partiu para a Terra Santa, a fim de lá terminar sua vida. Seus discípulos o acompanharam uma parte do trajeto e pediram-lhe que lhes dissesse como futuramente chegariam a saber de sua morte. Ele falou: No dia de minha morte, a sepultura de minha mãe adquirirá uma fenda e nessa fenda ver-se-á a figura de um candelabro.

Três anos após a partida de Nachmânides para a Terra Santa o sinal ocorreu. Um discípulo, que fora ao cemitério, foi o primeiro a avistá-lo. A notícia logo se espalhou por toda a região e Nachmânides foi pranteado.

Soube-se, depois, que sua sepultura situa-se na estrada pela qual futuramente passarão os redimidos de Israel.

43. O Discípulo Abner

O MESTRE NACHMÂNIDES, louvado seja sua memória, tinha um discípulo de nome Abner, que se desviara do caminho e se tornara infiel à sua fé. Mas, como era vivo, obteve um elevado cargo junto aos da outra crença. Um dia – era o Dia da Expiação – convidou seu mestre. Quando Nachmânides apareceu, o discípulo trouxe um porco do chiqueiro, abateu-o, assou-o e comeu dele. O mestre conversou com ele acerca de diversos assuntos, como se nada tivesse acontecido, e só no fim falou: Teu nome é mencionado na Escritura, consta no verso: "Fora com eles! Destruirei dos tempos a sua memória"*. Ouvindo essas palavras, o discípulo assustou-se sobremaneira; prostrou-se diante do mestre e perguntou-lhe: Poderia eu ainda obter salvação e libertação pela penitência? Então o mestre respondeu: Ouviste o verso que diz: Destruirei dos tempos a sua memória.

Então o discípulo se pôs a caminho, tomou um barco que não era conduzido por nenhum marinheiro e não possuía leme nem timoneiro. Deixou-se levar para onde fosse e chorou amargamente e com desespero na alma. Nada mais se soube a seu respeito e ele permaneceu desaparecido.

ENQUANTO ISSO, seu mestre aumentou suas preces e súplicas para que o jovem alcançasse algo de expiação e de perdão. Anos depois, ele apareceu ao mestre em sonho e expressou-lhe seu agradecimento por ter obtido clemência através das preces do mestre.

44. O Fanático

ENTRE OS discípulos de Nachmânides, havia um que se dedicava com tanto zelo ao estudo da lei que não dispunha de tempo para outra coisa e nem se permitia dormir. Quando tomava sua refeição, sempre tinha diante de si um livro aberto, do qual não desviava os olhos. De tanto amor ao Ensinamento, ele descuidava até mesmo da oração. O mestre Nachmâni-

---

* Deut. 32 = 26. Cada palavra desse verso contém, na língua original, uma letra do nome Abner.

des repreendeu-o por isso e o advertiu: Come quando é hora de comer, dorme quando é hora de dormir e reza quando é hora de rezar; então tua sabedoria te servirá. Guarda-te de pecar contra o costume, pois os mandamentos negligenciados vingam-se e poderás sofrer pesados castigos.

O discípulo, no entanto, não acatou a advertência e continuou agindo à sua maneira. Aconteceu então, certo dia, que ele foi ao mercado fazer uma compra. Quando retornou, encontrou sua filha sobre a mesa onde costumava ler, e sobre ela um cavaleiro estranho que a violentava.

Então grande tristeza acometeu o discípulo e ele sofreu a dor por muitos dias. Desde então, seguiu todos os preceitos e não descuidou de nenhum mandamento.

45. O Natanael dos Figos

HAVIA UM SÁBIO de nome Natanael, famoso pelos seus conhecimentos e ações, a quem chamavam Natanael dos Figos. Recebeu esse apelido por causa do seguinte caso:

Tinha por costume, em todas vésperas do *Schabat*, lavar as mãos, os pés e o rosto e envolver-se numa veste limpa, parecendo depois um anjo de Deus. Era muito rico e sempre usava na mão um anel valioso com uma pedra preciosa, como costumam fazer os reis e príncipes. Quando, certa vez, como de costume, preparando-se para o dia de Sábado, tirou o anel do dedo antes de lavar-se e o colocou entre os galhos de uma figueira que crescia em frente de sua casa. Depois não pensou mais na jóia e só se lembrou dela no primeiro dia útil. Mas esquecera onde a colocara e procurou inutilmente por toda parte. Não a encontrando, ficou muito irritado e falou: Que seja tirada a vida daquele que pegou meu anel. A figueira secou imediatamente e não mais deu frutos.

Três anos depois, Natanael mandou abater a árvore, já que não era de nenhuma utilidade. Mas, quando começaram a derrubá-la, acharam o anel perdido. Na alegria pela jóia reencontrada, não se pensou mais em serrar a árvore. Esta, então, começou novamente a florescer e produziu frutos como antes.

46. Mel ao Invés de Chumbo

HAVIA OUTRORA um perverso homem que em toda a sua vida nada fizera senão praticar o mal. Sabia bem que, mesmo se quisesse penitenciar-se por suas faltas, sua penitência não seria aceita. Mesmo assim, perguntou uma vez de brincadeira ao mestre Rabi Moisés de Leon se ainda conseguiria obter perdão pelos pecados. O mestre respondeu: Só poderias ser perdoado se, como penitência pelos teus pecados, aceitasses voluntariamente a morte. O perverso perguntou: Se eu me submeter a essa sentença, posso ainda participar do mundo vindouro? Moisés respondeu: Isso te será concedido. O criminoso falou: Terei então o direito de permanecer perto de ti? Rabi Moisés jurou-lhe isso. Ouvindo isso, o pecador tomou coragem e acompanhou o Rabi para a sua casa de estudos.

Ali chegando, Rabi Moisés ordenou que lhe trouxessem chumbo. Assim foi feito. Depois ele pisou o fole e acendeu uma fogueira a fim de derreter o chumbo. Então o penitente foi sentado num banco e os olhos lhe foram vendados com um pano. Depois Rabi Moisés lhe falou: Confessa todos os teus pecados diante de nosso Deus e aceita a morte como pagamento por teres encolerizado o teu Criador durante toda a vida. Então o malfeitor rompeu em alto e amargo pranto. Mas havia muita gente na casa de estudos, anciãos, eruditos da Lei e gente do povo. Rabi Moisés falou ao culpado: Abre tua boca, vou derramar chumbo derretido dentro. E o arrependido abriu sua boca diante de todo o povo, aceitando a morte horrível para alcançar a vida eterna. Rabi Moisés, no entanto, pegou uma colher com mel de rosas e deu de beber ao pecador. Falou: Teus delitos estão expiados e teus crimes perdoados. Mas então o penitente começou a gritar e exclamou: Rabi! Pelo Rei dos Reis, o Santo, louvado seja, mata-me e não deixa minha alma perecer. De que me serve a vida, se meus pecados são tantos e nada em mim é puro? Por que me fizeste isso? Por que me enganaste? Rabi Moisés respondeu: Não temas e não te atemorizes; teu procedimento é do agrado do Senhor.

Desde esse dia, o arrependido não abandonou mais a sala de estudos de Rabi Moisés e fez penitência e jejum todos os dias. Mas, após esses acontecimentos, Rabi Moisés foi chamado e partiu para a morada eterna. Então seu discípulo, o expiador, começou a chorar e rogou a Deus que também o levasse, uma vez que seu senhor e mestre fora levado. Depois que ele orou e suplicou a Deus durante muito tempo, o Senhor aquiesceu e o discípulo adoeceu. Quando ia morrer, exclamou: Que o lugar ao lado de Rabi Moisés fique livre! Lembrou o mestre da promessa que este lhe fizera um dia e em seguida morreu. Depois de sua morte, anciãos e homens devotos viram em sonho o penitente sentado ao lado de Rabi Moisés no Éden, lendo a Escritura em conjunto.

Que o mérito desses justos proteja a nós e a todo Israel.

47. A Parábola das Duas Pedras Preciosas

QUANDO, CERTA VEZ, o conselheiro do rei Dom Pedro, o Velho, Nicolau de Valência, atiçou o soberano contra os judeus, este mandou vir à sua presença um sábio judaico de nome Efraim Sancho. Depois que trocaram as primeiras palavras, o soberano perguntou ao sábio: Qual credo é melhor, o nosso ou o teu? O sábio respondeu: Para nós o nosso credo é o melhor, pois, quando éramos escravos de escravos no Egito, Deus nos tirou dessa terra por meio de sinais e milagres. Mas para ti o teu credo é o melhor, pois ele te promete poder terreno. O rei então falou: Indago pelos credos em si, não por aquilo que dão a seus crentes. O sábio retrucou: Se o meu Senhor estiver de acordo, pensarei no caso durante três dias e depois lhe darei minha opinião. O rei disse: Que assim seja.

O sábio apareceu depois de três dias, e eis que seu rosto estava sombrio. Dom Pedro então perguntou: Por que estás tão tristonho? Efraim retrucou: Hoje fui insultado sem ter culpa, e tu, meu senhor, serás meu juiz. O caso é o seguinte: Há um mês, meu vizinho partiu para longe e deixou duas pedras preciosas para seus dois filhos, a fim de que mantivessem a paz entre si. Os dois irmãos então vieram a mim e pediram-me que lhes explicasse as qualidades das pedras e lhes dissesse em que uma se distinguia da outra. Aconselhei-os, então, a se dirigirem ao pai, já que este é um grande artífice e excelente conhecedor das pedras e certamente lhes diria a verdade. Por esse conselho eles me bateram e me injuriaram. O rei falou: Eles te insultaram inteiramente sem razão; merecem ser castigados. Então o sábio falou: Que teus ouvidos, ó soberano, ouçam o que tua boca acabou de falar. Dois irmãos assim eram Esaú e Jacó, e cada um deles recebeu uma pedra preciosa. Agora o meu senhor pergunta qual das pedras é a melhor. Que ele envie um mensageiro ao Pai do Céu e este nos diga no que as pedras se distinguem.

Depois disso, o rei voltou-se para seu conselheiro e disse: Vês, Nicolau, a sabedoria dos judeus? Este homem merece ser honrado e respeitado, mas tu mereces ser castigado, pois falaste falsidade contra a comunidade de Israel.

48. A Sublevação dos Pastores

NA CIDADE de Agen, na França, apareceu um jovem que reuniu muita gente em volta de si, contando que diariamente lhe aparecia uma pomba que ora se sentava em seu ombro, ora sobre sua cabeça, revelando-lhe coisas ocultas. Mas, assim que estendia a mão para apanhar a pomba, ela transformava-se numa formosa donzela, que lhe falava da seguinte maneira: Ó rapaz, eu te farei pastor na terra; cairás sobre os ismaelitas e lhes causarás ferimentos sobre ferimentos; este, porém, é o sinal que verás com os teus olhos: essas coisas estão escritas no teu braço.

E muitos afirmam ter visto as letras no braço do rapaz, a outros pareceu verem a cruz do Salvador brilhar em seu braço; outros ainda disseram que, embora não houvessem visto nenhuma pomba, tinham sabido das profecias.

Quando a notícia dessas coisas se propagou, muita gente acorreu ao rapaz e passou a adorá-lo. Ele se tornou guia e chefe da multidão. Eram principalmente pastores os que o haviam seguido, pois eram numerosos em toda a região. O nome do rapaz ficou cada vez mais famoso, e logo trinta mil pastores se tinham reunido à sua volta. Seu objetivo seguinte seria a cidade de Granada; de lá queriam marchar contra todo o reino dos ismaelitas.

QUANDO, CERTA VEZ, estavam realizando um conselho, um deles falou: O nosso propósito é precipitado; como poderemos vencer os ismaelitas, se eles são um povo aguerrido? Além disso, são em maior número do que nós; dispõem de todas as espécies de armas, e nós não temos sequer uma sovela. Se estais de acordo, ataquemos primeiro os hebreus; este é um povo fraco e desamparado e podemos derrubá-lo com um dedo. Depois, quando nos tivermos enriquecido com a fortuna dos judeus – e seus tesouros não são pequenos –, poderemos comprar armas, contratar guerreiros e marchar contra os ismaelitas com a perspectiva de vitória certa.

Enquanto assim deliberavam, passou por eles um pobre alfaiate judeu e riu da conduta deles. Logo atiraram-se sobre ele e transformaram seu corpo numa peneira. Mas isso seria apenas o início. Um judeu havia errado e o povo inteiro tinha de suportar a ira. Os ímpios haviam decidido extinguir o nome de Judá.

49. O Profeta de Cisneros

NO ANO 5153 após a criação do mundo, era o 1.325º após a destruição do Templo, no mês de Kislev, e os judeus de Corfu receberam uma carta de Rabi Chasdai Crescas, de Túnis, cujo conteúdo era o seguinte:

Sabei que o profeta que agora se apresenta é um verdadeiro profeta; a comunidade de Burgos, na Espanha, o afirma também, e dizem dele que não houve profeta igual desde Moisés. Elias lhe apareceu e o ungiu com óleo. Depois ele se mostrou ao povo e disse que realizaria milagres no mês de Nissan. O rei da Espanha mandou um cortesão procurá-lo e intimou-o a identificar-se por um sinal. Então o Messias disse que o cortesão, quando chegasse em casa, encontraria seu filho morto. Isso aconteceu, mas não foi considerado. O mesmo cortesão foi mais uma vez ter com o profeta. Então este disse: Quando retornares, tua mulher estará morta. E também isso ocorreu. Mais tarde, quando o rei falou com o profeta, este foi subitamente envolvido por uma nuvem e ouviu-se um anjo falar com ele. Assim ele fez ainda muitas coisas prodigiosas. Um dia o rei lhe falou: Se é verdade que és um profeta, vou atirar-te na fogueira e ver se continuas vivo. E o soberano ordenou que um forno de cal fosse aquecido durante três dias e três noites e depois mandou jogar o profeta lá dentro, mas eis que ele saiu dali são e salvo.

Antes do profeta se apresentar, não entendia o idioma sagrado. Mas, depois que Elias lhe apareceu, passou a falá-lo correntemente. Ele é modesto e humilde, devoto e justo, perfeito em seus costumes e puro de espírito, e suas mãos são imaculadas. É de origem nobre e realmente merece que o espírito de Deus venha sobre ele. Tudo isso relatava a carta de Túnis.

Acerca do mesmo profeta conta-se: Prometera mostrar em Jerusalém um sinal da mão de Deus. Então uma voz ecoou do interior da mesquita de Omar, que foi construída no lugar do antigo Templo sagrado, clamando: Deixai minha casa, para que meus filhos possam retornar. Então o terror apoderou-se dos ismaelitas. Um deles desceu ao subterrâneo e avistou três anciãos embuçados sentados. Perguntou: Quem sois? Eles responderam: Somos os chefes das tribos de Israel. Sobe e dize a teus irmãos que abandonem o lugar santo, pois seu fim chegou. O ismaelita disse: E se meus irmãos não me quiserem acreditar? Os anciãos retrucaram: Dize-lhes que Abraão, o hebreu, Moisés, o filho de Amran, e Elias, o profeta, ordenaram-te isso. O ismaelita saiu do subterrâneio e relatou aos companheiros o que vira. Eles então se assustaram ainda mais. Desde essa época as portas da mesquita de Omar se fecharam e até hoje não foram abertas. O mesmo profeta teria anunciado, em nome de Elias, que, durante a lua nova do mês de Nissan, Israel tomaria conhecimento da chegada do Messias. Então o povo se alegrou e ficou cheio de júbilo.

OS ERUDITOS da cidade na qual o profeta agia quiseram julgá-lo e disseram que ele merecia a morte. Falaram-lhe: Deixa-nos presenciar um milagre, do contrário estás condenado à morte. O profeta respondeu: Se nada me é dado do céu, eu também nada vos posso dar. Então a sentença de morte lhe deveria ser imposta. O pai e a mãe do vidente estavam lá fora e choravam. Então o profeta disse aos juízes: Concedei-me um prazo e eu me explicarei. E dirigiu-se ao Templo e lá orou. Os juízes que estavam do lado de fora, então, ouviram a voz de um anjo que conversava com o profeta. Não conseguiam entender as palavras, só ouviam um leve sussurro. Depois o profeta apareceu, e eis que seu semblante resplandecia, e a cabeça estava envolta por uma auréola. Ergueu sua mãos e na direita via-se brilhar o verdadeiro Nome de Deus, e na esquerda via-se um arco-íris envolto por uma nuvem. Os juízes imediatamente caíram por terra e clamaram: Deus é o Senhor! Deus é o Senhor!

Mesmo assim, eles falaram: Esse sinal não nos basta, dá-nos ainda um outro. Então uma mão desceu do céu e escreveu no degrau superior do Templo: "Um rebento brotará da tribo de Isai e um galho de sua raiz produzirá frutos".

50. Isaac Ben Scheschet

A DESCENDÊNCIA de Edom irritou-se com o devoto Isaac ben Scheschet, que viera de Saragoça para a região de Maiorca, e seus dois filhos deviam sofrer a morte pelo fogo em virtude de uma acusação falsa. Ele foi acorrentado e teve que presenciar a tortura de seus filhos sem poder participar delas. Quando o calor os atormentou, os jovens bradaram: Pai, dá-nos de beber! Ele, porém, respondeu: Logo saciareis vossa sede na fonte viva. Depois os edomitas pensaram em matar também ele. Então o devoto fugiu para Túnis. As autoridades de Maiorca enviaram um monte de dinheiro ao governador de Túnis para que ele entregasse o mestre. Então ele fugiu para a Argélia. Mas ali Isaac foi desprezado por seus próprios irmãos de tribo. Ficou muito indignado e de lá foi para a cidade de Amadia, na esperança de ali encontrar paz. Mas a esperança o enganou; ali também sofreu desprezo e dor. Numa noite de Sábado foi rodeado por rapazes vadios, os quais lhe gritaram o mesmo que certa vez os moços acerca do profeta Eliseu: Calvo, sobe! Então sua paciência esgotou-se e uma raiva cega se apoderou dele. Amaldiçoou seus difamadores em nome de Deus. Depois correu para fora da cidade e tocou o Schofar.

A partir daquele momento, a mão de Deus pesou sobre essa comunidade. Seus membros se dispersaram em pouco tempo e até o dia de hoje não se encontra ali nenhum judeu.

51. Rabi Isaac Kampanton

ACONTECEU certa vez que um homem de nome Samuel Zarza foi condenado à morte pelo fogo, mas o causador da sentença de morte foi o mestre Isaac Kampanton.

Isso aconteceu da seguinte maneira: Os rabinos tinham-se reunido na casa de oração a fim de fazer a leitura de uma certidão de casamento. Quando proferiram as palavras iniciais: No ano tal e tal após a criação do mundo, Samuel Zarza adiantou-se. Pegou na barba e falou: Contais os anos após a criação do mundo? Com isso quis dar a entender que acreditava que o mundo existia desde sempre e que não foi criado de uma só vez. Então Rabi Isaac levantou-se e disse: E essa sarça aí não queima?* O atrevido foi logo conduzido a um tribunal e este o condenou à morte pelo fogo em virtude de haver negado a criação do mundo, como é maneira dos pagãos.

O mestre Rabi Isaac Kampanton morreu em Peniafel no ano 5263, depois de sofrer muitos tormentos; durante toda a vida foi errante e fugitivo e teve de fugir da ira dos soberanos de país em país; trocava apenas miséria por miséria.

Uma vez, quando estava em fuga, descansou sobre o túmulo do famoso cabalista Rabi Isaac Gikatilla. Quando se levantou da sepultura, disse a seus discípulos: De hoje a oito dias não existirei mais.

52. A Visita Noturna

NA CIDADE de Bejar, que dista um dia de viagem de Salamanca, vivia uma viúva que fora pobre e depois, subitamente, alcançara grande riqueza. Isso aconteceu assim: Todas as noites de Sábado, ela era visitada por um homem para quem preparava a refeição, e ele lhe dava ouro e prata em troca. Mas certo dia a mulher sentiu que era pecado o que fazia e foi consultar o sábio Rabi Chajim Ibn Musa. Este lhe disse: O que fazes é proibido. Então a mulher parou de fazê-lo. Quando, no Sábado seguinte, o homem veio e notou suas maneiras mudadas, perguntou: Por que hoje estás diferente do que de costume? Então ela relatou que tinha ido procurar o sábio e que este censurara sua maneira de proceder. Então o visitan-

---

* Trocadilho: O nome próprio *Zarza* também significa sarça.

te falou: Costumavas preparar-me uma grande alegria; por favor, continua! E contou-lhe, sob juramento, que era um conhecido homem de Toledo, que morrera havia mais de trezentos anos. Numa briga assassinara sua mulher, mas sem premeditação, e quando reconheceu sua ação suicidara-se. Por isso lhe era recusada a missão no jardim do Éden e sua única alegria eram as noites de Sábado, nas quais se sentava a uma mesa posta, como em seus tempos de vida.

53. *A Alma Peregrina*

ACONTECEU UMA VEZ, em Castela, que um touro foi oferecido ao povo para divertimento; e todos se deliciaram atormentando e maltratando o animal. Uma noite, então, o pai de um judeu lhe apareceu em sonho e falou: Sabe, meu filho, que por causa de meus pecados minha alma teve que peregrinar após a morte e por fim fui transformado em touro; eu sou o animal com o qual amanhã o povo irá deliciar-se, torturando-me, atormentando-me e atiçando-me até a morte. Por isso, peço-te, meu filho, resgata-me desse sofrimento e deixa-me escapar para que eu não fique impuro através do martírio. Não temas sacrifícios, procura adquirir-me e abater-me conforme o rito sagrado; depois alimenta com minha carne os necessitados que se ocupam com o Ensinamento. Isso foi anunciado pelo céu e isso eu devia ordenar-te; assim que o executares, minha alma abandonará o corpo animal e retomará forma humana; depois serei digno de servir ao meu Deus.

Muitas histórias assim aconteceram em Israel. "Pergunta a teu pai, e ele te dirá; escuta os anciãos, e eles te farão ouvir".

54. *O Olhar Penetrante do Sábio*

CERTA VEZ, houve uma grande seca no país e então o rei e seus conselheiros obrigaram o sábio Rabi Isaac a rezar a seu Deus e suplicar chuva. Então o mestre ordenou que os templos dos pagãos fossem fechados e lhe fossem entregue as chaves, e além disso fossem expulsas todas as prostitutas da cidade; depois proferiria sua oração. A ordem foi cumprida e as chaves entregues a Rabi Isaac, mas para experimentá-lo deixaram um templo aberto e lá mantiveram uma cortesã. Na manhã seguinte, Rabi Isaac reuniu os sábios e anciãos da cidade e falou-lhes ironicamente: Parece que zombais de mim! Por que me pedis para implorar chuva para vós? Que a meretriz que deixastes num templo ore por vós, mas não vos queixeis a mim de vossa miséria. Quando aqueles que quiseram experimentá-lo ouviram essas palavras, assombraram-se sobremaneira; expulsaram logo a prostituta do templo e entregaram a última chave ao sábio.

Então Rabi Isaac elevou sua prece e disse: Senhor, ó Deus de Abraão, Isaac e Jacó, hoje deve ser anunciado que tu és o Todo-Poderoso, e eu teu servo; o que fiz foi feito por tua ordem. Portanto, escuta-me, Senhor, ouve a minha súplica. E eis que, quando ele terminou sua oração, o céu se cobriu de nuvens e Rabi Isaac mandou dizer ao rei: "Atrela, desce para que a chuva não te apanhe". E a água jorrou do céu e trouxe bênção, abundância e fertilidade.

55. Como Isaac Aboab Ficou Caolho

O MESTRE RABI ISAAC ABOAB ficara cego de um olho. Isso aconteceu assim: Nessa época os judeus eram muito oprimidos. Deviam, cada vez que vinha a seca, suplicar chuva a seu Deus, por tanto tempo, até que ele os atendesse, e só assim o rei os tolerava em seu país. Veio então um ano de estiagem e o mestre Rabi Isaac foi solicitado a invocar o Senhor para que se apiedasse e mandasse chuva. Assim, Rabi Isaac postou-se diante da arca, orou a Deus e ao mesmo tempo lhe implorou auxílio. Quando o rolo sagrado da Torá foi retirado da santa arca, ele leu o trecho do sacrifício de Isaac e bradou: Nossa é a água! Nossa é a água! Em seguida levantou amarga gritaria e clamou: Senhor do Mundo! Chegou perante o trono de tua Glória que Israel está em necessidade e que os povos querem puni-lo pela seca; pois temos de arranjar-lhes chuva. Apieda-te de teu povo, apieda-te de teu rebanho; faze vir água por nosso intermédio. Nossa é a água! E Rabi Isaac quase fez ameaças contra o céu. Falou: Não saio daqui antes que tenhas protegido teu povo. Logo o céu escureceu e foi feita a vontade do suplicante. Mas ele deixou a sinagoga cego de um olho.

56. Os Sete Pastores

O MESTRE RABI ISAAC ABOAB, que repouse em paz, não estava certo sobre a ortografia de algumas palavras. Então viajou para outros países onde existiam velhos manuscritos, a fim de examiná-los. Soube que num lugar havia um manuscrito de Esdras. Então quis ir para lá. Mas aconteceu que numa sexta-feira chegou a uma aldeia e já era tarde para alcançar aquela cidade antes do início do Sábado. Procurou um albergue e perguntou se ali havia dez judeus, para juntos efetuarem o culto divino.

Este era o caso, e ele rezou com eles. De manhã, quando era para ser lido o trecho da Escritura, o recitador gentilmente convidou-o à leitura. Falou: O sacerdote Aarão, filho de Amraan, suba ao púlpito. Em seguida, chamou o nosso mestre Moisés para rezar. E assim chamou um após outro todos os sete pastores*. Por fim, chegou a vez de Rabi Isaac e coincidentemente estavam sendo lidos os versículos cuja ortografia ele procurava saber com exatidão; o mestre então se encheu de alegria! Mas, ao término do Sábado, sumiu-lhe o albergue juntamente com os participantes da oração, e ele retornou à pátria em paz.

57. Isaac de León

O MESTRE RABI ISAAC DE LEÓN era um homem altamente conceituado na Espanha. Morreu ainda antes da expulsão dos judeus desse país. Um ano antes da expulsão, o devoto apareceu três vezes em sonho à mulher e falou-lhe: Retira a pedra da minha sepultura e manda cultivar a terra em cima, a fim de que meu jazigo não fique conhecido. Então a mulher relatou seu sonho aos sábios. Eles decretaram um jejum e concederam à mulher a liberdade de fazer tudo aquilo que o finado marido ordenara. No lugar havia ainda as sepulturas de Rabi Asser, Rabi Jona e outros mestres famosos. Também estas foram sulcadas pelo arado e tornadas irreconhecíveis.

58. Dom Iosse Iachia

O REI DOM JOÃO, de Portugal, decidira obrigar os judeus de seu país a repudiarem sua fé. Refletiu como agiria e falou para si: Se eu conseguisse convencer o venerável ancião Dom Iosse Iachia à conversão, os judeus certamente seguiriam o seu exemplo. E enviou um de seus cortesãos a Dom Iosse, mandando dizer o seguinte: O rei te ordena que faças a sua vontade e renuncies à tua fé; deves servir a seu Deus e a seus sacerdotes, e

---

* Abraão, Isaac, Jacó, José, Moisés, Aarão, Davi.

então ele te fará senhor de Bragança. Mas, se não obedeceres à sua vontade, teu fim será horrível.

Ao ouvir essa ordem do rei, o ancião chorou e orou a Deus para que o auxiliasse em seus apuros. Buscou seus três filhos e fugiu com eles da ira do soberano. Deixou todos os seus haveres e não voltou para a família, que se compunha de quinze membros e gozava em toda parte da fama de sabedoria, virtude e riqueza.

O rei perseguiu Dom Iosse primeiro por terra, depois por mar, em jangadas; mas um milagre aconteceu ao fugitivo e um forte vento oeste levou seu navio à costa de Castela. O rei voltou e atirou-se furioso como um leão sobre os familiares de Dom Iosse. Eles foram condenados à espada, ao extermínio e ao aniquilamento. Depois ele obrigou todos os judeus à renúncia de sua fé. Mas a maioria deles preferiu morrer pelo seu Deus.

O ancião Dom Iosse e seus três filhos foram depois agarrados em Castela e condenados à morte pelo fogo.

59. A Última Vontade

O SÁBIO ABRAÃO SEBBA, autor do livro *O Ramo de Mirra*, estava em viagem à Itália quando adoeceu subitamente no navio e sentiu que seu fim se aproximava. Os viajantes se encontravam a uma distância de apenas três dias de Verona; Deus então enviou uma tempestade e o navio estava prestes a naufragar. Os marinheiros tentaram alcançar a terra firme, mas seus esforços foram inúteis, pois o mar continuava impetuoso. Então os que estavam no navio bradaram a Deus e dirigiram-se a Rabi Abraão, dizendo: Sabemos que és um homem de Deus e que o Senhor diz a verdade por tua boca. Então, intercede em nosso favor para que não pereçamos; que ele olhe a nossa desgraça e o nosso tormento. O devoto respondeu a isso: Estou prestes a morrer, mas que a esperança que depositais em mim, não seja frustrada. Apenas comprometei-vos, quando eu estiver morto, a não atirar-me à água e assim diminuir o peso do navio. Não estamos longe da cidade de Verona; solicitai aos judeus, lá estabelecidos, que retirem meu corpo do navio e enterrem-me no cemitério de meus antepassados. Sereis salvos e a água não vos tragará. E assim aconteceu mesmo. A tormenta se aplacou e o devoto seguiu para o reino da eternidade. Mas o navio alcançou a terra.

No dia seguinte o timoneiro, com alguns companheiros, foi à cidade e procurou a sinagoga dos judeus. Ali apresentou a saudação de paz aos devotos e falou-lhes: Sabei, ó judeus, no meu navio faleceu um homem justo.

Assim e assim ordenou-me a proceder na hora de sua morte; com isso estou cumprindo a sua vontade, e que a casa de Israel também realize o que ele lhe impôs. Os judeus fizeram o que o falecido mandara; prantearam-no e enterraram-no no cemitério da santa comunidade de Verona.

60. A Sinagoga de Rabi Samuel

O MESTRE RABI SAMUEL IBN SAID, um dos refugiados da Espanha, autor do livro *Os Preceitos de Samuel*, discípulo de Rabi Isaac de León e genro do famoso Aboab, auxiliou seu povo na época trágica em que Israel era oprimido pelo malvado Achmet Murad. Era conhecedor da doutrina mística e expulsara os demônios da sinagoga da cidade de Sevilha, razão pela qual a mesma passou a ter seu nome.

O prédio fora inicialmente destinado para residência, mas ninguém podia permanecer ali, pois demônios haviam se apoderado dele. Muita gente perecera lá dentro. Quando, então, Rabi Samuel chegou a essa cidade, quis morar na casa; mas ela estava fechada e trancada por causa dos espíritos que a habitavam. Isso foi dito ao mestre, mas ele falou: Mesmo assim quero usar a casa. E, tomando um bastão, nele gravou sinais milagrosos e entrou na casa. Colocou o bastão à sua cabeceira e depois foi dormir.

Mas, por volta da meia-noite, aconteceu que um homem com espada desembainhada apresentou-se diante de seu leito; o mestre então assustou-se e estremeceu. O estranho falou: Quem te instituiu príncipe e detentor do poder sobre nós? Como ousaste pernoitar aqui? O mestre logo se levantou e ergueu o bastão, no qual estava inscrito o verdadeiro nome de Deus. Falou: Isto aqui me concedeu poder sobre ti e teus iguais. E obrigou o demônio a reunir todos os diabos que estavam na casa, e bandos de espíritos atenderam à sua ordem. O mestre vociferou contra eles e os expulsou; perseguiu-os e investiu contra eles. Assim os impeliu até a cova que é chamada Charath Elkary. Obrigou-os a descer e lá os enfeitiçou; não mais podiam erguer-se nem fazer mal a nenhuma criatura humana. Depois disso, a casa foi reformada para sinagoga e recebeu o nome do sábio Rabi Samuel.

61. Os Dois Mercenários

CERTA VEZ, um alto dignitário falou com um sábio de Judá e disse: Proclamais tão orgulhosamente: "Não dorme nem cochila o guardião de

Israel"*. Acaso os outros povos não têm guardiães e protetores? O sábio respondeu: Meu senhor, pois se nós somos o mais fraco entre todos os povos; se Deus não cuidasse especialmente de nós, como poderíamos, uma ovelha entre setenta lobos, existir entre os setenta povos da terra?

Durante o governo do sultão Murad, viviam em Istambul também muitos cristãos. Estes costumavam dar uma parte de seus filhos aos turcos para o serviço militar. Os meninos eram criados na fé muçulmana e depois tornavam-se mercenários e oficiais do exército turco. Tais educandos tinham especial aversão aos judeus, e sempre tramavam maldades. Uma vez, antes da chegada da festa de Pessach, dois desses mercenários reuniram-se e planejaram como se poderia preparar uma armadilha para os judeus. Então um falou: Agora os hebreus preparam a festa dos pães ázimos e entregam-se aos seus prazeres; agora é tempo de anuviar o seu júbilo. O outro perguntou: Como o faremos? O primeiro respondeu: Tenho um único filho, a quem amo; vou matá-lo e atirá-lo no beco dos judeus. Amanhã levaremos o caso perante o sultão.

Mas tudo aconteceu diferente do que os perversos planejaram. Quando os dois, na noite de Pessach, quiseram esgueirar-se com o menino morto por eles para dentro do beco dos judeus, encontraram fechado o portão que para lá conduzia.

Nessa noite Deus agitou o espírito do grão-vizir e não deixou o sono cair sobre suas pálpebras. Ele se levantou do leito e sentou-se à janela. Sua casa situava-se justamente em frente ao portão que levava ao beco dos judeus. Assim, pôde ver ao luar os dois homens com o cadáver e observar o acontecimento noturno. Na manhã seguinte, o dignitário foi procurar seu soberano e contou-lhe o que vira com seus olhos.

O sultão quis examinar o caso e mandou reunir um tribunal. Logo apareceram também os dois mercenários e falaram: Senhor, ajudai-nos; em nome de Deus, vinga-te dos judeus! Então o sultão perguntou: O que vos aconteceu? Um deles respondeu: Meu filho foi ao beco dos judeus; os habitantes então atiraram-se sobre ele e o degolaram, para com o seu sangue fazer a massa de seu pão ázimo, pois nessa festa lhes é vedado comer outro pão. O outro falou: O que meu amigo está dizendo corresponde à verdade.

O sultão então ordenou que os dois homens fossem separados. Começaram a interrogar o segundo e prometeram-lhe grandes honrarias, caso confessasse tudo. Então ele contou que seu amigo matara o próprio fi-

---

* Salmo 121, 4.

lho para difamar os filhos de Israel. Depois o pai do menino foi interrogado e disseram-lhe que o amigo o acusara de assassínio. Ele exclamou: Deus me livre, não fui eu que pus a mão no meu rebento; foi o meu companheiro. Assim ambos foram cúmplices do crime. O sultão ordenou que os malvados fossem mortos.

62. O Leite Materno

A UM VICE-REI apenas nasciam filhas e não filhos. Quando a princesa então engravidou novamente, o marido lhe disse: Saiba que, se desta vez deres à luz de novo uma filha, eu te matarei com minha espada. Ouvindo isso, a mulher ficou desesperada; mando chamar a parteira e contou-lhe acerca da ameaça do marido. Esta disse: Deus fará o que lhe aprouver. Chegada a hora do parto, a parteira falou à parturiente: É outra vez uma menina, mas não temas. A mulher do vice-rei, porém, estava com muito medo do marido.

Enquanto isso, a parteira pegou a criança recém-nascida e com ela esgueirou-se despercebidamente até o lugar onde as mulheres tiravam água e largavam suas crianças. Ali trocou rapidamente a menina por um menino e levou este à vice-rainha. Ao vice-rei foi anunciado: Nasceu-te um filho. Este então ficou cheio de alegria e obsequiou a esposa com presentes valiosos. Nesse meio tempo a mãe do menino percebeu que seu filho fora trocado. Ela chorou e perguntou aos habitantes do lugar quem teria cometido a fraude. O caso foi investigado e logo descoberto.

ENTÃO AS duas mulheres, a mãe do menino e a esposa do vice-rei, foram chamadas à presença do rei e seus juízes. E a mulher do povo falou: Meu senhor e rei! Eu e esta mulher demos à luz no mesmo dia; eu tive um menino e ela uma menina. Mas, como ela temia o marido, levantou-se à noite, pegou meu filho e colocou sua filha no berço. Tua criada dormia profundamente e não percebeu nada. Quando, porém, de manhã, quis dar banho na criança, notei que era uma menina. A mulher do vice-rei, por sua vez, disse: Não, meu senhor, a filha pertence a ela, mas o filho é meu. Então os juízes do rei não souberam como decidir a disputa. Então o soberano falou às mulheres: Dirigi-vos ambas ao meu conselheiro, o judeu Eliahu, e fazei o que ele vos ordenar.

NO DIA SEGUINTE, as duas querelantes apareceram diante do judeu e apresentaram-lhe seu caso. Os criados mais categorizados do rei e muitos cidadãos da capital vieram para ouvir a sentença. O sábio ordenou que fossem trazidas duas finas taças iguais. Colocou cada uma nos pratos da balança e ambas tinham o mesmo peso. Depois as mulheres tiveram que expremer leite de seus seios para dentro das taças. Os dois copos foram novamente pesados e então o leite da mulher do povo mostrou-se mais pesado do que o da rainha. Ao que o sábio falou à soberana: Esta mulher é a mãe do menino; restitui-lhe seu filho e toma de volta a tua filha; não temas teu marido; eu intercederei por ti.

Todos ficaram surpresos com a sentença proferida e o juiz judeu apresentou ainda muitas provas de que o leite que serve de alimento a meninos é mais pesado do que o bebido por meninas. Viu-se, assim, que a sabedoria de Deus existia no homem. A partir desse dia tornou-se o favorito do rei e de toda a corte e morreu em idade muito avançada e saciado de viver. Depois dele não surgiu nenhum que se lhe igualasse.

63. O Sultão e a Judia

O SULTÃO MAOMÉ, o Segundo, mandou anunciar, certa vez, a seguinte ordem ao seu povo: Que ninguém deixe sua casa após a segunda hora da noite, nem mesmo quando precisa adquirir alimentos. Aos proprietários de lojas também foi terminantemente proibido vender qualquer coisa depois dessa hora.

Então o rei quis verificar se sua ordem era realmente cumprida, e numa noite escura dispôs-se a empreender uma vistoria. Vestiu trajes simples e fez-se acompanhar por dois criados. O acaso conduziu-o frente à casa de uma judia que tinha uma taverna onde vendia azeite, pão de trigo e outros gêneros alimentícios. O rei bateu à porta da casa e clamou: Querida irmã e amiga, doce pomba, dá-me água, pois tenho sede, dá-me um pedaço de pão, porque sinto fome. A taberneira respondeu: Não posso fazer nada disso; vê, procuras persuadir-me de transgredir a ordem do rei, não conseguirás isso. Mas o soberano continuou a bradar e a pedir, e falou: Abre tua porta a um hóspede; sou um pobre homem, na minha casa não há pão nem coberta. Acabo de regressar do meu trabalho no campo, por Deus, não tenho sequer uma colher de farinha em meu saco e nenhum azeite em meu cântaro. Alenta-me com pão e vinho, satisfaz a meu pedido se encontrei mercê aos teus olhos. No entanto, a mulher respondeu como antes: Sai daí, por que atentas contra a minha vida e queres me aniquilar? O rei então falou: Então faze pelo menos uma coisa: abre a janela e passa-me por ela um pouco de pão e vinho, pois estou exausto. Vou abrir minha boca e tu despejas algo dentro; eu te recompensarei. Mas a mulher tapou os ouvidos para não ouvir mais; ergueu a destra e a esquerda para o céu e jurou não dar nada ao pedinte, nem que fosse a mínima coisa. Ela falou: Quem age contra o rei arruína sua alma; a ira do soberano é como o anjo da morte; quem lhe pode dizer o que deve fazer? Então o rei viu que a mulher era sábia e constante e não se deixava persuadir. E falou para si: Esta é uma mulher que teme seu soberano; que seja louvada e sua ações enaltecidas. E o rei tirou um lápis vermelho e fez um sinal na casa a fim de reconhecê-la quando voltasse.

NO OUTRO DIA, quando o rei retomou seu posto de magistrado, recordou-se do incidente da noite anterior com a judia e enviou um mensageiro para a casa assinalada por ele, a fim de buscar a taberneira. O criado seguiu a ordem do soberano e trouxe a judia ao palácio. A mulher apareceu diante do soberano e prostrou-se diante dele. Então o sultão a descompôs e falou rudemente com ela. Disse: Escuta, mulher que estás à minha frente. A judia respondeu: Fala, meu senhor, tua criada escuta. O rei perguntou: Quem és? A mulher retrucou: Sou hebréia. O rei falou: Ouvi dizer que os hebreus são um povo clemente e caridoso, por que então não tiveste pena do pobre que na noite passada te pediu um pedaço de pão? Deixaste que partisse insaciado e não temeste a teu Deus. Teu delito é grande, pois recusaste alimento a um faminto. Ao que a mulher respondeu: Longe está de tua criada cometer tal injustiça, e os hebreus realmente são os mais caridosos dos teus súditos. Não mandei o pedinte embora por ser turco, pois é nosso dever alimentar também os famintos de outros povos, mas sim para cumprir a tua ordem e porque me guiou o medo de ti. Deveria eu cometer o pecado ainda maior e transgredir a tua ordem? Pois, afinal, tinhas ordenado expressamente: Ninguém venda algo à noite.

Então o rei falou suave e gentilmente: Paz contigo! Não temas, bem sei que agiste assim apenas por respeito ao teu soberano.

64. *Davi Rubeni e Salomão Molcho*

NO ANO 5284 apareceu em Roma um homem do estrangeiro que se chamava Davi Rubeni e afirmava ser um profeta e capitão do rei Messias. Fez-se conduzir ao soberano de Portugal e levou consigo um intérprete, pois além do idioma sagrado somente dominava o árabe. Contou ao rei que Deus o enviara como profeta ao seu povo de Israel e propôs a ele marcharem juntos para Constantinopla, guerrear o sultão dos turcos e conquistar seu país; só Jerusalém e as redondezas da cidade seriam a parte do Messias. O rei de Portugal ficou muito contente com essa proposta e homenageou o estrangeiro. Fê-lo entrar em contato com o alto dignitário da Igreja a fim de que este o testasse em enigmas.

Também os judeus, especialmente os pseudo-convertidos, acreditaram nos vaticínios do homem. Rubeni viajou pelo país e encontrou adeptos e partidários por onde passava. Fazia preceder-se por estandartes nos quais constavam os Nomes Sagrados e mostrava ao povo um escudo, no qual também estavam gravados Nomes Santos. A respeito desse escudo, dizia que era o escudo do rei Davi, com o qual conduziu suas guerras para o Deus de Israel. Consta que esse escudo ainda hoje está guardado numa sinagoga da cidade de Bolonha. Davi Rubeni jejuava seis dias e seis noites ininterruptamente.

Nessa época o Senhor iluminou o espírito de um jovem que era de origem judaica e exercia na corte do rei a função de escriba. Esse jovem fez penitência, circuncidou o prepúcio de sua carne e passou a chamar-se Salomão Molcho. Acreditava ter sido escolhido para Messias e considerava Davi Rubeni seu profeta. E Deus concedeu grande sabedoria a Salomão, tornando-o mais sábio do que todos os homens. Pregava nas cidades italianas diante de grandes multidões e falava acerca das vantagens de sua fé na presença de sacerdotes de outras crenças. Ora falava misteriosamente, ora aberta e claramente sobre os assuntos do Ensinamento Oral e escrito, e dizia coisas que despertavam admiração, pois jamais tinham sido ouvidas. Sobre cada versículo que lhe era solicitada explicação, ele era capaz de interpretar logo através de quarenta e nove diferentes formas. Compôs também inúmeros escritos sobre a doutrina mística. A frase: Louvado seja o Senhor dia após dia – ele a interpretou tantas vezes num só dia que nem se podia guardar as explicações. Assim, a admiração por ele cresceu e logo os cristãos passaram a acreditar mais nele do que os judeus. Vinha gente de toda parte para escutar a sabedoria de Salomão. Ele próprio enviava missivas para todos os países.

Mas aconteceu, depois de algum tempo, que Salomão Molcho foi difamado perante o rei Carlos e este mandou prendê-lo por pregar contra o credo reinante. A sentença dizia: Conduzi-o para fora e queimai-o! Quando Molcho foi conduzido para a fogueira, um sacerdote dispôs que lhe fosse posto um freio na boca a fim de impedi-lo de sussurrar exorcismos ou fórmulas mágicas pelos quais pudesse fugir. Essa ordem foi cumprida e depois Salomão Molcho foi atirado na fogueira. Ali expirou sua alma. Davi Rubeni foi lançado numa cova, onde morreu.

Mas mesmo após a morte de Salomão o povo não cessou de acreditar nele e mesmo homens ilustrados afirmavam tê-lo visto vivo em sua casa oito dias após sua incineração. Da mesma forma, ele estaria visitando sua noiva no norte da Galiléia todos os sábados. E ainda hoje muitos crêem nele, como quando vivia.

CONTA-SE QUE, quando Salomão Molcho, com o freio na boca, estava sendo conduzido à fogueira, muita gente encontrava-se na praça de execução. Um emissário do rei ordenou que lhe fosse tirado o freio, porque tinha que dirigir-lhe algumas palavras em nome de seu soberano. O encarregado falou: O rei manda dizer-te, Salomão, que, se deixares o teu modo de agir, ele indultará a tua pena e permitirá que vivas; caso contrário, a sentença que te foi imposta seguirá seu trâmite. Mas Molcho não se mexeu do lugar e não moveu um membro sequer, e respondeu como um santo, como um anjo de Deus: Meu coração entristece e se aflige pelos dias que passou desconhecendo a verdadeira fé. Fazei agora comigo o que vos aprouver; minha alma retornará a seu Deus, ao qual pertence desde jovem, e eu passarei melhor do que jamais. Então os juízes ficaram de novo cheios de raiva e Salomão Molcho foi lançado na fogueira e queimado como um holocausto que é oferecido ao Senhor. E Deus aspirou o agradável aroma e recebeu a pura alma em seu jardim de delícias, e ela tornou-se seu brinquedo favorito para sempre.

65. *Elias e o Sultão*

NOS DIAS DO sultão Soliman, a fama do sábio Moisés Hamon, louvada seja sua memória, chegou ao apogeu, pois ele consagrara sua vida ao seu povo. Conseguira junto ao soberano que toda acusação referente ao uso de sangue para a festa de Pessach, que se apresentasse contra os judeus, seria examinada pelo próprio sultão. O sultão Soliman era um rei misericordioso, sendo que o profeta Elias também lhe apareceu uma vez. Isso ocorreu da seguinte maneira:

O vizir do sultão exaltou-se pelo fato de o soberano cercar os judeus com sua benevolência e pensou em um meio de desgraçá-los. Mandou cavar uma passagem subterrânea de sua casa até o palácio do sultão. No meio da noite, o sultão, em seu dormitório, ouviu uma voz que vinha das profundezas e dizia: Soliman, Soliman, por quanto tempo ainda permanecerás ocioso? Ergue-te e faze o povo de Israel desaparecer de teu reino. Isso é ordenado por Deus.

O sultão imaginou estar ouvindo essas palavras em sonho e tornou a adormecer. Mas, na noite seguinte, ouviu novamente os estranhos chamados. Então falou em seu coração: Isto é um mau presságio para os judeus; uma desgraça paira sobre eles. E mandou logo chamar o sábio Moisés. Falou-lhe: Ontem Deus falou comigo através de seu profeta e me disse que vossa ruína foi decidida pelo céu. Então o coração de Moisés ficou desalentado como água. Atirou-se aos pés do sultão e falou-lhe: Recorda-te de que estou a teu serviço desde jovem e de que cumpri as tuas ordens com boa vontade. Não permitas que o mal venha sobre nós. O sultão falou: Tu mesmo ouvirás a voz esta noite.

E, realmente, a voz ecoou da profundidade pela terceira vez, e Rabi Moisés a ouviu com seus próprios ouvidos. A conselho do sultão, dirigiu-se ao deserto, ainda na mesma noite. Vagueava chorando; foi quando encontrou um ancião e este perguntou-lhe: De onde vens? A que povo e a que tribo pertences? Rabi Moisés relatou-lhe o que acontecera em seu país. Então o ancião disse: Se és um homem temente a Deus, por que abandonas o teu povo? Então Rabi Moisés percebeu que aquele que estava falando com ele era Elias. Caiu aos pés do vidente e falou: O que devo fazer? Elias disse: Volta ao palácio do rei e dize-lhe o que eu vou te inspirar. Eu estarei no jardim.

RABI MOISÉS agiu de acordo com as instruções de Elias, e logo estava em posição respeitosa diante do sultão. Falou: Vim para cá com o profeta Elias. Então o rei ficou muito contente. Trocou suas vestes, lavou o corpo e logo dirigiu-se ao jardim. O vidente falou-lhe: Até agora foste um soberano bondoso e demonstraste bondade aos judeus. Agora queres tratá-los de maneira insensata. Mas quem jamais atormentou esse povo e saiu impune? Foi o teu vizir que arquitetou isso e falou contigo através de uma passagem subterrânea.

De manhã, o sultão mandou escavar a terra em frente ao seu palácio e a passagem secreta apareceu. O vizir foi enforcado na porta de sua casa e o acontecimento registrado numa crônica para que servisse de advertência. O sultão, então, firmou um pacto com Elias para que lhe aparecesse mensalmente. E Elias assim o fez.

66. *Dom José Naxos*

ENTRE AQUELES que escaparam da fogueira de Portugal encontrava-se o marrano Dom José, o futuro príncipe de Naxos. Primeiro foi a Ferrara, onde todavia ficou apenas algumas semanas. De lá seguiu para a Turquia. Ele conquistou as graças do sultão Soliman e tornou-se seu favorito. O sultão cedeu-lhe a cidade de Tiberíades em ruínas, bem como as sete aldeias que a cercavam, e nomeou-o príncipe dessa região. Dom José confiou a seu criado José, o filho de Adret, a reconstrução da muralha da cidade, e também este encontrou mercê aos olhos do sultão. Concedeu-lhe um salário diário de sessenta *aspern* e fê-lo acompanhar-se por oito homens que deveriam ajudá-lo. Deu-lhe também uma autorização com seu sinete e mandou que os paxás de Damasco e Safed fizessem tudo o que exigisse o homem que recomendara. E saiu um decreto pelo qual todos os pedreiros e carregadores que residiam nas vizinhanças de Tiberíades teriam de reconstruir a cidade destruída; quem se recusasse seria castigado. Havia pedras em quantidade, pois Tiberíades sempre fora uma grande cidade e já tivera só ela treze sinagogas. A areia foi tirada das margens do lago Tiberíades.

Mas a construção da cidade suscitou a inveja dos ismaelitas, e um velho xerife sublevou os habitantes e clamou: Não permitais que os israelitas executem tal obra, pode nos causar mal. Li num velho escrito que, quando a cidade de Tiberíades for reconstruída, o nosso credo perecerá. A fala teve efeito e a construção foi suspensa.

Isso aborreceu muito José, filho de Adret, e ele correu ao paxá de Damasco, clamando: Ó senhor, os habitantes da região recusam-se a cumprir a ordem do sultão. Então o paxá mandou executar dois chefes da rebelião, a fim de que os outros fossem intimidados.

A CONSTRUÇÃO da cidade foi novamente retomada. Durante a escavação encontrou-se uma grande pedra, e debaixo dela uma escada que levava à profundidade. Lá embaixo foram vistos resquícios de um templo com figuras de mármore e altares. Dom José mandou destruir isso pelos seus servos. A cidade reconstruída tinha uma extensão de 1.500 côvados. O trabalho foi terminado no mês de Kislev do ano 5325.

67. *O Delito Punido*

UM HOMEM INDIGNO brigou em plena rua com o mestre Rabi José ibn Leb de Salonica por causa de uma sentença que este proferira contra ele num negócio. E o bruto deu um golpe no rosto do sábio. Isso teve lugar no mercado, na presença de muita gente; mas não houve ninguém que contivesse o sujeito, ninguém que, indignado com a rudeza, o admostasse, pois o perverso era um homem rico e exercia poder sobre todos. O fato sucedeu mais ou menos em frente da loja de um mercador de especiarias, e ali o Rabi rasgou sua roupa e bradou: Ó céus, não permaneçais mudos!

Na noite seguinte, o mercador, andando pela loja, ouviu um rato fazer ruído. Perseguiu-o com uma vela acesa na mão, mas a chama passou perto de um monte de papel, ocasionando um grande incêndio. Da loja do mercador de especiarias passou para os edifícios vizinhos, e assim quinhentas casas, entre elas também casas de estudo e de oração, foram devoradas pelas chamas e duzentas almas pereceram no fogo. Depois a cidade foi atacada por uma epidemia e diariamente morreram tantos e tantos filhos de Israel, até que um dia o total dos mortos somou 314, número que corresponde ao nome divino Schaddai. A partir daí, o número de vítimas diminuiu diariamente, até que a epidemia desapareceu.

Tudo isso sucedeu no ano 5305 após a criação do mundo.

68. *A Noiva de Modena*

DIA APÓS DIA, a mãe do estudioso Judá Aije de Modena costumava falar-lhe: Se ainda desses atenção aos meus conselhos e quisesses livrar-me de minhas preocupações, tu te casarias com a filha de minha irmã. Ela me agrada muito. Gostaria de vê-lo ao abrigo de meus parentes; assim a paz terá sua sede em nossa casa. Da mesma forma, ela também se esforçava em obter as simpatias do pai de Modena para seu intento. Também escreveu à irmã sobre o assunto, e esta respondeu. Mas o caso ficou sem solução.

Na mesma época, Modena dirigiu um pedido ao céu para que sua futura esposa lhe fosse mostrada em sonho. Procurou obter isso apenas por meio de orações e não se serviu de nenhum exorcismo. Em seguida apareceu-lhe em sonho um velho que o pegou pela mão e o conduziu a uma parede; lá havia um quadro que estava encoberto. O velho retirou a cortina e Modena avistou o retrato de sua prima. Modena também pôde ver com nitidez as cores de seu vestido. Mas, enquanto ainda observava o quadro, ele se mexeu e outro quadro apareceu em seu lugar; este, contudo, ele não pôde enxergar com nitidez. Na manhã seguinte, Modena relatou o sonho ao pai e à mãe, mas estes não quiseram acreditar.

Algum tempo depois Modena viajou com a mãe para outro lugar, para tratar de um assunto de herança; o caminho conduzia à cidade onde morava a tia, e lá ficaram. Estando lá, os parentes levaram a conversa para a aliança pretendida e o acordo se realizou. O noivado foi confirmado por aperto de mão e o costume legal reforçado, e todos ficaram muito felizes. Modena mostrou a noiva à mãe, e eis que seu vestido e suas jóias correspondiam exatamente ao quadro que vira em sonho havia um ano. A moça era realmente muito bonita e inteligente.

NO ANO SEGUINTE, quando a data do casamento se aproximava, o noivo reuniu seus amigos e parentes, e depois da festa de Schavuot dirigiram-se à cidade de sua noiva, alegres e animados. Mas, lá chegando, encontraram a moça doente, de cama. Os parentes achavam que não era nada de grave, apenas doença passageira, e que ela logo se recuperaria. Mas a doença foi ficando cada vez pior e a noiva estava às portas da morte. Mas seu coração era forte como o de um leão, e ela não sentia medo. No dia da morte, ela chamou o noivo, abraçou-o, beijou-o e disse: Sei que o que faço é um atrevimento; mas o senhor sabe que não nos tocamos durante o ano inteiro em que estivemos noivos, e agora, quando estou para morrer, uso do direito dos moribundos. Não me foi dado tornar-me tua companheira. O que posso fazer contra isso? Assim foi determinado pelo céu. Que seja feita a vontade do Senhor! Depois ela pediu que fosse chamado um sábio, a fim de que perante ele confessasse seus pecados. Então ela pediu a bênção do pai e da mãe do noivo. Na noite para o santo Sábado, sua alma deixou o vazio terreno para alcançar a eternidade. Então houve grande lamentação na casa e fora entre seus amigos e parentes, e ela foi enterrada com honrarias.

Depois que a donzela foi sepultada, os parentes falaram ao noivo e à sua mãe: A irmã da noiva que vem depois dela também é uma boa moça. Acaso devemos agora ser impedidos de nos confraternizarmos? Por que não será concedido esse consolo ao pai e à mãe da moça? E insistiram muito com Modena para que se casasse com a irmã de sua noiva. Então ele escreveu ao senhor seu pai e este lhe respondeu: Age conforme tua vontade, pois a ti cabe a escolha. Hoje ou amanhã posso ser levado de ti, mas tu estarás sempre com a eleita; portanto, sabe o que tens à tua frente e deixa-te guiar pela bondosa mão de Deus, que sempre te protegeu. Então Modena aquiesceu, para dar a alegria à sua mãe e em vista da insinuação que sua falecida noiva lhe fizera. Casou-se com a irmã.

69. O Retrato de Cobre

NUMA GRANDE CIDADE vivia outrora um pobre judeu que se sustentava batendo de porta em porta e comprando todas as espécies de cacarecos, tais como trapos, louça quebrada e outras coisas inúteis; ele limpava e arrumava os objetos conforme o seu valor e os revendia. O homem era íntegro, embora ignorante da Escritura.

Certo dia adquiriu em uma velha casa em ruínas, que pertencia a um pagão, um monte de coisas diversas, tais como pedaços de ferro e cobre e trapos. Quando, em sua casa, as separava de acordo com sua qualidade, encontrou um retrato em cobre todo amassado e coberto de azinhavre. Colocou-o junto com as outras peças desse metal e continuou seu trabalho. Mas, enquanto ainda estava ocupado em ordenar os objetos, ouviu subitamente alguém chamar baixinho com voz lamentosa: Judeu, por que me jogas fora? Então o homem se assustou e virou a cabeça para todos os quatro cantos do quarto para descobrir de onde provinha a voz. Mas não viu ninguém, e continuou trabalhando. Mas logo escutou novamente a mesma voz chamar e ouviu as palavras: Por que me deixas jogado no chão, no pó e na sujeira? Apieda-te de mim e me levanta. Mais uma vez o homem olhou em volta do quarto e não pôde encontrar quem falava. Reiniciou seu trabalho, e a voz ecoou pela terceira vez, agora com mais força, chorando e gemendo. Então o homem escutou atentamente e verificou que os chamados vinham do monte de objetos de cobre. Começou a remexê-los e logo percebeu que fora o retrato que suspirara. E o retrato falou: Levanta-me e coloca-me sobre a arca que aí está. Isso resultará em vantagem para ti e verás que hoje o teu lucro será o dobro do que de costume. Faze-o e passarás bem.

E o pobre homem, na ingenuidade de seu coração, deu ouvidos a essa fala; ergueu o retrato, colocou-o sobre a arca e realmente ganhou o dobro naquele dia. No outro dia, o retrato falou-lhe: Atende a meu pedido e limpa o azinhavre que me cobre; verás que hoje ganharás o dobro do lucro de ontem. Então o homem fez isso também. No terceiro dia, o retrato falou: Escuta meu conselho e faze-me uma nova arca, que seja só para mim; teus rendimentos hoje serão ainda maiores. Vendo que seu lucro aumentava cada vez mais, o homem atendeu também a esse desejo do retrato. E o ídolo diariamente fazia novas exigências ao homem e lhe exigia cada vez maiores homenagens, até que ele lhe construiu uma casa especial e deixava sempre uma vela acesa diante da arca. Mas sua fortuna aumentava nas mesmas proporções, e ele logo estava morando num magnífico palácio. Fazia muita caridade com seu dinheiro e distribuía esmolas aos pobres e necessitados. As pessoas da vizinhança estranharam a repentina ascensão do pobre e falavam acerca dele: Nele realizou-se a frase: "Ele ergue os pobres da imundície". Não conheciam a verdadeira razão de sua riqueza, pois o homem guardava rigorosamente o segredo e nada deixava transpirar.

E o felizardo organizou uma casa de estudos numa parte de seu palácio onde dez sábios se dedicavam diariamente à Escritura; lá eram também alimentados e, quando iam para casa de noite, cada um recebia um presente. Assim procedia com os versados na Escritura, do lugar, como também todos os sábios itinerantes eram seus hóspedes e encontravam abrigo e cama em sua casa, e quando se despediam ele ainda obsequiava cada um com um presente especial. Também na sinagoga ele era o primeiro quando se tratava de ajudar os pobres, de maneira que também os ricos o consideravam altamente e sentiam-se envergonhados diante dele.

Aconteceu então, certo dia, que o sábio Rabi Josia Pinto foi àquele lugar; ele percorria o país para verificar se alguém praticava idolatria, para exterminar a ilusão. Chegando à cidade, logo ouviu falar do rico que abrigava em sua casa homens sábios e hospedou-se lá. Foi recebido com respeito e conduzido aos eruditos da Escritura. Comeu com eles e, terminada a refeição, o dono da casa foi chamado para proferir a bênção. O mestre então examinou o semblante do anfitrião e percebeu logo que este era um homem simples e ignorante do Ensinamento. Depois que ele se afastou, Rabi Josia perguntou aos sábios: O que há com esse homem? Então contaram-lhe que o benfeitor anteriormente era um pobre trapeiro e depois enriquecera subitamente.

OUVINDO ISSO, o coração do sábio bateu com mais força e ele decidiu examinar o caso a fundo. Mandou chamar o dono da casa e lhe falou: És para mim como um irmão; vejo o bem que fazes e considero tua parte feliz e tua sorte maravilhosa. Mas dize-me uma coisa: De onde te vem essa riqueza? Se adquiriste a fortuna de maneira honesta, então vamos enaltecer a Deus, o Todo-Poderoso; não me ocultes nada. Mas, se o fizeres, fica sabendo que está em meu poder descobrir a verdade! Essas palavras do sábio assustaram o homem e obrigaram-no a confessar a verdade; contou ao mestre tudo, do começo ao fim.

Depois que o mestre o ouviu, disse: És um judeu justo que crê em seu Deus com todo o coração? O ingênuo disse: Certamente, meu senhor, sou um judeu e filho de um judeu. Creio de todo o coração no Senhor, nosso Deus, digo diariamente o Ouve Israel e amo o Ensinamento e aqueles que lhe servem. Então o sábio falou: Desejas fortuna, que foi adquirida através de idolatria? O dono da casa negou enfaticamente a pergunta. Então ele lhe falou: Mostra-me o retrato. O homem conduziu-o ao templo, abriu a arca e descobriu o ídolo. O sábio imediatamente o partiu em dois e o ídolo gemeu e se lamentou em voz alta. Depois o mestre reduziu os pedaços a pó e os atirou na água. Então disse ao desnorteado homem: Sabe, meu filho, todo o teu dinheiro, e também aquele que empregaste para boas finalidades, foi ganho apenas através de idolatria, entretanto é proibido gozar de tal riqueza. Contudo, Deus não o considerará um pecado teu, pois estavas iludido. No entanto, tens de destruir e queimar todos os teus bens. E o Senhor, que conhece teu coração e teu bom caráter, e sabe que sempre procuraste cumprir os seus mandamentos, continuará te alimentando.

E o homem não demorou em seguir as instruções. Incendiou sua casa e tudo o que havia dentro, e também suas valiosas vestes. Retornou à sua pobreza e à sua antiga ocupação. Vendo esse espírito de sacrifício, o homem preferindo destruir suas posses com as próprias mãos a alimentar-se do ouro do diabo, e tendo sempre confiado em Deus; lembrando ainda que ele também, quando era rico, tinha sido devoto e caridoso, o povo passou a amá-lo muito. Todos ficaram a seu lado e o auxiliaram o quanto puderam, para que ele se sustentasse honradamente.

70. O Falecimento de Esdras Iedidias

NUMA PEQUENA CIDADE perto de Veneza vivia um homem devoto chamado Esdras Iedidias.

Era temente a Deus desde a mocidade e já menino, as sete anos, a noite o via sempre debruçado sobre o Ensinamento; meditava até o raiar do dia acerca do sentido ora oculto, ora claro da lei. Quando ficou mais velho, não proferiu nenhuma bênção ou oração sem colocar o respectivo fervor em cada palavra. Só uma vez aconteceu que, muito amargurado com a morte de um menino, não deu a devida atenção às palavras da oração. Por isso sentiu-se infeliz toda a vida e jejuou tanto que seus dentes ficaram pretos. Já menino de dez anos obedecia ao preceito de somente rezar em conjunto com nove outros, e só uma vez se desviou desse princípio, quando o país estava em guerra e todos os judeus haviam sido convocados. Não se sentava à mesa se nenhum pobre partilhasse da refeição, só proferia a bênção na presença de outros e sobre um cálice cheio de vinho. Mesmo preceitos que não eram mais válidos ele os seguia, e assim também eram observados pelos outros. Não se importava com as coisas terrenas e nem sequer conhecia a aparência de uma moeda. Antes de casar-se, sua mãe o sustentava; depois, a companheira de seus dias encarregou-se de seu sustento. Ela operava um negócio com muito êxito e trabalhava para o marido e os filhos. Assim, Iedidias, mantinha-se afastado de qualquer ocupação mundana e vivia só para o Ensinamento e a devoção.

Antes do santo homem chegar ao fim — havia alcançado a idade de setenta anos —, ergueu seus dedos em juramento de que todos os seus pensamentos e ações tinham somente sido dedicados a Deus e que ele devia ser tomado como exemplo, pois em toda a sua vida não trocara uma só palavra com uma mulher, exceto sua companheira e parentes mais chegados, e também com ela só falava brevemente. Quando devia proferir a bênção da lua nova, tirava suas roupas de uso diário e envolvia-se em sua veste mais bonita. E muitas vezes foi ouvido dizer como desejava alcançar o grau do famoso Rabi que é chamado de Raw, ao qual bastavam os quatro côvados de seu quarto e cujas ações piedosas, para serem descritas, não caberiam num pergaminho.

QUATRO ANOS após sua morte, Iedidias apareceu em sonho a seu amigo, o justo Rabi Abraão Gedalia, que também era um homem de grande religiosidade mas mal chegava aos pés de Iedidias. Falou-lhe: Amigo, ai de mim, ocupei meus dias com futilidades. Quando Rabi Abraão Gedalin ouviu isso, ficou prostrado e chorou alto e com lágrimas, até que seus familiares acordaram e, também chorando, clamaram: Pai, pai, ó guia de Israel, por que choras? Então ele contou-lhes o que vira em sonho, e falou: Se esse justo, que julgavamos fosse igual aos patriarcas, diz de si que perdeu seus dias com futilidades – o que devemos pensar de nós, que não alcançamos a centésima parte de seu valor e parecemos o hissopo, que cresce na parede! Na manhã seguinte, homens, mulheres e crianças foram à sepultura de Iedidias e imploraram-lhe que contasse a um deles, em sonho, no que consistia sua falta. E repetiram essa oração na sua sepultura durante um mês inteiro após a prece matutina. Passado esse tempo, Iedidias apareceu ao amigo em sonho e lhe falou: Um ano após meu passamento, fui chamado diante do tribunal celeste e me foram enumeradas as ações que realizei aqui embaixo. Também se mencionou que uma vez deixei faltar fervor durante a reza, mas, como depois jejuei por muito tempo, esse pecado não foi levado em conta. Então fiquei feliz e meu semblante irradiava, e eu enalteci o Senhor por ele me ter permitido achar o caminho certo. Mas, mal terminei de falar, me foi ordenado que erguesse meus olhos em direção ao céu. Ali, ao invés de estrelas, vi muitas flores. Assustado, perguntei: O que significa isso? E me responderam: Estas são as letras e sons as quais, ao proferir as preces, não deste a devida entonação e apenas balbuciaste. Estão todas contadas e nenhuma foi omitida. Agora elas se queixam e clamam a teu respeito: Este nos desprezou e desdenhou e não nos achou dignas de fazer parte da coroa divina. Por isso, tens de ir mais uma vez à terra a fim de que expies esse delito. Não tivesses praticado tanto bem, teu castigo ainda seria muito mais duro.

Quando os habitantes da cidade souberam disso, mandaram vir de longe um homem que era versado no som das palavras. Seria seu professor e lhes ensinaria como proferir cada palavra da oração, a fim de que fosse ouvida pelo céu.

71. O Terceiro Mandamento

O DEVOTO AUTOR do livro *A Descendência de Isaac* retornou à eternidade. Sua alma então percebeu uma grande agitação espalhar-se no céu e ouviu o clamor: Fazei lugar, faleceu um justo! E o devoto foi recebido com grande honrarias. Colocaram-lhe a Escritura Sagrada nas mãos e perguntaram: Cumpriste mesmo tudo o que aqui está escrito? Ele respondeu: Sim. Seguiu-se a pergunta: Observaste o mandamento da fertilidade e da multiplicação, e o cumpriste por causa do céu e não para entregar-te à volúpia? Ele retrucou: Sim. O tribunal perguntou: Quem é a testemunha disso? Logo apareceram os anjos que foram chamados à vida pelas ações do devoto e depuseram seu testemunho. Cada um manifestou-se acerca de qual virtude do justo ele devia a vida. Depois foram trazidos os quatro códigos do Ensinamento oral e o falecido foi interrogado: Observaste o que se contém aqui? Ele respondeu: Não deixei de atender a nenhum preceito. E novamente a afirmação do justo foi confirmada pelo testemunho dos anjos. Então seguiu-se a pergunta: Também não proferiste o nome do Senhor alguma vez em vão? Então o justo se calou e não deu resposta alguma. A pergunta foi repetida pela segunda e terceira vez, mas o culpado não respondeu uma palavra. Foram chamadas testemunhas e então apareceram bandos de anjos exterminadores envoltos em panos pretos, os quais responderam à questão. Relataram terem surgido pelo fato de o falecido ter abusado do nome de Deus e proferido preces sem devoção. Então os juízes celestiais rasgaram suas vestes e clamaram: Como te atreveste, mísero verme, a proferir levianamente o nome de Deus? Como não estremeceste ante o pecado, como é que tu, nascido do pó, pudeste transgredir um dos dez mandamentos?

E a sentença proferida foi que o culpado deveria seguir para o inferno ou fazer uma outra caminhada pela terra. Então ele preferiu a viagem ao inferno.

72. A Oração no Cemitério

NO EGITO, certa vez, alcançou o poder um juiz que viera da Turquia e era chamado Cádi Aleschkir. Este era inimigo dos judeus; diariamente apresentava novas acusações contra eles e dificultava-lhes a vida. E não havia ninguém que os auxiliasse.

Nessa época vivia no país um devoto de nome Moisés Aldamuhi, e este devia lhes trazer ajuda. Quando os apuros se tornaram grandes, ele foi com seu criado ao cemitério onde repousavam os ancestrais. Ali cavou uma cova e desceu. Invocou os mortos e falou: Conjuro-vos, ó falecidos, em nome daquele que é Senhor dos vivos e dos mortos, a rezarem comigo, da mesma maneira que nós oramos por vós e clamamos três vezes ao dia: Louvado sejas tu, que despertas os mortos. Pois Israel está no exílio e se iguala a um rebanho sem pastor; seus inimigos o oprimem demais. E o devoto orou com tanto fervor que as sepulturas do cemitério começaram a se mover. Quando terminou sua prece, Moisés disse ao criado: Levanta-te e vai ao interior da cidade; descobre o que aconteceu de novo hoje. E o criado assim fez. Quando chegou aos arrebaldes onde se situava o cemitério dos ismaelitas, viu de repente muita gente em movimento. Um egípcio lhe falou: Retorna, judeu, aqui não consegues passar. Então o criado perguntou: O que significa o tumulto da multidão? O pagão respondeu: Não sabes que o Cádi Aleschkir morreu de repente? Está sendo levado agora à sepultura pelos anciãos do país.

73. O Rabi e o Xeque

NA CIDADE de Damasco vivia o cabalista Moisés Galante, que era versado em todas as sete ciências; além dele, também um xeque era muito erudito. Este também era versado em muitos ramos da ciência, mais ainda levava sobre o Rabi a vantagem de poder dizer acerca de cada enfermo, depois que rezava por ele em silêncio, se o mesmo iria morrer ou se iria viver.

Essa superioridade do xeque aborrecia o Rabi. Ele falou para si: Eu sirvo ao verdadeiro Deus e cumpro fielmente os seus mandamentos. Por que meu poder deve ser menor do que o de um ismaelita?

E Rabi Moisés enviou um ilustre homem da cidade ao xeque, mandando dizer-lhe o seguinte: Tal e tal Rabi deseja visitar-te e conhecê-lo pessoalmente. O xeque respondeu: Ouvi falar a respeito desse estudioso: dizem que é um sábio e eu gostaria muito de vê-lo. Rabi Moisés logo se pôs a caminho e dirigiu-se ao palácio do xeque. Este o recebeu amavelmente e com honras, sentou-o ao seu lado e se informou de sua saúde. E, quando notou sua sapiência, fez amizade com ele e conversou demoradamente. Depois acompanhou seu visitante para fora, pedindo-lhe que o visitasse a cada semana. Rabi Moisés atendeu a esse pedido e assim os dois homens passaram a ter cada vez maior afinidade. Quando o xeque viu que o Rabi dominava todas as ciências, pediu-lhe que lhe explicasse um ramo da ciência que desconhecia totalmente. Rabi Moisés respondeu a isso: Eu o farei se em troca me ensinares a arte de tua prece. O xeque disse: Propuseste-me algo difícil; não convém que um filho da terra descubra esse segredo. O Rabi falou: Então também preciso ocultar-te aquilo que desejas aprender. O xeque então concordou e disse ao mestre da lei: Mas antes tens de preparar-te devidamente. Durante dois dias precisas te absteres de qualquer alimento e deves tomar um banho de imersão de manhã e de noite. Depois virás à minha presença.

RABI MOISÉS voltou para casa e procedeu em tudo como o xeque ordenara. Não quebrou o jejum nem no terceiro dia e foi ter com o xeque. Este estremeceu ao ver seu semblante e falou: Bem-vindo sejas tu, abençoado por Deus; teu semblante é testemunha de que observastes fielmente as minhas ordens. E agora vem, e verás tudo.

E o xeque conduziu Rabi Moisés a um aposento do qual ninguém, além dele, possuía chave. Atravessaram o quarto e chegaram a outra porta que dava para um jardim. Ali corria um ribeiro com água viva, e diante do ribeiro havia um banco sobre o qual se encontravam trajes novos para dois homens. O xeque falou ao Rabi: Antes de irmos ao lugar sagrado, precisamos tomar mais um banho. Eles tiraram as roupas, entraram no ribeiro e mergulharam. Depois saíram, enxugaram-se e vestiram os novos trajes. Continuaram andando. No canto do jardim erguia-se um edifício de grande beleza. As portas eram de prata pura e pintadas com quadros que nem mesmo nos palácios reais são vistos. Quando se preparou para abrir a porta, o xeque falou a Rabi Moisés: Atenta para entrares cheio de respeito no aposento; o que me vires fazer, faze também. Abriu a porta e um maravilhoso salão recebeu os dois homens. Frente à porta havia um aposento semi-redondo, diante do qual pendia uma preciosa cortina, bordada com pérolas e pedras preciosas. O xeque aproximou-se do santuário com devoto tremor e inclinou-se sete vezes até o chão. Rabi Moisés, porém, estremeceu ante a idéia de que o templo poderia abrigar um ídolo.

Então o xeque falou baixinho a Rabi Moisés: Puxa a cortina para o lado e olha lá dentro. Rabi Moisés ergueu a cortina e viu pendurada no nicho uma magnífica tábua na qual estava desenhado um castiçal com sete braços. Acima dele estava gravada em língua hebraica a frase: "Tenho Javé sempre diante dos olhos". As letras do Nome Divino ofuscavam pelo seu brilho. O xeque falou ao Rabi: As grandes letras, que significam o nome daquele que disse: Que haja um mundo – essas sempre me dizem com antecedência a sorte dos enfermos. Se brilham com intensidade enquanto eu rezo pelo doente, então sei que ele vai viver; se escurecem, sei que ele vai morrer.

74. Os Possessos

NUMA CIDADE da Itália vivia um filósofo de nossa tribo que tinha uma grande inclinação pelo credo dos outros. Alimentava dúvidas quanto ao efeito do Nome Sagrado; talvez nem acreditasse direito nele. Aconteceu então que um homem em Piemonte, que já tinha alcançado uma idade avançada, foi possuído por um demônio. O filósofo zombou das pessoas que acreditavam nisso e disse que a doença era uma enfermidade natural do corpo e consistia em convulsões. Os outros, que queriam fazê-lo retornar à verdade, disseram: Verás logo um milagre. E colocaram diversas folhas e amuletos na mão do doente, que estava deitado imóvel na cama; mas este não se mexeu e parecia não sentir nada. Por fim enfiaram em seu punho um papel, no qual estavam escritos os nomes da existência e do poder, ambos entrelaçados; tais nomes, contudo, não são do conhecimento da maioria dos intérpretes, pois estes apenas se utilizam dos dez inextinguíveis. Então o doente berrou e atirou o papel para longe de si; mas seus olhos estavam fechados e ele não via nada. Então colocaram um raminho de hissopo em sua mão e de novo ele o lançou fora. Ouvia-se o seu gemido, mas a voz soava diferente do que da primeira vez. Assim se procedeu durante dez dias com o doente, e o descrente assistia a tudo. Cada folha e cada coisa produziu um efeito diferente e os presentes podiam tudo presenciar. Então o filósofo confessou sua tolice e se envergonhou.

NO ANO 5.337 correu uma lenda que era contada por homens e mulheres e segregada por crianças e jovens. Assim sendo, ela provavelmente corresponde à verdade, pois senão nem todos relatariam o mesmo a seu respeito.

Na cidade de Ferrara vivia uma mulher judia que sofria de epilepsia. Estranhos sons saíam de sua garganta, mas seus lábios não se moviam. Quando se perguntava: Quem és? A voz respondia: Sou o homem tal e tal, que morou lá e lá; entrei no corpo desta mulher. E ele se identificava por sinais especiais, de modo que todos o reconheceram; era um homem que tinha morrido havia pouco tempo.

75. Dos Tempos de Apuros

NOS TEMPOS de Esdras existia uma cópia dos livros sagrados feita por duas irmãs órfãs sobre as quais pairava o espírito divino. Era costume dos hebreus abrir esse manuscrito somente em casos especiais. Quando o rei de Portugal se apoderou dos livros dos judeus, também esse manuscrito tornou-se propriedade sua. E ele o manejava com extremo cuidado.

Certa vez, um emissário dos judeus apresentou-se ao rei e pediu permissão para ver a Escritura. O rei atendeu a esse desejo e levou-o a um templo cheio de livros. Ali estava o referido manuscrito, preso numa corrente de ferro. O enviado desprendeu o fecho e abriu o livro, e eis que todos os versos nos quais aparecia a palavra *Zara* (apuro) brilhavam em letras douradas. A tradição contava que no ano 5290, número que está contido na palavra *Zara*, viria o redentor de Israel. Por isso a tinta nesses lugares transformara-se em ouro.

UM DEVOTO OROU e pediu que lhe dessem conhecimento de quem seriam seu companheiro no Além. Então foi avisado de que deveria viajar para um determinado lugar e lá veria o homem que seria seu companheiro no céu. O devoto assim fez e achou o homem. Mas este era um simples cidadão que jamais realizara nada de especial e que só se distinguia dos outros, porque comia demais. Então o devoto perguntou-lhe o motivo desse hábito. Ele respondeu: Quiseram obrigar meu pai a renegar sua fé e o fizeram sofrer muitas torturas. Mas ele permaneceu firme e morreu como mártir pelo seu Deus. Antes de sua morte, chamou-me e ordenou-me que comesse bastante, a fim de ficar forte e ter forças para suportar também todos os martírios e torturas.

Então o devoto compreendeu por que esse homem lhe estava destinado como vizinho no mundo vindouro.

NUM VELHO DOCUMENTO consta a história de que durante as perseguições do ano 4856 muitos homens ilustres da cidade de Metz viram três anciãos andando pela rua dos judeus, os quais com voz agradável chamavam: Santo e excelso acima de tudo seja o nome do Senhor. Os habitantes perguntaram ao chefe da comunidade, Rabi Simeão, o Grande, o que significava a aparição. Ele respondeu: Os três anciãos eram os patriarcas Abraão, Isaac e Jacó, que previram novos horrores cair sobre os seus filhos; mas queriam fazer com que Asmodeu, o rei dos espíritos, marchasse contra os inimigos dos judeus e lutasse por eles. Se o sangue que corre na batalha for vermelho, isso é um bom sinal, mas se for verde, significa infortúnio. No final, o próprio Asmodeu pereceu na luta.

Conta a tradição que Rabi Simeão pediu a Deus que não o deixasse ver o infortúnio. Tal desejo foi satisfeito e ele faleceu três dias antes do começo da carnificina.

APÓS AS GRANDES perseguições do ano 5212, uma aldeia perto de Erfurt foi poupada. Ali vivia um homem pobre e temente a Deus, que não era versado na Escritura mas sempre lia um de seus livros. Este era o livro de Salmos. O homem já estava muito velho e assim morreu com boa idade. Mas ainda não se havia passado trinta dias após sua morte quando ele apareceu em sonho a um homem erudito em Erfurt. Usava uma mortalha e tinha um pequeno livro na mão. O adormecido perguntou: Acaso não és o homem tal, que levamos em tal dia à cova? O morto respondeu: Tu me reconheceste; sou esse mesmo homem. O sonhador perguntou: E o livro que tens na mão? O morto retrucou: São os Salmos. Vim para te pedir que advirtas os habitantes de minha cidade natal do perigo que os ameaça; devem fugir e salvar-se. Enquanto vivia na aldeia, lia todas as semanas os Salmos do começo ao fim, e assim meus conterrâneos foram poupados da morte. Agora estou morto e não há ninguém que os possa proteger.

Então o sábio acordou, abalado pelo que vira e escutara. De manhã enviou um mensageiro à referida aldeia com uma carta, na qual descrevia a sorte reservada aos habitantes. Aqueles que acreditaram na advertência do devoto deixaram o lugar e escaparam do mal; mas os outros, que não lhe deram crédito, foram colhidos pelo infortúnio.

NUMA ÉPOCA em que se obrigava os judeus a renegar seu Deus, vivia um fanático que assassinava muitas crianças a fim de que elas não fossem criadas numa outra fé. Um Rabi censurou essa ação e chamou o homem de assassino; mas este não desistiu. Então o Rabi lhe profetizou uma morte de suplício, e o vaticínio realizou-se. O fanático foi aprisionado, arrancaram-lhe a pele e espalharam areia na carne descoberta.

QUANDO OS expulsos da Espanha estavam a caminho de Fez, aconteceu um fato tal como a história nunca conheceu. Um árabe avistou uma bela menina entre os fugitivos. Apoderou-se dela, violentou-a sob os olhos dos pais e depois foi embora. E após algum tempo voltou com uma lança na mão e esfaqueou a menina. Então as pessoas gritaram: Ó cruel, o que fizeste? O perverso respondeu: Não quero que alguém gerado por mim seja educado na fé judaica.

QUANDO OCORRERAM os grandes excessos em Lisboa, foram arrebatados os sete filhos de uma mulher. A infeliz então soube que o rei estava em via de ir à igreja. Ela correu para fora e atirou-se diante de seu cavalo, implorando que lhe deixasse o filho mais jovem. O rei não deu atenção às suas súplicas e ordenou aos criados que enxotassem a mulher. Mas ela continuava a lamentar. Os servos gritaram com ela, mas o rei falou: Deixai-a, ela é como uma cadela da qual se tiraram os filhotes.

AO MESTRE RABI SIMEÃO e a mais outros seis sábios foi dada a ordem do rei para que renegassem sua fé. Mas eles não seguiram o conselho e com todo o coração e toda a alma mantiveram-se fiéis ao Ensinamento divino. Então o rei ordenou que fossem trazidas pesadas pedras e com elas fosse erguido em torno deles um muro que lhes chegava até o pescoço e os comprimia. Depois de três dias a parede foi derrubada. Os seis homens estavam mortos; só Rabi Simeão ainda vivia. Então o devoto foi arrastado da prisão até a porta da cidade; só então é que puseram fim à sua vida.

E o cadáver do homem ficou estendido no chão, sem ser enterrado, até que um dia um marrano e seu filho, que eram guardas da prisão, obtiveram autorização para sepultar o morto. Juntaram-se a eles mais sessenta homens íntegros dos pseudoconvertidos, os quais só forçados renegaram sua fé, e juntos levaram o morto à sepultura. Enterraram-no no cemitério dos judeus e o prantearam.

UM JUDEU viajava num navio junto com seu velho pai e também levava seu único filho. Os três foram lançados a uma região deserta. O ancião logo foi vencido pela fraqueza, pois não comera durante três dias. Então o filho ficou penalizado e correu com o menino até a aldeia próxima, para lá vendê-lo por pão. Mas, quando voltou ao pai com o pão, encontrou-o morto. Rasgou as vestes e correu com o pão ao padeiro, pedindo-lhe que recebesse o pão de volta e lhe devolvesse o filho. Todavia o padeiro não concordou com isso. Então o homem chorou por seu rebento e lamentou amargamente.

NUM NAVIO que conduzia desterrados da Espanha irrompeu a peste, e assim o timoneiro lançou todos os judeus à terra, num lugar ermo e desabitado. Ali a maioria pereceu de fome; um pequeno número de sobreviventes, porém, animou-se e andou à procura de um local para se estabelecer. Entre estes encontrava-se um homem com sua mulher e dois filhos. A mulher não estava acostumada a caminhar, e assim logo enfraqueceu e morreu. O homem continuou, carregando as crianças, mas as forças também logo o abandonaram e ele desmaiou de fome e esgotamento. Quando despertou, as duas crianças estavam mortas. Cheio de desgosto, levantou-se e bradou: Senhor do Universo! Fazes tudo para afastar-me de minha fé. Mas fica sabendo que, mesmo contra a vontade do céu, sou e continuo judeu; seja o que for que me impuseres, meu espírito não se modifica! E juntou grama e terra e cobriu os mortos.

Livro Oitavo: Histórias do Povo

1. A Arca Edomita

NA CIDADE de Roma sempre existiu uma imensa torre que tinha sete portas trancadas. Cada rei que subia ao trono tinha por costume colocar uma nova fechadura na torre. Mas ninguém sabia o que significava tal costume e o que estava guardado na torre.

Sucedeu, então, que um soberano morreu sem deixar herdeiros e os cidadãos se reuniram em conselho para ver quem nomeariam como seu soberano. A escolha recaiu unânime sobre um homem que parecia muito apto para governar. Os mais ilustres dentres eles foram ter com o escolhido e falaram-lhe: Desejamos que nos governes. O homem retrucou: Estou disposto a corresponder a vosso desejo, pois não quero mandar-vos embora de mãos vazias, mas imponho a condição de que me envieis uma delegação dos vossos melhores homens e estes me assegurem, por carta e sinete, que aceitarão todas as minhas ordens e as seguirão sem reclamações. Então os ilustres homens perguntaram: E o que queres impor-nos? O futuro soberano respondeu: Não o digo antes de me entregarem o referido documento. Depois de muita discussão os romanos dispuseram-se a emitir tal documento e colocaram seu sinete nele. Então o soberano eleito subiu ao trono e foi coroado.

NO DIA SEGUINTE, o rei reuniu novamente os homens dos quais obtivera a promessa de obediência e disse-lhes: Peço-vos que me abrais a torre com as sete portas, pois desejo saber o que há lá dentro. Os homens então responderam em uníssono: Nosso senhor e rei, fizeste-nos um pedido difícil. Quantos reis nos governaram, e nenhum deles externou o desejo de abrir a torre; ao contrário, cada novo soberano ainda acrescentava uma fechadura e procurava deixar a torre ainda mais inacessível. Queres agora ser o primeiro a transpor a cerca da lei? Tal intento também é capaz de reverter em mal. O soberano, porém, respondeu: Poupai a longa conversa! Tendes de abrir-me a torre, para que eu veja o que há lá dentro; se não o fizerdes, estais condenados à morte!

Quando os homens ouviram tais palavras e viram a ira do soberano, apressaram-se e mandaram reunir os ferreiros da cidade; estes retiraram as fechaduras e abriram as portas da torre. O rei, ousadamente, foi o primeiro a entrar; os outros, que tinham tremido e vacilado antes, depois de verem o rei, criaram coragem e alguns o seguiram bem de perto. O rei examinou atentamente os aposentos e vasculhou todos os cantos e ângulos; não encontrou nada de especial, até que, finalmente, num dos quartos interiores, deparou com uma caixa trabalhada em ouro maciço. Abriu a arca e, para seu espanto, encontrou-a cheia de ervas e gramas frescas, as quais, embora fechadas há tanto tempo, exalavam aroma e pareciam ter sido recém-colhidas. O rei então ficou muito espantado de como isso era possível. Retornou a seu palácio e ordenou que levassem a caixa para ele. Em seguida mandou chamar os sacerdotes da cidade e encarregou-se de pesquisar o segredo de como as plantas contidas na caixa, guardadas durante milênios, haviam conservado o seu frescor. Caso não soubessem responder à pergunta, seriam punidos com a morte. Então os sacerdotes responderam: Que o nosso senhor e rei viva eternamente! Concede-nos alguns dias de prazo, a fim de que verifiquemos os antigos documentos e lá talvez encontremos a solução. O rei respondeu: Concedo-vos isso com prazer, e vos serão dados trinta dias nos quais deveis descobrir o milagre. Mas, se no trigésimo primeiro dia não estiverdes em condições de me responder, então estareis perdidos. Os sábios afastaram-se cheios de temor e angústia. Recorreram ao templo, obrigaram-se a jejuar e a mortificar o corpo, vestiram sacos e passaram os trinta dias em orações e pranto; pesquisaram livros e rolos antigos, indagaram de todos os anciãos de Roma, mas em lugar nenhum encontraram o menor indício para a explicação do enigma. Assim, chegou o dia em que o prazo marcado chegava ao fim. O povo todo largou seu trabalho enlutado e aflito.

Mas, nessa época, vivia em Roma um ancião que estava com cento e cinqüenta anos. Esse ancião tinha sete filhos que eram cidadãos eminentes. Tinham por costume cada manhã, antes de se dedicarem aos seus negócios, beijar as mãos de seu pai, perguntar pelo seu bem-estar e pedir-lhe a bênção. Depois, cada um voltava-se ao seu trabalho. Nesse dia, contudo, os filhos negligenciaram seu dever e não apareceram para saudar o pai. Só à noite, quando retornaram para casa desanimados, é que foram ver o velho homem. Ele lhes falou: Ó filhos, em que é este dia diferente dos demais para que nenhum de vós me tenha procurado? Os filhos responderam: Senhor nosso pai, o que dizer-te e como justificar-nos? Tivemos que consumir o dia todo em aflição e tristeza e choramos a perfídia de nosso destino. Eis que agora temos de nos despedir e te deixar em paz;

no dia de amanhã estaremos todos mortos. Entretanto, não é por nossa vida que nos preocupamos, mas por ti, já velho, de idade avançada, que ficarás sem qualquer apoio. O ancião ouviu as estranhas palavras de seus filhos e viu o horror da morte em seus olhos. Falou-lhes: Por vossa vida, filhos, contai-me o que aconteceu. Então os filhos lhe contaram a exigência do novo soberano e sobre o seu decreto. A isso o ancião falou: Se é esse o caso que vos preocupa, podeis ficar sossegados e não precisais temer. Conheço o segredo que ocupa a mente do rei, e lho revelarei. Conduzi-me a ele amanhã cedo, e eu esclarecerei as dúvidas que pairam sobre o assunto. Ouvindo essa resposta, os filhos caíram de joelhos, beijaram as mãos do velho e exclamaram: Louvado sejas, tu nos salvaste! E foram dormir consolados e confiantes.

NA MANHÃ DO DIA SEGUINTE, assim que o sol surgiu, os filhos agiram de acordo com a ordem do pai. Carregaram-no nos ombros e o levaram ao rei. Inclinaram-se diante dele e falaram: Nosso senhor e rei, hoje termina o prazo que nos concedeste e aos nossos companheiros. Eis que viemos para decifrar o enigma e para te explicar o que há com as ervas. E o ancião começou, dizendo: Meu senhor e rei, que incline teu ouvido às minhas palavras e ouve o que lhe vou dizer. Sou o único que conhece o assunto. A caixa de ouro que estava guardada na torre foi levada para lá em tempos imemoráveis. Conta-se que o rei que governou na quarta geração após Elifas, o filho de Esaú, colocou-a lá. Pôs dentro seiscentas mil ervas, de acordo com o número de seiscentos mil israelitas que deixaram o Egito. As ervas foram enfeitiçadas por ele e deviam manter seu frescor e aroma enquanto Israel existisse. Mas posso revelar-te ainda um segundo segredo. Se fosse possível fazer com que os judeus utilizassem a caixa como mesa, e nela comemorassem a festa de Pessach e lessem a lenda de Pessach, das ervas surgiria um ente que aniquilaria essa tribo e o seu Messias. Mas, enquanto isso não ocorre, Israel continuará vivo e ameaçando o domínio de Edom.

O rei ouviu a fala do ancião e as palavras penetraram em seu ouvido. Imediatamente mandou chamar homens peritos em forja e ordenou-lhes que fizessem uma caixa de ouro exatamente igual àquela encontrada no palácio. Os artífices receberam a ordem e cumpriram-na fielmente. Levaram a arca ao rei e este encheu-a de pérolas e pedras preciosas. Depois chamou um dos seus criados e falou-lhe: Desejo que te dirijas tal e tal hora ao homem da lei dos judeus e o mandes vir ter comigo. O criado foi rapidamente buscar o homem da lei. O rei recebeu-o com honrarias e falou aos presentes: Que todos saiam daqui. Assim, o rei e o sábio ficaram sozinhos e o rei disse: Sabes que sou aquele que começou a reinar há pouco tempo. Vejo como se conduzem meus súditos, que afinal são da minha própria fé, e não tenho confiança neles. Algum dia ainda se revoltarão e me roubarão o meu domínio e minha fortuna. Portanto, decidi confiar em ti e revelar-te tudo; mas que o segredo fique contigo. Olha esta caixa; está cheia até a borda de pérolas e pedras preciosas. Leva-a para a tua casa, e que fique guardada contigo, para que a encontres quando chegar a necessidade. Por acaso sei o que o destino traz? E o rei abriu a arca e mostrou ao sábio judeu o tesouro que ela continha. Continuou falando: Passa a ser teu dever não tirar os olhos da arca; que ela seja a mesa na qual te dedicas ao Ensinamento e onde tomas tuas refeições; que seja também a cama na qual dormes. Vês que contém toda a minha fortuna; que ela fique contigo como penhor; no devido tempo eu a exigirei de volta. O sábio respondeu: Farei conforme ordenas.

Mas o rei tinha enganado o homem da lei. Ao invés da arca na qual foram postas as pedras preciosas, ele lhe deu aquela que continha as estranhas ervas. O sábio de nada suspeitou e foi para casa com o criado, que lhe carregou a arca. Ali mandou colocá-la no quarto, onde mais ficava. Cumpriu fielmente o que o rei lhe impusera. Usava a caixa como mesa, e esta ora lhe servia de mesa de refeições, ora de estante para ler. Mesmo na noite de Pessach não quis tomar a refeição em outra mesa.

Mas aconteceu nessa noite que, quando o homem da lei voltou da sinagoga para casa e proferiu a bênção: Estas são as festas do Senhor – ele ouviu uma voz que clamava: Por Deus, o verdadeiro juiz, há massa fermentada na casa! O sábio emudeceu e estacou muito assustado. Mas logo imaginou que talvez fosse apenas um acaso, e recomeçou a dizer a bênção. E novamente ouviu as palavras: Pelo verdadeiro juiz, há massa fermentada na casa. No entanto, dessa vez o homem da lei não ligou para o que ouvia e terminou a bênção. Mas, depois, quando quis celebrar a noite de Pessach na ordem determinada, uma voz ecoou de novo, e agora gritava em tom alto e penetrante que havia coisa fermentada na casa. Então todos os familiares do Rabi se levantaram, excitados, e lhe falaram: Por quanto tempo ainda queres aceitar calado esses brados? O homem da lei levantou-se e examinou todos os cantos e esconderijos da casa, procurando alimento proibido; todavia, nada conseguiu encontrar. Então ordenou ao criado da casa de oração que chamasse imediatamente os anciãos e membros mais ilustres da comunidade. Quando estes se reuniram em sua casa, o Rabi lhes falou: Concedei-me a honra de passar a noite comigo; comemoremos juntos a grande festa, de acordo com o costume estabelecido. Os convidados responderam: Estamos dispostos a fazer tua vontade; o teu pedido nos alegrou. E eles sentaram-se, leram o rolo e executaram os atos que fazem parte da festa. E a voz da arca continuou clamando: Louvado seja o verdadeiro juiz, há coisa fermentada na casa! O homem da lei falou a seus convidados: Ouvis o brado? Estes responderam: Ouvimos e estamos muito admirados. Não poupando esforços, cada um foi com uma vela acesa na mão em busca da coisa fermentada. No entanto, não havia uma migalha sequer de pão fermentado. Não suspeitavam que a própria arca continha fermento. Mas por fim o Rabi falou: Meu coração me diz que a caixa sobre a qual estamos sentados contém coisa proibida. Retiraram os alimentos e bebidas da tampa da caixa, que lhes servia de mesa, e levantaram-na. E eis que um bezerro pulou da caixa. Os presentes foram tomados de pavor e de medo, cada um agarrou uma faca e com toda a força investiram contra a estranha criatura. Mas os golpes não causaram nenhum efeito e a criatura continuou intacta e ilesa. Os sábios estavam perplexos e não sabiam como acercar-se da obra de Satã. Um disse ao outro: Por que Deus teve de mandar tal terror sobre nós nesta santa noite? Então o Rabi falou: Não vamos poder exterminar o monstro com nossas forças; portanto, vamos fazê-lo com nossa boca e invocar a ajuda do Senhor. Confiai e sede corajosos! Os temerosos uniram-se em prece, verteram lágrimas, choraram e o Todo-Poderoso atendeu às suas súplicas. Uma voz veio do céu – ela foi ouvida pelo homem da lei e todos os que lá estavam – e clamou: Que o Rabi inscreva na testa da criatura o Santo Nome, tal e tal, que foi tirado de tal e tal verso; ele que marque suas mãos, seu coração, seus pés e todos os seus membros com o Santo Nome, e ele perecerá e se desvanecerá. E o Rabi assim fez. Assim que colocou o estilete na testa da estranha criatura, a carne do bezerro começou a desaparecer, e continuou diminuindo à medida que os outros membros eram inscritos, até que por fim converteu-se em água e sumiu. Então o Rabi falou aos presentes: O dia de hoje é o dia da feliz mensagem; este é o dia do Senhor, então regozijemos com Ele! Agora, porém, voltai para vossas choupanas e cada qual se alegre com os seus. Então os libertos do sofrimento voltaram para suas casas e comemoraram a festa de Pessach bem-dispostos. Ficaram acordados e alegres a noite inteira, pois não podiam dormir de tanta felicidade, e cantaram louvores ao Senhor.

Quando amanheceu, o rei enviou mensageiros ao homem da lei para chamá-lo. Também o rei não fechara os olhos nessa noite e não conseguira dormir, pois estava ansioso por saber o resultado da festa para os judeus. Quando o homem da lei apareceu, o soberano ordenou que a arca lhe fosse restituída. O rabi buscou a caixa e o rei imediatamente a abriu. Verificou, então, que as ervas nela contidas haviam secado e murchado. Assustou-se diante da visão e pensou em como as plantas pouco antes ainda tinham aparência fresca e verde. Exigiu que o Rabi lhe esclarecesse o caso, e este, após inicial indecisão, relatou fiel e detalhadamente o que acontecera na noite sagrada.

Abalado com o que ouviu, o rei falou: Quero atirar longe de mim as trevas que me cercam e banhar minha alma em luz; desejo servir somente ao verdadeiro Deus. E, chamando seus conselheiros e altos dignitários, revelou-lhes sua decisão: deviam nomear um outro para seu soberano. Ele, então, converteu-se ao judaísmo e declarou-se partidário de nosso sagrado Ensinamento. Assim, a ruína de Israel foi maravilhosamente desviada. Louvado Aquele que liberta e redime; que Ele nos faça milagres como nos dias do êxodo do Egito e reúna em breve os dispersos.

2. A Criação do Golem (Ídolo)

EM WORMS, vivia um homem de essência justa chamado Bezalel. Na noite de Pessach nasceu-lhe um filho. Era o ano 5273 após a criação do mundo, e os judeus sofriam grandes perseguições. Os povos entre os quais viviam acusavam-nos de usar sangue no preparo do pão ázimo. Quando o filho de Rabi Bezalel veio ao mundo, seu nascimento já trouxe o bem. Pois, quando a mulher foi acometida das dores do parto, os familiares correram à rua a fim de buscar a parteira, e com isso frustraram a intenção de alguns perversos que carregavam uma criança morta num saco e queriam atirá-la no beco dos judeus a fim de culpá-los de assassínio. Então Rabi Bezalel vaticinou sobre seu filho e disse: Este nos consolará e nos livrará da calamidade. Seu nome em Israel seja Judá Ari, conforme o versículo na bênção de Jacó: "Judá é um pequeno leão; quando meus filhos foram dilacerados, ele se ergueu"*.

E o menino cresceu e tornou-se um erudito da Escritura e um sábio versado em todos os ramos do conhecimento e que dominava todos os idiomas. Tornou-se rabino da cidade de Posen, mas logo depois foi chamado a Praga, onde se tornou supremo juiz da comunidade.

Todos os seus pensamentos e esforços concentravam-se em auxiliar seu povo oprimido e libertá-lo da difamação do uso de sangue. Pediu ao céu que lhe dissesse em sonho como poderia combater os sacerdotes que difundiam as falsas acusações. Então recebeu o aviso numa visão noturna:

---

* Gen. 49, 9. *Arje* (hebr.) = leão.

Faze uma figura humana de barro e destruirás a intenção dos perversos. Então o mestre chamou seu genro e seu discípulo mais velho e confiou-lhes a resposta do céu. Pediu também sua ajuda para a obra. Quatro elementos eram necessários para a criação do ídolo: terra, água, fogo e ar. Acerca de si próprio o Rabi disse: Possuo o poder do vento; o genro era aquele que personificava o fogo; tomava o discípulo como símbolo da água; e assim esperava que os três tivessem êxito na obra. Insistiu com eles para que não revelassem nada sobre a sua intenção e se preparasse durante sete dias para a tarefa. Terminado o prazo, no vigésimo dia do mês de Adar do ano 5340 e na quarta hora após a meia-noite, os três homens dirigiram-se ao rio situado fora da cidade, em cuja margem havia um barreiro. Ali amassaram uma figura humana com o barro mole. Fizeram-na com três côvados de altura, formaram os diversos traços do rosto, depois as mãos e os pés, e a colocaram de costas no chão. Em seguida, todos os três postaram-se diante dos pés da figura de barro e o Rabi ordenou a seu genro que desse sete voltas ao redor dela, recitando uma fórmula por ele composta. Feito isso, a figura de barro ficou vermelha como um carvão em brasa. Depois o Rabi mandou que também o discípulo desse sete voltas ao redor da figura e dissesse uma outra fórmula. A brasa então esfriou, o corpo ficou úmido e desprendeu vapores e brotaram unhas das pontas dos dedos, cabelos cobriram a cabeça, e o corpo da figura e seu rosto pareciam de um homem de trinta anos. Em seguida, o próprio Rabi deu sete voltas ao redor da figura e os três homens proferiram juntos a frase da história da criação: "E Deus insuflou em suas narinas o hálito de vida, e desse modo o homem se tornou um ser vivo"*.

Quando terminaram de falar o verso, os olhos do Golem se abriram e ele olhou para o Rabi e seus discípulos com um olhar que exprimia espanto. Rabi Loew falou alto à figura: Levanta-te! E o Golem se levantou e ficou em pé. Depois os homens lhe puseram roupas e sapatos que tinham trazidos – eram trajes como os que usavam os serventes da sinagoga – e o Rabi falou ao homem de barro: Sabe que te criamos do pó da terra para que protejas o povo do mal que sofre de seus inimigos. Dou-te o nome de José; residirás na minha sala de audiências e executarás o trabalho de um criado. Deves obedecer às minhas ordens e fazer tudo o que eu exigir de ti, mesmo se eu te mandar atravessar o fogo, pular na água ou lançar-te de uma alta torre. O Golem acenou com a cabeça às palavras do Rabi, como

---

* Gen. 2, 7.

se quisesse expressar aquiescência. Possuía também em tudo um proceder humano; ouvia e compreendia o que lhe era dito, apenas não dispunha do poder da fala. Assim, naquela noite memorável três homens tinham saído da casa do Rabi; mas quando retornaram, por volta das seis horas da manhã, eram quatro.

A seus familiares o Rabi disse que, quando fora de manhã à casa de banhos, encontrara um mendigo e o trouxera, de vez que parecia honesto e inocente. Queria usá-lo como criado em sua sala de estudos, mas proibia-lhes usar o servo em serviços domésticos.

E o Golem ficava constantemente sentado num canto da sala, a cabeça apoiada nas mãos, e mantinha-se imóvel como uma criatura a quem falta espírito e inteligência e que não liga para nada do que se passa no mundo. O Rabi dizia dele que nem o fogo e nem a água lhe fariam mal algum, e que nenhuma espada podia feri-lo. Deu-lhe o nome de José, em recordação a José Scheda, mencionado no Talmud, o qual era meio homem e meio espírito, servia os eruditos da Escritura e muitas vezes os salvou de grandes apuros.

O grande Rabi Loew servia-se do Golem apenas quando se tratava de combater a acusação de sangue, sob a qual os judeus de Praga sofriam especialmente. Quando Rabi Loew mandava o Golem para qualquer lugar onde este não devia ser visto, colocava-se um amuleto escrito em pele de veado. Isso o tornava invisível, mas ele próprio podia ver tudo. Durante a época da festa de Pessach, o Golem devia percorrer a cidade todas as noites e deter todo aquele que levasse uma carga nas costas. Se era uma criança morta que iria ser atirada no beco dos judeus, amarrava o homem e o cadáver com uma corda, que sempre levava consigo, e o conduzia à câmara municipal, onde o entregava à autoridade. O poder do Golem era sobrenatural e ele realizou muitos feitos.

3. Irmão e Irmã

NAQUELE TEMPO, viviam em Praga dois homens ricos que eram sócios nos negócios. Adquiriram juntos uma grande casa e viviam lado a lado em fiel vizinhança. Mas numa coisa sua sorte não era a mesma. Enquanto um tinha filhos sadios e vivazes, a mulher do outro somente dava à luz criaturas franzinas. Assim, despertou na mulher, que tinha de temer pela vida de seus filhos, a inveja da felicidade de sua companheira. Não demonstrou seus sentimentos, mas a parteira, que costumava auxiliar ambas as mulheres nos partos, compreendeu o que se passava no coração da infeliz e pensou em meios e providências para lhe ser útil.

Aconteceu, então, que ambas as mulheres tomaram um banho purificador no mesmo dia e engravidaram na mesma época.

Os dois partos depois realmente ocorreram juntos, e as duas mulheres tiveram meninos. Mas, como a primeira criança era mais forte do que a segunda e temia-se que esta não sobrevivesse, a parteira as trocou secretamente na mesma noite, quando os moradores das duas casas estavam dormindo.

As duas mulheres amamentaram as crianças e nenhuma imaginou que a criança à qual dava o seio não fosse sua própria. E os meninos cresceram e não sabiam que aqueles a quem chamavam pai e mãe não eram seus progenitores. Ninguém mais ficou sabendo da verdade, pois a parteira guardou cuidadosamente o segredo e nada revelou acerca do cometido. E um dia ela morreu subitamente e o caso afundou no oceano como uma pedra.

ENQUANTO ISSO, chegou a época em que os rebentos dos dois vizinhos deviam casar-se. Foram tranqüilas as uniões que o pai da prole numerosa conseguia através de seus filhos e filhas. Mas, quanto ao filho mais moço, entrou em acordo com o vizinho para casá-lo com sua filha. Assim foi escrito o contrato de noivado e o casamento deveria efetuar-se logo depois. O grande Rabi Loew foi solicitado a abençoar o casal e apareceu para o casamento. Mas, quando ergueu o cálice e quis proferir a bênção, o copo escapou-lhe, quebrou-se e o vinho foi derramado. Foi-lhe apresentado um outro copo de vinho, mas também este lhe caiu da mão. Então Rabi Loew empalideceu com o estranho caso e todos os presentes se assustaram. José, o Golem, foi despachado a fim de buscar outro vinho. E o Golem correu pelo quintal para a adega de seu amo. Os convidados do casamento seguiram-no com os olhos e viram como ele trocava sinais com um ser invisível. Quando chegou diante da porta da adega, parou de repente e voltou-se, sem dar atenção aos gritos das pessoas que o estimulavam para ir depressa para a sala de julgamento de Rabi Loew. Ali escreveu algumas palavras num papel, voltou e entregou a folha a seu mestre. Nela estava escrito: Noivo e noiva são irmão e irmã. Atônito, Rabi Loew lançou um olhar interrogador ao Golem, mas este fez um gesto, como pedindo que o seguisse. Então Rabi Loew disse aos reunidos que o casamento não poderia realizar-se naquele dia e que os alimentos fossem distribuídos entre os pobres. Em seguida, com o Golem, deixou o local do casamento. Diante da janela da sinagoga viu um espírito; este era o espírito que dissera ao Golem o que havia com os noivos.

RABI LOEW decidiu então esclarecer o assunto. No dia seguinte, quando os membros da coletividade apareceram para a reza, pediu-lhes que ficassem também depois do serviço divino. Antes, ainda, mandara fazer um tapume de madeira num canto da sala. Depois que as preces foram proferidas, sentou-se a uma mesa com seus dois juízes auxiliares, que ainda estavam envoltos em seus mantos de oração. Mandou o velho servente da sinagoga buscar os noivos e os pais, e quando estes chegaram ordenou ao Golem, na presença de toda comunidade, que fosse ao cemitério e evocasse a falecida parteira. Deu-lhe sua bengala para que batesse na cova e despertasse a adormecida. Os presentes foram tomados de temor ao ouvir essas palavras. Mas o mestre falou: Ficai quietos, nada vos acontecerá.

Depois de pouco tempo, o Golem apareceu; entregou a bengala a Rabi Loew e indicou com um gesto do braço o tapume de madeira, como se quisesse dizer que já cumprira a ordem e que já trouxera a alma da falecida. Os presentes foram acometidos de medo; fecharam os olhos e pareciam petrificados. Ouviu-se então a voz de Rabi Loew, dizendo: Nós, o tribunal terreno, determinamos por este meio que nos expliques por que se diz a respeito dos noivos que são irmão e irmã.

Então o espírito começou a contar e relatou fielmente o que se passara havia muitos anos, na noite em que as duas crianças nasceram. A comunidade apenas ouvia a voz de quem falava e não distinguia as diversas palavras; contudo os juízes, os pais dos noivos, bem como os próprios noivos, podiam entender tudo. E falecida continuou e confessou que, durante os doze anos passados após sua morte, não encontrara sossego na cova. Apenas por causa do grande Rabi Loew lhe fora permitido perturbar o casamento para que assim tivesse a possibilidade de reparar seu erro. Chorou no fim de sua fala, e a comunidade chorou junto.

RABI LOEW aconselhou-se com os juízes sobre a sentença a ser dada. Estes decidiram que a culpada primeiro devia pedir desculpas aos noivos pelo fato de lhes ter causado tal vergonha diante de todo mundo. Se estes a perdoassem, ela estaria limpa e livre de qualquer culpa. Novamente se ouviu um soluçar e a finada pediu perdão aos noivos. Os irmãos responderam-lhe: Nós te perdoamos. Então o tribunal decretou: Nós, juízes terrenos, te absolvemos, mulher tal e tal, e assim o tribunal celeste também te absolva. Vai em paz e descansa em paz até a vinda do Messias.

Em seguida, Rabi Loew ordenou que o tapume fosse derrubado, como sinal de que a morta não estava mais atrás dele e que uma tábua do tapume fosse pregada no túmulo da parteira em recordação ao acontecimento. Mandou buscar o livro de crônicas da sinagoga e registrou o caso para que a posteridade tivesse conhecimento dele. Os juízes tiveram que aplicar seu sinete por baixo.

O grande Rabi Loew, porém, ainda determinou que o rapaz e a moça, que cresceram juntos e eram por todo o mundo considerados irmãos, deviam casar-se. Os dois ficaram contentes com isso e também os pais concordaram. Assim o casamento foi festejado e os recém-casados tornaram-se um casal feliz.

4. A Ruína

NÃO LONGE de Praga, na estrada que conduz à cidade, havia na época do grande Rabi Loew uma ruína abandonada na qual demônios praticavam seus desmandos. Os peregrinos temiam passar à noite por esse lugar. Uns acreditavam lá ouvir os sons de uma banda, outros supunham ter visto um homem no telhado, o qual tocava trombeta, como se conclamasse exércitos para uma guerra. Outros ainda viam uma matilha de cães negros rodeando a ruína. Assim, os viajantes evitavam o sinistro local.

Certa vez, aconteceu que um judeu de Praga, que se sustentava percorrendo as aldeias vizinhas com mercadorias, passou à noitinha diante da casa destruída. Então um cão preto pulou-lhe à frente, rodeou-o latindo algumas vezes e correu de volta ao lugar dos destroços. O homem foi acometido de arrepio e horror, e, quase desfalecido de susto, arrastou-se até sua casa. Ali contou aos parentes o que lhe acontecera e depois foi para a cama. Mas durante a noite os parentes acordaram sobressaltados pois ouviram o homem latir como um cão. Correram a seu leito e o acordaram. O homem estava coberto de suor e abalado pelo que vira em sonho. Pareceu-lhe estar travando uma batalha com outros homens, que cavalgavam todos cães pretos e latiam como cães; obrigaram-no também a latir com todas as forças. Na noite seguinte, a mesma visão retornou, e o negociante, dormindo, emitiu novamente sons caninos. Isso repetiu-se noite após noite, e o homem ficou enfraquecido pelo tormento que sofria.

Quando percebeu a gravidade de seu estado, reuniu suas últimas forças e foi com a mulher e os filhos ao grande Rabi Loew. Chorou diante dele, suplicou-lhe auxílio e contou-lhe a desgraça que o acometera. Então o Rabi ordenou que se examinasse o peitilho com as franjas rituais que o homem usava no corpo conforme o costume. Verificou-se que numa das bordas faltavam alguns fios, que precisavam ser renovadas. Depois o Rabi mandou um escriba da Torá preparar um amuleto de pele de veado, que o mercador deveria amarrar na testa antes de dormir. Além disso, o homem não poderia pernoitar em sua casa durante uma semana, porém na sala de audiência, no leito do Golem. Em sua cama, por sua vez, deveria deitar-se o Golem. Isso foi feito. O mercador reencontrou o sono tranqüilo na cama do estranho servo e não foi perturbado por nenhum sonho mau. Depois voltou para sua casa e ficou curado. Ao Golem, no entanto, o Rabi deu um feixe de palha e um lume e ordenou-lhe que incendiasse a ruína. Isso aconteceu e o lugar deixou de ser um lugar de desgraça.

5. *A Resposta Enigmática*

NA CASA de oração do grande Rabi Loew aconteceu uma vez, no Dia da Expiação, um caso contristador. Um homem ao qual era concedida a honra de recolocar o livro sagrado na arca, após a leitura da Torá, ao transportá-lo, deixou-o cair no chão. Isso causou profunda mágoa a Rabi Loew e ele ordenou que todos os presentes à queda jejuassem na véspera do próximo dia dos Tabernáculos. Contudo, sabia que com isso ainda não havia cumprido seu dever, pois não é só o jejum que agrada ao guardião de Israel e que era de sua obrigação verificar o motivo do mal. Então elevou ao céu no dia do jejum o pedido de que lhe esclarecesse em sonho por que ocorrera a desgraça. Recebeu então uma resposta que consistia em letras separadas que não davam sentido. Então decidiu utilizar-se também nesse caso da ajuda do Golem. Escreveu cada letra num papel diferente e as entregou ao Golem para que as colocasse na seqüência certa.

E o servo de barro não pensou muito e ordenou rapidamente os papéis de acordo com o conteúdo. Resultaram no verso da Escritura: "Não te deitarás com a mulher de teu próximo"*. Então o rabi compreendeu que o homem de quem o rolo sagrado caíra das mãos cometia adultério com uma mulher casada. Mandou chamá-lo e insistiu que confessasse seu pecado. O culpado confessou sua falta e Rabi Loew lhe impôs penitência. Mas a mulher pecadora teve de divorciar-se do marido, de acordo com a lei.

---

* Num. 18, 20.

6. A Morte do Golem

DEPOIS QUE saiu um decreto considerando as acusações de sangue improcedentes e proibindo qualquer acusação dessa espécie, os ânimos se acalmaram e Rabi Loew decidiu retomar o alento do Golem. Fez com que o deitassem numa cama, ordenou a seus discípulos que novamente o rodeassem por sete vezes, devendo dizer as palavras que disseram na época da criação do Golem, só que de traz para adiante. Terminada a sétima volta, o Golem voltara a ser um torrão. Tiraram-lhe a roupa, envolveram-no em dois velhos xales de oração e guardaram a figura de barro sob um monte de livros estragados e velhos no sótão do rabi.

RABI LOEW contava que, quando estava para soprar o alento no Golem, dois espíritos vieram procurá-lo: o espírito de José Scheda e o de Ionathan Scheda. Escolheu o espírito de José, porque este já havia dado provas de redentor junto aos estudiosos do Talmud. Não pôde conceder o poder da palavra ao Golem, pois o que este possuía era uma espécie de impulso vital, mas não uma alma. Embora fosse provido de certo poder de diferenciação, as coisas do saber e de conhecimento superior lhe eram vedadas.

Embora o Golem não tivesse alma, notava-se nele algo especial aos Sábados, e seu rosto parecia mais amável do que nos dias da semana. Outros, por sua vez, dizem que Rabi Loew costumava retirar, todas as vésperas de Sábado, a plaquinha com o Santo Nome de Deus que estava sob a língua da figura de barro, porque temia que o Sábado pudesse conceder-lhe imortalidade e os homens passassem a adorá-lo como ídolo.

O Golem não possuía em si quaisquer inclinações, nem boas nem pecaminosas. O que fazia só acontecia sob domínio e por medo de ser de novo afundado no nada. Tudo o que jazia a dez côvados acima ou dez côvados abaixo da terra era alcançado por ele com facilidade e nada podia impedi-lo da execução do que devesse ser empreendido.

Foi preciso criá-lo sem a força da procriação, pois do contrário nenhuma mulher poderia escapar dele e teria acontecido novamente aquilo que sucedeu nos tempos primitivos, quando os anjos passaram a gostar das filhas dos homens. Mas, como não conhecia nenhum impulso, também nenhuma doença o atingia. Possuía também a propriedade de sentir exatamente a mudança das horas, do dia e da noite. Pois, a cada hora, um vento do Jardim do Éden sopra sobre a terra purificando o ar, e o Golem sentia essa brisa graças ao seu olfato aguçado.

Rabi Loew afirmava que o Golem também participaria da vida eterna, em virtude de ter livrado Israel tantas vezes de graves apuros. Dizia também que um dia ressuscitaria junto com os mortos; mas não usaria então a figura de José Scheda nem a que tinha agora, mas apareceria com uma figura completamente nova.

7. *A Cabeça Falante*

EM PRAGA vivia um negociante que tinha um único filho, bem dotado de qualidades. Com doze anos, o menino já tinha a honra de ser discípulo do grande Rabi Loew; o mestre amava-o como se fosse seu próprio filho. Entre os colegas de negócios do comerciante havia também dois homens ricos, que costumavam vir de longe. Esses homens dedicavam especial atenção ao menino; presenteavam-no sempre que vinham à casa, a fim de conquistar seu coração. Um dia os dois estrangeiros foram ter com o homem rico com um pedido e perguntaram-lhe se não estava disposto a dar sua atenção a uma honesta proposta de casamento que um deles queria apresentar-lhe. Tratava-se da aliança de seu filho com a filha única de um homem extremamente rico, que não tinha outros filhos além dela, e após sua morte tudo caberia ao genro. A própria noiva, além disso, era uma moça que superava todas as demais em beleza, sabedoria e virtude.

Então o negociante recolheu informações e foi-lhe dito que o homem cuja filha se casaria com seu filho possuía montes de ouro e que a filha era uma ótima moça. Contudo, isso não bastou ao negociante e ele ainda foi aconselhar-se com o grande Rabi Loew. A resposta do mestre foi afirmativa.

QUANDO O negociante voltou para casa e comunicou a resposta que recebera aos homens, um deles levantou-se e disse: Pois saiba que eu sou aquele cujo louvor teus ouvidos acabaram de escutar. Teu filho deverá fazer uma aliança com minha filha. O pai do rapaz concordou e o contrato de noivado foi firmado sem demora. Foi preparado um banquete e celebrada uma festa. O noivo pronunciou uma prédica que demonstrava grande perspicácia. Os dois negociantes ainda ficaram alguns dias e conversaram com o rapaz. Quando estavam de partida, pediram ao pai do noivo que lhes entregasse o filho, a fim de que a noiva e a mãe dela o conhecessem pessoalmente. O comerciante sentiu em separar-se de seu filho; no entanto, deixou-se convencer.

Então os dois homens puseram-se a caminho e o jovem os acompanhou. Depois de muitos dias chegaram a uma cidade estranha e ali os homens levaram o rapaz para uma torre alta. Uma sombra escura pairava sobre os aposentos, e o rapaz foi conduzido de um para outro, sem encontrar sua noiva ou a mãe dela. O jovem estranhou e perguntou ao dono da casa o que significava tudo aquilo. Então o pai da noiva o levou a um aposento ainda mais distante, no qual havia muitos documentos. Falou-lhe: O que queres mais, meu filho? Senta aí e estuda os rolos.

ENQUANTO ISSO, em casa, o pai sentia saudades do filho. Vira-o partir com o coração aflito e agora olhava ansiosamente o caminho para ver se não chegava uma notícia dele. Mas passaram-se semanas e meses, e as esperanças do pai se frustraram. A dor que o pai e a mãe do rapaz sofriam era indescritível. Podia o sol brilhar lá fora, seus espíritos estavam envoltos em escuridão; o sono não vinha sobre suas pálpebras nem o dormitar sobre seus olhos; suas lágrimas jorravam como fonte inesgotável.

O jovem estava trancado na torre durante o tempo todo. Quando, uma manhã, estava novamente sozinho, escutou uma voz clamando: Ai de ti, que como eu vieste parar aqui! Ó infeliz, não sairás vivo daqui! O rapaz olhou em volta espantado e assustado, para descobrir de onde provinha a voz. Viu então uma cabeça sobre uma coluna. Fora ela que falara. A cabeça decepada falou: O lugar onde te encontras é um lugar de imundícies; aqueles que para cá te trouxeram são servos dos *terafim**. Também eu fui bom rapaz e bom conhecedor da Escritura; os caçadores de almas então estenderam uma rede diante de meus pés. Desde os dias de Jeroboão, o filho de Nebat, cada oitenta anos um rapaz estudioso, que tem treze anos e é primogênito, filho de primogênito, é imolado por esta comunidade. A cabeça do assassinado é guardada, e sob a língua é colocada uma plaquinha na qual está gravado o nome do Satanás. Com isso, a cabeça obtém o poder da fala e consegue vaticinar o futuro. Os anos de meu serviço já estão quase terminando e tu foste escolhido para atuar como ídolo em meu lugar. Vês o vinho que aqui está e as velas que aqui ardem? Tudo isso me é consagrado.

ABALADO E TREMENDO por todos os membros, o rapaz ouviu as palavras saídas da cabeça falante. Apenas conseguiu ainda reunir forças para perguntar ao oráculo o que deveria fazer para escapar desse destino. A cabeça respondeu: Deves fugir daqui ainda esta noite e pular da janela. Se não o fizeres, amanhã não estarás mais inteiro e tua cabeça tomará o lugar da minha. Mas deves levar-me contigo para que eu não fique aqui e conte a tua fuga aos homens. Concede-me ainda a graça, quando tiveres

---

* Uma espécie de deuses domésticos; neste caso, ídolos.

voltado para casa, de enterrar-me no cemitério. Reza também depois pela minha alma. Ousadamente o rapaz pegou o oráculo nos braços. Abriu a janela e saltou. E, como que carregado por asas, flutuou pelos ares.

Que o leitor ainda não se abandone à alegria; antes, deve participar da dor que a cidade de Praga teve que sofrer pelo desaparecimento do jovem. Foi decretado um jejum; toda a comunidade reuniu-se na sinagoga; lamentaram, gritaram e recitaram os Salmos. O grande Rabi Loew pregou com muito fervor. Por fim, também foi tocada a trombeta. E eis que o som ainda não havia se perdido quando a janela da casa de Deus se abriu e o jovem entrou e ficou em pé diante do mestre. O povo estava cheio de espanto e olhou admirado para o jovem. Este, porém, relatou a todos os presentes o que lhe acontecera na terra longínqua e mostrou a cabeça que trouxera. Então o grande Rabi Loew bradou em voz alta: Este acontecimento foi uma obra do céu; pois agora a pureza foi libertada da imundície e tantos escaparam da destruição. E, estendendo a mão, retirou a plaquinha que estava escondida sob a língua da cabeça e que continha o nome de Satã; e partiu-a em muitos pedaços. Depois ordenou que a cabeça fosse enterrada com honras e proferida por ela a prece dos mortos.

8. *O Rei e o Remendão*

DOIS REIS mantiveram uma guerra inútil durante muitos anos por causa de um pedaço de terra. Ora vencia um, ora o outro, e causavam-se mutuamente grandes prejuízos materiais e humanos. Por fim, combinaram consultar os livros genealógicos, e quem dos dois provasse ser o mais nobre ficaria com o território em questão. Verificou-se, então, que um dos reis era um descendente de Haman, o agagita, o mesmo que pretendeu exterminar a tribo judaica. Ao saber disso, este rei sentiu desejos de seguir as pegadas de seu ancestral e atormentar Israel. Promulgou um decreto pelo qual os judeus de seu país teriam que pagar-lhe dez mil moedas de prata dentro de um curto prazo e tomou como refém um deles, de nome Mordecai, a quem enforcaria caso não arranjassem a importância. Então os judeus começaram a jejuar e enviaram mensageiros aos grandes homens de sua época para que orassem por eles. E, quando foi pedido conselho a um dos sábios, ele disse: Ide a tal e tal cidade, fora das portas encontrareis um homem que remenda roupas velhas; a ele pedi auxílio em meu nome.

Os homens assim o fizeram. Procuraram o velho remendão e contaram-lhe o que sucedera aos seus conterrâneos. O homem disse: Quem sou eu para vos ajudar? Este que está diante de vós nada mais é do que um pobre alfaiate. Então o emissário disse: O devoto tal nos enviou a ti. Ao que ele respondeu: Retornai e não temais.

Logo depois, aconteceu ao rei o seguinte caso estranho: Tinha por costume acordar cedo, mas ninguém podia entrar para vê-lo à primeira hora do dia. Nesse dia, acordou como de costume e viu em seu quarto um homem com vestes rasgadas que parecia ser um judeu. Ele ficou muito encolerizado e agarrou uma arma carregada para atirar em seus desatentos guardas. Mas logo sentiu-se agarrado por mãos invisíveis e carregado pelos ares. Foi conduzido a cem milhas de seu palácio e deixado num cemitério. Este, contudo, estava cercado por alto muro, que parecia alcançar o céu. O rei gritou o dia inteiro, mas de que adianta gritar no deserto? À noite pensou ouvir passos de um homem que andava atrás da cerca e suplicou-lhe ajuda. Então apareceu um mendigo, de estatura estranhamente alta, que carregava dois sacos às costas. De um deles tirou pão e deu ao rei. No dia seguinte, voltou à mesma hora e novamente deu um pedaço de pão ao rei; isso se repetiu dia após dia, durante uma semana inteira.

NO OITAVO DIA, o rei pediu ao homem que o alimentava que o levasse para o meio de gente, pois preferia trabalhar arduamente a ficar sentado entre sepulturas. Então o mendigo levou o rei a uma floresta onde devia cortar ripas para telhados. Depois de algum tempo, recebeu um serviço mais nobre e trabalhou durante três anos num lugar. Assim pôde trocar de ocupação mais algumas vezes e com isso passou-se um longo tempo. Um dia, o mendigo foi procurá-lo e disse: Move-te e vai a tal e tal cidade, onde faleceu o rei. Fala-lhes a teu respeito, dize que és rei, portanto provavelmente sabes governar. Apenas exijo de ti uma coisa: que declares revogadas todas as leis de exceção contra os judeus. O rei fez isso e deu a seu benfeitor um documento que firmou com seu selo.

Assim, o desterrado se pôs a caminho e foi ao país que lhe fora designado. Lá foi proclamado rei, casou com a viúva do antigo soberano, governou o povo e praticou atos de guerra e de paz. Um dia foi parar nas proximidades de uma cidade que se parecia com aquela onde anteriormente fora soberano e reconheceu de longe o seu palácio. Correu para lá, entrou e logo se viu em seu aposento. E eis que diante dele estava o mendigo que ousara aparecer à sua frente de manhã, segurando nas mãos o documento pelo qual todas as leis de exceção contra os judeus estavam anuladas. A carta, entretanto, continha o selo real. Todos esses acontecimentos passaram-se diante do soberano em poucos minutos; ele, porém, acreditava ter estado fora durante muitos anos, pois o estranho homem o fizera pairar por algum tempo no mundo eterno.

9. O Soprador

UM HOMEM, que nas grandes festas costumava tocar o *Schofar* na sinagoga, converteu-se a um credo alheio e tornou-se músico na orquestra do rei. Um dia vangloriou-se diante dos outros músicos de que tocava muito bem o *Schofar* e de que conseguia tirar sons harmoniosos dele. Deram-lhe então um tal chifre; começou a soprar, mas não saía um som. Seu coração quase parou de susto. Depois tentou em sua casa, quando estava sozinho, mas também ali seus esforços foram em vão. Então falou: Não paro e não descanso enquanto não descobrir por que o chifre não soa comigo. Foi ter com um mestre famoso e contou-lhe tudo o que se passava. O Rabi respondeu: Conheces certamente a frase: "Feliz é o povo que sabe soprar". Entretanto, esse talento é propriedade apenas de Israel. Quando o músico ouviu essas palavras, seu coração ficou mole como água e ele exclamou temeroso: O que fiz? Como pude desonrar o Nome do Senhor e me afastar dele? Fugiu para outro país e, arrependido, fez penitência. Então o dom do sopro lhe voltou e ele passou a dominar a arte como em tempos passados. E ele disse: Louvado seja aquele que escolheu com amor seu povo, Israel; feliz o povo com o qual isso se dá; feliz o povo cujo Deus é Javé!

10. A Bênção da Lua Nova

UM JUDEU encontrou um pagão à noite e este quis matá-lo. Mas havia lua nova no céu e o judeu pediu ao perverso que o deixasse cumprir um dever piedoso, pelo qual queria auxiliar sua alma à redenção antes da morte. O pagão concedeu-lhe o pedido, pois acreditava poder realizar a má ação mesmo depois. O judeu proferiu com muito fervor a bênção da lua nova e depois estava pronto para entregar alegremente sua alma em honra do Deus de Israel. Mas aconteceu-lhe um milagre. Quando saltou contra a lua e exclamou as palavras: Assim como tento correr a teu encontro e não consigo alcançar-te, que meus inimigos não consigam alcançar-me – um vento impulsionou o pagão para um outro lado, de forma que se perderam de vista e o judeu foi salvo.

11. Os Dois Feiticeiros

DOIS FEITICEIROS atravessavam uma cidade quando avistaram um rapaz que tinha um ar muito preocupado. Perguntaram-lhe a causa de sua tristeza; ele respondeu que seu pai já estava há muito tempo longe dele e ele não sabia se estava vivo ou morto. Os homens falaram: Dá-nos uma barra de prata e escreve uma carta a teu pai; ainda hoje te traremos notícias dele. O jovem assim procedeu e escreveu a carta. Então um dos feiticeiros disse: Coloca a folha na boca do meu amigo. Depois que isso aconteceu, o mágico praticou atos estranhos em seu companheiro, depois dos quais este caiu como morto e ficou estendido no chão. Depois de uma hora, o que ficara desperto fez novos atos de feitiçaria no aparente morto, ao que este estremeceu; em seguida sentou-se e logo depois se ergueu de todo. O conjurador falou ao jovem: Tira a carta da boca de meu amigo. O rapaz fez isso e eis que era uma carta escrita pelo seu pai. Então o jovem perguntou: Como é que fizeste isso? O interpelado respondeu: Fui à casa de teu pai e me pareceu que eu estava usando as roupas que agora uso. Dei a carta a teu pai e ele me pediu que ficasse sete dias com ele; eu, porém, disse que precisava voltar logo e que me desse a resposta imediatamente. Então ele o fez. Mas na verdade foi apenas a minha alma que fez o trajeto; pois, quando o meu companheiro fez o feitiço, ela se desprendeu de meu corpo e levantou vôo; mas aqueles que a encontraram acreditaram ver um homem em pessoa diante de si.

12. *O Mestre-Escola*

NOS DIAS DO mestre da lei e professor Rabi Moisés Isserle, havia uma grande epidemia na cidade de Cracóvia, causando a morte de muita gente, homens, mulheres e crianças. O mestre estava muito triste com isso. Então determinou, certa manhã, que as pessoas que morressem nesse dia não fossem enterradas e fossem deixadas na ante-sala da grande sinagoga até a noite. Isso foi feito. À noite, o Rabi foi à ante-sala e ordenou que lhe mostrassem cada morto, a fim de que visse o seu rosto. Olhou o rosto de cada falecido e depois deu ordem de enterrar os cadáveres um por um. Apenas em relação a um morto, um professor que ensinava as primeiras letras às crianças da aldeia, o mestre determinou que ainda ficasse até o dia seguinte.

Na manhã seguinte, Rabi Moisés ordenou que os pés do falecido mestre-escola fossem amarrados nas caudas de dois cavalos e que o cadáver fosse arrastado dessa maneira pelas ruas da cidade. Depois o mestre escolheu o melhor lugar no cemitério e fez o falecido ser levado à sepultura com grandes honras. Depois que o morto foi enterrado, a epidemia cessou e a calma retornou à cidade.

Na noite seguinte, o falecido apareceu ao mestre Rabi Moisés e falou-lhe: Por que meu senhor me causou tal injúria? Minha conduta na terra foi examinada pelo tribunal celeste e não foi encontrado em mim nenhum pecado pelo qual eu merecesse tal vergonha. Devia ser levado ao jardim do Éden, mas não pude chegar até lá antes que tivesse indagado a meu senhor o sentido de seu procedimento.

A isso o mestre da lei respondeu: Somente a ti achei digno de sofrer essa desonra, para que através de ti toda a cidade fosse perdoada; não encontrei outro entre os habitantes que fosse tão íntegro como tu.

Depois Rabi Moisés pediu ao homem aparecido que o esclarecesse sobre o motivo da epidemia que atacara a cidade; a ele o céu não dera esse conhecimento. O morto respondeu-lhe: Meu senhor, acompanha-me, e eu te mostrarei a causa da desgraça. E ambos caminharam juntos, até que se encontraram fora dos portões da cidade. Ali o falecido indicou ao mestre uma caverna onde o Rabi viu um rico cidadão da cidade em adultério com duas mulheres, esposas de outros homens. Dirigiu seu olhar para o pecador e este se transformou num monte de ossos.

13. Rabi Joel Serkes

DURANTE MUITO TEMPO Rabi Joel foi o chefe da comunidade de Belz. Sucedeu, então, que certo número de rapazes atrevidos rebelou-se contra ele e instigou os outros cidadãos contra o Rabi. Os malfeitores obtiveram vantagem e conseguiram exonerar o homem da lei de seu cargo e tirar-lhe a coroa da cabeça. O Rabi tornou-se de repente um homem pobre e, com seus familiares, passou muita miséria.

Um dia, era véspera de Sábado, Rabi Joel lavava o rosto no poço do quintal, e os pássaros chilreavam acima de sua cabeça. Isso o alegrou muito; entrou bem-humorado na sua cabana e disse à sua companheira que os pássaros haviam lhe trazido uma boa notícia: fora nomeado juiz em uma grande comunidade. Falou-lhe: Apressa-te e prepara comida para mais três pessoas; são mensageiros enviados a mim com um documento de contrato e chegarão ainda para o Sábado. A mulher respondeu, dizendo: Onde irei buscar os meios para isso? Rabi Joel disse: Penhora alguma coisa do mobiliário. A mulher assim fez. E realmente antes do anoitecer surgiram três mensageiros que foram ter com Rabi Joel, trazendo-lhe sua nomeação.

14. A Penitência do Discípulo

O FAMOSO PROFESSOR Rabi Isaías, autor do livro *As Duas Tábuas da Aliança*, tinha um discípulo cuja obediência deixava a desejar. Um dia, o Rabi bateu-lhe por causa disso e feriu-lhe a orelha. O discípulo então fugiu e juntou-se aos vagabundos e ladrões. Tornou-se logo chefe de uma quadrilha e morava na floresta. Então aconteceu certa vez, na véspera de Sábado, que o professor, imerso em pensamentos, entrou na floresta e, surpreendido pelo dia sagrado, teve de permanecer lá. Mas nas proximidades achava-se o acampamento dos ladrões e o discípulo imediatamente reconheceu seu mestre, mas este não sabia quem era o selvagem.

Terminado o Sábado, o vagabundo aproximou-se do professor e lhe disse: Sabe que sou teu antigo aluno. E identificou-se pela cicatriz na orelha. Pediu ao mestre que o conduzisse ao caminho do arrependimento; ameaçou-o de morte, caso negasse. Então o mestre lhe impôs a seguinte penitência: Deveria carregar no peito uma lata contendo uma víbora, à qual deveria dar de comer e beber durante sete anos. Depois, então, deveria deixar-se picar pela cobra e isso seria a penitência de seu delito. O discípulo aceitou a penitência e tornou-se um justo completo.

15. O Juiz Corajoso

ACONTECEU UMA VEZ, na cidade de Praga, que dois homens de alta posição tiveram uma questão legal e o famoso professor Rabi Ezequiel Landau devia servir de juiz. Então um dos querelantes foi ter com o governador da cidade, do qual era amigo, e pediu-lhe que interferisse junto ao Rabi para que decidisse a disputa em seu favor. O governador mandou chamar Rabi Ezequiel e falou-lhe: Deixa que o homem tal e tal ganhe o caso, pois ele é meu amigo e favorito. Mas o Rabi respondeu: Farei justiça conforme nos ensina nossa sagrada lei; Deus me livre de me desviar para a direita ou para a esquerda daquilo que a Escritura ensina. Então o governador ficou muito irritado com Rabi Ezequiel; agarrou sua espingarda e disse ao Rabi: Atiro se não prometeres fazer a minha vontade. Rabi Izequiel então desnudou seu peito e falou ao arrebatado: Podes matar-me, mas eu não desisto daquilo que o Senhor me ordenou.

16. A Teimosia dos Obstinados

DOIS HOMENS, que tinham uma disputa, foram à presença de Rabi José de Horodenko a fim de que ele declarasse qual deles estava com a razão. Apresentaram-lhe sua contenda e o Rabi absolveu um e condenou o outro. Então, o que foi declarado culpado levantou-se e insultou em tom atrevido o juiz; acusou-o de não ter proferido a sentença de acordo com a lei. O Rabi falou: Insolente, não te atrevas a contestar minha sentença; julguei como manda a lei, e a lei é do Senhor. E, em sua raiva, deu um golpe no rosto do sem-vergonha. Mas depois, passada a exaltação, o Rabi arrependeu-se do que fizera e mandou procurar o homem a quem golpeara. Este, porém, foi encontrado no necrotério do cemitério com duas prostitutas. Então Rabi José viu que não havia atentado contra um justo.

UM HOMEM DEVOTO, que era velho e avançado em idade, apresentou queixa contra um outro, que lhe fizera uma injustiça, e mandou um criado para trazê-lo perante o tribunal. Mas o culpado não quis vir. O devoto mandou chamá-lo pela segunda vez e depois pela terceira, até que o atrevido se irritou e exclamou: Eis como se conduz o ancião; não demora muito e a grama cresce sobre sua sepultura. O devoto então mandou dizer-lhe: A grama não crescerá tão logo sobre minha cova, mas logo será vista sobre a tua. E, realmente, duas semanas depois morreu aquele que falara com tanta petulância.

17. O Título de Dívida

RABI ISRAEL BAAL-SCHEM hospedou-se certa vez, durante uma de suas excursões pelas aldeias, na casa de um camponês judeu. Conversou com ele sobre coisas terrenas e, tendo a conversa girado sobre cavalos, o anfitrião conduziu o mestre à estrebaria e mostrou-lhe seus animais. Ali Baal-Schem notou um potrinho e pediu ao anfitrião que lho desse de presente. Mas o homem respondeu: Meu senhor, não me peças esse animal, pois é justamente o que mais prezo e me é mais valioso; o carro mais pesado, que muitas vezes três garanhões não conseguem mover, ele puxa com facilidade, e assim não me posso separar dele. O mestre ficou calado; depois perguntou ao homem se outras pessoas não lhe deviam dinheiro e pediu-lhe para ver os respectivos títulos. E pegou um dos papéis, e quis ficar com ele. O aldeão disse que o título de dívida não tinha nenhum valor, pois quem lho dera era um homem paupérrimo e além disso já estava morto há muito tempo. Todavia, Baal-Schem insistiu em querer possuir o título; o proprietário cedeu-lhe o papel, e o mestre imediatamente o rasgou para assim perdoar ao morto a dívida mesmo postumamente. Em seguida, falou ao anfitrião: E agora vamos de novo ver os teus cavalos. Entretanto, na estrebaria, o potrinho, que há pouco fora tão elogiado pelo proprietário, jazia morto.

E então o mestre revelou o segredo ao homem: O cavalo havia sido o pobre devedor, ao qual fora imposto pagar após a morte o empréstimo não-saldado, servindo como animal de carga.

18. *A Sombra dos Noivos*

ENTRE OS adeptos do pregador hassídico Rabi Israel, havia um homem erudito e devoto que visitava mensalmente seu mestre. Esse homem não tinha filhos e pediu muitas vezes ao Rabi que rezasse por ele para que Deus o abençoasse com um rebento; mas o santo se abstinha de qualquer resposta a esse pedido. A mulher do devoto importunava o marido a fim de que conseguisse qualquer promessa do mestre, e uma vez começou a chorar e pediu-lhe que não largasse o santo antes de receber uma resposta objetiva dele. Sua vida, dizia ela, não era vida quando pensava em passá-la sem filhos. Assegurou ao marido que faria tudo o que o Rabi ordenasse, mesmo que este lhe impusesse a separação do marido. Assim o devoto homem pôs-se a caminho para a casa do mestre e disse-lhe, quando chegou à sua presença, que estava cansado de ouvir as queixas e os lamentos de sua mulher, e por isso decidira ficar lá até ouvir uma palavra de resposta do Rabi.

Então o santo falou: Se quiseres desfazer-te para sempre dos teus bens, então receberás auxílio. O devoto respondeu: Vou aconselhar-me com minha mulher. E, voltando para casa, disse à mulher: O Rabi falou-me assim e assim; decide agora como deve ser. A mulher então disse: Que aconteça o que acontecer! Aquele que dá vida, também dá alimento; o importante é que sejamos abençoados com descendentes. O marido transmitiu a resposta de sua mulher ao mestre e contou-lhe que ela estava disposta a tudo, desde que lhe fosse dado um filho. Então o Rabi falou: Pois retorna mais uma vez, apanha tudo o que possuis em dinheiro e volta para cá; tens um longo caminho pela frente. O devoto assim procedeu. Voltou para casa, juntou seus haveres e apareceu de novo diante do mestre. Rabi Israel então lhe falou: Agora deves viajar para a cidade onde atua o meu amigo, o vidente Rabi Jacó Isaac; dize-lhe que eu te enviei e que ele te ensine o que deves fazer, para que a bênção te alcance; vai para onde ele te mandar e faze o que ele te ordenar. O devoto logo viajou para a cidade na qual residia o vidente e lhe transmitiu as palavras de seu mestre. Ao que o sábio lhe ordenou que ficasse algum tempo na cidade. Decorrido o prazo, o vidente falou ao homem: Teu mestre acertou no teu caso e reconheceu o motivo de tua falta de filhos. Em tua juventude estiveste noivo de uma moça, depois a desprezaste e rompeste a aliança; por causa desse pecado te foram negados filhos. Enquanto não pedires perdão à tua noiva, não te nascerá um filho. Mas, já que ela mora distante de ti, deves iniciar uma peregrinação e procurar até achá-la. Vou facilitar-te o trabalho e aconselho-te a procurá-la durante a feira anual, que em breve se realizará em tal e tal cidade. E não te preocupes, tu a encontrarás.

O homem obedeceu à indicação do vidente e logo se pôs a caminho para aquela cidade. Pensou consigo: Talvez já a encontre em caminho. Em viagem, indagava dos companheiros de jornada se não conheciam uma mulher que tinha tal e tal nome. Mas ninguém soube dar-lhe tal informação. Assim chegou à cidade ainda antes do começo da feira anual. Hospedou-se num albergue e passava o tempo rezando e lendo; usava apenas algumas horas do dia para percorrer as ruas e praças. Mas nada encontrou que o levasse mais perto do seu objetivo.

QUANDO A SEMANA da feira chegou, o devoto dedicou-se com afinco à sua tarefa. Procurou por todos os meios obter informações sobre a antiga noiva e perguntou por ela onde podia. Mas não conseguiu nenhum sinal ou pista. Contudo, prosseguia infatigável na sua procura, pois acreditava fielmente que o vidente não o teria feito empreender essa viagem em vão.

Postou-se à porta da cidade e interpelava cada pessoa que passava. Mas nem dos estrangeiros nem dos nativos soube da noiva de sua juventude. Chegado o último dia, os viajantes estavam começando a deixar a cidade; a feira começava a se dissolver sem que o homem tivesse recebido auxílio; caminhava ele por uma rua, ensimesmado, e se não estivesse pensando nas palavras do santo, de que ainda encontraria a noiva, estaria perto de desesperar. Caminhando assim pensativo, foi subitamente surpreendido por um aguaceiro e postou-se diante de uma loja a fim de abrigar-se do temporal. Muitas pessoas já se haviam refugiado sob aquele telhado. E eis que, pertinho dele, postou-se uma mulher vestida de seda e roupas bordadas e usando jóias valiosas. O casto *hassid* deu um passo para trás a fim de ficar a alguma distância da mulher. Então a desconhecida riu e disse àqueles, que estavam perto dela: Vede este homem! Em sua juventude me foi infiel; estava noiva dele e sua alma se desviou de mim. Mas graças a Deus por ele me repudiar na época; sou mais rica do que ele. Ouvindo essas palavras, o devoto aproximou-se da mulher e perguntou: O que dizes? A estranha respondeu: Fui esquecida por ti, como se esquece um morto. Não te lembras da filha daquele homem com a qual estiveste noivo durante quatro anos? Eu, a mulher que está na tua frente, um dia fui tua noiva. E agora, o que pretendes aqui? Tens mulher e filhos? Então o homem, abalado, retrucou: Não quero esconder-te a verdade; que vim para cá por tua causa. Não me foram dados filhos, e então um santo Rabi me disse que eu não obteria essa bênção antes de me ter reconciliado com o teu espírito. Estou disposto a fazer tudo o que quiseres, apenas perdoa o meu pecado e não aumentes a aflição de minha alma. A mulher respondeu: O Senhor me foi misericordioso; não preciso de tuas dádivas. Mas tenho um irmão pobre que é versado na Escritura; ele reside numa aldeia perto de tal e tal cidade; por estes dias ele deve fazer o casamento de sua filha e falta-lhe tudo. Se queres que eu te perdoe, vai lá e obsequia meu irmão com duzentas moedas de ouro. Depois te nascerão filhos. O homem então falou: Toma o que quiseres de mim e manda-o tu mesma a teu irmão. Por que me impões ainda essa carga? Acaso já não viajei bastante? Devo viajar ainda mais cem milhas? A mulher replicou: Então deixa! Eu não posso fazê-lo; tu próprio tens que ir lá e pôr o dinheiro de tua mão na mão de meu irmão; assim que ele o receber, eu te perdoarei. E a estranha não quis trocar mais nenhuma palavra com o homem, e disse: Não tenho tempo para esperar aqui até que a chuva tenha terminado; vou embora e tu não mais me verás; mesmo que me procures, não me acharás; por isso, vai ter logo com meu irmão e receberás auxílio por intermédio de Deus. Ela se despediu do antigo noivo e falou: Apresenta minha bênção a meu irmão. E foi embora. O devoto correu atrás dela, ela porém voltou-se e disse: Segues inutilmente. E desapareceu de sua frente no meio da rua. Então o homem falou para si: Algo maravilhoso me aconteceu.

Assim fortificou-se a fé do devoto. Voltou ao albergue, alugou um carro e imediatamente viajou para a aldeia onde vivia o irmão de sua noiva. Mas aquele a quem devia ajudar estava andando em sua casa para cima e para baixo, e estava tão perturbado que nem notou o homem recém-chegado e não respondeu à sua saudação de paz. O enviado pela noiva perguntou: És o homem tal e tal? O entristecido respondeu: Sou eu. O recém-chegado continuou perguntando: Por que estás aflito? O mal-humorado respondeu: De que adianta eu te contar? Acaso podes me ajudar? Talvez sim, disse o visitante. Conta. No entanto, o aflito recusou-se a responder e foi para outro quarto. O devoto seguiu-o e pediu com insistência que lhe contasse o motivo de seu aborrecimento; assegurou-lhe que estava capacitado para auxiliá-lo nos seus apuros.

Então o dono da casa respondeu: Minha filha tinha em vista um casamento importante, e eu prometera um determinado dote; mas eis que fiquei subitamente necessitado e o casamento não se pode realizar. Ontem recebi de volta o contrato de noivado do pai do noivo junto com uma carta, na qual está escrito que, se eu não colocar o dote à disposição dentro de três dias, ele torna a aliança sem efeito e procurará outra noiva para o filho. Minha filha chora amargamente e não se deixa consolar, e eu ando desesperado e não sei o que fazer. O noivo é um rapaz excelente, e não há igual em toda cidade; não possuo nada que pudesse penhorar, e também não tenho amigos e parentes aqui, pois emigrei de longe para cá. De onde poderia receber auxílio?

Então o enviado disse: Não te preocupes; eu te darei dinheiro suficiente para tudo e ainda sobrará algum para ti. Ao que o aflito disse: Então mereço benevolência a teus olhos, para que me concedas ajuda? Ou por acaso estás zombando de um pobre? O visitante respondeu: Vou dizer-te a verdade: fui enviado por tua irmã; ela me ordenou dar-te duzentas moedas de ouro. Então o anfitrião disse: Onde viste minha irmã e quando ela te ordenou isso? O devoto respondeu: Faz justamente três semanas que a vi. E contou-lhe o caso inteiro. Quando terminou de falar, o homem ficou mais irritado ainda contra seu visitante e bradou: Vai embora! A ira de Deus sobre ti! Escarneces de alguém que se encontra em apuros. Vieste aqui a fim de acrescentar mais uma dor à minha e me fazer lembrar minha irmã, que está morta há quinze anos e a quem eu mesmo enterrei. E agora me contas em seu nome coisas que jamais sucederam.

O VISITANTE se assombrou ao ouvir o irmão de sua noiva falar assim, e disse: Juro-te que não vim para zombar de ti e que o que te disse é verdade. Ou talvez nem sejas irmão daquela mulher? O dono da casa então respondeu: Bem, sou o homem que procuras, mas como chegaste à ilusão ou a imaginar ter visto minha irmã numa feira anual, quando ela já está morta? Se não me crês, eu te mostrarei o seu túmulo. O devoto ficou muito admirado com tais palavras e começou a compreender o que lhe acontecera. Falou: É evidente que fui considerado digno dessa clemência pelo céu. Toma o dinheiro que te dou, pois tu és aquele que eu devia procurar. E contou ao homem que um santo o mandara a outro, que o último lhe ordenara pedir perdão à noiva e esta lhe aparecera na grande feira anual. Então o ouvinte assustou-se e perguntou ao visitante: Qual era a aparência da mulher? O devoto descreveu a figura que vira. Então o dono da casa falou: Realmente era minha irmã; foi enviada do céu para salva-me de meus apuros. Deus queira que suas bênçãos se realizem e que te sejam dados filhos, cuja dedicação será para o Ensinamento. Tu me reanimaste, e quem mantém viva uma alma é considerado como se tivesse mantido vivo o mundo inteiro.

EM SEGUIDA o devoto deu o dinheiro ao irmão de sua noiva e separou-se dele em paz. Foi ter com seu mestre Rabi Israel e contou-lhe tudo o que lhe sucedera. Então o Rabi disse: Então tudo aconteceu! Consegui através de minhas orações que tua noiva fosse enviada para que recebesses o perdão.

Cada um tire lição desta história e guarde-se de romper um noivado. O castigo aguarda-o já neste mundo e tanto maior será no mundo vindouro! Afinal o esforço de juntar um casal é comparado à travessia do mar dos Juncos. Quão grave deve ser então uma separação. O mérito dos justos te acompanhe e te proteja de todo o mal.

19. O Rabi e sua Nora

UM SANTO Rabi tinha um filho jovem e a mulher deste falecera. Então o Rabi chamou dois ilustres homens da cidade e disse-lhes: Fazei-me um favor; viajai para tal e tal cidade, pedi a filha do devoto tal e tal em casamento para meu filho e trazei a mocinha para cá. Os dois homens procederam de acordo com as ordens de seu mestre. Alugaram um carro vistoso, mandaram atrelar cavalos, levaram roupas bonitas para com elas brilhar e puseram-se a caminho da longínqua cidade. Lá chegando, hospedaram-se num albergue, e assim que descansaram da viagem e fizeram suas preces, foram à casa do devoto.

Esse devoto era um homem que se afastara das coisas mundanas e passava dia e noite frente ao Ensinamento. Sua mulher cuidava sozinha do sustento da casa. Quando então os estrangeiros entraram na casa, a mulher acabara de voltar da sinagoga. Perguntou: De onde vindes, queridos amigos? Os homens responderam: De tal e tal lugar. A mulher continuou perguntando: E o que pretendeis aqui? É coisa de negócios ou outro desígnio? Então os emissários do Rabi lhe contaram para que tinham vindo: seu professor e mestre os havia enviado para apresentar falas convenientes a respeito de sua filha; ela deveria casar-se com o seu filho, que enviuvara havia pouco. A mulher achou isso engraçado, pois não conhecia o Rabi estrangeiro, jamais ouvira falar dele e até então não pensara em casar sua filha, pois a mocinha contava doze anos apenas.

Mas, à medida que os dois homens continuavam a repetir sua proposta, ela passou a dar mais atenção às suas palavras e disse: Graças a Deus meu marido também está em casa; o que devo fazer? Ele que decida o que lhe aprouver. Assim, o devoto foi chamado da casa de estudos. Ele veio e os mensageiros do Rabi apresentaram-lhe o seu desejo. Ele ouviu sua fala e imediatamente mandou chamar o escriba da Torá a fim de que redigisse o contrato de noivado. Quando este começou a escrever o documento, os emissários falaram; Em tudo podeis decidir sem consultar o pai do noivo, porém não podeis adiar a data do casamento. Os pais da moça responderam: Mas nos códigos está escrito que se deve dar um prazo de doze meses à donzela*, tanto mais que até agora nem pensamos em seu casamento; além disso, ela não tem trajes nupciais nem jóias de noiva. Os homens responderam: Não concordamos com isso; não podemos prorrogar o prazo e a moça deve vir logo conosco.

Vendo que a coisa vinha de Deus, as devotas criaturas concordaram também com isso. Combinaram com os enviados do Rabi que só a mãe iria com a noiva para o casamento; o pai ficaria em casa, para não se afastar do estudo do Ensinamento. Então os emissários alugaram mais um carro para mãe e filha e com elas viajaram para cidade do Rabi.

DURANTE O TRAJETO, a mulher começou a ficar surpresa de como pôde deixar-se convencer. Mas, quando o carro atravessou uma cidade situada perto do lugar de residência do Rabi, todos os habitantes, velhos e moços, vieram saudar a nora do grande mestre. Então a mulher ficou mais calma. Quando, depois, chegaram ao lugar onde o próprio santo residia, todo o povo, homens, mulheres e crianças, acorreu ao seu encontro, de maneira que os cavalos só podiam andar a passo lento, devido à multidão. Finalmente os carros pararam diante da casa do Rabi. Pai e filho saíram e apresentaram a saudação de paz às mulheres. Depois as recém-chegadas se dirigiram ao albergue.

As bodas foram celebradas com muita alegria: foi uma festa de sete dias; o Rabi e seus fiéis recitaram espirituosamente trechos da Escritura. Depois do casamento a mãe da noiva voltou para casa bem-humorada. Jamais em sua vida ouvira e vira coisa semelhante.

O RABI era muito amável para com sua nora. Então a jovem mulher sonhou uma noite que chegara a um terraço celeste, onde estava reunido um supremo tribunal de anciãos e homens veneráveis; o tribunal pretendia tomar-lhe o marido e chamá-lo da terra. Então ela gritou e discutiu com

---

* Ester 2, 12.

os juízes. Depois despertou, e eis que havia sido apenas um sonho. Mas ela não contou nada a ninguém, nem mesmo a seu sogro, em cuja casa se encontrava. Na noite seguinte teve novamente o mesmo sonho e de novo não disse palavra. Na terceira noite a mesma visão apareceu à mulher: viu-se entrar num grande salão, onde se achavam juízes querendo impor a morte ao seu marido; ela apresentou argumentos contra a sentença a ser dada, até que os juízes falaram: Eis que teu lamento nos comoveu, por isso vamos te dar teu marido por mais de doze anos.

Quando a jovem mulher, na manhã seguinte, entrou no quarto de seu sogro, este a enalteceu e a abençoou pelo fato de ter prorrogado a vida de seu filho por mais doze anos graças ao seu excelente discurso. E assim ocorreu realmente: o jovem Rabi viveu mais doze anos depois de seu casamento. Mas antes que morresse, faleceu seu pai, o velho Rabi.

SUA ALMA foi para o céu e ele deixou a vida aos vivos. Mas sempre que surgia qualquer dificuldade na casa de seu filho ou questões complicadas aguardavam solução, ele aparecia em sonho à sua nora durante a noite e a instruía sobre o que devia ser feito.

Aconteceu depois de algum tempo que o jovem Rabi empreendeu uma viagem a outra localidade. Chegou à cidade e ali os habitantes o receberam com grandes honras e fizeram-no seu chefe. Depois mandaram emissários com um carro à esposa de seu atual Rabi, a fim de que ela também se mudasse para lá. Tudo isso aconteceu antes das grandes festas de fim de ano. Mas eis que o velho Rabi apareceu em sonho à nora e lhe falou: Não vás para lá. Quando amanheceu, a jovem mulher se recusou a empreender a viagem. Essa recusa ocasionou o desagrado dos discípulos de seu marido, cujo desejo era que sua senhora viesse ter com eles. A mulher, no entanto, não deu atenção a isso. Não demorou muito e seu marido faleceu na cidade longínqua, e a arca de Deus foi guardada. Então os discípulos envergonharam-se e reconheceram que a mulher lhes era superior na previsão do futuro. Contudo, ocultaram-lhe a morte do mestre e apenas revelaram o acontecimento ao filho pequeno, para que ele proferisse a oração dos mortos pelo pai. Não deveria dizer nada à mãe. Esta, no entanto, notou que o filho se esforçava por acordar cedo e ir à sinagoga, coisa que até então não fizera. Quando um dia foi à casa de Deus, encostou-se à parede do compartimento de oração dos homens a fim de escutar se o filho não proferia a prece dos órfãos. Ela, porém, não conseguia entender bem as palavras. Quando o menino saiu da casa de oração, a mãe lhe falou: Por que me ocultas tuas ações? Hoje estive diante da casa de oração e ouvi como proferiste a prece dos enlutados. Assim, o menino viu-se forçado a confessar a verdade e a jovem mulher pranteou o marido durante sete dias.

Terminada a época de luto, ela viajou para a cidade onde o Rabi falecera. As pessoas receberam-na com muito respeito e no Sábado deram um banquete em sua homenagem, na casa onde se hospedara, ao qual compareceram todos os nobres da cidade; queriam oferecer-lhe consolo, mas ela não se deixava consolar. À terceira refeição antes do término do Sábado, quase todos os habitantes da cidade tinham aparecido e recitavam os costumeiros hinos de Sábado. Mas a jovem mulher estava sentada no sofá, triste e desconsolada, ao lado da mulher do anfitrião. Cochilou e sonhou que se encontrava em grandes e magnífics aposentos; uma porta se abriu e seu falecido marido entrou. Seu semblante cintilava como o sol do meio-dia; atrás dele vinham muitos anciãos de aparência digna. O jovem Rabi pediu aos homens que se sentassem, e eles tomaram lugar a uma mesa. Ele lhes falou: Minha companheira, que aqui se encontra, intimamente me guarda rancor, porque eu, quando éramos casados, mantive-me tão afastado dela, e assim quero lhe pedir perdão na vossa presença. A jovem mulher respondeu: Perdôo-te de todo o coração. O Rabi continuou: Ela tem o direito de casar-se de novo; ela é moça, como posso impedi-lo? Mas, se ela não quiser casar-se de novo, tudo o que lhe faltar será preocupação minha. A essas palavras a mulher despertou, e eis que sua face não estava mais entristecida; a fala do marido lhe trouxera conforto.

ENTÃO ELA retornou à cidade onde morava. Deus abençoou todas as suas ações e ela pode manter uma casa digna. Mas, quando surgia algo especial, aparecia-lhe o sogro como antigamente, o de há muito falecido velho Rabi, e dizia-lhe como devia proceder. Seu jovem filho foi como genro para a casa de um conhecido mestre. A mulher deste falecera, e ele queria casar-se com a mãe de seu genro. Falara antes com o filho dela sobre o assunto, e a este agradou a idéia, pois ele ainda era moço. Assim, foi lá para transmitir à mãe a proposta do sogro.

Mas em caminho o jovem sonhou que chegara diante de um maravilhoso palácio. Diante do portão estava seu falecido pai; estava com os braços erguidos e com as mãos havia agarrado a borda do telhado; gritou em voz alta: Quem é que ousa entrar em meu palácio! Então o rapaz acordou; compreendeu a que se referia a visão e voltou no meio do caminho.

20. O Amigo de Elimelech

O FAMOSO MESTRE e santo Rabi Elimelech teve em sua juventude um companheiro de estudos e amigo ao qual amava muito. O jovem adoeceu subitamente e Rabi Elimelech foi visitá-lo. O amigo então chorou e pediu ao professor que após sua morte cuidasse de seu filhinho. Então Rabi Elimelech disse: Eu te prometo isso, mas tens de me dar tua palavra de que, quando estiveres morto, virás a mim e me contarás como te tratam no Além. Então o amigo lhe estendeu a destra, morreu e deixou a vida aos vivos.

O Rabi cumpriu sua promessa e levou o menino órfão para sua casa; criou-o no colo e introduziu-o na Escritura. Chegada a época do amor para o rapaz, pediu em casamento para ele a filha de um respeitável homem. Quando veio o dia dos esponsais, todos os cidadãos da localidade reuniram-se na casa do rico para participar da festa. Mas então Rabi Elimelech, o protetor do jovem, retirou-se para um quarto separado e lá ficou durante muito tempo. Os convidados esperaram até ficar impacientes, e depois alguns olharam pelo buraco da fechadura. Viram o mestre imerso em meditação, sentado numa cadeira, e não quiseram perturbar sua solidão. E, depois de algumas horas, ele saiu e realizou o enlace, de acordo com o costume e a lei.

DURANTE O banquete, o Rabi dirigiu-se aos convidados, dizendo: Sabeis por que fiquei fora durante tanto tempo? Vou revelar-vos o motivo. E informou aos presentes quem era o pai do noivo e o que lhe havia prometido antes de sua morte. Não tinha – prosseguiu o narrador – até agora cumprido a promessa; hoje porém, pouco antes do casamento, ele me apareceu enquanto estava desperto e apresentava a mesma aparência de quando vivo. Quando lhe perguntei: Como estás? Começou a contar o seguinte:

Quando me despedi da vida, não senti nenhuma dor; como um pêlo de vaca que se tira do leite, com tanta facilidade minha alma se desprendeu de meu corpo; era como se estivesse dormindo. Quando levaram meu cadáver, quis levantar e fugir, mas não tive forças para isso. Deixaram-me sossegado e rolaram a pedra sobre a sepultura, e as pessoas que me acompanharam foram embora. Então levantei-me no túmulo e acreditei que estava vivo; fiquei espantado por estar num cemitério. Quis ir para casa, mas não encontrava a porta; então pulei a cerca e logo estava fora do campo. O dia estava terminando e o sol achava-se no poente. Avistei um pequeno lago à minha frente; pensei em atravessá-lo rapidamente, mas a água aumentou e parecia ser funda. E então a chuva também começou a cair do céu, minhas roupas se molharam e eu não sabia para onde ir; atrás de mim estava o cemitério, à minha frente a água, que eu não ousava atravessar. Mas em mim ardia a saudade de voltar para casa, e então comecei a chorar de aflição. Logo avistei um homem de imensa estatura à minha frente; alcançava com a cabeça o céu. Perguntou-me por que eu chorava, então respondi que desejava ir para casa. Ele falou: Tolo! Imagine que estás na terra; mas tiveste que deixar tua vida. E ele me ergueu e logo eu estava diante do juiz supremo. Não encontraram nenhum pecado em mim a fim de me desterrar para o inferno; mas por causa de uma pequena falta não pude entrar no paraíso. Assim sendo, fui condenado a ficar no átrio situado entre o Éden e o inferno; uma porta estava aberta para o inferno, a outra, porém, levava ao paraíso. Eu devia olhar os tormentos dos condenados e assim expiar o pecado que cometera. Entretanto, não suportei a visão dos sofrimentos, sobretudo porque vi muitos, a que conheci bem na terra, languescer no inferno. Mas também não devia ver as delícias que os justos gozavam, pois ainda não era digno de compartilhar dessas alegrias. Quando chegou o Sábado, os pecadores puderam descansar de seu penar, e também eu pedi ao meu vigia que me deixasse andar livremente. Isso me foi concedido, e vi muitas almas que se preparavam para receber o Sábado.

E Rabi Elimelech continuou falando: Assim o morto vagueou durante quatorze anos, até que me reencontrou, eu que fui seu amigo de infância; enquanto isso seu filho crescera e estava para se casar. Nesse momento ele me apareceu e me pediu que o dispensasse do seu voto. Procurei fazer com que ficasse até terminar a festa, mas ele falou: Não me detenhas! Nenhuma língua é capaz de descrever as maravilhas existentes no Éden; este mundo nada significa para mim. Assim, dei-lhe um documento que o liberava do voto e ele desapareceu.

21. A Máscara do Pecador

NUMA CIDADE vivia um homem devoto que já em sua mocidade era extremamente temente a Deus. Quando jovem, costumava estudar o Ensinamento até tarde da noite, mas depois ia ao ponto de encontro da juventude leviana, onde os estroinas, comendo e bebendo, entregavam-se à dança, ao jogo e ao pecado. Ia ter com eles em trajes iguais aos deles, dançava com eles, deliciava-os com sua bela voz e ficava com eles até a alvorada; depois, retornava à sua cabana, vestia-se convenientemente e se punha a rezar. Assim procedeu o jovem durante muito tempo e dessa forma mantinha os rapazes de sua idade afastados do vício e da torpeza.

O devoto tornou-se, anos depois, um famoso Rabi, e centenas de pessoas reuniam-se à sua volta nos Sábados e dias festivos para ouvir sua prédica. Aconteceu então, certa vez, que um dos jovens folgazões também estava entre seus ouvintes. Viu o Rabi, ouviu sua voz e identificou-o como sendo o mesmo, que costumava outrora compartilhar das farras noturnas. Falou para si: Quão grande é a mentira; como este sabe enganar o mundo; lembro-me bem como dançava e jogava comigo e era como eu. Mas depois que o homem ouviu as palavras de sabedoria da boca do Rabi e escutou a doce fala que escorria de seus lábios, falou para si: Com certeza mesmo naquela época já era sua intenção nos proteger do vício. E levantou-se, prostrou-se diante do mestre e falou: Viva o meu senhor! Mil agradecimentos por me teres salvo de mil pecados!

22. *O Retorno*

UM FAMOSO SANTO Rabi chegou certa vez a uma cidade e viu uma mendiga caminhar pelas ruas, levando consigo um garoto. Então o Rabi a abordou e pediu-lhe que lhe desse a criança, pois queria criá-la e instruí-la na Escritura. A mulher, porém, não quis saber disso, pois o menino era inteligente e ela o amava e não queria separar-se dele. Então o Rabi foi ao albergue onde a mulher devia pernoitar e pediu ao hospedeiro que a convencesse a lhe deixar o menino. O hospedeiro fez conforme o Rabi ordenara e também então a mulher se mostrou inicialmente relutante, mas depois concordou e levou o menino ao mestre. Então o santo lhe deu um bonito presente e ela seguiu seu caminho.

O Rabi criou o menino, e este cresceu em sabedoria e tornou-se famoso como menino prodígio. Muita gente nobre e rica o desejava para genro, mas o Rabi recusava seus pedidos. Um dia, porém, o Rabi chamou um de seus criados, mandou-o ir a uma determinada cidade e deu-lhe uma carta lacrada para um homem que lá residia. Encarregou o emissário de pedir a filha do homem em casamento para o jovem e, caso aquele concordasse, de redigir logo o contrato de noivado.

O assim encarregado pôs-se a caminho; chegou àquela cidade e hospedou-se na casa de um homem que era discípulo de seu amo. Foi amavelmente recebido e um banquete foi dado em sua homenagem, para o qual foram convidados todos os admiradores do grande Rabi. Durante o repasto o visitante mostrou a carta fechada e contou o que pretendia na cidade. Então as pessoas lhe disseram que aquele ao qual tinha sido mandado era um homem que negociava com cebolas e verduras e ao qual ninguém dava atenção. Morava numa casinha fora da cidade; mas o emissário não precisava ir lá, pois o homem vinha diariamente a essa casa.

ASSIM ACONTECEU. Quando o pobre homem apareceu, o mensageiro do Rabi interpelou-o, dizendo: Tenho uma carta do meu amo para ti. O mercador tomou a carta da mão do portador, mas não sabia ler. Então os convidados explicaram-lhe o teor da carta e disseram-lhe que o mestre deles desejava aparentar-se com ele; tinha um ótimo rapaz, que fora criado por ele, e queria casá-lo com a filha mais velha do homem. O Rabi estava disposto a dar o enxoval à noiva e preparar o casamento, bem como obsequiar o pai da noiva. Então os convidados perguntaram ao mercador: O que pretendes responder? O homem retrucou: Como poderia deixar de concordar? Afinal, o mestre quer tomar a si todas as preocupações. O enviado do Rabi entrou logo em acordo com o pobre homem a respeito da aliança e retornou à sua cidade.

Quando chegou a data marcada, o Rabi casou a donzela com o rapaz e cumpriu tudo o que prometera. Os admiradores do mestre, porém, espantaram-se muito com a escolha, e embora soubessem que o santo era infalível, encontraram coragem para pedir-lhe que os esclarecesse a respeito de seu gesto; afinal, muitas pessoas ilustres procuraram aparentar-se com ele e ele preferira um homem simples. O Rabi atendeu ao pedido deles e começou a relatar:

A moça que o rapaz tomara por esposa era sua nora por herança*, desde sua existência anterior na terra. O rapaz, em sua primeira vida, fora filho de um rei pagão. Era sábio e versado em muitas ciências; voltara-se também para os livros dos hebreus e para o Ensinamento de Moisés e sentira o impulso de aceitar a fé de Israel. Então, a conselho de um judeu, deixou a casa paterna, seguiu para uma terra distante, para casa de um mestre famoso, e converteu-se ao nosso Deus. Consagrou-se totalmente à Escritura, ocupou-se bastante com a doutrina mística e galgou um alto degrau. Sua alma podia de vez em quando abandonar o corpo por algum tempo. Casou-se com a filha de um príncipe, o qual fora obrigado a abandonar a fé judaica. Um dia, o rapaz quis chegar ao átrio supremo do jardim do Éden, mas a entrada lhe foi negada por não ser santo de origem e nascimento. Depois foi interrogado se concordava em morrer e voltar novamente ao mundo; então, poderia participar dessa suprema honra. Ele quis aceitar isso, desde que sua companheira concordasse. Quando lhe perguntou se ela o deixaria morrer, ela respondeu: Só me separarei de ti se puder morrer contigo e depois retornar também; e se me jurares que te casarás comigo novamente em tua segunda existência. Então o filho do rei prometeu fazê-lo.

---

* Expressão de Deut. 32, 9.

ASSIM AMBOS morreram e retornaram ao mundo; o filho do rei como filho da mendiga, a filha do príncipe como filha do mercador de cebolas. Estes foi o motivo por que o Rabi se esforçou tanto por criar o filho do rei e reconduzi-lo à sua esposa de antes.

23. Os Mediadores Misteriosos

UM RABI tinha em sua casa um rapaz a seu serviço. Um dia, no inverno, quando lá fora nevava e o frio era grande, o mestre disse ao menino: Sai de minha casa, tu não me agradas mais. O rapaz então chorou e disse: Para onde posso ir com este tempo? Também os homens que sempre estavam em volta do Rabi intercederam em favor do menino, mas o Rabi ficou firme e disse: O rapaz que saia de minha casa e de nossa cidade; aqui não é seu lugar. De que me adianta ele, se seu proceder não me agrada mais? Assim, o rapaz viu-se forçado, contra a vontade, a deixar a casa de seu mestre e seguir para outro lugar.

Aconteceu, então, que o jovem chegou a um albergue. Pediu à hospedeira que o deixasse pernoitar lá; na manhã seguinte continuaria viagem. A mulher concordou, pois ficou com pena do rapaz. Deixou-o subir no fogão e lá ele adormeceu.

Mas, nessa mesma noite, alguns comerciantes chegaram à aldeia e hospedaram-se no albergue. Acordaram a hospedeira, mandaram preparar uma refeição, beberam muito e ficaram alegres. Eram homens ricos e levavam muito dinheiro consigo. Em seu bom humor, puseram-se a procurar por todos os cantos da casa alguém com quem pudessem se divertir. Acharam então o menino em cima do fogão. Despertaram-no, ofereceram-lhe comida e ele comeu e bebeu com eles. A hospedeira estava satisfeita por ter hóspedes. Depois os recém-chegados perguntaram-lhe se ela não tinha um filho ou uma filha. Ela respondeu: Tenho uma filha moça. E apresentou-a aos homens. Então os comerciantes perguntaram à mocinha, indicando o rapaz, se ela não o queria para noivo; caso afirmativo iriam comemorar logo a festa de casamento. A mocinha não entendeu direito o que os homens queriam, mas a mãe, que desejava que os hóspedes ficassem por mais tempo, procurou persuadi-la a casar-se de brincadeira com o rapaz. Assim os estranhos haviam imposto sua vontade; fizeram um verdadeiro casamento, e o rapaz, que trabalhara na casa do Rabi, santificou a moça conforme o uso e o costume. Mas para a hospedeira tudo isso era brincadeira. Depois que os estranhos terminaram, pagaram o que deviam e iniciaram viagem para suas metas longínquas.

PASSARAM-SE algumas horas e o hospedeiro voltou de uma viagem. A mulher apressou-se em lhe relatar o ocorrido e contou-lhe sobre o comportamento estranho dos hóspedes noturnos, bem como sobre engraçado casamento de sua filha com um pobre rapaz que pedira abrigo. Ouvindo essas palavras, o homem assustou-se e ficou muito irado; temia que o casamento de brincadeira pudesse ser uma união definitiva. Chamou o rapaz e perguntou-lhe de onde vinha, o que fazia e por que motivo viera ter com eles. O rapaz contou tudo o que lhe acontecera com o Rabi da vizinhança, como o servira com fidelidade e como aquele o expulsara.

Ao amanhecer, o hospedeiro atrelou o cavalo em seu carro e foi com o rapaz até a cidade do Rabi. Todavia, mal puseram os pés na soleira de sua casa, o Rabi lhes veio ao encontro com bênçãos e dizendo: Boa sorte, boa sorte! Em seguida o Rabi falou ao visitante: Eu sabia que sua filha era a noiva destinada a este jovem desde o nascimento. Mas não podia prever como a questão se levaria a cabo, pois tu, que és um homem vaidoso, não darias tão facilmente tua filha a um pobre rapaz como este. Por isso o deixei partir. E agora está realizado, e este é o teu genro. Não deves lamentar, pois o Senhor assim determinou, e quem pode contrariá-lo? Agora provavelmente compreenderás também quem eram os comerciantes que fizeram o casamento.

24. O Demônio no Junco

NUMA ALDEIA vivia um homem cuja mulher lhe deu seis filhos, mas cada menino morria ao completar seis dias. Eis que então a mulher deu à luz o sétimo filho, e o pai ficou preocupado pela vida do sétimo recém-nascido. Então um amigo contou-lhe sobre um santo ermitão que vivia bem longe, numa floresta, afastado do mundo. O homem foi para lá e no fundo da floresta deparou com um ente humano que julgou ser o procurado. Seguiu-o e logo o alcançou; depois caiu diante dele, chorou e se queixou; relatou-lhe acerca do infortúnio que o perseguia e como temia pela vida de seu caçula. Então o ermitão perguntou: Acaso em tua juventude não santificaste uma donzela e não lhe prometeste casamento? O homem retrucou: Jamais fiz isso em minha vida. No entanto, falou o ermitão, vasculha bem tua memória e recorda-te dos dias passados.

O homem então invocou a lembrança de sua juventude, e lembrou-se de um dia no verão, quando se banhara num rio; chegara nessa ocasião a um lugar coberto de junco e lá, de brincadeira, tirara seu anel do dedo, colocara-o num talo de junco e, rindo, dissera as palavras: Sê tu por este meio consagrada a mim como minha esposa segundo a lei de Moisés e Israel. O anel desaparecera e ele não o vira mais; depois o caso se perdera da memória. Contou o fato ao santo e este disse: No junco estava escondido um demônio feminino e dela ficaste noivo; é ela que agora se vinga em teus filhos. E ele ordenou ao homem que escrevesse uma carta de divórcio, fosse com ela ao lugar do ocorrido e atirasse o documento na água, clamando por três vezes: O Rabi te ordena aceitar a carta.

E o homem agiu em tudo conforme o santo ordenara. Quando colocou a folha na água e pronunciou as palavras, viu uma mão erguer-se das profundezas e agarrar a carta. E então se pôs a caminho para casa e encontrou sua mulher e o filho com boa saúde. Fez o filho experimentar a bênção da aliança de Abraão e comemorou a festa com alegria e júbilo.

25. A Bênção da Refeição

CERTA VEZ, houve um homem devoto e temente a Deus e que em tudo agia com integridade, mas apesar disso era perseguido pelo infortúnio. Não lhe era dado criar seus filhos; morriam enquanto ainda eram pequenos. Quando adoeciam empregava remédios, colocava-lhes amuletos em volta do pescoço e fazia-os benzer por adivinhos, mas nada adiantava.

Certo dia, encontrou um conhecido homem da lei e apresentava um ar sombrio. O Rabi perguntou-lhe o motivo de sua tristeza. O aflito retrucou: O que te hei de responder ou dizer? Grande é minha dor e estranho é meu destino. De todos os filhos que minha mulher me deu, nenhum viveu mais do que oito dias. Suplico-te, meu senhor, que rezes a Deus por mim para me proporcionar conselho e ajuda.

O homem da lei então fez com que o oprimido lhe relatasse detalhadamente sua vida. Este narrou fielmente suas ações e modos, e o mestre verificou pelas suas palavras que ele cumpria os mandamentos do Senhor e que sua vida era irrepreensível. Então ele caiu em profunda meditação sobre o que teria causado o castigo que o homem sofria. Dirigiu-se ao desgostoso com mais uma pergunta e o fez descrever como fazia suas refeições. Então o homem confessou que nos dias quentes de verão, quando chegava em casa suado e cansado, tirava suas roupas e comia vestido apenas com as roupas de baixo e às vezes até proferia a bênção após as refeições nesses trajes. Então o homem da lei falou: Agora vejo claro por que és punido. Acata meu conselho e deixa esse mau costume. Jamais te sentes à mesa sem roupa e profere principalmente a bênção com o devido respeito e decentemente vestido. Assim te será dado ver crescer os teus filhos, e eles te trarão alegria. Eu me responsabilizo por isso.

O HOMEM acatou tais palavras e recebeu a recompensa que o homem da lei predissera.

26. *A Balança*

CERTA VEZ, uma região foi assolada pela seca e os homens pereciam de sede. O Rabi da localidade ordenou jejuar cada segundo e quinto dia da semana. Os homens oravam a Deus e lhe suplicavam clemência: faziam penitência, mas seus clamores ecoavam sem serem atendidos. Então o Rabi teve um sonho e ouviu as seguintes palavras: Parai de orar; vosso esforço é inútil. Não tereis auxílio antes que tal e tal homem venha diante da arca santa e reze por vós. Então o homem da lei acordou perturbado e desconcertado, pois aquele que lhe fora mencionado em sonho era um homem simples e ignorante. O sábio falou para si: Que poder terá a prece de tal homem, e por que Deus dará atenção a uma pessoa assim? O sonho é certamente fútil e sem significado. E continuou apresentando sua súplica. Mas o sonho se repetiu na noite seguinte e novamente ele ouviu as palavras: Não te esforces inutilmente; enquanto o homem que te foi mencionado não orar por vós como representante da comunidade, vossos clamores serão inúteis. O sábio acordou e disse: Já que o sonho se repetiu, deve certamente ter algum sentido.

Na manhã seguinte, mandou o povo reunir-se na sinagoga e rezar novamente. Os presentes perguntaram-lhe: Quem será hoje o nosso recitador? O Rabi respondeu: O comerciante que está sentado lá atrás deve vir diante da arca. O povo surpreendeu-se com isso, pois na comunidade havia homens ilustres e versados na Escritura. O interpelado também se espantou e disse ao sábio: O que diz o senhor a seu servo? Não entendo uma palavra do Ensinamento e também não sei proferir o "Escuta, ó Israel". Mas o Rabi respondeu: Reza como sabes. Então mercador tirou o xale de oração, correu para sua casa e voltou à sinagoga com uma balança. Segurando o estranho objeto, postou-se diante da arca e todo o povo ficou olhando espantado. Mas o merceeiro abriu a boca e falou: Senhor do Mundo, se alguma vez abusei deste prato e maculei teu nome por um peso inexato, que desça um fogo do céu e devore tudo; mas se o meu peso é correto e eu jamais enganei meus próximos, então suplico-te, Senhor, volta para nós tua clemência e dá-nos um aguaceiro ainda nesta hora. Assim que o simplório terminou de falar, o céu se cobriu de nuvens e uma chuva começou a cair.

Depois disso, o Rabi começou a advertir o povo para utilizar sempre um peso honesto e uma medida honesta.

27. O Senhor do Castelo como Mendigo

NUMA CIDADE grande e muito conhecida, vivia há tempos um homem que era culto, rico e misericordioso e gozava de fama que bem correspondia às suas ações. Mas eis que, quando pensava encontrar-se no apogeu da felicidade, seu sol declinou, a sorte o abandonou e, o ainda há pouco rico, caiu no abismo da pobreza; nada lhe sobrara além da própria pele. Mas aceitou a sentença imposta com bom humor e sem resmungar; deixou sua pátria e se largou pelo vasto mundo.

Quando certa vez se achava em viagem, suas provisões acabaram e, cansado e faminto como estava, acreditou já estar perto do fim, quando subitamente avistou diante de si um palácio rodeado por maravilhoso jardim. O proprietário do palácio era um homem muito rico, que também se ocupava bastante com o Ensinamento. Ao lado do palácio havia uma casa de estudos que o rico construíra e onde homens e rapazes se dedicavam ao Ensinamento. O peregrino entrou na casa de estudos e logo os freqüentadores notaram que o recém-chegado era um homem de grande saber. Apresentaram-lhe questões e ele lhes explicou as passagens difíceis da lei. Nesse ínterim apareceu também o senhor do castelo e os estudiosos elogiaram diante dele o visitante como sendo um homem de muita cultura e erudição. Então o proprietário voltou-se para o homem, começou a examinar sua erudição e convenceu-se logo de que o estrangeiro merecia todos os elogios. Aproximava-se a hora da refeição matinal e os estudiosos da Torá se dispersaram para comer. O senhor do castelo também se afastou a fim de refrescar-se, mas não convidou nosso homem para acompanhá-lo. Infelizmente é preciso ser dito que o rico não praticava a virtude da hospitalidade e que ninguém encontrava abrigo ou alimento em sua casa; via nos pobres apenas servos, e não filhos de Deus.

Depois que o rico saciou sua fome, voltou à casa de estudos e continuou sua erudita conversa com o estrangeiro, até chegar o meio-dia e com ele a hora do almoço. E novamente o visitante não foi convidado a participar da refeição. Sua alma quase parecia de fome e ele tentou arrastar-se até a cidade a fim de lá obter algum alimento; mas a fraqueza o venceu enquanto ainda estava na rua, e ele caiu morto por terra. Os habitantes do lugar encontraram o cadáver do estrangeiro, levaram-no e sepultaram-no sem saber quem era. A terra cobriu o corpo do morto e também o pecado do avarento. Mas o Senhor vê o oculto; ele não quer que o malfeitor morra, mas apenas que reconheça suas más ações e as expie.

ASSIM o rico estava uma vez sentado em sua casa de estudos por volta da meia-noite, estudando a Escritura, com a sala bem fechada e trancada. Então ouviu de repente passos de gente atrás de si. Estremeceu de medo, pois sabia estar sozinho no aposento. Levantou a mão e já queria lançá-la contra o suposto ladrão, quando ouviu uma voz que dizia: Deixa-me, senão estás condenado à morte. E avistou diante de si um homem em mortalha; era o erudito estrangeiro com o qual havia conversado há pouco. Abalado com a visão, o rico quis fugir, mas o morto bradou imperiosamente: Fica aqui, trata-se de tua vida. E contou como ele, por não ter sido alimentado, sucumbira de fome, e continuou: Depois que fui sepultado e levado ao tribunal celeste, foi-me dito que não encontraria paz antes que tu também tivesses morrido e prestado contas de tuas ações. Assim, estavas condenado à morte, mas pedi que te deixassem expiar tua culpa na terra. Isso me foi concedido. Agora, vem amanhã a tal e tal lugar na floresta; lá saberás o que te foi imposto. Com essas palavras o morto desapareceu da vista do homem rico, e este ali ficou, abalado e consternado. Não mais encontrou sossego e rolou como um enfermo em seu leito.

Ao amanhecer disse a seus familiares que pretendia fazer uma longa viagem e mandou atrelar os cavalos ao carro. Despediu-se dos familiares e ordenou ao cocheiro tomar a direção da floresta. Lá chegando, mandou o cocheiro parar e esperar pelo seu regresso; ele próprio, então, penetrou no fundo da floresta; logo chegou ao lugar que o morto lhe havia indicado, e lá o encontrou. Ordenou-lhe que tirasse as valiosas roupas que usava e envolveu-o em trapos sujos, que trouxera especialmente para ele. Em seguida também a aparência do homem rico se transformou; seu rosto ficou cheio de rugas e ele parecia um mendigo ambulante, não acostumado a outra coisa do que bater em portas estranhas. Depois o morto ordenou ao homem procurar regiões habitadas e ir de casa de estudo em casa de estudo para se aperfeiçoar na Escritura; não devia revelar a ninguém quem era, nem divulgar de forma alguma o que lhe acontecera. Mas quando sentisse fome não devia pedir pão em nenhum lugar, ir só à sua antiga casa e implorar comida a seus familiares. Devia assim passar um ano inteiro na miséria e na necessidade, e nunca dormir a não ser no chão. E o morto parou de falar e voltou novamente ao lugar de onde viera.

ENTÃO o mendigo levantou-se e deixou o lugar. O cocheiro esperou inutilmente pelo amo e, não o vendo voltar, procurou-o por toda a floresta. Mas, como não o encontrasse em parte alguma, voltou ao castelo. Ali contou o que lhe acontecera e como perdera a pista de seu amo. Também os familiares, então, tentaram procurá-lo, mas o homem não pôde ser encontrado. Assim, presumiram que caíra em mãos de ladrões e choraram amargamente a sua sorte.

Enquanto isso, o homem rico seguia as instruções do morto e percorria o país disfarçado de mendigo. Passava os dias nas casas de estudos e quando estava faminto procurava o seu palácio. Quando chegou lá pela primeira vez, ouviu o lamento de seus familiares, que o julgavam morto, e quis retornar. Mas uma força invisível o prendeu na soleira da porta. Humilde e cheio de vergonha, pediu um pedaço de pão. Mas a criada vociferou contra ele gritando: Não sabes que nenhum mendigo deve vir aqui? E hoje, então, é para nós um dia de grande tristeza, pois nosso amo pereceu na selva. Então o sofrimento do homem se tornou ainda maior, pois não podia contar a verdade. Por isso só repetiu seu pedido de pão, e depois de muitas humilhações e insultos recebeu finalmente um pouco de comida e dela se alimentou por alguns dias. Enquanto isso, tornou-se público na região que aparecera um estranho mendigo que estudava com afinco a Escritura nas casas de estudos, não pedia esmolas a ninguém e vivia só do que recebia na casa do desaparecido senhor do castelo; e nessa casa, sabia-se, todos os pobres eram vistos com maus olhos. Assim, o homem foi considerado louco, e onde se mostrava atiravam-lhe areia e terra. Assim se passou um ano inteiro de sofrimentos e humilhações, mas ele aceitou tudo com resignação.

TERMINADO O PRAZO, dirigiu-se novamente ao lugar da floresta onde havia um ano falara com o morto. O falecido já lá estava e disse: És feliz; conseguiste vencer a dura prova! E agora, tira os trapos nos quais estavas envolto por tanto tempo e torna a vestir tuas magníficas vestes. O penitente então tirou seus andrajos e vestiu novamente os trajes antigos. E eis que seu rosto se tornou novamente brilhante e fresco como antes. Antes de despedir-se dele, o morto ainda lhe ordenou que guardasse os trapos e os levasse para casa. Depois retornou à moradia dos bem-aventurados.

O homem rico, por sua vez, levantou-se e dirigiu seus passos em direção a seu castelo. Nenhuma pena pode descrever a alegria com que seus familiares o receberam. Tiveram-no como morto e eis que ele aparecia ante eles! Contou-lhes diversas estórias, mas não disse o que realmente lhe acontecera. Os familiares, por sua vez, relataram acerca do mendigo simplório que durante esse tempo costumava visitar o palácio. E o homem rico mandou preparar uma grande festa, pois devia ser considerado ressuscitado. Durante o banquete, enquanto os convidados estavam alegremente reunidos sob o efeito do vinho, ele se esgueirou para fora em silêncio e foi para outro quarto. Ali trocou suas magníficas vestes pelos trapos e apareceu assim diante dos convidados. Os familiares pensaram que o mendigo retornara e logo ficaram preocupados quando não viram o dono da casa. Então o suposto mendigo se deu a conhecer e contou diante dos presentes todas as suas aventuras e o que acontecera com ele durante aquele tempo. A narrativa penetrou no coração de todos os ouvintes e eles fizeram um exame de consciência e fizeram penitência. O palácio, porém, tornou-se a partir de então uma casa aberta dia e noite para os pobres e necessitados.

28. A Esperança Aniquilada

ACONTECEU há mil anos, estarem os tempos propícios para a chegada do Messias, e ele logo deveria aparecer. A geração era digna e um homem da geração fora escolhido para Messias. Então o Satanás se dirigiu às regiões superiores e começou a fazer acusações; responderam-lhe, no entanto, que os atuais viventes mereciam a vinda do Messias e que era justo que o escolhido fosse o Messias, pois era sem pecado e sem mácula. Então Satanás pediu um prazo para poder tentar o Redentor, a ver se não o levaria à queda de algum modo. Isso lhe foi concedido.

Então o torpe desceu à terra e apareceu aqui sob forma de mulher, reconhecida por grande sabedoria; e a fama dessa mulher espalhou-se logo por todas as nações. Por toda parte eram contadas maravilhas de como ela interpretava as profundezas do Ensinamento. Ela viajava de localidade em localidade e chegou também à cidade onde vivia o eleito. Todos os eruditos da lei a procuraram e ela desvendou-lhes os segredos mais ocultos dos livros divinos; os sábios escutaram e encheram-se de admiração. Mas todas as vezes a conhecedora do saber dizia que, se o próprio Rabi viesse ter com ela, ela lhe revelaria coisas milagrosas da lei, que nenhum ouvido humano jamais teria escutado. Os estudiosos levaram tal desejo da mulher ao conhecimento do Rabi; mas ele não queria pôr os pés em sua casa. Entretanto, depois de muitos dias deixou-se convencer pelos seus adeptos e foi ao albergue da estrangeira. Então ela lhe mostrou a força de seu espírito, e o Rabi ficou consternado com sua sabedoria. Mas ela disse que, se os outros deixassem o aposento e ela ficasse sozinha com o Rabi, revelar-lhe-ia coisas ainda mais maravilhosas. Então todos se afastaram e deixaram os dois a sós.

Assim a obra de Satanás teve êxito. Subitamente a visão desapareceu, a aparição se desvaneceu e a vontade de trazer a redenção malogrou.

Livro Nono: Na Terra Santa

1. O Lugar Abençoado

O LOCAL onde depois foi construído o Templo de Jerusalém por Salomão pertencia em épocas imemoriais a dois irmãos, que herdaram o campo de seus antepassados. Dos irmãos, um era solteiro e o outro tinha mulher e filhos. Moravam na mesma casa e viviam juntos pacificamente; cultivavam o campo com o suor de seus rostos e cada um estava contente com a sua parte.

Uma vez, na colheita do trigo, amarraram feixes no campo e os empilharam em dois montes iguais. Um monte era do mesmo tamanho que o outro. Na noite seguinte, o irmão solteiro estava deitado em seu quarto e pensou para si: Sou sozinho e não preciso dividir meu pão com ninguém. Por que minha parte no rendimento do campo deve ser igual à de meu irmão? E levantou-se sem fazer ruído, esgueirou-se como um ladrão para perto de seu monte, retirou vários feixes e colocou-os no monte de seu irmão. O irmão, por sua vez, também não dormia e falou à mulher: Não é justo que dividamos o trigo em partes iguais e fiquemos com uma e demos a outra a meu irmão. Afinal, minha sorte é em tudo melhor que a dele. Deus me deu mulher e filhos, mas meu irmão tem uma vida solitária, e sua única alegria é a colheita do trigo. Levantemo-nos e coloquemos secretamente dos nossos feixes em seu monte. E assim fizeram. De manhã cada um dos irmãos se espantou, pois os montes estavam iguais como antes. Nas noites seguintes continuaram fazendo a mesma coisa; mas cada manhã verificavam que nenhum dos montes ficara maior. Então cada um decidiu examinar o assunto. Quando, na noite seguinte, faziam seu trabalho, encontraram-se com os feixes na mão. Então ambos ficaram sabendo do segredo e se abraçaram e se beijaram. Cada qual louvou a Deus por lhe ter dado um irmão tão bom.

O local, porém, onde os dois irmãos haviam agido mutuamente com tanta generosidade tornou-se um lugar abençoado e Israel escolheu-o para ali erguer a casa de Deus.

2. Do Alicerce do Templo

OS RESTOS dos alicerces do sagrado Templo, desaparecidos durante tantos séculos, deveriam vir à tona por uma providência especial. Era no terceiro século do sexto milênio após a criação do mundo, quando o sultão se apoderou de Jerusalém. Instalou-se no átrio construído no lugar onde antes havia o antigo átrio quadrado, onde o Supremo Conselho de Jerusalém costumava reunir-se. Um dia, o soberano viu da janela uma velha aparecer com um monte de lixo e jogá-lo numa das colinas que se encontravam perto de sua sede. Tal menosprezo por sua moradia excitou a ira do sultão e ele ordenou que a atrevida mulher fosse levada à sua presença. Quando a repreenderam, ela se defendeu dizendo: Moro a uma distância de dois dias daqui. Sigo apenas um mandamento de meus antepassados. Já nos tempos antigos os chefes de Roma haviam determinado que cada habitante de Jerusalém e das redondezas trouxesse seu lixo para cá, pois neste lugar estava o Templo no qual os hebreus serviam a seu Deus. Como a casa não pôde ser destruída até os seus alicerces, os vencedores mandaram cobrir o resto, para que nenhuma pedra permanecesse visível.

Apesar dessa explicação, o sultão mandou prender a mulher, pois queria examinar o caso mais a fundo. Ordenou a seus criados que ficassem de vigia nas proximidades da colina e prendessem qualquer um que se atrevesse a descarregar lixo no local. Mas todos os que foram presos afirmavam a mesma coisa que a mulher. Quando o sultão se convenceu de que a mulher havia dito a verdade, ordenou pôr fim a essa maneira de agir e promulgou o seguinte decreto: Aquele que quiser obter minha graça e meu favor, venha com uma pá à colina de lixo e siga o meu exemplo. E o próprio soberano pegou uma enxada e começou a retirar o lixo. Mandou também esvaziar alguns sacos de moedas de ouro e prata na colina. Contava com a sede de ouro do povo, que, para conseguir as moedas, iria retirar os escombros. Diariamente participava do trabalho e também estimulava seus cortesãos e criados a fazer a limpeza do lugar. Passado um mês, o lugar estava limpo e apareceu o muro ocidental do Templo, que ainda hoje é visível a todos.

Depois o sultão mandou chamar os chefes da comunidade judaica de Jerusalém e os exortou a reconstruir o Templo; declarou-se disposto a fornecer-lhes os meios necessários de seu tesouro. Mas eles romperam em pranto e falaram: Temos que te abençoar, nosso senhor e rei, e te devemos agradecimento pela graça que nos concedes, cuidando do lugar sagrado. Mas, conforme nossos antepassados nos ordenaram, não devemos reerguer o santuário antes que o justo redentor tenha vindo e restabelecido a glória. O soberano, então, disse: Se é assim, vou construir neste lugar um templo para os confessos da minha fé. Assim se cumprirá a palavra do rei Salomão, que diz: "E mesmo um estrangeiro que não pertença a teu povo, Israel, vindo de país longínquo por causa de Teu Nome, ouve-o do céu, da sede de tua morada, e farás tudo o que te pedir o estrangeiro"*. E o sultão dispensou os anciãos em paz e concedeu grandes liberdades aos judeus no seu país.

3. As Covas do Rei

CERTA VEZ, ruiu em Jerusalém um muro de uma elevação que havia na montanha, e o patriarca então mandou reconstruí-lo, utilizando para isso as pedras do velho muro da cidade. Foram contratados operários e estes começaram a arrancar as pedras do muro. Entre os operários havia dois jovens que eram muito amigos. Um dia um deu um banquete em homenagem ao outro, e eles compareceram ao trabalho mais tarde do que os outros. O capataz perguntou-lhes: Por que chegaram hoje tão tarde? Os homens responderam: Não terás prejuízo; quando nossos companheiros forem almoçar, nós continuaremos trabalhando.

E se puseram a soltar pedras do muro. Quando tiravam uma grande pedra da muralha, encontraram um buraco que levava a uma caverna. Falaram um ao outro: Entremos e vejamos se lá não existe algum tesouro oculto. Assim fizeram e foram parar numa cova. Ali depararam com um belíssimo átrio com colunas de mármore marchetadas de ouro e prata. Sobre um sarcófago havia um cetro de ouro e uma coroa de ouro. À esquerda desse sarcófago havia ainda outra cova e mais no fundo uma fileira de sepultura. Os dois homens gostariam de penetrar mais, mas veio uma tormenta e os derrubou, fazendo-os cair no chão, onde ficaram deitados como mortos até à noite. De repente, ouviram uma voz bradar; Levantai-vos e saí daqui! Então eles se levantaram e deixaram apressadamente a cova. Foram ter com o patriarca e contaram-lhe o que viram.

NESSA ÉPOCA vivia em Jerusalém um devoto homem de nome Abraão. O patriarca mandou chamá-lo e perguntou-lhe se não sabia relatar a respeito das covas na caverna. O devoto respondeu: Foi-nos transmi-

---

* I Reis 8, 41-42.

tido que na cova existem as sepulturas dos reis Davi e Salomão, bem como as de todos os reis de Judá.

No dia seguinte, o patriarca quis enviar novamente os dois operários à cova; mas eles estavam doentes em seus leitos. Eles disseram: Evidentemente não é da vontade de Deus que se penetre de novo no átrio. O patriarca então mandou murar a entrada para a cova e tornou o lugar irreconhecível, a fim de que ninguém saiba o que ali se oculta.

4. *A Espada do Paxá*

QUANDO as covas dos reis foram reencontradas, aconteceu estar uma vez o paxá diante de uma de suas frestas. Então lhe escapou a espada, que era coberta de pérolas e pedras preciosas, e foi parar no interior da caverna. O paxá ordenou que se fosse buscar a espada, e um ismaelita foi descido por meio de uma corda. Quando o retiraram, o homem estava morto. Em seguida, desceram um segundo homem, mas também este não subiu com vida. O mesmo sucedeu com o terceiro e quarto. Mas o paxá disse que tinha de reaver sua espada, mesmo que todos os habitantes de Jerusalém perecessem por causa disso. Então o cádi foi ter com o paxá e disse: Que o meu senhor poupe os nossos fiéis. Ouve o conselho de teu servo e envia um de teus criados ao sábio Hacham Baschi, o chefe espiritual dos judeus, e ordena-lhe que envie um de sua estirpe; que este desça à cova e apanhe tua espada. O profeta Davi ama o seu povo e não exterminará o enviado.

Esse conselho agradou ao paxá que mandou dizer ao Hacham Baschi que escolhesse um homem de sua comunidade para descer à sepultura real. Se não o fizesse, ele e todo seu povo seriam castigados. Então o homem da lei ficou preocupado e temeroso. Assustava-o a idéia de a sagrada cova ser pisada por pé humano, mas por outro lado não queria deixar seu povo sofrer por isso. Jejuou com sua comunidade durante três dias; foram à sepultura da matriarca Raquel e lá rezaram ao Senhor. No quarto dia, o Hacham Baschi falou ao povo: Um de nós tem de ousar descer à sepultura do rei Davi. Depois mandou tirar a sorte e esta caiu no criado da casa de oração, um homem íntegro e honesto. Este apresentou-se e disse: Quero servir ao Deus de Israel.

Ele purificou sua alma, santificou-se por três mergulhos na água da fonte e preparou-se para a jornada mortal. Despediu-se da família e da comunidade reunida e com os olhos marejados dirigiu-se à sepultura dos reis de Judá. Ali o paxá com sua comitiva e os soldados o esperavam. O judeu foi descido numa corda para o interior da cova sagrada. O paxá encostou seu ouvido na fresta da cova e tentou ouvir algum ruído. Os judeus estavam lá com tremor no coração. Depois de algum tempo ouviu-se uma voz: Puxai-me para cima! Então a corda foi puxada e o pálido criado da casa de oração apareceu segurando a espada cintilante na mão. Entregou-a ao detentor do poder e todo o povo prostrou-se por terra e clamou: Louvado seja o Senhor, o Deus de Israel!

Os israelitas de Jerusalém deram uma festa de comemoração. Muitos insistiram com o criado para que lhes contasse o que vira na cova. Mas ele manteve a boca fechada e permaneceu calado. Somente ao Hacham Baschi ele confiou que, quando estava na cova, de repente houve um relâmpago brilhante e um venerável ancião diante dele colocou-lhe a espada na mão.

5. A Lavadeira Devota

OUTRORA, vivia em Jerusalém uma mulher íntegra que perdera seu marido e filhos e sustentava-se honestamente com o trabalho de suas mãos. Ela lavava as roupas dos outros e também a roupa do homem que tinha o encargo de vigiar a sepultura do rei Davi.

Um dia, ela levou de volta as roupas do vigia, lavadas e brancas como a neve. Então ele lhe falou: És uma mulher valente e compreensiva. Minha alma anseia por te preparar uma alegria toda especial. Provavelmente desejas ver a cova na qual repousa o rei Davi. Nenhum judeu a viu até agora. A lavadeira respondeu: Ai, se eu pudesse compartilhar dessa graça! Então o vigia falou: Então vamos! Segue-me. E caminhou à sua frente, até chegar a um portão que levava a uma passagem subterrânea. Abriu-o e disse à mulher: Entra. Mas, mal ela transpôs soleira, o malvado bateu a porta e a deixou sozinha na escuridão. Ele não perdeu tempo, correu depressa ao cádi e informou-o de que uma mulher judia tivera o atrevimento de se esgueirar furtivamente para dentro da cova do profeta Davi, e que ele, assim que o percebeu, havia batido a porta atrás dela, a fim de que fosse apanhada e sentenciada.

Ouvindo isso, o cádi enfureceu-se e exclamou: Pelo profeta, a mulher merece a morte! Conduzi-a para fora, e que ela seja queimada.

Enquanto isso, a infeliz mulher compreendeu que o vigia a enganara e que estava ameaçada de extermínio. Atirou-se ao chão, elevou sua voz e chorou amargamente. Orou a Deus para que se apiedasse dela e a libertasse da armadilha por amor de seu servo Davi. Enquanto assim rezava, a escuridão da caverna diminuiu e ela avistou um homem de cabelos brancos e rosto resplandecente. O estranho pegou a mão da mulher e conduziu-a através de passagens entrecruzadas até levá-la para fora. Falou-lhe: Levanta teus pés e procura alcançar tua casa. Lá chegando, vai imediatamente ao tanque e trabalha como de costume. Não deixes ninguém notar o que aconteceu contigo. A íntegra mulher quis agradecer a seu salvador, mas ele desapareceu diante de seus olhos e não mais foi visto.

Nesse ínterim o cádi apareceu com muito estardalhaço à entrada da caverna a fim de apanhar a delinquente e arrastá-la à fogueira. Desceram à cova e revistaram tudo, mas não puderam encontrar nenhuma alma. Então o cádi gritou colérico ao vigia: Trouxeste-nos aqui para teu divertimento? O homem jurou pelo profeta que nada mais dissera do que a verdade, e mencionou mesmo o nome da lavadeira. Em seguida, o cádi mandou alguns criados à casa da culpada. No entanto, encontraram-na diante do tanque enxaguando o linho. Então voltaram e relataram que tinham encontrado a mulher no seu trabalho. Então o vigia foi agarrado e atirado à fogueira.

A mulher, porém, em toda a sua vida não contou o que lhe acontecera na cova. Só no seu leito de morte é que revelou o milagre.

6. *O Rei Davi e o Sultão*

NA ÉPOCA do sábio Menahem Recanati, aconteceu certa vez que um rei ismaelita, na noite da lua nova, andou pelas ruas de Jerusalém e ouviu os judeus proferirem a bênção de lua nova. Percebeu como clamavam todas as vezes: Davi, o rei de Israel, vive e é sempre! Então o sultão mandou chamar o sábio Menahem e expressou o desejo de ver o rei Davi; caso tal desejo não fosse atendido, exterminaria todos os judeus do país. O sábio então se assustou sobremaneira. Jejuou muitos dias, até que lhe foi indicado, do céu, que deveria dirigir-se à cidade de Lusa, onde lhe seria revelado o lugar da sepultura de Davi. Invocou o verdadeiro nome de Deus e assim chegou em pouco tempo diante das portas da cidade de Lusa. Os vigias não o quiseram deixar entrar. Então ele lhes disse quem era, e que uma hora difícil aguardava Israel. Então abriram as portas. Logo na entrada Menahem encontrou um homem muito idoso, e este lhe falou: Se queres achar a caverna na qual repousa o rei Davi, tens antes de caminhar por uma vasta planície. Diante da caverna verás um poço; lava-te nele e pronuncia os nomes sagrados; depois entra na cova.

O sábio obedeceu em tudo às palavras do ancião e dirigiu-se à caverna. Percebeu o poço e limpou seu corpo na água; depois falou os nomes sagrados e desceu à caverna. Viu então a espada do rei Davi pendurada na parede e ao lado a coroa de ouro que outrora adornara sua cabeça. Depois de algum tempo apareceu o próprio Davi e entregou dois cântaros de água ao hierosolamita; num havia água do inferno, no outro, água do Éden. Menahem borrifou seu corpo inicialmente com a água do inferno, e eis que ficou sarnento como neve. Depois o lavou com água do paraíso e sua pele ficou limpa e curada. Então Davi falou: Vai ter com o sultão e mostra-lhe estes sinais. Então ele acreditará que me viste.

MENAHEM apanhou os dois cântaros e voltou depressa a Jerusalém. Foi ter com o soberano e expôs-lhe os milagres. Mas o sultão falou: Meu desejo é ver o próprio rei Davi. Então o sábio o levou até a caverna e o fez descer. Davi falou ao príncipe ismaelita: Mereces a morte, mas eu me apiedarei de ti e te deixarei viver. Então o sultão voltou para sua corte e revogou a pena imposta aos judeus.

Esta história está registrada numa crônica da santa cidade de Jerusalém.

RABI MENAHEM de Recanati, que redigiu uma interpretação da Escritura com o auxílio da doutrina mística e dos livros da lei, tinha quando menino um espírito que não era receptivo. Jejuava e rezava para que Deus lhe iluminasse o coração e a mente. Um dia, quando apresentava sua súplica na casa de oração, aconteceu que cochilou. Então apareceu um homem com uma vasilha cheia de água na mão, e este acordou o menino, dizendo-lhe: Aqui está, toma esta bebida. Menahem obedeceu e pôs o copo nos lábios. Ainda não tinha terminado de beber, quando o estranho se afastou.

Quando o menino, conforme seu costume, reiniciou sua prece, notou que sua mente ficara subitamente clara e que ele podia entender tudo. A partir daquele instante estava transformado.

7. O Décimo Fiel

HAVIA UMA ÉPOCA em que viviam em Hebron apenas alguns hebreus, e muitas vezes acontecia nem haver o mínimo de dez fiéis reunidos para se poder realizar o serviço divino. Assim, eram convocados os estranhos das cidades vizinhas, que iam para lá a fim de visitar as sepulturas dos patriarcas. Os poucos habitantes da localidade eram homens estudiosos, tementes a Deus e íntegros, que praticavam com afinco as virtudes da generosidade e da hospitalidade. Se um estrangeiro vinha à aldeia, logo havia uma disputa para ver quem o hospedaria e alimentaria. Um dizia: Eu quero ter a honra. O outro dizia: A honra deve ser minha. E aquele que conseguia levar o hóspede para sua casa ficava feliz como se tivesse levado um tesouro.

Um dia, era véspera do Dia da Expiação, faltava o décimo homem para o grande culto. Então os homens de Hebron ficaram muito preocupados e procuraram em todas as ruas que levavam à cidade para ver se encontravam um judeu. Mas a noite se aproximava, o sol estava prestes a se pôr e não se via nenhum caminhante. Subitamente avistaram um ancião de longa barba, cintilante como prata, em trajes rasgados e empoeirados e com um pesado saco às costas, que se aproximava da cidade. Correram cheios de alegria ao seu encontro e bradaram: Tua vinda prediz paz! E ele respondeu: Que a paz esteja convosco! Levaram-no para a cidade e o confortaram com alimento e bebida. Mas o estranho comeu pouco dos alimentos oferecidos. Depois vestiu um manto branco e foi com os nativos à casa de oração. Perguntaram-lhe pelo nome e ele respondeu: Chamo-me Abraão. A alegria deles era grande por poderem rezar em número de dez.

Ao término do dia sagrado, quando ia ser tomada a refeição depois do grande jejum, os hebronitas tiraram a sorte para ver quem cuidaria do visitante. Então a sorte coube ao servo da casa de oração. Os outros ficaram tristes, mas o criado estava muito contente. Porém, sua alegria logo se transformou em tristeza, pois quando foi com o estranho para sua tenda, este subitamente desapareceu de sua vista. O criado chamou: Rabi Abraão! Rabi Abraão! Mas nenhum som ecoou ao seu encontro. Então o homem chorou amargamente e procurou o estrangeiro por todas as ruas e caminhos; retornava sempre à casa de oração, acreditando que Rabi Abraão de lá tivesse tomado um outro rumo. Mas o estranho visitante não foi visto em nenhum lugar. Então o criado da casa de oração contou o caso a seus companheiros. Estes se assustaram e dispersaram-se pela cidade, a fim de procurar aquele que rezara com eles. Mas também os seus esforços foram inúteis. Cada um voltou muito aborrecido para casa; mas o mais infeliz era o criado da sinagoga.

QUANDO adormeceu, preocupado, viu subitamente diante de si um ancião em magníficas vestes, de cuja face saía uma luz. O homem estremeceu e encolheu-se, mas antes de poder abrir a boca para proferir uma palavra, a aparição falou: Desejas saber quem sou. Pois então ouve: Sou vosso patriarca Abraão, o hebreu, que repousa aqui na caverna dupla: vi vossa tristeza quando vos faltava o décimo fiel e vim para completar o número. Mas agora não mais vos aborreceis e alegrai-vos; um ano cheio de bênção vos está destinado.

8. Na Caverna Dupla

CERTA VEZ, durante o verão, o Senhor fechara as comportas do céu e durante meses não caíra uma gota de chuva no solo da Terra Santa. Mesmo depois que se jejuou e orou muito, o céu não condescendeu. O paxá insistiu com os israelitas para que continuassem implorando chuva ao seu Deus. Eles disseram a isso: Se nos fosse permitido entrar no interior da caverna dupla de Hebron e lá proferir orações, haveria chuva. Então o paxá enviou mensageiros ao cádi de Damasco para que trouxessem a chave da caverna, que era guardada por ele.

Os judeus escolheram de seu meio dez homens eruditos e tementes a Deus, e estes peregrinaram a Hebron, a cidade das quatro sepulturas. Eram homens que através de artes cabalistas podiam atrair as forças ocultas para seu lado. Penetraram na caverna e desceram os primeiros cinco degraus. Ali recitaram com muita devoção o primeiro livro dos Salmos. Depois um deles saiu para ver se o céu estava encoberto. Mas o sol brilhava com a força de antes. Então os fiéis desceram outros cinco degraus e recitaram o segundo livro dos Salmos. De novo um foi até a saída a fim de ver o céu, mas este estava claro e sem nuvens. Então os cabalistas desceram mais cinco degraus e recitaram o terceiro livro dos Salmos com fervor ainda maior. Novamente, mandaram um olhar o céu, e eis que estava coberto de nuvens e também já caíam alguns pingos de chuva.

Depois que informou isso aos companheiros, estes não dirigiram mais a sua mente à vinda de chuva, mas pensaram na redenção de Israel. Mas ainda não haviam terminado o versículo, quando uma ventania veio do interior da cova e os lançou com força para fora.

ENTÃO os devotos compreenderam que o dia do Messias ainda não chegara e que seria pecaminoso querer evocar o fim antes do tempo.

9. A Viúva de Hebron

CERTA VEZ, vivia em Hebron uma devota viúva, e esta estava acostumada a rezar sempre diante da caverna dupla e manter afastados do lugar santo o gado que ousava aproximar-se. Mas aconteceu então que a mulher ficou pobre e, devido a fome, viu-se forçada a deixar a cidade. Ela orou a

Deus e disse: Senhor do Mundo, sabes que só a miséria me leva a deixar o lugar sagrado e que só a necessidade me expulsa daqui.

Na noite seguinte, o patriarca Abraão apareceu à mulher e lhe falou: Não abandones o lugar; faze o que vou dizer-te: Vai ao paxá e dize-lhe que eu lhe ordeno que te sustente. A mulher falou: Senhor, ele não me dará crédito. Mas Abraão falou: Ele o fará.

DE MANHÃ, a mulher acordou cedo, foi ao paxá e disse: Meu Senhor, a partir de agora deverás prover o meu sustento; isso te foi ordenado pelo nosso patriarca Abraão. O paxá respondeu: Falas a verdade; o patriarca também me apareceu; vou sustentar-te por toda a tua vida.

10. *O Morto Agradecido*

HÁ TEMPOS vivia em Jerusalém um homem muito rico e a este nasceu um filho na velhice. Quando o menino fez seis anos e começou a entender o que era o bem e o que era o mal, seu pai decidiu, uma vez que notava sua boa disposição, mantê-lo afastado da futilidade deste mundo, que se iguala a uma ilusão, e consagrá-lo ao ensinamento de Deus, o qual é o único a garantir a felicidade aqui e no Além. O filho seria o ornamento de seu pai e lhe traria honra. E ele trancou o menino num aposento separado e contratou um mestre famoso para que o instruísse. Dia e noite, as palavras sagradas não deviam deixar seus lábios. Mas, para que o mundo exterior não atraísse o pupilo, foram reunidos lá dentro todas as maravilhas que alegravam seu coração. Nenhum desejo seria também negado ao mestre. Durante dez anos inteiros os dois se ocuparam com a Escritura. E o menino fez progressos rápidos e adquiriu grandes conhecimentos; sabia recitar de memória quase todos os livros sagrados.

Mas, enquanto isso, seu pai tornou-se um ancião e viu seu filho transformar-se num rapaz maduro. Falou para si: Meu fim está próximo e logo vai chegar o dia em que precisarei devolver o penhor ao dono. Mas o que fazer com todos os bens que ficarão depois de mim? Deve perder-se o esforço de minhas mãos? Meu único filho não sabe o que há em seu redor e desconhece o caminho dos negócios. Acaso minha fortuna deve desvanecer-se e meu querido filho precisará estender sua mão para esmolar? E o idoso começou a esclarecer seu herdeiro sobre sua propriedade e a introduzi-lo no caráter do comércio. Visitou com ele as praças e mercados e ensinou-lhe o valor das coisas terrenas. Falou-lhe: Sê esperto, meu filho, e alegrarás meu coração. Enquanto isso, o ensinamento de Deus não deve abandonar teu espírito. Feliz daquele que une os caminhos da Escritura com os caminhos da vida! O rapaz também se mostrou receptivo nesse ponto, e seu pai se alegrou com ele. Logo depois, o homem rico morreu e seguiu o caminho de toda carne.

APÓS OS DIAS DE LUTO, o filho tomou posse da fortuna do pai, levantou seus pés e partiu mundo afora. Percorreu cidades e países, acumulou saber e experiência, até que chegou à capital da Turquia. Passeou pelas ruas e mercados e, quando chegou a uma grande praça, viu um esquife de ferro, pendurado numa corrente entre dois pilares, diante do qual havia um soldado de sentinela. Então o rapaz parou e perguntou ao vigia o que significava aquilo. Mas este vociferou contra ele e falou: Fora daqui! Não metas o nariz nos nossos segredos! Mas o curioso importunou o vigia com perguntas e lhe deu um punhado de moedas de prata. Então este lhe contou o caso: O sultão tinha um cambista que era da fé judaica e era muito considerado por ele. Mas um dia invejosos o acusaram de ter roubado seu senhor e enriquecido às custas da propriedade real. O sultão então mandou chamá-lo e disse: Presta contas de todas as tuas ações durante o tempo em que administraste minha fortuna. Então o cambista ficou temeroso e apreensivo e seus joelhos tremeram; pois pode alguém calcular o dinheiro que passou por suas mãos durante vinte anos? Mas todas as suas apresentações e afirmações de inocência não conseguiram aplacar o irado soberano, e já que este se considerava ludibriado pelo cambista, impôs-lhe a morte. O judeu foi executado. O cadáver, porém, foi embalsamado e colocado nesse esquife, onde ficará até que seus correligionários tenham pago a importância faltante. Depois seu corpo será liberado para o sepultamento.

Quando o jovem ouviu essas palavras, perguntou ao vigia se ele não sabia em quanto importava a soma. Este pôde dizê-lo; era uma soma bem elevada. O filho do rico foi imediatamente à corte do sultão e falou aos guardas do portão: Tenho um assunto muito importante a tratar com o soberano. Isso foi anunciado ao sultão, e este mandou que introduzissem o estrangeiro. O jovem foi ter com o soberano e saudou-o com palavras escolhidas. Isso agradou muito ao sultão e ele falou: Qual é teu desejo, para que eu possa realizá-lo? O vindo de longe respondeu: Deixa enterrar o judeu executado; pagarei a importância em ouro exigida. O sultão concordou com o pedido do rapaz e mandou enterrar o cambista. Mais uma vez o filho do rico foi à presença do rei e pediu-lhe que mandasse decretar que todos os habitantes da cidade deviam assistir ao sepultamento do cambista. O sultão também atendeu a esse desejo.

ASSIM, todos os cidadãos da capital, velhos e moços, foram ao enterro; as crianças de colo também foram levadas e o pobre cambista teve um acompanhamento honorável.

De lá, o rapaz seguiu viagem e visitou ainda muitas outras cidade, até que finalmente embarcou num navio que o levaria à sua pátria. Mas, quando a embarcação estava em alto-mar, ergueu-se uma tormenta, o navio se partiu e os passageiros caíram no mar. Mas ao jovem pareceu ver uma tábua boiando na superfície da água. Agarrou-a e ela o levou à praia. Lá ficou, desprovido de tudo; elevou sua voz e chorou. Notou então uma águia branca que descia das alturas e dele se aproximava. Falava em seu idioma de pássaro, como se quisesse dizer alguma coisa ao jovem. Este compreendeu que a águia era uma mensageira de Deus e assim sentou-se nas costas do pássaro. A águia estendeu suas asas, levantou vôo e em poucos instantes levou o náufrago a Jerusalém, ao lugar onde se situava seu pátio. Depois desapareceu de sua vista. Na noite seguinte, o jovem avistou no escuro um homem envolto num pano branco. Assustou-se e recuou. Mas o estranho falou: Não temas. Sou o falecido cambista, o homem a quem fizeste o bem. Fui eu quem fez com que escapasses da morte; como tábua de salvação e como águia, fui duas vezes em teu auxílio. Serás feliz neste mundo e herdarás as delícias no Além.

E O ÍNTEGRO foi mesmo feliz até o fim de seus dias e viu descendentes até a terceira geração. Ocupou-se sempre com a lei de Moisés e praticou o bem.

11. Ariel

LEMBRA-TE do Sábado, para que o santifiques. É o sétimo dia, que o Senhor escolheu e consagrou.

Há mais de cento e cinqüenta anos, aconteceu que um devoto e justo homem da Terra Santa teve que empreender longa viagem que conduzia através de um deserto e duraria doze dias. O devoto combinou com o guia da caravana que durante o Sábado repousariam, pelo que seria compensádo de modo especial. A caravana pôs-se em movimento e a viagem foi iniciada. Mas, quando o sexto dia da semana estava por terminar, o guia recusou-se a parar e mostrou-se inacessível a todas as admoestações do judeu. O devoto ficou muito aborrecido e os sentimentos mais contraditórios lutavam em seu peito; deveria seguir viagem e quebrar o preceito do Sábado, ou separar-se da caravana e perecer no deserto?

Falou para si: Se fico, alcança-me o infortúnio; mas se profano o Sábado minha alma está condenada e eu perco o Além. E o devoto não demorou mais em descer da mula; tirou seu fardo das costas e deixou a caravana, que seguiu viagem.

O sol se pôs; o devoto judeu voltou seu rosto para o Oriente e com grande fervor proferiu a prece de acolhida à rainha do Sábado. Depois tirou de seu bornal um pouco de pão e vinho e pronunciou a bênção em homenagem ao dia sagrado. Comeu de suas provisões de viagem e cantou hinos sabáticos. Mas, horror! Um susto mortal apoderou-se dele quando ouviu um urro e viu um leão aproximar-se. Acreditou logo que seu fim havia chegado. O leão, porém, deitou-se diante do amedrontado e fitou-o com olhos caridosos e cheios de bondade. Assim, o medo cedeu no coração do homem e ele continuou entoando os hinos sabáticos. O leão adormeceu e também o homem foi vencido pelo sono.

De manhã, quando clareou, o devoto acordou e viu o leão deitado à sua frente, como na véspera, olhando-o docilmente. Então compreendeu que o animal fora enviado para sua proteção. Pronunciou a prece matutina e comeu seu pão, e assim, entre hinos de louvor e pensamentos devotos, o dia se passou. À noite, depois que foi proferida a bênção do término do Sábado e do início do dia útil, o leão, que permanecera quieto o dia inteiro, levantou-se, sacudiu a cauda e lambeu as mãos do homem como um cão fiel. Deitou-se a seus pés, como que convidando-o a montar em seu dorso. O devoto entendeu o gesto do animal, colocou o fardo nas costas e montou no leão; segurou-se na juba. E, qual ágil cavalo, o leão correu pela noite adentro e seu cavaleiro ouviu os temíveis urros dos animais do deserto.

AO AMANHECER, o judeu alcançou a caravana, que ainda estava acampada nas tendas, com seus camelos e jumentos, e seus companheiros de viagem o olharam admirados. O leão ajoelhou-se como um camelo que quer desmontar seu cavaleiro. O devoto desceu com o semblante alegre. Em seguida, o rei dos animais levantou-se, ergueu a cauda, sacudiu a juba e correu de volta para o deserto. Os olhos dos viajantes seguiram-no por algum tempo, mas logo o perderam de vista.

O guia da caravana se arrependeu de seu procedimento e pediu humildemente perdão ao devoto. Todos os seus companheiros de viagem viram nele um amigo de Deus.

A partir de então, o devoto passou a chamar-se Ariel, leão de Deus. Seus descendentes vivem ainda hoje na cidade de Hebron.

12. O Cego e o Coxo

DIANTE DE uma casa de oração em Jerusalém, dois pobres instalaram-se por algum tempo pedindo esmolas: um deles era aleijado das duas pernas; o outro, cego dos dois olhos. Mas um dia, apenas poucas pessoas passaram diante da casa de oração. Os dois pobres choraram perante Deus e falaram: De onde tiraremos hoje o nosso pão? Então Deus apiedou-se deles e mandou-lhes um anjo sob forma humana. Este falou aos aleijados: Estais aí e pedis esmolas aos passantes; agora eu vos auxiliarei com meu poder. Vou curar os defeitos de ambos e vos concederei grande riqueza; no entanto, guardai-vos de praticar o mal, a fim de não cairdes novamente em infortúnio. Ide agora para vossas cabanas; cada um de vós encontrará um tesouro que lhe trará fortuna. Mas não vos esqueçais de praticar o bem quando estiverdes ricos. Então os dois mendigos juraram ao estrangeiro que obedeceriam a essa advertência. O anjo se foi e os dois aleijados logo se viram curados; os olhos do cego passaram a ver e as pernas do aleijado se tornaram ágeis. Cada um deles encontrou um tesouro em sua cabana e começaram um negócio. O ex-coxo comprou bois com seu dinheiro; o ex-cego adquiriu ovelhas. E logo alcançaram grande fortuna.

Anos depois, Deus enviou novamente o anjo à terra, a fim de que tentasse os dois homens por ele agraciados e verificasse se eles guardavam o juramento. O anjo tomou a forma de um homem com um só braço e apareceu primeiro ao ex-coxo e que agora negociava com bois. Falou-lhe: Apieda-te de mim e dá-me um boi de teu rebanho, para que eu possa alimentar minha mulher e meus filhos. Pelo bem que me fizeres, Deus te guardará de te tornares um aleijado como eu. Mas o negociante de bois ficou irritado e bradou: Queres então me intimidar; logo te farei sentir a força de meu braço. E quis agredir o pedinte. Então o anjo se retirou indignado. Tomou a feição de um homem que não podia enxergar, fez-se conduzir por um menino e foi ter com o ex-cego, que agora negociava com ovelhas. Suplicou-lhe, dizendo: Ajuda-me e dá-me uma de tuas ovelhas para que eu me sustente e aos meus. Deus te recompensará em décuplo. O ex-cego logo se apiedou do pedinte; conduziu-o à sua casa, alimentou-o, deu-lhe de beber e deu-lhe três ovelhas de seu rebanho. Então o anjo se deu a conhecer ao homem e falou: Louva o Deus vivo, que te deu um coração misericordioso. Por isso receberás também os bens de teu companheiro.

Passaram-se poucos dias e o negociante de bois perdeu toda a sua fortuna e ficou coxo novamente.

13. *O Cálice de Vinho*

NAS CASAS de oração de Jerusalém, havia o costume de que o bedel sempre, depois da bênção da vinda e do término do Sábado, levava o cálice para casa e não o deixava, como é uso em toda parte, na casa de Deus. Tal costume originou-se no seguinte caso:

Houve, há muitos anos, uma noite em que o criado de uma casa de oração estava dormindo profundamente, quando de repente um homem parado diante dele disse: Eia, corre à casa de oração! Não demores, pois a arca onde estão os escritos sagrados está em chamas e – o céu o livre – toda a casa de oração e também a cidade santa poderão ainda romper em chamas.

Então o criado da sinagoga despertou aterrorizado e correu à casa de oração. Lançou-se à arca, mas esta não ardia e estava intacta. Mas, tocando o interior da arca, notou que o cálice de vinho não estava no lugar costumeiro. Tal fato despertou nele um sentimento estranho. Tomou o cálice na mão, segurou-o contra o luar e o examinou com atenção. Era uma outra taça, não a pertencente à casa de oração. Despejou um pouco do conteúdo sobre a mão e eis que era sangue. Então o homem entendeu a relação das coisas e compreendeu o sentido do sonho. Afastou-se da casa de oração, quebrou o copo e cobriu o sangue com terra. Depois colocou na arca um outro cálice, que enchera de vinho, e voltou a seu leito. Não comentou o caso com ninguém.

NO OUTRO DIA, de manhã bem cedo, quando o povo se reuniu para a prece matutina, apareceu o paxá de Jerusalém e com ele o patriarca grego, acompanhados de uma multidão de sacerdotes e mercenários. Então os judeus foram acometidos de temor e seus rostos se tornaram pálidos como a cal das paredes. O paxá ordenou que a casa de oração fosse revistada e examinados todos os cantos e esconderijos. Mas nada foi encontrado que fosse comprometedor para os judeus. Um grego então se adiantou e disse: Vamos abrir ainda a arca santa e verificar. A arca foi aberta e foi retirado o cálice com o vinho. O grego bradou: Vede, o cálice contém sangue de um menino cristão, a quem os judeus sacrificaram em honra de seu Deus. Então o patriarca perguntou ao recitador o que continha o cálice. O recitador retrucou: Nada mais do que vinho para a bênção do Sábado. O patriarca tomou o cálice e derramou um pouco de seu conteúdo numa vasilha. Percebeu logo que o líquido era vinho e aspirou o forte aroma das uvas de Hebron. Apresentou o copo ao paxá, e este o deu ao homem ao seu lado; assim o cálice passou de mão em mão e todos se convenceram de que era vinho.

Em seguida, o patriarca pediu desculpas ao recitador por ter perturbado o serviço divino. Falou: O culpado é este aqui, que vos caluniou. E mostrou o homem que sugerira que a arca fosse aberta. Então o paxá desembainhou a espada e quis julgar o culpado na hora. Mas o patriarca intercedeu, dizendo: Não deves profanar o santuário através de derramamento de sangue.

Quando o paxá, o patriarca e a comitiva deixaram a casa de oração, o grego confessou sua culpa.

14. O Testemunho do Morto

UM CASO ESPANTOSO se deu na cidade santa de Jerusalém na época do mestre Calônimo.

As tribos inimigas dos judeus só pensavam em exterminá-los, e diariamente inventavam novas mentiras e acusações, que apresentavam ao governador da cidade. Este não dava crédito às calúnias e não dava atenção ao falatório dos ímpios. Então, uma noite, eles se reuniram e discutiram como poderiam exterminar os odiosos judeus. Decidiram raptar e matar o filho do governador e pôr a culpa nos chefes da comunidade judaica. Ficaram à espreita do rapaz, arrastaram-no para um lugar ermo, algemaram-no e imolaram-no como se fosse um filho de prostituta. Seu sangue, então, foi recolhido numa vasilha. Ao anoitecer, os assassinos levaram o cadáver à cidade e atiraram-no na sala de oração da casa de Deus. Derramaram o sangue no chão do vestíbulo. O governador estava preocupado com o filho e o sono não vinha às suas pálpebras. Mandou proclamar na cidade: Quem viu meu filho, que informe com urgência!

Toda Jerusalém procurou o menino, mas ele não foi visto em lugar algum. Os criados do governador penetraram então na casa de oração dos judeus e ali encontraram o cadáver da criança. Ergueram o corpo morto sobre os ombros, levaram-no ao governador e falaram: Que nosso senhor viva eternamente! Verifica com teus próprios olhos o que os judeus, a quem concedes tua proteção, fizeram com o teu filho; foi assim que eles retribuíram a tua simpatia. Quando o governador viu seu filho assassinado e ouviu a fala de seus criados, a cólera se apossou dele e imediatamente mandou chamar todos os sábios e anciãos judeus. Falou-lhes: Exijo de vós que indiqueis o perverso que matou meu único filho e aniquilou a alegria de meu coração, para que eu possa vingar-me. Se não o fizerdes, exterminarei toda a vossa tribo.

Ao ouvirem tais palavras, os intimados mudaram de cor e não encontraram palavra de resposta. Cheios de humildade, balbuciaram: Concede-nos um prazo para procurar o culpado. Isso lhes foi concedido pelo governador e os emissários partiram temerosos. Reuniram o povo na casa de oração, oraram a Deus e decretaram jejum.

QUANDO O grande mestre Calônimo soube da desgraça e viu o perigo em que Israel se encontrava, decidiu-se e foi ter com o governador. Falou-lhe: Meu senhor, crê-me, também a minha dor pela desgraça que te aconteceu é grande. Mas podes confiar na ajuda de nosso Deus e estar certo de que eu descobrirei o autor e te vingarás dele. O Senhor realizará um milagre e me indicará a pista do abominável.

E o sábio foi para casa, lavou e purificou seu corpo e trocou sua roupa. Depois foi à casa de oração, envolveu-se no xale de oração e orou com muito fervor e lágrimas. Falou: Senhor do Universo, não arruínes teu povo e tua herança. Por amor a ti fomos torturados muitas vezes e imolados como ovelhas. E, dessa maneira, continuou suplicando clemência ao Senhor. Depois inclinou-se mais uma vez diante da arca, beijou o rolo da Escritura e foi novamente ter com o governador. Ali estavam reunidos os grandes do país e discutiam o que fazer com os judeus. Calônimo inclinou-se diante dos presentes e disse: Alcancem-me uma folha de papel. Quando isso lhe foi trazido, ele escreveu o verdadeiro Nome de Deus e colou o papel na testa da criança morta. Imediatamente o menino se levantou. Então Calônimo falou-lhe na presença do pai e dos demais: Meu filho, peço-te que me contes tudo o que aconteceu e reveles quem foi teu assassino. Então o menino apontou para os três homens que estavam sentados na primeira fila e contou o acontecido. Depois tornou a cair morto.

15. Os Pães da Exposição

PORÁS sempre sobre a mesa do Templo pães da exposição ante mim, assim está escrito na lei de Moisés*.

Um judeu, que em sua juventude fora forçado, em país estranho, a aceitar um credo estranho, veio à Galiléia do Norte e aqui retornou ao credo de seus antepassados e estabeleceu-se na cidade santa de Safed – oxalá seja logo reconstruída. Era a época em que o vidente e milagroso Isaac Luria atuava na Terra Santa e seus discípulos anunciavam os novos ensinamentos. No Sábado, o estrangeiro foi à casa de oração e ouviu a prédica, que tratava da lei dos pães da exposição. O sacerdote suspirou ao se recordar do costume e falou com tristeza: Eis que foi por causa de nos-

---

* Êxodo 25, 30.

sos pecados que o Templo foi destruído e nos foi tirada a mesa sobre a qual eram preparados semanalmente os pães para o Senhor.

O convertido aceitou, crédulo, as palavras do pregador e foi para casa comovido. Contou à mulher a respeito do que ouvira na casa de Deus e ordenou-lhe que assasse dois pães no dia dos preparativos para o Sábado. Ela devia peneirar a farinha para isso treze vezes, misturar a massa cuidadosamente e fazer o serviço com muita limpeza e atenção, pois ele queria ofertar os pães ao Templo; talvez eles fossem do agrado do Senhor. A mulher fez tudo de acordo com as ordens do marido. E então o devoto homem levou os dois pães ao Templo, colocou-os na Arca da Aliança, orou ao Senhor e suplicou-lhe que aceitasse benevolamente o alimento. Falou com o Todo-Poderoso como um filho com seu pai. Mas o bedel da casa de oração encontrou depois os pães e os levou para casa, sem perguntar muito de onde provinham. Comeu o pão e alegrou-se com ele, como um camponês que se alegra com a colheita. Pouco antes do término do Sábado, o ingênuo devoto foi ao Templo e não mais encontrou os pães ofertados. Ficou muito feliz, voltou correndo para casa e falou à companheira: Enaltecimento e louvor ao Senhor, abençoado seja o seu nome, pois não desdenhou a dádiva de um pobre; eis que ele comeu os pães enquanto ainda estavam frescos. E advertiu a mulher de que a partir de então preparasse cada Sábado pães de exposição para a Arca. Falou: Nada temos que poderíamos ofertar ao Senhor, agora vemos que o pão lhe agrada; portanto, é nosso dever continuar a alegrá-lo. E eles praticaram o costume com grande fervor, semana após semana.

ACONTECEU ENTÃO, certa vez, que o homem da lei, cuja prédica havia comovido o cândido estrangeiro, já estava na casa de oração na sexta-feira a fim de ensaiar a prédica de advertência que proferiria no Sábado, quando o crente veio com os dois pães, aproximou-se da Arca da Aliança, colocou-os lá dentro e começou com alegria íntima e devoção a proferir a oração costumeira. Não reparou que o pregador estava presente, vendo e ouvindo tudo. Mas este se irritou com a ação do estrangeiro; vociferou contra ele e disse: Tolo! Acaso nosso excelso Deus é uma criatura que necessita de comida e bebida? Com certeza o criado desta casa leva os pães e os come, e tu, desnorteado, crês e pensas que o Altíssimo os come. Não existe delito maior do que atribuir qualidades corpóreas ao Senhor; ele não é um corpo e não se iguala a um corpo. Assim o fanático flagelou com palavras cortantes o inocente homem. Não demorou muito e o criado da casa de oração entrou com a intenção de buscar os pães da Arca. Então o homem da lei gritou-lhe: Confessa em voz alta: Por que vieste agora aqui? Quem foi que roubou os pães que este homem costuma trazer todas as semanas? Então o bedel confessou a verdade e disse que os pães tinham sido comidos por ele.

Assim esclarecido, o prosélito começou a chorar e a lamentar; disse que interpretara as palavras da prédica conforme foram ditas; imaginara honrar o Senhor e não sabia que cometia tal pecado.

O homem ainda não terminara de falar, quando surgiu um mensageiro do santo Rabi Isaac e disse ao pregador o seguinte, em nome de seu mestre: Volta e toma providências em tua casa, pois amanhã não estarás mais vivo. Uma voz do céu anunciou isso!

O homem da lei então ficou assustado com o que ouviu. Correu ao vidente, prostrou-se diante dele e perguntou: Em que pequei e qual é o meu delito, para que eu não deva viver mais? O santo levantou-se e falou: Desde o dia em que o Templo foi reduzido a cinzas e não mais foi ofertado sacrifício sobre o altar, o Senhor não sentiu mais alegria. Eis que veio este estrangeiro para cá e na ingenuidade de seu coração ofereceu-lhe pães de exposição; o suave aroma chegou ao Senhor. Tu, porém, aniquilaste tal serviço e assim a morte te foi imposta pelo céu; não tens salvação.

O PREGADOR voltou para casa e anunciou suas últimas disposições. No Sábado, na hora em que deveria iniciar a prédica, seguiu para a casa da eternidade, conforme o homem de Deus predissera.

16. A Viagem de Sonho

NA ÉPOCA de Rabi Isaac Luria, vivia num país um rei que atormentava duramente os judeus sob sua proteção. Um dia ocorreu-lhe exigir deles uma soma elevada e esta deveria ser arranjada em curto prazo. Caso isso não se desse, seriam todos expulsos do país. Sobre o decreto foi feito um documento selado com o sinete do rei. Cópias foram enviadas a todas as províncias do reino. Os judeus do país jejuaram, prantearam e oraram fervorosamente a Deus; vestiram sacos e espalharam cinzas sobre suas cabeças. Tiveram então a inspiração de dirigir-se em sua aflição ao vidente Rabi Isaac Luria. Elegeram dois homens e enviaram-nos ao sábio.

Os emissários fizeram-se à vela com bons ventos e foram a Safed. Chegaram à cidade no dia dos preparativos para o Sábado e foram imediatamente ter com o mestre. Este estava sentado envolto em vestes brancas e rodeado de discípulos; sua face resplandecia como o firmamento e ele parecia um anjo de Deus.

Os recém-chegados recuaram humildemente quando viram o santo. Ele, porém, falou: O que voz conduz a mim? Eles responderam: Nosso senhor e mestre, que vivas eternamente! Viemos pedir à tua santidade que ores por nós, para que não pereçamos. E relataram acerca do infortúnio que ameaçava seus correligionários. O vidente respondeu: Não fica bem pensar em tristezas no Sábado. Ficai aqui até o término do dia santo; depois tereis a ajuda de Deus. Não temais e não vos preocupeis. E ele os consolou, e seus espíritos se reanimaram.

À noite, depois de proferida a bênção do término do Sábado e da aproximação do dia do trabalho, o Rabi falou aos discípulos e aos visitantes: Cada um de vós tome uma corda comprida e venha comigo. E foram ao campo e chegaram a uma cova profunda. Ali o vidente mandou que parassem e lançassem as cordas que traziam consigo. Os discípulos assim fizeram. Depois ele ordenou-lhes que puxassem as cordas. Admiraram-se de que isso exigia esforço e sentiram que um objeto pesado pendia das cordas. Quando o puxaram, viram que haviam retirado uma belíssima liteira; dentro dela dormitava um rei. Assombro percorreu os que estavam em volta da cova. O santo, porém, aproximou-se do dormente, sacudiu-o e clamou: És tu o soberano de coração duro que impôs tantos fardos pesados aos hebreus de seu país? O bruscamente sacudido confessou que sim. Então o vidente apanhou um balde sem fundo e disse ao soberano: Retira água desse poço com o balde até o amanhecer. O rei então gritou e disse: Mesmo que eu viva mil anos, com esse balde não conseguirei esgotar a água do poço. Então o Rabi Isaac falou: Achas que isso é inexequível. Como então uma pobre tribo irá arranjar o dinheiro que desejas? O rei respondeu: Vou revogar a ordem, mas poupa minha vida. Rabi Isaac falou: Tens que selar a promessa com teu sinete.

NA MANHÃ SEGUINTE o rei despertou de seu sono e considerou o acontecido um sonho, pois se encontrava no seu ambiente habitual. Falou para si: Sonhos são ilusões. E não mais pensou no acontecimento noturno. Chegado o dia em que os judeus deveriam pagar o pesado tributo, os dois emissários apareceram e apresentaram ao rei o novo documento. O soberano reconheceu o seu sinete e falou: Estais com a razão! Deu-lhes presentes e os dispensou em paz.

17. *O Cão Preto*

NA ÉPOCA do mestre Rabi Isaac Luria, vivia numa cidade um devoto homem de nome Abraão. Ele era rico e generoso, e tinha as mãos abertas para os pobres; sua mulher, porém, mantinha um negócio. Na vizinhança do devoto vivia um judeu, e este muitas vezes ia à loja da mulher. Mas este vizinho adoeceu repentinamente e caiu de cama, e nenhum médico pôde ajudá-lo; morreu sob grande sofrimento.

Alguns anos mais tarde, apareceu na região um feio cão preto, e este rodeava sempre a casa do devoto homem. As pessoas o temiam, pois ele parecia um demônio. Enxotavam-no com paus, mas ele sempre voltava ao mesmo lugar. Todas as manhãs, quando Rabi Abraão deixava sua casa a fim de ir ao local de oração, encontrava o cão à porta da casa. O devoto o enxotava e fechava bem a porta, mas o cão não se deixava afastar.

ACONTECEU então, um dia, que Rabi Abraão esqueceu de trancar a porta. Imediatamente o cão a abriu e entrou na casa; correu de quarto em quarto até chegar ao aposento onde a mulher do devoto estava deitada na cama e dormia. O cão pulou para cima do leito, mordeu a mulher e feriu-a gravemente. Depois fugiu e não mais foi visto. Mas a mulher gritou tão alto que sua voz foi ouvida na casa do mestre Rabi Isaac. Também seu marido correu ao mestre e pediu-lhe que esclarecesse o caso. Então Rabi Isaac falou: Tua mulher tinha convencido com presentes teu vizinho, que morreu há anos, a dormir com ela; agora sua alma entrou no cão preto e este hoje vingou-se nela do pecado incorrido.

Em seguida, a mulher foi intimada a dizer a verdade e confessou sua culpa.

18. O Dedo Dançante

NA ÉPOCA do mestre Rabi Isaac Luria, aconteceu o seguinte caso na cidade de Safed, na Terra Santa. Alguns jovens tinham ido passear no campo. Quando pararam para descansar, viram subitamente um dedo sair da terra e mover-se para a frente. Então um dos rapazes gritou com petulância: Quem coloca seu anel neste dedo, conforme é costume num casamento? Imediatamente um deles ofereceu-se para isso; colocou seu anel no dedo saltante e proferiu as palavras que são ditas num casamento. O dedo imediatamente desapareceu junto com o anel. Então os jovens estremeceram e retornaram perturbados à cidade.

Passou-se algum tempo e o ocorrido foi esquecido. O jovem que se mostrara tão ousado ficou noivo de uma moça. Chegado o dia do casamento, a comunidade reuniu-se a fim de proferir as sete bênçãos diante dos noivos. Ouviu-se então uma voz de mulher lamentar e falar: Que mácula o noivo encontrou em mim para querer casar-se com outra, quando prometeu casar-se comigo? Chamai os juízes e concedei-me o meu direito; caso contrário, mato noivo e noiva. Vede, o anel está em minha mão. E a mulher estrangeira mostrou o anel aos presentes, e estes o reconheceram como sendo o anel do noivo, pois seu nome estava gravado nele. O pai da noiva então levou sua filha embora e foi com ela para casa. Assim o dia de alegria tornou-se um dia de tristeza.

O CASO foi levado ao mestre Rabi Isaac Luria, e este mandou chamar o rapaz e lhe falou: Se queres te casar com a mulher-espírito, então faze-o; mas, se tens medo dela, eu te libertarei dela. O jovem respondeu: Quem é tão insensato em querer uma demônia para mulher? Mas o que devo fazer contra a minha má sorte? Antes tivesse quebrado uma perna naquele dia e não teria saído de casa! O Rabi então chamou seu criado e ordenou-lhe que fosse buscar a mulher-espírito. O mensageiro procurou a demônia por toda parte, mas não conseguiu encontrá-la. O Rabi falou: Ela ficou na casa do rapaz, mas está escondida com medo de mim. Vai lá mais uma vez, põe-te diante da escada que leva ao telhado e brada: Fui enviado a ti por meu mestre; se vieres, está bem; se não, ele excomungará a ti e à tua estirpe. O criado foi ao lugar indicado e falou as palavras que o Rabi lhe dissera. Então a demônia desceu do telhado e acompanhou o mensageiro. O Rabi falou à mulher-espírito: O que achaste neste jovem, para quereres justamente casar com ele? Por que não escolhes para marido um espírito, como o és também? A mulher respondeu: Então essa é a tua sentença? Quando um já noivou comigo, devo casar-me com outro? O mestre respondeu: Teu noivado com o jovem é nulo, pois ele nunca viu teu rosto e não podia saber que és uma diaba: só colocou o anel em teu dedo por brincadeira. Mas também a isso a mulher-espírito soube responder-lhe. Então o mestre gritou com ela e falou: Embora o direito não o exija, vou pedir ao jovem que te dê uma carta de divórcio; mas, se não quiseres recebê-la, eu te excomungo com tudo o que é teu. E ele chamou o escriba e mandou-o escrever um documento de divórcio.

A diaba foi obrigada a receber a carta; o mestre ainda a excomungou, de forma que ela não pudesse fazer nenhum mal ao noivo e à noiva.

19. *Rabi José Bagilar*

O JUSTO RABI JOSÉ BAGILAR mantinha na cidade de Safed uma casa de estudos que fora fundada por Rabi Isaac Luria. Esse homem também pesquisava muito nos segredos da Cabala. Então foi atacado por uma doença, da qual deveria morrer. Estudiosos da Escritura subiram do Egito para visitá-lo, e ele lhes falou: Vou reunir-me ao meu povo na sexta-feira de tal e tal mês. Depois mandou chamar o encarregado do cemitério e combinou com ele o necessário. Chegado o dia, mandou dizer ao vigia que subisse e cavasse uma cova enquanto o sol ainda brilhava, pois o justo queria apresentar-se bem preparado na véspera do Sábado diante do semblante do pai celestial. E o vigia agiu conforme a ordem.

Passada a hora do almoço, o criado do cemitério foi enviado ao justo a fim de perguntar pelo seu estado. Este veio e ficou parado diante da porta da casa. Rabi José perguntou se a sepultura estava pronta e o criado respondeu afirmativamente. Então o justo falou: Agora vou partir; aproximai-vos todos, para que eu vos abençoe. E deu a bênção a cada um dos seus familiares. Depois juntou os pés sobre a cama, definhou, morreu e se reuniu ao seu povo, velho e farto de viver. Que sua alma floresça no ramalhete dos vivos!

20. Naftali, o Sacerdote

O FAMOSO MESTRE Naftali, o sacerdote, seguiu para a Terra Santa quando envelheceu. Quando alcançou a capital da Turquia, caiu doente e disse que ia morrer; informou também exatamente o dia e a hora em que sua morte ocorreria. A todos os que rodeavam o seu leito – e eram perto de duas mil pessoas – disse qual alma residia neles e quando iriam perecer. Depois determinou a quem seria confiado ocupar-se de seu enterro; a honra seria dada apenas àqueles que haviam compartilhado do espírito do mestre. A esses também pediu que ficassem com ele; os demais tiveram que deixar o quarto. Enquanto ainda falava, apareceu o anjo da morte, envolto em magnífica roupagem. O doente então disse-lhe as seguintes palavras: Pensas que não te reconheci? Quando te encontrei em caminho eras um mendigo, e agora apareces como um poderoso diante de mim. Vai-te daqui, malvado, nada tens a fazer aqui, não preciso de ti. E ele falou duramente com o mensageiro da morte e se debateu fortemente. Mas os homens que estavam presentes foram tomados de medo e terror. Então o mestre mandou que todos saíssem; apenas o escriba da Torá e o bedel da casa de estudos, um ancião de cento e dez anos, puderam ficar. O devoto pediu ao escriba que desenhasse o Nome Sagrado na janela e na porta do quarto. Feito isso, ele falou: Agora atentai para o que vai acontecer; oxalá pensem nisso toda a vossa vida. E ele clamou: Bem-vindo, meu pai! Bem-vindo, pai de meu pai! E dessa maneira saudou muitos homens respeitáveis, apresentando também as boas-vindas a anjos. Enquanto ainda falava, ouviu-se bramir uma chuva repentina, e chamas se ergueram do leito. Isso durou por uma hora inteira.

O bedel e o escriba não se atreviam a erguer os olhos, tanto era o medo que paralisara seus membros. Mas o mestre falou: Sabei que meu corpo guardou a alma de Ezequias, o rei de Judá; vós, que me levareis à sepultura, também possuís uma centelha de minha alma. Ordeno-vos, portanto, levar meu esquife após a minha morte a Hebron e enterrar os meus ossos ao lado de Ezequias. Os homens anotaram isso. Depois o mestre pediu que se afastassem por alguns instantes e, quando voltaram, encontraram-no morto. E tudo o que ele predisse aconteceu.

21. A Lenda do Menino Profeta

NO INÍCIO do quinto século após a destruição do Templo, vivia na Terra Santa um homem de excepcional devoção e sabedoria, de nome Rabi Pinchas. Esse devoto possuía o dom de fazer milagres por meio da proferição do Verdadeiro Nome de Deus. Mas ele nunca cometeu o pecado de abusar desse dom. Muitas vezes sentiu o desejo de ir à Terra de Edom e derrubar o governo ímpio utilizando-se do Nome Sagrado. No entanto, fazia sempre exame de consciência e falava para si: Devo eu, um verme e ínfima criatura, antecipar-me ao Rei do Mundo, o qual algum dia dará por si um fim à escuridão? Chegada a época, o Senhor procurará o grande exército que está nas alturas, conforme o profeta prometeu. Com esses pensamentos o espírito de Pinchas se acalmava. Chorava para si e falava: O que o Senhor pretende fazer na terra e no céu, que o faça.

A esposa do devoto chamava-se Raquel e era uma mulher de bela aparência e temente a Deus de coração. Apenas não lhe foi dado ter filhos. Pedia conselho às mulheres sábias e fazia tudo o que elas mandavam, mas não adiantava. Ela se queixou de seu sofrimento ao Senhor e bradou: A matriarca Raquel chora a sorte de seus filhos, eu choro diante de ti pela sorte de minha alma. Cada manhã, depois que lavava o rosto, e conforme o costume devoto, enrolava a cabeça num lenço e vertia lágrimas de dor. Quando seu marido voltava, à noite, da casa de oração, ela lhe lavava os pés e comia pão com ele; durante o dia ela se abstinha de qualquer alimento. Mas o santo Rabi Pinchas não olhava sua face; também jamais gracejara com ela.

Aconteceu, então, uma noite, que Raquel apresentou sua súplica ao Senhor e clamou: Senhor do Universo! Tu és o Deus vivo, e teu nome é vivo. Sei que estou livre de pecado e, caso eu tenha errado, meu marido não é culpado de nenhuma maldade. E mesmo que ambos sejamos pecadores, recorda-te do que falaste a teu respeito: "Sou um Deus que concede clemência a milhares". E a mulher prostrou-se e falou: Faze-o por amor a teu nome, tua fidelidade, tua divindade e tua grandeza e atende à prece de tua serva. E a mulher de Rabi Pinchas chorou e suspirou; pensou que o marido dormia. Mas o devoto ouvira sua lamentação. Ergueu-se de seu leito e falou: Senhor, ó Deus de Israel, inclina teu ouvido à voz de tua serva Raquel. Quando a mulher ouviu a prece de seu marido, caiu por terra diante dele, segurou seus pés e clamou: Conjuro-te, pelo nome sagrado que te é dado pronunciar, ora a Deus, para que nos conceda um filho. Nessa hora Rabi Pinchas, tremendo e coberto de suor, iniciou uma prece e o Todo-Poderoso atendeu. Sua mulher Raquel ficou grávida.

A CRIANÇA ficou no ventre da mãe durante seis meses. No primeiro dia do sétimo mês, que era o quinto dia da semana corrente, uma hora após o alvorecer, quando o céu estava sob o signo do planeta Júpiter e da constelação de Balança, a mulher de Pinchas teve um menino. O nascimento ocorreu no dia do Ano Novo do ano 520 após o incêndio do Templo e a criança recebeu o nome de Nachman.

Mas, mal o menino saíra do ventre de Raquel quando se levantou e em seguida se prostrou diante de sua mãe, dizendo-lhe as palavras: Acima do firmamento que vedes, existem ainda novecentos e cinqüenta e cinco céus. Muito acima existe um espaço onde estão os quatro animais sagrados que apóiam o trono de Deus. Acima do trono da glória tudo é puro fogo e também os servos do Senhor são chamas.

Quando o pai do recém-nascido ouviu o filho falar dessa maneira, gritou com ele e mandou que se calasse. Então o menino emudeceu e ficaria assim durante doze anos. Sua mãe se lamentava e dizia: Tive um filho. Ai, oxalá eu jamais tivesse tido um filhinho!

O MENINO Nachman, porém, era muito bonito. Um dia, quando Rabi Pinchas voltou da casa de estudos, Raquel lavou seus pés, conforme era seu costume. Depois trouxe a criança e a colocou no colo; mas logo caiu diante do marido, abraçou seus joelhos, chorou e disse, beijando as plantas de seus pés: suplico-te, devolve a fala ao menino ou faça com que ele morra. Então Rabi Pinchas olhou pela primeira vez para a face do filho e viu que ele era sobremaneira belo; debruçou-se sobre ele e beijou-o três vezes. Vendo isso, o espírito de Raquel se acalmou. Mas Rabi Pinchas lhe falou: Levanta-te, tua face não deve tocar a terra. Raquel jamais contradissera o marido ou contrariara suas ordens. Mas Rabi Pinchas também nunca magoara sua mulher. Portanto, ela se levantou do chão e Rabi Pinchas falou: Qual é teu desejo sobre o que deve acontecer ao menino? A mulher respondeu: Que aconteça com ele o que é vontade de nosso Deus.

O devoto disse a isso: Sei que desejas que eu desprenda a língua do menino. A mulher retrucou: Sim, meu senhor. E novamente ela caiu a seus pés e suplicou-lhe. Então Rabi Pinchas disse: Ai da criança! Nele reside tanta sabedoria e não lhe é dada vida longa. O desejo de sua mãe é que lhe seja restituída a fala, mas eu sei que o menino falará palavras que farão os homens estremecer. Raquel disse: Meu senhor, então faze com que ele expresse seus vaticínios de maneira velada. Então Rabi Pinchas apertou seus lábios contra os lábios de Nachman e ordenou e o conjurou a revelar abertamente o que seu espírito de profeta lhe inspirasse, e que apenas apresentasse proferições obscuras e enigmáticas, não permitindo que nenhum mortal conseguisse desvendá-las antes de que fossem preenchidas. Depois Rabi Pinchas falou a seu filho: Agora te é permitido falar.

O MENINO então abriu a boca e começou a vaticinar sobre o Dia do Juízo. Essas profecias, das quais cada verso começa com uma outra letra do alfabeto, compõem-se de cinco trechos e foram registradas num livro aramaico. Quando Nachman parou de falar, Rabi Pinchas exclamou: Sê corajoso e forte! Nachman disse: Os dias de ambos serão longos na terra, mas eu sou vosso filho primogênito e caçula; meu pai e minha mãe me levarão à sepultura.

QUANDO parou de falar, seus pais choraram e sua tristeza foi grande. Não demorou muito e o menino morreu e foi para a eternidade.

Esta é a história do menino profeta Nachman Ketopha, da aldeia de Baream. Conta a lenda que mais quarenta justos repousam com ele na sepultura.

Epílogo:
O AUTOR E A SUA OBRA

Currículo (1865-1921)

Mica Iossef bin Gorion, com seu nome original Berdyczewski, conhecido no Ocidente principalmente como colecionador e editor dos contos folclóricos judaicos – sobretudo por este livro, *A Fonte de Judá (Born Judas)* –, foi um dos iniciadores da moderna literatura hebraica. Como narrador de formação própria, ele evocou a vida e o ambiente das últimas duas gerações da cidadezinha judaica do Leste europeu, ainda de viva recordação; como *pensador* e espírito lutador, esforçando-se a vida inteira para obter o legítimo reconhecimento da tradição, cultura e caráter de sua gente, ele foi sempre solitário, fechado e também incompreendido; como *crítico* político e social, teve uma influência decisiva sobre a juventude judaica revolucionária tanto no sentido político como no sentido religioso, juventude que estava destinada a colocar os fundamentos para a hoje alcançada independência de Israel. Era ainda um *estudioso* abnegado que se dedicou durante muitos anos a trazer à tona o antigo folclore judaico, quase soterrado até os seus dias. E, mais ainda, era um *pesquisador* independente cujas obras, que infelizmente ficaram fragmentadas, procuram encontrar e fundamentar uma resposta a questões essenciais da história primitiva do judaísmo e do cristianismo, resposta divergente das opiniões geralmente aceitas.

Dos cinqüenta e seis anos de sua vida, infelizmente curta demais para sua obra, somente pouco menos de vinte foram dados à sua maturidade criadora, durante a qual projetou a multiforme obra de sua vida. O seu desenvolvimento espiritual, na realidade a luta para a sua formação, foi longo e penoso. Descendia de uma família de rabinos – o cargo, a profissão e a vocação foram hereditariamente seu apanágio, atestado por treze gerações antes dele. Foi ele quem rompeu a corrente. Sua cidade natal, Miedzijborz, na Ucrânia, está ligada à história do Hassidismo, último movimento popular místico no judaísmo da Diáspora. Ele cresceu na pequena cidade de Dubowa, onde seu pai exerceu durante cinqüenta anos o cargo de rabino local. Desse ambiente basicamente rural de cidade pequena da Ucrânia que ele descreve constantemente em seus contos, Bin Gorion partiu à procura de instrução na escola talmúdica de Woloshin, na Lituânia, onde formou os elementos fundantes de seus conhecimentos enciclopédicos do judaísmo e ao mesmo tempo entrou em contato com a cultura hebraica secular, que era secretamente cultivada e transmitida nessa fortaleza da sabedoria rabínica. Apesar de muito jovem, ao sair já era marido divorciado, deixando atrás de si a inocente criatura com quem o casaram menino ainda, cujo pai ortodoxo expulsou, na verdadeira acepção da palavra, o genro, já então considerado herege.

Nos anos que se seguiram de imediato, tornou-se um colaborador procurado por quase todos os periódicos hebraicos. Então, nessa época da assim chamada Ilustração, sempre às voltas com o sentido do renascimento judaico, foi que ele alicerçou sua fama de escritor. Antes mesmo de ter encontrado a meta de sua vida, contraiu mais uma vez prematuramente um segundo matrimônio que durou pouco tempo e teve que ser dissolvido, desta vez por iniciativa própria. Agora, contando só consigo mesmo, em conflito com a família, desambientado, cada vez mais cético também em relação à real importância dos valores tradicionais herdados, que deveriam ser bem conhecidos antes que fosse permitido servir-se deles. De tudo isso, havia uma saída apenas: estudar. Com a idade de vinte e cinco anos, deixou em 1890 sua terra natal. Em Odessa, sua última parada no âmbito de origem, – e então um centro da literatura neo-hebraica – empreendeu as primeiras tentativas sistemáticas de incorporar, como autodidata, a cultura ocidental. Depois foi a Breslau onde, embora sem preparo suficiente, viu-se logo matriculado na universidade. Estudou durante cinco anos principalmente filosofia, primeiro em Breslau, depois em Berlim e, mais tarde, em Berna, onde defendeu tese no ano 1896 com a dissertação "Sobre as Relações entre Ética e Estética". Esses anos de estudos, nos quais o adulto, já passado da idade escolar, em acréscimo ao quase herdado saber, conquistou ainda um segundo conhecimento secular, foram anos de amargas privações, cuja pressão aliás pesou sobre ele durante toda a sua vida.

De seus colegas de estudo, todos mais jovens do que ele, alguns estavam orientados para o sionismo e vivamente interessados na literatura hebraica, mas o que almejavam eram cargos e títulos (e, em parte, mais tarde abraçaram a carreira de rabino ou foram nomeados professores em escolas judaicas superiores); outros, voltados para a literatura alemã, formaram mais tarde o círculo da assim chamada "Cena Livre", e dessa época data a duradoura amizade que o ligou a Moritz Heimann. Retornou da

Suíça para Berlim em 1896 e continuou, mesmo fora da universidade, sempre lutando com grande necessidade material, e seus múltiplos estudos particulares que nos anos até a mudança do século lhe possibilitaram, de um lado, uma sistematização de seu enorme conhecimento rabínico, de outro, através da língua alemã, dominar o pensamento clássico e moderno em todas as suas transformações; nessa época adquiriu também uma singular e soberana intimidade com a literatura alemã, que o capacitou mais tarde a descobrir produções envoltas em roupagens de seu tempo e como tais desapercebidas. (Citamos, como exemplo do início do século, as memórias do operário Carl Fischer, editadas por Paul Goehre, onde ele homenageia, a seu ver, o maior prosador da língua alemã.) Naquele período, que termina mais ou menos em 1899, sua atuação literária adquiriu feição própria; os primeiros esboços e narrativas, em parte dedicados ao ambiente do gueto do qual provinham, em parte dedicado também ao destino de uma geração de jovens que, como ele, dolorosamente se desprendiam da herança paterna e lutavam por uma solução nova do problema judaico, aparecem inicialmente dispersos e depois reunidos; esses artigos, que mais parecem, em sua forma e conteúdo, fragmentos onde um questionador apaixonado contrapôs a todo o "Certo" o "Talvez também não" ordenados por ciclos em pequenos cadernos, eram como que apelos à juventude hebraica e foram entusiasticamente recebidos e não menos entusiasticamente combatidos. A personalidade do autor se expressara; mas a forma artística, que haveria de encontrar, mal começava a esboçar-se. Sua própria luta por reconhecimento, a necessidade espiritual de criar e a nacional de um hebreu de nascimento em quem a angústia milenar nunca encontraria paz o forçavam constantemente; mas, embora pudesse idealizar seu objetivo, ainda estava longe de qualquer realização.

A mudança se deu com seu casamento. No ano de 1899, conheceu em Berlim a então estudante de vinte anos Rahel Ramberg, a qual fora recomendada por seu pai, um editor hebraico de Varsóvia, ao famoso escritor de cuja vida e sobrevida e – ela o sobreviveu por trinta e quatro anos – haveria de participar! Casaram-se em 1902 e estabeleceram-se em Breslau. A esposa, dentista de profissão, sustentou a ambos, parcamente, com sua pequena clientela no bairro pobre onde viviam; contudo, ele conseguiu, graças à sua ajuda, dedicar-se exclusivamente ao seu trabalho durante todos os dez anos em Breslau. Ambos tinham a vantagem – o que na vida, naturalmente, era às vezes bastante amargo – de nessa cidade (que com seu meio milhão de habitantes era uma verdadeira cidade provinciana) não possuírem literalmente nenhum amigo, talvez um ou dois conhecidos; a solidão, indispensável ao trabalho era pois, naturalmente, forçada, mas não menos frutífera do que se fosse deliberadamente escolhida. Com o mundo exterior, deste e daquele lado da fronteira (a literatura hebraica de então estava quase que exclusivamente concentrada nas províncias fronteiriças do leste do reino czarista), ele estava em contato por meio de uma volumosa troca de correspondência; sua leitura consistia, de maneira crescente, em textos e manuscritos, que mandava vir freqüentemente de bibliotecas distantes e dos quais extraiu milhares de testemunhos e provas. A sua capacidade de narrador amadureceu naquela época, quando aumentou a distância em relação à sua vida anterior, o mesmo ocorreu com o publicista e inclusive o teórico do judaísmo, o qual, podendo influenciar ativamente, e de longe, os acontecimentos dentro de sua comunidade, soube aproveitar as querelas e discussões suscitadas pelo dia-a-dia para tornar frutíferas suas reflexões íntimas e independentes.

Em sua época de Breslau veio também à tona sua capacidade de pesquisador; ele reconheceu no coletar e ordenar mitos e lendas de sua tribo uma meta de vida depois que a procura pelo âmago e espírito da mais antiga tradição judaico-israelita o levou, através da literatura rabínica de todas as categorias, até as origens da antiguidade judaica. Assim surgiram, inicialmente em manuscrito, os fundamentos de uma vasta obra de ciência bíblica e de um arquivo de lendas que se completava dia a dia. Os seus méritos de erudito e artista reuniam-se ainda num trabalho especial, o qual coroa a obra literária em idioma hebraico de Mica Iossef bin Gorion: a renarração de histórias populares judaicas, fiel ao espírito das fontes anônimas, mas com a característica própria do autor mencionado.

Em 1911, transferiu-se com a família para Berlim e estabeleceu-se em Friedenau. Mais uma vez lhe foram dados dez anos de criação e realização. Sua esposa desistiu da clínica e dedicou-se também completamente à obra do esposo e tornou-se, graças à sua aptidão especial de tradutora, sua intérprete ou, conforme Heimann, "sua boca". A partir de 1912 surgiram na versão alemã, em alguns volumes, *As Lendas do Povo Judeu*, uma obra-padrão no sentido editorial, na qual os mitos e interpretações judaicos não-bíblicos foram apresentados pela primeira vez aos leigos e eruditos em paralelo ao Primeiro Livro de Moisés; seguiu-se, a partir de 1916, o mais popular, *A Fonte de Judá*, a coletânea dos contos e narrativas judaicos pós-bíblicos e pós-talmúdicos. Uma terceira grande coletânea – *1001 Histórias do Talmud* – não chegou a ser levada a cabo; algumas, menores (*Lendas Messiânicas* e *Os Dez Mártires*), foram publicadas postumamente. Nos seus últimos anos em Berlim, dão-se ainda suas descobertas no campo da história primitiva do cristianismo, que ainda permaneceriam sob forma de manuscrito durante décadas. Depois de longa pausa, ele retornou à literatura hebraica em 1918 e conseguiu, com o favorecedor auxílio de um mecenas fielmente ligado à sua obra, A. J. Stybel, terminar de imediato sua obra literária e por fim preparar uma edição completa. Dois anos antes de sua morte, recebeu a malfadada notícia dos *pogroms* da época da guerra civil na Ucrânia, que vitimaram toda a população da cidadezinha de Dubowa, na qual crescera, inclusive seu velho pai, o Rabi Moisés Aarão Berdyczewski, de setenta e cinco anos. Isso o abalou em demasia. Suas forças já estavam enfraquecidas anteriormente, devido ao trabalho e às privações, e ele não sobreviveu ao golpe. Faleceu no dia 18 de novembro de 1921 e foi sepultado no cemitério de Berlim-Weissensee.

A primeira edição completa de seus escritos hebraicos, preparada por ele, foi impressa em Leipzig e lançada em vinte volumes nos anos de 1921-25.

Sua viúva, a tradutora de sua obra editorial, terminou as *Lendas do Povo Judeu* e a *Fonte de Judá* dentro do esquema prefixado. No ano de 1926, junto comigo, o único filho, publicou também, do espólio, a obra de ciência bíblica *Sinai e Garizim* (sobre as origens da religião israelita). No ano de 1936 mudamo-nos para Tel-Aviv, onde o trabalho foi continuado. Nos anos de 1939 a 1945 apareceu pela primeira vez a coletânea completa dos textos hebraicos, que também contém todos os originais referentes às histórias da *Fonte de Judá*, numa edição de seis volumes. Um ramo lateral de sua obra literária hebraica, *Os Escritos Ídiches*, foi reeditado em 1948, em Nova York, com um prefácio de Rahel bin Gorion. E ela escreveu também a introdução biográfica para a edição completa e definitiva de suas obras hebraicas, iniciada em 1951 e terminada em 1955, ano em que morreu; nos seus últimos anos de vida, traduziu para o hebraico alguns capítulos importantes das pesquisas eruditas de Bin Gorion, originalmente redigidas em alemão, tomando assim também parte espiritual decisiva na redação dos estudos neotestamentários legados, os quais são publicados somente hoje, uma geração após o desaparecimento de seu autor.

Deve-se acrescentar ainda à biografia póstuma de Mica Iossef bin Gorion que sua biblioteca particular foi transferida em 1945 para a cidade de Tel-Aviv e forma a base para uma biblioteca pública que traz o seu nome; do mesmo modo, uma das colonizações mais recentes, fundada em 1955 por imigrantes da África do Norte nas montanhas de Judá, a aldeia chamada de *Sedot Micha* (aproximadamente Campo de Mica), tem uma casa dedicada à sua memória, para a qual foi levado seu arquivo de lendas.

Os Escritos

Os escritos em prosa de M. I. bin Gorion são denominados com o título global de *Maamarim*, palavra que no hebraico contemporâneo significa simplesmente "Composições", no medieval "Tratados" e no antigo "Sentenças" ou "Ditos". Estão ordenados como escritos críticos da literatura antiga e neo-hebraica, em questões de povo e folclore, comunidade e país, em problemas da fé e do pensamento puro. No total são discussões do problema judaico, confissões avulsas onde, em confronto com as opiniões oficiais da boca de dirigentes religiosos, espirituais e políticos, o autor procurou compreender o judaísmo a partir de si mesmo, pesquisando suas origens ocultas. Pretendeu descobrir e reanimar valores que, soterrados, esquecidos ou conscientemente abafados, haviam sido alguma vez influentes ou até decisivos – justamente ao romper de uma época em que os dispersos foram acometidos do ardente desejo de retornar à casa abandonada. Seu postulado revolucionário estava fundamentado numa tradição que, não sendo menos venerável, talvez fosse mais legítima do que a reinante. Por isso, suas dúvidas não eram ceticismo nem heresia, mas vinham de um conhecimento que era um só com a crença e que, com toda a agudeza da crítica objetiva, sempre foi justo, mesmo onde errava, porque era intimamente sofrido.

As *Narrativas* de bin Gorion – também sua beletrística usa um nome conjunto: *Sipurim*, o que significa "Narrativas" ou "Histórias" – possuem na sua prosa didática o mesmo pensamento básico, ou seja, que o judaísmo rabínico de culto medieval perdeu a antiga herança, mas esta inconscientemente continuou influindo no povo que a leva adiante; e, mesmo ao descrever as pessoas de uma típica cidadezinha judaica do Oriente europeu da segunda metade do século XIX, não só fiel ao seu modo de vida como também espiritualmente, o narrador mostrou essa herança em sua luta latente pelo direito de viver. Todas as suas narrativas trazem o cunho das lembranças pessoais de onde foram tiradas. Os relatos do primeiro período são realmente narrações feitas na forma do eu, embora não necessariamente de caráter autobiográfico, mas referentes ao narrador no sentido de que ele também compreendeu as figuras atuantes sob o aspecto de sua própria vida e experiência e quase as identificou consigo mesmo; tais narrativas dessa época inicial do autor causaram grande impressão, que vigora até hoje, e possuem um tom imediato, às vezes lírico-elegíaco, constituindo sua subjetividade justamente a sua força. No período da maturidade, as recordações foram totalmente evocadas a partir da psicologia dos personagens atuantes, e o narrador, mesmo quando indica a própria pessoa – como a do contemporâneo e da testemunha ocular –, fala como um filho anônimo da cidadezinha, com cuja coletividade ele se identificou. Nesses esboços e narrativas – que pelo tamanho são *short stories*, mas que conteúdo compacto talvez possam ser chamadas de "Pequenos Romances" – flutua também por vezes um ligeiro senso de humor e há uma inclinação para o idílico; são pequenas obras-primas que, precisamente por serem o ponto de partida e o ambiente tão específicos, podem agir sobre as pessoas de outra educação e outras condições de existência com a espontaneidade do experimentado e vivido. Nos seus últimos anos de vida, o narrador chegou a um terceiro grau de descrição que pode ser chamada de mítica ou mágica; não só a sua pessoa, mas também a cidadezinha com toda a sua gente lhe serviram de meio, no qual não apenas se refletiu como se manifestou a história e a sorte do povo desde os seus primórdios. Isso é válido sobretudo para sua última obra, seu único romance: *Miriam* – uma obra fragmentária na estrutura, que também ficou assim no aspecto externo (dois dias antes da morte, levou-a a um final provisório e escreveu por baixo: "terminado, mas não completo") – um livro provavelmente sem equivalente no mundo literário, uma crônica de muitas vidas entrelaçadas, cada qual situada também na corrente da encarnação do passado histórico e lendário, que é ao mesmo tempo testamento e última vontade do autor e necrológio das cidades destruídas de onde veio.

Como *renarrador* de lendas, o artista bin Gorion atingiu o seu apogeu: aqui deu ao povo o que era do povo, sem interpretar ou colorir, renovando os valores narrativos talmúdicos e pós-talmúdicos numa acabada linguagem clássica em estilo hebraico antigo. Esse trabalho seu, intitulado na última edição *Tzefonot we-Agadot* (aproximadamente *Mitos e Lendas*), termina sua obra literária de três partes, com uma criação de cunho uniforme à qual ele próprio, de tudo quanto escreveu e renovou durante sua vida, concedeu a palma.

Para a Fonte de Judá

De sua obra literária – também lá, onde renarra lendas – cabe separar o trabalho *editorial*, a coletânea de *textos* de contos e lendas como tais, e sua publicação no texto sem retoque e tradução literal mais possível. Nesse campo, ele foi um precursor e constante preservador. Na *Fonte de Judá* não só conseguiu trazer à tona o característico da criação popular narrativa judaica como também conservá-la em sua forma válida. Nas obras clássicas das literaturas populares temos no essencial dois tipos rigorosamente diferenciados um do outro: um, que se baseia diretamente na tradição oral (como a exemplar coletânea de Grimm) e outro que, embora anônimo como este, se utiliza da forma literária (como, por exemplo, *Gesta Romanorum* ou as *Mil e Uma Noites*). A *Fonte de Judá*, e esta é sua característica especial, mantém-se no meio entre os dois. Baseia-se exclusivamente em fontes escritas – são textos quase só medievais –, mas que, como tais, foram escritos sem intenção e, justamente naqueles tempos em que o hebraico era somente linguagem da escrita e dos eruditos, refletem o espírito da língua hebraica popular e para nós representam o seu único testemunho. Bin Gorion colheu-os de algumas centenas de livros da literatura rabínica, pertencentes às mais diversas disciplinas teológicas, os quais na maioria das vezes se desviam subitamente para um conto, uma parábola ou uma lenda. Ele pôs seus dotes artísticos a serviço de uma seleção apenas do significativo e do duradouro, bem como da disposição adequada dos textos individuais e sua junção em ciclos e livros. Como curiosidade convém mencionar que, tendo anunciado de início uma obra em seis volumes de tais relatos, críticos precipitados já contestavam a existência de tantos contos judaicos; mas ele teria realmente, se lhe fosse dado dedicar uma vida inteira a essa coleta, a possibilidade de incorporar ainda muita coisa soterrada. Sua obra, em todo caso, desenvolvida em mais de quarenta anos desde a publicação do primeiro volume, é reconhecida como fundamental também no sentido erudito e serve, como tal, também para a pesquisa comparada das lendas.

M. I. bin Gorion publicou a *Fonte de Judá* em volumes individuais, dos quais especialmente os dois primeiros – *Do Amor e Fidelidade* e do *Do Caminho Certo* – apresentavam diversas variantes para cada história característica, dirigindo-se assim ao mesmo tempo a leigos e eruditos. Como o material à mãos continuasse crescendo, abandonou esse rumo nos livros posteriores e, mesmo assim, quando iniciou o quinto volume, teve de reconhecer que seis não seriam suficientes.

Entrementes a morte o atingiu e a obra foi levada a cabo seguindo seu primeiro esquema. Mais tarde, mostrou-se necessário introduzir uma outra ordem em todo material abrangido por ele, a qual, já delineada pelo compilador, foi realizada na época pelos curadores de seu espólio, na assim chamada *Nova Edição*, que também é seguida pela presente.

A *Fonte de Judá* é composto de fontes que se estendem por mais de um milênio e reflete, na medida em que suas narrativas se encontram num quadro histórico, a história judaica como totalidade, a qual abarca mais de três mil anos. A seqüência da matéria em um volume também se baseia de modo geral na ordem cronológica dos acontecimentos narrados (não tanto em categorias de parentesco de conteúdo ou estilo ou pela época de composição dos diversos artigos). O início é formado pelos *Contos Bíblicos*, os quais na verdade são de origem posterior: histórias fantásticas medievais, e até pós-medievais, cujos heróis são figuras bíblicas. Seguem-se as *Histórias* pós-bíblicas, que acompanham principalmente a época do Segundo Templo e das quais também faz parte o não-judaico, mas legitimamente contido no judaísmo, como o ciclo de relatos em torno de Alexandre, o Grande. *Do Reino do Ensinamento Oral* e *Lendas* – o terceiro e o quarto livro de nossa seqüência – refletem a época da exclusiva soberania espiritual-religiosa que substituiu a soberania nacional do Primeiro e do Segundo Templo no final da Antiguidade; formam estas, com os mestres talmúdicos como heróis, aquela série de histórias e exemplos que representam o específico da arte fabulista judaica pós-bíblica e, com sua áspera ética e a renúncia à amplitude épica, são originais em seu sentido próprio. A série de *Lendas* não está ligada a nenhuma época, da mesma forma que o ciclo *Sabedoria e Tolice*, que ilustra a influência da ideologia oriental e da arte narrativa sobre o judaísmo medieval. A parte *Nos Países da Dispersão* liga-se mais uma vez à época bíblica, descreve as primeiras etapas da Diáspora e os mestres da exegese, filosofia e mística e fornece, ao mesmo tempo, com seus relatos lendários, e não só lendários, sobre os mártires e locais de martírio, um espelho de uma infinita história de sofrimento que seguiu e segue paralela à história espiritual e religiosa. Sob o mesmo signo colocam-se os ainda posteriores "Contos Populares", em que domina ainda mais o elemento místico e que vão até o limiar do século XIX. Um ciclo especial é formado pelas narrativas *Na Terra Santa*, emanações da nostalgia nacional dos filhos banidos da *Mesa do Pai*.

O nome da tradutora está intimamente ligado à *Fonte de Judá*. A esposa do colecionador, cujo nome de solteira era Rahel Ramberg, descobriu esse seu dom somente depois de seu trigésimo ano de vida, primeiro com a tradução das *Lendas do Povo Judeu*, baseada na Bíblia luterana, que impressionou o leitor literário. No prefácio ao primeiro volume de *A Fonte de Judá* constava: "A tradução é literal e não acrescenta nada aos originais". Mesmo assim existe uma diferença. Os originais são quase todos desajeitados na expressão, pobres de vocabulário, com uma utilização às vezes até incompreensível das mesmas e poucas palavras; era como se, após a ênfase bíblica e a precisão talmúdica, a criatividade no espírito popular judaico pudesse expressar-se apenas no conteúdo e pelo ensinamento do conto popular anônimo. A característica da transposição, por sua vez, é a multiplicidade dos sinônimos empregados; palavra por palavra, mas sempre uma outra.

Rahel bin Gorion, excelente hebraísta, tinha uma relação criativa com o idioma para o qual traduzia, mas colocava seu talento exclusivamente a serviço da mediação. Cuidou também de outras obras literárias contemporâneas e pode vangloriar-se de ter descoberto e promovido alguns grandes talentos, tais como Hans Voss, o até hoje soterrado renovador da *Eda*, e Elizabeth Langasser, a qual, já marcada pela morte, chegou ainda a presenciar o início de sua fama. Uma única vez traduziu da literatura mundial de um outro idioma: a narrativa popular apócrifa de Tolstói *Depois de Quarenta Anos*, a qual falta nas edições completas existentes. Após sua imigração para Israel, atuou no campo da cultura hebraica e só mais uma vez traduziu um manuscrito do hebraico para o alemão, o livro de horrores da *Casa de Bonecas*, escrito por um dos sobreviventes de Auschwitz. Ela faleceu em 1955, no septuagésimo sétimo aniversário de sua vida, e a *Fonte de Judá*, que lhe deve sua forma, é seu legado permanente.

A primeira edição de *A Fonte de Judá* encetou-se em 1916, no *Insel-Verlag*, durante a Primeira Guerra Mundial; o compilador, ao agradecer aos seus promotores no final de seu prefácio, expressou: "Não posso também deixar de mencionar que a editora me estendeu a mão para essa obra durante os difíceis tempos de guerra". No ano de 1933, quando os detentores do poder do Terceiro Reich começaram sua obra de destruição do povo judeu, inicialmente com restrições legais, a obra passou para uma editora judaica, a editora Schocken de Berlim, dirigida por Lambert Schneider. A edição publicada por estes, em 1934, com fiel dedicação à obra, fez com que a *Fonte de Judá*, livro pertencente à literatura mundial dentro do âmbito da língua alemã, se tornasse uma cartilha de consolo para uma comunidade mais restrita e que começava a ser acometida de infortúnio. Tal comunidade reencontrou na linguagem simbólica da lenda, do conto e da narrativa popular a sabedoria, coragem e fé dos antepassados e fortaleceu-se através do legado espiritual dos perseguidos judeus medievais, no limiar de uma Idade Média moderna mais cruel e feroz do que aquela e qualquer outra época de apuros.

Desde então transcorreram vinte e cinco anos – anos em que se abateu a maior catástrofe de sua história sobre o povo judeu, catástrofe cuja recordação está marcada na carne de todo judeu sobrevivente e que não é atenuada mesmo pelo renascimento de Israel como nação. Se hoje, portanto , ainda menos de uma geração após o acontecido, dou minha mão para a renovação do livro no país do qual partiu, isso não aconteceu porque eu pudesse, devesse ou quisesse esquecer. Passou a época em que crianças inocentes podiam deliciar-se com as fábulas e histórias da *Fonte de Judá*. Passou também, o que deve ser afirmado sem satisfação, o tempo em que o próprio livro estava na, luta de defesa, em unidade com os perseguidos, torturados e queimados. Mas talvez tenha chegado agora justamente a época em que esta coletânea possa ser *interrogada* por todo aquele cujo coração é bastante humilde para que o inspire a perguntar. Ao senhor, quem quer que seja e seja qual for o idioma que fale, não quero tê-la escondido. Não desejo ser a pedra que tapa a fonte.

Tel-Aviv, no terceiro aniversário da morte de Rahel bin Gorion.

Emanuel bin Gorion
30 de fevereiro de 1958

Sumário

Prefácio para a Primeira Edição 7
Prefácio para a Edição Brasileira 11
Livro Primeiro: Fábulas Bíblicas 13
  1. *O Lobo Branco e o Profeta Moisés* 13
  2. *O Profeta e o Embusteiro* 14
  3. *Junto ao Poço* 16
  4. *O Retrato* 18
  5. *Iosua bin Nun* 19
  6. *As Jarras de Mel* 20
  7. *Os Marimbondos e o Rei Davi* 22
  8. *O Versículo do Salmo* 23
  9. *O Menino Salomão* 25
10. *A Prova de Sangue* 25
11. *O Ovo Emprestado* 26
12. *A Serpente e o Homem* 28
13. *A Rainha de Sabá* 30
14. *Na Ilha no Mar* 33
15. *O Saco de Farinha da Viúva* 34
16. *Uma Palavra do Pregador* 36
17. *Diante dos Olhos do Esposo* 38
18. *O Ladrão Trai-se a Si Mesmo* 39
19. *Os Três Bons Conselhos* 41
20. *A Linguagem dos Animais* 43
21. *A Companheira do Mestre* 46
22. *A Briga dos Membros* 48
23. *O Herdeiro com as Duas Cabeças* 49
24. *O Jogo de Xadrez* 51
25. *A Queda de Salomão* 53
26. *Salomão como Mendigo* 55
27. *O Pássaro Presunçoso* 56
28. *A Formiga e o Estranho Palácio* 56

Livro Segundo: Histórias 63

   1. *Os Sete Anos de Ben Sirach* 63
   2. *Tobias, o Danita* 64
   3. *Susana* 67
   4. *Os Três Pajens de Dario* 69
   5. *O Nascimento de Alexandre* 73
   6. *A Cova de Althenenes* 78
   7. *O Leão como Animal de Montaria* 81
   8. *Os Ossos de Jeremias* 81
   9. *Nos Ares e no Oceano* 82
 10. *Diante das Portas do Paraíso* 83
 11. *O Rei e os Sábios* 84
 12. *O Estranho Caso Legal* 85
 13. *O Último de Sua Geração* 86
 14. *As Árvores Falantes* 87
 15. *A Conversão de Aristóteles* 88
 16. *O Lamento da Mãe* 89
 17. *Judith* 90
 18. *A Noiva Hasmonita* 91
 19. *Miriam e Seus Sete Filhos* 93
 20. *A Morte de Mariamne* 94
 21. *Archelaus e Glaphyra* 96
 22. *Paulina ou o Delito no Templo* 97
 23. *A Criada e o Filho do Sacerdote* 98
 24. *Os Mártires de Lud* 100

Livro Terceiro: Do Reino do Ensinamento Oral 101

   1. *Os Rezadores* 101
   2. *Da Probidade dos Mestres* 101
   3. *O Rapaz Curado* 102
   4. *O Julgamento das Oitenta Bruxas* 103
   5. *Hilel e Seu Mestre* 104
   6. *A Paciência de Hilel* 105
   7. *O Devoto Casal* 106
   8. *A Paciência de Chanina* 107
   9. *O Devoto e a Rainha dos Espíritos* 107
 10. *O Pássaro e o Colar* 108
 11. *Elieser ben Hircanos* 109
 12. *A Camisa Celestial* 112

13. *Dama, o Ascalônio* 114
14. *A Mensagem do Anjo* 115
15. *O Romance de Akiwa* 115
    Primeira Narrativa: o Noivado de Akiwa 115
    Segunda Narrativa: os Anos de Aprendizado de Akiwa .. 117
16. *O Morto Peregrino* 119
17. *Dez Filhos de Uma Mãe* 120
18. *Um Homem Estranho* 121
19. *O Homem com a Auréola* 122
20. *Uma Conversão* 125
21. *A Filha de Akiwa* 126
22. *A Trágica História de Nahum* 130
23. *O Senhor Está com Seus Mensageiros* 131
24. *Eleasar e Abba Iudan* 132
25. *Do Mestre Rabi Tarfon* 133
26. *Onkelos, o Sobrinho de Tito* 134
27. *O Pagão e a Vaca Devota* 135
28. *Iosse, o Galileu* 136
29. *O Castigo do Tirano* 136
30. *Mathia ben Cheresch* 137
31. *Os Dois Romanos* 138
32. *O Nascimento de Juda ben Betera* 139
33. *Eliseu ben Awaja, o Renegado* 140
34. *Beruria, a Heroína* 142
35. *A Libertação da Donzela* 143
36. *Um Feito de Rabi Meir* 144
37. *Rabi Meir e a Adúltera* 145
38. *A Sentença de Morte Cancelada* 148
39. *Kidor* 149
40. *O Demônio e a Filha do Rei* 151
41. *A Cansada de Viver* 153
42. *O Cego de Nascimento* 153
43. *Dois Filhos de Príncipes* 154
44. *Judá Hanassi e Antonino* 155
45. *Judá Hanassi e Jonatan ben Amran* 156
46. *O Delito de Judá Hanassi* 157
47. *A Morte de Judá Hanassi* 157
48. *Ben Chalafta* 158
49. *O Verdadeiro Filho* 158
50. *A Peregrinação de Elias com Ben Levi* 159

51. *Iosua ben Levi e o Mensageiro da Morte* 161
52. *Da Mesa de Ouro* 162
53. *Os Penitentes* 164
54. *O Ressuscitado* 166
55. *Exemplos e Anedotas* 167

Livro Quarto: Lendas 169
1. *O Livro da Criação ou: o Menino e o Rei* 169
2. *Salik* 171
3. *O Ensinamento Alimenta Seus Fiéis* 173
4. *O Menino no Navio* 174
5. *O Comércio dos Sábios* 175
6. *A Enlutada* 176
7. *No Templo Idólatra* 176
8. *O Hipócrita* 177
9. *A Pérola* 178
10. *O Alfaiate e o Governador* 178
11. *Dois Filhos* 179
12. *O Erudito da Escritura e Seu Companheiro no Paraíso* 180
13. *Os Filhos do Beberrão* 181
14. *Fratricídio* 182
15. *As Testemunhas ou Doninha e o Poço* 183
16. *A Justiça de Deus* 184
17. *Conversão* 185
18. *Noivo e Noiva* 186
19. *As Três Irmãs* 187
20. *A Propriedade dos Pobres* 188
21. *A Vaca Vermelha* 188
22. *A Bondosa Mulher* 189
23. *Mudança do Destino* 191
24. *O Pobre e o Rico* 192
25. *Em Caminho* 194
26. *No Leito de Morte* 195
27. *Os Dois Justos* 195
28. *Mathania* 197
29. *A Noiva Corajosa* 199
30. *Justo e Recebedor* 201
31. *O Devoto de Laodicea* 202
32. *O Verdadeiro Noivo* 204
33. *Rabi Beroka e Elias* 205

34. *Os Sete Anos de Sorte* 206
35. *O Empréstimo* 207
36. *Elias como Arquiteto* 208
37. *Elias e o Proprietário* 210
38. *Elias como Aguadeiro* 211
39. *Elias em Vestes Pastoris* 212
40. *Altivez* 214
41. *Pequenas Histórias* 214

Livro Quinto: Contos 217
   1. *Os Sete Anos de Servidão* 217
   2. *A Reunião dos Separados* 221
   3. *Aquele que Escapou da Morte na Forca* 225
   4. *A Jovem Sábia com Cara de Animal* 228
   5. *Dihon e a Filha de Asmodeu* 236
   6. *Acerca de um Estranho e Sua Companheira* 246
   7. *Acerca do Sapo, que Era um Filho de Adão* 249
   8. *A Médica* 251
   9. *A Mulher Devota e o Feiticeiro* 254
 10. *A Bruxa Hipócrita* 255
 11. *O Judeu e o Pagão* 255
 12. *O Homem com os Três Tesouros* 257
 13. *Os Tomates* 258
 14. *O Pai dos Amantes* 259
 15. *Os Três Irmãos* 260

Livro Sexto: Sabedoria e Tolice 263
   1. *Acerca dos Três Amigos* 263
   2. *Rei por um Ano* 265
   3. *O Dervixe e o Rato Transformado* 266
   4. *A Mulher Virtuosa e o Rei Convertido* 268
   5. *Os Hipócritas* 272
   6. *Acerca do Leviatã* 274
   7. *Os Dois Corvos e o Leão* 275
   8. *Três Lições* 276
   9. *O Hóspede Temeroso* 277
 10. *A Avidez Castigada* 278
 11. *O Olho de Deus Enxerga Melhor do que o Olho do Homem* .. 279
 12. *O Juiz Perspicaz* 280

13. *A Camponesa Inteligente* 282
14. *A Viúva Infiel* 285
15. *O Penitente e Sua Companheira* 286
16. *A Benção da Tolice* 290
17. *O Ativo e o Preguiçoso* 292
18. *O Lavrador e o Escriba* 293
19. *O Beato* 295
20. *Daniel e Efraim* 298
21. *Timóteo* 303
22. *Chowaw e Raquel* 306
23. *Ioscher e Tehilla* 311
24. *A Embriaguez* 312
25. *O Administrador Enxotado* 313
26. *A Magnanimidade de um Rei* 314
27. *A Casta Donzela* 315
28. *Nobre Modo de Pensar* 315
29. *O Humilde* 316
30. *Na Sepultura* 316
31. *Duas Artes* 317
32. *O Campo Cultivado e o Campo Inculto* 318
33. *A Criança na Cova* 319
34. *O Regresso* 319
35. *O Poder da Arte Poética* 320
36. *O Filósofo Repreendido* 322
37. *As Sete Ervas* 322
38. *Os Três Filhos do Rei* 324
39. *O Rei Enfermo* 326
40. *O Príncipe e o Torso* 327
41. *O Rei Emplumado* 329
42. *Palavras e Exemplos dos Sábios* 329
43. *Parábolas* 334

Livro Sétimo: Nos Países da Dispersão 337

1. *Os Levitas* 337
2. *Esdras e os Iemenitas* 338
3. *Alexandre com as Tribos Desaparecidas* 339
4. *Bostanai* 340
5. *Mar Sutra* 344
6. *O Irmão de Israel* 345
7. *A Disputa* 346

8. *Eldad, o Danita* 347
9. *Olho por Olho* 349
10. *A Sepultura de Ezequiel e Baruch* 350
11. *Schephatia e Basílio* 350
12. *A Filha de Schephatia* 352
13. *O Menino Julgado Morto* 353
14. *A Morte de Schephatia* 353
15. *O Filho do Além* 354
16. *O Irmão de Chananel* 356
17. *Teófilo* 356
18. *Nas Marés* 357
19. *Samuel Nagid* 358
20. *O Costume Pecaminoso* 359
21. *Ibn Esra* 362
22. *Gabirol e Judá Halevi* 363
23. *O Amém Omitido* 364
24. *O Mestre Rabi Salomão e Godofredo de Bouillon* ... 365
25. *Sobre a Vida de Rabi Salomão* 366
26. *O Papa Elchanan* 367
27. *Rabi Amnon* 369
28. *O Esquife de Rabi Amran* 370
29. *Davi Alrui* 371
30. *A Infância de Maimônides* 372
31. *A Bebida Venenosa* 373
32. *A Sangria* 374
33. *A Corrida* 375
34. *A Morte de Maimônides* 376
35. *O Messias do Iêmen* 377
36. *De Rabi Judá, o Devoto* 378
37. *Não Cortarás Tua Barba* 379
38. *O Estranho Advertido* 380
39. *Rabi Samuel e os Três Sacerdotes* 382
40. *O Sorriso do Morto* 382
41. *Rabi Meir de Rothenburgo* 383
42. *Nachmânides* 384
43. *O Discípulo Abner* 385
44. *O Fanático* 385
45. *O Natanael dos Figos* 386
46. *Mel ao Invés de Chumbo* 386
47. *A Parábola das Duas Pedras Preciosas* 388

48. A Sublevação dos Pastores 388
49. O Profeta de Cisneros 389
50. Isaac ben Scheschet 391
51. Rabi Isaac Kampanton 392
52. A Visita Noturna 392
53. A Alma Peregrina 393
54. O Olhar Penetrante do Sábio 393
55. Como Isaac Aboab Ficou Caolho 394
56. Os Sete Pastores 394
57. Isaac de Leon 395
58. Dom Iosse Iachia 395
59. A Última Vontade 396
60. A Sinagoga de Rabi Samuel 397
61. Os Dois Mercenários 397
62. O Leite Materno 399
63. O Sultão e a Judia 400
64. Davi Rubeni e Salomão Molcho 401
65. Elias e o Sultão 403
66. Dom José Naxos 404
67. O Delito Punido 405
68. A Noiva de Modena 406
69. O Retrato de Cobre 407
70. O Falecimento de Esdras Iedidias 410
71. O Terceiro Mandamento 412
72. A Oração no Cemitério 412
73. O Rabi e o Xeque 413
74. Os Possessos 415
75. Dos Tempos de Apuros 415

Livro Oitavo: Histórias do Povo 421

1. A Arca Edomita 421
2. A Criação do Golem (Ídolo) 426
3. Irmão e Irmã 428
4. A Ruína 431
5. A Resposta Enigmática 432
6. A Morte do Golem 433
7. A Cabeça Falante 434
8. O Rei e o Remendão 436
9. O Soprador 438
10. A Bênção da Lua Nova 438

11. Os Dois Feiticeiros 438
12. O Mestre-Escola 439
13. Rabi Joel Serkes 440
14. A Penitência do Discípulo 441
15. O Juiz Corajoso 441
16. A Teimosia dos Obstinados 442
17. O Título de Dívida 442
18. A Sombra dos Noivos 443
19. O Rabi e sua Nora 447
20. O Amigo de Elimelech 450
21. A Máscara do Pecador 452
22. O Retorno 453
23. Os Mediadores Misteriosos 455
24. O Demônio no Junco 456
25. A Bênção da Refeição 457
26. A Balança 458
27. O Senhor do Castelo como Mendigo 459
28. A Esperança Aniquilada 462

Livro Nono: Na Terra Santa 465
 1. O Lugar Abençoado 465
 2. Do Alicerce do Templo 466
 3. As Covas do Rei 467
 4. A Espada do Paxá 468
 5. A Lavadeira Devota 469
 6. O Rei Davi e o Sultão 470
 7. O Décimo Fiel 471
 8. Na Caverna Dupla 473
 9. A Viúva de Hebron 473
10. O Morto Agradecido 474
11. Ariel 476
12. O Cego e o Coxo 477
13. O Cálice de Vinho 478
14. O Testemunho do Morto 480
15. Os Pães da Exposição 481
16. A Viagem de Sonho 483
17. O Cão Preto 484
18. O Dedo Dançante 485
19. Rabi José Bagilar 486
20. Naftali, o Sacerdote 487

21. *A Lenda do Menino Profeta* 488

Epílogo: O Autor e a Sua Obra 491
   Currículo (1865-1921) 491
   Os Escritos 496
   Para a Fonte de Judá 497

COLEÇÃO PARALELOS

1. *Rei de Carne e Osso*
   Mosché Schamir
2. *A Baleia Mareada*
   Ephraim Kishon
3. *Salvação*
   Scholem Asch
4. *Adaptação do Funcionário Ruam*
   Mauro Chaves
5. *Golias Injustiçado*
   Ephraim Kishon
6. *Equus*
   Peter Shaffer
7. *As Lendas do Povo Judeu*
   Bin Gorion
8. *A Fonte de Judá*
   Bin Gorion
9. *Deformação*
   Vera Albers
10. *Os Dias do Herói de Seu Rei*
    Mosché Schamir
11. *A Última Rebelião*
    I. Opatoschu
12. *Os Irmãos Aschkenazi*
    Israel Joseph Singer
13. *Almas em Fogo*
    Elie Wiesel
14. *Morangos com Chantilly*
    Amália Zeitel
15. *Satã em Gorai*
    Isaac Bashevis Singer
16. *O Golem*
    Isaac Bashevis Singer
17. *Contos de Amor*
    Sch. I. Agnon
18. *As Histórias do Rabi Nakhma*
    Martin Buber
19. *Trilogia das Buscas*
    Carlos Frydman
20. *Uma História Simples*
    Sch. I. Agnon
21. *A Lenda do Baal Schem*
    Martin Buber
22. *Anatol "On the Road"*
    Nanci Fernandes e J. Guinsburg (org.)
23. *O Legado de Renata*
    Gabriel Bolaffi
24. *Odete Inventa o Mar*
    Sônia Machado de Azevedo
25. *O Nono Mês*
    Giselda Leirner
26. *Tehiru*
    Ili Gorlizki
27. *Alteridade, Memória e Narrativa*
    Antonia Pereira Bezerra
28. *Expedição ao Inverno*
    Aharon Appelfeld

Este livro foi impresso na cidade de Cotia,
nas oficinas da Meta Brasil,
para a Editora Perspectiva.